STANISŁAW

LEM

Das Fiasko

Roman

Aus dem Polnischen

von Hubert Schumann

Verlag Volk und Welt Berlin

ISBN 3-353-00158-1

2. Auflage 1989

L. N. 302, 410/171/89
Originalausgabe: *Fiasko*, erschienen bei Wydawnictwo Literackie, Kraków 1987;
Printed in the German Democratic Republic

Einbandentwurf: Schulz/Labowski
Satz, Druck und Einband: Karl-Marx-Werk V 15/30
LSV 7224
Bestell-Nr. 648 752 0

01040

I
Der Wald von Birnam

»Diese Landung hast du ja noch mal sauber hingekriegt.«

Der Mann, der das sagte, sah den Piloten, der im Raumanzug, den Helm unterm Arm, vor ihm stand, nicht mehr an, sondern trat an eine der gläsernen Wände, die den runden Kontrollraum mit seinen hufeisenförmig angeordneten Steuerpulten umschlossen. Man erkannte von hier aus trotz der Entfernung die Größe des zylindrischen Raumschiffs und den Ruß an seinen Düsen, aus denen immer noch ein schwärzlicher Auswurf auf den Beton kleckerte. Der andere Fluglotse, ein vierschrötiger Mann, der eine Baskenmütze auf dem Kahlkopf trug, ließ die Bandaufzeichnungen rückwärtslaufen und schielte dabei nach dem Ankömmling nur aus den Augenwinkeln, wie ein Vogel mit reglosen Lidern. Er hatte Kopfhörer auf und vor sich eine Reihe chaotisch flimmernder Monitore.

»Es ging zu machen«, warf der Pilot hin. Er stemmte sich leicht gegen die vorstehende Kante eines Pultes, als brauchte er das, um die schweren Handschuhe mit den doppelten Säumen auszuziehen. In Wahrheit hatte er nach dieser Landung noch weiche Knie.

»Was war denn los?«

Der Kleine am Fenster, der ein Mausgesicht hatte, unrasiert war und in einer schäbigen Lederjacke steckte, klopfte auf der Suche nach Zigaretten nervös und ungeduldig seine Taschen ab.

»Eine Deflexion des Schubs«, brummelte der Pilot, den diese ganze phlegmatische Begrüßung ein wenig verblüfft hatte.

Der andere hatte seine Zigarette inzwischen im Mund,

nahm einen Zug und fragte durch den ausgeatmeten Rauch: »Aber warum? Wissen Sie das nicht?«

Nein, wollte der Pilot antworten, aber er verschluckte es, weil ihm schien, er hätte es wissen müssen. Das Band war abgelaufen, sein Ende raschelte um die wirbelnde Trommel. Der Große stand auf, nahm den Kopfhörer ab, nickte dem Besucher jetzt erst zu und sagte heiser: »Ich bin London, und das ist Gosse. Willkommen auf dem Titan. Was trinken wir? Wir haben Kaffee und Whisky da.«

Der junge Pilot wurde verlegen. Er kannte diese Männer mit Namen, hatte sie aber nie gesehen und unwillkürlich angenommen, Gosse, der Chef, müsse der Große sein, nun aber war es umgekehrt. Er traf im Kopf die notwendige Umstellung und entschied sich für Kaffee.

»Was für Fracht? Karborundköpfe?« fragte London, als sie zu dritt an einem aus der Wand gezogenen Tisch saßen. Der Kaffee dampfte in Gefäßen, die an Laborgläser erinnerten – sie hatten Tüllen.

Gosse spülte mit dem Kaffee eine gelbe Tablette hinunter, er atmete tief durch, mußte husten und schneuzte sich, daß ihm die Tränen kamen.

»Und Strahler haben Sie auch gebracht, nicht?« wandte er sich dem Piloten zu.

Dieser, von neuem erstaunt, daß seine Leistung kein größeres Interesse fand, bejahte nur mit einem Nicken. Schließlich passiert es nicht alle Tage, daß es einer Rakete bei der Landung den Schub abwürgt. Statt der Frachtliste hatte er den fertigen Bericht auf den Lippen gehabt, wie er, ohne erst lange die Düsen durchzuspülen oder den Hauptschub zu erhöhen, sofort die Automatik abgeschaltet und nur mit den Boostern aufgesetzt hatte, ein Kunststück, das er außerhalb des Simulators noch nie probiert hatte, und auch das war lange her. Er mußte seine Gedanken also erneut umstellen.

»Habe ich«, sagte er aus alledem heraus und verspürte

sogar Genugtuung, denn es hatte nicht schlecht geklungen. So lakonisch nach überstandener Gefahr!

»Aber nicht dorthin, wo sie hingehörten«, lächelte Gosse, der Kleinere.

Der Pilot wußte nicht, ob das ein Scherz sein sollte. »Wieso nicht? Ihr habt mich doch angenommen. Angefordert habt ihr mich«, korrigierte er.

»Das mußten wir.«

»Ich verstehe nicht.»

»Sie sollten doch im Gral landen.«

»Wozu habt ihr mich dann vom Kurs geholt?«

Ihm wurde heiß, die Aufforderung hatte einen kategorischen Klang gehabt. Zwar hatte er unterwegs einen Funkspruch des Grals über einen Unfall aufgefangen, aber wegen des Störrauschens wenig davon verstanden. Er flog den Titan nämlich vom Saturn aus an, um durch dessen Gravitation die Geschwindigkeit zu drosseln und Treibstoff zu sparen. Das Raumschiff hatte die Magnetosphäre des Riesen gestreift, so daß es auf allen Wellenlängen nur so prasselte. Gleich darauf war der Ruf vom hiesigen Kosmodrom gekommen, der Flugkontrolle hat der Navigator zu gehorchen, und nun ließen sie ihn nicht einmal den Raumanzug ausziehen, sondern nahmen ihn gleich ins Verhör. Im Geiste war er immer noch im Steuerraum, die Gurte schnitten ihm scheußlich in Brust und Rücken, als die Rakete mit den ausgefahrenen Landestelzen auf den Beton knallte, die noch nicht leergebrannten Booster Feuer spien und den ganzen Rumpf durcheinanderrüttelten.

»Worum geht es? Wo sollte ich eigentlich landen?«

»Ihr Stückgut gehört dem Gral«, erklärte der Kleine und putzte sich die gerötete Nase. Er hatte Schnupfen. »Wir haben Sie oberhalb der Umlaufbahn abgefangen und hierher gerufen, weil wir Killian brauchen, Ihren Passagier.«

»Killian?« wunderte sich der junge Pilot. »Der ist nicht bei mir an Bord. Bei mir ist nur Sinko, mein Kopilot.«

Die beiden waren verdattert.

»Wo ist Killian?«

»Jetzt bestimmt schon in Montreal. Seine Frau kriegt ein Kind. Er ist vor mir mit einer Güterfähre geflogen, noch vor meinem Start.«

»Vom Mars?«

»Klar, woher sonst ... Was ist los?«

»Die Schlamperei im All steht der auf der Erde nicht nach«, konstatierte London und stopfte sich die Pfeife mit einer Gewalt, als wolle er sie zerbrechen. Er war wütend, der Pilot nicht minder.

»Fragen konntet ihr mich wohl nicht, was?«

»Wir waren sicher, daß er bei Ihnen an Bord ist. So hieß es im letzten Funkspruch.«

Gosse schneuzte sich erneut und seufzte.

»Wegfliegen können Sie jetzt so und so nicht mehr«, meinte er schließlich. »Und Marlin konnte die Strahler kaum erwarten. Jetzt wird er alles auf mich schieben.«

»Aber sie sind ja da.« Der Pilot wies mit einer Kopfbewegung hinaus, wo durch den Dunst die schlanke dunkle Spindel seines Raumschiffs zu sehen war. »Sechs Stück sind es wohl, zwei davon im Gigajoule-Bereich. Sie pusten jeden Nebel und jede Wolke weg wie nichts.«

»Aber ich kann sie nicht auf den Buckel nehmen und zu Marlin schleppen«, gab Gosse zurück, dessen Laune immer schlechter wurde.

Der Pilot war verärgert über die Fahrlässigkeit und Eigenmächtigkeit, mit der ihn nach drei Flugwochen ein untergeordneter Landeplatz – wie dessen Chef sich ausdrückte – »abgefangen« hatte, ohne sich die Gewißheit verschafft zu haben, daß der erwartete Passagier an Bord war. Er hatte es daher gar nicht eilig mit der Erklärung, daß die Sorge um die Ladung allein ihre Sache war. Vor der Behebung des Schadens konnte er nichts machen, selbst wenn er wollte. Er schwieg.

»Es ist klar, daß Sie bei uns bleiben.«

Mit diesen Worten trank London den Kaffee aus und erhob sich von seinem Aluminiumhocker. Er war gewaltig wie ein Schwergewichtsringer. Als er jetzt vor die gläserne Wand trat, bot die Landschaft des Titan seiner Gestalt einen prächtigen Hintergrund: die leblose Raserei des Gebirges, unirdisch durch seine Farbe in dem roten Glanz, den braune Wolken über den Bergrücken festhielten.

Der Fußboden des Towers vibrierte leicht. Die müssen hier einen uralten Trafo haben, dachte der Pilot. Auch er stand auf, um sein Raumschiff zu betrachten. Wie ein Leuchtturm ragte es senkrecht aus dem niedrigen Nebel, dessen Schwaden zwar vom Wind dahingetrieben wurden, die Flecken der überhitzten Stellen an den Düsen jedoch verbargen. Vielleicht lag es aber auch an Entfernung und Dämmerung, oder sie waren ganz einfach erkaltet.

»Habt ihr hier Gamma-Defektoskope?«

Das Raumschiff war für ihn wichtiger als ihre Sorgen. Die hatten sie sich ja selbst bereitet.

»Ja, aber im normalen Raumanzug lasse ich niemanden an die Rakete ran«, sagte Gosse.

Der Pilot fuhr herum. »Sie meinen, es ist der Reaktor?«

»Und Sie?«

Der kleine Flugleiter stand ebenfalls auf und trat zu ihnen. Aus den Schlitzen im Fußboden unterhalb der gewölbten Scheiben wehte angenehme Wärme.

»Beim Niedergehen sprang die Temperatur über die Norm, aber die Geigerzähler sprachen nicht an. Es ist wohl doch nur die Düse. Vielleicht hat sie die Keramik aus der Brennkammer ausgestoßen. Ich hatte den Eindruck, etwas zu verlieren.«

»Die Keramik mag fort sein, aber da ist etwas ausgelaufen«, sprach Gosse energisch. »Keramik schmilzt nicht.«

»Die Pfütze dort?« Der Pilot wunderte sich. Sie standen vor den Scheiben aus Thermoglas. Unter dem Heck war durch die Nebelschwaden, die der Sturm um den Rumpf des Raumschiffs jagte, tatsächlich eine schwarze Lache zu sehen.

»Was haben Sie im Reaktor? Schweres Wasser oder Natrium?« erkundigte sich London. Er überragte den Piloten um Haupteslänge.

Aus dem Funkgerät kam ein Zirpen, Gosse sprang hinzu, setzte Kopfhörer und Kehlkopfmikrofon auf und sprach leise mit jemandem.

»Das kann nicht aus dem Reaktor sein«, sagte ratlos der Pilot. »Ich habe schweres Wasser, die Flüssigkeit ist durchsichtig und klar wie Kristall. Das dort jedoch ist schwarz wie Teer.«

London stimmte ihm zu. »Dann ist eben die Kühlung in der Düse undicht geworden, und die Keramik ist geplatzt.«

Er sprach, als handele es sich um ein Streichholz. Die Havarie, die den Piloten mit seinem Raumschiff in diesem Loch gefangensetzte, regte ihn überhaupt nicht auf.

»Bestimmt war es das«, pflichtete der junge Mann bei. »Der größte Druck in den Trichtern herrscht beim Bremsen. Wenn die Keramik an einer Stelle platzt, fegt der Hauptschub restlos alles hinaus. So ist es bei der Steuerborddüse passiert.«

London sagte nichts dazu, und der Pilot meinte zögernd: »Vielleicht habe ich zu nahe aufgesetzt ...«

»Quatsch. Gut, daß Sie überhaupt gerade aufgesetzt haben.«

Der Pilot wartete auf weitere Bemerkungen, die er als Lob auffassen konnte, aber London musterte ihn nur wortlos von dem zerzausten hellen Schopf bis zu den Füßen in den weißen Stiefeln des Raumanzugs.

»Morgen schicke ich einen Techniker zur Defektoskopie ... Haben Sie den Reaktor auf Leerlauf gestellt?« setzte er plötzlich hinzu.

»Nein, ich habe ihn ganz abgeschaltet. Wie fürs Dokking.«

»Das ist gut.«

Der Pilot sah nun schon, daß er niemandem von dem Kampf berichten konnte, den er direkt über dem Kosmodrom mit seiner Rakete ausgefochten hatte. Der Kaffee war ja gut gewesen, aber sollten die Gastgeber, die sich ihm dermaßen aufgedrängt hatten, nicht ein Zimmer und ein Bad für ihn haben? Er sehnte sich nach einer warmen Dusche. Gosse brabbelte immer noch ins Mikrofon, London stand über ihn gebeugt. Die Situation war unklar, aber spannungsgeladen. Der Pilot spürte, daß die beiden Wichtigeres am Hals hatten als seine Abenteuer und daß das mit den Funkmeldungen des Grals zusammenhängen mußte. Auf dem Fluge hatte er Fetzen davon mitbekommen – es war die Rede von verschollenen Maschinen und von der Suche nach ihnen.

Gosse drehte sich auf seinem Sitz herum, so daß die Leitung des Kopfhörers sich straffte und ihm das Gerät von den Ohren auf den Hals riß. »Wo steckt denn dieser Sinko, den Sie bei sich haben?«

»An Bord. Er soll den Reaktor überprüfen.«

London sah den Chef immer noch fragend an. Dieser machte eine kaum merkliche verneinende Bewegung mit dem Kopf und murmelte: »Nichts.«

»Und ihre Hubschrauber?«

»Sind umgekehrt. Sicht Null.«

»Hast du nach ihrer Tragkraft gefragt?«

»Sie schaffen es nicht. Was wiegt so ein Gigastrahler?« wandte er sich an den Piloten, der der Unterredung zuhörte.

»Ich weiß nicht genau. Knapp hundert Tonnen.«

»Was machen sie?« drängte London. »Worauf warten sie?«

»Auf Killian ...«, antwortete Gosse und setzte einen saftigen Fluch dazu.

London entnahm dem Wandschrank eine Flasche »White Horse«, schüttelte sie, als wolle er prüfen, ob das für den Sachverhalt das geeignete Mittel sei, und stellte sie zurück in ihr Fach. Der Pilot stand abwartend da. Er fühlte nicht mehr die Last des Raumanzugs.

»Wir haben zwei Männer verloren«, sagte Gosse. »Sie sind nicht im Gral angekommen.«

»Nicht zwei, sondern drei«, verbesserte London finster.

»Vor einem Monat«, griff Gosse den Faden auf, »bekamen wir einen Transport neuer Diglatoren. Sechs Stück, für den Gral. Dort konnten sie das Raumschiff nicht aufnehmen, weil sie mit dem neuen Beton des Kosmodroms nicht fertig waren. Die gesamte Rüstung der Platten, für die eine Kommission die Garantie übernommen hatte, war nämlich geborsten, als der ACHILLES, der erste Containertransporter, landete. Er wiegt neunzigtausend Tonnen, und es war ein Glück, daß er nicht umgekippt ist. Zwei Tage brauchten sie, um ihn von der Bruchstelle in die Werft zu ziehen. In aller Eile machten sie Zementspritzen, zogen einen feuerfesten Belag darüber und öffneten den Flughafen. Die Diglatoren aber standen bei uns. Die Herren Experten hielten einen Transport per Rakete für unrentabel, und Kapitän des ACHILLES ist außerdem Ter Leoni. Würde der mit seinem Neunzigtausendtonner etwa die hundertachtzig Meilen vom Gral herüberkommen? So eine Kiste ist doch kein Floh! Marlin schickte seine beiden besten Steuerleute. Letzte Woche haben sie zwei Maschinen nach dem Gral überführt, die dort bereits eingesetzt sind. Vorgestern kamen die beiden wieder mit dem Hubschrauber her. Im Morgengrauen machten sie sich mit den nächsten Maschinen auf den Weg, mittags passierten sie den Großen Zacken, und als sie den Abstieg begannen, brach die Funkverbindung ab. Es ging eine Menge Zeit verloren, weil vom Zacken an der Gral das Lotsen übernimmt. Wir dachten, wir hörten nichts mehr, weil sie in unserm Funkschatten waren.«

Gosse berichtete ruhig und monoton. London stand mit dem Rücken am Fenster. Der Pilot hörte zu.

»Mit demselben Helikopter wie die Steuerleute war Pirx gekommen. Er hatte seine CUIVIER im Gral aufgesetzt und wollte mich sehen. Wir kennen uns seit Jahren. Am Abend sollte ihn der Helikopter wieder abholen, konnte aber nicht kommen, weil Marlin alles für die Suche aufgeboten hatte. Pirx wollte oder konnte nicht warten, er sollte morgen starten und dabeisein, wenn das Raumschiff klargemacht wird. Er setzte durch, daß ich ihn mit einem der Diglatoren zum Gral zurückkehren ließ. Ich verlangte sein Wort, daß er die südliche Route nahm, die länger war, aber außerhalb der Depression blieb. Er gab mir sein Wort und brach es. Ich sah auf dem ORSAN, wie er in die Depression hinabstieg.«

»Was ist ORSAN?« fragte der Pilot. Er hatte Schweiß auf der Stirn und war blaß geworden, wartete aber auf die Erklärung.

»Der Orbitalsatellit für Patrouillen. Er überfliegt uns alle acht Stunden und lieferte mir gerade das Bild. Pirx stieg hinunter und verschwand.«

»Sagten Sie übrigens Pirx?« fragte der Pilot mit verändertem Gesicht. »Der *Kommodore* Pirx?«

»Ja. Kennen Sie ihn?«

»Ob ich ihn kenne!« rief der Pilot aus. »Ich bin als Assistent bei ihm geflogen. Er hat mein Diplom unterschrieben … Pirx? So viele Jahre ist er heil aus den schlimmsten …« Er stockte, in ihm kochte es, er hob den Helm mit beiden Händen, als wolle er ihn auf Gosse schleudern. »Wie konnten Sie ihn allein mit dem Diglator gehen lassen, wie konnten Sie! Er ist Fernflugkommandant und kein Chauffeur …«

»Er hat diese Geräte schon gekannt, als Sie noch in kurzen Hosen gingen«, erwiderte Gosse. Es war offenkundig, daß er sich gegen den Vorwurf zu wehren suchte. London ging mit steinernem Gesicht zu den Monitoren, zwischen denen mit herabgerutschtem Kopfhörer Gosse saß, und klopfte vor dessen Nase die Pfeifenasche in eine leere Aluminiumtrommel. Er sah die Pfeife an, als wüßte er nicht, was er da hielt, und nahm sie in beide Hände. Sie zerbrach. London warf die Stücke weg, ging wieder ans Fenster und blieb reglos stehen, die Hände auf dem Rücken verschränkt.

»Ich konnte es ihm nicht verweigern ...«

Gosse wandte sich damit zweifellos an London, der aber nichts zu hören schien, sondern durch die Scheibe in die wallenden Knäuel des roten Nebels starrte. Von der Rakete war jetzt nur noch manchmal die Spitze zu sehen.

»Gosse!« sagte auf einmal der Pilot. »Sie geben mir so eine Maschine.«

»Nein.«

»Ich habe das Führerpatent für Tausendtonner.«

Gosses Augen blitzten kurz auf, aber er wiederholte: »Nein. Sie haben noch nie auf dem Titan gearbeitet.«

Der Pilot öffnete wortlos seinen Raumanzug. Er schraubte den breiten Metallkragen ab, löste die Schulterklemmen, zog den darunter liegenden Reißverschluß auf, griff tief unter die Achsel und brachte eine Brieftasche hervor, die vom langen Tragen gequetscht war. Die Schulterteile des Raumanzugs klafften auseinander wie aufgeschnitten. Der Pilot trat zu Gosse und legte ihm ein Papier nach dem anderen vor.

»Das ist vom Merkur. Dort hatte ich einen Biganten, ein japanisches Modell von achthundert Tonnen. Hier ist mein Berechtigungsschein für Tausendtonner. In der Antarktis habe ich Festlandeis gebohrt, mit einem schwedischen Eisschreiter, dem Kriopertor. Das ist eine Fotokopie des zweiten Preises von Wettkämpfen auf Grönland. Und das ist von der Venus.«

Er warf Fotos auf den Tisch wie Trumpfkarten.

»Dort war ich mit Holleys Expedition. Das ist mein

Thermoped und das der des Kollegen von der anderen Schicht. Beides Prototypen, nicht schlecht. Nur die Klimaanlage war leck.«

Gosse sah zu ihm auf. »Ich denke, Sie sind Pilot?«

»Ich habe mich umschulen lassen. Eben bei Kommodore Pirx. Zuerst diente ich auf seiner CUIVIER, mein erstes Kommando bekam ich auf einem Schleppschiff ...«

»Wie alt sind Sie?«

»Neunundzwanzig.«

»Wie haben Sie diesen Sprung geschafft?«

»Wenn man will, geht alles. Außerdem hat ein Führer von Planetarmaschinen jeden neuen Typ innerhalb einer Stunde im Griff. Das ist so, als stiege man vom Motorroller aufs Motorrad um.«

Er hielt inne, die Brieftasche enthielt noch einen ganzen Stoß von Fotos, aber er sammelte die auf dem Pult verstreuten ein und steckte sie in die abgeschabte Lederhülle, die er wieder in der Innentasche verbarg. Leicht gerötet, im weitgeöffneten Raumanzug, stand er neben Gosse. Über die Monitore flimmerten immer noch leere Lichtstreifen. London hatte sich auf das Geländer vor den Fenstern gesetzt und verfolgte schweigend die Szene.

»Nehmen wir an, ich gebe Ihnen einen Diglator. Was werden Sie tun?«

Der Pilot lächelte. Auf seiner Stirn glänzten Schweißperlen, das helle Haar trug Druckstellen von den Scheitelpolstern des Helms.

»Ich nehme einen Strahler und gehe dorthin. Mit einem der Gigajoule-Geräte aus meinem Frachtraum. Die Helikopter des Grals bringen ihn nicht fort, aber für den Diglator sind selbst hundert Tonnen ein Klacks. Ich gehe und schaue mich ein bißchen um ... Die Suche aus der Luft kann sich Marlin sparen. Ich weiß, wieviel Hämatit es dort gibt. Und wieviel Nebel. Vom Helikopter aus ist nichts zu erkennen.«

»Und Sie gehen mit der Maschine sofort ab.«

Das Lächeln des Piloten wurde noch breiter, die weißen Zähne blitzten. Gosse bemerkte, daß dieser Junge – es war allein der Raumanzug, der ihn älter machte – die gleichen Augen hatte wie Pirx. Vielleicht etwas heller, aber mit den gleichen Fältchen in den Augenwinkeln. So ist der Blick großer Katzen, wenn sie in die Sonne blinzeln – harmlos und scharf zugleich.

»Er will in die Depression steigen und sich ›ein bißchen umschauen‹«, sagte Gosse zu London. Es war halb Frage, halb der Versuch, die Tollkühnheit des Freiwilligen dem Spott auszusetzen. London rührte sich nicht. Gosse stand auf, nahm den Kopfhörer ab, trat an den Kartographen und zog wie ein Rollo eine große Karte der nördlichen Halbkugel des Titan herunter.

Er wies auf zwei dicke Striche, die durch den von Isohypsen überzogenen lilagelben Grund schnitten.

»Wir befinden uns hier. Bis zum Gral sind es hundertzehn Meilen Luftlinie. Das Schwarze ist die 146, die alte Route. Auf ihr haben wir vier Männer verloren, als der Gral betoniert wurde und wir der einzige Landeplatz waren. Damals wurden Pedipulatoren mit hypergolgetriebenen Dieselmotoren verwendet. Für hiesige Bedingungen herrschte schönes Wetter. Zwei Partien der Maschinen gelangten unversehrt zum Gral, dann gingen an einem einzigen Tag vier Großschreiter verloren. Spurlos, hier in der Großen Depression, wo der Kreis eingezeichnet ist.«

»Ich weiß«, bemerkte der Pilot. »Ich habe es gelernt, auch die Namen dieser Männer.«

Gosse hielt den Finger auf die Stelle, wo von der schwarzen Route eine rote Umgehung nach Süden verlief.

»Der Weg wurde länger, aber niemand wußte, wie weit das heimtückische Gelände reichte. Man schickte Geologen hin, ebensogut hätte man Dentisten nehmen können, die verstehen auch was von Löchern. Auf keinem Planeten gibt es wandernde Geiser – hier gibt es sie. Das Blaue im Norden ist das Mare Hynicum. Wir und der Gral sind im Innern des Kontinents, aber das ist kein Festland, sondern ein Schwamm. Das Mare Hynicum kann die Depression zwischen uns und dem Gral nicht überfluten, denn das gesamte Ufer ist ein Hochplateau. Die Geologen haben diesen ganzen Kontinent für so etwas wie den Baltischen Schild, die Fennoskandia, erklärt.«

»Und sich geirrt«, warf der Pilot ein. Da alles nach einem längeren Vortrag aussah, setzte er den Helm in die Ecke, lehnte sich im Sessel zurück und faltete wie ein braver Schüler die Hände. Er wußte nicht, ob Gosse ihn mit der Route vertraut machen oder von ihr abschrecken wollte, aber die Situation war nach seinem Geschmack.

»Das ist es eben. Unter dem Fels liegt eine Gefrornis aus Kohlenwasserstoffen, eine Schweinerei, die man durch Tiefenbohrungen entdeckt hat. Ewiges Eis, aber falsch, denn es ist aus Kohlenwasserstoffpolymeren. Es schmilzt nicht einmal bei null Grad Celsius, und wir haben hier nie eine höhere Temperatur als minus achtzig Grad registriert. Innerhalb der Depression wimmelt es von alten Calderen und erloschenen Geisern. Die Experten sahen darin Überreste von Vulkantätigkeit. Als diese Geiser wieder losgingen, kamen Gäste mit Hochschulbildung angereist. Die Seismoakustik entdeckte tief unter dem Fels ein Höhlennetz, so verzweigt, wie es die Welt noch nicht gesehen hat. Man machte eine speläologische Expertise – die Leute kamen um, die Versicherungen zahlten, also machte schließlich ein Konsortium Geld locker. Dann kamen die Astronomen dazu: Wenn die Saturnmonde zwischen Titan und Sonne stehen, tritt die Tide der Gravitation in ihr Maximum, der Festlandschild gerät unter Druck, und aus den Herden unter der Mantia wird Magma gepreßt. Der Titan hat immer noch einen heißen Kern. Das Magma erstarrt, bevor es aus den Kaminen gelangt, erwärmt aber dabei ganz Orland. Das Mare Hynicum ist wie Wasser und der Untergrund Orlands wie ein Schwamm. Die verstopften unterirdischen Flußläufe werden durchlässig, und so entstehen die Geiser. Der Druck reicht bis zu tausend Atmosphären. Man weiß nie vorher, wo die Sauerei hervorschießt. Und Sie wünschen sich unbedingt dorthin zu begeben, ja?«

»Aber gewiß doch«, gab der Pilot in der gleichen gekünstelten Form zurück. Er hätte gern ein Bein übers andere geschlagen, aber der Raumanzug hinderte ihn daran. Er erinnerte sich, daß ein Kamerad, der das versucht hatte, mitsamt seinem Hocker umgefallen war. »Es geht um den Wald von Birnam, nicht wahr?« setzte er hinzu. »Soll ich mich fortscheren, oder kann ich ernsthaft mit Ihnen reden, Chef?«

Gosse ging darauf nicht ein und fuhr fort: »Die neue Route kostete ein Vermögen. Mit Kumulationsentladungen mußte ein Wall von Lava, der Hauptausfluß der Gorgo, aufgerissen werden. Vor der Gorgo kann sich sogar der Mons Olympus vom Mars verstecken. Das Dynamit war zu schwach. Da hatten wir hier einen gewissen Harenstine, vielleicht haben Sie von ihm gehört. Er schlug vor, diesen Wall nicht zu durchbrechen, sondern Stufen hineinzuhauen, eine Treppe zu bauen. Das wäre billiger. In der UNO-Konvention müßte ein Passus enthalten sein, der es verbietet, für die Raumfahrt Idioten zuzulassen. Nun, dieser Typhon-Wall wurde mit speziellen thermonuklearen Bomben durchbrochen, nachdem man Tunnel hineingebohrt hatte. Gorgo, Typhon – ein Glück, daß die Griechen so viele Götter hatten, daß man sich für all die zu bezeichnenden Dinge der Namen aus der Mythologie bedienen kann. Vor einem Jahr wurde die neue Route eröffnet. Sie durchquert den Kessel der Depression nur in seinem am weitesten nach Süden vorgeschobenen Teil. Dieser hat von den Experten den Befehl erhalten, ungefährlich zu sein. Die Gänge der unterirdischen Höhlen sind jedoch überall, unter ganz Orland. Das entspricht drei Vierteln von Afrika! Als der Titan erkaltete, kreiste er auf einer stark elliptischen Bahn. Er näherte sich der Roche-Zone, in die eine Masse kleinerer Monde geraten war, die der Saturn zu seinen Ringen zermahlte. Der Titan erstarrte also im Sieden, im Perisaturnium enstanden große Blasen, und im Aposaturnium gefror er. Dann kamen Ablagerungen und Glaziale, die dieses blasenhaltige, schwammige, amorphe Gestein bedeckten und in die Tiefe preßten. Es stimmt nicht, daß das Mare Hynicum dort nur bei entsprechender Aszendenz sämtlicher Saturnmonde eindringt. Dies und die Ausbrüche der Geiser sind nicht vorhersehbar.

Im Grunde wissen das alle, die hier arbeiten, die Transporteure ebenso wie die Piloten und wie Sie. Obwohl die Route eine Milliarde gekostet hat, müßte sie für alle schweren Maschinen verboten sein. Wir befinden uns alle im Himmel – in dessen einstiger Bedeutung. Sagt das nicht schon der Bergwerksname Gral? Nur hat sich der Himmel als ungeheuer kapitalaufwendig erwiesen. Man hätte alles besser machen können, aber die Buchhalterei ist dazwischengefahren. Die Zahlungen für die Umgekommenen sind beträchtlich, aber billiger als Investitionen, die die Gefahr mindern würden. Ich bin gleich fertig. Es kann sein, daß die Männer sich dort herausrappeln, selbst wenn sie versunken sind. Die Ebbe setzt ein, und der Panzer des Diglators hält pro Quadratzoll hundert Atmosphären aus. Der Sauerstoff reicht für dreihundert Stunden. Marlin hat Luftkissenfahrzeuge entsandt und zwei superschwere Diglatoren zur Überholung gegeben. Was immer Sie auch verrichten können, es lohnt nicht. Es lohnt sich nicht, den Kopf hinzuhalten. Der Diglator gehört zu den schwersten …«

»Sie hatten versprochen, fertig zu werden«, unterbrach

ihn der Pilot. »Meine Frage besteht nur aus zwei Wörtern: Und Killian?«

Gosse öffnete den Mund, begann zu husten und setzte sich.

»Deswegen sollte ich ihn doch herbringen«, fuhr der Pilot fort. »Nicht wahr?«

Gosse zog am unteren Ende der Karte, worauf sie sich schnurrend einrollte. Er nahm eine Zigarette und sagte durch die Flamme des Feuerzeugs: »Das ist seine Sache. Er kannte das Gelände. Außerdem hatte er einen Vertrag. Ich kann den Operatoren nicht verbieten, mit dem Gral Verträge zu schließen. Ich kann meinen Rücktritt einreichen und werde das sicher auch tun. Ich kann auch jeden Helden mit leeren Händen abziehen lassen.«

»Sie werden mir eine Maschine geben«, wiederholte gelassen der Pilot. »Ich kann sofort mit dem Gral reden. Marlin kommt herüber, gibt den Auftrag, und fertig. Sie kriegen es dienstlich. Marlin ist es egal, ob Killian oder ich. Und die Instruktion kann ich auswendig. Es ist schade um die Zeit, Herr Gosse. Bitte geben Sie mir was zu essen, sagen Sie mir, wo ich mich waschen kann, und danach besprechen wir die Einzelheiten.«

Ratlos blickte Gosse zu London hinüber. Wenn er von ihm Unterstützung erwartet hatte, sah er sich enttäuscht.

»Er wird gehen«, sagte der Stellvertreter. »Ein Höhlenforscher, der im Sommer im Gral war, hat von ihm erzählt. Er ist genau wie dein Pirx. Ein stilles Wasser. Nur um die Pfeife ist es schade. Geh dich baden, Kollege, die Duschen sind unten. Und komm gleich wieder her, damit die Suppe nicht kalt wird.«

Der Pilot lächelte London dankbar an. Im Hinausgehen hob er seinen Helm auf, so energisch, daß ihm die Enden sämtlicher Schläuche gegen die Hüften schlugen. Kaum war die Tür hinter ihm zu, begann London an den Wärmegeräten lautstark mit Geschirr zu hantieren.

»Was bringt denn das?« frage Gosse wütend den ihm zugekehrten Rücken. »Du bist vielleicht gut!«

»Und du bist ein tapsiger Freund. Wozu hast du Pirx die Maschine gegeben?«

»Ich mußte, ich hatte sein Wort.«

London drehte sich herum, einen Topf in der Hand. »Tipp dir an die Stirn, mein Junge. Du hattest sein Wort! Wenn dir so einer sein Wort gibt, hinter dir ins Wasser zu springen, dann hält er es. Und wenn er sagt, er wird nur zuschauen, wie du absäufst, dann springt er auch. Habe ich recht?«

»Recht haben und rational denken ist nicht dasselbe«, setzte sich Gosse zur Wehr, ohne offenbar noch hinter seinen Worten zu stehen. »Wie kann er ihnen helfen?«

»Er kann Spuren finden. Er nimmt den Strahler ...«

»Hör auf! Ich höre lieber noch mal den Gral, vielleicht gibt es was Neues.«

Bis zur Dämmerung war es noch lange hin, aber es war dunkel durch die Wolken, die um den hell beleuchteten Pilz des Towers saßen. London machte sich am Tisch zu schaffen, Gosse, die Kopfhörer über den Ohren, rauchte eine Zigarette nach der anderen und lauschte auf das leere Gerede der Basis des Grals mit den Raupenfahrzeugen, die nach der Rückkehr der Helikopter ausgesandt worden waren. Dabei dachte er über diesen Piloten nach. Hatte er den Kurs nicht allzu eilfertig, ohne zu fragen, geändert, um hier bei ihnen zu landen? Wenn einer mit neunundzwanzig Raumschiffkommandant ist und das Patent für kosmische Fernflüge in der Tasche hat, muß er ein harter Bursche und ein Feuerkopf sein, sonst hätte er es nicht so weit gebracht. Die Gefahr lockte seine jugendliche Kühnheit. Wenn er selbst schuld war, dann nur aus Versehen. Hätte er nach Killian gefragt, hätte er das Raumschiff dem Gral aufgedrungen. Übrigens war sich der Flugleiter Gosse nach vierundzwanzig Stunden ohne Schlaf gar nicht bewußt, daß er den Ankömmling in Gedanken unwillkürlich schon beerdigt hatte.

Wie hieß der Mann überhaupt? Er hatte es gewußt und vergessen und hielt dies für eine Erscheinung des nahenden Alters.

Er drückte eine Taste, auf dem linken Monitor sprangen Reihen grüner Buchstaben hervor:

RAUMSCHIFF: HELIOS STÜCKGUTFRACHTER II. KLASSE

HEIMATHAFEN: SYRTIS MAIOR

ERSTER PILOT: ANGUS PARVIS

ZWEITER PILOT: ROMAN SINKO

FRACHT: GÜTERLISTE ANGEBEN ? ? ?

Er schaltete ab, die beiden Genannten erschienen soeben in Pullovern und Trainingshosen. Sinko, ein magerer, kraushaariger Bursche, tat bei der Begrüßung sehr geschäftig, denn der Reaktor hatte in der Tat ein Leck. Sie setzten sich vor die Suppe, die aus Dosen stammte. In Gosse faßte der Gedanke Fuß, daß dieser Draufgänger, dem er die Maschine anvertrauen würde, einen verdrehten Namen habe. Nicht Parvis, sondern *Parsifal* müßte er heißen, denn das hätte zum Gral gepaßt. Ihm war aber nicht nach Späßen zumute, und so behielt er das Spielchen mit Anagrammen für sich. Es gab eine kurze Diskussion, ob sie zu Mittag oder zu Abend äßen, ein Streit, der wegen des Unterschieds von Bord-, Erd- und Titanzeit nicht zu entscheiden war. Danach fuhr Sinko nach unten, um mit einem Techniker die Defektoskopie zu erörtern, die für Ende der Woche vorbereitet wurde, wenn der Reaktor abgekühlt war und die Risse in seiner Hülle provisorisch abgedichtet werden konnten.

Der Pilot, Gosse und London erzeugten im leeren Teil des Raums ein Diorama des Titans. Das von holographischen Bildwerfern geschaffene dreidimensionale, farbige Bild reichte vom Nordpol bis zum Äquator und enthielt die eingezeichneten Routen. Man konnte es größer und kleiner einstellen, und Parvis machte sich mit dem ganzen Gebiet vertraut, das sie vom Gral trennte.

Das Gastzimmer, das er bekommen hatte, war klein, aber gemütlich, es hatte ein Doppelstockbett, einen Schreibtisch mit schräger Platte, einen Sessel, einen kleinen Schrank und eine so enge Dusche, daß er beim Waschen mit den Ellenbogen immer wieder gegen die Wände stieß. Er legte sich auf das Plaid und begann in dem dicken Handbuch der Titanographie zu blättern, das er von London geliehen hatte. Zuerst suchte er im Index das Stichwort WALD von BIRNAM, aber das gab es weder unter W noch unter B. Die Wissenschaft hatte diesen Namen nicht zur Kenntnis genommen. Er blätterte weiter, bis er zu den Geisern kam. Dem Verfasser zufolge verhielt es sich mit ihnen nicht ganz so, wie Gosse gesagt hatte. Der Titan, der schneller als die Erde und die übrigen inneren Planeten erkaltet war, hatte gewaltige Massen komprimierter Gase in sich eingeschlossen, die an den Brüchen seiner Kruste auf die alten Vulkanstöcke und das unterirdische, über Hunderte von Kilometern verzweigte Netz ihrer Magmaadern drückten und bei entsprechender Konfiguration von Synklinen und Antisynklinen unter hohem Druck als Fontänen flüchtiger Körper in die Atmosphäre schossen. Diese chemisch sehr komplizierte Mischung enthielt Kohlendioxid, das sofort zu Schnee gefror. Von den Stürmen breitgetragen, legte er sich in einer dicken Schicht über die Ebenen und Berghänge.

Der trockene Ton dieser Ausführungen stieß Angus ab. Er löschte das Licht und deckte sich zu, etwas überrascht, daß Decke und Kopfkissen so ruhig liegenblieben – nach einem knappen Monat Schwerelosigkeit war er daran nicht mehr gewöhnt. Er schlief sofort ein.

Ein inneres Ungestüm riß ihn so jäh aus der Bewußtlosigkeit, daß er mit offenen Augen im Bett saß, bereit, herauszuspringen. Geistesabwesend sah er sich um und massierte sich das Kinn. Diese Bewegung erinnerte ihn an den Traum, den er eben gehabt hatte. Ein Boxkampf. Er hatte gegen einen Profi im Ring gestanden und seine Niederlage gleich vorausgesehen, wie ein Klotz war er k. o. gegangen. Er riß die Augen auf, der Raum drehte sich wie das Cockpit bei einer scharfen Wende. Jetzt wurde er vollends wach, wie durch Kurzschluß war die Erinnerung hergestellt: die gestrige Landung, die Havarie, der Streit mit Gosse und die Beratung vor dem Diorama. Das Zimmer war klein wie die Kabine auf einem Frachter. Das rief ihm zurück, was Gosse ihm gesagt hatte, als sie auseinandergingen: Er sei in seiner Jugend auf einem Walfänger gefahren.

Beim Rasieren überdachte er seinen Entschluß. Wäre nicht der Name Pirx gewesen, hätte er zweimal überlegt, ehe er so rücksichtslos die Genehmigung für solch einen Ausflug verlangt hätte. Unter den Strömen von abwechselnd heißem und eiskaltem Wasser versuchte er in gewohnter Weise zu singen, aber es klang nicht überzeugend. Also war ihm nicht ganz wohl. Er spürte, daß das, worauf er sich versteift hatte, an Dummheit grenzte, die schlimmer war als nur ein Wagnis. Von den Wasserstrahlen geblendet, die ihm ins erhobene Gesicht schlugen, erwog er einen Augenblick lang den Gedanken, eine Ausflucht zu suchen. Er wußte jedoch, daß das ausgeschlossen war. Allenfalls ein Grünschnabel hätte sich so etwas leisten können. Er frottierte sich ordentlich ab, machte das Bett und ging, bereits fertig angekleidet, auf die Suche nach Gosse. Ihn begann auf einmal etwas zu treiben, immerhin mußte er sich noch mit dem unbekannten Modell vertraut machen, ein bißchen trainieren und sich die angemessenen Bewegungen einprägen.

Gosse war nirgends zu finden. Vom Sockel des Kontrollturms, durch Tunnel mit diesem verbunden, erstreckten sich Gebäude nach zwei Seiten. Die Lokalisierung des Kosmodroms war Ergebnis eines Versehens oder eines gewöhnlichen Irrtums. Der unbemannten Erkundung zufolge sollten sich unter diesem einstmals vulkanischen Tal, einem von den seismischen Krämpfen des Titan emporgeblähten alten Kraterrand, Erzlagerstätten befinden. Man brachte also Maschinen und Menschen hierher und begann faßähnliche Wohnkomplexe für die Bergmannschaften zu montieren, als Nachrichten eintrafen, einige hundert Meilen weiter dehnten sich unwahrscheinlich reiche und leicht abzubauende Uranlager aus. In der Verwaltung des Projekts kam es zu einer Spaltung. Die einen wollten das Kosmodrom aufgeben und im Nordosten alles von vorn beginnen, die anderen blieben dabei, nur der hiesige Ort käme in Frage, die Oberflächenlagerstätten jenseits der Depression seien flach und demnach wenig ergiebig. Die Anhänger einer Liquidierung des ersten Brückenkopfes bezeichnete jemand einmal als Leute, die auf der Suche nach dem heiligen Gral seien, und seither war dieser Name an dem Gebiet der Tagebauarbeiten haftengeblieben.

Das Kosmodrom war schließlich weder aufgegeben noch ausgebaut worden, es kam zu einem faulen Kompromiß, erzwungen durch einen Mangel an Kräften und eigentlich an Kapital. Obwohl die Betriebswirtschaftler x-mal vorrechneten, daß es auf längere Sicht rentabler sei, den Landeplatz im alten Krater zu schließen und die Arbeit an einem Ort, dem Gral, zu konzentrieren, siegte die Logik des Provisorischen. Übrigens konnte der Gral lange keine größeren Raumschiffe aufnehmen, während der Roembden-Krater (so hieß er nach seinem Entdecker, einem Geologen) weder über ein eigenes Reparaturdock noch über Portalkräne zum Verladen oder modernste Geräte verfügte. Es gab einen ewigen Streit, wer wem diene und wer was davon habe. Wie es hieß, glaubte ein Teil des Vorstands nach wie vor an Uran unter dem Krater, man stellte auch Probebohrungen an, die aber nicht vorankamen, weil der Gral, kaum daß ein paar Leute und Kräfte hier eintrafen, sofort bei der Direktion intervenierte und alles zu sich hinüberholte, so daß die Gebäude erneut verödeten und die Maschinen verlassen zwischen den düsteren Wänden des Roembden stehenblieben.

Gleich den anderen Frachtfliegern hielt sich Parvis aus all diesen Reibereien und Konflikten heraus, wenngleich er darüber immer ein wenig auf dem laufenden sein mußte – das verlangte die diffizile Lage eines jeden, der im Transport arbeitete.

Der Gral wollte angesichts vollendeter Tatsachen das Kosmodrom liquidieren, vor allem nach dem Ausbau des eigenen Landeplatzes, aber der Roembden kam ihm dabei immer wieder in die Quere und bewies zudem seine Nützlichkeit, als der großartige Beton des Grals in die Brüche ging. Für den Hausgebrauch sah Parvis die Wurzeln dieses chronischen Zwistes nicht in den Finanzen, sondern in der Psychologie, denn es waren zwei lokale und allein schon dadurch zerstrittene Patriotismen, des Roembden und des Grals, entstanden. Alles übrige war die Suche nach Argumenten zugunsten der jeweiligen Seite. Das durfte man aber keinem sagen, der auf dem Titan beschäftigt war.

Die Räume unter dem Kontrollturm erinnerten an eine verlassene unterirdische Stadt, und es konnte einem leid tun beim Anblick des Materials, das hier ungenutzt herumlag. Angus war schon einmal als Hilfsnavigator im Roembden gelandet, aber da hatten sie es so eilig gehabt, daß er nicht einmal von Bord gegangen war, sondern die ganze Zeit im Frachtraum verbracht und das Ausladen überwacht hatte. Jetzt betrachtete er die unausgepackten, noch nicht einmal entsiegelten Container mit um so größerem Verdruß, als er unter ihnen auch die erkannte, die er damals hergebracht hatte. Verärgert über die Leere, begann er zu rufen wie im Walde, aber nur das Echo hallte dumpf und tot aus den geschlossenen Gängen des Lagers.

Er fuhr mit dem Lift nach oben. Im Flugleitraum traf er

London an, aber auch der wußte nicht, wo Gosse steckte. Vom Gral gab es nichts Neues. Die Monitore flimmerten. Es roch nach gebratenem Schweinebauch. London schlug ein paar Eier darüber und warf die Schalen in den Ausguß.

»Eier habt ihr hier?« staunte der Pilot.

»Das kann ich dir sagen!«

London war mit ihm bereits per du.

»Ein Elektroniker hat einen Käfig mit Hühnern mitgebracht, er hatte ein Magengeschwür und mußte Diät halten. Erst gab es Protest, die Tiere würden hier alles verstänkern, was sollten sie denn zu fressen kriegen, aber er ließ ein paar mit einem Hahn hier, und jetzt geben wir damit sogar groß an. Frische Eier sind eine Delikatesse in dieser Gegend. Setz dich, Gosse wird sich schon einfinden.«

Angus war hungrig, er stopfte sich unanständig große Stücke Spiegelei in den Mund, fand dafür im stillen jedoch eine Rechtfertigung: Für das, was ihn erwartete, brauchte er Kalorien.

Das Telefon läutete, Gosse rief ihn zu sich. Er dankte London für die erlesene Mahlzeit, trank mit einem Zuge seinen Kaffee aus und fuhr ein Stockwerk tiefer. Der Flugleiter, schon im Overall, stand auf dem Flur. Die Stunde hatte geschlagen. Angus sprang auf sein Zimmer, schlüpfte geschickt in den Raumanzug, schloß den Sauerstoffbehälter an den Schlauch des Anzugs an, ließ den Hahn aber geschlossen und setzte auch den Helm nicht auf, ungewiß, ob sie die hermetisch abgeschlossenen Räume sogleich verlassen würden. Mit einem anderen Lift, dem Güteraufzug, fuhren sie in das Kellergeschoß. Auch dort war ein Lager, vollgestopft mit Behältern, die Munitionswagen glichen, denn aus jedem ragten wie großkalibrige Granaten fünf Sauerstoffflaschen. Der Raum war groß, aber so voll, daß der Weg zwischen Wänden von Kisten führte, Ladungen von Produzenten aller irdischen Kontinente, mit vielsprachigen Aufschriften bemalt. Der Pilot hatte ein Weilchen auf Gosse zu warten, der zum Umziehen gegangen war, und erkannte ihn nicht gleich in dem schweren, ölverschmierten Arbeitsskaphander eines Monteurs, das Nachtsichtgerät vor dem Glas des Helms.

Durch die Druckkammer gingen sie ins Freie. Der Boden des Gebäudes hing über ihnen, denn das Ganze ähnelte einem riesigen Pilz mit verglastem Hut. Oben machte sich bereits London zu schaffen, der den grünen Flimmer der Monitore mit seinem Schatten verdeckte.

Sie umschritten den Schaft des Towers, der rund und fensterlos war wie ein in die Brandung gebauter Leuchtturm. Gosse öffnete das Wellblechtor einer Garage. Flakkernd gingen die Leuchtröhren an. Vor einem zur Hinterwand gerückten Wagenheber stand in dem sonst leeren Raum ein Jeep, ähnlich den alten Mondautos der Amerikaner. Ein offenes Fahrgestell, Sitze mit Fußstützen, nichts als ein Rahmen auf Rädern, mit einem Lenkrad und dem hinten angebrachten, geschlossenen Batteriekasten. Gosse fuhr auf den holprigen Schotter vor den Tower und stoppte, damit der Pilot einsteigen konnte. Durch den braunroten Dunst fuhren sie auf einen undeutlich sichtbaren, niedrigen, flachgedeckten Gebäudeklotz zu. Fern hinter den Bergrücken schimmerten matte Lichtsäulen auf wie Suchscheinwerfer der Luftabwehr, hatten aber mit dergleichen Gerümpel nichts gemein. Die Sonne lieferte dem Titan, zumal an trüben Tagen, nur wenig Licht, und so hatte man während des Abbaus der Uranlager zwei riesige Spiegel leichter Bauart auf eine stationäre Umlaufbahn über dem Gral gebracht, sogenannte Solektoren, die die Sonnenstrahlen auf das Bergwerksgelände konzentrieren sollten. Der Nutzen erwies sich als problematisch. Der Saturn mit seinen Monden bildet einen für Berechnungen fatalen Raum der Wirkung großer Massen. Trotz aller Bemühungen der Astroingenieure unterlagen die Lichtsäulen daher Abweichungen und wanderten oft zum Roembden-Krater.

Den Einsiedlern dieses Ortes bereiteten solche Sonnenbesuche nicht nur eine ironische Genugtuung, denn zumal nachts offenbarte der Kraterkessel, aus dem Dunkel gerissen, seine ganze drohende, faszinierende Schönheit.

Gosse wich mit dem Jeep den Hindernissen aus, ungeschlachten Kufen gleichenden walzenförmigen Blöcken, Pfropfen kleiner vulkanischer Öffnungen. Auch er bemerkte die Helle, die kalt war wie Polarlicht, und brummte vor sich hin: »Sie kommen zu uns. Prima. Gleich werden wir eine Sicht haben wie im Theater.« Mit unverhohlener Bosheit setzte er hinzu: »Ein guter Kerl, dieser Marlin.«

Angus verstand den Hohn, denn die Helligkeit im Roembden bedeutete ägyptische Finsternis im Gral, Marlin oder sein Dispatcher hatten wohl schon die Bedienungsmannschaft der Solektoren aus den Betten geholt, damit sie die kosmischen Spiegel mit den Steuertriebwerken wieder an die gehörige Stelle brachten. Inzwischen näherten sich die beiden Lichtsäulen immer mehr, und in der einen blitzte bereits der vereiste Rücken des östlichen Grats. Eine zusätzliche Freude der Leute vom Roembden war die für den Titan seltsame Klarheit der Atmosphäre in diesem Krater. Dadurch konnte man wochenlang am gestirnten Firmament die gelbe, von flachen Ringen umgebene Scheibe des Saturns bewundern. Fünfmal weiter entfernt als der Mond von der Erde, erschien der aufgehende Planet in einer Größe, die Neulinge immer wieder verblüffte. Ohne Fernglas gab er die vielfarbigen Streifen seiner Oberfläche preis, dazu die schwarzen Schattentropfen, die seine näheren Monde während ihrer Finsternisse warfen. Dieses Schauspiel wurde möglich durch einen borealen Luftstrom, der so heftig durch die Felsengurgel fegte, daß er einen Föhneffekt erzeugte. Nirgendwo anders auf dem Titan war es so warm wie im Roembden.

Die Bedienungsmannschaft hatte die Solektoren entweder noch nicht wieder im Griff, oder wegen des Alarmzustands konnte sich keiner damit befassen, jedenfalls zog der Lichtstreif bereits über den Boden des Kessels. Es wurde taghell, der Jeep wäre ohne die Scheinwerfer ausgekommen. Der Pilot sah die grauen Betonplatten rings um seine HELIOS. Jenseits dieser Fläche, dort, wo sie hinfuhren, erhoben sich wie versteinerte Stämme monströser Bäume vulkanische Korken, die einst aus seismischen Schußlöchern gebrochen und seit Jahrmillionen erstarrt waren. In der perspektivischen Verkürzung sahen sie aus wie die zertrümmerte Säulenhalle eines Tempels und ihre huschenden Schatten wie die Zeiger von Sonnenuhren, die eine fremde, hastende Zeit anzeigten. Der Jeep fuhr an dieser unregelmäßigen Palisade vorüber. Er schaukelte, die Elektromotoren jammerten leise, das flache Gebäude lag noch im Halbdunkel, aber man sah dahinter bereits zwei schwarze Silhouetten aufragen wie gotische Kirchtürme. Ihre tatsächliche Größe konnte der Pilot erst abschätzen, als er ausgestiegen war und mit Gosse näher heranging.

Solche Kolosse hatte er noch nie gesehen. Er hatte noch keinen Diglator gesteuert, aber das hatte er nicht zugegeben. Kleidete man eine solche Maschine in haariges Fell, so verwandelte sie sich in King Kong. Die Proportionen waren weniger menschlich als anthropoidal. Die Beine aus Brückengittern kamen senkrecht herab und gingen in die Füße über, die – gewaltig wie Panzer – reglos im Geröll steckten. Die turmgleichen Schenkel führten in einen schüsselförmigen Kreis, und in diesem saß wie ein breitgebauter Schiffsrumpf der eiserne Korpus. Die Hände an den oberen Extremitäten sah er erst, nachdem er den Kopf weit in den Nacken gelegt hatte. Sie hingen am Leib herunter wie herabgelassene Kranausleger mit stahlhart geballten Fäusten. Beide Kolosse waren ohne Kopf, und was man von weitem für Türmchen halten konnte, erwies sich jetzt vor dem Hintergrund des Himmels als Antennenanlage, die jeweils aus dem Rücken ragte.

Hinter dem ersten Diglator stand – seinen Panzer mit dem gekrümmten Ellenbogengelenk fast berührend, als habe er ihn stoßen wollen und sei mitten in der Bewegung erstarrt – ein zweiter, ihm ähnlich wie ein Zwilling. Da er sich etwas weiter weg befand, war in seiner Brust das blitzende Glas eines Fensters zu sehen. Das war die Steuerkabine.

»Das ist Kastor, und das ist Pollux«, vollzog Gosse die Vorstellung. Er ließ das Licht eines Handscheinwerfers über die Riesen streifen. Der Strahl holte aus dem Dunkel die Panzer des Beinschutzes, die Schutzschilde an den Knien und am Rumpf, schwarzglänzend wie der massige Leib eines Wals.

»Haartz, dieser Trottel, hat sie nicht mal in den Hangar steuern können«, sagte Gosse. Er tastete auf der Brust nach dem Griff für die Klimatisierung. Der Atem hatte das Glas seines Helmes beschlagen. »Vor diesem Hang hat er gerade noch bremsen können ...«

Der Pilot konnte sich denken, warum dieser Haartz die beiden Kolosse in die Felskluft geklemmt und lieber dort stehengelassen hatte. Es lag an der Trägheit der Masse. Nicht anders als ein Hochseeschiff gehorcht die selbstschreitende Maschine dem Steuermann um so schwerfälliger, je massiver sie ist. Er hatte schon die Frage auf der Zunge, wieviel so ein Diglator wiege, wollte sich jedoch nicht durch Unkenntnis blamieren. Er nahm Gosse die Lampe ab und schritt am Fuße des Giganten entlang. Das Licht über den Stahl führend, fand er wie erwartet in Augenhöhe das angenietete Datenschild. Maximale Dauerleistung 14000 kW, zulässige Überlastung 19 000 kW, Ruhemasse 1680 Tonnen, Multi-Target-Tokamak-Reaktor mit Foucault-Austauscher. Hydraulik des Hauptgetriebes und der Differentiale von Rolls Royce, das Chassis Made in Sweden.

Er richtete das Lichtbündel in die Höhe, an dem gegitterten Bein hinauf, konnte jedoch nicht den ganzen Rumpf auf einmal erfassen. Nur die Konturen der schwarzen Schultern, über denen kein Kopf war, zeichneten sich ab. Er wandte sich nach Gosse um, aber der war verschwunden. Sicher war er gegangen, um die Heizung des Landeplatzes einzuschalten. Kleine Rohre auf dem Boden begannen den niedrigstehenden, dünnen Nebel zu zerstreuen. Die verirrte Sonnensäule des Solektors tanzte wie betrunken durch den Kraterkessel, riß aus dem Dunkel bald die Klötzer der Lagerhäuser, bald den Pilz des Kontrollturms mit dem grünen Band seiner Beleuchtung, bald brachte er, wenn er auf die vereisten Berge fiel, ein sogleich wieder erlöschendes Glitzern hervor – es war, als wolle er die tote Landschaft wecken, durch Bewegung zum Leben erwecken. Auf einmal schoß er zur Seite, jagte über die Betonbahnen, übersprang den Pilz des Towers, die Palisade der Magmastämme, das ebenerdige Magazingebäude und traf den Piloten. Dieser schirmte sich sogleich mit dem Handschuh und legte den behelmten Kopf in den Nacken, um bei dieser Gelegenheit den Diglator in voller Größe zu sehen. Von schwarzem Korrosionsschutz überzogen, glänzte er über ihm wie ein aufgebäumter Panzerkreuzer.

Es war, als posiere er für ein Blitzlichtfoto. Die gehärteten Brustplatten, die runde Lagerung der Hüften, die Pfeiler und Antriebswellen der Schenkel, die Schutzschilde der Kniegelenke, die Gitterstreben des Schienbeins – alles glänzte untadelig zum Zeichen, daß er bisher noch nie zum Einsatz gekommen war. Angus empfand Freude und Lampenfieber. Er schluckte durch die gepreßte Kehle den Speichel hinunter und ging in dem sich bereits entfernenden Licht weiter, um auf die Rückseite des Riesen zu kommen. Als er sich der Ferse näherte, wurde die Ähnlichkeit mit dem menschlichen Fuß zunächst zur Karikatur, verschwand jedoch gänzlich bei der ins Geröll gegrabenen Sohle. Der Pilot stand hier wie unter dem Fundament eines

Portalkrans, den nichts aus seinen Grundfesten reißen kann. Der gepanzerte Absatz konnte einer hydraulischen Presse als Ständerplatte dienen. Das Sprunggelenk hielten Bolzen wie Schiffsschrauben zusammen, und das Knie, das sich zwei Stockwerke hoch in der Mitte des Beines wölbte, war die reine Mühle. Die Hände des Riesen, größer als Baggerschaufeln, hingen reglos herab, erstarrt in Habachtstellung.

Gosse war verschwunden, aber der Pilot wollte keine Zeit verlieren. Er bemerkte Fußtritte und Handgriffe, die aus dem Außenblech der Ferse ragten, und stieg daran nach oben. Das Sprunggelenk war von einem kleinen Podest umgeben, von dem aus im Innern der vergitterten Wade eine senkrechte Leiter aufwärts führte. Es war weniger schwierig als seltsam, ihre Sprossen hinaufzuklettern. Sie führte an eine Klappe, die nicht sehr günstig über dem rechten Oberschenkel angebracht war, denn ihre ursprüngliche, den Konstrukteuren viel praktischer erscheinende Anordnung war Ursache nicht enden wollender, übrigens nur auf mäßigem Niveau stehender Witzeleien gewesen. Die Projektanten der ersten Pedipulatoren machten sich zwar daraus gar nichts, mußten aber später darauf Rücksicht nehmen, als die Zahl der Bewerber für einen Posten nachließ, dessen Inhaber ewig von Sticheleien geplagt wird, *wo* er seinem Atlas hineinkriecht.

Die Entriegelung der Klappe löste das Aufleuchten einer Girlande kleiner Lampen aus. Über eine Wendeltreppe gelangte Parvis in die Kabine. Sie war wie ein großes gläsernes Faß oder Rohr, durchgängig in die Brust des Diglators eingesetzt, nicht in der Mitte, sondern auf der linken Seite, als hätten die Ingenieure den Menschen dort unterbringen wollen, wo bei einem Riesen von Fleisch und Blut das Herz sitzt.

Mit einem Blick umfaßte er das ebenfalls bereits beleuchtete Innere und erkannte voller Erleichterung die vertraute Anordnung der Steuersysteme. Er fühlte sich wie zu Hause. Hastig nahm er den Helm ab, zog den Raumanzug aus und schaltete die Klimaanlage ein. Er trug ja nur noch den Trikotpullover und die Trainingshose und sollte sich, um den Riesen zu bewegen, splitternackt ausziehen. Die Kabine füllte sich mit warmer Luft, und er hielt durch die gewölbte Frontscheibe Ausschau. Es war bereits Tag, trübe wie gewöhnlich, denn auf dem Titan herrscht immer Dunkel wie vor einem Gewitter. Er blickte in die felsige Trümmerlandschaft fern hinter dem Kosmodrom wie aus dem Fenster eines Hochhauses, immerhin befand er sich in einer Höhe, die acht Stockwerken entsprach. Selbst auf den Pilz des Kontrollturms sah er von oben herab. Bis zu den Bergrücken am Horizont wurde sein Standpunkt nur vom Bug der HELIOS überragt. Durch ein ebenfalls konkav gewölbtes Seitenfenster konnte er in dunkle Schächte blicken, die nur schwach von Lampen erhellt waren. Die Maschinerie darin gab ein gleichmäßiges Schnaufen von sich, als sei sie aus der Lethargie oder dem Schlaf erwacht. Die Kabine enthielt weder Reglerpulte noch Steuergriffe oder Monitore, nichts außer der Bekleidung des Führers, die wie eine leere, metallisch glänzende Haut am Boden lag, und Mosaiken kleiner schwarzer Würfel, die an der Vorderscheibe befestigt waren und wie Spielzeug aus einem Kinderzimmer aussahen. Ihre Seitenflächen trugen nämlich die Umrisse winziger Arme und Beine, die rechten rechts, die linken links. Wenn der Koloß in Bewegung war und alles seinen normalen Gang ging, leuchteten diese kleinen Bildchen in einem ruhigen Grün, das bei kleineren Störungen in Graugrün und bei einer ernsthafteren Havarie in Purpurrot umschlug.

Dieses schwarze Mosaik vermittelte in seinen einzelnen Segmenten ein Bild von der ganzen Maschine. Im warmen Hauch der Klimaanlage zog sich der junge Mann aus, warf das Trikot in die Ecke und legte die Maschinistenkleidung an. Das nachgiebige, elastische Material schmiegte sich eng um seine nackten Füße, um Schenkel, Bauch und Rücken. Als er bis zum Halse in dieser elektronischen Schlangenhaut steckte, zog er sorgfältig, Finger für Finger, die Handschuhe an. Nachdem er dann in einem Zuge den von unten über die Brust reichenden Reißverschluß geschlossen hatte, leuchtete das bisher schwarze Mosaik in vielfarbigen Lämpchen auf. Mit einem Blick überzeugte er sich, daß sie genauso angeordnet waren wie in den Eisschreitern, die er in der Antarktis bedient hatte, wenngleich diese den Diglatoren an Masse weit nachstanden. Mit einem Griff holte er von der Decke das Gurtwerk einer Art Geschirr, das er sich umlegte und auf der Brust festzog. Als das Klammerschloß zuschnappte, hob ihn das Geschirr sanft federnd in die Höhe, so daß er, unter den Achseln gehalten, wie in einem gutgepolsterten Korsett in der Schwebe hing und ungehindert die Beine bewegen konnte. Er vergewisserte sich, daß die Arme ebenso frei waren, und griff sich ins Genick, um den Hauptschalter zu suchen. Er fand den kleinen Hebel und legte ihn bis zum Anschlag um. Die Lämpchen auf den Würfeln verdoppelten ihre Helligkeit, und zugleich hörte er, wie tief unter ihm die Triebwerke der Gliedmaßen anliefen, im Leerlauf, leise schmatzend, weil aus den Pleueln das übermäßige Schmierfett gedrückt wurde, das man noch auf der Erde zum Korrosionsschutz in die Lager gepreßt hatte.

Aufmerksam nach unten blickend, um nicht die Ecke der Lagerhalle mitzunehmen, tat er den ersten, vorsichtigen, kleinen Schritt. Im Futter seines Anzugs steckten Tausende in winzigen Spiralen eingenähte Elektroden. Eng am nackten Körper anliegend, nahmen sie die Impulse der Nerven und Muskeln auf, um sie an den Goliath weiterzuleiten. Wie jedem Knochengelenk des Menschen in der Maschine ein tausendfach größeres, hermetisch abgeschlossenes Metallgelenk entsprach, so gab es analog den Muskelgruppen, die die Gliedmaßen beugen und strecken, Zylinder, die reinsten Kanonenrohre, in denen Kolben, von Öl getrieben, auf und nieder fuhren. Das alles aber brauchte der Maschinist weder zu bedenken noch überhaupt zu wissen. Er hatte sich so zu bewegen, als ginge er über den Boden, als trete er mit den Füßen auf, als beugte er den Rumpf, um mit der ausgestreckten Hand einen Gegenstand aufzuheben. Wichtig waren lediglich zwei Unterschiede. Der erste bestand allein schon in der Größe, denn ein Schritt des Mannes in der Kabine brachte die Maschine um zwölf Meter voran, und ähnlich verhielt es sich bei jeder anderen Bewegung auch. Dank der unerhörten Präzision der Relais konnte die Maschine nach dem Willen des Maschinisten ein volles Glas von einem Tisch nehmen und in eine Höhe von zwölf Stockwerken heben, ohne einen Tropfen zu verschütten oder das Gefäß in dem stählernen Zangengriff zu zerbrechen, aber das wäre nicht mehr gewesen als die Demonstration besonderer Kunstfertigkeit des Maschinisten, denn nicht Steinchen oder Gläschen sollte der Koloß aufnehmen, sondern tonnenschwere Röhren, Traversen und Gesteinsbrocken. Gab man ihm die entsprechenden Werkzeuge in die Hand, so wurde er zum Bohrturm, zum Bagger oder zum Kran – immer ein Kraftpaket, das fast unerschöpfliche Stärke mit menschlicher Geschicklichkeit vereinte.

Die Großschreiter waren eine Potenzierung des Konzepts eines Exoskeletts, wie es – als äußerer Verstärker des menschlichen Körpers – bereits aus vielen Prototypen des 20. Jahrhunderts bekannt war. Damals war die Erfindung verkümmert, weil man auf der Erde keine Bedingungen vorfand, in denen sie konkurrenzlos anwendbar gewesen wäre. Die Eroberung des Sonnensystems ließ diese Vorstellungen wieder aufleben. Planetarmaschinen tauchten auf, den örtlichen Aufgaben und Gegebenheiten, den jeweiligen Himmelskörpern angepaßt, auf denen sie arbeiten sollten. Vom Gewicht her unterschieden sie sich also, aber das Beharrungsvermögen der Masse ist überall gleich, und hier lag der zweite, wesentlichste Unterschied zwischen ihnen und den Menschen.

Sowohl die Belastbarkeit des Baustoffs als auch die Antriebskraft haben ihre Grenzen. Sie werden gesetzt von der Trägheit der Masse, die selbst dann vorhanden ist, wenn sich weit und breit kein gravitierender Körper befindet. Man kann mit dem Großschreiter keine schnellen Bewegungen machen, ebensowenig wie sich ein Panzerkreuzer auf See jäh zum Halten bringen oder der Ausleger eines Krans wie ein Propeller herumwirbeln läßt. Wer mit dem Diglator so etwas versuchte, würde ihm die Brückenkonstruktion der Gliedmaßen brechen. Um solchen Unfällen vorzubeugen, haben die Techniker in alle Zweigstücke des Antriebs Sicherungen eingebaut, die jedes Manöver, das einer Katastrophe gleichkäme, vereiteln. Der Maschinist kann diese Wächter jedoch einzeln oder insgesamt abschalten, falls er in schlimmste Schwierigkeiten gerät. Auf Kosten der ruinierten Maschine könnte er dann mit dem Leben davonkommen – bei einem Steinschlag etwa oder in anderen Notsituationen. Sollte selbst das keine Rettung bieten, blieb ihm als letzte Chance, als *ultimum refugium*, der Vitrifikator. Der Mensch wurde ja durch den Außenpanzer des Schreiters und die inneren Schutzschilde der Kabine geborgen, in der letzteren jedoch gähnte über ihm wie eine Glocke die Mundöffnung des Vitrifikators. Diese Anlage konnte einen Menschen in Sekundenbruchteilen einfrosten. Die Medizin war allerdings noch außerstande, den vitrifizierten Körper wiederzubeleben, die Katastrophenopfer ruhten in Behältern mit Flüssigstickstoff und warteten, ohne sich zu verändern, auf die Resurrektionskünste kommender Jahrhunderte.

Dieses Aufschieben der Arztespflichten in eine unbestimmte Zukunft sah vielen Menschen nach einer makabren Desertierung aus, einem Hilfeversprechen ohne jegliche Garantie der Erfüllung. Dennoch war es ein Präzedenzfall, der an eine Grenze stieß, aber in der Medizin nicht der erste war. Die ersten Transplantationen von Affenherzen für Menschen in Todesgefahr hatten ähnliche Reaktionen der Entrüstung und des Grauens ausgelöst. Bei Umfragen unter den Maschinisten wurde übrigens festgestellt, daß sie in die Vitrifizierungsapparate nur bescheidene Hoffnungen setzten. Ihr Beruf war etwas Neues, der darin lauernde Tod so alt wie alle menschlichen Unternehmungen. Auch Angus Parvis gedachte, während er mit schweren Schritten über den Boden des Titan stampfte, nicht im geringsten des schwarzen Brunnenrings über seinem Kopf und des Auslösers, der wie ein kleiner Rubin in einer durchsichtigen Haube glomm.

Mit übertriebener Vorsicht betrat er die Betonfläche des Kosmodroms, um dort die Gänge des Diglators zu erproben. Sogleich kehrte der seit langem bekannte Eindruck wieder, ungewöhnlich leicht und schwer zugleich zu sein, frei und gefesselt, langsam und schnell – ein annähernd entsprechendes Gefühl mag ein Taucher haben, den der Auftrieb des Wassers seines Körpergewichts entledigt, dem das flüssige Medium aber um so größeren Widerstand leistet, je rascher er sich bewegen will. Die Prototypen der Planetarmaschinen, die noch keine Begrenzer der Beweglichkeit hatten, waren schon nach wenigen Arbeitsstunden schrottreif. Dem Neuling, der mit dem Großschreiter ein paar Schritte gemacht hat, teilt sich die Überzeugung mit, die Kunst sei kinderleicht, und so kommt es, daß er bei der Ausführung einer einfachen Aufgabe, etwa wenn er eine Reihe Traversen auf die Mauern eines Baues legen soll, diese Mauern eingerannt und alle Stützen verbogen hat, ehe es ihm zu Bewußtsein gekommen ist. Doch kann auch die Maschine mit Sicherungen für den unerfahrenen Führer ihre Tücken haben. Die Werte für extreme Belastungen abzulesen ist ebenso leicht wie die Lektüre eines Buches über das Skilaufen. Nur ist dank solchen Lesestoffs allein noch nie jemand Meister im Riesenslalom geworden. Angus, der bereits gut mit Tausendtonnern vertraut gewesen war, spürte bei einer anfänglich nur leichten Beschleunigung der Schritte, daß sein Diener hier fast die doppelte Masse hatte. In der gläsernen Kabine hängend wie eine Spinne in einem wunderlichen Netz, bremste er sofort die Bewegung der Beine und blieb sogar stehen, um – absichtlich langsam – einige Übungen auf der Stelle zu machen. Er trat von einem Fuß auf den anderen, neigte den Rumpf mehrmals zur Seite und schritt erst dann mehrmals um seine Rakete herum.

Sein Herz schlug schneller als sonst, aber alles ging fehlerlos. Er sah das unfruchtbare, grau im niedrigen Nebel liegende Tal, die fernen Lichterketten, die das Ende des Landeplatzes markierten, und unter dem Tower die Gestalt Gosses, winzig wie eine Ameise. Ein gedämpfter, wenig aufdringlicher Lärm umgab ihn, sein Ohr lernte jeden Augenblick besser die Unterscheidung der Geräusche. Er erkannte den Baß der Haupttriebwerke, der sich bald zu einem dumpfen Gesang steigerte, bald wie mit mildem Vorwurf brummte, wenn die nach vorn geworfenen hundert Tonnen schweren Füße zu jäh abgebremst wurden. Er hörte den Ruf der Hydraulik heraus, einen ganzen Chor, denn das Öl preßte sich durch Tausende Leitungen in die Zylinder, damit die Kolben jedes der panzerbeschuhten Gliedmaßen gleichmäßig hoben, beugten und auf den Beton setzten. Schließlich vernahm er noch den zarten Refrain der Gyroskope, die ihn automatisch dabei unterstützten, das Gleichgewicht zu halten. Als er einmal absichtlich eine schärfere Wendung versuchte, erwies sich das Massiv, in dem er steckte, nicht wendig genug für die Leistung der Motoren, die zwar gehorsam alles hergaben, den Riesen aber ins Wanken brachten. Er geriet dem Piloten jedoch nicht außer Kontrolle, denn dieser milderte sofort die Kehre, indem er ihren Radius vergrößerte.

Dann trieb er eine Weile sein Spiel mit tonnenschweren Felsblöcken, die er vom Rand der Betonbahn aufhob. Immer wenn die Greifzangen knirschend zupackten, sprühten die Funken von dem Gestein. Keine Stunde verging, und er war sich seines Diglators völlig sicher, er war in dem wohlbekannten Zustand, den alte Hasen als »Verwachsensein von Mensch und Großschreiter« bezeichneten. Die Grenze zwischen ihm und der Maschine war verwischt, ihre Bewegungen waren die seinen geworden.

Um das Training abzuschließen, erklomm er einen Geröllhang bis in beträchtliche Höhe, und er hatte bereits so viel Übung, daß er am Krachen der Steine, die zertreten unter ihm wegrutschten, erkannte, was er dem Koloß, den er schon liebgewonnen hatte, zumuten durfte. Erst als er wieder zu den verschwommen glimmenden Linien des Flugplatzes hinunterstieg, stach in seine komplette Genugtuung wie eine Nadel der Gedanke an die bevorstehende Expedition, zugleich mit dem Bewußtsein, daß Pirx und die beiden anderen Männer, in ebensolche Riesen eingeschlossen, in der Großen Depression des Titan nicht nur steckengeblieben, sondern verschwunden waren. Ohne selbst zu wissen, ob er es als zusätzliche Übung oder zum Abschied tat, umschritt er in einem enger werdenden Kreis sein Raumschiff und führte noch ein kurzes Gespräch mit Gosse. Der Flugleiter stand inzwischen neben London hinter den Scheiben des Towers. Er sah sie, erfuhr, daß man über das Schicksal der Vermißten immer noch nichts wisse, und streckte vor seinem Aufbruch die eiserne Rechte hoch empor. Mochte diese Geste anderen auch pathetisch oder gar närrisch vorkommen, so zog er sie doch allen Worten vor. Er machte eine maßvolle Kehrtwendung, warf auf den unter der Kabinendecke befindlichen – einzigen – Monitor das holographische Bild des zu durchquerenden Gebiets, schaltete die Azimutanzeige mit der Projektion der zum Gral führenden Route ein und machte sich, jeder Schritt zwölf Meter lang, auf den Weg.

Es gibt zwei Arten von Landschaften, die den näheren Planeten der Sonne eigentümlich sind: zweckdienliche und verwüstete. Zweckdienlich eingerichtet ist jede Landschaft der Erde als eines Planeten, der Leben hervorgebracht hat – dort nämlich hat alles einen dem Gebrauch angemessenen Sinn. Gewiß, es war nicht immer so, aber Jahrmilliarden organischer Arbeit haben das Ihre getan: Die Farben der Blüten sind dazu da, Insekten anzulocken, die Wolken dazu, Weideplätze und Wälder mit Regen zu bewässern. Jede Form und jede Sache wird dort durch jemandes Nutzen erklärt, während das, was wie die Gletscher der Antarktis oder kahle Gebirge eines solchen Nutzens offenkundig entbehrt, eine Enklave der Wüste darstellt, eine Ausnahme von der Regel, wildes, wenn vielleicht auch reizvolles Brachland, wobei das nicht gewiß ist, denn der Mensch, der den Lauf von Flüssen umkehrt, um dürres Land fruchtbar zu machen, oder die Polkappen erwärmt, zahlte für die Verbesserung der einen Landstriche mit der Versteppung anderer und verletzte damit das klimatische Gleichgewicht der Biosphäre, das durch die entwicklungsgeschichtliche Mühsal des Lebens nur scheinbar unzulänglich herausgearbeitet und reguliert worden war.

Die Schlünde des Ozeans dienten den Geschöpfen der Tiefsee nicht durch das Dunkel, das vor Angriffen schützte, damit sie es gemäß dem Bedarf an Luminiszenz erhellten, sondern umgekehrt: Diese Finsternis rief ebensolche dem Druck widerstehende und leuchtende Schwimmer ins Leben. Auf den von Leben strotzenden Planeten kommt nur unter der Oberfläche, in Höhlen und Grotten schüchtern diejenige Schöpferkraft der Natur zu Wort, die nicht in den Dienst der Anpassung gespannt, nicht durch den Kampf ums Dasein in ihren Werken beschnitten ist und mit unendlicher Geduld, in Jahrmilliarden währender Konzentration durch Tropfen gerinnender Salzlösungen die phantasmagorischen Wälder der Stalaktiten und Stalagmiten schafft. Das ist auf solchen Himmelskörpern jedoch nur ein versteckter Winkel der planetaren Arbeiten, festverschlossen durch Felsgewölbe und allein deshalb unfähig, seine Intensität zu offenbaren. Daher der Eindruck, solche Orte seien nicht Normalität der Natur, sondern Brutstätten für monströse Randerscheinungen mit dem Recht der Ausnahme von der Regel des Chaos.

Ausgetrocknete Planeten wie Mars oder Merkur wiederum sind dem beißenden Sonnenwind ausgesetzt, diesem verdünnten, aber unaufhörlich wehenden Hauch des Muttergestirns, ihre Oberfläche ist tote Wüste, denn die Glut vernichtet alle emporwachsenden Formen, um sie in Asche zu verwandeln und damit die Schüsseln der Krater zu füllen. Erst dort, wo ewiger und friedlicher Tod herrscht, wo weder Sieb noch Korn der natürlichen Auslese am Werk sind, um jedes Geschöpf nach den Erfordernissen des Überlebens zu formen, erst dort bietet sich Raum für erstaunliche Werke der Materie, die nichts nachahmt, niemandem untertan ist und nach menschlicher Ansicht alle Grenzen menschlicher Phantasie hinter sich läßt.

Ebendarum waren auch die phantastischen Landschaften des Titan eine solche Überraschung für die ersten Erforscher. Die Menschen hatten Ordnung mit Leben, Unordnung mit langweiliger Öde für identisch gehalten. Man mußte auf den äußeren Planeten, auf dem Titan, ihrem größten Monde, gestanden haben, um die ganze Irrigkeit dieser apodiktischen Diagnose zu erkennen. Die Wunderdinge des Titan, ob sie nun relativ harmlos oder aber heimtückisch sind, sehen von weitem und von oben wie gewöhnliche chaotische Trümmerfelder aus. Ganz anders aber stellen sie sich dar, wenn man den Boden betritt. Die schreckliche Kälte des Raums, in dem die Sonne zwar noch scheint, aber nicht mehr wärmt, hat sich für die Kreativität der Materie nicht als Würgerin, sondern als Sporn erwiesen. Sie hat sie wohl gedrosselt, ihr aber gerade dadurch Raum zur Betätigung gegeben, ihr nämlich die Dimension geboten, die für eine von Leben unberührte und nicht von der Sonne verglühte Natur unerläßliche Voraussetzung ihres in die Ewigkeit gerichteten Schöpfertums ist: die Zeit, in der es keinerlei Bedeutung hat, ob ein oder zwei Millionen Jahrhunderte vergehen.

Stoff der Natur sind hier prinzipiell die gleichen chemischen Elemente wie auf der Erde, nur haben sie sich auf der letzteren sozusagen in die Knechtschaft der biologischen Evolution begeben und nur in dieser den Menschen in Erstaunen versetzt durch das Raffinement komplizierter Verbindungen, die sich zu Organismen und deren lebensbedingten Artenhierarchien fügten. Daraus wurde der Schluß gezogen, daß hohe Kompliziertheit eine Eigenschaft nur der lebendigen, aber nicht jeder Materie sei, da das Chaos im anorganischen Zustand nichts hervorbringen könne als blinde vulkanische Zuckungen, bei denen Lavaströme und Wolken von herabregnender Schwefelasche ausgespien werden.

Im Nordosten seines Runds war der Roembden-Krater einst geborsten. Danach war durch diese Lücke ein Gletscher aus gefrorenem Gas eingedrungen. Nach Jahrmillionen hatte er sich zurückgezogen und auf dem zerpflügten Gelände mineralische Ablagerungen zurückgelassen, die das Entzücken und den Kummer der Kristallographen und der anderen, nicht minder erstaunten Wissenschaftler hervorriefen.

Es war wirklich etwas zu sehen. Der Pilot, jetzt Führer eines Großschreiters, hatte vor sich eine von fernen Berghängen gerahmte ausgedehnte Ebene, die übersät war mit – ja, womit eigentlich? Es sah aus, als hätten sich die

Schleusen unirdischer Museen und Lapidarien darüber entleert, als wären Kaskaden von Gerippen, Leichnamen und Überresten morscher Scheusale hier niedergegangen – oder vielmehr die mißratenen, irrsinnigen Entwürfe solcher Spukgestalten, eine phantastischer als die andere. Zerschmetterte Fragmente von Geschöpfen, denen nur ein Zufall verwehrt hat, am Kreislauf des Lebens teilzunehmen. Er sah gewaltige Rippen oder die Gerüste von Spinnen, die mit ihren Schienbeinen blutig gesprenkelte Scheucheneier umkrampften, mit kristallenen Hauern ineinander verbissene Kiefer, tellerförmige Rückenwirbel, wie von vorsintflutlichen Echsen nach der Verwesung gleich rollenweise verstreut. Diese ganze Schauerlichkeit in all ihrem Reichtum war aus der Höhe des Diglators am besten zu sehen. Die Bewohner des Roembden nannten dessen Umgebung zu Recht den »Friedhof«, denn diese Landschaft schien ein verlassenes Schlachtfeld Jahrhunderte währender Kämpfe zu sein, ein Beinhaus über jedes Maß gewachsener morscher Skelette. Angus erblickte glattgeschliffene Gelenkflächen, die aus dem Kadaverberg der Ungeheuer ragten und auf denen sogar in blutigroten Gerinnseln die Stellen zu erkennen waren, wo die Sehnen ansetzten. Daneben lagen zerfranste Felle, deren Behaarung in den Farben des Regenbogens schillerte und sich, vom Wind sanft durchkämmt, in wechselnde Wellen legte. Weiter weg schimmerten durch den Nebel vielstöckige Gliederfüßer, die sich ineinandergefressen, sich im Tode gegenseitig durchdrungen hatten. Von spiegelnden Prismen ragten nicht minder glitzernde Gehörne auf, umgeben von verstreuten schmutzigweißen Knochen und Schädeln.

Der Pilot sah das alles und wußte, daß die in seinem Gehirn entstehenden Assoziationen und ihr düsterer Sinn nur eine Täuschung des durch die Fremdartigkeit überraschten Blicks waren. Hätte er im Gedächtnis nur gut nachgegraben, so wäre er wohl darauf gekommen, welche Verbindungen in einer in Jahrmilliarden tätigen Chemie ebendiese Formen hervorbrachten, die, mit Roteisenstein gefleckt, einen blutigen Knochen vortäuschten oder, die äußerst bescheidenen Leistungen der irdischen Asbeste weit übertreffend, den irisierenden Flausch des zartesten Fells erzeugten. Doch auch die feierlichsten Ergebnisse solcher Analysen dürften sich als kraftlos erweisen vor dem Eindruck, der sich den Augen aufdrängte. Eben dadurch, daß hier niemals etwas einer Sache zu dienen hatte, daß hier nie das Fallbeil der Evolution in Aktion war, das jedem Wildwuchs wegschnitt, was das Überleben nicht unterstützte oder ihm nicht diente, eben dadurch, daß die Natur – weder durch entstehendes Leben noch durch zugefügten Tod gebändigt – die Befreiung erlangen konnte, offenbarte sie die ihr eigentümliche Großzügigkeit, eine grenzenlose Vergeudung als brutalen Pomp für nichts und wieder nichts, als ewige Kraft der Schöpfung ohne Zweck, ohne Bedarf, ohne Sinn – und diese Wahrheit, von der sich der Betrachter zunehmend ergriffen fühlte, war selbstverständlich grausamer als der Eindruck, er habe vor sich ein kosmisches Panoptikum einer Mimikry des Todes, es breiteten sich unter dem Gewitterhimmel tatsächlich die sterblichen Überreste unbekannter Geschöpfe aus.

Das gesamte angeborene Denken, das nur in eine Richtung zu gehen vermochte, mußte also gewissermaßen auf den Kopf gestellt werden: Diese Formen hier glichen nicht deshalb Knochen, Rippen, Schädeln und Zähnen, weil sie einmal dem Leben dienstbar gewesen wären (das waren sie nie!), sondern die Skelette der irdischen Wirbeltiere, deren Fell, die Chitinpanzer der Insekten und die Schalen der Muscheln zeichneten sich durch solche Architektonik, Symmetrie und Grazie aus, weil die Natur so etwas auch dort hervorzubringen vermag, wo es weder Leben noch die ihm eigene Zweckdienlichkeit gegeben hat und geben wird.

Der junge Pilot war in einen Trancezustand geraten, der

philosophischer Versenkung glich, und er schrak auf, als er sich erinnerte, wo er herkam, wo er steckte und welche Aufgabe er hatte. Sein eisernes Vehikel aber vertausendfachte im Augenblick gehorsam sein Zusammenzucken und Stokken; das Aufkreischen der Transmission und das Rattern der riesigen Körpermasse ernüchterte und beschämte ihn. Er nahm sich zusammen und ging weiter. Anfangs war es ihm irgendwie unangenehm, die Füße, die wie Dampfhämmer aufschlugen, auf die Pseudoskelette zu setzen, aber Umgehungsversuche waren ebenso vergeblich wie schwierig. So zögerte er nur noch, wenn ihm ein größerer Haufen den Weg versperrte, und er umging ihn schließlich, weil das Durchstapfen und Zermalmen dieses Berges selbst seinem braven Riesen Mühe bereitet hätte. Der Eindruck übrigens, er trample über ungezählte Knochen, zermalme Schädeldecken, Flügelrippen, abgesprungene Jochbögen und Hörner, verringerte sich in der Nähe und verlor sich allmählich ganz. Bald war es, als ginge er über die Reste organischer Maschinen, also hybrider Geschöpfe, Halbtiere, entstanden aus der Kreuzung von Leben und Tod, Sinn und Unsinn, dann wieder glaubte er mit seinen Iridiumschuhen übermenschlich aufgetriebene Kleinodien zu zertreten, edle und unreine, die durch gegenseitige Durchdringung und Metamorphose weiß angelaufen waren. Da er aus seiner Höhe aber stets aufpassen mußte, wohin und in welchem Winkel er die Türme seiner Beine zu setzen hatte, da die Absolvierung dieser ersten Marschetappe – notwendigerweise verlangsamt – mehr als eine Stunde dauerte und er also Zeit hatte, schüttelte ihn ein Lachen bei dem Gedanken, wie die irdischen Künstler sich immer wieder angestrengt hatten, aus der menschlichen, das heißt alles mit einem Sinn versehenden Imagination auszubrechen, wie sich die Armen an den Wänden ihrer Vorstellungskraft die Köpfe einrannten und wie wenig sie, sosehr sie die Gehirne auch ausquetschten, vom Banalen wegkamen, während sich hier auf einem halben Hektar mehr Originalität austobte als auf einem Hundert ihrer in Kummer und Qual entstandenen Ausstellungen. Da es jedoch keinen Reiz gibt, an den der Mensch sich nicht rasch gewöhnt, marschierte er bald über diese Friedhöfe von Chalkozyten, Spinellen, Amethysten, Plagioklasen oder vielmehr deren unirdischen, fernen Verwandten, als stapfe er über gewöhnlichen Schutt. Im Bruchteil einer Sekunde zerbrach er einen Zweig, der für seinen unwiederholbaren kristallinen Wuchs Jahrmillionen gebraucht hatte. Nicht aus Mutwillen, sondern aus Notwendigkeit verwandelte er ihn in gläsernen Staub. Anfangs tat es ihm bei einem prächtigeren Produkt dieser seit Ewigkeiten währenden Arbeiten noch leid, aber sie dämpften sich gegenseitig in ihrem Glanz, löschten einander aus in ihrer unermeßlichen Überfülle.

Schließlich ergriff ihn bis ins Letzte nur noch eines – daß nämlich ihm (und nicht nur ihm allein!) diese Landschaft vorkam wie ein Traum, ein Reich von Trugbildern und von Tollheit geschlagener Schönheit. Wie von selbst formten seine Lippen die Worte, dies sei eine Zone, in der die Natur träume, in der sie ihre großartige Schauerlichkeit, ihre entfesselten Alpträume direkt, unter Umgehung jedweder Psyche, in feste materielle Formen gießt. Genau wie im Traum nämlich erschien ihm alles, was er sah, völlig fremd und zugleich absolut eigen, ständig erinnerte es ihn an etwas und entzog sich sogleich wieder dieser Erinnerung, immer wieder erschien es als großer Unsinn, einen feinen, anspielungsartigen, arglistigen Sinn markierend – alles begann hier gewissermaßen ja seit Urzeiten mit großartiger Präzision, kam aber niemals zu einem Ende, konnte nicht in die Fülle der Verwirklichung eintreten, sich nicht für das Finale entscheiden – für eine eigene Bestimmung.

So grübelte er, benommen sowohl von der Umgebung als auch von seinen Reflexionen, denn philosophische

Gedanken lagen gar nicht in seiner Gewohnheit. Er hatte die emporgestiegene Sonne nun im Rücken, sein eigner Schatten eilte ihm weit voraus, und es verursachte ihm ein sonderbares Kribbeln, in seinen Bewegungen sowohl die Maschinen – als auch die eigene Menschennatur zu erkennen: Es war ja die Silhouette eines kopflosen, im Gehen wie ein Schiff schwankenden Roboters, der gleichzeitig die nur seinem Führer eigenen Bewegungen ausführte und – da in gewaltiger Vergrößerung – mit ostentativem Trotz demonstrierte. Angus erlebte diesen Anblick zwar nicht zum ersten Male, aber der fast zweistündige Marsch durch die gespenstische Einöde hatte seine Phantasie beflügelt oder subtiler gestimmt. Er bereute es nicht, daß er sich hinter dem Roembden mehr nach Westen gehalten und dadurch den Funkkontakt mit den Leuten dort verloren hatte. Bis zum Austritt aus dem Funkschatten waren es nur noch dreißig Meilen, aber jetzt wollte er allein sein, befreit von dem stereotypen Frage-und-Antwort-Spiel der Meldungen.

Am Horizont dunkelten schwärzliche Umrisse, er war zunächst nicht sicher, ob von Wolken oder Bergen. Angus Parvis, der unterwegs zum Gral war, brachte bei allem eben erlebten Schwung seiner Phantasie kein einziges Mal seinen Namen in eine Verbindung mit *Parsifal*; ebenso schwer, wie aus der eigenen Haut zu fahren, fällt es dem Menschen, aus seiner geistigen Identität heraus- und noch dazu in den Mythos einzutreten. Er achtete nicht mehr so sehr auf das Umfeld seines Marsches, und er tat dies um so weniger, als die Szenerie vorgeblichen Todes, das planetare *theatrum anatomicum* der Mineralien, spärlicher wurde. Mit ungeheuchelter Gleichgültigkeit schritt er an den Orten vorbei, die so perfide funkelten, als seien sie als Lockung für seine Augen aufgestellt.

Seit er seinen Entschluß gefaßt hatte, verbot er sich jeden Gedanken an den, der die Ursache dieses Entschlusses war. Dies bereitete ihm keine Mühe. Als Raumfahrer hatte er das lange Alleinsein gelernt. Er marschierte vorwärts, und der Diglator schwankte, denn er mußte sich abwechselnd nach den Seiten neigen, aber das war ein wohlbekanntes Gefühl. Der Schrittmesser zeigte fast dreißig Meilen pro Stunde. Die gespenstischen Reminiszenzen an Todestänze von Amphibien und Reptilien wichen sanft gewelltem Felsboden, der mit vulkanischem Tuff bedeckt war, feinkörniger und leichter als Sand. Er hätte einen Schritt zulegen können, wußte jedoch, daß die bei vollem Lauf auftretenden Beschwerden nicht lange durchzuhalten waren. Immerhin erwartete ihn noch ein mehrstündiger Marsch, der – sogar noch vor der Depression – durch sehr viel schwereres Gelände führte. Die flach gezähnten Konturen am Horizont gaben nicht länger vor, Wolken zu sein. Er schritt auf sie zu, und sein Schatten glitt vor ihm her, er sah plump aus, denn mit Rücksicht auf seine Masse hatte der Großschreiter Beine, die nur ein Drittel der Rumpflänge ausmachten: Zu größerer Schnelligkeit getrieben, mußte er, um die Schritte zu verlängern, jedesmal das Bein zusammen mit der Hüfte nach vorn werfen. Im Grunde war das möglich, denn das ringförmige Lager der Beine, sozusagen deren Fahrgestell, das den Hüften entsprach, war eine riesige Gleitscheibe, in die der Rumpf eingepaßt war. Jedoch gesellte sich dann zu dem seitlichen Schlingern noch ein ruckartiges Auf und Nieder des ganzen Großschreiters, und die Landschaft schwankte vor den Augen des Maschinisten wie betrunken. Zum Laufschritt waren so schwere Apparate nicht fähig. Schon ein Sprung aus zwei Meter Höhe wurde auf dem Titan für sie problematisch. Auf kleineren Himmelskörpern und auf dem Erdmond war die Bewegungsfreiheit größer. Übrigens war es den Konstrukteuren nicht um die besondere Schnelligkeit dieser Maschinen gegangen, denn diese sollten nicht als Transportmittel dienen, sondern schwere Arbeiten verrichten.

Die Fähigkeit zu gehen war nur eine Zugabe, die die arbeitsamen Kolosse selbständig machte.

Wohl eine Stunde lang hatte Angus abwechselnd den Eindruck, daß er sogleich in dem Felsengewirr steckenbleiben müßte oder daß der Azimut geradezu genial ausgerichtet war. Jedesmal nämlich, wenn er sich wieder einer Halde von Gehängeschutt näherte, Felsplatten, die so labil im Gleichgewicht waren, als würde sie der nächste Lufthauch in einen donnernden Steinschlag verwandeln – immer dann bot sich im letzten Moment ein günstiger Durchgang, so daß er nicht lavieren mußte und sich nie aus einer Sackgasse zurückzuziehen brauchte. Rasch gelangte er zu der Auffassung, der idealste Maschinist wäre auf dem Titan ein Schielender, denn der könne das Gelände vor der Maschine und gleichzeitig den leuchtenden Richtungsanzeiger im Auge behalten, der wie eine normale Kompaßnadel im Hintergrund der halb durchsichtigen Karte zitterte. Irgendwie schaffte es aber auch Angus, und das nicht einmal schlecht, denn er vertraute sowohl seinem Blick als auch dem Zeiger. Von der Welt abgeschnitten durch den Lärm der Kraftmaschinen und die dröhnende Resonanz, in die der schwierige Marsch den ganzen Rumpf versetzte, sah er diese Welt des Titan dennoch durch die nichtreflektierenden Scheiben seiner gläsernen Behausung. Wohin immer er den Kopf wandte – er tat dies jedesmal, wenn ebenes Gelände das gestattete –, sah er aus dem Nebelmeer Bergrücken aufsteigen, hier und da besetzt mit geborstenen Vulkanen, die seit Jahrhunderten erstorben waren. Beim Gang über holpriges Eis erblickte er tief darin versunken die Schatten vulkanischer Bomben und unerkennbare dunklere Formen gleich Seesternen oder Kopffüßern, eingeschlossen wie Insekten im Bernstein.

Dann wandelte sich das Gelände, aber schauerlich blieb es, nur auf andere Art. Es sah aus, als hätte der Planet eine Periode von Bombardements und Eruptionen durchgemacht, die in blinden Ausbrüchen himmelhoch Lava und Basalt emporgetürmt hatten, um zu ersterben und eine erstarrte, fremdartige Wildnis zurückzulassen. Er steckte bereits mittendrin in diesen vulkanischen Hohlwegen. Die Überhänge der Wände erschienen schier unmöglich. Nun ja, die Sprache von Geschöpfen, die ein idyllischer Planet hervorgebracht hatte, besaß keine Wörter zum Beschreiben dieser dynamischen Wirkung von Leblosigkeit, dieser seismischen Erstarrungen, aufgehalten mitten in einem Schwung, der noch potenziert wurde durch eine Schwerkraft, nicht größer als die des Mars.

Dem Mann, der sich in dieses Labyrinth verloren hatte, kam das schreitende Vehikel nicht mehr wie ein Riese vor. Es war klein, geradezu winzig geworden vor diesen Lavabrüchen. Kosmische Kälte mußte die kilometerlangen Feuerströme einst in Bann geschlagen, ihren Lauf unterbrochen und sie, als sie erkaltend in den Abgrund stürzten, zu gigantischen senkrechten Zapfen gezogen haben – monströse Kolonnaden, ein einzigartiger Anblick. Der Diglator wurde davor zu einem mikroskopisch kleinen Insekt, das an den gen Himmel getürmten Säulen entlangwanderte wie an einem Bauwerk, das nach ebenso nachlässiger wie gewaltiger Errichtung von den wirklichen Riesen des Planeten verlassen worden war. Es war wie zäher Sirup, vom Tischrand getropft, zu stalaktitenförmigen Zapfen geronnen – und gesehen aus einer Dielenritze, mit den Augen einer Ameise. Nein, die Proportionen waren noch erschrekkender. Gerade in dieser Wildheit, dieser Ordnung des Chaos, dem Menschenauge so fremd, daß einem gar nicht der Gedanke an irdische Gebirge kam, offenbarte sich die schreckliche Schönheit einer Wüstenei, die von der Tiefe des Planeten ausgewürgt und unter einer anderen Sonne aus Glut in Stein gebannt worden war. Jawohl, unter einer anderen Sonne, denn diese hier war nicht die flammende Scheibe wie auf dem Mond oder der Erde, sondern ein kalt leuchtender Nagelkopf, eingeschlagen in ein braunrotes Himmelsgewölbe, kaum Licht und noch weniger Wärme spendend. Draußen waren 90 Grad minus, die Temperatur des in diesem Jahr außergewöhnlich milden Sommers.

Durch die Mündung des Hohlwegs bemerkte Angus am Himmel einen hellen Glanz, der immer höher stieg und bald ein Viertel des Firmaments einnahm. Er begriff nicht sogleich, daß dies weder das Morgenrot noch der Strahl eines Solektors war, sondern der Herr des Titan – der vielberingte, honiggelbe Saturn.

Eine jähe Schlagseite, heftiges Schaukeln der Kabine, das plötzliche Aufheulen der Motoren, von der Reaktion der Gyroskope schneller bereinigt als durch sein Eingreifen, riefen ihm schlagartig ins Bewußtsein, daß jetzt keine Zeit für Kontemplationen astronomischer oder gar philosophischer Natur war. Demütig richtete er den Blick nach unten. Kurioserweise wurde er sich ausgerechnet in diesem Moment darüber klar, wie komisch er mit seinen Bewegungen wirkte. In dem Geschirr hängend, bewegte er die Beine in der Luft, und obgleich er scheinbar nur schaukelte wie ein spielendes Kind, spürte er jeden seiner dröhnenden Schritte.

Der Hohlweg stieg steil an. Er verlangsamte die Gangart, dennoch wurde der Maschinenraum vom verstärkten Heulen der Turbinen erfüllt. Er gelangte in tiefen Schatten, und ehe er die Scheinwerfer eingeschaltet hatte, konnte er im letzten Moment einer Felswölbung ausweichen, die größer war als der Diglator. Dem ersten Newtonschen Gesetz gehorchend, war es die Tendenz seiner pendelnd vorwärts strebenden Masse, sich weiter auf gerader Bahn fortzubewegen; durch die plötzliche Kehre jedoch gestört, stürzte sie die Motoren in extreme Überlastung. Sämtliche Anzeigen, bisher in ruhigem Grün, leuchteten purpurrot auf, die Turbinen heulten verzweifelt und gaben her, was sie konnten. Der Drehmomentanzeiger des Hauptgyroskops blinkte zum Zeichen, daß seine Sicherung durchbrannte. Die Kabine hing schräg, als stürze der Diglator um, dem Piloten brach der kalte Schweiß aus – auf welch blödsinnige Weise ritt er die ihm anvertraute Maschine in Klump! Doch nur die linke Ellenbogenhaube streifte den Felsen, und es ertönte ein Knirschen, als liefe ein Schiff auf ein Riff. Unter dem Stahl qualmte und stiebte es, Funkengarben sprühten, und bebend fand der Großschreiter wieder das Gleichgewicht.

Der Pilot schüttelte sich. Er war froh, daß in dem Hohlweg die Funkverbindung mit Gosse unterbrochen war, denn der automatische Sender hätte den Zwischenfall auf dem Bildschirm gezeigt. Er kam aus dem Schlagschatten heraus und verdoppelte seine Aufmerksamkeit. Immer noch verspürte er Scham, denn der Fall war so elementar und so alt wie die Welt. Schließlich weiß auch ein Lokführer aus reiner Gewohnheit, daß es einen kompletten Unterschied macht, ob er nur mit der Maschine oder mit einem langen Schwanz von Waggons anfährt. Also marschierte er wie beim Exerzieren, und der Koloß gehorchte ihm wieder, daß es ein Wunder war. Durch die Scheibe sah er, wie eine kleine Bewegung seiner Hand augenblicklich zu einem mächtigen Schwung der zangengleichen Pranke wurde und wie ein Schritt von ihm den Beinturm vorwärts schob und den Knieschild aufblitzen ließ.

Vom Kosmodrom hatte er sich bereits um achtundfünfzig Meilen entfernt. Durch die Karte, von den Satellitenaufnahmen, die er am Abend zuvor studiert hatte, und schließlich von dem im Maßstab 1:800 angefertigten Diorama des Geländes wußte er, daß der Weg zum Gral in drei grundsätzliche Teilstrecken zerfiel. Die erste umfaßte den sogenannten Friedhof und den vulkanischen Hohlweg, den er soeben passiert hatte. Die zweite sah er bereits vor sich: eine Bresche im Massiv der erstarrten Lava, hineingebrochen mit einer Serie thermonuklearer Ladungen, da sich dieser größte Austritt des orländischen Vulkans wegen der steil wie ein Damm ansteigenden Hänge nicht anders bewältigen ließ. Die Kernexplosionen hatten sich in das seismische Gebirge, das den Durchgang versperrte, hineingefressen und es in zwei Teile geschnitten wie ein erwärmtes Messer ein Stück Butter. Auf dem Titanogramm in der Kabine war dieser Paß mit Ausrufezeichen umrahmt: Hier durfte das Vehikel unter keinen Umständen verlassen werden – die von den thermonuklearen Sprengungen hervorgerufene Reststrahlung war für den Menschen außerhalb des Panzers eines Großschreiters immer noch gefährlich.

Die Mündung des Hohlwegs trennte vom Eingang in den Paß eine schwarze, wie mit Ruß bestreute Ebene von einer Meile Breite. Hier war Gosse wieder zu hören. Der Pilot verschwieg den Zusammenstoß mit dem Felsen, Gosse aber teilte ihm mit, jenseits des Passes, am Großen Zacken, auf der Hälfte des Wegs, werde der Gral die Funkaufsicht übernehmen. Dort begann auch der dritte und letzte Teil der Route – durch die Depression.

Der schwarze Staub auf der Ebene zwischen den Ausbauchungen des Gebirges setzte sich bis zu den Knien an den Beinen des Diglators ab. Schnell und gewandt schritt er durch die niedrigen Schwaden auf die fast senkrecht abfallenden Wände des Durchbruchs zu. Er erreichte ihn über Gesteinsschutt, der durch die Sonnenhitze der Explosion an den glatten Bruchstellen verglast war. Unter den Iridiumsohlen des Diglators zerbrachen diese Splitter, die doch hart wie Diamant waren, mit dem Knall von Schüssen. Der Boden des Passes selbst war glatt wie ein Tisch. Nun ging er bereits zwischen den geschwärzten Wänden dahin, im donnernden Widerhall der Schritte, die seine eigenen geworden waren: Er war mit der Maschine verwachsen, sie war die Vergrößerung seines Körpers. Er gelangte plötzlich in ein so undurchdringliches Dunkel, daß er die Scheinwerfer einschalten mußte. Ihr Quecksilberlicht kämpfte im Gewimmel der durch die Pfeiler des Felsenlochs zuckenden Schatten mit dem roten, kalten, unfreundlichen Licht des Himmels im Tor des Passes, das immer größer wurde, je näher er ihm kam. Auf dem letzten Abschnitt verengte sich der Gang, als wolle er den Großschreiter nicht durchlassen, als müsse dieser sich mit seinen eckigen Schultern in dem kaminartigen Schlund verkeilen. Doch das war eine Sinnestäuschung, auf beiden Seiten blieben noch einige Meter Raum. Andererseits mußte Angus seinen Schritt verlangsamen, denn Pollux geriet in um so größeres Schlingern, je schneller er ging, und dagegen gab es kein Mittel. Der Entengang bei der Beschleunigung ergab sich aus den Gesetzen dynamisch bewegter Massen, und nicht in allem war es den Ingenieuren gelungen, die großen Drehmomente zu bewältigen. Die letzten dreihundert Meter ging es immer steiler aufwärts. Vorsichtig setzte er die Füße und neigte sich ein wenig aus seinem hoch oben aufgehängten Platz, um zu sehen, wohin er trat. Dieses Ausspähen nahm ihn so in Anspruch, daß er den Kopf erst hob, als ihn von allen Seiten Licht umgab, das die Kabine erhellte. Vor ihm lag wieder eine völlig andere, unirdische Landschaft.

Einsam, schwarz und schlank, die einzige Spitze bis zum Horizont, ragte der Große Zacken über einen weißen und roten Ozean flaumiger Wolken in den Himmel. Angus konnte verstehen, daß er von manchen »Finger Gottes« genannt wurde. An diesem Ort, der den großartigsten Anblick bot, stoppte er ab und blieb stehen, um im gedämpften Gesang der Turbinen zu versuchen, die Stimme vom Gral zu empfangen. Da er nichts hörte, rief er Gosse, aber auch der meldete sich nicht. Er befand sich also im Funkschatten. Da ging in ihm etwas Seltsames vor. Vorhin war ihm der Funkkontakt mit dem Kosmodrom irgendwie unangenehm gewesen, er störte ihn wohl dadurch, daß er nicht aus den Worten, sondern aus der Stimme Gosses eine verborgene Besorgnis herausgehört hatte, den Zweifel, ob er es schaffen würde, und darin wiederum steckte etwas wie der Wunsch, den Beschützer zu spielen. Das aber war ihm unerträglich. Nun jedoch, da er wirklich allein war, da ihn weder eine Menschenstimme noch die automatischen Signale des Funkleitsenders vom Gral in dieser grenzenlosen weißen Einöde unterstützen konnten, verspürte er statt ungebundener Erleichterung eine Unsicherheit wie jemand, der in einem Palast voller Wunder steht, eigentlich nicht die geringste Lust hat, diesen zu verlassen, aber plötzlich sieht, daß sich die Tore, die eben noch einladend offenstanden, hinter ihm von selbst geschlossen haben. Angus schalt sich wegen dieser fruchtlosen Stimmung, die der Furcht ähnelte, und schritt auf die Oberfläche des Wolkenmeeres zu, einen sanften, aber stellenweise vereisten Hang hinab, direkt auf den Großen Zacken zu, der schwarz in den Himmel ragte, leicht gekrümmt wie ein Finger, der ihn zu sich winkte.

Ein ums andere Mal glitt die Sohlenplatte des Großschreiters mit dumpfem Knirschen ab und löste einen Hagel des aus der eisigen Umklammerung gerissenen Gerölls aus, aber diese Rutscher bargen nicht die Gefahr eines Sturzes. Mit jedem Schritt hackte er die Fersenkante in den verkrusteten Firnschnee, wodurch er nicht mehr so rasch vorankam wie bisher. Er ging über einen gewölbten Rükken zwischen zwei Felsrinnen, beharrlich und übertrieben fest auftretend, so daß aufstiebende Eissplitter gegen die Beinschienen und Kniepanzer stoben. Dabei blickte er immer wieder voraus, hinunter in das Tal, dessen Grund durch Lücken im Nebel bereits zu sehen war. Je weiter er nach unten kam, um so höher stand über ihm, weit über die fernen, milchig glänzenden Wolken ragend, der schwarze Finger des Großen Zackens. Er erreichte eine Zone bauschiger Wolken, die gleichmäßig und langsam wie über unsichtbare Wasser dahinzogen – sie schwebten um seine Oberschenkel, dann um deren Trochanter; eine hüllte seine Kabine ein, verschwand jedoch wie weggeblasen. Einige Male noch tauchte schattenhaft der schwarze Finger über dem pludrigen Weiß auf – eine Keule aus Stein, aufgepflanzt über einem arktischen Ozean, reglos zwischen Gischt und Eis. Dann verschwand er wie aus dem Blick eines Tauchers, der sich auf den Meeresgrund hinabgelassen hat.

Angus blieb stehen und lauschte, er glaubte einen unterbrochenen, schwachen Pfeifton zu hören. Er drehte den Diglator nach links und rechts, bis der greinende Ton, jetzt ganz deutlich, in beiden Ohren gleich stark vernehmbar war. Es war nicht der Gral selbst, sondern die Kursfunkbake des Großen Zackens. Er hatte direkt darauf zuzugehen, und falls er vom Wege abkam, verdoppelte sich das Signal je nach der Abweichung: Hielt er sich zu weit rechts, also in die verhängnisvolle Richtung der Depression, so würde er im rechten Ohr ein warnendes Jaulen hören, wich er aber nach links ab, auf die unzugänglichen Felswände zu, so würde sich das Signal nicht ganz so alarmierend, aber doch in einem auffälligen Baßton melden. Der Schrittmesser zeigte die hundertste Meile an. Das größte und technisch schwierigste Wegstück hatte er hinter sich, das kürzere, heimtückischere lag, in tiefen Dunst versenkt, noch vor ihm. Die massiven Wolken standen jetzt sehr hoch und dunkel, die Sicht betrug ein paar hundert Meter, das Aneroid ließ keinen Zweifel, daß sich von hier die eigentliche Senke der Depression erstreckte, genauer gesagt, vorerst noch ihr verläßlicher, fester Rand.

Er schritt aus und verließ sich auf Ohr und Auge zugleich. Die Gegend war von Schnee erhellt, gefrorenem Kohlendioxid und anderen erstarrten Anhydriden. Unter dem Weiß ragten vereinzelt Findlinge hervor, Spuren des Gletschers, der einst von Norden her in die Kluft des vulkanischen Massivs eingedrungen war, sie mit seinem nach

Süden kriechenden Körper vertieft und umgepflügt hatte. Dadurch waren Felsblöcke ins Grundeis gekommen, die der Gletscher ausspie und im chaotischen Rückzug als verstreute Moräne liegenließ, als er wich oder durch die den Tiefen des Titan entströmende magmatische Erwärmung abtaute. Die Landschaft hatte sich umgekehrt, als habe sie unten einen Wintertag hingebreitet und die wolkendunkle Nachtseite darübergedeckt. Angus hatte nicht einmal mehr den eigenen Schatten zum Begleiter. Sicheren Schrittes stapfte er vorwärts, senkte die kristallbestäubten eisernen Schuhe in den Schnee. In den Panoramarückspiegeln konnte er die eigenen Spuren sehen – sie wären eines Tyrannosauriers würdig gewesen, jenes größten zweibeinigen Raubtiers des Mesozoikums. Bei diesen Blicken prüfte er gleichzeitig, ob die hinterlassene Spur auch immer noch gerade war. Indessen hatte er seit geraumer Zeit ein sonderbares Gefühl, das er als unmöglich von sich zu weisen suchte: Er hatte immer mehr den Eindruck, daß er nicht allein in der Kabine war, daß sich hinter ihm ein anderer Mensch befand, dessen Anwesenheit er an seinen Atemzügen erkannte. Er zweifelte nicht daran, daß es eine Täuschung war, verursacht möglicherweise durch eine Ermüdung des Gehörs, das von der Eintönigkeit der Funksignale abgestumpft war, aber schließlich fühlte er sich von dieser Täuschung so eingekreist, daß er den Atem anhielt. Daraufhin gab der andere einen gedehnten, deutlich hörbaren Seufzer von sich. Von einer Täuschung konnte nun wohl keine Rede mehr sein. Er erstarrte, stolperte, der Koloß kam ins Schleudern. Im Aufglühen der Anzeigen und im Aufheulen der Turbinen fing Angus ihn ab, bremste, ging immer langsamer und blieb stehen.

Der andere atmete nicht mehr. War es doch nur ein Widerhall aus den Maschinenschächten des Diglators gewesen? Im Stehen suchte er mit den Augen das Gelände ab, bis er in den unermeßlichen Schneefeldern einen schwarzen Strich erblickte, ein Ausrufezeichen, mit Tusche auf das Weiß des Horizonts gezeichnet, dorthin, wo die Helligkeit nicht verriet, ob sie ein Wall von Schnee oder von Wolken war. Obwohl Angus noch nie in einer ähnlichen winterlichen Szenerie einen Großschreiter aus meilenweiter Entfernung gesehen hatte, beherrschte ihn die Gewißheit, das könne nur Pirx sein. Er machte sich also auf den Weg zu ihm, ohne sich im geringsten um die sich verstärkende Doppelung der Signale im Kopfhörer zu scheren. Er beschleunigte seine Schritte. Das schwarze Zeichen vor der weißen Wand wurde zu einer kleinen Gestalt, die zappelte, weil auch sie schnell marschierte. Nach einer knappen Viertelstunde zeigten sich ihre wahren Ausmaße. Eine halbe Meile trennte sie von Angus, vielleicht etwas mehr. Warum meldete er sich nicht, warum rief er ihn nicht an? Er wußte es selber nicht, er wagte es nicht. Er spähte so angestrengt hinüber, daß ihm die Tränen kamen, schon sah er in dem Glasfensterchen, dem Herzen des Kolosses, ein winziges Männchen aufgehängt, das sich bewegte wie ein Hampelmann am Bindfaden. Er hielt sich hinter ihm, und beide schritten aus, lange stiebende Garben hinterlassend wie Schiffe, die die schäumende Furche des Kielwassers hinter sich herziehen. Angus suchte den anderen einzuholen und konzentrierte sich zugleich auf das, was vor ihnen passierte. Dort war wirklich etwas los – in der Ferne wogte und flatterte ein weißes, wolkiges Gestöber, aus dessen lichten Zwischenräumen ein Schein drang, der das Weiß des Schnees übertraf.

Das war die Zone der kalten Geiser. Jetzt rief er den Verfolgten an, er schrie einmal, zwei- und dreimal, aber der andere gab keine Antwort, sondern beschleunigte seine Schritte, als wolle er vor dem Retter flüchten. Angus tat das gleiche, lief mit immer stärker schwankendem Rumpf und schwingenden Armen in die Nähe des Verderbens: Der Schrittmesser zitterte bereits an der roten Marke –

achtundvierzig Meilen in der Stunde. Die Stimme, mit der er auf den Gejagten einschrie, klang heiser vor Erregung und versagte ihm plötzlich ganz, denn die schwarze Gestalt vor ihm ging in die Breite, schwoll an, verlängerte sich, ihre Konturen verloren an Schärfe, er sah nicht mehr den Mann im Diglator, sondern einen großen Schatten, der sich zu einem formlosen Fleck verbreiterte, sich auflöste und verschwand. Er war allein, und sich selbst hatte er einzuholen versucht – ein auch auf der Erde bekanntes, wenn auch seltenes Phänomen, wie beispielsweise das Brockengespenst. Das eigene Spiegelbild, vergrößert, vor dem Hintergrund heller Wolken. Über die Entdeckung betroffen, voll grausamer Enttäuschung, unter Anspannung aller Muskeln, keuchend, in einem Anfall bitterer Wut und Verzweiflung wollte sein Körper – nicht er! – stehenbleiben, auf der Stelle, wie angewurzelt, unverzüglich, doch im Geheul, in das die Eingeweide des Kolosses ausbrachen, riß es ihn weiter vorwärts, die Lampen der Anzeiger flammten in dem Rot aufgeschlitzter Adern, der ganze Diglator wurde erschüttert wie ein Schiff, das auf einen Unterwasserfelsen läuft. Der Korpus neigte sich durch den Schwung nach vorn und wäre zu Boden geschlagen, hätte Angus ihn nicht abgefangen, nicht durch eine Reihe allmählich langsamer werdender Schritte aus der Schräglage wieder aufgerichtet.

Der Protestchor der so plötzlich überlasteten Aggregate beruhigte sich, er aber fühlte Tränen des Zorns und der Enttäuschung über sein erhitztes Gesicht rinnen. Keuchend, als wäre er diese letzten Kilometer selbst mit solcher Anstrengung gerannt, stand er auf gespreizten Beinen, er verschnaufte, wischte mit dem weichen Innenpolster der Handschuhe den Schweiß weg, der in die Brauen gesickert war, und sah gleichzeitig, wie die Pranke des Großschreiters diese automatische Geste vergrößerte, sich emporhob, mit der ganzen Breite des Unterarms die Kabine verdunkelte und krachend auf den Strahler traf, der auf den kopflosen Schultern saß. Er hatte vergessen, seine Rechte aus dem Verstärkerschaltkreis zu nehmen! Dieses neuerliche blödsinnige Versehen brachte ihn gänzlich zu sich. Er machte kehrt, um auf der eigenen Spur zurückzugehen – die Signale in seinem Kopfhörer waren total aus dem Häuschen. Er mußte auf die Route zurück, ihr folgen, solange es ging, und sich im Falle der Blendung durch den Schneesturm – er hatte dessen Anblick auch bei der Verfolgungsjagd im Gedächtnis behalten – auf den Strahler verlassen. Er fand die Stelle, wo ihn die Fata Morgana durch ihren Spiegel aus Wolken und Gasen betört und ihm total die Orientierung genommen hatte. Oder war er schon vorher so stumpfsinnig geworden, daß er keiner optischen, sondern einer akustischen Täuschung aufgesessen war und aufgehört hatte, die per Funk gewiesene Route mit ihrem Pendant auf der Karte in der Kabine zu vergleichen? Dort, wohin ihn das eigene Gespenst gelockt hatte, laut Schrittmesser nicht weit, alles in allem neun Meilen von der markierten Route entfernt, gab es der Karte nach überhaupt keine Geiser. Deren Front verlief weiter nördlich – so hatten es die letzten Geländeerkundungen, wie die Karte sie zeigte, erwiesen. Auf der Basis von Meldungen der Flugaufklärung und Radaraufnahmen des ORSAN hatte Marlin die Route vom Roembden zum Gral so weit nach Süden verlegen lassen, daß sie – schwierig, aber sicher – durch die Senke der Depression lief, die bisher nie überschwemmt, wenngleich vom Schnee der Geiser zugedeckt wurde. Schlimmstenfalls kam es also zu Verwehungen durch den Kohlendioxidschnee, aber ein Diglator besaß ausreichend Kraft, solche Berge auch bis zu einer Höhe von fünf Metern zu durchschreiten, und falls er steckenbleiben sollte, konnte er es melden. Der Gral würde dann unbemannte Bulldozer von den Förderarbeiten abziehen und ihm zu Hilfe schicken.

Der Kern des Problems steckte darin, daß man nicht wußte, wo die anderen drei Großschreiter verschollen waren. Auf der alten Route, die nach früheren Unfällen aufgegeben worden war, hatte die Depression einen ununterbrochenen Funkkontakt zugelassen, aber die südliche Senke wurde mit Kurzwellen nicht direkt erreicht, und auch deren Reflektierung kam nicht in Frage, da der Titan keine Ionosphäre besitzt. Mit Relaissatelliten hatte man das zwar bewältigt, aber nun war schon eine Woche zuvor der Saturn in die Quere gekommen: Der Schwanz seiner stürmischen Magnetosphäre deckte jede Funkstrahlung zu. Bliebe noch der Laser. Dieser drang vom Gral aus zwar durch die Wolkenschichten und konnte die Patrouillesatelliten erreichen, jedoch waren wiederum diese nicht mit Transmittern für einen so großen Wellenbereich ausgerüstet, sie konnten Lichtimpulse nicht in Funksignale umsetzen. Zwar hätten sie die empfangenen Strahlen kollimieren und in die Depression senden können, aber leider umsonst. Um nämlich durch die Geiserstürme zu dringen, hätte man die Laser mit einer Leistung abstrahlen müssen, daß die Spiegel der Satelliten geschmolzen wären. Sie waren auf ihre Umlaufbahn gebracht worden, als im Gral die Arbeiten erst anliefen, die Spiegel hatten sich inzwischen durch Korrosion getrübt und verschluckten zu viel Strahlungsenergie, statt diese zu neunundneunzig Prozent zu reflektieren.

In dieses Gewirr von Versehen, schlecht verstandener Sparsamkeit, Überhast, Transportverzögerungen und gewöhnlichen Dummheiten, die den Menschen überall und also auch im Kosmos eigen sind, waren nacheinander die verschollenen Großschreiter geraten. Die letzte Rettung sollte der feste Boden der Südsenke sein. Ob er in der Tat so fest war, würde Angus ja in Kürze sehen. Wenn er gehofft hatte, eine Spur seiner Vorgänger zu finden, so verlor er diese Zuversicht rasch. Er hielt sich an die Angaben des Azimuts und vertraute ihnen, denn das Gelände stieg an und führte ihn aus dem Schneetreiben heraus. Zur Linken hatte er Hänge alten Magmas, in Wolken gewühlt und vom Schnee freigefegt. Er überquerte sie mit großem Bedacht. Dann ging er durch einen Steinbruch, über Rinnen voller Eis, das in seinem Innern Blasen ungefrorenen Gases enthielt. Wenn der eiserne Fuß die Kruste durchstieß und ins Leere traf, verstummte der Lärm der Triebwerke, die Ohren füllten sich mit einem Krachen und Bersten, wie es wohl nur die Schiffswache eines Eisbrechers vernimmt, der sich in polares Packeis gräbt. Besorgt musterte er das Bein, nachdem er es aus dem Loch gezogen hatte, und erst dann ging er weiter. Er plagte sich so sehr ab, daß das Duett im Kopfhörer, gewöhnlich von ein und derselben Klangfarbe und Tonhöhe, außer sich geriet: Rechts schwoll es zum Pfeifen an, links stieg es in die Bässe hinab. Also machte er einen Schwenk, damit sich die Töne wieder einig wurden.

Zwischen den aufgetürmten Schollen, von denen Angus wußte, daß sie nicht aus Eis, sondern aus erstarrten Kohlenwasserstoffen bestanden, öffnete sich ein ziemlich breiter Durchgang. Über trockenes, grobkörniges Geröll ging es hinab, wobei er die Schritte abbremste, so gut er konnte, denn die achtzehnhundert Tonnen des Großschreiters drängten die schiefe Bahn hinunter. Die wolkenverhangenen vulkanischen Felswände gaben den Blick frei auf den Talkessel, und statt festen Bodens sah Angus dort unten – den Wald von Birnam.

Aus Tausenden engen Schlünden gleichzeitig stiegen Strahlen von Ammoniumsole in die giftige Atmosphäre. Unter dem ungeheuren Druck der Felsmassen in freiem Zustand gehalten, schossen die Radikale des Ammoniums in den dunklen Himmel und verwandelten ihn in wüstes Getümmel. Angus wußte, daß sie hier eigentlich nicht vorkommen durften, die Experten hatten das für ausgeschlossen gehalten, aber daran dachte er jetzt nicht. Ihm blieb nur zweierlei: entweder augenblicklich zurück zum Roembden oder weiter dem Gesang im Kopfhörer nach, der so unschuldig klang und so falsch war wie das Lied der Sirenen des Odysseus. Träge und schwer hingen gelbbraune Wolken über der ganzen Depression, um in einem sonderbaren, klebrig-zähen Schnee herabzusinken und im Wald von Birnam zu gerinnen.

Dieser Name rührte daher, daß die Erscheinung sich bewegte. Sie erinnerte übrigens nur aus großer Entfernung an einen verschneiten Wald. Das verbissene Spiel der chemischen Radikale, durch immer neuen Zustrom verstärkt (die einzelnen Geisergruppen haben ihren jeweils eigenen, beharrlich wiederkehrenden Rhythmus), bringt einen Dschungel von zerbrechlichem Porzellan hervor, der, begünstigt durch die schwache Gravitation, Höhen bis zu einer Viertelmeile erreicht. Es ist ein dichtverzweigtes Gestrüpp von gläsernem Weiß, in immer neuen Schichten übereinandergelagert, bis die untersten das in den Himmel steigende Spitzenwerk nicht mehr tragen können und mit einem durchdringenden Klirren und Knirschen in sich zusammenbrechen wie ein planetarer Porzellanladen, den ein Beben zertrümmert. Als »Porzellanbruch« hat jemand übrigens unbekümmert diese Einstürze im Walde von Birnam bezeichnet, die nur aus der Schau eines Vogels oder vielmehr Helikopters ein harmlos-berauschendes Schauspiel sind. Auch aus der Nähe erscheint dieser Wald des Titan wie eine flüchtige Konstruktion aus Spitzen und weißem Schaum, so daß nicht nur der Großschreiter, sondern auch ein Mensch im Raumanzug durch das erstarrte Dickicht dringen kann. Einfach ist es zwar nicht, sich in diesem erstarrten Schaum fortzubewegen, der leichter als Bimsstein ist und ein Mittelding darstellt zwischen einem beim Gefrieren aufgeplusterten Schneebrei und aus feinsten Porzellanfäden gewobener Spitze. Das Ganze ist eigentlich eine geronnene Wolke aus geädertem Spinngewebe in allen

Schattierungen von Weiß, vom opalisierenden Perlmutt bis zum blendenden Milchweiß. Rasch kommt man darin nicht voran, aber möglich ist es, obwohl man nie wissen kann, ob nicht gerade diese Gegend die Grenze ihrer Tragfähigkeit erreicht hat und den Wanderer unter einer Hunderte Meter starken Decke selbstzerschellenden Schmelzes begräbt, der nur in kleinen Stücken leicht wie Daunen ist.

Schon vorher, oben auf dem Wall, wo diese Wälder noch hinter dem schwarzen Vorsprung eines Bergrückens verborgen gewesen waren, hatten sie sich durch einen weißen Schein angekündigt, als ginge dort die Sonne auf. Es war die gleiche Helle, die sich auf die Wolken des irdischen Nordmeers legt, wenn ein Schiff, noch im offenen Fahrwasser, sich den Eisfeldern nähert.

Angus schritt dem Wald entgegen. Sein Eindruck, auf einem Schiff zu stehen oder gar selbst ein Schiff zu sein, wurde noch verstärkt durch das gleichmäßige Schaukeln des Riesen, von dem er sich tragen ließ. Beim Herabsteigen von dem Steilhang hatte sein Blick noch bis zum Horizont gereicht, der sich in der Ferne in einer klaren Linie abzeichnete, und der Wald hatte von oben ausgesehen wie eine ins Tal gedrückte Wolke, deren Oberfläche sich blähte und von unerklärlichen Schauern durchzuckt wurde. Schaukelnd schritt er weiter, und die Wolke vor ihm wuchs wie der Kopf eines Gletschers. Schon konnte er lange, gewundene Zungen unterscheiden, die davon ausgingen wie Schneelawinen in unwahrscheinlich verlangsamter Bewegung. Als ihn nur noch einige hundert Schritte von den weißen Ballungen trennten, waren darin Öffnungen unterschiedlicher Weite zu erkennen wie die Mündungen größerer und kleinerer Höhlen. Dunkel hoben sie sich ab von dem glitzernden Gewirr flauschiger Zweige und gegabelter Äste aus halb trübem, halb weißem Glas. Unter seinen eisernen Schuhen raschelte scharfer, zerbrechlicher Schutt, bei jedem Schritt knackte und knirschte es. Das

Duett im Kopfhörer versicherte ihm nach wie vor, daß er auf dem richtigen Kurs lag. Also schritt er vorwärts, die Motoren erhöhten ihre Umdrehungen, um den wachsenden Widerstand zu brechen, und durch ihr verstärktes Brummen hörte er das schrille Röcheln des unter seinen Knien und seinem Rumpf berstenden Dickichts.

Er hatte das erste Lampenfieber abgestreift, in seinem Herzen war nicht die Spur von Angst, nur Verzweiflung. Er begriff nur allzugut: Um auch nur auf einen der Vermißten zu stoßen, müßte ihm schon ein Wunder zu Hilfe kommen. Eher hätte sich eine Stecknadel nicht nur in einem Haufen, sondern einem Gebirge von Heu finden lassen! In diesem Gestrüpp blieben ja auch keine Spuren zurück, denn die unaufhörlich den Geisern entschießenden Fontänen speisten diese ganze riesige Wolke, und jede Schneise, jeder Durchbruch verwuchs augenblicklich wie eine vernarbende Wunde. Im stillen verfluchte Angus diese auf der Welt wohl einzigartige Schönheit, die ihn hier umgab. Derjenige, der bei der Namensgebung die Anleihe im »Macbeth« gemacht hatte, war sicherlich ein Schöngeist gewesen, aber Angus in seinem Diglator hatte keine Veranlassung, jetzt solchen Assoziationen nachzuhängen. Der Wald von Birnam auf dem Titan war durch ein Gewirr bekannter und unbekannter Ursachen ständig in Bewegung, innerhalb der Depression, auf Tausenden, Zehntausenden Hektar, abwechselnd im Vordringen und auf dem Rückzug. Die Geiser selbst bargen keine Gefahr, da einem ihre Anwesenheit von weitem auffiel, ehe man sie noch als himmelhoch emporschießende, vibrierende Säulen der durch unterirdischen Druck verfestigten Gase sehen konnte. Allein ihr Getöse – ein Dröhnen und so durchdringendes Heulen, als brülle in den Geburtswehen der Planet selbst vor Schmerz oder Wut – brachte die Umgebung ins Wanken und riß mit der Heftigkeit einer Windhose das ganze bereits zu Schmelz erstarrte, bebende, brechende und splitternde

Dickicht nieder. Man mußte ausgesprochenes Pech haben, um in die Mündung eines Geisers zu fallen, der zwischen zwei Eruptionen in zeitweiliger Ruhe lag. Leicht und in sicherer Entfernung zu umgehen waren aber diejenigen, die ihre Aktivität durch ständiges Donnern und Zischen kundtaten und das vor dem Tode zitternde weiße Gestrüpp ringsum erschütterten. Ein plötzlicher Ausbruch hingegen, selbst in einiger Entfernung, wurde meist zur Ursache eines gigantischen Bruchs.

Angus klebte fast mit dem Gesicht an der Scheibe aus Panzerglas und spähte hinaus, langsam, ganz langsam einen Fuß vor den anderen setzend. Er sah die milchweißen Stämme der stärksten, in der Senkrechten erstarrten Strahlen, die nur unten geschlossen und massiv waren, sich nach oben jedoch verzweigten und zu flimmernden Knäueln bauschten. Im Eisdschungel zu ebener Erde aber wuchsen schon die nächsten Gebilde in immer luftigere Etagen empor, gerannen zu Spinnweben und Skeletten, zu Hohlräumen, Kokons und Nestern, zu Bärlapp und Geißeltierchen, zu Kiemen, vom Fischkörper losgerissen, aber immer noch atmend, denn alles war hier in rieselnder Bewegung, es kroch und wand sich, aus dicken Wächten reckten sich dünne, nadlige Zweige, vereinten sich zu Bündeln, senkten sich herab, glitten fort und lagerten sich wieder übereinander in der gefrierenden klebrigen Milch, die unablässig aus unbekannten Höhen nieselte. Kein auf der Erde entstandenes Wort konnte dieser Arbeit gerecht werden, die in einem hellen, von allen Schatten weißgewaschenen Schweigen vor sich ging, dieser Stille, außerhalb deren es doch noch ein fernes, eben erst erwachendes Grollen gab, Zeugnis des unterirdischen Zuflusses, der in die Kamine der Geiser gepreßt wurde.

Als Angus stehenblieb, um zu lauschen, wo dieses lauter werdende Donnern herkam, bemerkte er, daß der Wald von Birnam ihn in sich aufzunehmen begann. Er kam nicht zu ihm wie der Wald zu Macbeth, sondern wie von nirgendwo, aus der hier völlig unbewegten Luft erschienen mikroskopisch kleine Schneeflocken, die nicht herabfielen, sondern plötzlich auf den dunklen Platten des Panzers saßen, auf den Schweißnähten der Schulterschilde. Der ganze Rumpf war schon mit diesem Schnee bestäubt, der seine Ähnlichkeit mit irdischem Schnee sogleich verlor, denn er fiel nicht nachgiebig auf die Metallflächen, sammelte sich nicht pulvrig in den Vertiefungen, sondern klebte wie weißer Sirup, keimte, trieb milchige, wollige Fasern, und ehe Angus sich dessen versah, steckte er in einem schneeigen Pelz, der sich in Tausenden kleinen Bahnen um ihn dehnte, flimmernd das Licht brach und den Diglator in eine riesige weiße Vogelscheuche, einen wunderlichen Schneemann verwandelte. Er machte eine leichte Bewegung, einen kleinen Ruck, und die erstarrten Abgüsse seiner eisernen Gliedmaßen und Schultern fielen in großen Stücken herunter. Der Aufprall verwandelte sie in Berge kleiner Splitter.

Der Glanz ließ in diesem Wallen und Strudeln phantasmagorische Formen entstehen, er blendete, erhellte aber nicht den Boden, so daß Angus eigentlich erst jetzt den Vorteil schätzenlernte, den ihm der eingeschaltete Strahler bot. Dessen unsichtbare Hitze taute in das Dickicht einen Tunnel, dem er folgte. Rechts und links hörte er immer wieder wie Kanonenschüsse den Widerhall der aus der festgefügten Unterschicht der Wolke brechenden Gasströme, und einmal kam er gar nicht weit am brausenden Federbusch eines Geisers vorbei, der sich in wütenden Ausbrüchen schüttelte und die Umgebung peitschte.

Plötzlich lichtete sich dieser Wald und bildete unter einer blasenförmig geblähten, verzweigten Kuppel so etwas wie eine Lichtung. Mitten darin lag eine große schwarze Masse. Der Betrachter erkannte die ihm zugewandten Sohlen der ineinander verklammerten eisernen Füße und den zur Seite gedrehten Rumpf, der in der Verkürzung einem Schiffswrack auf einer Sandbank glich. Der linke Arm, der obenauf war, reichte zwischen die weißen Stämme, die Hand lag im Gestrüpp verborgen. Den rechten Arm hatte der Rumpf beim Sturz unter sich begraben. Der stählerne Riese lag verrenkt am Boden, schien aber nicht völlig erledigt zu sein, denn außer den bereiften Gliedmaßen war er frei von Schnee. Über der Wölbung des Körpers zitterte leicht die Luft, erwärmt von dem immer noch Hitze ausstrahlenden Innern.

Parvis stand wie versteinert vor dem Zwillingsbruder seines Schreiters, er wagte seinen Augen nicht zu trauen, denn das unglaubliche Wunder war geschehen – die Begegnung. Schon wollte er sich melden, als er zwei Dinge auf einmal bemerkte: Unter dem gestürzten Diglator stand eine große Lache einer öligen, gelblichen Flüssigkeit, also waren die hydraulischen Leitungen ausgelaufen, was zumindest die teilweise Bewegungsunfähigkeit bedeutete. Darüber hinaus war die Frontscheibe der Kabine, die jetzt so sehr dem ovalen Bullauge eines Schiffes ähnelte, zerschlagen. Aus den Leisten der Rahmen ragten nur die Isolationspolster. Es dampfte aus dieser finsteren Öffnung, als könne der Gigant in der Agonie nicht die Seele aushauchen. Triumph, Freude, dankbare Überraschung des Piloten wichen dem Grauen. Noch ehe er sich vorsichtig und behutsam über das Wrack beugte, wußte er, daß es verlassen war. Mit dem Scheinwerfer leuchtete er das Kabineninnere aus, lose Strippen hingen darin, an ihnen die metallene Haut. Er konnte sich nicht tiefer bücken, mühsam spähte er in alle Ecken der leeren Kabine, in der Hoffnung, der Verunglückte habe, bevor er im Raumanzug fortgegangen war, eine Nachricht oder ein Zeichen hinterlassen, aber er entdeckte nur den umgekippten Werkzeugkasten und die herausgefallenen Schlüssel. Lange suchte er zu erraten, was hier vorgegangen sein mochte. Einer jener

»Porzellanbrüche« konnte den Diglator umgeworfen und verschüttet haben. Als alle Anstrengungen, ihn wieder aufzurichten, nichts fruchteten, hatte der Maschinist das Sicherungssystem der Grenzleistung stillgelegt, und daraufhin waren unter dem Überdruck des Öls die Leitungen geplatzt. Die Kabinenscheibe hatte der Mann nicht selber zerschlagen, er hätte ja den Ausstieg am Oberschenkel oder den Notausgang am Rücken benutzen können. Sie war wohl eher zertrümmert worden, als der Großschreiter stürzte. Zunächst hatte er wohl auf dem Bauch gelegen und sich erst auf die Seite gedreht, als er dem auf ihm lastenden Massiv zu entkommen suchte.

Die in die Kabine eingedrungene giftige Atmosphäre hätte den Menschen schneller getötet als die Kälte. Wenn das so war, dann hatte der Einbruch keinen Unvorbereiteten getroffen. Als der Maschinist das hochgewölbte Dikkicht auf die Maschine eindringen sah und erkannte, daß sie nicht standhalten würde, legte er den Raumanzug an. Damit war er auf die Havariesteuerung angewiesen, denn er hatte zuvor ja die elektronische Haut ausziehen müssen. Sein Diglator hatte keinen Hochleistungsstrahler, und so tat er das einzig Vernünftige, das ihm ein gutes Zeugnis ausstellte. Er nahm Werkzeug und stieg in den Maschinenraum. Dort stellte er fest, daß sich die Hydraulik nicht reparieren ließ: Zu viele Rohre waren geplatzt, zu viel Flüssigkeit schon ausgelaufen. Daraufhin trennte er das der Fortbewegung dienende Getriebe vom Reaktor und schaltete diesen auf fast volle Leistung. Den Großschreiter hielt er zu Recht für verloren, aber die Glut des Atommeilers übertrug sich – obgleich sie das Innere des Maschinenraums verbrannte oder aber gerade weil sie ihn rotglühend machte – auf den gepanzerten Rumpf und taute den darüber liegenden Schuttberg weg. So war die Höhlung mit den verglasten Wänden entstanden, deren Aussehen von der dem Wrack entströmenden Hitze zeugte.

Um den so rekonstruierten Ablauf zu prüfen, hielt Angus die Geigerzähler an den Rücken des Wracks. Sie begannen sofort heftig zu ticken. Es handelte sich um einen schnellen Reaktor, er war von der eigenen Hitze geschmolzen und wohl bereits erkaltet, aber der Außenpanzer war sowohl heiß als auch radioaktiv. Der Maschinist hatte sein Vehikel also durch das zertrümmerte Fenster verlassen, das unnütze Werkzeug weggeworfen und sich zu Fuß auf den Weg durch den Wald gemacht. Angus forschte in dem ausgelaufenen Öl nach Fußspuren, da er jedoch nichts fand, umkreiste er den metallenen Leichnam und suchte die Wände der Glitzerhöhle nach Öffnungen ab, die groß genug waren, einen Menschen durchzulassen. Auch das gab es nirgends. Angus vermochte nicht zu überschlagen, wieviel Zeit seit der Katastrophe vergangen sein konnte. Zwei Männer waren vor drei Tagen in diesem Walde verschwunden, Pirx zwanzig bis dreißig Stunden später. Der Zeitunterschied war zu gering, als daß er einen Anhaltspunkt geboten hätte, ob das Wrack einem der Leute vom Gral oder aber Pirx gehörte.

Ganz in Eisen, aber lebendig stand er vor dem Schrotthaufen und wog eiskalt ab, was er tun sollte. In irgendeinem Winkel dieser von der Hitze ausgehöhlten Blase mußte ein Loch sein, das dem Maschinisten einen Durchschlupf geboten und sich hinter ihm geschlossen hatte. Die porzellanene Narbe mußte noch ziemlich dünn sein, aber vom Diglator aus würde er sie nicht erkennen. Er stellte den Riesen still, stieg hastig in seinen Raumanzug, rannte die hallenden Stufen zum Ausstieg hinunter, ließ sich die Leiter hinab und sprang auf den gläsernen Boden. Die in die Bruchhalde geschmolzene Höhle kam ihm sogleich viel größer vor, oder vielmehr er war plötzlich sehr klein geworden. Er ging einmal ringsherum – fast sechshundert Schritt. Durchsichtigere Stellen nahm er in Augenschein und klopfte sie ab, es waren leider sehr viele, und als er den aus dem Führerstand mitgebrachten Hammer ansetzte, um eine Nische zwischen zwei wahrhaft eichenstarken Pfeilern zu hacken, splitterte sie zwar wie Glas, aber zugleich kam vom Gewölbe über ihm Geröll herunter, in immer größeren Mengen, bis etwas knirschte und eine Hagelwolke leichter Splitter und gläsernen Staubs auf Angus niederging. Er sah ein, daß es keinen Sinn hatte. Die Spur des anderen würde er nicht finden, und er selbst steckte nicht gerade in der schönsten Falle. Die Bresche, durch die er in die Höhlung eingedrungen war, verschloß sich bereits mit weißen Zapfen, die fest wurden wie Salzsäulen, anders allerdings als auf der Erde, denn hier verzweigten sie sich zu einem armstarken Geflecht. Nichts zu machen, es blieb nicht einmal Zeit zu kühler Überlegung: Das Gewölbe setzte sich allmählich und berührte fast schon die Haube des Strahlers auf den Schultern des Großschreiters, so daß dieser aussah wie ein Atlas, der die ganze Last der erstarrten Geiserstrahlen trug.

Angus wußte nicht, wie er wieder in die Kabine gekommen war, die bereits schräg stand, weil der Rumpf sich Millimeter um Millimeter neigte. Er zog die elektronische Bekleidung über und prüfte einen Augenblick lang den Gedanken, den Strahler einzuschalten, verwarf ihn jedoch – hier lag in jeder Maßnahme ein unvorhersehbares Risiko. Die Decke über ihm konnte durch das Abtauen weichen, aber ebensogut einstürzen. Nach einigen Schritten fand er direkt neben dem schwarzen Wrack eine Stelle, von der aus er Anlauf nehmen und mit aller Kraft die verwachsene Bresche rammen konnte, nicht um feige zu fliehen, sondern um aus der gläsernen Gruft herauszukommen. Danach würde er weitersehen.

Im Maschinenraum heulten die Turbinen, unter dem Aufprall der beiden stählernen Fäuste zeigten sich in der weißen, von den Tropfsteinen höckrigen Wand Risse, die in schwärzlichen Bahnen sternenförmig nach oben und zur

Seite liefen, und gleichzeitig gab es von überallher einen donnernden Schlag.

Alles ging so schnell, daß er keine Zeit hatte, es zu begreifen. Er spürte von hoch oben einen Schlag, so gewaltig, daß sein Gigant in ein tiefes Geheul ausbrach, taumelte, durch die geborstene Bresche gefegt wurde wie ein Stück Papier und unter einer Lawine von Geröll, großen Brokken, Scherben und Staub so jäh zu Boden schlug, daß sich Parvis trotz aller Amortisatoren der Aufhängung die Eingeweide umdrehten. Die letzte Phase des Sturzes war dabei unglaublich langsam: Die Trümmer auf dem Weg, den er gekommen war, näherten sich dem Fenster, als fiele er nicht, sondern als bäume sich ihm diese Schneebahn unter dem Bombardement der Trümmer entgegen. Aus der Höhe mehrerer Stockwerke näherte er sich diesem in Staubwolken gehüllten Weiß, bis er durch alle Spanten des Rumpfes, die heulenden Motoren und ihre Lager sowie durch die Schutzplatten des Panzers den letzten dröhnenden Schlag verspürte.

Wie geblendet lag er da. Die Scheibe war nicht zerbrochen, sondern hatte sich in die Trümmerhalde gegraben, deren eigentliche Masse er auf sich, dem Rücken des Diglators lasten fühlte. Die Turbinen heulten nicht mehr unter, sondern hinter ihm, im Leerlauf, da sie sich auf dem Höhepunkt der Überlastung selbst ausgekuppelt hatten. Vor dem rußschwarzen Hintergrund des Fensters flammten sämtliche Anzeigen purpurrot. Rechts verblaßten sie allmählich und wurden wieder dunkelgrün, links aber erloschen sie nacheinander wie erkaltende Briketts. Er steckte in einem linksseitig gelähmten Wrack. Einem Wrack, jawohl, denn auf die Arm- und Beinbewegungen dieser Seite erfolgte keine Reaktion. Nur die Anzeige der anderen symmetrischen Hälfte des Großschreiters funktionierte. Im krampfhaften Atemholen nahm er noch etwas wahr: Die Luft roch nach heißem Öl – es war passiert. Ob er in dem halbseitig gelähmten Diglator wenigstens kriechen konnte? Er versuchte es, die Turbinen begannen gehorsam, unisono ihren Gesang, aber dann leuchteten wieder die roten Warnlampen auf. Der Einsturz hatte ihn nicht genau nach vorn, sondern auf die Backbordseite geworfen, die zuerst die ganze Wucht des Aufpralls aufgefangen hatte. Tief durchatmend, absichtlich langsam, ohne Sicht, schaltete er die Innenbeleuchtung ein und rief den Havarieinterceptor des Gerätes ab, um sich über die Lage der Gliedmaßen und des Rumpfes zu informieren. Die Antriebsaggregate überging er dabei.

Das mit kalten Linien gezeichnete Bild erschien sofort. Die beiden stählernen Beine hatten sich gekreuzt, also war das Kniegelenk des linken geborsten. Der linke Fuß steckte hinter dem rechten, aber auch diesen konnte er nicht rühren. Die Konstruktion mußte sich ineinander verkeilt haben, und den Rest bewirkte der Druck der auf ihm liegenden Halde. Der Geruch der erhitzten Flüssigkeit aus der Hydraulik reizte und biß schon empfindlich in die Nase. Er versuchte sich noch einmal aufzurappeln, indem er das gesamte hydraulische System auf den viel schwächeren Havariestromkreis umschaltete. War es vergebens? Etwas Warmes, Glitschiges floß ihm um Füße, Schienbeine und Schenkel – auf der Frontscheibe liegend, sah er im weißen Licht der Leuchtröhre das in die Kabine sickernde Öl. Es gab keinen anderen Ausweg: Er öffnete den Schnappverschluß, kroch aus der elektronischen Hülle und kniete sich nackt vor den Wandschrank, der jetzt an der Decke hing. Beim Öffnen fiel der Raumanzug heraus, Angus stöhnte auf, als ihm die Sauerstoffflaschen auf die Brust prallten. Wie eine weiße Kugel platschte der Helm in cinc Öllache. Die Trikots trieften von der hydraulischen Flüssigkeit. Ohne Zaudern, nackt, im ruhigen Schein des künstlichen Lichts, stieg er in den Raumanzug, wischte den Ansatz des Helmes ab, der ebenfalls fettig geworden war, stülpte ihn über, zog die Klammern fest und kroch durch das Brunnenloch, das jetzt waagerecht lag wie ein Tunnel, auf allen vieren zum Ausstieg am Oberschenkel.

Weder dieser noch der Notausstieg ließen sich öffnen.

Niemand weiß, wie lange er noch in der Kabine gesessen hatte, ehe er den Helm abnahm, sich auf die ölverschmierte Scheibe legte und die Hand nach dem roten Lämpchen ausstreckte, um die Plastekappe einzuschlagen und den eingebauchten Knopf des Vitrifikators mit aller Kraft tief in die Zukunft zu drücken. Auch kann niemand wissen, was er dachte und fühlte, als er sich für diesen eisigen Tod bereit machte.

II
Die Beratung

Doktor Gerbert saß, bequem ausgestreckt, die Beine in ein flauschiges Plaid gewickelt, am sperrangelweit geöffneten Fenster und sah einen in Folie gebundenen Stoß von Histogrammen durch. Trotz des hellen Tages lag der Raum im Halbdunkel, das noch verstärkt wurde durch die schwarze, verräuchert aussehende Decke mit ihrem wuchtigen, harzgetränkten Gebälk. Ebenmäßig verlegte Holzplatten bildeten den Fußboden, dicke Bohlen die Wände. Vom Fenster sah man auf die bewaldeten Flanken des Wolkenfängers, auf das Gracatalqua-Massiv und dahinter die senkrechte Wand des höchsten der hiesigen Gipfel. Er glich einem Büffelkopf, dem allerdings ein Horn fehlte – die Indianer hatten es vor Jahrhunderten den »Zum Himmel Gefahrenen Stein« genannt. Aus den felsgrauen Niederungen stiegen langgestreckte Berglehnen auf, in deren Schatten Eis schimmerte. Durch einen Paß im Norden blauten die Ebenen, wo sich in unsäglicher Entfernung ein dünner Rauchfaden in den Himmel zog – die Spur eines tätigen Vulkans.

Doktor Gerbert verglich die einzelnen Aufnahmen miteinander, auf manche machte er ein Zeichen mit dem Kugelschreiber. Nicht das leiseste Geräusch drang hierher. Die Flammen der Kerzen standen reglos in der kalten Luft. Ihr Schein gab den nach altindianischen Mustern geschnitzten Möbeln groteske Konturen: Der große Sessel, der die Form eines menschlichen Unterkiefers hatte, warf an die Decke den makabren Schatten der gezähnten Armlehnen, die in krumme Hauer ausliefen. Über dem Kamin grinsten augenlose, hölzerne Fratzen, und der kleine Tisch neben Gerbert hatte zur Stütze eine geringelte Schlange, deren Kopf auf dem Teppich ruhte. Halbedelsteine verliehen den Augen ein rötliches Funkeln.

Fern ertönte ein Läuten, Gerbert legte das Filmmaterial beiseite und erhob sich. Schlagartig verwandelte sich der Raum – er wurde zu einem geräumigen Speisezimmer. Die Tafel in der Mitte trug kein Tischtuch, auf der bloßen schwarzen Platte glänzten Silber und jaspisgrünes Geschirr. In einem Rollstuhl, wie ihn Gelähmte zu benutzen pflegen, kam ein Mann zur offenen Tür herein. Er trug ein ledernes Blouson und war dick, sein Gesicht war so massig, daß sich das winzige Näschen fast zwischen den Wangen verlor. Freundlich grüßte er Gerbert, der an der Tafel Platz genommen hatte. Gleichzeitig war eine Dame eingetreten, sie war spindeldürr, ihr schwarzes Haar durch einen grauen Scheitel geteilt. Gerbert gegenüber erschien ein dicker kleiner Herr mit apoplektischem Gesicht. Als der Diener in seiner kirschroten Livree bereits den ersten Gang auftrug, stellte sich als verspäteter Gast ein grauhaariger Mann mit gespaltenem Kinn ein. Er blieb zunächst zwischen den Anrichten, vor dem aus Felsgestein errichteten massiven Kamin stehen und wärmte die ausgestreckten Hände über dem Feuer, ehe er sich auf den Platz setzte, den der gelähmte Hausherr ihm wies.

»Ist Ihr Bruder noch nicht von seiner Tour zurück?« fragte die dürre Frau.

»Er wird auf dem Zahn des Mazumac sitzen und zu uns herübergucken«, antwortete der Gefragte und rollte in die Lücke, die man in der Stuhlreihe für ihn gelassen hatte.

Er aß schnell, mit großem Appetit. Außer jenem kleinen Wortwechsel verlief das Mittagessen in Schweigen. Erst als der Diener das letzte Schälchen Kaffee eingeschenkt hatte, dessen Duft sich mit dem süßlichen Rauch der Zigarren mischte, ließ sich die Frau erneut vernehmen: »Wissen Sie,

Vanteneda, Sie müssen uns heute erzählen, wie die Geschichte über das Auge des Mazumac ausgegangen ist!«

»Ja, ja«, wiederholten die anderen.

Mondian Vanteneda faltete ein wenig blasiert die Hände über seinem dicken Bauch. Dann sah er alle der Reihe nach an, als wollte er andeuten, daß mit ihnen der Kreis seiner Zuhörer geschlossen sei. Im Kamin knackte ein verlöschendes Scheit. Eine Gabel wurde weggelegt. Ein Löffelchen klirrte, dann war es still.

»Wo war ich denn stehengeblieben?«

»Als Don Esteban und Don Guilielmo die Legende vom Cratapulq hörten und ins Gebirge aufbrachen, um ins Tal der Roten Seen zu gelangen ...«

Mondian machte es sich im Rollstuhl bequem und erzählte:

»Die beiden Spanier begegneten auf ihrem Marsch weder Mensch noch Tier, nur manchmal hörten sie den Schrei der kreisenden Adler. Einige Male flog ein Geier über sie hin. Als sie nach großer Mühsal endlich den Grat des Toten Flusses erklommen hatten, erblickten sie vor sich einen hohen, steilen Anstieg, dem sich bäumenden Rücken eines gewaltigen Pferdes gleich, mit einem unförmigen, überhängenden Kopf. Der Hals, der schmal war wie der eines Pferdes, war in Nebelschwaden gehüllt. Don Esteban fielen die sonderbaren Worte ein, die der alte Indianer in der Ebene gesagt hatte: ›Hütet euch vor der Mähne des Schwarzen Pferdes!‹ Sie beratschlagten, ob sie weitergehen sollten. Ihr erinnert euch, daß Don Guilielmo zur Orientierung eine Skizze der Bergkette bei sich trug, auf den Unterarm tätowiert. Die Vorräte gingen zu Ende, obwohl sie erst den sechsten Tag unterwegs waren. Sie aßen den Rest des strohtrockenen Pökelfleisches und löschten ihren Durst an einer Quelle, die unterhalb des Abgehauenen Kopfes entspringt. Allerdings konnten sie sich nicht zurechtfinden, denn die tätowierte Karte war ungenau. Vor Sonnenuntergang stieg der Nebel auf wie das Meer bei Flut. Die beiden machten sich auf den Weg und stiegen den Rücken des Schwarzen Pferdes hinan, sie gingen so schnell, daß ihnen das Blut in den Ohren dröhnte und sie nach Luft schnappten wie verendende Tiere – der Nebel jedoch war schneller und holte sie genau auf dem Hals des Pferdes ein. An der Stelle, wo das weiße Leichentuch sie einhüllte, ist der Grat sehr schmal, nicht breiter als das Heft einer Machete. Da sie nicht weiterkonnten, setzten sie sich – genau wie auf ein Pferd! – rittlings auf den Grat und bewegten sich, in ein undurchsichtiges, feuchtes Weiß gehüllt, bis zum Einbruch der Dunkelheit rutschend vorwärts.

Als sie völlig entkräftet waren, endete der Grat. Sie wußten nicht, ob vor ihnen ein Abgrund oder bereits der Abstieg ins Tal der Sieben Roten Seen lag, von dem der alte Indianer gesprochen hatte. Sie blieben also die ganze Nacht sitzen, Rücken an Rücken, sich aneinander wärmend und dem Nachtwind trotzend, der um den Grat wimmerte wie ein Messer auf dem Schleifstein. Das Einschlafen barg die Gefahr des Abstürzens, und daher machten sie sieben Stunden lang kein Auge zu. Dann ging die Sonne auf und brach durch den Nebel. Sie sahen, daß der Felsen unter ihren Füßen so senkrecht abfiel, als säßen sie auf einer schmalen Mauerkrone. Vor ihnen lag eine Kluft von acht Fuß. Der Nebel am Hals des Pferdes riß in Fetzen und gab den Blick frei auf das ferne schwarze Haupt des Mazumac, auf emporschießende rote Rauchsäulen, zwischen denen weiße Wolken hingen. Die beiden rissen sich beim Abstieg in der engen Kluft die Hände blutig, erreichten aber schließlich den oberen Kessel des Tals der Sieben Roten Seen. Hier verließen Guilielmo jedoch endgültig die Kräfte. Don Esteban betrat als erster das über dem Abgrund hängende Felsband und führte den Gefährten bei der Hand. So schritten sie vorwärts, bis sie an eine Geröllhalde kamen, wo sie rasten konnten. Die Sonne stand schon hoch, als das Haupt des Mazumac Felsbrocken zu speien begann, die von den Überhängen abplatzten. Die beiden flohen nach unten. Als der Kopf des Pferdes nur noch klein wie eine Kinderfaust über ihnen hing, erblickten sie in einer Wolke rostfarbenen Schaums die erste Rote Quelle. Don Esteban zog unter der Achsel ein Bündel Riemen hervor, die in der Farbe des Akanthus gegerbt waren. Die rot bemalten Fransen waren zu zahlreichen Knoten geknüpft. Lange ließ er sie durch die Finger gleiten, um die indianische Schrift zu entziffern und schließlich den rechten Weg abzulesen. Das Tal des Schweigens öffnete sich vor ihnen. Auf seinem Grunde gingen sie über riesige Felsblöcke, zwischen denen bodenlose Schründe gähnten.

›Ist es noch weit?‹ fragte Guilielmo. Er tat es flüsternd, weil er keinen Ton aus der vertrockneten Kehle brachte.

Don Esteban winkte ihm, zu schweigen. Plötzlich stolperte Guilielmo und stieß an einen Stein, der andere nach sich zog. Als Echo auf dieses Geräusch brach es wie Rauch aus den senkrechten Wänden, sie verschwanden in einer silbrigen Wolke, und Tausende steinerner Keulen brachen zu Tal. Don Esteban, der gerade unter einem gewölbten Überhang entlangschritt, konnte seinen Freund eben noch in diese Deckung zerren, als die alles zermalmende Lawine sie einholte und wie ein Unwetter vorüberschoß. Nach einer Minute trat Stille ein. Don Guilielmo blutete durch einen Felssplitter am Kopf. Sein Gefährte zog das Hemd aus, riß es in Streifen und verband ihm die Stirn. Endlich, als das Tal so eng geworden war, daß der Himmel über ihnen nicht breiter als ein Fluß erschien, erblickten sie einen Bach, der ohne das geringste Rauschen über die Felsen floß. Sein Wasser, das klar war wie feingeschliffener Diamant, verlor sich in einem unterirdischen Bett.

Die reißende, eisige Strömung, in die sie hinein mußten und die ihnen bis über die Knie reichte, zerrte mit furchtbarer Gewalt an ihren Beinen, bog aber bald seitwärts ab.

Die beiden standen auf trockenem gelbem Sand vor einer vielfenstrigen Grotte.

Don Guilielmo beugte sich erschöpft nieder, dabei fiel ihm der merkwürdige Glanz dieses Sandes auf. Die Handvoll, die er aufnahm, um genauer hinsehen zu können, war ungewöhnlich schwer. Er nahm ein Stück zwischen die Zähne, biß darauf und begriff: Seine Hand war voller Gold!

Don Esteban entsann sich der Worte des alten Indianers und sah sich in der Grotte um. In der einen Ecke leuchtete eine senkrechte, erstarrte, völlig reglose Flamme, ein vom Wasser polierter Kristallblock. Über ihm gähnte im Felsen eine Öffnung, durch die der Himmel schien.

Esteban trat an den durchsichtigen Block, der in seiner Form an einen mächtigen, in den Boden gerammten Sarg erinnerte, und blickte hinein. Zuerst sah er in der Tiefe nur Milliarden huschender Fünkchen, einen betäubenden Wirbel von Silber. Dann schien es ihm, als verdunkle sich alles ringsum, und er erkannte große Flächen von Birkenrinde, die sich zur Seite schoben. Als sie verschwunden waren, sah er, daß ihn aus der Tiefe des eisigen Klotzes jemand anschaute. Es war ein kupferfarbenes Antlitz voller scharfer Runzeln, mit Augen, so schmal wie Klingen. Je länger er hinsah, um so deutlicher zeigte sich in diesem Gesicht ein böses Lächeln. Fluchend stieß er den Dolch gegen den Block, aber die Waffe glitt wirkungslos ab. Gleichzeitig verschwand das durch sein Grinsen verzerrte Gesicht. Da Don Guilielmo zu fiebern schien, behielt sein Gefährte für sich, was er gesehen hatte.

Sie gingen weiter. Die Grotte verzweigte sich zu einem Netz von Gängen. Sie wählten den weitesten und zündeten die mitgebrachten Fackeln an. An einer Stelle öffnete sich wie ein schwarzer Rachen ein Seitengang, aus dem brandheiße Luft schlug. Sie mußten springen, um diesen Ort zu passieren. Dahinter verengte sich der Gang. Erst konnten sie noch auf allen vieren gehen, dann mußten sie robben.

Plötzlich wurde der Schlund wieder weit, sie konnten auf den Knien rutschen. Der Boden knirschte unter ihnen wie Kies, die letzte Fackel war heruntergebrannt, warf aber noch Licht genug: Sie knieten auf purem Gold.

Auch das war ihnen nicht genug. Nachdem sie den Mund und das Auge des Mazumac kennengelernt hatten, wollten sie nun auch in seine Eingeweide. Er sehe etwas, raunte Don Esteban auf einmal seinem Gefährten zu.

Guilielmo spähte ihm vergeblich über die Schulter.

›Was siehst du denn?‹ fragte er.

Das Ende der brennenden Fackel verbrannte Esteban schon die Finger. Plötzlich stand er auf: Die Wände waren fort, es herrschte nur tiefes Dunkel, in das die Fackel eine rötliche Grotte bohrte. Guilielmo sah, wie sein Gefährte vorwärts schritt. Die Flamme in seiner Hand schwankte und warf gewaltige Schatten. Plötzlich erschien aus der Tiefe ein riesiges, gespenstisches Gesicht, es hing in der Luft und hielt die Augen nach unten gerichtet. Don Esteban schrie auf, es war ein furchtbarer Schrei, aber Guilielmo hatte die Worte verstanden. Sein Gefährte hatte Jesus und die Mutter Maria angerufen, solche Worte aber rufen Männer wie Esteban nur Auge in Auge mit dem Tod. Als der Schrei verhallte, barg Guilielmo das Gesicht in den Händen. Es tat einen Donnerschlag, Flammen erfaßten ihn, und er verlor das Bewußtsein.«

Mondian Vanteneda lehnte sich zurück und blickte schweigend zwischen seinen Zuhörern ins Leere. Dunkel hob er sich vom Fenster ab, dessen Viereck sich, von den Sägezähnen des Gebirges durchschnitten, in der einfallenden Dämmerung violett färbte.

»Aus dem Oberlauf des Araquerita fischten Indianer, die auf der Hirschjagd waren, die Leiche eines weißen Mannes, der auf den Schultern eine mit Luft gefüllte Büffelhaut trug. Der Rücken war aufgeschnitten, die Rippen in Form von Flügeln nach hinten gebrochen. Die Indianer, die Angst vor den Truppen Cortez' hatten, wollten die Leiche verbrennen, aber an ihrer Siedlung kamen berittene Kuriere Ponterons des Einäugigen vorbei, die den Toten ins Lager brachten. Man erkannte in ihm Don Guilielmo. Don Esteban ist nie zurückgekehrt.«

»Woher kennt man dann diese ganze Geschichte?«

Wie ein Mißton ließ sich diese Stimme vernehmen. Im Schein der flackernden Kerzen, die der Diener auf einem Leuchter hereinbrachte, wurde der Frager sichtbar: ein zitronenfarbenes Gesicht mit blutleeren Lippen. Es lächelte höflich.

»Ich habe am Anfang die Erzählung eines alten Indianers wiedergegeben. Er sagte, Mazumac könne mit seinem Auge alles sehen. Vielleicht hat er sich etwas mythologisch ausgedrückt, aber im Prinzip hatte er recht. Es war zu Beginn des sechzehnten Jahrhunderts, als die Europäer noch nicht viel von den Möglichkeiten wußten, die Sehkraft durch geschliffene Gläser zu verstärken. Zwei riesige Bergkristalle, von denen man nicht weiß, ob sie durch Kräfte der Natur geschaffen oder von Menschenhand bearbeitet worden sind, waren auf dem Kopf des Mazumac und in der Grotte der Eingeweide so angeordnet, daß man, wenn man in den einen hineinblickte, alles in der Umgebung des anderen sah. Es war ein ungewöhnliches Periskop, aus zwei Spiegelprismen bestehend, die dreißig Kilometer voneinander entfernt waren. Der Indianer, der auf dem Gipfel des Kopfes stand, konnte die beiden Tempelräuber sehen, als sie die Eingeweide des Mazumac betraten. Vielleicht konnte er sie nicht nur sehen, sondern auch ihr Verderben herbeiführen.«

Mondian führte eine rasche Handbewegung aus. In den orangefarbenen Lichtkreis auf dem Tisch fiel ein Bündel Riemen, an einem Ende zu einem dicken Knoten geknüpft. Das verblichene Leder wies tiefe Schnitte auf. Es raschelte im Niederfallen, so alt und vertrocknet war es.

»Es gab also jemanden«, schloß Vanteneda, »der die Expedition verfolgt und ihre Beschreibung hinterlassen hat.«

»So kennen Sie also den Weg zur Höhle des Goldes?«

Mondians Lächeln wurde immer gleichgültiger, als verschwimme es zugleich mit dem Anblick der Berge in der eisigen, schweigenden Gebirgsnacht.

»Dieses Haus hier steht genau am Eingang zum Mund des Mazumac. Wenn man in diesem Munde ein Wort sprach, wurde es vom Kessel des Schweigens mit gewaltigem Donner wiederholt. Das war ein natürlicher Lautsprecher aus Stein, tausendmal stärker als jeder elektrische.«

»Aber ...«

»Die spiegelnde Tafel ist vor Jahrhunderten vom Blitz getroffen worden und zu einem Haufen Quarz geschmolzen. Der Kessel des Schweigens liegt genau hier vor unseren Fenstern. Don Esteban und Don Guilielmo sind vom Tor der Winde gekommen ... Die Roten Quellen jedoch sind längst versiegt, und keine Stimme kann Steinschläge auslösen. Das Tal muß als Resonator gewirkt haben, wobei durch bestimmte Tonschwingungen die Kalksteinspitzen aus ihrem Lager gelöst wurden. Die Grotte ist durch eine unterirdische Erschütterung verschlossen worden. Es gab dort einen hängenden Felsblock, der wie ein Keil die beiden Felswände auseinanderhielt. Der erwähnte Erdstoß trieb ihn aus seiner Lage, und die Wände schlossen sich für immer. Was später geschah, als die Spanier den Paß zu überwinden suchten, wer die Steinlawine auf Cortez' Fußvolk niedergehen ließ – das weiß man nicht. Ich glaube, niemand wird es je erfahren.«

»Nun, nun, mein lieber Vanteneda, Felsen kann man sprengen, mit Maschinen zertrümmern, und Wasser läßt sich herauspumpen, nicht wahr?« sprach der kleine dicke Herr am Tischende. Er rauchte eine dünne Zigarre mit einem Strohhalm.

»Meinen Sie?« Mondian verbarg nicht seine Ironie. »Es

gibt keine Gewalt, die den Mund des Mazumac zu öffnen vermag, wenn ER es nicht will!«

Heftig stieß er sich vom Tisch ab, der Luftzug löschte zwei Kerzen aus. Die anderen brannten in einem bläulichen Licht, und Rußflocken wirbelten über ihnen wie kleine Nachtfalter.

Mondian griff mit seiner behaarten Hand zwischen den Gesichtern hindurch nach dem Riemenbündel und machte mit dem Rollstuhl so heftig kehrt, daß der Gummi der Räder quietschte. Die Anwesenden erhoben sich und gingen hinaus. Doktor Gerbert blieb sitzen, in den Anblick der flackernden Kerze versunken. Vom offenen Fenster zog es kalt herüber. Er erschauerte unter dem eisigen Hauch und sah dem Diener zu, der einen Armvoll schwerer Kloben hereinbrachte und vor dem vom Feuer blaugebeizten Kamingitter niederlegte. Geschickt verteilte er die Glut und baute darüber ein kunstvolles Dach, als jemand die andere Tür öffnete und den Rahmen berührte. Erneut verwandelte sich schlagartig das ganze Interieur. Der aus rohen Steinen gefügte Kamin, der Diener am Holzstoß, die Stühle mit den geschnitzten Lehnen, Leuchter und Kerzen, das Fenster und die Gebirgsnacht – alles versank in gleichmäßigem, mattem Licht. Auch die große Tafel verschwand mitsamt dem Geschirr darauf, und in einem kleinen weißen Raum mit ovaler, hohlgewölbter Decke blieb nur Gerbert zurück, auf dem einzigen Stuhl, vor einer quadratischen Platte mit seinem Teller und einem Bratenrest.

»Mit alten Wundergeschichten vertreibst du dir die Zeit? Jetzt?« fragte der Ankömmling, der das Spektakel gelöscht hatte und sich nun mit einiger Mühe der bauschigen, durchsichtigen Folie zu entledigen suchte, die seinen bis zum Halse zugeknöpften, flaumigen Overall bedeckte. Da er die Füße mit den metallisch glänzenden Stiefeln nicht aus der Folie brachte, zerriß er diese schließlich, knüllte sie zusammen und warf sie beiseite. Dann fuhr er sich mit dem Daumen über die Brust, wovon sich der Overall weit öffnete. Der Mann war jünger und kleiner als Gerbert, sein kragenloses Hemd gab einen muskulösen Hals frei.

»Es ist erst ein Uhr. Wir waren für zwei Uhr verabredet, und die Histogramme kenne ich ohnehin auswendig.«

Gerbert, wohl ein wenig verlegen, hielt den Stoß Aufnahmen hoch. Der andere öffnete seine dicken Stiefelschäfte, schlappte zu einer um die Wände laufenden Metalleiste und ließ so schnell, als blätterte er ein Kartenspiel unter den Fingern durch, die holographischen Bilder des Gastmahls rückwärts laufen: eine Ebene mit einer Gruppe spitzer Kalksteinfelsen, die im Mondlicht gespenstisch aussahen wie das Skelett einer Fledermaus, sonnendurchschienener Urwald mit dem bunten Geflatter der Schmetterlinge in den Lianen und schließlich sandiges Wüstenland mit hohen Termitenbauten. Das erschien von überallher gleichzeitig, umgab die beiden Männer und verschwand unter dem nächsten Bild. Gerbert wartete geduldig ab, daß sein Kollege dieser Vorführung überdrüssig wurde. In dem flimmernden Wechselspiel von Lichtern und Farben hielt er die Mappe mit den Histogrammen in der Hand und war in Gedanken schon weit weg von dem Schauspiel, mit dem er wohl die innere Unruhe zu unterdrücken versucht hatte.

»Hat sich irgendwas geändert?« fragte er schließlich. »Was?«

Sein jüngerer Kollege gab dem Raum das asketische Äußere zurück und brummelte, etwas undeutlich, mit ernst gewordenem Gesicht: »Nein, nein, geändert hat sich nichts. Nur Arago hat mich gebeten, mit dir noch vor der Beratung zu ihm zu kommen.«

Gerbert blinzelte, er schien unliebsam überrascht.

»Und was hast du ihm gesagt?«

»Daß wir kommen werden. Was guckst du denn so? Paßt dir der Besuch nicht?«

»Ich bin nicht gerade begeistert. Klar, abschlagen konntest du es ihm nicht, aber das Problem ist auch ohne theologische Zutaten beschissen genug. Hat er gesagt, was er von uns will?«

»Nein. Der Mann ist aber nicht nur anständig, sondern auch klug. Und diskret.«

»Also wird er uns diskret zu verstehen geben, daß wir Kannibalen sind.«

»Quatsch. Außerdem werden wir nicht vor Gericht stehen, wir haben die Leute an Bord genommen, um sie wieder zum Leben zu bringen. Er weiß das auch sehr gut.«

»Weiß er auch das mit dem Blut?«

»Keine Ahnung. Ist das so schrecklich? Transfusionen werden seit zweihundert Jahren gemacht.«

»In seinen Augen wird das keine Transfusion, sondern mindestens Leichenschändung sein. Die Beraubung von Leichen.«

»Denen ohnehin nicht mehr zu helfen ist. Transplantationen sind so alt wie die Welt. Ich kenne mich mit den Religionen nicht aus, seine Kirche jedenfalls hat nie etwas dagegen einzuwenden gehabt. Wo kommen bei dir überhaupt auf einmal solche Skrupel her – vor einem Geistlichen, einem Mönch? Der Kommandant ist einverstanden, die Mehrheit, wenn nicht alle, ebenfalls. Arago hat nicht einmal Stimmrecht. Er fliegt mit uns als vatikanischer oder apostolischer Beobachter, als Passagier und Zuschauer.«

»So sieht sich das an, Viktor, aber die Histogramme haben eine peinliche Überraschung ergeben. Man hätte nicht zulassen dürfen, daß diese Leichen auf die EURYDIKE gebracht wurden. Ich war dagegen. Warum hat man sie nicht auf die Erde überführt?«

»Das weißt du doch selber: Es hat sich so gefügt. Außerdem war ich stets der Ansicht, daß unser Flug wenn überhaupt jemandem, dann *ihnen* zusteht.«

»Da werden sie viel davon haben, wenn sich nur einer reanimieren läßt – auf Kosten der anderen.«

Viktor Terna sah Gerbert mit runden Augen an.

»Was ist denn mit dir los? Komm doch zu dir, ist es denn unsere Schuld? Auf dem Titan gab es keine Voraussetzungen, eine Diagnose zu stellen. Stimmt das oder nicht? Sag mir das auf der Stelle, ich will wissen, mit wem ich eigentlich zu diesem Dominikaner gehe. Hast du dich zum Glauben deiner Vorväter bekehrt? Was siehst du in dem, was wir tun, was wir verlangen müssen? Etwas Böses? Eine Sünde?«

Gerbert, der bisher ruhig geblieben war, hielt auch jetzt seinen Ärger zurück.

»Du weißt ganz genau, daß ich das gleiche verlangen werde wie du und der Chefarzt, und du kennst meine Meinung. Die Resurrektion ist nichts Böses. Das Böse liegt darin, daß sich von zwei Wiederbelebungsfähigen nur einer wiederbeleben läßt und daß uns niemand die Wahl zwischen beiden abnimmt ... Komm, es ist schade um die Zeit. Ich will das hinter mir haben.«

»Ich muß mich noch umziehen. Wartest du so lange?«

»Nein, ich gehe inzwischen zu ihm. Du kommst dann nach. Welches Deck ist das?«

»Das dritte im Mittelteil. Ich komme in fünf Minuten.«

Sie verließen gemeinsam den Raum, bestiegen aber verschiedene Lifts. Gerbert drückte die entsprechenden Ziffern, das eiförmige Gefährt mit dem silbrigen Innenraum schoß vorwärts und bremste weich, die konkave Wand öffnete sich spiralförmig wie die Blende eines Fotoapparates. Gegenüber lief in einem Lichtschein, dessen Quelle nicht festzustellen war, eine Reihe ebenfalls hohlgewölbter Türen entlang. Ihre Schwellen waren hoch wie auf alten Schiffen.

Gerbert machte die Nummer 84 ausfindig, die ein kleines Schild trug: »R. P. Arago, M. A., D. PH., D. A.« Ehe er noch eine Erwägung anstellen konnte, ob sich unter den beiden letzten Buchstaben der »Delegierte des Apostolischen Stuhls« oder ein *doctor angelicus* verbarg (der Gedanke war so dumm wie unpassend), ging die Tür auf. Er trat in eine geräumige Kajüte, die ringsum von verglasten Bücherregalen eingefaßt war. An zwei gegenüberliegenden Wänden befanden sich hellgerahmte Bilder, die von der Decke bis zum Fußboden reichten: zur Rechten Cranachs Baum der Erkenntnis mit Adam, Eva und der Schlange, zur Linken Boschs Versuchung des heiligen Antonius. Ehe er sich die über den Himmel dieser Versuchung ziehenden Scheusale näher ansehen konnte, gab der hinter die Bücherwände gesogene Cranach einen Durchgang frei, in dem Arago erschien. Er trug eine weiße Kutte, und bevor das Bild wieder seine Funktion als Tür einnahm, erblickte der Arzt auf dem weißen Grund hinter dem Dominikaner ein schwarzes Kreuz.

Sie begrüßten einander mit einem Händedruck und setzten sich an einen niedrigen Tisch, auf dem Papiere, Diagramme und aufgeschlagene Bände mit bunten Buchzeichen wüst durcheinanderlagen. Arago hatte ein schmales, fast dunkelbraunes Gesicht mit durchdringenden grauen Augen unter nahezu weißen Brauen. Die Kutte schien ihm zu weit zu sein. Seine sehnigen Pianistenhände hielten ein gewöhnliches hölzernes Metermaß.

Gerbert ließ seinen Blick nachlässig über die Rücken der alten Bücher schweifen, er hatte keine Lust, als erster zu reden. Er wartete auf Fragen, die jedoch nicht fielen.

»Doktor Gerbert, ich kann mich im Wissen nicht mit Ihnen messen, aber ich kann mich mit Ihnen in der Sprache Äskulaps verständigen. Ich war Psychiater, bevor ich dieses Kleid anlegte. Der Chefarzt hat mir die Daten dieser – Operation zugänglich gemacht. Was sie aussagen, ist perfide. Wegen der Unvereinbarkeit der Blut- und Gewebegruppen kommen zwei Männer in Frage, aber nur einer kann belebt werden.«

»Oder gar keiner«, entfuhr es Gerbert fast gegen seinen Willen, wohl deswegen, weil der Mönch den passenderen Begriff »Auferweckung von den Toten« vermieden hatte. Der Dominikaner durchschaute das sofort.

»Ein Distinguo, das mir etwas bedeutet, dürfte für Sie nicht zählen. Ein Disput auf eschatologischer Höhe ist gegenstandslos. Jemand wie ich würde an meiner Stelle sagen, wirklich tot sei ein Mensch in Verwesung, nach Veränderungen im Körper, die nicht rückgängig zu machen sind. Und solcher Menschen befänden sich an Bord sieben. Ich weiß, daß ihre sterblichen Überreste angetastet werden müssen, und ich verstehe die Notwendigkeit, die zu billigen ich nicht das Recht habe. Von Ihnen, Doktor, und von Ihrem Freund, der gleich hier erscheinen wird, will ich die Antwort auf eine einzige Frage. Sie können sie mir verweigern.«

»Bitte«, sagte Gerbert. Er fühlte eine plötzliche Starre.

»Sie werden es sich denken können. Es geht um die Kriterien der Auswahl.«

»Terna wird Ihnen da nichts anderes sagen als ich. Über objektive Kriterien verfügen wir nicht. Da Sie sich mit den Daten vertraut gemacht haben, wissen das auch Sie ... Pater Arago.«

»Ich weiß es. Die Beurteilung der Chancen geht über die menschliche Kraft. Die Medcomputer haben Billionen Berechnungen angestellt und zweien dieser Männer eine Chance von neunundneunzig Prozent gegeben, mit einer Abweichung innerhalb der Grenze eines irreparablen Fehlers – als Chance in der Alternative. Objektive Kriterien gibt es nicht, und daher wage ich, nach den Ihren zu fragen.«

»Wir stehen vor zwei Problemen«, sagte Gerbert mit einer gewissen Erleichterung. »Als Ärzte werden wir gemeinsam mit dem Chef vom Kommandanten bestimmte Änderungen in der Navigation verlangen. Hier werden Sie doch gewiß auf unserer Seite sein?«

»Ich darf an der Abstimmung nicht teilnehmen«, bemerkte Arago.

»Nein, aber Ihre Haltung kann Einfluß haben ...«

»Auf das Beratungsergebnis? Das steht doch aber schon fest. Ich lasse nicht einmal in Gedanken die Vorstellung zu, es könne eine Opposition geben. Die Mehrheit wird sich dafür aussprechen, in der Hand des Kommandanten liegt die endgültige Entscheidung, und ich würde mich nicht wundern, wenn sie den Ärzten bekannt wäre.«

»Wir werden größere Änderungen verlangen als in der ersten Festlegung. Neunundneunzig Prozent reichen uns nicht. Wichtig ist jede weitere Stelle hinter dem Komma. Der energetische Aufwand einschließlich des Zeitverzugs wird sehr groß sein.«

»Das ist mir neu. Und ... das zweite Problem?«

»Die Auswahl der Leiche. Wir sind völlig ratlos, weil wir infolge skandalöser Versäumnisse, die von den Radiotechnikern eleganter als Überlastung der Sendekanäle bezeichnet werden, weder die Namen und Funktionen noch die Lebensläufe dieser Leute feststellen können. In Wirklichkeit ist Schlimmeres passiert als bloße Schlamperei. Als wir diese Container an Bord nahmen, wußten wir nicht, daß das Gedächtnis sowohl der alten Aggregate in diesem Bergwerk, dem Gral, als auch der Rechenmaschinen im Roembden während der Demontagearbeiten beträchtlichen Schaden genommen hat. Die Personen, die für das Schicksal derer, die der Kommandant mit unserem Einverständnis an Bord genommen hat, verantwortlich sind, haben erklärt, die notwendigen Daten seien von der Erde zu bekommen. Nur ist nicht bekannt, wer wann wem solche Anweisungen erteilt hat, man weiß nur, daß alle ihre Hände in Unschuld wuschen.«

»Das ist immer so, wenn die Zuständigkeiten einer größeren Zahl von Leuten ineinander übergehen. Was freilich niemanden rechtfertigen soll ...« Der Mönch hielt inne, sah Gerbert in die Augen und fragte leise: »Sie waren dagegen, daß die Opfer an Bord genommen wurden?«

Gerbert nickte widerwillig. »In dem Trubel vor dem Start mußte jede vereinzelte Stimme untergehen, zumal sie nur die eines Arztes, nicht eines erfahrenen Astronauten war. Davon, daß ich angesichts bestimmter Befürchtungen dagegen war, ist mir heute nicht leichter.«

»Wie geht es also weiter? Worauf wollen Sie sich einlassen? Wollen Sie würfeln?«

Gerbert fuhr auf. »Die Wahl wird von niemandem außer uns abhängen – nach der Beratung, falls unsere Forderungen im rein technischen, navigatorischen Bereich erfüllt werden. Wir nehmen eine neuerliche Obduktion vor und durchsuchen den Inhalt der Vitrifikatoren bis zum letzten Härchen und Stäubchen.«

»Welchen Einfluß auf die Auswahl des Wiederzubelebenden kann seine Identifizierung haben?«

»Möglicherweise gar keinen. Jedenfalls wird das keine für den medizinischen Bereich wesentliche Eigenschaft oder Qualität sein.«

»Diese Männer sind unter tragischen Umständen gestorben.« Der Mönch wog sorgfältig seine Worte, er sprach langsam, als bewege er sich auf immer dünner werdendem Eis. »Die einen bei der Ausübung ihrer gewöhnlichen Pflichten, als Arbeiter dieser Bergwerke oder Anlagen. Andere, während sie jenen zu Hilfe eilten. Lassen Sie eine solche Differenzierung – falls sie möglich würde – als Kriterium zu?«

»Nein.«

Die Antwort kam augenblicklich und kategorisch.

Die Bücherwand vor den Sitzenden öffnete sich. Terna trat ein und entschuldigte sich wegen seines Zuspätkommens.

Der Mönch erhob sich. Auch Gerbert stand auf.

»Ich habe alles erfahren, was möglich ist«, sagte Arago.

Er war größer als die beiden Ärzte. Hinter seinem Rücken wandte sich Eva an Adam, die Schlange klomm auf den Baum des Paradieses. »Ich danke Ihnen. Ich habe mich von dem überzeugt, was ich ohnehin zu wissen habe. Unsere Fachgebiete berühren einander. Wir richten niemanden nach Schuld oder Verdienst, ebensowenig wie Sie diesen Unterschied machen, wenn Sie jemandem das Leben retten. Ich halte Sie nicht länger auf, es wird Zeit für Sie. Wir sehen uns auf der Beratung.«

Sie gingen. Gerbert faßte für Terna in einigen Worten das Gespräch mit dem Apostolischen Beobachter zusammen. In der kreisrunden Flucht des Korridors bestiegen sie das eiförmige, mattsilberne Fahrzeug. Der entsprechende Schacht öffnete sich und schluckte mit einem anhaltenden Seufzer das radlose Vehikel. In den runden Fenstern blinkten die Lichter der durchfahrenen Decks.

Die beiden Ärzte saßen sich schweigend gegenüber. Beide fühlten sich seltsam betroffen von dem Satz, mit dem der Mönch die Summe der Unterredung gezogen hatte. Der Eindruck war aber doch zu vage, als daß er einer Analyse wert gewesen wäre, noch dazu vor dem, was sie erwartete.

Der Beratungssaal befand sich im fünften Segment der EURYDIKE. Das Raumschiff erinnerte, beim Fluge von weitem betrachtet, an eine lange weiße Raupe mit kugelförmig gewölbten Segmenten, an eine geflügelte Raupe sogar, denn aus ihren Flanken ragten Tragwerke, die in den Rümpfen der Hydroturbinen endeten. Der abgeflachte Kopf war wie mit Fühlern oder Tastern mit einer Masse von Antennen gespickt. Die kugelförmigen Segmente waren durch kurze Zylinder von dreißig Meter Durchmesser verbunden, und ein innen durchgängiger doppelter Kiel gab ihnen die notwendige Starre, wenn das Raumschiff beschleunigte, mit vollem Schub flog oder bremste. Die

Triebwerke, sogenannte Hydroturbinen, waren eigentlich thermonukleare Reaktoren nach dem Staustrahl-Durchström-Prinzip. Als Treibstoff diente ihnen der Wasserstoff des Hochvakuums.

Dieser Antrieb hatte sich dem durch Photonen überlegen erwiesen. Die Leistung von Kernbrennstoffen geht bei lichtnaher Geschwindigkeit zurück, weil der Löwenanteil der kinetischen Energie von der Rückstoßflamme weggetragen wird und sich nutzlos im Raum verliert, während sich der Rakete nur ein Bruchteil der freigesetzten Energie mitteilt. Der Photonenantrieb wiederum, der durch Licht also, macht es erforderlich, daß das Raumschiff mit Millionen Tonnen Materie und Antimaterie als Annihilisationstreibstoff bepackt wird. Die Staustrahl-Durchström-Triebwerke hingegen benutzen als Treibstoff den interstellaren Wasserstoff. Seine Atome sind allgegenwärtig, aber im Vakuum der Galaxis so verstreut, daß die Triebwerke dieses Typs erst bei einer Geschwindigkeit von über dreißigtausend Kilometern pro Sekunde effektiv werden, während sie ihre volle Leistung bei annähernder Lichtgeschwindigkeit bringen. Ein Raumschiff mit diesem Antrieb kann also nicht selbst von einem Planeten starten, weil es dafür viel zu massiv ist, und es kann sich nicht selbst so weit beschleunigen, daß die in die Reaktoreintritte strömenden Atome die für die Zündung ausreichende Dichte erreichen. Dann jedoch jagen die gähnenden Eintrittsbuchsen so dahin, daß selbst das kosmische Ultrahochvakuum, von ihnen gerammt, genügend Wasserstoff in ihre Schlünde preßt, damit in den Brennkammern künstlich entfachte Sonnenstrahlen aufflammen. Der Lieferungsgrad steigt an, und das nicht durch mitgeführte Treibstoffvorräte belastete Raumschiff kann mit konstanter Beschleunigung fliegen. Nach knapp einjähriger Akzeleration, die etwa der irdischen Schwerkraft entspricht, erreicht es fast neunundneunzig Prozent der Lichtgeschwindigkeit, und während an

Bord Minuten verrinnen, vergehen auf der Erde Jahrzehnte.

Die EURYDIKE war auf einer Umlaufbahn um den Titan gebaut worden, da dieser ihr als Startrampe dienen sollte. Konventionelle thermonukleare Reaktoren hatten viele Billionen der Masse dieses Mondes in Energie für die Umformer verwandelt, die wiederum als Laserkanonen gebündelte Lichtmassen gegen das gigantische Heck des Raumschiffs jagten, vergleichbar den Pulvergasen, die eine Granate aus dem Geschützrohr treiben. Der Mond hatte zunächst durch astroingenieurtechnische Arbeiten von seiner dichten Atmosphäre befreit werden müssen, man hatte radiochemische Anlagen und hydronukleare Kraftwerke auf der Platte des Äquatorialkontinents gebaut, deren Gebirgszüge zuvor durch kumulative Hitzeschläge von Einwegsatelliten eingeschmolzen worden waren. Diese Salven hatten ein riesiges Massiv in Lava verwandelt, worauf durch kryoballistische Bomben der Frost verstärkt wurde und diese ganze rotglühende Schmelze zu einem glatten, festen Plateau gerann, dem künstlichen Mare Herculeanum. Auf seinen zwölftausend Quadratmeilen war der Wald der Laserstrahler gewachsen, der wahre Herkules der Expedition. Am kritischen Tag, zur kritischen Sekunde gab er Feuer, um die EURYDIKE aus ihrer stationären Umlaufbahn zu schleudern. Die lange Säule gebündelten Lichts schlug gegen die Heckspiegel und stieß das Raumschiff aus dem Sonnensystem. In dem Maße, wie diese Antriebswirkung nachließ, beschleunigte die EURYDIKE mit Hilfe eigener Booster, deren ausgebrannte Stufen sie abwarf, als sie bereits über den Pluto hinaus war. Erst dort heulten die in das All gerichteten Schlünde der Hydrotriebwerke auf.

Da sie auf dem gesamten Flug arbeiten sollten, beschleunigte das Raumschiff gleichmäßig, und dadurch herrschte in ihm eine Schwerkraft gleich der irdischen. Sie wirkte in der Längsachse, und nur in dieser. Jedes Segment der EU-

RYDIKE war deshalb eine Einheit für sich. Die Decks liefen quer durch den Rumpf von einer Bordwand zur anderen, Hinaufgehen bedeutete bugwärts, Hinuntergehen heckwärts gehen. Wenn das Raumschiff bremste oder den Kurs änderte, wich die Antriebsachse von der Achse der einzelnen Kugeln ab, die Decke wäre somit zur Wand geworden, oder zumindest hätten die Decks sich auf die Seite gelegt. Um dies zu vermeiden, enthielt jedes Rumpfsegment eine Kugel, die sich in einer gepanzerten Mantelung drehen konnte wie in einem Kugellager. Gyrostatoren sorgten dafür, daß sämtliche Decks jeder Kugel des Rumpfes – es waren ihrer acht, die Wohnzwecken dienten – von der Rückstoßkraft stets vertikal getroffen wurden. Bei derartigen Manövern wichen die Decks der einzelnen Kugeln von der Kielachse des Raumschiffs ab, aber selbst dann konnte man von einem Segment ins andere gelangen, weil sich die sogenannten Schneckenräder, Tunnelsysteme zusätzlicher Schleusen, öffneten. Nur bei der Fahrt durch diese Tunnel war eine Änderung oder das Fehlen der Schwerkraft zu verspüren, da die Lifts die zwischen den Wohnsegmenten befindlichen Rumpfglieder passieren mußten.

Als die Beratung stattfand, an der zum erstenmal seit dem Start die gesamte Crew teilnahm, lag vor der EURYDIKE fast ein Jahr stetiger Akzeleration, so daß also nichts die fixierte Schwerkraft störte.

Als Versammlungsraum diente das fünfte Segment, das sogenannte Parlament. Unter einer konkaven Decke lag ein nicht übermäßig hohes Amphitheater, ein Saal, um den vier Sitzreihen liefen, in regelmäßigen Abständen von ansteigenden Gängen unterbrochen. Vor der einzigen geraden Wand stand ein langer Tisch, eigentlich ein Block aneinandergefügter Pulte mit Monitoren. Dahinter saßen, den Anwesenden zugewandt, die Navigatoren und die ihnen unterstellten Spezialisten.

Die Besonderheiten der Expedition hatten eine besondere Zusammensetzung der Führung bewirkt. Das Kommando über den Flug führte Ter Horab, über die Technik der Hauptdispatcher Khargner und über den Funkverkehr der Radiophysiker De Witt. Dem Gremium der Wissenschaftler, die entweder bereits während des Fluges oder erst an dessen Ziel zum Einsatz kommen sollten, stand der Polyhistor Nomura vor.

Als Gerbert und Terna die obere Galerie betraten, war die Beratung bereits im Gange. Ter Horab verlas die Forderungen der Ärzte. Niemand drehte sich nach den Eintretenden um, nur Hrus, der Chefarzt, der zwischen dem Kommandanten und dem Dispatcher saß, erteilte ihnen durch ein Stirnrunzeln einen Verweis. Sie hatten sich nur um weniges verspätet. In die Stille klang die phlegmatische Stimme Ter Horabs.

»... verlangen sie eine Reduzierung der Schwerkraft auf ein Zehntel. Sie halten das für notwendig zur Wiederbelebung der im Kühlraum liegenden Leichen. Der Schub würde damit auf seine unterste Grenze gedrosselt. Ich kann das machen. Damit wird das gesamte Flugprogramm in allen seinen fertigen Berechnungen gelöscht. Man kann ein neues Programm herstellen. Das bisherige ist, um Fehler auszuschließen, von fünf voneinander unabhängigen Projektgruppen auf der Erde aufgestellt worden. Diese Möglichkeiten haben wir nicht. Das neue Programm werden bei uns nur zwei Teams erarbeiten – damit erweist es sich nicht als so sicher wie das jetzige. Das Risiko ist gering, aber real. Ich frage also, ob wir über die Forderung der Ärzte ohne Aussprache abstimmen oder ihnen zuvor Fragen stellen sollen.«

Die Mehrheit sprach sich für eine Diskussion aus. Hrus ergriff nicht selbst das Wort, sondern forderte Gerbert auf.

»In den Worten des Kommandanten steckt ein gewisser Vorwurf«, erklärte dieser, ohne sich von seinem Platz in der obersten Reihe zu erheben. »Er ist an diejenigen gerichtet, die uns die auf dem Titan gefundenen Leichen übergaben, ohne sich um deren Zustand zu kümmern. In dieser Angelegenheit ließe sich eine Ermittlung anstellen, um die Schuldigen zu finden. Ob diese nun unter uns sind oder nicht, ändert nichts an der Situation. Unsere Aufgabe ist die Resurrektion eines Menschen, der nicht viel besser erhalten ist als die Mumie eines Pharaos. Ich muß hier auf die Geschichte der Medizin zurückgreifen. Versuche von Vitrifizierungen reichen ins 20. Jahrhundert zurück. Reiche alte Leute ließen sich in flüssigem Stickstoff bestatten in der Hoffnung, eines Tages wieder zum Leben erweckt zu werden. Das war offenkundiger Unsinn. Eine gefrorene Leiche läßt sich nur auftauen, um zu verwesen. Später lernte man, kleine Gewebeteile, Eizellen, Sperma und einfache Mikroorganismen einzufrosten. Je größer der Körper, desto schwieriger die Vitrifizierung. Sie bedeutet eine schlagartige Verwandlung sämtlicher Körperflüssigkeiten in Eis. Dabei muß die Phase der Kristallisierung übersprungen werden, weil die Kristalle eine unumkehrbare Zerstörung des subtilen Zellenaufbaus bewirken. Die Vitrifizierung hingegen macht Körper und Gehirn in einem Sekundenbruchteil zu Glas. Es ist leicht, ein beliebiges Objekt schlagartig zu erhitzen. Es ebenso schnell auf fast null Grad der Kelvinskala abzukühlen ist unvergleichlich schwerer. Die Glockenvitrifikatoren der Opfer vom Titan waren primitiv und funktionierten sehr brutal. Als wir die Container an Bord nahmen, kannten wir ihren Bau noch nicht. Deshalb hat sich der Zustand der Leichen als solch eine Überraschung erwiesen.«

»Für wen und weshalb?« fragte jemand aus der ersten Reihe.

»Für mich als Psychoniker, für Terna, der Somatiker ist, und natürlich auch für unseren Chef. Weshalb? Wir bekamen die Container ohne jede Spezifizierung und ohne jeden Plan der Vitrifikatoren des vergangenen Jahrhunderts.

Wir wußten nicht, daß die Glocken mit den gefrorenen Männern teilweise durch einen Gletscher gequetscht worden waren und man sie vor Ort in Thermosbehälter mit Flüssighelium gepackt hatte, um sie sofort mit der Fähre zu uns an Bord zu bringen. Vom Start an, seit Herkules uns antrieb, hatten wir vierhundert Stunden lang die doppelte Schwerkraft, und erst danach konnten wir uns die Container vornehmen.«

»Das ist drei Monate her, Kollege Gerbert«, sagte die Stimme aus der ersten Reihe.

»Ja. In dieser Zeit haben wir festgestellt, daß wir mit Gewißheit nicht alle wieder zum Leben bringen. Drei fielen von vornherein weg, weil bei ihnen das Gehirn zerquetscht war. Von den übrigen können wir nur einen wiederbeleben, obwohl sich im Prinzip zwei zur Reanimierung eignen. Es geht darum, daß alle diese Leute im Kreislauf Blut hatten.«

»Richtiges Blut?« fragte jemand von einer anderen Stelle des Saals.

»Jawohl. Erythrozyten, Blutplasma und so weiter. Die Angaben über das Blut haben wir in den Holotheken, aber wir können keine Transfusion machen, wir haben ja kein Blut. Daher haben wir Erythroblasten vermehrt, die dem Mark entnommen wurden. Blut ist also da. Aber es gibt noch die Unvereinbarkeit der Gewebe. Zur Reanimation eignen sich zwei Gehirne, die lebenswichtigen Organe jedoch reichen nur für einen Menschen. Einer läßt sich aus diesen beiden zusammensetzen. Das ist mißlich, aber wahr.«

»Ein Gehirn läßt sich auch ohne Körper wiedererwekken«, sagte jemand aus dem Saal.

»So etwas haben wir nicht vor«, erwiderte Gerbert. »Wir sind nicht hier, um makabre Experimente anzustellen. Beim heutigen Stand der Medizin müssen sie das nämlich sein. Übrigens geht es nicht um Definitionen, sondern um Zuständigkeiten. Wir mischen uns in Angelegenheiten des

Fluges nicht als Astronauten, sondern als Ärzte. Kein Außenstehender kann uns diktieren, wie wir vorzugehen haben. Daher werde ich die Details der Operation hier beiseitelassen. Wir müssen das Skelett entkalken und metallisieren. Durch Helium muß der Stickstoffüberschuß aus den Geweben entfernt werden. Die anderen Leichen müssen für den einen herhalten – eine Art Kannibalismus. Das ist unsere Angelegenheit, ich soll hier nur erläutern, was unserer Forderung zugrunde liegt. Wir brauchen während der Reanimierung des Gehirns eine möglichst schwache Gravitation. Das Beste wäre völlige Schwerelosigkeit, aber wir wissen, daß sich das ohne Abschaltung der Triebwerke nicht machen läßt. Das Flugprogramm käme dann restlos durcheinander.«

»Für diese Hinweise ist die Zeit zu schade, Kollege.« Der Chefarzt machte kein Hehl aus seiner Ungeduld. »Der Kommandant und die Versammelten wollen wissen, worauf diese Forderung zurückzuführen ist.«

»Diese« Forderung hatte er gesagt, nicht »unsere«. Gerbert war überzeugt, daß dies kein falscher Zungenschlag gewesen war, aber er tat, als hätte er ihn nicht bemerkt, und sagte mit gespielter Ruhe: »Die Neuronen im menschlichen Gehirn teilen sich normalerweise nicht. Sie vermehren sich nicht, da sie das Material der persönlichen Identität – als Gedächtnis – und andere Merkmale bilden, die gemeinhin als Charakter, Seele und so weiter bezeichnet werden. In den Gehirnen der Leute, die auf so primitive Weise wie auf dem Titan vitrifiziert worden sind, ist es zu einem Schwund gekommen. Wir können die benachbarten Neuronen bereits veranlassen, sich durch Teilung zu vermehren und damit diesen Schwund auszugleichen, wir liquidieren damit aber zugleich die Individualität dieser so behandelten erhaltenen Neuronen. Um die persönliche Identität zu erhalten, dürfen nur so wenige wie möglich zur Teilung gezwungen werden, denn ihre Nachkommen sind wie die eines Neugeborenen – sozusagen leer und neu. Selbst bei Schwerelosigkeit besteht keine Gewißheit, ob und in welchem Grad der Wiedererweckte der Amnesie verfällt. Ein Teil des Gedächtnisses geht – selbst in den vollkommensten Kryostaten – bei der Vitrifizierung unwiederbringlich verloren, da die feinen Berührungspunkte der Synapsen Verletzungen auf molekularem Niveau erleiden. Daher behaupten wir nicht, daß der Wiedererweckte genau der Mensch sein wird, der er vor hundert Jahren war. Wir sagen nur, daß die Chancen zur Rettung der Persönlichkeit um so größer sind, je geringer während der Reanimierung des Gehirns die Schwerkraft ist. Das war es, was ich zu sagen hatte.«

Ter Horab sah wie ungewollt den Chefarzt an, der ins Studium von Papieren vertieft schien.

»Eine Abstimmung halte ich für überflüssig«, sagte der Kommandant. »Kraft meiner Befugnisse werde ich zu dem von den Ärzten bestimmten Termin und für den von ihnen benötigten Zeitraum die Drosselung des Schubs anordnen. Ich bitte die Beratung für geschlossen zu betrachten.«

Durch den Saal ging eine leise Bewegung. Ter Horab stand auf, faßte Khargner beim Arm und schritt mit ihm zum unteren Ausgang. Gerbert und Terna eilten fast im Laufschritt zur oberen Galerie, ehe es jemandem gelang, sie anzusprechen. Auf dem Korridor begegneten sie dem Dominikaner. Er sagte nichts, nickte ihnen nur zu und ging seines Wegs.

»Das hätte ich nicht von Hrus erwartet«, machte sich Terna Luft, als er mit Gerbert den Hecklift betrat. »Der Kommandant dagegen – das ist der rechte Kerl am rechten Ort! Ich habe gespürt, daß sie sich auf uns stürzen wollten, die Kollegen aus den verwandten Fachgebieten, vor allem unsere ›Psychonauten‹. Er hat das abgeschnitten wie mit einem Messer ...«

Der Lift verlangsamte bereits die Fahrt, die Lichter draußen blinkten weniger schnell.

»Lassen wir Hrus«, murmelte Gerbert. »Wenn du es unbedingt wissen willst: Kurz vor der Beratung hat Arago mit Horab gesprochen.«

»Woher weißt du das?«

»Von Khargner. Vor dem Gespräch mit uns war der Pater bei Horab.«

»Meinst du, daß er ...«

»Ich meine gar nichts, ich weiß nur, daß er uns geholfen hat.«

»Aber als Geistlicher, als Theologe ...«

»Da kenne ich mich nicht aus. Er dagegen weiß sowohl in der Medizin als auch in der Theologie Bescheid. Wie er das eine mit dem anderen in Einklang bringt, ist seine Sache. Wir gehen uns jetzt umziehen, wir müssen alles vorbereiten – und den Termin angeben.«

Vor dem Eingriff las Gerbert nochmals das aus der Holothek übermittelte Protokoll: Die schwersten Planetarmaschinen hatten ihre Arbeit unterbrochen, weil ihre Sensoren die Nähe von Metall und darin enthaltene organische Materie entdeckt hatten. Nacheinander wurden aus den Trümmern von Birnam sieben alte Großschreiter geborgen, aus diesen wiederum sechs Leichen. Zwei der Diglatoren lagen nur wenige hundert Meter voneinander entfernt. Einer war leer, der andere enthielt einen Mann in einem glockenförmigen Vitrifikator. In den Gletscher gruben sich Bagger der achten Generation, gegen die der Diglator der reine Zwerg war. Der Leitungsstab, der die Arbeit der unbemannten Ungetüme eingestellt hatte, entsandte zur Suche nach weiteren Opfern – die Depression von Birnam hatte ja neun Menschen verschlungen – Schreitbohranlagen mit hochempfindlichen Biosensoren. Von dem Mann, der seinen Diglator verlassen hatte, fand man nicht die geringste Spur. Die Panzer der Großschreiter waren unter den angewachsenen Eismassen eingedrückt, die Vitrifikatoren aber erstaunlich gut erhalten. Die Aufsichtführenden wollten sie unverzüglich zur Reanimierung auf die Erde schicken, aber das hätte bedeutet, die gefrorenen Leiber gleich einer dreifachen Überbelastung auszusetzen: beim Start der Landefähre vom Titan, bei der Beschleunigung der Transportrakete vom Titan zur Erde und bei der Landung auf der letzteren. Eine Durchleuchtung der Container offenbarte schwere Verletzungen aller Leichen, darunter auch Schädelbasisbrüche. Ein so komplizierter Transport wurde deshalb für zu riskant erachtet. Damals kam jemand auf die Idee, die Vitrifikatoren auf die EURYDIKE zu bringen, die über modernstes Reanimationsgerät verfügte und deren Beschleunigung beim Abflug angesichts ihrer ungeheuren Masse minimal sein mußte. Es blieb nur die Frage der Identifizierung der Toten, die vor einer Öffnung der Vitrifikatoren unausführbar war. Im Einvernehmen mit der Flugleitung und dem SETI-Stab legte Hrus, der Chefarzt der EURYDIKE, fest, daß die genauen Daten und Namen der dem Eis des Titan Entrissenen dem Raumschiff von der Erde aus per Funk nachgeschickt wurden, denn die bereits früher demontierten Speicherplatten der Computer lagen in den Archiven des SETI-Zentrums in der Schweiz. Bis zum Start waren die Funkkanäle vollgestopft, jemand oder etwas – ein Mensch oder ein Kalkulator – hatte der Ausstrahlung der Angaben eine niedrige Wichtigkeitsstufe gegeben, und die EURYDIKE verließ ihre Mondumlaufbahn, ehe die Ärzte mitbekamen, daß diese Informationen fehlten. Gerbert intervenierte vergebens beim Kommandanten, denn das Raumschiff beschleunigte bereits, vom Laser des Herkules getrieben, wie ein Geschoß. In dieser Anlaufphase bekam der Titan die gesamte Wucht des Lichtrückstoßes ab, und die Planetologen hielten es für möglich, daß er zerbarst.

Diese Befürchtungen trafen nicht ein, aber auch die Akzeleration lief nicht so glatt, wie die Projektanten erhofft hatten. Herkules preßte die Mondkruste in die Tiefe der Lithosphäre, heftige seismische Wellen brachten das Fundament der Laserstrahler ins Schaukeln, und obwohl es diese Erdstöße – oder vielmehr Stöße des Titan – aushielt, kam die Lichtsäule ins Wanken und Trudeln. Die abgestrahlte Leistung mußte verringert werden, das Abflauen der Beben abgewartet werden, ehe man die vereinten Laser wieder auf das Spiegelheck des Raumschiffs richten konnte.

Das störte den Funkverkehr und führte zu einem Übermittlungsstau, Nachrichten und Informationen blieben liegen. Zu allem Übel machte der Titan Zicken – er war zwei Jahre zuvor aus der Nähe des Saturn weggebracht und in seinen Umdrehungen so abgebremst worden, daß Herkules in scheinbarer Ruhe die EURYDIKE mit seinem Licht in Fahrt bringen konnte. Nun aber verfiel der Titan jähen Librationen, denen erst einige Hunderttausend als Havariereserve in den schweren Mond getriebene alte thermonukleare Sprengköpfe ein Ende setzten. Das alles fiel nicht leicht, und so konnten sich die Reanimatoren nicht ans Werk machen, da die EURYDIKE, einige Wochen lang bald getroffen, bald verfehlt, die Sonnensäule am Heck jeweils als Schlag empfing, der sich auf das ganze Raumschiff übertrug.

Die Schwierigkeiten bei der Kollimation des Feuers, die seismischen Erschütterungen des Titan und das Versagen der Zündung mehrerer Booster-Batterien hatten die Operation also verzögert, was viele der Besatzungsmitglieder auch damit rechtfertigten, daß die Chancen, die Aufgefundenen zum Leben zu erwecken, ohnehin nicht gut standen. Mit jedem Tag der inzwischen konstanten Akzeleration verschlechterte sich der Funkkontakt mit der Erde, und Vorrang genossen überdies die Radiogramme, die über den Erfolg der Expedition entschieden. Schließlich bekam das

Raumschiff von der Erde doch noch die Namen von fünf der gefrorenen Unfallopfer sowie deren Fotografien und Lebensläufe, aber das genügte nicht zur Feststellung der Identität. Bei der explosionsartigen Vitrifizierung waren die Gesichtspartien zerschmettert worden. Zusätzliche Implosionen innerhalb der Kryotainer hatten den Leuten die Kleidung vom Leibe gerissen, der Sauerstoff aus den berstenden Raumanzügen hatte die Reste in die Stickstoffsärge gepreßt und in Moder verwandelt. Dann verlangte man von der Erde die Fingerabdrücke und Angaben über den Zustand des Gebisses, aber als man sie erhielt, vergrößerten sie nur die Verwirrung. Infolge uralter Rivalität zwischen Gral und Roembden waren die Computeraufzeichnungen der vorgenommenen Arbeiten liederlich geführt, und außerdem wußte niemand, ob nicht ein Teil der Speicherplatten verlorengegangen oder in ein Archiv außerhalb der Schweiz gelangt war. Der Mann, der auf der EURYDIKE ins Leben zurückkehren konnte, trug unweigerlich einen von sechs Namen: Ansel, Navada, Pirx, Kochler, Parvis oder Illuma. Den Ärzten blieb nur übrig, abzuwarten, ob der aus der postreanimatorischen Amnesie erwachte Patient auf dieser Liste den eigenen Namen erkannte – falls er sich seiner nicht mehr von selbst entsann. Diese Hoffnung hegten Hrus und Terna, während Gerbert, der Psychoniker, seine Zweifel hatte. Nach Festlegung des Operationstermins begab er sich daher zum Kommandanten, um ihm sein Problem darzulegen. Der nüchterne Praktiker Ter Horab hielt es für angeraten und lohnend, den Inhalt der von den Leichen geräumten Vitrifikatoren nochmals eingehend zu untersuchen.

»Am besten wären Kriminologen, Gerichtssachverständige«, meinte er. »Da wir solche nicht an Bord haben, helfen Ihnen« – er zögerte einen Moment – »Lakatos und Biela.« Er lächelte und setzte hinzu: »Auch Physiker sind so etwas wie Detektive.«

Der geschwärzte, wie von Feuer berußte Kryotainer, der einem verbeulten Sarkophag glich, wurde also ins Hauptlabor gehievt. Von massiven Zangen gepackt, öffnete er sich, nachdem die äußeren Halteklauen gelöst waren, mit durchdringendem Kreischen langsam der Länge nach. Unter dem aufgeklappten Sargdeckel gähnte schwarz das Innere. Der Raumanzug lag zusammengesackt, sein Besitzer ruhte seit Wochen in flüssigem Helium, zusammen mit dem Stickstoffblock, in den er eingefroren war. Lakatos und Biela zogen den leeren Raumanzug heraus und legten ihn auf einen niedrigen Metalltisch. Er war bereits bei der Entfernung der Leiche untersucht worden, aber außer gefrorenen Geweberesten und zu Kabeln verflochtenen Klimaleitungen hatte man nichts gefunden. Jetzt wurde der bereifte Anzug aufgeschnitten – von dem Ring, an dem der Helm befestigt wurde, über die Brust und die pneumatischen Hosenbeine bis an die Stiefel. Aus dem Balg wurden Spiralröhrchen und Teile zerrissener Sauerstoffschläuche ausgebaut und gewissenhaft geprüft: Jeder noch so kleine Fetzen kam unter die Lupe. Zuletzt stieg Biela sogar mit der Taschenlampe in den walzenförmigen Kryotainer. Um ihm die Aufgabe zu erleichtern, schnitt der Manipulator das Panzerblech auf und zog es weit auseinander. Der Raumanzug war nämlich an den Nahtstellen zwischen den Ärmeln und der Körperhülle geborsten – entweder, als der Diglator dem zunehmenden Druck des sich über ihn wälzenden Gletschers von Birnam nachgab, oder infolge des inneren Drucks bei der explosiven Vitrifizierung. Wenn der darin eingeschlossene Mensch persönliche Gegenstände bei sich gehabt haben sollte, konnten sie zusammen mit Strahlen gerinnenden Stickstoffs und menschlichen Bluts durch die Risse des Raumanzugs in den Container gedrückt worden sein, als über dessen Öffnung von oben wie ein Visier eine Haube aus Spezialstahl schoß und den im Raumanzug Umgekommenen von der Außenwelt abschloß.

Um diese Haube von dem Behälter herunterzubekommen, bedurfte es hydraulischer Spannstöcke, denn der Zangenmanipulator war zu schwach dafür. Die beiden Physiker und der Arzt zogen sich einige Schritte von der Plattform zurück, der Vorgang war ziemlich brutal, und ehe die Haube, die dem Kopf eines gewaltigen Geschosses glich, auch nur ruckte und sich endlich langsam löste, rieselten unter den Vanadiumklauen dicke Späne von dem Panzer. Die Wissenschaftler warteten ab, bis die schlackeschwarzen Splitter versiegten und die vom Kryotainer gelöste Glocke ihnen ihr leeres Inneres zukehrte. Lakatos ließ sie von dem vierhebligen Manipulator unter die Decke heben, und Biela wollte sich erneut über den Behälter machen, als alle unwillkürlich erstarrten: Die Bleche rissen längs der Nahtstellen zitternd ab und fielen auf die Plattform, als wollten sie die Agonie wiederholen, die sie schon einmal durchgemacht hatten. Die ferngesteuerten Greifbacken trugen die schwere Haube wie die Hälfte einer leeren Bombe ans andere Ende des Raums und setzten sie dort so behutsam auf eine Aluminiumplatte, daß nicht das geringste Geräusch hörbar wurde.

Biela trat an den geöffneten Behälter. Drinnen hingen in vertrockneten Schichten wie verwelkte oder verbrannte Blätter die dunklen Reste der Innenverkleidung.

Lakatos guckte ihm über die Schulter. Er kannte sich in der Geschichte der Vitrifizierung einigermaßen aus. Zur Zeit von Gral und Roembden wurde die Haube von Sprengladungen über den Behälter mit dem Menschen geschossen, damit der Prozeß der kristallinfreien Vereisung möglichst rasch ablaufen konnte. Der Vitrifizierte mußte den Helm abnehmen, blieb aber im Raumanzug. Damit der Schlag ihm nicht den Schädel zermalmte, war die Haube mit pneumatisch aufblasbaren Kissen ausgepolstert. Durch ihr Platzen schützten sie den Einzufrierenden, dem eine in den Mund gestoßene Spritze flüssigen Stickstoff einpumpte, damit das Gehirn von allen Seiten zugleich, also auch von der über dem Gaumen liegenden Basis her, gerann. Dabei gingen gewöhnlich die Zähne oder gar die ganzen Kiefer kaputt, aber diese Verletzungen ließen sich bei der damaligen Technik nicht ausschließen.

Die Physiker rissen die Schichten des brüchigen Materials herunter und legten eine neben die andere, bis die Geräte den Metallboden des Kryotainers bloßgelegt hatten. Unter den morschen Aschekrusten stießen sie auf einen ebenfalls zerquetschten Gegenstand von der Form eines kleinen Buches, dessen Ecken angesengt waren wie durch Feuer. Das halb verkohlte Ding war so mürbe, daß bei jeder Berührung die Asche stiebte. Sie legten es unter einen Glassturz, denn schon ein Luftzug hätte ihm schaden können.

»Sieht aus wie ein kleines Futteral, vielleicht sogar aus Leder. Eine Brieftasche. So was trugen die Leute damals bei sich. Die Dokumente waren vorwiegend aus Zellulose, die man zu Papier verarbeitet hatte.«

»Oder aus Polymeren«, ergänzte Gerbert die Worte Bielas.

»Das eine ist so wenig ermutigend wie das andere«, erwiderte der Physiker, »Zellulose war unter diesen Bedingungen nicht widerstandsfähiger als die alten Plaste. Wie ist das in diesen Pott gekommen?«

»Das kann man sich leicht vorstellen.« Lakatos bewegte die offenen Hände aufeinander zu. »Als er den Kontakt auslöste, stieg ihm die untere Glocke über die Beine bis an die Brust, zugleich wurde die obere herabgeschossen, um sich auf die untere zu pressen. Es waren Implosionsladungen, natürlich nicht solche, die den Menschen zermalmt hätten. Der Stickstoff füllte den Raumanzug, daß dieser unter den Achseln barst, und die unter Druck entweichende Luft kann dem Mann die Kleidung vom Leibe gerissen haben. So hat der Luftstoß von Granaten bei nahem Einschlag zuweilen Soldaten entblößt ...«

»Was machen wir damit?«

Gerbert sah zu, wie die Physiker den Glassturz mit einer gerinnenden Flüssigkeit füllten, das entstandene Gußstück, in dem der schwarze Fetzen wie ein Insekt im Bernstein steckte, herausnahmen und sich an die Analysen machten. Sie entdeckten Chemikalien, die einst zur Herstellung von Banknoten benutzt wurden, organische Verbindungen, die für gegerbte und gefärbte tierische Häute typisch waren, sowie winzige Spuren von Silber, sicherlich Reste von fotografischen Aufnahmen, denn dazu hatten Silbersalze gedient. Nachdem sie den Gegenstand haltbar gemacht und aus dem Gußstück genommen hatten, änderten sie die Härte der Strahlung und holten schließlich noch ein abstruses Palimpsest heraus – eine verworrene Mischung von Buchstaben und kleinen Kringeln, vielleicht ein Stempel.

Der Chromatograph unterschied Schatten gedruckter Schrift von Tintenresten, denn letztere hatten glücklicherweise eine mineralische Beimischung. Die Filter des Mikrotomographen übernahmen das übrige, aber das Ergebnis war bescheiden. Sollte man, was wahrscheinlich war, tatsächlich den Personalausweis gefunden haben, so ließ sich der Vorname überhaupt nicht, vom Nachnamen lediglich der Anfangsbuchstabe entziffern: ein P. Im ganzen zählte der Name fünf bis acht Buchstaben. Der Zufall wollte es, daß mit P die Namen der beiden Männer anfingen, von denen nur einer wiederbelebt werden konnte. Sie riefen über Monitor die Spinogramme all der Leute, die sie in flüssigem Helium liegen hatten. Durch die Schichtbildaufnahme, die viel präziser war als das vorsintflutliche Röntgen, ließ sich das Alter der Opfer mit einer Genauigkeit bis zu zehn Jahren bestimmen. Dies geschah anhand des Knochengewebes der Gelenkknorpel und anhand der Blutgefäße – zu Lebzeiten dieser Leute verstand die Medizin die als Sklerose bekannten Veränderungen noch nicht aufzuhalten. Die beiden zur Reanimation Tauglichen waren von gleichem Körperbau, die Gesichtspartien bedurften bei beiden der chirurgischen Rekonstruktion. Sie besaßen die gleiche Blutgruppe, nach den in den Rippen und nur ansatzweise in der Aorta vorhandenen Einlagerungen von Kalk dürften sie zwischen dreißig und vierzig Jahren alt gewesen sein. Den Lebensläufen zufolge, die auch die Geschichte der durchlaufenen Krankheiten enthielten, war keiner jemals einer Operation unterzogen worden, die am Körper Narben hinterlassen hätte. Die Ärzte wußten es, wollten jedoch vom Wissen der Physiker Gebrauch machen: Die Durchleuchtung beruhte auf der magnetischen Resonanz der Atomkerne im Organismus. Die Physiker schüttelten nur die Köpfe: Die Kerne der stabilen Elemente sind so gut wie unwissend. Es wäre was anderes, wenn sich in den Körpern dieser Männer Isotope fänden.

Diese Isotope fanden sich, aber auch sie erwiesen sich als Sackgasse. Die beiden waren einst einer Strahlenbelastung von einhundert bis zweihundert Rem ausgesetzt gewesen – wahrscheinlich in den letzten Stunden ihres Lebens.

Es ist eine sozusagen anonyme und abstrakte Beschäftigung, die inneren Organe eines Menschen in ihren verschiedenen Schichten zu betrachten. Der Anblick der nackten, in Stickstoff gefrorenen und in Helium getauchten Leichen, zumal ihrer zerquetschten Gesichter, war derart, daß Gerbert es vorgezogen hatte, ihn den Physikern zu ersparen. Bei beiden Toten waren die Augäpfel erhalten – insgeheim letztlich die größte Not der Ärzte, denn die Blindheit des einen hätte ihnen gewissermaßen die Entscheidung darüber abgenommen, daß der Mann mit dem unversehrten Augenlicht wiederbelebt werden mußte. Als die Physiker fort waren, setzte sich Terna auf das Podium mit dem aufgeschlitzten Kryotainer, und er blieb wortlos so sitzen, bis Gerbert die Spannung nicht mehr aushielt.

»Also?« fragte er. »Welcher?«

»Man könnte noch Hrus zu Rate ziehen ...«, murmelte Terna zögernd.

»Wozu? Tres faciunt collegium?«

Terna stand auf, tippte etwas in die Tasten, und der Bildschirm zeigte gehorsam zwei Reihen grüner Ziffern, rechts daneben eine rote, die warnend blinkte. Er schaltete den Apparat aus, als könne er das nicht ertragen. Als er wieder eine Taste drücken wollte, umfaßte ihn Gerbert und hielt ihn zurück.

»Hör auf, das hilft nichts.«

Der andere sah ihm in die Augen. »Vielleicht sollte man sich Rat holen ...«, setzte er an, vollendete den Satz jedoch nicht.

»Nein. Niemand wird uns helfen. Hrus ...«

»Ich habe nicht an Hrus gedacht.«

»Ich weiß. Ich wollte sagen, daß, formell gesehen, Hrus eine Entscheidung trifft, wenn wir uns an ihn wenden. Als Chefarzt wird er es müssen, aber das ist eine klägliche Ausflucht. Außerdem siehst du ja, daß er sich dünngemacht hat. Ziehen wir das nicht in die Länge, in einer Stunde – in einer knappen Stunde drosselt Khargner den Schub.« Er ließ Terna los, drückte auf dem Pult die Kontakte, die den Reanimationsraum in Bereitschaft versetzten, und sagte dabei: »Es gibt keine Toten. Es gibt sie nicht so, als wären sie jemals geboren. Wir bringen niemanden um. Wir stellen ein Leben wieder her. Betrachte das von dieser Seite.«

»Großartig«, sagte Terna mit funkelndem Blick. »Du hast recht. Es ist eine große Tat. Ich trete sie dir ab. Du sollst die Wahl treffen.«

Die weiße Schlange, die sich auf der Wandtafel um den Kelch ringelte, signalisierte durch ihr Aufleuchten die Bereitschaft.

»Gut«, sagte Gerbert. »Unter einer Bedingung. Die Sache bleibt unter uns, und niemand erfährt etwas davon. Vor allem *er* nicht. Verstanden?«

»Verstanden.«

»Überleg's dir gut. Nach der Operation gehen alle Reste über Bord. Ich lösche in der Holothek sämtliche Daten. Du und ich aber werden es wissen, denn wir können unser Gedächtnis nicht auslöschen. Kannst du vergessen?«

»Nein.«

»Aber schweigen?«

»Ja.«

»Gegenüber jedem?«

»Ja.«

»Bis zuletzt?«

Terna zögerte. »Hör mal ... alle wissen doch ... du hast doch auf der Beratung selber gesagt, daß wir die Wahl haben ...«

»Ich mußte. Hrus wußte doch, wie und was. Aber wenn die Daten gelöscht sind, schwindeln wir, daß dieser Mann eine objektive Präferenz besaß, die wir erst hier und jetzt entdeckt haben.«

Terna nickte. »Einverstanden.«

»Wir schreiben ein Protokoll. Gemeinsam. Wir fälschen zwei Positionen. Wirst du unterschreiben?«

»Ja. Mit dir.«

Gerbert öffnete einen Wandschrank. Darin hingen weißbeschuhte silbrige Overalls mit gläsernen Gesichtsmasken. Gerbert nahm den seinen und begann ihn anzuziehen. Terna folgte seinem Beispiel. Im Rundbau des Saales öffnete sich eine Tür, das Innere eines Lifts erglänzte. Die Tür schloß sich, der Lift fuhr nach unten. In dem verlassenen Raum wurde es ein wenig dunkler, nur über den Lichtpunkten der Tafel leuchtete die Schlange des Äskulap.

III
Der Verunglückte

Er war wieder bei Bewußtsein, aber blind und ohne Körper. Die ersten Gedanken bestanden nicht aus Worten. Seine Empfindungen waren unsäglich verworren. Er trieb irgendwohin, verlor sich und kehrte zurück. Erst als er die innere Sprache wiedergefunden hatte, konnte er sich Fragen stellen: Wovor bin ich erschrocken? Was ist das für ein Dunkel? Was bedeutet das? Und nachdem er diesen Schritt getan hatte, gewann er das Vermögen zu denken: Wer bin ich? Was ist los mit mir?

Er wollte sich bewegen, um Arme, Beine und Körper zu spüren, er wußte nun schon, daß er einen Körper hatte oder zumindest haben sollte. Nichts aber gehorchte ihm, nichts rührte sich. Er wußte nicht, ob er die Augen offen hatte, er spürte weder die Lider noch ihre Bewegungen. Er strengte alle Kraft an, um diese Lider aufzumachen, und vielleicht gelang es ihm auch, aber er sah nichts als das Dunkel wie bisher. Diese Versuche, die so viel Mühe kosteten, führten ihn wieder zu der Frage: Wer bin ich?

Ein Mensch.

Diese Selbstverständlichkeit kam ihm vor wie eine Sensation. Wahrscheinlich hatte er das Bewußtsein erlangt, sonst hätte er nicht gleich darauf im Innern gelächelt, denn was war das schon für eine Leistung, solch eine Antwort.

Langsam kehrten die Worte wieder, von irgendwoher, erst verstreut und regellos, als fange er sie wie Fische aus unbekannten Tiefen: Ich bin. *Ich* bin. Ich weiß nicht, wo. Ich weiß nicht, warum ich meinen Körper nicht spüre.

Jetzt begann er sein Gesicht zu spüren, die Lippen, vielleicht die Nase, er konnte sogar die Nasenlöcher bewegen, obwohl das ungeheure Willensanstrengung kostete. Er riß die Augen auf und drehte die Augäpfel nach allen Seiten, und dank dem zurückgekehrten Urteilsvermögen vermochte er zu entscheiden: Entweder bin ich erblindet, oder es ist völlig dunkel. Die Dunkelheit verband sich in seinen Gedanken mit der Nacht, die Nacht aber mit einem großen Raum voller reiner, kühler Luft und dadurch mit dem Atmen. Atme ich? fragte er sich und lauschte in das eigene Dunkel, das dem Nichts so glich und von ihm doch so verschieden war.

Er glaubte zu atmen, allerdings nicht wie sonst. Er arbeitete nicht mit den Rippen und dem Bauch, er befand sich in einer unbegreiflichen Schwebe, die Luft trat von selbst in ihn ein und verließ ihn wieder sacht. Anders konnte er nicht atmen.

Er hatte nun schon ein Gesicht, eine Lunge, eine Nase, einen Mund. Und Augen, aber die sahen nichts. Er beschloß, die Hand zur Faust zu ballen. Er erinnerte sich sehr gut, was Hände sind und wie man sie zu Fäusten ballt, aber er spürte nichts, und plötzlich war die Angst wieder da, nun ganz rational, weil einer Überlegung entsprungen: Entweder bin ich gelähmt, oder ich habe die Arme und wohl auch die Beine verloren. Diese Schlußfolgerung konnte falsch sein – er hatte eine Lunge, das stand fest, und dennoch hatte er keinen Körper. In das Dunkel und die Angst drangen gleichmäßige, ferne, dumpfe Töne – vom Blut?

Oder vom Herzen? Ja, das Herz schlug. Als erstes Zeichen von außen hörte er auch jemanden reden. Sein Gehör hatte sich geöffnet, er wußte, daß zwei Menschen miteinander sprachen, denn er unterschied zwei Stimmen, aber er verstand nicht, was sie sagten. Die Sprache war ihm bekannt, aber alles klang gedämpft, die Worte waren undeutlich wie Gegenstände, die man durch eine beschlagene Scheibe oder durch Nebel betrachtet. Je mehr er sich konzentrierte, um so schärfer wurde sein Gehör, und sonderbar: Durch das Gehör gelangte er über sich hinaus. Dadurch befand er sich in einem Raum, der ein Unten und Oben, ein Rechts und Links hatte. Er konnte sich eben noch vergegenwärtigen, daß dies die Schwerkraft bedeutete, dann konzentrierte er sich ganz auf sein Gehör. Die Stimmen gehörten Männern, eine höhere und leisere, die andere tiefer, ein Bariton. Scheinbar ganz nahe bei ihm. Wer weiß, vielleicht könnte er etwas sagen, wenn er es nur versuchte? Doch erst wollte er zuhören, nicht nur aus Neugierde und Hoffnung, sondern auch deswegen, weil es eine Lust war, so gut zu hören und alles immer besser zu verstehen.

»Ich würde ihn noch im Helium lassen.« Das war die Stimme ganz in der Nähe, in der so viel Kraft lag, daß sie an einen großen, stark gebauten Mann denken ließ.

»Ich nicht«, sagte der Jüngere, entfernter Stehende.

»Warum nicht? Das schadet doch nicht.«

»Schau dir sein Gehirn an. Nein, nicht die Calcarina, den rechten Temporallappen. Das Wernicke-Zentrum. Siehst du? Er hört uns schon.«

»Die Amplitude ist klein, ich bezweifle, daß er uns versteht.«

»Schon beide Stirnlappen, eigentlich ist das die Norm.«

»Ich sehe.«

»Alpha war gestern fast gar nicht.«

»Weil er in der Hibernation war. Das ist normal. Ob er nun versteht oder nicht, es ist immer noch zuviel Stickstoff. Ich gebe Helium zu.«

Lange Stille und weiche Schritte.

»Warte – guck mal!«

Das war der Bariton.

»Er ist wach ... Na also ...«

Mehr hörte er nicht, es wurde geflüstert.

Er gewann die innere Klarheit der Gedanken zurück.

Wer sprach da? Ärzte. Hatte ich einen Unfall? Wer bin ich? Er dachte immer rascher, und die anderen flüsterten hastig und fielen einander ins Wort.

»Prima, frontal einwandfrei ... Mit dem Thalamus stimmt was nicht ... Schalt mal runter ... Ich sehe da nicht klar. Schalt den Äskulap ein! Oder lieber den Medicom! Ja, stell das Bild schärfer. Was ist mit dem Rückenmark?«

»Fast auf Null. Komisch.«

»Komisch ist eher, daß es nicht ganz auf Null steht. Zeig das Atemzentrum! Mhm ...«

»Wecken?«

»Nein, wozu? Er wird von selber noch genug Luft holen. So ist es sicherer. Nur oberhalb des Chiasmas ...«

Es gab einen kurzen Klang.

»Er sieht nicht«, sagte verwundert die jüngere Stimme.

»Die Neun funktioniert schon bei ihm, und gleich werden wir uns überzeugen, ob er etwas sieht ...«

In dem Schweigen und der Stille vernahm er metallisches Klirren. Zugleich trat in sein Dunkel ein grauer, fahler Schimmer.

»Aha!« triumphierte der Bariton. »Das war nur an den Synapsen. Die Pupillen reagieren schon seit einer Woche. Übrigens«, setzte er leiser hinzu, »eines wird er nicht können ...«

Unverständliches Flüstern.

»Agnosie?«

»Woher denn. Das wäre ja noch gut ... guck dir die oberen Teile an ...«

»Das Gedächtnis restituiert sich?«

»Ich weiß nicht, ich kann weder ja noch nein sagen. Wie ist das Blutbild?«

»Normal.«

»Das Herz?«

»Fünfundvierzig.«

»Der systolische Blutdruck?«

»Einhundertzehn. Wollen wir schon abschalten?«

»Lieber nicht. Warte mal. Ein kleiner Impuls im Rükkenmark ...«

Er fühlte in sich etwas zucken.

»Der Muskeltonus kehrt zurück, siehst du?«

»Ich kann nicht gleichzeitig die Miogramme und das Gehirn im Auge haben. Bewegt er sich?«

»Mit den Armen ... Astigmatisch.«

»Und jetzt? Beobachte sein Gesicht. Blinzelt er?«

»Er hat die Augen auf. Sieht er?«

»Noch nicht. Wie reagieren die Pupillen?«

»Auf vier Lux. Ich schalte sechs ein. Sieht er?«

»Nein, aber er nimmt das Licht wahr. Das ist eine Reaktion des Thalamus. Der Medicom soll die Elektroden korrigieren und Strom geben. Da – prima!«

Durch einen Schleier sah er über sich etwas Bleiches, Rötliches und Leuchtendes. Gleichzeitig hörte er eine von Atemzügen unterbrochene Stimme: »Du bist gerettet und wirst gesund werden. Versuche nicht, zu sprechen. Schließe zweimal die Augen, wenn du mich verstanden hast. Zweimal!«

Er tat es.

»Wunderbar. Ich werde mit dir sprechen. Wenn du etwas nicht verstehst, schließt du einmal die Augen.«

Er gab sich große Mühe, dieses Blasse, Rötliche zu erkennen, aber es gelang ihm nicht.

»Er versucht dich zu sehen«, vernahm er jene entferntere Stimme. Woher konnte der Sprecher das wissen?

»Du wirst mich und auch alles andere sehen«, sagte langsam der Bariton. »Du mußt Geduld haben. Verstehst du?«

Er bejahte mit den Lidern und wollte etwas sagen, aber es schnorchelte nur etwas in ihm.

»Nein, nein«, wies ihn die Stimme scharf zurecht. »Für Unterhaltungen ist es zu früh. Du kannst nicht sprechen, denn du bist intubiert. Du bekommst die Luft direkt in die Luftröhre, du atmest also nicht selbst, sondern wir tun es für dich. Verstehst du? Sehr gut. Jetzt wirst du schlafen. Wenn du erwachst und ausgeruht bist, reden wir miteinander. Du wirst alles erfahren, nun aber träume schön … Einschläfern, Viktor, aber langsam!«

Er sah nichts mehr, als sei das Licht nicht über ihm, sondern in ihm ausgegangen. Er wollte nicht schlafen, wollte aufspringen, aber schon verflüchtigte sich und verschwand auch das Dunkel, das er selber war.

Er hatte viele Träume, sonderbare, schöne und solche, die man sich nicht merken noch wiedergeben kann. Er hatte eine Fülle unterschiedlicher Empfindungen auf einmal, er ging weit fort und kehrte zurück, sah Menschen und erkannte ihre Gesichter, konnte sich aber nicht erinnern, wer sie waren. Manchmal blieb nur ein unbegrenztes Schauen, erfüllt von einer unsichtbaren Sonne. In diesen Träumen und der Leere dazwischen schienen ihm Jahrhunderte zu vergehen. Plötzlich wurde er wach, und damit zugleich gewann er den Körper zurück. Er lag auf dem Rükken, in flauschigen, weichen Stoff gewickelt. Er spannte die Rückenmuskeln, in den Schenkeln fühlte er ein Kribbeln. Über sich hatte er einen blaßgrünen, flachen Plafond, neben ihm blitzten irgendwelche Leitungen und Gläser, aber er konnte den Kopf nicht wenden, ein weiches Kissen umfaßte ihn, elastisch angepaßt, bis an die Schläfen und hielt ihn fest. Die Augen konnte er frei bewegen. Hinter einer durchsichtigen Wand standen Apparate, direkt am Rand des Gesichtsfeldes leuchteten hüpfende Lämpchen, und bald erkannte er, daß sie etwas mit ihm zu tun hatten: Wenn er so tief einatmete, daß der Brustkorb sich wölbte, leuchteten sie im selben Rhythmus auf. Dort aber, wohin er kaum noch schielen konnte, zeigte sich in langsamem Gleichmaß etwas Rötliches, dessen schwingende Bewegung ebenfalls Schritt hielt – mit ihm, mit seinem Herzschlag.

Er zweifelte nicht mehr daran, daß er sich in einem Krankenhaus befand. Ein Unfall also. Aber wann und wie? Er runzelte die Stirn und wartete, daß das Gedächtnis eine Erklärung entließ, aber vergebens. Er lag reglos, schloß die Augen und konzentrierte seinen Willen auf die Frage, aber es kam keine Antwort. Es war ihm nicht mehr genug, daß er, wenn der Stoff ihn nicht umhüllt hätte, beliebig Beine, Arme und Finger bewegen konnte, er versuchte sich zu räuspern, führte die Zungenspitze an den Zähnen entlang.

»Ich«, sagte er endlich. »Ich!«

Er erkannte die eigene Stimme. Wem aber diese Stimme zu eigen war, wußte er nicht, und er begriff nicht, wie das sein konnte. Er suchte die ihn behindernde Umhüllung abzuwerfen und spannte mehrmals die Muskeln an, als ihn eine schwere, sonderbar plötzliche Schläfrigkeit überkam und er wieder in sich erlosch wie die Flamme einer niedergebrannten Kerze.

Er zählte die Tage nicht. Der Lebensablauf auf dem Raumschiff war auf einfache Weise geordnet: er stimmte mit dem Rhythmus auf der Erde überein. Tagsüber lagen alle Decks, die Korridore und die Tunnelübergänge zwischen den einzelnen Rumpfsegmenten in hellem Licht. Um zehn Uhr begann die Dämmerung, indem sich das von Decken und Wänden strahlende, goldüberhauchte Weiß abschwächte, etwa eine Stunde lang herrschte ein blaues Halbdunkel, bis das Licht ganz erlosch und nur die an der Decke hinlaufenden Leuchtröhren dem einsamen Wanderer den Weg wiesen. Diese Zeit liebte der Erwachte nämlich am meisten. Er konnte die EURYDIKE auch bei Tage besichtigen – alle Räume waren zugänglich, man hatte ihm versichert, daß er selbstverständlich nach Belieben umhergehen und fragen konnte –, aber er bevorzugte für seine Streifzüge die Nacht.

Nach dem Morgentraining im Turnsaal ging er, körperlich fit, in die Schule. Er selbst nannte das so, wenn er sich vor den Memnor setzte, um im Spiel von Bildern und Worten, die Assoziationen weckten, das Gedächtnis wiederzuerlangen, zugleich aber zu lernen, was ihm so fremd war. Er fühlte sich nicht konsterniert vor der Maschine, die unendlich geduldig und unfähig war, Gefühle zu zeigen, sich zu wundern oder überheblich zu sein. Wenn er etwas nicht begriff, nahm Memnor seine Zuflucht zu figürlichen Darstellungen und einfachen Schemata, griff er auf die Speicher anderer Maschinen des Raumschiffs zurück, um didaktische Programme einzusetzen. Die Holothek besaß in ihrem Archivteil Tausende Filme, die jedoch in keiner Weise an die einst aufgenommenen erinnerten, denn jedes abgerufene Bild wurde wirkliche Umgebung, jedes Wort wurde Fleisch, alles freilich nur zeitweilig und vergänglich. Wenn er wollte, konnte er das Innere der Pyramiden besichtigen, gotische Dome, die Schlösser an der Loire, die Monde des Mars, Städte und Wälder, aber er tat dies nur in dem Wissen, daß auch diese Phantome einen wichtigen Teil der Therapie bildeten. Die Ärzte waren bemüht, ihn als Besatzungsmitglied, nicht aber als Patienten zu behandeln, und er hatte sogar den Eindruck, daß sie ihm ein wenig aus dem Weg gingen, als wollten sie unterstreichen, daß er sich in nichts von den anderen unterschied.

Das visuelle Gedächtnis war ihm zurückgekehrt – und damit die Lebenserfahrung, das Spezialgebiet des Navigators und Kenners der Großschreiter. Zwar hatten sich die Raumschiffe nicht weniger gewandelt als die Planetarmaschinen, und er befand sich ein wenig in der Lage eines Matrosen, der aus der Zeit der Segelschiffe in die der Ozeanriesen versetzt wurde, aber diese Lücken waren nicht schwer zu füllen. Die veralteten Kenntnisse ersetzte er durch neue. Immer schmerzlicher aber wurde er sich der schlimmsten und vielleicht unwiederbringlichen Einbuße bewußt: Er konnte sich keiner Vor- oder Nachnamen erinnern, einschließlich der eigenen. Und was noch merkwürdiger war, sein Gedächtnis kam ihm vor wie zweigeteilt. Was er einst erlebt hatte, kehrte verblaßt zurück, wenn auch genau in den Details, wie die kleinen Habseligkeiten eines Kindes, die man beim Aufräumen im Elternhaus nach Jahren wiederfindet, nicht nur die Erinnerung an ihr Aussehen, sondern auch eine emotionelle Aura wachrufen.

Einmal, im Labor der Physiker, stieg ihm aus einem Destilliergerät der bitterliche Geruch einer verdampfenden Flüssigkeit in die Nase und machte ihm sofort etwas gegenwärtig, was mehr war als ein Bild: der nächtliche Aufenthalt auf einem zufälligen, beleuchteten Landeplatz, wo er unter den noch glühenden Trichtern der Düsen, unter dem Boden seiner geretteten Rakete gestanden, ebendiesen Nitroqualm gerochen und ein Glücksgefühl verspürt hatte, von dem er damals nichts gewußt hatte, das er aber jetzt in der Erinnerung verstand. Er erzählte Doktor Gerbert nichts davon, obgleich er sich mit jeder überraschenden Reminiszenz unverzüglich bei ihm melden sollte, da sie so etwas sei wie ein verschütteter Ort des Gedächtnisses, wo man nachgraben müsse, um ihn aufzuschließen und so immer vollkommener zu sich selbst zu finden, also nicht um der Psychotherapie willen, sondern um die verwischten Bahnen im Gehirn aufzuspüren. Der Ratschlag war vernünftig und sachkundig, auch er hielt sich für jemanden, der vernünftig dachte, ging aber dennoch nicht zu dem Arzt. Unstreitig gehörte die Schweigsamkeit zu seinen grundlegenden Charaktereigenschaften. Nie war er geneigt, jemandem sein Herz auszuschütten – schon gar nicht in so intimen Angelegenheiten. Außerdem sagte er sich, daß er die Erinnerung, wer er sei, nicht durch den Geruchssinn erschnüffeln könne wie ein Hund. Er verwarf diesen Gedanken sogleich wieder als dumm, es fiel ihm gar nicht ein, sich über die Ärzte zu erheben. Dennoch blieb er bei seinem Entschluß.

Gerbert kam schnell hinter seine Zurückhaltung. Er gab ihm sein Wort, daß seine Gespräche mit dem Memnor nicht aufgezeichnet würden und er selbst, falls er wolle, ihren Inhalt aus dem Gedächtnis des Pädagogen löschen könne. Das tat er auch. Vor der Maschine hatte er keine Geheimnisse. Sie half ihm, eine Unmenge von Erinnerungen zu rekonstruieren – aber ohne menschliche Vor- und Zunamen, einschließlich seines eigenen.

Schließlich fragte er seinen Gesprächspartner direkt danach. Dieser verstummte für eine gute Weile. Das Gedächtnistraining fand in einer reichlich merkwürdig eingerichteten Kajüte statt. Es gab hier einige altväterliche Möbel, reine Museumsstücke in beinahe höfischem Stil, zierliche Sessel mit Vergoldungen und gebogenen Füßen. Jede Wand schmückten die Bilder alter Holländer, die nämlich, deren er sich als seiner Lieblingsgemälde erinnerte und die jeweils erschienen, als wollten sie ihm zu Hilfe kommen. Sie wechselten also mehrfach, und was in den kunstvoll gearbeiteten Rahmen steckte, war keine Leinwand, ahmte aber deren Gespinst und die Klümpchen der Ölfarbe täuschend nach. Der Memnor verriet ihm auch, wie diese vollkommenen, vergänglichen Repliken gemacht wurden. Der maschinelle Lehrer war unsichtbar, aber natürlich nicht von jemandem versteckt worden: Als Unterkomplex des Äskulap hatte man ihn für diese Gespräche abgestellt, er besaß keine Gestalt, die imstande gewesen wäre, die Stimmung des Schülers zu stören. Damit dieser aber in dem leeren Raum nicht zum Mikrofon oder zur Wand sprach, hatte er vor sich eine Büste des Sokrates, wie sie aus den Lesebüchern der griechischen Mythologie, möglicherweise auch der Philosophie bekannt ist. Diese Büste mit dem ziemlich wuschligen Kopf schien aus Stein zu sein, beteiligte sich zuweilen aber durch ihr Mienenspiel an der Unterhaltung. Dem Belehrten war das nicht angenehm, er fand es geschmacklos. Da er aber auf keine konkrete Änderung kam und auch gegen Gerbert nicht zudringlich sein wollte, gewöhnte er sich an dieses Antlitz, und nur wenn er etwas Heikles vorbringen wollte, ging er vor dem Mentor auf und ab, ohne ihn anzusehen, genau so, als spräche er mit sich selbst.

Der falsche Sokrates schien zu zaudern, wie vor einem allzu schweren Problem.

»Ich werde dir auf unbefriedigende Weise antworten. Es ist nicht gut für den Menschen, sich in der Beschaffenheit von Körper und Geist vollkommen auszukennen. Die vollkommene Erkenntnis bestimmt die Grenze der menschlichen Möglichkeiten, die der Mensch um so schwerer erträgt, je weniger er von Natur her in seinen Absichten beschränkt ist. Soviel als erstes. Zweitens behält man Vornamen anders als alle anderen Begriffe, die hinter der Rede verborgen sind. Die Vornamen bilden nämlich kein geschlossenes System. Sie beruhen rein auf Übereinkunft. Jeder heißt irgendwie, könnte aber ebensogut anders heißen und bliebe doch derselbe Mensch. Über die Eigennamen entscheidet der Zufall, der Vater und Mutter heißt. Vor- und Zunamen entbehren also der logischen und physikalischen Notwendigkeit. Wenn du einem Philosophen eine kleine Abschweifung gestattest: Es gibt nur Dinge und ihre Beziehungen. Ein Mensch zu sein ist so viel, wie ein gewisses Ding zu sein. Daß es ein lebendiges ist, spielt weiter keine Rolle dabei. Bruder oder Sohn zu sein ist bereits eine Beziehung. Du kannst ein Neugeborenes mit allen Methoden untersuchen – du wirst in ihm alles entdecken und seinen Erbkode herausfinden, aber nicht seinen Namen. Die Welt erkennt man. An Namen indes gewöhnt man sich nur. Im gewöhnlichen Leben spürt man diesen Unterschied nicht. Wer jedoch zweimal zur Welt kommt, erlebt ihn. Es ist nicht ausgeschlossen, daß dir noch einfällt, wie du heißt. Das kann jederzeit, es kann nie geschehen. Deshalb riet ich dir, wenigstens einen provisorischen Namen anzunehmen. Das ist weder unredlich noch betrügerisch, du versetzt dich in die Lage deiner Eltern an deiner Wiege. Auch sie wußten, als sie sich heirateten, noch nicht, welchen Namen sie dir geben würden. Jahre später, nachdem sie ihn gewählt hatten, hätten sie sich nicht vorstellen können, daß du einen anderen, angeborenen, zutreffenderen Namen hast und sie ihn dir nicht gegeben haben.«

»Du redest ein bißchen wie das Orakel zu Delphi«, meinte er dazu und suchte zu verbergen, wie ihn die Worte von seinem Tod getroffen hatten. Er verstand nicht, warum er auf diese wohlbekannte Tatsache so reagierte – eigentlich mußte er doch unsägliche Genugtuung verspüren, da er von den Toten auferstanden war.

»Mir geht es nicht um den Vornamen. Ich weiß, daß mein Zuname mit P anfängt. Vier bis acht Buchstaben. Parvis oder Pirx. Ich weiß, daß jene nicht zu retten waren. Es wäre besser gewesen, man hätte mir diese Liste nicht gezeigt.«

»Man hoffte darauf, daß du dich erkennst.«

»Ich kann nicht blindlings wählen, das sagte ich dir schon.«

»Ich kenne und verstehe deine Motive. Du gehörst zu den Menschen, die kaum die Aufmerksamkeit auf sich ziehen. So war das immer bei dir. Du willst keine Wahl treffen?«

»Nein.«

»Auch keinen angenommenen Vornamen?«

»Nein.«

»Was hast du also vor?«

»Ich weiß es nicht.«

Vielleicht hätte er noch mehr Überredungsversuche und Ratschläge über sich ergehen lassen müssen, aber er machte zum erstenmal, seit er in diesem Arbeitsraum weilte, von seinem Recht Gebrauch, den Inhalt seiner sämtlichen Gespräche mit der Maschine zu löschen. Als sei ihm das nicht genug, fegte er mit einem weiteren Knopfdruck auch die Büste des weisen Griechen ins Nichts. Er verspürte dabei eine böse, unvernünftige, aber packende Genugtuung, als habe er, ohne einen Mord zu begehen, denjenigen umgebracht, dem er sich allzusehr offenbart und der – ein Nichts – so verständig und unwiderruflich seine Hilflosigkeit gesteuert hatte. Es war ein kläglicher Ersatz für ein Argument, und er bedauerte den Knopfdruck, mit dem er sich des unschuldigen Geräts entledigt hatte. Da dieses indessen darin recht hatte, daß er weniger sich in der Welt als vielmehr die Welt in sich haben wollte, unterdrückte er Scham und eitlen Zorn, die er beide endlich ganz und gar vergaß, seit er sich mit Dingen befaßte, die wichtiger waren als die eigene Vergangenheit. Es gab viel zu lernen.

Das größte und letzte Projekt, außerirdische Zivilisationen ausfindig zu machen, hatte den Namen ZYKLOP getragen und selbst nach einem reichlichen Dutzend Jahren zu nichts geführt. Dieser Ansicht waren diejenigen, die sich vom Belauschen der Sterne den Empfang verständlicher Signale erhofft hatten. Das Rätsel des Schweigenden Weltalls, des Silentium Universi, wuchs sich zu einem Problem aus, von dem die irdische Wissenschaft sich herausgefordert fühlte.

Der extreme Optimismus einer Handvoll Astrophysiker, die gegen Ende des 20. Jahrhunderts Tausende anderer Experten ebenso angesteckt hatten wie die Laien, hatte sich in sein Gegenteil verkehrt. Man hatte Milliarden in den Bau von Radioteleskopen investiert, die die Strahlung von Millionen Sternen und Galaxien filterten, man gewann daraus zwar viele neue Entdeckungen, aber keine der erhofften Nachrichten einer »anderen Vernunft«. Die auf Orbitern im All stationierten Teleskope wurden wohl mehrfach von Wellenströmen getroffen, die sonderbar genug waren, um die verlöschende Hoffnung wiederzubeleben, aber wenn es sich dabei um Signale handeln sollte, so dauerte der Empfang zu kurz und brach ab, ohne wiederhergestellt werden zu können. Vielleicht wurde der sonnennahe Raum nadelgleich von Botschaften durchschossen, die an Adressaten auf anderen Gestirnen gerichtet waren, man versuchte die Aufzeichnungen nach zahllosen Methoden zu dechiffrieren – es war vergeblich und nicht mit Gewißheit feststellbar, ob diese Impulse tatsächlich Signalcharakter hatten. Überlieferung und Vorsicht hielten die Fachleute dazu an, derlei Phänomene als Produkte der Sternenmaterie, als Emissionen härtester Strahlung zu betrachten, die der Zufall mit Hilfe sogenannter Gravitationslinsen zu schmalen Bändern oder Nadeln gesammelt hatte. Die oberste Regel bei der Beobachtung verlangte, alles, was nicht deutlich seine künstliche Herkunft offenbarte, als natürliches Phänomen zu betrachten. Die Astrophysik war indessen schon so weit, daß sie über genug Hypothesen verfügte, um jedwede Emission exakt definieren zu können, ohne sich auf irgendwelche Geschöpfe als Absender berufen zu müssen.

Es kam zu einer recht paradoxen Situation: Je größer die Zahl der Theorien war, mit denen die Astrophysik operierte, um so schwieriger wurde der Beweis für die Echtheit eines von einer Absicht geleiteten Signals. Gegen Ende des 20. Jahrhunderts stellten die Fürsprecher des Unternehmens ZYKLOP einen umfangreichen Katalog von Kriterien auf, die unterschieden, was die Natur im Reichtum ihrer Kräfte hervorzubringen vermag und was diesen Kräften unzugänglich ist, also wie ein »kosmisches Wunder« aussieht – auf der Erde würden dem Blätter entsprechen, die vom Baum fallen und sich zu Buchstaben eines sinnvollen Satzes ordnen, oder Geröll, das auf dem Ufersand eines Flusses Kreise und Tangenten oder Euklidische Dreiecke bildet. Damit schufen die Wissenschaftler eine Reihe von Geboten, von Anforderungen, die jeder beliebige außerirdische Signalgeber erfüllen mußte. Nahezu die Hälfte dieser Liste verlor zu Anfang des darauffolgenden Jahrhunderts ihre Gültigkeit. Nicht nur die Pulsare, die Gravitationslinsen, die Maser gasförmiger Sternenwolken, die gewaltigen Massen des galaktischen Zentrums narrten die Beobachter durch ihre Regelmäßigkeit, Wiederkehr und sonderbare Ordnung vielfältiger Impulse. An die Stelle der gestrichenen »Pflichten der Signalgeber« setzte man neue, die ebenfalls bald ihre Gültigkeit verloren.

Hierher leitete sich die pessimistische Überzeugung von der Einmaligkeit der Erde nicht nur innerhalb der Milchstraße, sondern in den Myriaden anderer Spiralnebel. Die weitere Zunahme gerade des astrophysischen Wissens ließ jenen Pessimismus auf Skepsis stoßen. Von geradezu unwiderleglicher Aussage war hier die Quantität der kosmischen Eigenschaften von Energie und Materie, die den Begriff des »Anthropic Principle« ausmachten, des engen Zusammenhangs zwischen dem, was das Universum, und dem, was das Leben ist. In einem Kosmos, der Menschen enthält, mußte die Geburt von Leben außerhalb der Erde zu erwarten sein. So entstanden nacheinander Vermutungen, die die Lebensträchtigkeit des Weltalls mit dessen Schweigen zu vereinbaren suchten.

Leben entsteht auf einer Unmenge von Planeten, bringt vernunftbegabte Wesen jedoch nur in einem höchst seltenen Zusammentreffen außergewöhnlicher Umstände hervor.

Nein – es entsteht zwar ziemlich oft, entwickelt sich im allgemeinen aber nicht auf der Basis von Eiweiß. Das Silizium weist bereits eine Fülle von Verbindungen auf, die der des Kohlenstoffatoms, des Bausteins des Eiweißes, gleichkommt, und die auf Silikonen beruhenden Evolutionen weisen keinerlei Berührungspunkte mit der Zone der Vernunft auf – oder aber bilden Variationen, die aller Verwandtschaft mit der menschlichen Mentalität entbehren.

Nein – die Intelligenz blitzt in vielerlei Gestalt auf, ist aber nur von kurzer Dauer. Allein in ihrer vernunftlosen Epoche verläuft die Entwicklung des Lebens über Jahrmilliarden. Primaten setzen, falls sie sich herausgebildet haben, nach hundert oder zweihundert Jahrtausenden unabsichtlich eine technologische Eruption in Gang, die sie nicht nur immer rascher zu immer höheren Fähigkeiten der Herrschaft über die Naturkräfte bringt, sondern urplötzlich – nach kosmischer Zeitrechnung handelt es sich um eine wahrhafte Explosion – die Zivilisationen in zu entlegene Gegenden versprengt, als daß sie sich durch die Gemeinschaft des Denkens verständigen könnten. Eine solche Gemeinschaft ist überhaupt nicht vorhanden. Sie ist ein anthropozentrisches Vorurteil, von den Menschen ererbt aus uraltem Glauben und uralten Mythen. Es kann viel verschiedenartige Vernunft geben, und eben dadurch, daß es so ist, schweigt der Himmel.

Anderen Hypothesen zufolge war des Rätsels Lösung viel einfacher. Wenn die Evolution des Lebens die Vernunft gebiert, tut sie das in einer Serie von einmaligen Zufällen. Diese Vernunft kann im Kindbett erstickt werden, sobald in der Nähe des sie zeugenden Planeten eine stellare Intervention erfolgt. Kosmische Interventionen sind stets blind und schicksalhaft – hatte die Paläontologie mit Hilfe der Galaktographie, dieser Archäologie der Milchstraße, nicht nachgewiesen, welchen Kataklysmen, welchen Bergen von Saurierleichen im Mesozoikum die Säugetiere ihre Vorrangstellung verdankten und welchem Knäuel von Vorkommnissen – Eis- und Regenzeiten, Versteppung, Wanderung der irdischen Magnetpole, Mutationstempo – der Stammbaum des Menschen entwuchs?

Dennoch kann die Vernunft unter Trillionen Sonnen zur Reife gelangen. Sie kann den Weg der irdischen Spezies beschreiten. Dann schlägt dieser in der Sternenlotterie gezogene Gewinn nach ein- oder zweitausend Jahren in die

Katastrophe um: Die Technologie ist ein Gebiet voller gefährlicher Fallen, und wer es betritt, findet leicht ein böses Ende.

Die vernunftbegabten Geschöpfe sind durchaus imstande, diese Gefahr zu erkennen – aber erst, wenn es zu spät ist. Die Zivilisationen haben sich der Religionen entledigt und deren späte, entartete Abwandlungen, die Ideologien, durchlaufen, die mit der Erfüllung der irdischen und nur der irdischen Wünsche gelockt haben, sie suchen nun den eigenen Schwung zu bremsen, aber das ist nicht mehr möglich, nicht einmal dort, wo sie nicht von inneren Antagonismen aufgezehrt werden.

Das Unfallopfer vom Titan hatte viel Zeit, Fragen zu stellen und Antworten zu hören.

Vom Nachdenken über sich selbst und die Welt, auf der Erde Philosophie genannt, gehen die Vernunftbegabten zum Tun über, das ihnen immer deutlicher, immer augenfälliger macht, daß das, was immer sie ins Leben gerufen hat, ihnen nichts Gewisseres mitgab als die Sterblichkeit. Ebendieser verdanken sie ihr Dasein, denn ohne sie hätte der Jahrmilliarden währende Wandel entstehender und vergehender Arten nicht funktioniert. Sie gebar der Schlund allen Sterbens im Archäozoikum, des paläozoischen Zeitalters, der aufeinanderfolgenden Erdzeitalter, und zusammen mit ihrer Vernunft erhielten sie die Gewißheit, sterben zu müssen. Sehr schnell, anderthalb Jahrtausende nach dieser Diagnose, kommen sie hinter die Zeugungsmethoden der Natur, diese ebenso perfide wie verschwenderische Technologie sich selbst erfüllender Prozesse, wie die Natur sie benutzt, um weiteren Formen des Lebens Raum zu schaffen.

Diese Technologie weckt Bewunderung, solange sie ihren Entdeckern unzugänglich bleibt. Auch das aber währt nicht lange. Nachdem Pflanze, Tier und eigener Körper um alle Geheimnisse bestohlen sind, krempelt man die

Umwelt und sich selber um, es kommt zu einem Machtgewinn, der sich nicht stillen läßt.

Man kann in den Kosmos ausweichen – um sich endgültig zu überzeugen, wie fremd er einem ist und wie rücksichtslos einem das Mal der tierischen Herkunft eingebrannt ist. Auch diese Fremdheit läßt sich bewältigen; bald wird man innerhalb der errichteten Technosphäre zum letzten Relikt eines uralten biologischen Erbteils. Zusammen mit der einstigen Not, dem Hunger, den Seuchen, der Unzahl von Altersbeschwerden kann man die sterbliche Hülle abwerfen, eine Aussicht, die sogleich als phantasmagorische, ferne, erschreckende Wegscheide erscheint.

Der Verunglückte nahm derlei Gemeinplätze nur widerstrebend zur Kenntnis, sie rochen ihm zu sehr nach düsterem Pathos und einer von Ingenieurgeist geprägten Eschatologie. Er wollte, da er nun schon unfreiwilliger Teilnehmer war, das Ziel der Expedition kennenlernen. Ein neueres, dennoch für die Exobiologie bereits klassisches Werk machte ihn mit ihrem Vorhaben vertraut, und er sah in diesem Buch das Diagramm von Hortega und Neyssel.

Dieses Diagramm veranschaulicht die Entwicklung der Psychozoen im Universum mit ihrem Hauptstrang und seinen Verzweigungen.

Der Beginn des Hauptstrangs fällt ins frühe Technologiezeitalter, er ist von kurzer Dauer, in den tausend Jahren zwischen der Etappe der mechanischen und der informatorischen Geräte bietet er keine Abzweigungen. Im darauffolgenden Jahrtausend kreuzt sich die Informatik mit der Biologie und löst damit die Strömung der biotischen Beschleunigung aus.

An dieser Stelle geht der diagnostische Wert in den prognostischen über und demgemäß zurück. Der Hauptstrang war von Tatsachen und Theorien markiert worden; seine Anläufe sind Resultanten ausschließlich von Theorien, gestützt allerdings durch andere, die in hohem Grade glaubhaft sind.

Den kritischen Scheideweg des Hauptstrangs bringt der Zeitpunkt, zu dem die konstruktorischen Fertigkeiten der Vernunftbegabten mit der Leben zeugenden Potenz der Natur auf einer Stufe stehen. Der weitere Gang der einzelnen Zivilisation ist nicht voraussehbar. Das ergibt sich allein schon aus dem Charakter des Scheidewegs. Ein Teil der Zivilisationen kann sich durch eine starke Restriktion zugänglicher, aber immer unverwirklicht bleibender Autoevolution auf dem Hauptstrang halten. Den Grenzfall des Biokonservatismus setzt dann das instituierte Recht (Gesetze, Konventionen, Verbote mit Strafandrohung), dem die von der Natur übernommenen Fertigkeiten kategorisch unterliegen. Es entstehen der Umwelt rettend zugewandte Techniken: Sie sollen die Technosphäre möglichst schmerzlos der Biosphäre anpassen. Die Aufgabe kann, muß aber nicht ausgeführt werden; die Zivilisation schlägt dann in einer Serie autodestruktiver Krisen demographische Wellen. Sie kann etliche Male zurückgehen und sich regenerieren, wobei sie für diese selbstzerstörerische Inertion mit Milliarden Opfern zahlt. Es gehört dann nicht zu ihren vordringlichsten Aufgaben, interstellaren Kontakt zu suchen.

Die Konservativen des Hauptstrangs bewahren Schweigen – das ist selbstverständlich.

Biotisch nichtkonservative Lösungen gibt es viele. Einmal getroffene Entscheidungen sind im allgemeinen unwiderruflich. Daher der kraftstrotzende Schwung der alten Psychozoen. Hortega, Neyssel und Amicar haben den Begriff des »Fensters des Kontakts« geprägt. Das ist das Zeitintervall, in dem die Vernunftbegabten *schon* einen hohen Stand anwendbaren Wissens haben, aber *noch nicht* an die Umgestaltung der ihnen von Natur gegebenen Vernunft, dem Pendant des menschlichen Gehirns, gegangen sind.

Das »Fenster des Kontakts« ist, kosmisch gesehen, nur ein Augenblick.

Vom Kienspan bis zur Petroleumlampe hat es sechzehntausend Jahre gebraucht, von dieser Lampe bis zum Laser hundert Jahre. Die Differenz der für den Schritt vom Kienspan zum Laser unentbehrlichen Information gleicht dem Unterschied, der unabdingbar ist für den Schritt, der die Erkenntnis des Codes der Vererbung von seiner Einführung in die postatomare Industrie trennt. Der Wissenszuwachs ist exponential in der Phase des »Fensters des Kontakts« und hyperbolisch an ihrem Ende. Das zur Verständigung geeignete Kontaktintervall zählt pessimal tausend, optimal tausendachthundert bis zweitausendfünfhundert Erdenjahre. Außerhalb des Fensters herrscht für alle unreifen und überreifen Zivilisationen Schweigen. Die ersteren verfügen für den Kontakt nicht über die Kapazität, die letzteren verkapseln sich oder schaffen Aggregate, die sich untereinander mit Supralichtgeschwindigkeit verständigen.

In der Frage der Kommunikation mit Supralichtgeschwindigkeit herrschte Uneinigkeit. Es gab keine Materie und keine Energie, die eine Überschreitung der Lichtgeschwindigkeit herbeizuführen imstande war, aber einige waren der Ansicht, diese Barriere ließe sich umgehen: Ein Pulsar mit einem in einen Neutronenstern gefrorenen Magnetfeld dreht sich mit lichtnaher Geschwindigkeit. Sein Emissionsstrahl zieht Kreise um die Achse des Pulsars und durchmißt Raumabschnitte in ausreichender Entfernung mit Supralichtgeschwindigkeit. Befinden sich auf den einzelnen Abschnitten dieses Strahlenumlaufs Beobachter, so können sie ihre Uhren oberhalb der von Einstein entdeckten Barriere synchronisieren. Sie müssen nur die Entfernung der Seiten des Dreiecks »Pulsar – Beobachter A – Beobachter B« und die Drehgeschwindigkeit des Pulsars, dieses spezifischen »Leuchtturms«, kennen.

Soviel erfuhr der Wiedererweckte auf der EURYDIKE in dem Jahr ihrer unablässigen Beschleunigung über die kosmischen Zivilisationen. er gelangte an eine Barriere, die er nicht zu bewältigen vermochte. Der maschinelle Lehrer zeigte kein Mißvergnügen mit dem Schüler, der zuwenig befähigt war, in die Geheimnisse der siderischen Energetik sowie ihrer Zusammenhänge mit Gravitationstechnik und -ballistik einzudringen. Diese Früchte der neuesten Entdeckungen lagen der Expedition zum Sternbild der Harpyie zugrunde, auf das früheren Astronomen die Sicht verdeckt worden war durch eine Wolke, den sogenannten Kohlensack. Die EURYDIKE sollte ihn umfliegen, den »temporären Hafen« eines Kollapsars anlaufen, der auf den Namen Hades getauft worden war, eines ihrer Segmente zu dem Planeten Quinta der Zeta Harpyiae entsenden, die Rückkehr dieses Kundschafters abwarten und zwecks ihres eigenen Rückflugs ein rätselhaftes Manöver ausführen, das die Bezeichnung »Passage durch den retrochronalen Toroid« trug und das Raumschiff nach knapp acht Jahren zurück in Sonnennähe brachte. Ohne diese Passage wäre es erst nach zweitausend Jahren und eigentlich gar nicht zurückgekehrt.

Das Erkundungsschiff der EURYDIKE sollte ein ganzes Parsek selbständig zurücklegen, die Besatzung sich im Zustand der Embryonation befinden. Die Variante, die Männer zu vitrifizieren, war verworfen worden, da sie eine Wiederbelebung der Eingefrorenen nur zu achtundneunzig Prozent garantierte. Der Pilot vorsintflutlicher Raketen kam sich bei diesen Vorträgen vor wie ein Kind, das in die Funktionen eines Synchrophasotrons eingeführt wird. Entweder waren die Fähigkeiten des Memnors unzureichend – oder aber die seinen. Auch fand er, er sei eigenbrötlerisch geworden und dürfe nicht länger den Robinson an der Seite seines elektronischen Freitags spielen. Er fuhr zu dem im Bugsegment der EURYDIKE untergebrachten

Observatorium, um wieder einmal die Sterne zu sehen. Die Halle gleißte von unbegreiflichen Apparaten, vergebens suchte man die geschützähnliche Anlage des Reflektors, das Teleskop vertrauter Konstruktion oder selbst die Kuppel mit der Öffnung zur visuellen Himmelsbeobachtung. Der hohe Raum schien menschenleer, war aber von Lampengirlanden erhellt, die sich an schmalen, durch die Säulen der Geräte verbundenen Galerien rings um die Wände zogen.

Als er von diesem mißlungenen Ausflug in seine Kajüte zurückkam, bemerkte er auf dem Tisch ein altes, zerlesenes Buch mit einem Zettel von Gerbert, der ihm diese Schlaflektüre geliehen hatte. Der Arzt war bekannt dafür, daß er eine Menge Bücher phantastischen Inhalts an Bord geschleppt hatte, die er auch dem berauschendsten holovisuellen Spektakel vorzog.

Der Anblick des Buches bereitete dem Beschenkten Rührung. So lange war er nun wieder unter den Sternen, so lange hatte er sie nicht gesehen, und was noch schlimmer war, er verstand den Menschen nicht näherzukommen, die ihm die neue Reise gestiftet hatten – zusammen mit einem neuen Leben. Seine Kajüte hatte man ihm eingerichtet, wie er es gewünscht hatte: halb wie auf einem Hochseeschiff, halb wie den Wohnraum von Steuermann oder Navigator in einer alten Transportrakete, ganz anders als eine Passagierkabine also, denn das war nicht der Ort eines zeitweiligen Aufenthalts wie im Hotel, sondern ein Zuhause.

Er hatte sogar zwei Kojen übereinander. Auf der oberen legte er gewöhnlich die Kleidung ab, wenn er sich auszog. Jetzt knipste er am Kopfende der unteren die Lampe an, zog die Decke über die Beine und schlug – mit dem Gedanken, nun sündige er wieder durch Untätigkeit und Faulheit, aber vielleicht schon zum letztenmal – das Buch an der Stelle auf, die Gerbert mit einem Zeichen versehen hatte.

Er las eine Weile, ohne auch nur die Bedeutung der Wörter wahrzunehmen – so wirkte auf ihn der simple schwarze Druck. Die Art der Buchstaben, das vergilbte, abgegriffene Papier, die echten Nähte des Buchbinders, die Wölbung des Rückens, all das hatte für ihn etwas unglaublich Eigenes, Einzigartiges, Verlorenes und Wiedergefundenes, und dabei war er wahrhaftig nie ein Bücherwurm gewesen. Jetzt aber fand er im Lesen etwas Feierliches, als habe ihm der tote Autor einst ein Versprechen gemacht, das so vielen Hindernissen zum Trotz nun in Erfüllung gegangen war. Er hatte eine sonderbare Angewohnheit: Er schlug das Buch aufs Geratewohl auf und begann zu lesen. Den Verfassern wäre das wohl nicht sehr recht gewesen. Er wußte selber nicht, warum er es tat. Vielleicht wollte er die ersonnene Welt nicht durch eine fertige Tür betreten, sondern gleich mitten hineingelangen. Auch jetzt machte er es nicht anders.

»Soll ich es Ihnen erzählen?«

Der Professor kreuzte die Arme über der Brust.

»Mit dem Schiff in den Hafen von Bom«, begann er, ließ sich auf einen Stuhl sinken und kniff die Augen zu. »Mit einem Raddampfer den Fluß hinauf nach Bangal. Dort fängt der Dschungel an. Sechs Wochen beritten, länger geht es nicht. Selbst Maultiere halten nicht durch. Die Schlafkrankheit ... Es gab dort einen alten Schamanen namens Nfo Tuabé.« Er sprach das Wort französisch aus, mit der Betonung auf der letzten Silbe. »Ich war gekommen, um Schmetterlinge zu fangen. Er aber wies mir den Weg ...«

Er hielt inne und schlug die Augen auf.

»Wissen Sie, was Dschungel ist? Woher sollten Sie es wissen! Grünes, tobsüchtiges Leben. Alles ist in Bewegung, wachsam, schwirrend. Im Dickicht ein Gedränge gieriger Geschöpfe, irrsinnige Blüten wie Explosionen von Farben.

Insekten, verborgen in klebrigen Spinnweben – Tausende, Tausende nicht klassifizierter Arten. Ganz anders als bei uns in Europa. Man braucht nicht mal zu suchen, die Falter setzen sich nachts in Schwärmen auf das Zelt, sie sind groß wie eine Hand, aufdringlich und blind. Zu Hunderten kommen sie im Lagerfeuer um. Schatten huschen über die Leinwand. Die Neger zittern, der Wind trägt von allen Seiten dumpfes Grollen herbei. Löwen, Schakale ... Ja, aber das hat nichts zu sagen. Nachher kommen Schwäche und Fieber. Nachdem man die Pferde aufgegeben hat, geht man zu Fuß weiter. Ich führte Serum, Chinin, Germanin bei mir, alles, was Sie wollen. Eines Tages endlich – es gibt keine Zeitrechnung mehr, man merkt die ganze Lächerlichkeit und Künstlichkeit von Wocheneinteilungen und Kalendern –, eines Tages geht es nicht mehr weiter. Der Dschungel ist zu Ende. Nur noch ein kleines Negerdorf, direkt am Fluß. Den Fluß gibt es auf keiner Landkarte, denn dreimal jährlich verläuft er sich im Flugsand. Ein Teil seines Bettes ist unterirdisch. Ja, ein paar Lehmhütten, das Baumaterial aus Schlamm in der Sonne gebrannt. Dort hauste Nfo Tuabé. Er konnte nicht Englisch, woher auch. Ich hatte zwei Dolmetscher mit. Der erste übersetzte meine Worte in den Küstendialekt, der zweite aus diesem in die Sprache der Buschmänner. Über den ganzen Urwaldgürtel, angefangen vom sechsten Breitengrad, herrscht dort eine alte Königsfamilie. Nachfahren der Ägypter, wie ich glaube. Sie sind größer und viel intelligenter als die Neger aus Zentralafrika. Nfo Tuabé zeichnete mir sogar eine Karte und markierte darauf die Grenzen des Königreichs. Ich habe seinen Sohn von der Schlafkrankheit geheilt. Und eben dafür ...«

Ohne die Augen zu öffnen, griff der Professor in seine Innentasche und entnahm dem Notizblock ein Blatt Papier, auf dem sich wirre, mit roter Tinte gezeichnete Linien wanden.

»Man findet sich schwer darauf zurecht ... Hier ist, wie abgeschnitten, der Dschungel zu Ende. Das ist die Grenze des Königreichs. Ich fragte, was dahinter wäre. Das wollte er mir bei Nacht nicht sagen, ich mußte am Tage wiederkommen. Erst da, in seiner stinkenden, fensterlosen Höhle – Sie können sich den Mief nicht vorstellen –, sagte er mir, dort seien Ameisen. Blinde weiße Ameisen, die große Städte bauen. Ihr Land zieht sich kilometerlang hin. Die roten Ameisen kämpfen mit den weißen. Sie ergießen sich in einem großen, lebendigen Strom aus dem Dschungel. Dann brechen die Elefanten gewundene Tunnel ins Unterholz und verlassen die Gegend in Scharen. Die Tiger und selbst die Schlangen ergreifen die Flucht. Von den Vögeln bleiben nur die Geier. Die Züge der Ameisen sind unterschiedlich: manchmal einen Monat lang, Tag und Nacht, ein einziger rostroter, lebendiger Strom, der alles vernichtet, was immer ihm im Wege steht. Die roten Ameisen gelangen an den Rand des Dschungels, stoßen auf die Bauten der weißen, und der Kampf beginnt. Nfo Tuabé hat ihn einmal in seinem Leben gesehen. Die roten Ameisen überwältigen die Wachen der weißen und dringen in ihre Städte ein, ohne jemals zurückzukehren. Niemand weiß, was mit ihnen geschieht. Im Jahr darauf aber kommen neue Züge durch den Dschungel. So war es zu seines Vaters, Großvaters und Urgroßvaters Zeiten, so war es immer. Da der Boden in der Stadt der weißen Ameisen fruchtbar ist, hatten ihn die Neger zu nutzen und die Bauten der Termiten auszuräuchern versucht. Sie hatten den Kampf jedoch verloren. Die Saaten wurden vernichtet, das Holz der Hütten und Gehöfte, in das die Termiten durch unterirdische Gänge drangen, von innen zerfressen, daß die ganze Konstruktion bei bloßer Berührung in sich zerfiel. Als man es mit Lehm versuchte, kamen statt der Arbeiter die Soldaten. Ebendiese dort«, sagte der Professor und wies auf ein Glas.

Darin waren mit Klammern riesige Termiten an eine gläserne Platte geheftet. Es waren Soldaten, große, gleichsam verkrüppelte Geschöpfe, denn den dritten Teil des Rumpfes bedeckte ein Hornpanzer mit einem in klaffenden Scheren endenden Visier. Dieser starke Panzer schien die dünnen Beine und das Abdomen zu erdrücken.

»Das ist Ihnen nichts Neues, nicht wahr? Wir wissen, daß es Landstriche gibt, wo Termiten herrschen. In Südamerika beispielsweise ... Sie haben zwei Arten von Soldaten, etwas wie eine innere Polizei und Verteidiger. Die Bauten erreichen Höhen bis zu acht Metern. Aus Sand und Ausscheidungen gebaut, bestehen sie aus einem Stoff, der härter ist als Portlandzement. Kein Stahl wird damit fertig. Augenlose, weiße, weiche Insekten, die seit Jahrmillionen vom Licht abgeschnitten leben. Packard, Schmelz und andere haben sie erforscht, aber keiner hat auch nur vermutet ... Verstehen Sie? Ich habe seinen Sohn geheilt und dafür ... Oh, das war ein Weiser. Er wußte, wie er seinen Dank auf königliche Weise abstatten konnte. Ein Neger mit schlohweißem Haar und aschgrauer Haut, wie eine Maske, die im Rauch gehangen hat.

›Die Hügel ziehen sich meilenweit hin‹, erzählte er mir. ›Die ganze Ebene ist mit ihnen bedeckt, wie ein Wald, ein toter Wald mit riesigen versteinerten Stümpfen, einer am anderen, daß man kaum zwischen ihnen durchkommt. Der Boden ist überall hart, er klingt hohl unter den Füßen und ist wie von einem Geflecht dicker Schnüre bedeckt. Das sind die Gänge, in denen die Termiten laufen. Sie sind aus dem gleichen Stoff wie die Hügel, sie ziehen sich weit hin, verschwinden in der Erde und kommen wieder hervor, sie gabeln und kreuzen sich, haben Zugänge ins Innere der Nester und Ausbuchtungen, wo die Termiten einander ausweichen können, wenn sie sich begegnen. Dort in der Tiefe der Stadt, unter einer Million versteinerter Termitenbauten, in denen ein heftiges, blindes Leben brodelt, gibt es einen anderen Hügel. Er ist klein, schwarz und hakenförmig gekrümmt.‹

Mit seinem braunen Finger zeigte er mir sein Aussehen.

›Dort ist das Herz des Volkes der Ameisen.‹ Mehr wollte er nicht sagen.«

»Und Sie haben ihm Glauben geschenkt?« flüsterte der Zuhörer.

Die schwarzen Augen des Professors flammten.

»Ich bin nach Bom zurückgekehrt und habe fünfzig Kilogramm Dynamit in Pfundstäben gekauft, wie man sie im Bergbau verwendet. Dazu Hacken, Spaten, Schaufeln, eine ganze Ausrüstung. Behälter mit Schwefel, Metallschläuche, Schutzmasken, Netze – das Beste, was aufzutreiben war. Kanister mit Flugbenzin und ein Arsenal von Mitteln zur Insektenvertilgung, wie man es sich nur vorstellen kann. Dann mietete ich zwölf Träger und zog in den Dschungel.

Kennen Sie das Experiment Collengers? Man hat es als Märchen abgetan, allerdings war er in der Myrmecologie auch nur Laie. Er durchschnitt einen Termitenbau von oben bis unten mit einer Stahlplatte, daß die beiden Hälften keinen Kontakt miteinander hatten. Der Hügel war neu, die Termiten bauten erst daran. Nach sechs Wochen wurde die Platte entfernt, und es zeigte sich, daß die neuen Gänge so gebaut waren, daß ihre Mündungen beiderseits der Trennwand genau aneinanderpaßten! Weder horizontal noch vertikal gab es auch nur einen Millimeter Abweichung. So bauen die Menschen einen Tunnel, den sie auf beiden Seiten gleichzeitig vortreiben, um sich im Innern des Berges zu treffen. Wie haben sich die Termiten durch die Stahlplatte verständigt? Dann der Versuch von Gloss, ebenfalls nicht nachgeprüft. Er behauptete, wenn man eine Termitenkönigin töte, verrieten Insekten, die mehrere hundert Meter vom Bau entfernt seien, augenblicklich Erregung und kehrten zurück.«

Wieder hielt er inne. Er starrte in die rote Glut des Kamins, über die flüchtige blaue Flammen huschten.

»Den Weg hatte ich ... nun ja. Erst riß mir der Führer, dann der Dolmetscher aus. Sie warfen ihre Sachen weg und verschwanden. Am Morgen, wenn ich unter dem Moskitonetz erwachte, ringsumher Schweigen, vorstehende Augen, erschrockene Gesichter und Geflüster hinter meinem Rükken. Zuletzt band ich sie alle aneinander und wickelte das Ende der Schnur um die Faust. Die Messer nahm ich ihnen ab, damit sie sich nicht losschneiden konnten. Vom ständigen Mangel an Schlaf oder von der Sonne bekam ich eine Augenentzündung. Morgens waren die Lider so verklebt, daß ich sie nicht öffnen konnte. Und es war Sommer. Das Hemd vom Schweiß so steif wie gestärkt; faßte man den Helm von außen an, holte man sich Brandblasen, der Flintenlauf brannte wie ein glühender Stab.

Neununddreißig Tage lang bahnten wir uns einen Weg, der alte Nfo Tuabé hatte mich gebeten, nicht durch sein Dorf zu ziehen. Wir erreichten den Rand des Dschungels also ganz unversehens. Zu Ende war auf einmal dieses schwüle Höllengewirr von Blättern, Schlingpflanzen, schreienden Papageien und Affen; vor uns lag, so weit das Auge reichte, eine Ebene, fahl wie das Fell eines alten Löwen. Zwischen Kaktusgruppen Erhebungen – die Termitenhügel, oftmals unförmig, weil blind von innen her gebaut. Hier verbrachten wir die Nacht. Am Morgen erwachte ich mit schrecklichen Kopfschmerzen. Am Vortage hatte ich unvorsichtigerweise für einen Moment den Helm abgenommen. Die Sonne stand hoch. Die Glut war so stark, daß die Luft die Lungen verbrannte. Die Bilder der Gegenstände flimmerten, als stünde der Sand in Flammen. Ich war allein. Die Neger hatten die Schnur mit den Zähnen durchgenagt und waren geflohen. Nur Uagadu, ein Knabe von dreizehn Jahren, war geblieben.

Wir machten uns auf den Weg. Zu zweit schleppten wir

Gepäckstücke ein paar Dutzend Schritt vorwärts, dann kehrten wir um und holten den Rest. Diese Wanderung mußte fünfmal wiederholt werden, in einer Sonne, die wie die Hölle brannte. Trotz meines weißen Hemdes bekam ich auf dem Rücken Geschwüre, die nicht abheilten. Ich mußte auf dem Bauch schlafen. Aber das ist lauter dummes Zeug. Einen ganzen Tag lang drangen wir immer tiefer in die Termitenstadt vor. Ich weiß nicht, ob es auf der Welt etwas Schrecklicheres gibt. Stellen Sie sich das nur vor: Von allen Seiten, von hinten und vorn steinerne Säulen, zwei Stockwerke hoch. An manchen Stellen so dicht, daß man sich kaum hindurchzwängen kann. Ein unendlicher Wald rauher, grauer Säulen. Und bleibt man stehen, hört man drinnen ein leises, unaufhörliches, gleichmäßiges Rascheln, das zuweilen in ein einzelnes Klopfen übergeht. Legt man die Hand an die Wand, spürt man ein Zittern und Wimmeln, Tag und Nacht. Einige Male zertraten wir einen dieser Tunnel, die wie aschgraue Seile aussehen, die in ganzen Bündeln über die Erde verstreut sind. In endlosen Reihen zogen weiße Insekten darin entlang. Sogleich zeigten sich die Hornhelme der Soldaten, die mit ihren Scheren blindlings in die Luft schnitten und eine ätzende, klebrige Flüssigkeit verspritzten.

So ging ich zwei Tage, von Orientierung konnte keine Rede sein. Zwei-, drei-, viermal am Tage kletterte ich auf einen Hügel, der die anderen überragte, um den zu suchen, von dem Nfo Tuabé gesprochen hatte. Ich sah nur den steinernen Wald. Der Dschungel hinter uns wurde zu einem grünen Streifen, zu einer blauen Linie am Horizont, dann verschwand er ganz. Der Wasservorrat nahm ab. Und die Hügel nahmen kein Ende. Durch das Fernglas sah ich sie bis an den Horizont, wo sie eins wurden wie die Ähren auf einem Getreidefeld. Ich bewunderte den Jungen. Ohne zu klagen, machte er alles wie ich, ohne dabei zu wissen, weshalb und wozu. Vier Tage waren wir so unterwegs. Ich war von der Sonne völlig betrunken. Die Schutzbrille half nichts. Ein schrecklicher Glanz war sowohl am Himmel, den man vor Sonnenuntergang nicht ansehen konnte, als auch auf dem Sand, der wie Quecksilber gleißte. Ringsum aber die Palisaden der Termiten – ohne Ende. Keine Spur eines lebendigen Wesens. Nicht einmal Geier kamen hierher. Nur hier und da gab es einsame Kakteen.

Am Abend endlich, nachdem ich die Wasserportion für diesen Tag abgeteilt hatte, kletterte ich auf die Spitze eines sehr hohen Baus. Ich glaube, er muß sich noch der Zeiten Cäsars erinnern. Bereits ohne alle Hoffnung hielt ich Ausschau, als ich im Fernglas einen schwarzen Punkt sah. Erst dachte ich, die Linse sei verschmutzt, aber da irrte ich. Es war der gesuchte Hügel.

Am Morgen stand ich auf, als die Sonne sich noch hinterm Horizont befand. Mit Mühe brachte ich den Jungen wach. Wir begannen unsere Sachen in die Richtung zu tragen, die ich mit dem Kompaß festgelegt hatte. Auch eine Skizze der Umgebung hatte ich angefertigt. Die Hügel waren jetzt etwas niedriger, standen jedoch immer enger und bildeten schließlich eine solche Palisade, daß ich nicht mehr hindurchkam. Der kleine Neger schaffte es gerade noch, ich reichte ihm, zwischen zwei Zementsäulen stehend, die Pakete und zwängte mich weiter oben durch. So legten wir in fünf Stunden vielleicht hundert Meter zurück. Ich sah, daß wir es auf diese Weise zu nichts bringen würden, aber mich hatte ein Fieber gepackt. Ich meine das nicht wörtlich, denn um die achtunddreißig Grad hatte ich ohnehin ständig. Das war eine Frage des Klimas, vielleicht schlägt es sich auch aufs Gehirn nieder. Ich nahm fünf Stangen Dynamit und sprengte den Hügel, der uns im Wege stand. Als ich die Lunte anbrannte, verbargen wir uns hinter anderen. Die Explosion klang gedämpft, ihre Stärke war ins Innere gegangen. Der Boden bebte, aber die anderen Hügel blieben stehen. Von dem gesprengten waren nur große, verkrustete Splitter übrig, die von weißen Leibern wimmelten.

Bisher hatten wir einander keinen Schaden zugefügt, doch nun begann der Kampf. Der durch die Explosion entstandene Krater war nicht zu durchschreiten – zu Zehntausenden krochen die Termiten aus dem Schlund und ergossen sich wie eine Welle über die Umgebung, tasteten jeden Fingerbreit Boden ab. Ich entzündete den Schwefel und nahm den Behälter auf den Rücken. Sie wissen, dieses Gerät erinnert an eine Spritze, mit der die Gärtner Sträucher besprengen, oder an einen Flammenwerfer. Beißender Qualm kam aus dem Rohr, das ich in der Hand hielt. Ich setzte die eine Gasmaske auf, die zweite gab ich dem Jungen, dazu die speziell für diesen Zweck bestellten Schuhe, die mit einem dünnen Stahlnetz umflochten waren. Damit kamen wir hinüber. Der Qualm trieb die Termiten beiseite. Die sich nicht zurückzogen, kamen um. An einer Stelle mußte ich Benzin ausgießen und anzünden, um zwischen uns und der Termitenflut eine Sperre aus Feuer zu erzeugen.

Hundert Meter blieben noch bis zu dem schwarzen Termitenhügel. Von Schlaf konnte keine Rede sein. Wir saßen neben dem unaufhörlich räuchernden Schwefelbehälter und leuchteten mit den Taschenlampen. Was für eine Nacht! Haben Sie schon mal sechs Stunden unter der Gasmaske gesteckt? Nein? Nun, dann stellen Sie sich vor, was es bedeutet, in einem erhitzten Gummirüssel zu stecken! Wenn ich freier atmen wollte und die Maske lüftete, erstickte ich fast an dem Qualm. So verging die Nacht. Der Junge zitterte unablässig, ich hatte Angst, es könne das Fieber sein.

Endlich kam der neue Tag. Das Wasser ging zu Ende, wir hatten nur noch einen Kanister. Er reichte, wenn wir unseren Durst nur sparsam löschten, höchstens noch drei Tage. Wir mußten schleunigst zurück ...«

Der Professor hielt inne, schlug die Augen auf und sah auf die Feuerstelle. Die Glut war völlig grau geworden. Das Licht der Lampe erfaßte das Zimmer, ein sanfter grüner Schimmer, der durch eine Wasserfläche zu sickern schien.

»Dann erreichten wir den schwarzen Hügel.«

Er hob die Hand.

»So sah er aus. Wie ein gekrümmter Finger. Die Oberfläche war glatt, wie poliert. Er war von niedrigen Hügeln umgeben, die sonderbarerweise nicht senkrecht standen, sondern sich zu ihm neigten wie versteinerte Ungeheuer in einer grotesken Verbeugung.

Ich stapelte alle unsere Vorräte an einer Stelle dieses Runds, das etwa vierzig Schritte maß, und ging ans Werk. Ich wollte den schwarzen Bau nicht mit Dynamit zerstören. Seit wir diesen Raum betreten hatten, zeigten sich keine Termiten mehr, die Gasmasken konnten endlich herunter. Was für eine Wohltat! Einige Minuten lang gab es auf Erden keinen glücklicheren Menschen als mich. Der unbeschreibliche Genuß, frei atmen zu können – und dieser schwarze Bau, unwahrscheinlich gekrümmt, nichts anderem ähnlich, was ich je gesehen hatte. Wie ein Verrückter sang und tanzte ich, ungeachtet des Schweißes, der in Strömen über die Stirn floß. Der kleine Uagadu sah ganz erschrocken aus, vielleicht dachte er, ich verehre eine schwarze Gottheit …

Ich kühlte jedoch rasch wieder ab, es gab nicht viel Grund zur Freude: Das Wasser ging zu Ende, der Trockenproviant reichte kaum für zwei Tage. Allerdings blieben die Termiten. Die Neger betrachteten sie als Leckerbissen, ich aber konnte mich nicht überwinden. Freilich, der Hunger lehrt vieles …«

Er stockte wieder, seine Augen blitzten.

»Um nicht viele Worte zu machen, mein Herr, ja, ich knackte diesen Bau. Der alte Nfo Tuabé hatte die Wahrheit gesagt!«

Er beugte sich vor, seine Züge strafften sich, er sprach jetzt ohne Pause.

»Zuerst befand sich dort eine Schicht von Gewebe, ein dünnes Gespinst von außerordentlicher Glätte und Festigkeit. Darunter lag die zentrale Kammer, umgeben von einer dicken Schicht Termiten. Waren das überhaupt Termiten? In meinem Leben hatte ich solche noch nicht gesehen. Riesengroß, flach wie eine Hand, mit silbernen Härchen bedeckt. Die Köpfe waren trichterförmig und endeten in einer Art Antennen. Diese berührten einen grauen Gegenstand, nicht größer als meine Faust. Die Insekten waren unsagbar alt, reglos wie aus Holz. Die Abdomen pulsierten gleichmäßig. Sie setzten sich nicht einmal zur Wehr; als ich sie von dem zentralen Gegenstand, diesem ungewöhnlichen runden Ding, abstreifte, starben sie auf der Stelle. Sie zerfielen mir in den Händen wie morsche Lumpen. Ich hatte weder Zeit noch Kraft, alles zu untersuchen, entnahm der Kammer nur jenen Gegenstand, verschloß ihn vorsichtshalber in einer Stahlkassette und machte mich mit meinem Uagadu unverzüglich auf den Rückweg. Es war höchste Zeit, wir durften keine Zeit verlieren.

Reden wir nicht davon, wie ich die Küste erreichte. Wir stießen auf rote Ameisen. Ich segnete den Augenblick, in dem ich den Entschluß gefaßt hatte, einen vollen Benzinkanister mit zurückzuschleppen. Hätten wir das Feuer nicht gehabt … Aber lassen wir das, es ist eine Geschichte für sich. Ich sage Ihnen nur noch eines: Bei der ersten Rast sah ich mir genau an, was ich dem schwarzen Hügel entrissen hatte. Nach Reinigung von allem Beschlag zeigte sich eine Kugel von idealer Form. Sie war aus einer schweren Substanz, durchsichtig wie Glas, brach das Licht aber unvergleichlich stärker. Schon dort im Dschungel zeigte sich ein Phänomen, das ich anfangs gar nicht beachtete. Ich glaubte, es könne eine Sinnestäuschung sein. Nach Erreichen der zivilisierten Landstriche an der Küste und noch später konnte ich mich überzeugen, wie sehr ich mich darin geirrt hatte.«

Er lehnte sich ganz in den Sessel zurück, so daß er im Schatten fast unsichtbar wurde. Nur der Kopf hob sich vom helleren Hintergrund ab.

»Ich wurde von Insekten verfolgt«, sagte er. »Von Schmetterlingen, Nachtfaltern, Spinnentieren, Hautflüglern, von allem, was Sie wollen. Tag und Nacht zogen sie mir in einer schwirrenden Wolke nach. Eigentlich nicht mir, sondern meinem Gepäck, der metallenen Kassette, in der die Kugel steckte. Während der Überfahrt mit dem Schiff wurde es etwas besser, mit radikalen Insektenvertilgungsmitteln wurde ich die Plage los, denn neue kamen nicht hinzu – die gibt es nicht auf hoher See. Kaum war ich aber in Frankreich gelandet, begann alles von vorn. Am schlimmsten waren die Ameisen. Sie erschienen, wo immer ich mich auch nur länger als eine Stunde aufhielt. Große und kleine, schwarze und rote, Pharao- und Roßameisen – alle wurden unwiderstehlich von dieser Kugel angezogen, sie sammelten sich auf der Kassette und hüllten sich in einen wimmelnden Klumpen, sie zerschnitten, zerfraßen und zerstörten alle Hüllen, in die ich den Behälter packte. Sie erstickten sich gegenseitig und kamen um, sie sonderten Säure ab, um das Stahlblech damit anzugreifen ...«

Nach kurzer Pause fuhr er fort: »Das Haus, in dem wir uns hier befinden, seine einsame Lage, alle von mir getroffenen Sicherheitsvorkehrungen haben ihre Ursache darin, daß ich unaufhörlich von Ameisen bedrängt werde ...«

Er stand auf.

»Ich habe einen Versuch gemacht und von der Kugel mit Diamantbohrern ein Spänchen abgetrennt, das nicht größer ist als ein Mohnkorn. Es übt die gleiche Anziehungskraft aus wie die ganze Kugel. Ich habe auch entdeckt, daß ein dicker Bleimantel sie der Wirkung beraubt.«

»Irgendwelche Strahlen?« fragte der Zuhörer mit heiserer Stimme. Wie hypnotisiert starrte er dorthin, wo kaum sichtbar das Antlitz des alten Gelehrten schimmerte.

»Möglich. Ich weiß es nicht.«

»Und – Sie haben diese Kugel?«

»Jawohl. Wollen Sie sie sehen?«

Der Zuhörer sprang auf. Der Professor ließ ihm an der Tür den Vortritt, kehrte noch einmal zurück, um den Schlüssel vom Schreibtisch zu holen, und folgte seinem Gast eilig in den dunklen Flur. Sie betraten eine enge, fensterlose Kammer. Sie war leer, nur in einer Ecke stand ein großer Panzerschrank alten Modells. Bläulich spiegelte sich in seinen Platten das schwache Licht einer unverhüllt von der Decke hängenden Glühbirne. Mit sicherer Hand stieß der Professor den Schlüssel ins Schloß und drehte ihn herum. Knirschend fuhren die Riegel zurück, die schwere Tür ging auf. Der Professor trat zur Seite.

Der Schrank war leer.

IV
SETI

Die Kajüten der Physiker lagen im vierten Geschoß. Er fand sich inzwischen auf der EURYDIKE zurecht, denn er hatte den Plan des gesamten Raumschiffs studiert, das sich so sehr von denen unterschied, die er geflogen hatte. Er verstand viele Namen nicht, ebensowenig wie die Bestimmung der sonderbaren Anlagen im Hecksegment, das unbemannt und vom übrigen Rumpf dreifach abgeschottet war. Der raupenförmige Koloß war kreuz und quer von Verbindungstunneln durchzogen, einem wahrhaftigen unterirdischen Netz dieser walzengleich gestreckten Stadt. Seine Muskeln speicherten noch die Erinnerung an die Fortbewegung in engen Gängen, die im Querschnitt oval oder rund wie Brunnenschächte waren. Man schwebte dort in der Schwerelosigkeit und half sich hin und wieder durch einen leichten Stoß, um Ecken und Kehren richtig zu nehmen. In den Transportern war man noch einfacher in die Laderäume gelangt, man brauchte nur den Kompressor einzuschalten, um im Pfeifen eines beinahe echten Windes dahinzusausen, die Beine in der Luft, als seien sie unnütze Rudimente, mit denen niemand etwas anzufangen wußte. Fast dauerte ihn nun die Schwerelosigkeit, die er einst bei so mancher Reparatur verflucht hatte, weil die Newtonschen Gesetze sich bemerkbar machten: Wenn man sich nicht ordentlich festhielt, genügte ein Hammerschlag, einen auf der Resultante fortzukatapultieren, wobei man Purzelbäume schlug, die nur den anderen Spaß machten.

Die Lifts hier waren eiförmige Kabinen ohne Räder und mit so gewölbten Fenstern, daß man darin sein wie durch Krämpfe verzerrtes Spiegelbild sah. Sie bewegten sich geräuschlos, gaben die Zahl der passierten Sektoren an und blinkten am gewünschten Halteort.

Der Korridor hatte einen Fußbodenbelag, der rauh und flauschig zugleich war. Um eine Ecke verschwand – einer gehörnten Schildkröte gleichend – gerade ein Staubsauger. Der Besucher ging eine Reihe von Türen entlang, die wie die Wand leicht konvex waren. Sie hatten hohe kupferbeschlagene Schwellen, für deren Vorhandensein kein anderer Grund denkbar war, als daß sie einem Innenarchitekten sehr gefallen haben mußten.

Vor Laugers Kajüte blieb er stehen. Alle Selbstsicherheit war auf einmal verflogen. Er war immer noch nicht imstande, sich der Besatzung zugehörig zu fühlen. Die Freundlichkeit in der Messe, der Eifer, mit dem ihn bald die einen, bald die anderen an ihren Tisch baten – all das erschien ihm übertrieben. Sie schienen nur so zu tun, als wäre er einer von ihnen und als habe man ihm vorläufig nur noch keine Funktion zugewiesen. Zwar war er mit Lauger ins Gespräch gekommen, der ihm versichert hatte, er könne ihn jederzeit aufsuchen, aber auch das schreckte ihn eher ab, als daß es ihm Vertrauen einflößte. Schließlich war Lauger nicht irgendwer, sondern der Leitende Physiker, und das nicht nur auf der EURYDIKE.

Er hätte nie geglaubt, daß ihn Zweifel darüber befallen könnten, wie er sich gegen einen anderen zu benehmen hatte – über das Savoir-vivre, ein Wort, das hier einen Beigeschmack hatte wie ein »Flirt« in den Verliesen einer Pyramide. Die Tür besaß keine Klinke, man brauchte sie nur mit den Fingerspitzen zu berühren. Sie flog so schnell auf, daß er zurückfuhr wie ein Wilder vor einem Auto.

Der geräumige Innenraum überraschte ihn durch seine Unordnung. Zwischen Bergen von Bändern, Platten, Papieren und Atlanten erhob sich ein großer Schreibtisch, dessen Platte sich zu einem Halbkreis rundete. In diesem wiederum stand ein Drehstuhl, an der Wand dahinter befand sich ein schwarzes Rechteck, über das Lichtpünktchen wimmelten. Zu beiden Seiten dieser funkenschwirrenden Tafel hingen unter Tiefstrahlern große Fotos von Spiralnebeln, weiter hinten bauchten sich vertikale, säulenförmige Zylinder, die teilweise offenstanden und Fächer sehen ließen, voll von den Discs der Prozessoren. In der linken Ecke ballte sich die Masse eines schrägen, vierkantigen Apparats, unter dem ein Stühlchen befestigt war. Die Mündung des Geräts ragte in die Decke, und aus einem Spalt unter Binokularen kam mit kleinen Sprüngen ein Band, das ein Diagramm zeigte und sich bereits in Schleifen auf dem Boden ringelte, auf einem alten Perserteppich mit ausgeblichenem Hieroglyphenmuster. Dieser Teppich verwirrte den Besucher vollends.

Einer der säulenförmigen Zylinder verschwand und machte den Weg in einen Nebenraum frei. In der Öffnung erschien Lauger, in Leinenhosen und Pullover, das Haar schon ewig nicht mehr geschnitten. Er lächelte dem Gast verständnisinnig und unschuldig entgegen. Sein Gesicht war fleischig, er sah aus wie ein vorzeitig gealtertes Kind und glich einem Schöpfer höchster Abstraktionen ebensowenig wie Einstein, als der noch im Patentamt gearbeitet hatte.

»Guten Tag ...«, sagte der Ankömmling.

»Treten Sie ein, Kollege, Sie treffen es gut: Sie bekommen es hier auf einen Schlag mit der Physik und der Metaphysik zu tun ...« Erläuternd setzte er hinzu: »Pater Arago ist bei mir.«

Lauger ging voran in eine andere, kleinere Kajüte mit verdeckter Koje und einigen kleinen Sesseln um den Tisch, auf dem der Dominikaner mit der Lupe irgendwelche Pläne prüfte, möglicherweise eine computergefertigte Planetenkarte, denn man sah darauf Breitenkreise.

Arago zog den Sessel an seiner Seite hervor, sie nahmen Platz.

»Das ist Mark«, sagte Lauger zu dem Pater. »Kennen Sie ihn?« Ohne den Gefragten zu Worte kommen zu lassen, fuhr er fort: »Ich errate Ihren Kummer, Mark. Mit dem Geist in einer Maschine kommt man schwer auf einen Nenner.«

»Die Maschine hat keine Schuld«, merkte der Dominikaner an. In seiner Stimme lag unüberhörbare Ironie. »Sie schwätzt, was man ihr eingegeben hat.«

»Das soll heißen: Was ihr eingegeben habt!« verbesserte ihn der aufsässig lächelnde Physiker. »Es gibt keine Übereinstimmung in den Theorien, es hat sie nie gegeben.« Für den neuen Gast fügte er eine Erklärung hinzu: »Es geht um das Schicksal der Zivilisationen oberhalb des Fensters. Da Sie nun schon einmal in unseren Streit hineingeplatzt sind, will ich den Beginn zusammenfassen. Sie wissen bereits, daß sich die alten Begriffe über ETI inzwischen gewandelt haben. Selbst wenn es in der Galaxis eine Million Zivilisationen gäbe, wäre ihre Dauer zeitlich so gestreut, daß man sich mit den Herren eines Planeten nicht erst einmal verständigen kann, um sie nachher zu besuchen. Die Zivilisationen sind schwerer zu erwischen als Eintagsfliegen. Darum suchen wir nicht den fertigen Schmetterling, sondern nur seine Puppe. Wissen Sie, was das ›Fenster des Kontakts‹ ist?«

»Ja.«

»Nun sehen Sie! Nachdem wir zweihundert Millionen Sterne durchgesiebt haben, sind wir auf elf Millionen Kandidaten gekommen. Die Mehrzahl hat entweder tote Planeten, oder aber sie sind außerhalb des Fensters, darüber oder darunter. Stell dir«, ging er unverhofft zum Du über, »bloß mal vor, du verliebst dich in das Bild eines sechzehnjährigen Mädchens und machst dich auf, sie zu kriegen. Leider muß die Reise aber fünfzig Jahre dauern. Du wirst also vor einer alten Frau oder an einem Grabe stehen. Schickst du deine Liebeserklärung aber mit der Post, so wirst du selber alt, ehe du die erste Antwort bekommst. Das ist *in nuce* die ursprüngliche Konzeption von CETI. Man kann in mehrhundertjährigen Intervallen kein Gespräch führen.«

»Wir fliegen also zu solch einer Puppe?« fragte er, den sie seit einiger Zeit Mark nannten. Jetzt schoß es ihm plötzlich durch den Kopf, ob das nicht von dem Mönch ausgegangen sein könnte, der gleich ihm Besatzungsmitglied war und auch wieder nicht.

»Niemand weiß, was wir vorfinden«, sagte Arago. »Das Ganze ist völlig unbestimmt.«

Lauger schien von der Frage befriedigt.

»Gewiß. Lebenspendende Planeten erkennen wir an der Zusammensetzung der Atmosphären. Ihr Katalog zählt viele Tausende in unserer Galaxis. Fast dreißig haben wir ausgesiebt, sie bieten Hoffnung.«

»Vernunft?«

»Die Vernunft in den Windeln ist unsichtbar. Wenn sie reift, entweicht sie aus dem Fenster. Sie muß vorher erhascht werden. Woher wissen wir, daß unser Ziel der Mühe wert ist? Nun, es geht um die Quinta, den fünften Planeten von Zeta Harpyiae. Wir verfügen über eine Reihe von Daten ...«

»In dubio pro reo«, sagte der Dominikaner.

»Und wen sehen Sie als Angeklagten?« fragte Lauger und ließ wieder keine Antwort zu, indem er fortfuhr: »Das erste kosmische Symptom der Vernunft ist der Funk. Lange vor der Radioastronomie, nun, nicht sehr lange, etwa hundert Jahre. Ein Planet mit Sendern kann entdeckt werden, sobald ihre Gesamtleistung in den Gigawatt-Bereich kommt. Die Quinta emittiert im Kurz- und Ultrakurzwellenbereich weniger als ihre Sonne, aber phänomenal viel für einen toten Planeten. Für einen, der die Elektronik beherrscht, ist es nur Durchschnitt, denn er bleibt unter dem Niveau der Sonnengeräusche. *Etwas* aber gibt es dort, was mit Funk zu tun hat und unterhalb einer Schwelle steht. Wir haben dafür Beweise.«

»Indizien«, korrigierte ihn erneut der Apostolische Gesandte.

»Sogar noch weniger – ein einziges Indiz«, stimmte Lauger zu. »Aber dafür ist es um so wichtiger. Auf der Quinta sind punktförmige elektromagnetische Blitze beobachtet worden, und einen hat das Spektroskop unserer Mars-Orbiter in seiner ganzen Emission aufgezeichnet. Die beiden Orbiter haben die Erde viel gekostet; unsere Expedition.«

»Atombomben?« fragte der Mann, der sich mit dem Vornamen Mark abgefunden hatte.

»Nein, eher die Einleitung planetarer Technik. Die Sachen waren thermonuklear sauber. Sollten die Dinge auf der Quinta wie auf der Erde ablaufen, so hätte es mit Aktiniden begonnen. Mehr noch, diese Blitze erschienen nur innerhalb des Polarkreises, also in der dortigen Arktis oder Antarktis. Man kann auf diese Weise das Festlandeis zum Schmelzen bringen. Doch nicht darin sind wir uns uneinig.« Er sah den Dominikaner an. »Es geht darum, ob wir durch unsere Ankunft dort Schaden anrichten können. Pater Arago hält es für gewiß. Ich bin ähnlicher Ansicht.«

»Wo ist dann der Unterschied?«

»Ich meine, daß das Spiel der Mühe wert ist. Es ist unmöglich, die Welt zu erkennen, ohne Schaden anzurichten.«

Er begann den Sinn der Kontroverse zu begreifen. Er vergaß, wer er war, und spürte wieder das Draufgängertum von einst. Er wandte sich direkt an den Geistlichen. »So fliegen Sie also gegen Ihre Überzeugungen mit uns?«

»Selbstverständlich«, antwortete Arago. »Die Kirche gehörte zu den Gegnern der Expedition. Der sogenannte Kontakt kann zum Danaergeschenk, zur Öffnung der Büchse der Pandora werden.«

»Der Pater hat sich an der mythologischen Schirmherrschaft des Projekts angesteckt«, lachte Lauger. »Eurydike, Hermes, Jupiter, Hades, Zerberus ... Wir haben bei den Griechen ordentliche Anleihen gemacht. Das Raumschiff hätte übrigens ARGO und wir hätten Psychonauten heißen sollen. Wir geben uns Mühe, sowenig Schaden wie möglich anzurichten. Deshalb ist der Verlauf der Operation so umständlich.«

»Contra spem spero ...« Der Mönch seufzte. »Oder vielmehr – ich wünschte, daß ich mich irrte.«

Lauger schien, von einem anderen Gedanken in Anspruch genommen, nicht zugehört zu haben.

»Bevor wir uns der Quinta nähern, vergehen während eines Jahres hier an Bord mindestens drei Jahrhunderte. Das heißt, daß wir sie erst im oberen Teil des Fensters erreichen, hoffentlich nicht zu spät! Sekundenverschiebungen in unseren Manövern können uns stark beschleunigen oder aufhalten. Die Schäden jedoch ... Hochwürden wissen, daß eine technisierte Zivilisation über ein Beharrungsvermögen verfügt, wenngleich sie nicht stationär ist. Anders ausgedrückt: Sie ist nicht so leicht vom Kurs abzubringen. Was immer auch geschieht, wir werden dort nicht in der Rolle von Göttern auftreten, die vom Himmel gekommen sind. Wir sind nicht auf der Suche nach primitiven Kulturen, und es gibt bei CETI keine Astroethnologen.«

Arago hielt den Blick unter den gesenkten Lidern hervor auf den Physiker gerichtet und schwieg. Der Zeuge des Gesprächs ermannte sich zu der Frage: »Ist das aber gut?«

»Was denn?« wunderte sich Lauger.

»Die Unbeobachtbaren als nichtexistent anzusehen. Diese Gleichsetzung ist nur in der Praxis richtig ...«

»Man kann sie auch als Opportunismus bezeichnen, falls es jemand will«, versetzte kühl der Physiker. »Wir haben eine Aufgabe gewählt, die ausführbar ist. Das Fenster des Kontakts hat einen empirischen Rahmen, aber auch eine ethische Rechtfertigung. Wir füllen keinen Höhlenbewohnern Öl in den Kopf, das vom 22. Jahrhundert gewonnen worden ist. Was soll übrigens der *pluralis majestaticus.* Ich bin für das Projekt eingetreten und bin jetzt hier, weil ich unter dem Kontakt einen Austausch von Wissen verstehe. Einen Austausch, kein Patronat, nicht die Erteilung melioristischer Belehrungen.«

»Und wenn dort das Böse herrscht?« fragte Arago.

»Gibt es einen Universalismus des Bösen? Dessen Invariante?« widersprach Lauger.

»Ich fürchte, es gibt ihn.«

»Dann müßte man sagen ›non possumus‹ und das Projekt ignorieren ...«

»Ich erfülle nur meine Pflicht.« Mit diesen Worten stand der Geistliche auf, neigte vor den beiden anderen den Kopf und ging hinaus.

Lauger lümmelte mit undurchsichtiger Miene im Sessel, mahlte mit den Kiefern, als habe er einen üblen Geschmack im Mund, und knurrte resigniert: »Ich schätze ihn dafür, daß er mich aus der Fassung bringt. Allem paßt er Flügel an. Oder Hörner. Genug davon, nicht deswegen wollte ich Sie sehen. Wir schicken Kundschafter zur Quinta. Mit dem HERMES, einem landefähigen Rumpfsegment. Neun oder zehn Mann werden fliegen. Das Kommando führen vier, die bereits bestimmt sind. Die anderen werden je nach Spezialgebiet durch Ballotage gewählt. Wollen Sie in die Wahlurne?«

Er verstand nicht sogleich.

»Nun, dort landen ...«

Es durchzuckte ihn wie Feuer, er konnte es trotz seiner Begeisterung kaum glauben.

Lauger sah, wie seine Augen erglänzten, und warnte ihn mit der Erklärung: »In der Urne zu sein entscheidet noch nicht über die Teilnahme. Auch wissenschaftliche Verdienste entscheiden nicht darüber. Der größte Theoretiker kann sich am leichtesten in die Hosen machen. Gebraucht werden harte Männer, die nichts umwirft. Gerbert ist ein großartiger Psychoniker, Psychologe und Seelenkenner, aber Tapferkeit bewährt sich nicht im Laboratorium. Weißt du, wer du bist?«

Er wurde bleich. »Nein.«

»Dann will ich es dir sagen. Im Gletscher von Birnam sind etliche Leute in den schreitenden Maschinen umgekommen, von Eruptionen der Geiser überrascht. Sie waren Berufspiloten, führten die ihnen übertragene Arbeit aus und wußten nicht, daß sie in den Tod gingen. Zwei Männer gingen aus freiem Willen los, um sie zu suchen. Einer der beiden bist du.«

»Woher können Sie das wissen? Doktor Gerbert sagte mir, daß ...«

»Doktor Gerbert und sein Assistent sind die Bordärzte. Sie verstehen was von der Medizin, aber nicht so sehr von Computern. Da sich die Identität des Wiedererweckten nicht aufklären ließ, hielten sie es für richtig, ihr Arztgeheimnis zu wahren. Traumatisierung der Psyche – das ist ihr Argument. Auf der EURYDIKE wird nichts abgehört, aber es gibt ein Zentrum mit untilgbarem Gedächtnis. Zugang haben der Kommandant, der Erste Informatiker und ich. Du wirst das nicht den Ärzten sagen, klar?«

»Ich sage nichts.«

»Du würdest ihnen ein Unrecht zufügen. Ich weiß, daß du das nicht willst.«

»Werden sie nichts vermuten, falls ...«

»Ich glaube nicht. Die Ärzte untersuchen den Gesundheitszustand unserer Besatzung laufend. Die Abstimmung ist geheim, sie wird vom Rat vorgenommen. Ich denke, du wirst von fünf Stimmen drei bekommen. Das sage ich dir alles schon jetzt, denn du wirst dich ordentlich auf den Hosenboden setzen müssen. Auf den Simulatoren hast du eine astrogatorische Tüchtigkeit nachgewiesen, die dir nach den

Kategorien des vorigen Jahrhunderts den ersten Rang eingebracht hätte, aber heute ist das zuwenig. Du wirst für ein Jahr ein interstellarer Schulbub werden. Wenn du es bewältigst, wirst du die Quintaner sehen. Nun aber mach's gut, ich habe eine Menge Liegengebliebenes aufzuarbeiten.«

Sie standen auf. Er war größer und jünger als der berühmte Physiker. Der wird nicht fliegen, dachte er. Lauger brachte ihn zur Tür, er sah weder ihn noch die flimmernden Funken auf dem schwarzen Bildschirm, er wußte nicht, ob er sich verabschiedet oder etwas gesagt hatte, er erinnerte sich nicht, wie er in seine Kajüte gelangt war. Er wußte nichts mit sich anzufangen. Als er seinen kleinen Ankleideraum betreten wollte, öffnete er aus Versehen die falsche Tür. Im Spiegel sah er sein Gesicht und sagte: »Du wirst die Quintaner sehen.«

Er machte sich ans Studium.

Die Bilanz der statistischen Berechnungen war klar überschaubar. Das Leben entsteht und dauert auf den Planeten während Jahrmilliarden, ist zu dieser Zeit jedoch stumm. Zivilisationen entstehen aus ihm nicht, um zugrunde zu gehen, sondern sich in das zu verpuppen, was außermenschlich ist. Da die Häufigkeit technogener Hervorbringungen für die normale Spiralgalaxis in etwa konstant ist, entstehen, reifen und verschwinden sie in gleicher Geschwindigkeit. Obwohl immer neue entstehen, verflüchtigen sie sich aus dem Intervall der Verständigung, dem Fenster des Kontakts, schneller, als man mit ihnen Signale tauschen kann. Die Stummheit der primitiven Existenzen ist selbstverständlich, über das Schweigen der hochentwikkelten sind zahllose Hypothesen aufgestellt worden. Sie bildeten eine Bibliothek, die der Lernende vorläufig beiseite ließ. Er las: Zum gegebenen Zeitpunkt, für das gegebene Zeitalter (astronomisch ist das eins) darf die Erde als einzige *bereits* technische und *noch* biologische Zivilisation im Bereich der Milchstraße betrachtet werden.

Die Berechnungen des CETI schienen damit erledigt und begraben. Anderthalb Jahrhunderte vergingen, als sich zeigte, daß es sich anders verhielt.

Der zwischen den Sternen liegende Raum ist nicht durch den direkten Flug zu bewältigen, wenn die einen Lebenden und Vernunftbegabten die anderen besuchen und wieder zurückkehren wollen. Selbst wenn die Raumfahrer mit lichtnaher Geschwindigkeit fliegen, bekommen sie weder die zu Gesicht, zu denen sie sich aufgemacht haben, noch sehen sie die wieder, die auf der Erde zurückgeblieben sind. Hier wie dort vergehen in wenigen Jahren Bordzeit mindestens Jahrhunderte. Diese kategorische Feststellung der Wissenschaft bot der Kirche Anlaß zu der folgenden theologischen Reflexion: Der Schöpfer der Welt hat Begegnungen der Geschaffenen verschiedener Sterne zu einem Hirngespinst gemacht. Er hat zwischen ihnen eine Sperre errichtet, die völlig leer und unsichtbar, aber dennoch nicht zu überwinden ist: als *seine* Abgründe, nicht die des Menschen. Die menschliche Geschichte läuft jedoch immer anders als das Denken, das sich auf ihre Vorhersage richtet. Die Schlünde des Alls erwiesen sich als Sperre, die tatsächlich nicht zu durchdringen ist. Sie läßt sich durch eine Serie spezifischer Manöver jedoch *umgehen.*

Die Galaxis hat nur *eine* gemittelte Zeit – sie selbst ist die Uhr, die ihr Alter, also auch die Zeit anzeigt. Dort jedoch, wo höchste Intensität der Gravitation herrscht, unterliegt die galaktische Zeit heftigen Veränderungen. Sie hat Grenzen, an denen sie haltmacht: die Schwarzschildschen Kugeln, diese schwarzen Hülsen in sich selbst zusammengefallener Sterne. Diese Hülse bildet den Horizont der Vorgänge. Ein Gegenstand, der sich ihm nähert, verschwimmt vor den Augen eines entfernten Beobachters und verschwindet, bevor er die Oberfläche des Schwarzen

Loches erreicht. Die Zeit nämlich, von der Schwerkraft gedehnt, verschiebt das Licht erst in den Infrarotbereich und dann auf immer längere elektromagnetische Wellen, bis zuletzt auch nicht ein reflektiertes Photon mehr zu dem Zuschauer zurückkehrt – das Schwarze Loch verschluckt mit seinem Horizont für immer jedes Teilchen und jedes Krümchen Licht.

Der Reisende, der sich dem Schwarzen Loch nähert, wird durch die zunehmende Gravitation zusammen mit seinem Raumschiff zerrissen. Die Gezeiten der Schwerkraft ziehen dort jedes materielle Objekt zu einem Faden, dessen Verlängerung der Radius der schwarzen Kugel ist, in die er ohne Wiederkehr hineintaucht.

Der Kollapsar, dieser in sich selbst zusammengefallene Stern, kann nicht einmal auf einer beliebigen Trajektorie umflogen werden; die Kräfte der Gravitation töten die Reisenden und zerfetzen das Raumschiff, selbst wenn dieses der dichteste kosmische Zwerg wäre, ein Neutronenstern, eine Kugel aus Atomkernen, zu einer Härte ineinandergepreßt, gegen die Stahl weicher wäre als Gas. Der Kollapsar würde auch diese Kugel zu einer Spindel strecken, zerreißen und im Nu verschlucken. Zeugnis der Verschwundenen wäre nur die als Todesfackel in das All entweichende Röntgenstrahlung.

So schnell werden Besucher von den Kollapsaren guillotiniert, die aus Sternen entstanden sind, die um das Mehrfache schwerer waren als die Sonne. Selbst wenn aber die Masse eines Schwarzen Loches die der Sonne um das Hundert- oder Tausendfache überträfe, könnte die Gravitation an seinem Horizont gering sein wie die irdische. Dem Raumschiff, das dort hinkommt, droht zunächst keine Gefahr, und der Besatzung kann völlig entgehen, daß sie sich bereits unterhalb eines solchen Horizonts befindet. Sie wird jedoch nie wieder aus dieser unsichtbaren Hülle herauskommen können. Das Raumschiff wird ins Innere des gewaltigen Kollapsars gesogen und, auf sein Zentrum zufallend, im Verlaufe von Tagen oder Stunden – je nach der Masse der Falle – vernichtet. Diese theoretischen Modelle solcher von der Gravitation verursachter Grabstätten waren von der Astrophysik am Ende des 20. Jahrhunderts geschaffen worden, offenbarten aber – wie alles in der Geschichte der Erkenntnis – bald ihre Unzulänglichkeit. Sie waren angesichts der Wirklichkeit zu sehr vereinfacht. Die erste Korrektur kam von der Quantenmechanik: Jedes Schwarze Loch gibt Strahlung ab, allerdings um so schwächer, je größer es ist. Die gewöhnlich in den Zentren der Galaxien befindlichen Giganten werden ebenfalls einmal zugrunde gehen, mag ihre »Quantenverdampfung« auch hundert Jahrmilliarden anhalten. Sie werden als letzte Relikte vom Sternenglanz des Universums bleiben.

Nachfolgende Berechnungen und Simulationen leisteten weitere Beiträge zur Vielgestaltigkeit der Schwarzen Löcher. Wenn ein Stern in sich zusammenfällt, weil die sich abschwächende zentrifugale Strahlung sich nicht mehr gegen die Schwerkraft behaupten kann, nimmt er nicht sogleich die Gestalt einer Kugel an. Er taumelt im Zusammenfallen wie ein Tropfen, der sich abwechselnd zu einer Scheibe abflacht und zu einer Spindel streckt. Diese Bewegungen dauern nur sehr kurze Zeit, ihre Häufigkeit hängt von der Masse des Kollapsars ab. Er verhält sich wie ein Gong, der sich selbst anschlägt. Ein verstummter Gong kann wieder angeschlagen werden, und auch die schwarze Kugel läßt sich in erneute Schwingungen versetzen. Das geschieht durch siderische Technologien. Man muß sie kennen und über ausreichende Energie in der Größenordnung von 10^{44} Erg verfügen, die so abgestrahlt wird, daß sie die schwarze Kugel ins Schwingen versetzt. Zu welchem Zweck? Um das hervorzubringen, was die Astrophysiker, die mit der von ihnen erforschten Unermeßlichkeit auf vertrautem Fuße stehen, als »temporäre Zwiebel« bezeichnen.

Ähnlich wie die Mitte einer Zwiebel von fleischigen Schichten umgeben ist, die im Querschnitt wie die Jahresringe eines Baumes aussehen, umgibt sich der in Schwingungen versetzte Kollapsar mit der durch die Gravitation gekrümmten Zeit oder vielmehr einer komplizierten Raum-Zeit-Schichtung. Für den fernen Beobachter schwingt das Schwarze Loch sekundenlang wie eine Stimmgabel. Für denjenigen aber, der sich direkt in einer solchen Schichtlinie transformierter Zeit befände, verlöre der Zeiger der galaktischen Uhr jede Bedeutung. Paßt ein Raumschiff nun den Zeitpunkt ab, zu dem das Schwarze Loch diese ungleichartige Zeit-Raum-Deformation bewirkt, kann es in eine Bradychronie eindringen, sich in dieser Sphäre verlangsamter Zeit jahrelang aufhalten und diesen temporären Hafen danach wieder verlassen. In den Augen des äußeren Beobachters verschwindet es bei Erreichen des Schwarzen Loches und taucht nach dem unsichtbaren Aufenthalt in der Bradychronie wieder im umgebenden Raum auf. Für die gesamte Galaxis, für alle, die von fern zusehen, wechselt die Form des in Schwingung versetzten Kollapsars sekundenlang zwischen einer flachen Scheibe und einer Spindel, genauso, wie er in der Agonie schwankte, als er ein in sich zusammengefallener Stern war, der nach Erschöpfung seines nuklearen Inneren von der eigenen Schwere bezwungen wurde.

Für das Raumschiff in der Bradychronie kann die Zeit nahezu stehenbleiben. Das ist aber noch nicht alles. Der bebende Kollapsar verhält sich nicht wie ein Ball von idealer Elastizität, sondern eher wie ein Luftballon, der sich beim Aufspringen unregelmäßig deformiert. Dies entspringt einer Intensivierung der Quanteneffekte. Neben den Bradychronien können daher Retrochronien erscheinen: Strömungen oder auch Flüsse der Zeit, die rückwärts fließen. Für entfernte Zuschauer gibt es weder die einen noch die anderen. Wer sich diese Stillegungen oder Umkehrungen der Zeit zunutze machen will, muß also in sie eindringen.

Der Entwurf sah vor, daß die EURYDIKE einen vereinzelten Kollapsar über dem Sternbild der Harpyie als Hafen benutzen sollte. Aufgabe der Expedition war nämlich nicht der Kontakt mit einer beliebigen Zivilisation, die sich im Intervall der möglichen Verständigung befand, sondern um das Ertappen einer solchen, die bereits wie ein zum Himmel aufsteigender Schmetterling dem Fenster entfliegt – schon flattert er am oberen Rand, und dort gelingt dem Entomologen der Fang. Für diese Operation war ein Stillstand in der Zeit unerläßlich, dazu in einer Entfernung von dem bewohnten Planeten, daß dieser von den irdischen Psychonauten aufgesucht werden konnte, ehe seine Zivilisation vom Hauptentwicklungsstrang nach Hortega-Neyssel abwich. Zu diesem Zweck war die Expedition in drei Etappen eingeteilt worden. Auf der ersten sollte die EURYDIKE den Kollapsar im Sternbild der Harpyie anfliegen, der als Platz für die Lauerstellung und die temporären Manöver ausersehen war. Diesen Kollapsar hatte man mit gutem Grunde Hades getauft. Der EURYDIKE flog nämlich ORPHEUS voraus, eine unbemannte kolossale Einwegrakete. Es handelte sich dabei um ein Gravitationsgeschütz, einen sogenannten GRACER (Gravitation Amplification by Collimated Excitation of Resonance). Auf ein Signal von der EURYDIKE sollte er das Schwarze Loch in Schwingungen versetzen, die mit ihrer eigenen Amplitudenfrequenz übereinstimmten.

In irdischen Dimensionen ein Riese, war ORPHEUS ein Hälmchen gegen die Masse des Kollapsars, den er ins Schaukeln bringen sollte. Er konnte jedoch das Phänomen der Gravitationsresonanz nutzen: Indem er seinen durcheinandergerüttelten Geist aufgab, zwang er den Hades zu einem Krampf und einem darauffolgenden Erschlaffen, wobei die schwarze Hölle ihren Schlund und der EURY-

DIKE einen Durchschlupf öffnete, durch den das Raumschiff in die Wirbel der bradychronischen Ströme einschweben konnte. Zuvor hatte man sich von Bord aus zu überzeugen, ob die sieben Lichtjahre entfernte Quinta bereits voll im technologischen Zeitalter stand, und nach dieser Diagnose den angemessenen Zeitpunkt eines Besuchs zu bestimmen. Danach sollte sich die EURYDIKE ihre temporäre Zuflucht im Hades schaffen, den die Gracer-Emission des ORPHEUS erschüttert hatte. Da solch ein Abschuß kohärenter Gravitation nur einmal möglich war, weil ORPHEUS sich damit selbst vernichtet hatte, konnte die Operation nicht wiederholt werden. Falls sie wegen eines Navigationsfehlers in den temporären Stürmen, einer falschen Diagnose des Entwicklungstempos der quintanischen Zivilisation oder eines unberücksichtigt gebliebenen Faktors nicht auf Anhieb gelang, drohte der Expedition ein Fiasko, das im besten Falle die Rückkehr zur Erde mit leeren Händen bedeutete.

Der Plan wurde zusätzlich kompliziert durch das Vorhaben, in der Hölle des Hades Retrochronien auszunutzen, also die gegenüber der Zeit der ganzen Galaxis rückwärtsfließende Zeit. Dadurch konnte die EURYDIKE schon nach einem Dutzend Jahren zum Sonnensystem zurückkehren, obwohl zwischen der Harpyie und der Erde tausend Parsek lagen. Das genaue Datum der Rückkehr lag allerdings im Bereich der Unbestimmbarkeit: Sekundenbruchteile beim Manövrieren in Bradychronien und Retrochronien machten fern von den Pressen und Mühlen der Gravitation Jahre aus.

Der Verstand des Lernenden konnte sich mit diesen Informationen nicht abfinden, denn ihm fielen Widersprüche auf, in der Hauptsache der folgende:

Die EURYDIKE sollte über dem Kollapsar in der Zeitlosigkeit oder in einer anderen als der universellen Zeit ruhen. Die Kundschafter flogen zur Quinta und zurück: Das dauerte über siebzigtausend Stunden, also um die acht Jahre. Der Kollapsar sollte unter den Schlägen des Gracers zwischen den Formen einer flachen Scheibe und einer langen Spindel schwingen – für den entfernten Beobachter dauerte das nur einige Augenblicke. Wenn die Kundschafter also zurückkamen, trafen sie das Raumschiff nicht mehr in seinem Kollapsarhafen an, das Schwarze Loch hatte bis dahin längst wieder die Gestalt einer unbeweglichen Kugel angenommen. Der HERMES sollte nach Verlassen der Quinta sein Mutterschiff im temporären Hafen vorfinden. Einen Hafen aber, der entstand, um sogleich zu verschwinden, konnte er nicht antreffen, er wäre bei der Rückkehr des HERMES nicht mehr vorhanden. Wie war das eine mit dem anderen vereinbar?

Lauger gab ihm die Erklärung.

»Es gibt Physiker, die daran festhalten, dies genauso aufzufassen, wie sie begreifen, was ein Stein und ein Schrank ist. Was sie in Wahrheit begreifen, ist die Übereinstimmung der Theorie mit dem Ergebnis von Messungen. Die Physik, mein Lieber, ist ein schmaler Pfad, eine Leitlinie über Abgründe, die alle menschliche Vorstellungskraft übersteigen. Sie ist eine Sammlung von Antworten auf Fragen, die wir der Welt stellen und die die Welt unter der Bedingung beantwortet, daß wir ihr keine anderen Fragen stellen – die nämlich, die der gesunde Menschenverstand herausschreit. Was ist denn gesunder Menschenverstand? Er ist das, was einen Intellekt übermannt hält, der sich auf die Sinne gründet, die gleichen Sinne wie die der Affen. Dieser Intellekt will die Welt in Übereinstimmung mit den Regeln erkennen, die durch seine irdische Lebensnische aufgestellt worden sind. Die Welt außerhalb dieser Nische, dieser Brutstätte intelligenter Affenmenschen, besitzt Eigenschaften, die man eben nicht anfassen, angucken, anbeißen, behorchen, beklopfen und auf diese Weise in Besitz nehmen kann.

Für die EURYDIKE in ihrem kollaptischen Hafen wird der Flug des HERMES ein paar Wochen, für dessen Besatzung ungefähr anderthalb Jahre dauern, davon drei Monate für den Hinflug, ein Jahr auf der Quinta und wieder drei Monate für den Rückflug. Für Beobachter, die sich auf keinem der beiden Raumschiffe befinden, erfüllt der HERMES seine Mission in neun Jahren, und für eine ebenso lange Zeit entschwindet die EURYDIKE ihren Augen. Nach der an Bord der letzteren gemessenen Zeit geht sie vom Freitag in den Sonnabend über, kehrt in den Freitag zurück und läßt sich von dem Kollapsar wieder ausspucken. Auf dem HERMES wird die Zeit dank seiner lichtnahen Geschwindigkeit langsamer als auf der Erde vergehen. Auf der EURYDIKE läuft sie noch langsamer und nachher sogar rückwärts: Das Raumschiff geht aus der Bradychronie in die Retrochronie nieder und springt von dort hinaus in die Galaktochronie. Es geht also aus der durch die Gravitation gedehnten in die rückwärtslaufende Zeit, aus der sie dann auftaucht und den HERMES in dem faltenlosen Zeit-Raum trifft. Irrt sich die EURYDIKE in ihren Manövern beim Durchsteuern der Variochronien auch nur um Sekunden, so verfehlt sie den HERMES. Seitens der Welt liegt darin keinerlei Widerspruch, dieser entsteht erst bei der Kollision einer Vernunft, die in der verschwindend geringen Gravitation der Erde entstanden ist, mit Phänomenen um das Billionenfache größerer Kräfte. Weiter nichts.

Die Welt ist nach universellen Regeln eingerichtet, die man als Naturgesetze bezeichnet, aber die gleiche Regel kann in verschiedener Intensität auftreten. Für jemanden beispielsweise, der in die Tiefe eines Schwarzen Loches geraten ist, gewinnt der Raum das Aussehen der Zeit, denn er kann nicht mehr zurück, genausowenig, wie du dich in der irdischen Zeit rückwärts, in die Vergangenheit bewegen kannst. Die Gefühle eines solchen Tauchers kann man sich nicht vorstellen, selbst wenn man voraussetzt, daß er nicht sofort unter dem Horizont der Vorgänge zugrunde geht. Dennoch halte ich die Welt für freundlich gesonnen, da wir imstande sind, uns dessen zu bemächtigen, was zu unseren Sinnen im Widerspruch steht. Denke übrigens nur mal daran, daß ein Kind eine Sprache beherrschen lernt, ohne weder die Grundsätze von Grammatik und Syntax noch die den Sprechenden verborgenen inneren Widersprüche der Sprache zu verstehen. Du hast mich hier zum Philosophieren angestiftet. Der Mensch dürstet nach endgültigen Wahrheiten. Ich denke, daß jede sterbliche Vernunft sich so verhält.

Was ist das aber – die endgültige Wahrheit? Sie ist das Ende des Weges, wo es weder weitere Geheimnisse noch weitere Hoffnungen gibt, wo man nach nichts mehr fragen kann, weil alle Antworten gegeben sind. So einen Ort gibt es nicht. Der Kosmos ist ein Labyrinth, das aus Labyrinthen errichtet ist. In jedem öffnet sich das nächste. Wo wir selbst nicht eindringen können, gelangen wir mit der Mathematik hin. Aus ihr bauen wir die Vehikel, mit denen wir uns in den unmenschlichen Räumen der Welt bewegen. Aus der Mathematik lassen sich ebenso außerkosmische Welten konstruieren, ohne Rücksicht darauf, ob sie existieren. Außerdem kann man die Mathematik und ihre Welten verwerfen und durch den Glauben in eine jenseitige Welt eintreten. Damit befassen sich Menschen vom Schlage des Paters Arago. Der Unterschied zwischen mir und ihm ist der zwischen der *Erreichbarkeit* der Verwirklichung bestimmter Dinge und der *Hoffnung* auf die Verwirklichung bestimmter Dinge. Mein Fachgebiet umfaßt das Erreichbare, seines das nur Erhoffte und von Angesicht zu Angesicht erst nach dem Tode Erreichbare. Was hast du nach dem Tode erlangt? Was hast du gesehen?«

»Nichts.«

»Eben darin besteht die *differentia specifica* zwischen Wissen und Glauben. Soviel ich weiß, hat die Tatsache, daß die Wiederbelebten nichts gesehen haben, nicht an den Dogmen des Glaubens gerüttelt. Die neuere christliche Eschatologie behauptet, der Wiedererweckte vergesse seinen Aufenthalt im Jenseits. Dies sei – ich drücke es mal auf meine Art aus – ein Akt der göttlichen Zensur, die den Menschen verbietet, zwischen der Welt und dem Jenseits hin und her zu springen. Credenti non fit iniuria. Wenn es sich, wie das Beispiel Aragos beweist, für einen so elastischen Glauben zu leben lohnt, um wieviel leichter nimmt man dann die Widersprüche für bare Münze, dank deren du zu den Quintanern kommen wirst. Vertraue der Physik so, wie Arago seinem Glauben vertraut. Die Physik ist im Gegensatz zum Glauben fehlbar. Du hast die Wahl. Überlege es dir. Und nun geh, ich habe zu arbeiten.«

Es ging auf Mitternacht, als er wieder in seine Kajüte trat. Er dachte abwechselnd über Lauger und den Mönch nach. Der Physiker war an seinem Platz, aber der andere? Worauf hoffte, worauf baute er? Er hatte doch keinen missionarischen Auftrag? War wirklich schon ein Überbau der Theologie für die nichtmenschlichen Gaben und Geschöpfe Gottes entstanden, und hielt sich Arago für seinen Sprecher? Warum hatte er bei dem Gespräch gesagt, *dort* könne das Böse herrschen?

Erst jetzt begriff er das Grauen, mit dem dieser Mann offenbar leben mußte. Nicht um sich – um seinen Glauben fürchtete er. Er konnte die Erlösung als eine der Menschheit geltende Gnade ansehen und dabei an einer Expedition zu nichtmenschlichen Wesen teilnehmen – dorthin also, wohin sein Evangelium nicht reichte. So mochte er denken, und da er an die göttliche Allgegenwart glaubte, glaubte er damit an die Allgegenwart des personifizierten Bösen, denn der Dämon, der Christus versucht hatte, existierte bereits vor der Verkündigung und der Empfängnis. Führte er die Dogmen, denen er lebte, also mit sich, um sie aufs Spiel zu setzen?

Resigniert schüttelte der Überlebende den Kopf. Lauger konnte er nach allem fragen, den anderen jedoch nicht. Im Evangelium steht kein Wort darüber, was Lazarus nach seiner Auferstehung gesagt hat. Auch er selbst, obwohl von den Toten auferstanden, konnte Pater Arago nicht helfen. Der Glaube hatte, um zu überleben, solchen Resurrektionen einen anderen, weltlichen, irdischen Namen gegeben und war dadurch unangetastet geblieben. Übrigens kannte er sich darin nicht aus, er verstand die schmerzliche Einsamkeit des Mönchs nur dadurch, daß er selbst aufgehört hatte, ein hilfloser und passiver Einzelgänger, ein zufällig an Bord genommener, geretteter Schiffbrüchiger zu sein. Während er sich fürs Schlafengehen zurechtmachte, lauschte er in die absolute Stille der EURYDIKE. Sie flog an der Lichtgrenze. In Kürze sollte sie den Schub umkehren. Die Uhren zeigten in allen Räumen den kritischen Zeitpunkt an, damit die Besatzung sich rechtzeitig in den Kojen auf den Rücken legen und anschnallen konnte.

Die Kugeln des Rumpfes werden innerhalb der gepanzerten Segmente eine Drehung um 180 Grad machen, alles ringsum gerät ins Wirbeln. Der Schwindel, die Vertigo, wird einen Augenblick andauern, bis alles wieder in Ruhe und Schweigen erstarrt. Statt am Heck entlangzufegen, schießen die Antriebsflammen längs des Bugs nach vorn. Dadurch verbessert sich ein wenig der Kontakt mit der Erde. Mit vieljähriger Verspätung jagen der EURYDIKE Nachrichten von jenen nach, die die Besatzung auf der Erde zurückgelassen hat. Er wird keinen dieser Laserbriefe bekommen, denn er hat niemanden auf der Erde. Statt einer Vergangenheit besaß er jedoch eine Zukunft, für die es sich zu leben lohnte.

Die Vorgeschichte der Expedition war voller Reibereien gewesen. Das im Prinzip ausführbare Projekt hatte eine Menge Gegner. Die auf verschiedene Weise berechneten

Chancen auf einen Erfolg konnten nicht bedeutend sein. Das Verzeichnis der Vorfälle, die so oder so das Verderben des Unternehmens herbeiführen konnten, hatte Tausende Positionen und war dennoch nicht vollständig.

Vielleicht kam die Expedition gerade deswegen zustande. Ihre fast sichere Aussichtslosigkeit, ihre Gefährlichkeit waren eine Herausforderung, großartig genug, daß sich Männer bereit fanden, sie zu unternehmen. Bevor die EURYDIKE mit zunehmender Beschleunigung dahinflog, wuchsen in sogar noch höherer Potenz die Kosten, wie es Opponenten und Kritiker ganz richtig vorausgesagt hatten. Die einmal eingesetzten Investitionen entwickelten jedoch eine Eigendynamik und zogen weitere nach sich.

Die ökonomische Seite des Projekts kam nicht schlechter ins Schlingern als der Titan nach dem Start der EURYDIKE. Der Reisende, der in seiner Lektüre zu ersticken drohte, überging diese Krisen der Vorbereitung, des Raumschiffbaus und der Rückwirkungen auf die Erde, wo Unzulänglichkeiten der Produktion einherliefen mit politischen Affären und Korruptionsskandalen. Was ging ihn das alles an, da er doch bereits unterwegs war?

Hingegen vertiefte er sich in die Geschichte der Astronautik, in die Dokumentationen der transsolaren Flüge und der unbemannten Sonden, die bis zur Alpha Centauri gelangten, in Berichte, die voll waren von den Namen der Beschäftigten von Gral und Roembden. Vielleicht tat er es in der Hoffnung, unter ihnen Leute von damals wiederzuerkennen und dadurch den Faden in die Hand zu bekommen, der ihn zu sich selber führen könnte. Zuweilen, vor dem Einschlafen oder gleich nach dem Aufwachen, fühlte er diese Erinnerung schon ganz nahe, zumal er in manchem Traum gesehen hatte, wer er war. Im Wachen aber hatte er nur die leere Gewißheit einer erträumten Identität. Nach Ablauf eines Jahres, in dem er trainiert, gelernt und gelesen hatte, gab er diese Versuche auf. Die EU-

RYDIKE bremste bereits gegenüber dem Kollapsar, der wirklich wie ein Loch am Himmel wuchs, denn an seiner Stelle gab es ja keine Sterne.

Alles aber gab er doch nicht auf: Im Wachen war er bereits einer der designierten Piloten des HERMES, in seinen Träumen jedoch, von denen er niemandem erzählte, war er immer noch der Mann, der in den Wald von Birnam gegangen war.

V
Beta Harpyiae

Die EURYDIKE verlor durch gedrosselten Schub im Verlaufe einiger Dutzend Stunden an Geschwindigkeit und ging auf eine Flugbahn, eine sogenannte Evolvente, in Richtung Beta Harpyiae, die unsichtbar blieb, denn sie war ein Kollapsar. Das Raumschiff durchschnitt in beträchtlicher Entfernung bereits weit ausgreifende Isograven, deren Gravitationseinflüsse noch erträglich für Mensch und Material waren. Der Kurs, nach Optimalberechnung ausgewählt, garantierte Sicherheit, konnte jedoch nur schwerlich als problemlos angesehen werden. Die Isograven, Linien, die durch Raumpunkte der gleichen Krümmung gingen, wanden sich auf den Isolokatoren wie Schlangen in einem schwarzen Feuer. Im Standsteuerraum, der so hieß, weil er die Führung des Raumschiffs nur im hochvariablen Schwerefeld übernahm, saßen die Diensthabenden vor den flimmernden Monitoren, tranken Bier aus Büchsen und zerstreuten sich, indem sie Dummheiten von sich gaben. Im Grunde entsprang dieser Dienst nur der Tradition – ein Überbleibsel aus der klassischen Ära der Astrogation. Niemand hätte auch nur versuchen mögen, auf Handsteuerung überzugehen: Der Mensch verfügte dazu gar nicht über die nötige Reaktionsschnelligkeit.

Der Kollapsar gehörte zu den spät und mit einiger Mühe entdeckten, denn er war ein Einzelgänger. Am leichtesten sind die zu finden, die zu einem Doppelsystem gehören, einen sogenannten »lebendigen«, also leuchtenden Stern in der Nähe haben und von diesem die oberen Schichten der Astrosphäre abziehen, die in enger werdenden Spiralen dem Schwarzen Loch zustreben, um unter Begleitung härtester Röntgenblitze in ihm zu verschwinden. Dieser Zug der dem Begleitstern geraubten Gase umgibt den Kollapsar mit einer Akkretionsscheibe, einer riesigen Ebene, die jedwedem Objekt, also auch einer Rakete, höchst unzuträglich ist. Kein Raumschiff kann in solch einer Umgebung navigieren, denn bevor es noch unter den Horizont des Geschehens gesogen wird, zerstört die Strahlung sowohl die menschlichen Gehirne als auch die Rechner.

Der einsame Kollapsar im Sternbild der Harpyie war dank der Perturbationen entdeckt worden, in die er deren Alpha, Gamma und Delta versetzt hatte. Er bekam den zutreffenden Namen Hades, seine Masse betrug das Vierhundertfache der Sonne, und er verriet seine zunehmende Präsenz durch das Fehlen der (von ihm verdeckten) Sterne sowie ein scheinbares Zusammenlaufen von Sternen rings um seinen Horizont, da er für ihr Licht durch seine Gravitation wie eine Linse wirkte. Seine Annihilationshülle drehte sich am Äquator mit zwei Dritteln der Lichtgeschwindigkeit, die Zentrifugal- und die Corioliskraft bauchten ihn aus, so daß er keine ideale Kugelgestalt hatte. Selbst wenn der Horizont des Geschehens vollkommen kugelförmig war, gab es über ihm Gravitationsstürme, die die Isograven zusammendrückten und wieder dehnten. Es gab acht Theorien, die die Ursachen dieser Stürme zu erklären suchten, jede auf andere Weise, und die originellste, wenn auch nicht unbedingt der Wahrheit am nächsten kommende behauptete, der Hades berühre sich im Hyperraum mit einem anderen Kosmos, der sich bemerkbar mache, indem er den schrecklichen »Kern« des Kollapsars erschütterc, dessen Zentrum, die Singularität, den Ort ohne Ort und die Zeit ohne Zeit, wo die spatiotemporale Kurve einen unendlich großen Wert erreicht. Die Theorie der »anderen Seite« des Hades-Kerns, in dem die transfinalen Ingenieure des fremden Universums dennoch mit dem Infinitum des zertrümmerten Zeit-Raums fertig wurden, war eigentlich eine mathematische Phantasie von Astronomen, die sich an der Tera-Topologie berauschten, dem neuesten und besonders in Mode gekommenen Urenkel der alten Cantorschen Lehre. Man hatte sogar die Absicht, diesen Kollapsar Cantor zu nennen, aber der Entdecker zog den Griff in die Mythologie vor. Weder der SETI-Stab auf der Erde noch die Führung der EURYDIKE machten sich allzuviel Gedanken über die Vorgänge *unter* dem Horizont des Geschehens, und zwar aus praktischen wie offenkundigen Gründen: Dieser Horizont bildete eine Grenze, die nicht überschritten werden durfte und ungeachtet dessen, was sie verbarg, mit Sicherheit die Pforte zum Untergang bedeutete.

Im Hochvakuum über dem Hades reagierte die EURYDIKE auf jede Veränderung der Schwere mit entsprechenden Manövern, indem sie Ströme schwerer Elemente ausstieß, die aus Wasserstoff und Deuterium durch Synthese im Olimos-Zyklus gewonnen wurden. Milliarden Tonnen verströmend, gewann sie auf raffinierte Weise Kursstabilität, da der Hades, durch die Erhaltungssätze zu dieser Transaktion gezwungen, dem Raumschiff einen beträchtlichen Teil der Energie mitteilte, die von allem freigesetzt wurde, was er schluckte, um es für immer in seinem Innern zu begraben. In etwa erinnerte das an den Flug eines Ballons, der um den Preis der abgeworfenen Ballastsäcke nicht an Höhe verliert – nur in etwa allerdings, denn kein Steuermann hätte es geschafft, dieses Spiel zu lenken.

Der vielgliedrige Rumpf des Raumschiffs mit seinen durch Gelenke verbundenen Segmenten ähnelte von fern einem Ringelwurm, der sich zwar meilenlang dahinwand, vor dem ungeheuren Raum des Schwarzen Lochs aber nur als weißes Komma erschien. Für einen Beobachter wäre das sicher ein fesselnder Anblick gewesen, aber einen solchen gab es nicht und konnte es nicht geben, denn OR-

PHEUS, der tapfere Gefährte, der der EURYDIKE die Hölle öffnen sollte, war unbemannt. Er stand über Laser in ständigem Kontakt mit der gigantischen Larve und wartete auf das Signal, das ihn in eine Resonanzbombe, den mit einmaligem Impuls ausgestatteten GRACER verwandelte. Ein ähnlicher, wenngleich tausendmal kleinerer GRACER war im Sonnensystem getestet, der Saturn damit eines Mondes beraubt worden, eines der größten nach dem Titan. Da sich auch der Laserkontakt zu verschlechtern begann, erhielt ORPHEUS sein defizitives Aktionsprogramm, er verstummte gehorsam und löste in den Zentren seines Maschinenraums den Countdown aus. Er hatte sich dem Kollapsar stärker genähert als die EURYDIKE, das Licht verwischte und beugte sich gleich allen anderen ihm verwandten Wellenarten, wurde über das Infrarot in Funk- und Außerfunkwellenbereiche gedrängt. Als der Hades Zeit und Raum seiner Umgebung auf die Folter nahm und unter seinem zerstörerischen Horizont in Brei verwandelte, nahm die EURYDIKE die letzten, kritischen Beobachtungen der Quinta vor, des fünften Planeten der sechsten Sonne der Harpyie, des eigentlichen Ziels der Expedition. Zuvor weit entfernt von dem Kollapsar in den Raum geschossene astromatische Orbiter bildeten ein Planetoskop mit der nicht geringzuschätzenden Apertur von zwei astronomischen Einheiten. Das Bild oder vielmehr das dreidimensionale Modell der Quinta sammelte sich im Holovisor als zunächst dunstige, blaugefleckte, bewölkte Kugel, die in der Halle des Observatoriums zwischen dessen mehrstöckigen Galerien hing.

Dort kam jedoch kaum jemand hin. Das Holoskop war angeblich im Observatorium montiert worden, weil es der Expedition von einem japanischen Produzenten gespendet worden war, der sich davon die notwendige Reklame erhoffte, um es auch irdischen Planetarien anbieten zu können. Als Schauspiel war es sehr effektvoll, den Astrophysikern nützte es eigentlich nichts. Sie hatten es hingenommen, weil die gesamte Apparatur die Wände der Bughalle einnahm, so daß das Planetoskop, unter der durchsichtigen Kugel aufgebaut, als Verzierung die leere Mitte ausfüllte. Die darin erscheinenden Bilder von Sternennebeln oder Planeten wurden allenfalls von Besuchern angeschaut, die herkamen, um wenigstens auf diese Weise die kosmische Landschaft zu sehen, die jenseits des fensterlosen Rumpfes der EURYDIKE verborgen lag.

Der Verunglückte vom Titan trug inzwischen außer dem Vornamen Mark einen Nachnamen: Tempe. So hatte das Tal geheißen, in dem Orpheus zum erstenmal der Eurydike begegnet war. Ter Horab hatte ihn auf der vertraulichen Zusammenkunft der vervollständigten Kundschaftercrew so genannt, ohne ihm aber diesen Namen eigentlich gegeben zu haben. Er war bei dieser Gelegenheit zum zweiten Schichtpiloten des HERMES ernannt worden, der Kommandant aber hatte getan, als wüßte er von nichts. Lauger leugnete die Urheberschaft oder wich einer Antwort vielmehr mit dem Scherz aus, sie alle seien wohl gleichermaßen den Geistern erlegen, die man aus der griechischen Mythologie herbeigerufen habe.

Solange es die auch bei nachlassender Geschwindigkeit konstante Schwerkraft erlaubt hatte, war er oft bei Lauger gewesen und hatte dessen Debatten mit den Astrophysikern Gold und Nakamura zugehört. Meistens drehten sie sich um das Rätsel der Zivilisationen »oberhalb des Fensters«, solcher also, die den Hauptstrang des Diagramms nach Hortega-Neyssel verlassen hatten. Da über ihr Schicksal nichts bekannt war, bildeten sie keine geringe Herausforderung für die Phantasie. Die Meinungen, die die meisten von diesem Geheimnis Faszinierten hegten, ließen sich grob in zwei Gruppen einteilen, je nachdem, ob das Schweigen seine Ursachen in der Soziologie oder in der Kosmologie hatte. Gold, obzwar Physiker, hielt zu einer soziologischen, noch dazu sehr extremen Deutung: der sogenannten Soziolyse. Danach versehrt eine Gesellschaft, die in die Epoche der technologischen Beschleunigung eintritt, zuerst die Lebensumwelt, die sie anschließend retten kann und will. Da diese konservatorischen Eingriffe sich jedoch als unzureichend erweisen, wird die Biosphäre aus Bedürfnis wie aus Notwendigkeit durch Artefakte ersetzt, es entsteht eine total umgestaltete Umwelt, die aber nicht künstlich im Sinne der menschlichen Auffassung dieses Terminus ist. Für die Menschen ist künstlich, was sie selber gefertigt haben; natürlich bleibt das Unberührte oder nur Beherrschte wie das Wasser, das Turbinen treibt, oder der Ackerboden, der landwirtschaftlichen Eingriffen unterzogen wird. »Oberhalb des Fensters« hört dieser Unterschied auf zu bestehen. Da alles »künstlich« wird, ist nichts mehr »künstlich«. Produktion, Intelligenz, Forschung unterliegen einer »Verpflanzung« in die gesamte Umwelt; die Elektronik oder ihre unbekannten Pendants und Ausblühungen treten an die Stelle von Institutionen, gesetzgebenden Körperschaften, Verwaltungen, Schul- und Gesundheitswesen, die ethnische Identität nationaler Zusammenballungen schwindet, desgleichen verschwinden Grenzen, Polizei, Gerichte, Universitäten und Gefängnisse. Es kann zu einem »sekundären Höhlenzeitalter« kommen: zu allgemeinem Analphabetismus und Nichtstun. Man braucht, um sein Auskommen zu haben, nichts mehr zu können.

Wer einen Beruf haben will, darf das natürlich, denn jeder kann tun und lassen, was er will. Eine Stagnation braucht das nicht zu bedeuten: Die Umwelt ist gehorsamer Fürsorger und kann sich in dem ihr möglichen Maße den Wünschen und Forderungen entsprechend umgestalten. Geschieht das aber so, daß sich der »Fortschritt« vollzieht? Das können wir nicht beantworten, da wir selber dem Konzept des »Fortschritts« in der Geschichte keine identische Bedeutung zugeschrieben und jeweils vom Standpunkt des historischen Augenblicks geurteilt haben. Darf man von »Fortschritt des Wissens« in einer Situation sprechen, da die Spezialisierung jede Erkenntnisarbeit, jede konstruktive, intellektuelle, schöpferische Tätigkeit zersplittert, so daß in jedem Fach jedermann nur immer tiefer auf einem immer kleineren Feld gräbt? Wozu soll ein lebendiges Wesen rechnen können, wenn das Maschinen viel schneller und besser machen? Wozu soll man den Acker bestellen, Mehl mahlen und Brot backen, wenn photosynthetische Systeme eine viel abwechslungsreichere und gesündere Kost produzieren als die Bauern, Bäcker, Köche und Konditoren? Warum nun schickt eine in solcher Soziolyse stehende Gesellschaft nicht in alle Himmel Rezepte für die eigene Vollkommenheit und Bequemlichkeit? Wozu aber sollte sie das tun, da es sie als eine Gemeinschaft des ungesättigten Hungers der Mägen und Hirne überhaupt nicht mehr gibt?

Es entsteht gewissermaßen eine große Masse von Individuen, unter denen sich schwerlich eines finden dürfte, das es als Lebensaufgabe ansähe, dem Kosmos Signale über sein wertes Befinden zukommen zu lassen. Die künstliche Umwelt wird unweigerlich mit solchem ingenieurtechnischen Bedacht angelegt, daß sie nicht die Merkmale einer planetaren »Person« erwerben kann. Diese künstliche Umwelt ist ein *Niemand*, nicht anders als eine Wiese, ein Wald oder eine Steppe, nur mit dem Unterschied, daß sie nicht um ihrer selbst willen blüht und gedeiht, sondern für jemanden, für irgendwelche Geschöpfe. Werden diese davon nicht verblöden und sich in stumpfsinnige Freßsäcke verwandeln, wenn sie nur faul die Spielchen spielen, die ihnen ihr planetarer Vormund vor die Nase hält? Nicht unbedingt. Das ist eine Frage des Standpunkts. Was für den einen Menschen ein Phantom oder Müßiggang ist, kann für einen anderen die Leidenschaft seines Lebens bedeuten. Wieviel mehr müssen uns dann die Maßstäbe und Kriterien fehlen, wenn wir andere Geschöpfe einer anderen Welt in Betracht ziehen, aus einer anderen Ära einer Geschichte, die ohnehin völlig unterschieden ist von der unseren …

Nakamura und Lauger hingen einer kosmologischen Hypothese an. Wer das Universum erkennt, geht im Universum unter. Nicht daß er darin sein Leben verlöre – nein, der Aphorismus meint etwas gänzlich anderes. Astronomie, Astrophysik, Raumfahrt sind nur bescheidene, kleine Anfänge. Wir selbst haben bereits den nächsten Schritt vollzogen, denn wir beherrschen das Abc der sideralen Technik. Es geht auch nicht um eine Expansion, die einst so benannte »Schockwelle der Vernunft«, die sich nach dem eigenen auch die benachbarten Planeten unterwirft und sich im Sternenexil über die Galaxien ausbreitet. Wozu auch? Um immer dichter das Vakuum zu bevölkern? Es geht nicht um das *crescite et multiplicamini*, sondern um Aktionen, die wir nicht begreifen und folglich um so weniger in ihrer Bedeutung bestimmen können. Was begreift ein Schimpanse von der Schinderei der Kosmogonik?

Ist das Universum ein sehr großer Kuchen und die Zivilisation ein Kind, das diesen Kuchen so schnell wie möglich aufzuessen versucht? Die Vorstellung von Invasionen, die von fremden Sternen kommen, ist die Projektion der aggressiven Eigenschaften des raubtierhaften, nur notdürftig gezähmten Affenmenschen. Da er selbst seinem Nächsten gern antäte, was diesem unangenehm ist, stellt er sich eine hohe Zivilisation nach ebendieser seiner Art vor. Flotten galaktischer Dreadnoughts sollen auf irgendwelchen bedauernswerten Planeten landen, um über die dort vorhandenen Dollars, Brillanten, Pralinen und natürlich die schönen Frauen herzufallen. Diese »anderen« können damit so wenig anfangen wie wir mit den Weibchen der Krokodile. Womit befassen sie sich also, die »oberhalb des Fensters?« Mit dem, was wir nicht begreifen können, aber gleichzeitig können wir nicht unser Einverständnis geben, daß dieses Wirken der anderen über unser Begriffsvermögen geht.

Bitte sehr: Wir sollen ein Loch in den Hades, in seine temporale Zwiebel machen, um uns darin zu verbergen. Das ist jedoch kein Versteckspiel. Wir wollen eine Zivilisation erwischen, ehe sie aus dem Fenster entkommt. Die Wahrscheinlichkeit künftiger Expeditionen mit einem ebensolchen Ziel ist gering. Unsere Nachfahren werden uns vielleicht sogar ein ehrendes Andenken bewahren: ein solches, wie wir es den Argonauten bewahrt haben, die auszogen, das Goldene Vlies zu holen.

Khargner, der ebenfalls oft bei Lauger gesessen hatte, bezeichnete diese Deutung der »Zivilisation außerhalb der Kontaktschranke« als »Verstehen durch Nichtverstehen«. In letzter Zeit allerdings konnte er sich eine Teilnahme an diesen Diskussionen nicht mehr leisten, da die Nähe des Ziels seine fast ständige Anwesenheit in den Lastverteileranlagen notwendig machte.

Mark Tempe, der wußte, daß er anders hieß, dieses Wissen aber mit Rücksicht auf die Ärzte nicht preisgeben durfte, studierte vor dem Schlafen die Zusammensetzung der Crew des HERMES. Von den zehn Besatzungsmitgliedern kannte er gut nur Gerbert und – durch die Begegnungen bei Lauger – den kleinen, schwarzäugigen Nakamura. Von dem Kommandanten, unter dem er dienen sollte, wußte er fast gar nichts. Er hieß Steergard und war der Erste Stellvertreter Ter Horabs. Sein zusätzliches Spezialgebiet war die soziodynamische Spieltheorie. Jeder Teilnehmer des Kundschafterunternehmens mußte auf einem Gebiet ausgebildet sein, das sich mit dem eines anderen Besatzungsmitglieds deckte, so daß die Leistungskraft des Teams nicht durch Unfälle oder Erkrankungen in Mitleidenschaft gezogen wurde. Für die Antriebstechnik auf dem HERMES war Polassar zuständig, ein Gravistiker und Siderator. Tempe kannte ihn nur als großartigen Schwimmer aus dem Swimmingpool der EURYDIKE, wo er seinen muskulösen Körper bei Sprüngen mit dreifacher Schraube bewundert hatte. Das bot natürlich kaum die Gelegenheit, sich mit sideralen Technologien vertraut zu machen, folglich versuchte Mark es allein, aber er biß sich daran die Zähne aus, denn schon die Einführung verlangte Beschlagenheit in der ganzen raffinierten Nachkommenschaft der Relativitätstheorie. Erster Pilot war Harrach, ein großer, schwerer, hitziger Mann. Er kannte sich auch in der Informatik aus und hatte gemeinsam mit dem Astromatiker Halban den Computer des HERMES in seiner Obhut. Oder dieser Computer – so hatte er sich selbst einmal geäußert – besaß in diesen beiden Männern seine Untergebenen.

Es war ein Computer der sogenannten Finalgeneration, denn kein anderer kam ihm in der Rechenleistung gleich. Die Grenze setzten Eigenschaften der Materie. Eine größere Rechenkapazität entwickelten nur die sogenannten imaginären Computer. Sie waren von Theoretikern entworfen worden, die sich mit der reinen, von der realen Welt unabhängigen Mathematik befaßten. Das Dilemma der Konstrukteure entsprang notwendigen, zugleich aber gegensätzlichen Voraussetzungen, möglichst viele Neuronen auf möglichst geringem Raum unterzubringen. Die Laufzeit der Signale kann nicht länger sein als die Reaktionszeit der Komponenten des Computers. Andernfalls beschränkt die Laufzeit die Rechengeschwindigkeit. Die neuesten Relais reagierten im hundertmilliardsten Bruchteil einer Sekunde. Sie waren so groß wie Atome. Der eigentliche Computer hatte daher nur einen Durchmesser von drei Zentimetern. Jeder größere hätte langsamer gearbeitet. Der Computer des HERMES hielt zwar die Hälfte der Steuerzentrale besetzt, aber nur durch die Peripheriegeräte, durch Decoder und Baugruppen, sogenannte hypotheseträchtige oder linguistische Meditatoren, Gerät also, das nicht in der realen Zeit arbeitete. Die Entscheidungen in kritischen Situationen, in extremis, wurden hingegen von dem blitzartig reagierenden Kern getroffen, der nicht größer war als ein Taubenei. Er hieß GOD – General Operational Device. Nicht alle hielten den Zufall für den Urheber dieser Abkürzung. HERMES war mit zwei GODs ausgerüstet, die EURYDIKE hatte achtzehn.

Steergard, Nakamura, Gerbert, Polassar und Harrach hatten schon vor dem Abflug für das Kundschaftsunternehmen festgestanden, hinzu kamen nun Arago als Reservearzt (das sah nach einem unvermuteten Resultat der geheimen Abstimmung aus), Tempe auf dem Posten des Zweiten Piloten, der Logistiker Rotmont sowie Kirsting und El Salam, zwei Experten, die aus einem Dutzend Exobiologen und anderen Sachverständigen des irdischen SETI-Präsidiums ausgewählt worden waren. In den letzten Wochen hatten diese zehn ihren Wohnsitz im fünften Segment der EURYDIKE genommen, einer genauen Kopie des Inneren von HERMES. Man sollte sich sowohl miteinander als auch mit der bevorstehenden Aufgabe vertraut machen. Auf den Simulatoren wurden dort täglich verschiedene Varianten durchgespielt, wie man sich der Quinta nähern und welche Taktik man bei der Kontaktaufnahme mit den Bewohnern einschlagen würde. Thethes, ein anderer SETI-Abgesandter, der diese Simulationen betrieb, machte der künftigen Crew des HERMES schwer zu schaffen, denn er schickte ihr die raffiniertesten, einander überschneidenden Havarien auf den Hals und untermischte sie mit Wolkenbrüchen unverständlicher Signale, die die Stimme des fremden Planeten imitieren sollten.

Keiner wußte, wie und warum es sich damals eingebürgert hatte, den Apostolischen Gesandten nicht mehr Pater, sondern Doktor Arago zu nennen. Mark gewann den Eindruck, daß der Geistliche es selbst so gewollt hatte.

Die Simulationen wurden abgebrochen, noch ehe ihr gesamtes Programm absolviert war: Ter Horab beschied die Kundschafter zu sich, der Grund waren die letzten Erkenntnisse vom System der Zeta.

Von den acht Planeten dieses ruhigen Sterns der Klasse K besaßen nur die vier inneren, die klein, von der Masse des Merkurs oder des Mars waren, neben einer beträchtlichen vulkanischen Aktivität geringfügige Atmosphären. Weiter draußen wurde die Zeta von drei riesigen, gasförmigen Ringsternen umkreist. Sie waren von der Größenordnung des Jupiters, ihre von gewaltigen Stürmen heimgesuchten Atmosphären gingen in zur metallischen Phase geballten Wasserstoff über. Die Septa, zweimal so schwer wie der Jupiter, strahlte mehr Energie ins All ab, als sie von ihrer Sonne erhielt – es fehlte nicht viel, und sie wäre zum Stern entflammt.

Allein die Quinta, die die Zeta in anderthalb Jahren einmal umkreiste, war blau wie die Erde. Durch die Lücken der weißen Wolken bot sich der Blick auf die Konturen von Ozeanen und die Umrisse von Kontinenten. Die Beobachtung aus einer Entfernung von fast fünf Lichtjahren brachte beträchtliche Schwierigkeiten mit sich. Das Auflösungsvermögen der optischen Geräte, die die EURYDIKE an Bord hatte, wurde der Aufgabe nicht gerecht. Auch die Bilder, die man von den in den Raum entsandten Orbitern gewann, waren nicht scharf genug. Die Quinta befand sich, von der EURYDIKE aus gesehen, im zweiten Viertel. Diese ihre halbe Scheibe strahlte, und genau über ihr entdeckte man die Spektrallinien von Wasser und Hydroxyl in bedeutenden Konzentrationen. Am Äquator, direkt über ihm, schlang sich um die Quinta ein Schlauch von außerordentlich komprimiertem Wasserdampf. Er befand sich oberhalb der Lufthülle und ließ auf einen Ring von Eis schließen, der mit seinem Innenrand die oberen Schichten der Atmosphäre streifte und demzufolge in Bälde dem Zerfall ausgesetzt war. Die Astrophysiker schätzten seine Masse auf drei bis vier Trillionen Tonnen. Falls das Wasser dem Ozean entstammte, hatte dieser etwa zwanzigtausend Kubikkilometer verloren: nicht mehr als ein Prozent seines Volumens. Da eine natürliche Ursache dieses Phänomens nicht auszumachen war, wurden Arbeiten hochwahrscheinlich, die man unternommen hatte, um den Meeresspiegel abzusenken und den Festlandsockel als Siedlungsland trockenzulegen. Andererseits sah die Operation nach Stümperei aus – der gefrorene Ozeanbruchteil war auf eine zu niedrige Umlaufbahn gebracht worden und mußte in einigen Jahrhunderten wieder hinunterfallen. Bei einem derartigen Schwung der Arbeiten war das verwunderlich bis zur Unbegreiflichkeit.

Überdies ließen sich auf der Quinta rasch verlaufende, noch rätselhaftere Erscheinungen beobachten. Das elektromagnetische Rauschen, das ungleichmäßig von vielen Orten des Planeten ausstrahlte, erfuhr eine so bedeutende Verstärkung, als hätten dort Hunderte von Maxwellschen Sendern auf einmal den Betrieb aufgenommen. Gleichzeitig verstärkte sich die Strahlung im Infrarotbereich mit kleinen Lichtblitzen in den Zentren. Es konnte sich um große Spiegel handeln, die das Sonnenlicht in den Kraftanlagen sammelten, aber bald zeigte sich, daß die thermische Emissionskomponente auch dort gering war. Das Spektrum dieser Lichtblitze war weder die Kopie des Zeta-Spektrums (was der Fall gewesen wäre, wenn man diese Sonne in Spiegeln gesammelt hätte), noch erinnerte es an die Spektren von Kernexplosionen. Das Rauschen nahm indessen zu. Es kam im Kurz- und Mittelwellenbereich, die Meterstrahlung erinnerte an eine modulierte Emission.

Diese Nachricht löste eine Sensation aus, zumal sie entstellt worden war: als handle es sich um eine Richtstrahlung wie den Radar, als habe der Planet also schon die EURYDIKE im Visier. Die Astrophysiker dementierten dieses

Gerücht – kein Radar wäre imstande gewesen, in der Nähe des Kollapsars ein Raumschiff zu orten. In der Stunde Null jedenfalls herrschte Triumphstimmung: Die Quinta war unbestreitbar von einer Zivilisation bewohnt, die es technisch so weit gebracht hatte, daß sie nicht nur kleine Raumfahrzeuge, sondern ganze Ozeane ins All verfrachten konnte.

Die Startvorbereitungen des Kundschafterschiffs erfolgten auf veränderter Umlaufbahn im relativ ruhigen Aphel des Hades. Das Zirpen der piezoelektrischen Anzeiger, das den unablässigen Spannungswechsel in den Wanten und Stringern des Rumpfes nachwies, hatte aufgehört. Gleichzeitig leuchtete auf den bisher blinden Monitoren des Startkontrollraums schräg die Ärmelspirale der Galaxie auf, wo man mit gutem Willen und viel Phantasie unter den weißlichen Sterngewölben und dunklen Staubwolken in einem reglos glimmenden Gestöber die Zeta Harpyiae erkennen konnte. Ihre Planeten waren optisch nicht erkennbar.

Die Techniker machten den HERMES zum Ablegen bereit. In den Laderäumen des Hecks drehten sich die Krane; die Flansche der Rohrleitungen, durch die die EURYDIKE hypergole Treibstoffe in die Tanks des Aufklärers pumpte, erzitterten unter dem Druck. Der Stab überprüfte die Systeme des Antriebs, der Navigation, der Klimatisierung, die Funktionstüchtigkeit der Dynatrone – einmal durch Vermittlung von GOD, dann wieder unter seiner Ausschaltung über parallele Übertragungslinien. Nacheinander meldeten die Rechenblöcke mit ihren Programmen und die Funkortungsgeräte Betriebsbereitschaft, die Antennen fuhren aus und ein wie die Hörner einer gigantischen Schnecke. Der tiefe Baß der Turbinen, die Sauerstoff in die Tunnel unter den Decks des HERMES pumpten, versetzten diese Lager, eine Art offenen Docks, in leichte Schwingungen. Während dieses ameisenhaften

Gewimmels kehrte die Milliarden Tonnen schwere EURYDIKE ihr Heck langsam zur Zeta Harpyiae, einem Geschütz gleich, das Feuer geben sollte.

Die Besatzungsmitglieder des HERMES verabschiedeten sich vom Commander und von allen, denen sie sich verbunden fühlten. Auf dem Mutterschiff blieben zu viele Leute zurück, als daß jeder mit jedem wenigstens einen Händedruck hätte tauschen können. Anschließend gab Ter Horab zusammen mit denen, die von ihren Posten abkömmlich waren, der Crew des HERMES das Geleit bis in den Tunnelzylinder zwischen den Segmenten. Dort blieb er stehen, bis sich nach dem Schließen der großen Dockschleusen auch die kleinen Luken mit den Personenlifts verriegelt hatten und der HERMES sich, weiß wie Schnee, Zoll für Zoll von hydraulischen Verdrängern vorwärts geschoben, langsam löste wie ein Geschoß aus seiner Kammer – seine hundertachtzigtausend Tonnen bewahrten trotz der Schwerelosigkeit ihre niemals verschwindende Trägheit.

Die Techniker der EURYDIKE hatten mittlerweile gemeinsam mit den Biologen Terna und Hrus die HERMES-Besatzung für lange Jahre schlafen gelegt. Es war kein Eis- oder Kälteschlaf – man hatte sie der Embryonisierung unterzogen.

Die Menschen kehrten dabei ins Leben vor ihrer Geburt zurück – ins Embryonalstadium, ein an diese Ähnlichkeit zumindest erinnerndes Dasein ohne Atmung und unter Wasser. Schon die ersten kleinen Schritte ins All hatten offenbar werden lassen, wie sehr der Mensch der Erde verhaftet, wie wenig er den gewaltigen Kräften angepaßt ist, die zur Durchmessung eines großen Raums in möglichst kurzer Zeit erforderlich sind. Die heftige Beschleunigung quetscht den Körper und vor allem die luftgefüllten Lungen, drückt den Brustkorb ein und lähmt den Blutkreislauf. Da die Naturgesetze sich nicht beugen ließen, mußte man ihnen die Raumfahrer anpassen. Das gelang mit der Embryonisierung. Zuerst mußte das Blut durch einen flüssigen Sauerstoffträger ersetzt werden, der darüber hinaus auch andere Bluteigenschaften besaß – von der Gerinnfähigkeit bis zu Immunfunktionen. Diese Flüssigkeit war der milchweiße Onax. Nach Abkühlung des Körpers auf die Temperatur, mit der Tiere im Schlafe überwintern, wurden operativ die verwachsenen Gefäße wieder durchlässig gemacht, durch die der Fötus einst das Blut mit der Plazenta im Mutterschoß austauschte. Das Herz arbeitete weiter, aber in den Lungen, die zusammenfielen und sich mit Onax füllten, stoppte der Gasaustausch. Wenn im Brustkorb und in den Eingeweiden keine Luft mehr war, wurde der Bewußtlose in eine Flüssigkeit getaucht, die ebensowenig kompressibel war wie Wasser. Dann nahm den Astronauten ein Embryonator in sein Inneres auf, ein Behälter von der Form eines zwei Meter langen Torpedos. Er hielt den Körper in einer Temperatur oberhalb des Gefrierpunkts, lieferte ihm über das durch künstliche Gefäße über die Nabelschnur in den Organismus gepumpte Onax Nährsubstanzen und Sauerstoff. Der so präparierte Mensch konnte schadlos einen ebenso gewaltigen Druck überstehen wie Tiefseefische, die im Ozean in Meilentiefe nicht zerquetscht werden, weil der Außendruck genauso groß ist wie der Druck in ihren Geweben. Daher war die Flüssigkeit mit hundert Atmosphären Druck pro Quadratzentimeter Körperfläche in den Embryonator gepreßt worden. Jeder dieser Behälter wurde von den Zangen einer Pendelaufhängung an Bord genommen.

Die Astronauten ruhten gleich riesigen Puppen so in den gepanzerten Kokons, daß die Beschleunigungs- und Bremskräfte sie jeweils von der Brust zum Rücken trafen. Ihre Körper, die über 85 Prozent Wasser und Onax, aber keine Luft mehr enthielten, gaben durch ihren Widerstand gegen Wasserdruck nicht nach. Dadurch konnte man ohne

Bedenken eine konstante Beschleunigung des Raumschiffs beibehalten, die zwanzigmal so hoch war wie die der Erde. Der Körper wog dabei zwei Tonnen – selbst für einen Athleten wäre die Ausführung der Atembewegungen mit dem Brustkorb eine nicht zu bewältigende Aufgabe gewesen. Die Embryonisierten atmeten aber nicht, und die Grenze ihrer Belastbarkeit für einen Sternenflug zog lediglich die feine Molekularstruktur der Gewebe.

Als die zehn Herzen in vollständiger embryonischer Kompression nur noch einige Male pro Minute schlugen, nahm GOD die Bewußtlosen in seine Hut, und die Leute von der EURYDIKE kehrten an Bord ihres Raumschiffs zurück. Die Operateure trennten die Computer des Mutterschiffs vom HERMES, und die beiden Raumfahrzeuge verband nichts mehr außer den toten, stromlosen Kabeln.

Die EURYDIKE stieß den Aufklärer aus dem weitgeöffneten Heck, das von den gigantischen Platten des auseinanderklaffenden Photonenspiegels wie mit einem Kranz umgeben war. Stählerne Klauen streckten sich aus, zerrissen die inzwischen überflüssigen Kabel wie Spinnweben und schoben den Rumpf des HERMES ins Leere. Seine Bordtriebwerke glommen in bleichem Ionenfeuer auf, aber der Impuls war zu schwach, um ihn von der Stelle zu bringen – eine so gewaltige Masse kommt nicht leicht auf Geschwindigkeit. Die EURYDIKE zog ihre Katapulte ein und schloß das Heck, all diejenigen, die von ihrem Steuerraum aus den Start beobachteten, atmeten erleichtert auf: Genau auf den Bruchteil einer Sekunde ging GOD ans Werk, die bisher stummen Hypergolbooster des HERMES gaben Feuer, eine Batterie nach der anderen zündete, um das Raumfahrzeug in Schwung zu bringen. Gleichzeitig gaben die Ionentriebwerke her, was sie konnten. Ihre durchsichtige blaue Flamme mischte sich in das blendende Gleißen der Booster, der hitzeflimmernde Rumpf schwebte glatt und gleichmäßig in die ewige Nacht.

In dem abgedunkelten Kontrollraum fiel das Licht der Monitore auf die Gesichter der Männer um den Kommandanten und verlieh ihnen Totenblässe. Der HERMES, der sich mit zunehmender Geschwindigkeit entfernte, zog eine immer längere, kontinuierliche Feuerspur. Am Rande des Blickfeldes taumelte der leere Zylinder, der HERMES und EURYDIKE bis zuletzt verbunden hatte und, durch die Startsalven abgestoßen, ins Dunkel gefegt worden war. Als die Telemeter die notwendige Entfernung zwischen beiden Raumschiffen anzeigten, schloß sich der Heckspiegel des Milliardentonners, und aus der zentralen Öffnung schob sich langsam der stumpfe Kegel des Emitters. Blitze schossen daraus hervor, einmal, dann ein zweites und drittes Mal, bis eine Lichtsäule in den Raum schlug und den HERMES traf. In beiden Steuerräumen der EURYDIKE erscholl ein gemeinsamer Schrei der Freude und – wie zugegeben werden muß – auch der angenehmen Überraschung, daß alles so glatt gegangen war. Der HERMES verschwand bald von den Bildmonitoren, auf denen sich nur immer kleiner werdende leuchtende Ringe zeigten, als rauche ein unsichtbarer Riese zwischen den Sternen eine Zigarette und blase Kringel von weißem Rauch aus dem Mund. Zuletzt verflossen alle diese Kreise zu einem flimmernden Punkt – der Spiegel des Aufklärers reflektierte das Licht des Lasers, mit dem die EURYDIKE ihn antrieb.

Ter Horab hatte das Ende dieses Schauspiels nicht abgewartet und war in seine Kajüte gegangen. Vor ihm lagen die neunundsiebzig schwierigsten Stunden: Die sideralen Operationen des GRACER ORPHEUS sollten in Gravitationsresonanzen den temporären Hafen schaffen, in dem man dann ankern oder vielmehr untertauchen wollte, denn das bedeutete ja die vollständige Trennung von der Außenwelt.

Der Zündbefehl an ORPHEUS war zwei Tage und Nächte unterwegs, und ausgerechnet in diesem Zeitraum kam es auf der Quinta zu Erscheinungen, die zu denken gaben. Bis zum definitiven Aussetzen ihrer Geräte konnten die Astrophysiker die gesamte galaktische Emission aus dem Raum des Sternbilds der Harpyie empfangen. Die Spektren von Alpha und Delta bis hin zu Zeta wiesen keine Veränderung auf, was ein wichtiger Prüfstein für die gute Qualität war, mit der auch die Quinta beobachtet wurde. Die von dem Planeten zur EURYDIKE gelangende Strahlung wurde gefiltert, die Filtrate von den Kaskadeverstärkern der Computer verglichen, übereinandergelagert und präzisiert. In stärkster visueller Vergrößerung war das Zeta-System ein Fleckchen, das man mit dem Kopf eines in der ausgestreckten Hand gehaltenen Streichholzes verdecken konnte.

Die gesamte Aufmerksamkeit der Planetologen konzentrierte sich natürlich auf die Quinta. Ihre Spektro- und Hologramme boten ein Bild nicht so sehr des Planeten als der Vermutungen, die die Computer über ihn anstellten. Quelle der Information waren Photonenbündel, unregelmäßig über das Spektrum aller nur denkbaren Strahlungen verstreut, und so herrschte im Observatorium der EURYDIKE genau wie einst vor den ersten Teleskopen auf der Erde keine Eintracht in der kritischen Frage: *Was sieht man wirklich, und was erscheint einem nur so, als sähe man es?*

Wie jedes informationsverarbeitende System kann auch der menschliche Verstand keine scharfe Grenze zwischen absoluter Gewißheit und Mutmaßung ziehen. Erschwert wurden die Beobachtungen durch die Zeta, die Sonne der Quinta, durch den Gasschweif der Septima, ihres größten Planeten, sowie die starke Strahlung des Sternenhintergrunds. Bisher war festgestellt worden, daß die Quinta in vielen physischen Hinsichten an die Erde erinnerte. Ihre Atmosphäre enthielt neunundzwanzig Prozent Sauerstoff, reichlich Wasserdampf und ca. sechzig Prozent Stickstoff. Die weißen Polkappen waren in ihrer hohen Albedo schon aus der Umgebung der Erdsonne zu erkennen gewesen. Der Eisring war unstreitig erst während des Flugs der EURYDIKE entstanden oder hatte zumindest die Ausmaße erreicht, die ihn erkennbar machten. Aus kosmischer Nähe wurde der künstliche Charakter der Funkhelligkeit der Quinta nun zweifelsfrei festgestellt. Entladungen atmosphärischer Gewitter kamen nicht in Frage. Mit der Funkhelligkeit im Kurzwellenbereich nahm die Quinta es bereits mit der analogen Strahlung ihrer Sonne auf. Ähnlich hatte es sich auf der Erde nach der weltweiten Verbreitung des Fernsehens verhalten.

Die Beobachtungsergebnisse, die man kurz vor dem Eintauchen in den temporären Hafen erzielte, waren eine jähe Überraschung. Ter Horab rief die Experten zu einer Beratung zusammen, obgleich er wußte, daß man deren Resultate nicht mehr direkt an die Besatzung des HERMES weitergeben konnte. Die Beratung hatte nur das eine mögliche Ziel: den Vorgängen auf dem Planeten schnellstmöglich die Diagnose zu stellen und diese Nachricht dem Aufklärer nachzusenden. Die mit Hochenergiequanten verschlüsselte Botschaft würde den HERMES mit seiner bewußtlosen Crew erreichen, GOD würde sie aufnehmen und den Männern nach ihrer Reanimation am Rande des Zeta-Systems übermitteln. Dieser Sternenbrief sollte so verschlüsselt werden, daß nur GOD ihn lesen konnte. Vorsicht nämlich schien angebracht, die Liste der auf der Quinta eingetretenen Veränderungen sah ziemlich besorgniserregend aus:

1. Über der Thermosphäre und der Ionosphäre des Planeten sowie zwischen ihm und seinem Mond, etwa zweihunderttausend Kilometer von der Quinta entfernt, waren Serien kurzer Blitze registriert worden. Die Blitze selbst hatten etliche Nanosekunden gedauert, ihr Spektrum entsprach der Sonnenemission mit einer in Infrarot und Ultraviolett beschnittenen Strahlung.

2. Nach jeder Serie dieser Blitze, die jeweils mehrere Stunden anhielt, zeigten sich auf der Scheibe des Planeten in der zwischentropischen Zone dunkle Streifen beiderseits des Eisrings.

3. Gleichzeitig verstärkte sich die Emission von Meterwellen über das bisher beobachtete Maximum hinaus, während auf der Südhalbkugel die Emission nachließ.

4. Unmittelbar vor Beginn der Beratung zeigte das auf die Mitte der Planetenscheibe gerichtete Bolometer einen jähen Temperatursturz um hundertachtzig Grad Kelvin an – mit allmählicher Relaxation. Der kalte Fleck umfaßte ein Gebiet von der Größe Australiens. Die Wolkendecke darüber verschwand und bildete ringsherum einen sehr hellen Wall. Bevor die Wolken zurückkehrten, lokalisierte das Bolometer eine »Kältequelle« punktförmigen Ausmaßes direkt im Zentrum des Flecks. Die heftige Abkühlung hatte sich also in kreisförmiger Front von der Quelle aus verbreitet, deren Natur man nicht kannte.

5. Auf der dunklen, sonnenabgewandten Halbkugel des großen Quinta-Mondes erschien ein punktförmiger Blitz. Er flimmerte, als bewege er sich unabhängig von der Bewegung der Mondkruste, als laufe dicht über deren Oberfläche im Bereich einer Zehntausendstelbogensekunde ein Feuer, gebildet aus Kernplasma mit einer Temperatur von einer Million Grad Kelvin.

6. Bei Eröffnung der Beratung war der kalte Fleck unter Wolken verschwunden, die Bewölkung der Quinta aber hatte zugenommen und sich auf einer größeren Oberfläche als je zuvor stabilisiert: Sie bedeckte zweiundneunzig Prozent der Planetenscheibe.

Es ist unschwer zu erraten, wie weit die Meinungen der Fachleute auseinandergingen. Die sich zuerst anbietende Hypothese von versuchsweisen oder militärischen Kernexplosionen konnte ohne Diskussion verworfen werden. Die Blitze hatten eine spektrale Gemeinsamkeit weder mit Explosionen von Aktiniden noch mit thermonuklearen Reaktionen. Eine Ausnahme bildete das Plasmafünkchen auf dem Mond: Sein thermonukleares Spektrum war kontinuierlich. Die Vorstellung eines magnetisch gehaltenen offenen Wasserstoff-Helium-Reaktors drängte sich auf. Den Nukleonikern war der Zweck eines derartigen Reaktors ein Rätsel.

Die Blitze im Raum um den Planeten konnten verschiedene Ursachen haben: speziell abgestimmte Laser, die auf metallische Objekte, möglicherweise Nickel-Magnetit-Meteore, trafen, oder aber kollidierende Körper mit großem Eisen-, Nickel- und Titangehalt, die mit Geschwindigkeiten von achtzig bis hundert Kilometern pro Sekunde frontal aufeinanderprallten. Auszuschließen waren als Quelle aber auch Spiegelumsetzer nicht, die Wellenschlucker für einen Teil der Sonnenwellen besaßen und von explosionsartig verlaufenden Havarien heimgesucht wurden.

Die Beratung ging in einen verbissenen Streit über und entzweite die Fachleute. Man sprach von einer Klimaregulierung mit Hilfe sehr großer, mit Fotozellen ausgestatteter Fotokonverter, aber das ergab keinen Reim auf den Kälteherd am Äquator. Am meisten verblüfften jedoch die Ergebnisse der Fourier-Analyse des gesamten Funkspektrums der Quinta. Von Modulation fehlte jetzt jede Spur, die Leistung der Sender aber hatte sich erhöht. Die Peilkarte des Planeten zeigte Hunderte von Sendern weißen Rauschens, das zu formlosen Flecken verschwamm. Die Quinta strahlte dieses Rauschen in allen Wellenbereichen aus. Es bedeutete entweder die Sendung von »Scrambling«-Signalen, also eine Art chiffrierten, durch scheinbares Chaos verdeckten Funkverkehrs, oder die vorsätzliche Herstellung eines derartigen Funksalats.

Ter Horab verlangte eine unverzügliche Antwort auf die Frage, *was* dem HERMES innerhalb der nächsten Stunden, bevor jede Funkverbindung mit ihm abbrach, übermittelt werden sollte, konkreter gesagt, *worauf* sich die Kundschafter gefaßt machen und *wie* sie sich, im Zeta-System angekommen, verhalten sollten.

Das Erkundungsprogramm hatte seit langem festgestanden und die jetzt beobachteten Erscheinungen natürlich nicht mehr berücksichtigen können. Niemand hatte es eilig, das Wort zu ergreifen. Mit unverhohlenem Widerstreben erklärte schließlich der Astromatiker Tuyma als Sprecher der SETI-Beratergruppe, zutreffende Ratschläge ließen sich dem HERMES überhaupt nicht erteilen – man solle eine Beschreibung der Tatsachen und deren hypothetische Interpretation übermitteln und sich auf die selbständigen Erwägungen der Kundschafter verlassen.

Ter Horab wünschte diese Hypothesen zu hören, unerachtet ihrer Gegensätzlichkeit.

»Was immer die Veränderungen der Quinta bedeuten – es sind keine an uns gerichteten Signale«, sagte Tuyma. »Darin stimmen wir alle überein. Manche sind der Ansicht, der Planet habe unsere Anwesenheit bemerkt und bereite sich auf seine Weise auf den Empfang des HERMES vor. Diese Vermutung gründet sich nicht auf rationale Werte. Sie ist meiner Ansicht nach einfach Ausdruck der Besorgnis oder, um es ohne Umschweife zu sagen, der Furcht, einer sehr alten Urangst, die einst den Begriff einer kosmischen Invasion als einer Katastrophe hervorgebracht hat. Ich halte es für Unsinn, die Erscheinungen so erklären zu wollen.«

Ter Horab verlangte Konkretes zu wissen. Ob die Männer des Erkundungsfluges Angst haben sollten oder nicht, würden sie selber entscheiden. Es ging um den Mechanismus der neuen Erscheinungen.

»Die Kollegen Astrophysiker verfügen über konkrete Hypothesen, die sie vortragen können«, erwiderte Tuyma, von der Ironie in den Worten des Kommandanten unbeeindruckt, denn sie bezog sich ja nicht auf ihn.

»Nämlich?« fragte Ter Horab.

Tuyma wies auf Nisten und La Piro.

»Die Sprünge der Temperatur und der Albedo können durch einen Meteorenschwarm verursacht worden sein, der in das System der Quinta eingedrungen und dort mit künstlichen Satelliten zusammengestoßen ist. Daher konnten die Blitze kommen«, sagte Nisten.

»Und wie erklärst du die Ähnlichkeit der Oberflächenblitze mit dem Zeta-Spektrum?«

»Ein Teil der Satelliten der Quinta kann aus Eis bestehen, das vom Außenrand des Ringes abgesplittert ist. Sie haben das Sonnenlicht nur dann in unsere Richtung reflektiert, wenn Ein- und Ausfallwinkel es zufällig so hergaben. Es können ja unregelmäßige Blöcke mit unterschiedlichen Drehmomenten sein.«

»Was meint ihr aber zu diesem Kältefleck?« fragte der Kommandant. »Wer kennt einen annehmbaren Grund für seine Entstehung?«

»Das ist unklar. Ein natürlicher Mechanismus ließe sich allerdings ausdenken ...«

»Als Hypothese ad hoc«, warf Tuyma ein.

»Ich habe mit den Chemikern darüber gesprochen«, meldete sich Lauger zu Wort. »Es kann dort eine endotherme Reaktion abgelaufen sein. Mir gefällt solch ein Kuriosum zwar nicht, aber es gibt Verbindungen, die Wärme schlucken, wenn sie miteinander reagieren. Die Begleitumstände geben der Sache eine drastischere Aussage.«

»Was für eine?« fragte Ter Horab.

»Eine unnatürliche, wenngleich nicht notwendig von Absicht zeugende. Beispielsweise eine Katastrophe in gewaltigen kryotronischen Kühlanlagen – sozusagen ein Brand von Industriebetrieben mit negativem Vorzeichen. Ich halte aber auch das nicht für wahrscheinlich. Für diese Behauptung besitze ich keinerlei sachliche Grundlagen. Keiner von uns besitzt sie. Die zeitliche Nähe all jener Erscheinungen weist jedoch darauf hin, daß sie miteinander in Zusammenhang stehen.«

»Der Wert dieser Hypothese ist ebenfalls negativ«, bemerkte einer der Physiker.

»Das glaube ich nicht. Eine Reihe von Unbekannten auf einen gemeinsamen unbekannten Nenner zu bringen ist kein Verlust, sondern ein Gewinn an Information ...«, meinte Lauger lächelnd.

»Ich bitte um mehr«, wandte sich der Kommandant an ihn. Lauger stand auf.

»Ich will sagen, soviel ich vermag. Ein Kleinkind, das lächelt, tut dies Prämissen gemäß, die es mit auf die Welt gebracht hat. Von solchen Prämissen gibt es, statistisch gesehen, eine Unzahl: daß die rosaroten Flecke, die es mit seinen Augen sieht, menschliche Gesichter sind, daß die Leute gewöhnlich positiv auf ein Kinderlächeln reagieren und so weiter.«

»Worauf willst du hinaus?«

»Darauf, daß alles immer auf bestimmten Voraussetzungen aufbaut, mag man sich vorwiegend auch nur stillschweigend daran halten. Die Diskussion dreht sich um Vorfälle, die als Serie voneinander unabhängiger Ereignisse wenig wahrscheinlich aussehen. Die Blitze, die chaotisch gewordene Emission, Veränderungen der Albedo, Plasma auf dem Mond. Woher kommt das? Aus der Tätigkeit einer Zivilisation. Wird es dadurch erklärt? Nein, im Gegenteil, es wird verdunkelt, da wir stillschweigend vorausgesetzt hatten, wir würden uns in den Handlungen der Quintaner auskennen. Ich erinnere daran, daß man einst im Vergleich mit der Erde den Mars für alt und die Venus für jung hielt: Die Urväter unserer Astronomen setzten unwillkürlich voraus, daß die Erde genauso wie Mars und Venus sei, nur jünger als der erstere und älter als die letztere. Daraus folgten dann die Kanäle des Mars, die wilden Dschungel der Venus und alles übrige, bis man alles zu den Märchen legen mußte. Ich glaube, daß nichts sich unvernünftiger verhalten kann als die Vernunft. Auf der Quinta kann eine Vernunft am Werke sein – ich nehme eher an, daß es mehrere sind: uns aber jedenfalls unerreichbar wegen der Verschiedenartigkeit der Absichten ...«

»Krieg?«

Die Frage kam aus dem Saal.

Lauger, immer noch stehend, fuhr fort: »Krieg ist kein Begriff, der ein für allemal einen Komplex von Konflikten mit zerstörerischer Resultante in sich schließt. Kommandant, mach dir keine Hoffnung, allseitig unterrichtet zu werden. Da wir weder die Ausgangs- noch die Grenzbedingungen kennen, wird nichts die Unbekannten in Bekannte verwandeln. Den HERMES können wir nicht anders warnen als durch den Rat, auf der Hut zu sein. Willst du einen präziseren Ratschlag? Ich sehe ihn nur in einer Alternative: Das Wirken der Vernunftbegabten ist entweder unvernünftig – oder unverständlich, weil nicht einzuordnen in die Kategorien unseres Denkens. Das aber ist nur meine Ansicht, mehr nicht.«

VI
Die Quinta

Vor dem Abtauchen meldeten die Radargeräte ein letztes Mal den HERMES: Er folgte am Himmelsgewölbe einer gewaltigen hyperbolischen Bahn und stieg immer höher über den Schlauch der galaktischen Spirale, um im Hochvakuum mit lichtnaher Geschwindigkeit weiterzufliegen. Das Funkecho kam in zunehmenden Abständen – ein Zeichen, daß der HERMES den Wirkungen der Relativität unterlag und seine Bordzeit immer mehr von der der EURYDIKE abwich. Die Verbindung zwischen dem Aufklärer und dem Mutterschiff riß endgültig ab, als die Signale des automatischen Senders die Wellenlänge vergrößerten, sich zu kilometerlangen Bändern dehnten und schwanden. Das letzte verzeichnete der empfindlichste Indikator siebzig Stunden nach dem Start, als der Hades, von dem selbstmörderischen ORPHEUS getroffen, bereits in der Gravitationsresonanz bebte und die temporären Schlünde geöffnet hielt. Für viele Jahre mußte nun unbekannt bleiben, was immer dem Aufklärer und den in ihm eingeschlossenen Menschen zustieß.

Den Schläfern im Embryonator wurde der Flug nicht lang, ihr Zustand war dem Tode ähnlich, bar sogar aller Träume, die ein Gefühl der verfließenden Zeit hätten geben können. Über den weißen Sarkophagen im Tunnel des Embryonators schien durch das Panzerglas des Periskops Alpha Harpyiae, ein blauer Riese, von den anderen Sternen der Konstellation weggeschossen durch eine seiner eigenen, asymetrischen Explosionen – er war eine junge Sonne und hatte sich nach der nuklearen Zündung seines Innern noch nicht stabilisiert.

Nach dem Verschwinden der EURYDIKE hatte GOD die Steuerung übernommen. Der HERMES war über die Ekliptik aufgestiegen und fiel nun wie ein Stein auf den Hades zu. Dabei entfernte er sich zunächst von den Sternen, die sein Ziel waren, um sie auf Kosten der Gravitation des Giganten dann um so leichter zu erreichen. Er umkreiste den Kollapsar nämlich so, daß er durch dessen Schwerefeld eine solide Beschleunigung erhielt. Bei Unterlichtgeschwindigkeit fuhr der HERMES die Einläufe der Strömungsreaktoren aus, aber das Vakuum war so hoch, daß die eingefangenen Atome nicht zur Zündung ausreichten. GOD reicherte den Wasserstoff daher durch Tritiumspritzen an, bis die Synthese einsetzte. In die bis dahin schwarzen Trichter der Triebwerke trat ein immer schneller pulsierender, immer grellerer Schein, und die Feuersäulen des Heliums schossen ins Dunkel. Die Starthilfe, die der Laser der EURYDIKE dem Aufklärer gegeben hatte, war geringer gewesen als vorgesehen, denn einer der Hypergolbooster hatte nicht den richtigen Schub geliefert, der Heckspiegel war aus dem Kurs gekommen, und schließlich war die EURYDIKE wie vom Nichts verschlungen. GOD jedoch glich den Verlust durch die zusätzliche Leistung aus, die dem Hades gestohlen wurde.

Bei neunundneunzig Prozent der Lichtgeschwindigkeit wurde das Vakuum in den Einläufen der Triebwerke dichter, Wasserstoff war reichlich vorhanden, die Dauerbeschleunigung vergrößerte die Masse des Aufklärers schon viel mehr als sein Antrieb. GOD hielt ohne die geringste Abweichung zwanzig g, doch der auf die vierfache Überlastung berechneten Konstruktion tat das nicht den geringsten Schaden. Kein lebender Organismus, der größer gewesen wäre als eine Laus, hätte bei diesem Flug das eigene Gewicht ausgehalten. Der Mensch hätte mehr als zwei Tonnen gewogen und unter dieser Presse beim Atmen nicht die Rippen bewegen können. Das Herz wäre geplatzt, denn es hätte eine Flüssigkeit pumpen müssen, die weit schwerer gewesen wäre als flüssiges Blei. Die Herzen hier jedoch schlugen nicht, die Männer atmeten nicht, obgleich sie nicht tot waren. Sie ruhten in ebender Flüssigkeit, die ihnen das Blut ersetzte. Pumpen, leistungsfähig auch bei hundertfacher Schwerkraft (die freilich die Embryonisierten nicht ausgehalten hätten), ließen Onax in den Gefäßen kreisen, die Herzen zogen sich ein-, zweimal pro Minute zusammen, arbeiteten aber nicht, sondern wurden nur bewegt vom Zustrom des lebenspendenden künstlichen Bluts.

Zum angemessenen Zeitpunkt nahm GOD eine Kursänderung vor, der HERMES flog jetzt direkt auf die korotierende Sternenballung der Galaxis zu. Er hatte einen Schutzschild ausgefahren, der sich in konstanter Entfernung von einigen Meilen vor dem Bug des Raumschiffs fortbewegte und als Strahlenpanzer diente. Ohne ihn wären bei der entwickelten Geschwindigkeit durch kosmische Strahlung zu viele Neuronen in den Gehirnen der Menschen zerstört worden. Der blaue Alpha-Stern war bereits achtern zurückgeblieben. Innerhalb des Tunneldecks im langen Heck des HERMES herrschte dennoch keine totale Finsternis, denn die Reaktorhüllen boten den Quanten geringen Durchlaß, und an den Wänden glomm die Tscherenkow-Strahlung. Dieses blasse Dämmerlicht hielt sich in scheinbarer Reglosigkeit, unveränderlich in völliger Stille. Nur zweimal zuckten jähe, grelle Blitze durch das dickwandige Fenster herein, das vom Embryonator durch eine Trennwand in den oberen Steuerraum führte.

Beim erstenmal war der bisher leere Kontrollmonitor des Schutzschilds weiß aufgeflammt und sofort erloschen. GOD, in einer Terasekunde hellwach, gab den entsprechenden Befehl. Der Strom warf Hebel herum, der Bug des Raumschiffs öffnete sich und spie flammend einen neuen Schutzschild nach vorn, denn der alte war von einer Handvoll kosmischen Staubs beim Aufprall in eine lodernde

Wolke berstender Atome verwandelt worden. Der HERMES flog durch ein Sonnenfeuerwerk, das sich weit nach achtern zog, und jagte weiter. Ein Automat fing nach wenigen Sekunden ein unerwünschtes seitliches Schwanken des neuen Schildes ab, immer langsamer leuchteten abwechselnd die Kontrollämpchen von Backbord und Steuerbord auf, es sah aus, als blinzle ein schwarzer Kater mit bernsteingelben Augen GOD verträglich und besänftigend zu. Dann blieb an Bord alles wieder ruhig bis zum nächsten Treffer durch eine Prise Meteoriten- oder Kometenstaubs, und die ganze Operation wiederholte sich auf genau die gleiche Weise.

Endlich gaben die mit ihren Elektronen zappelnden Atome der Zäsiumuhren das ersehnte Zeichen. GOD brauchte dazu nicht auf Anzeigegeräte zu gucken, ihre Angaben waren ja seine Sinne, und er las sie mit dem Gehirn ab, das Witzbolde auf der EURYDIKE wegen seiner drei Zentimeter Durchmesser ein Hühnerhirn genannt hatten. GOD achtete auf die Anzeigen der Lumenüberwachung, um bei der Reduzierung des Schubs den Kurs zu halten. Die Triebwerke, gedrosselt und umgeschwenkt, begannen das Raumschiff abzubremsen. Auch dieses Manöver klappte vorzüglich: Die Leitsterne auf den Fokatoren blieben ohne das kleinste Zucken an ihrem Platz, jede Korrektur der programmierten Flugbahn war also unnötig.

Die lichtnahe Geschwindigkeit sollte – ein Mikroparsek vor der Juno, dem äußersten Planeten – auf etwa achtzig Kilometer pro Sekunde, die Grenzgeschwindigkeit im Zeta-System, reduziert werden. Im Grunde war dazu nichts weiter nötig als die Umkehrung des Haupttriebwerks, bis es mangels Wasserstofftreibstoff von selbst erlosch, und der Umstieg auf die Bremsung mit Hypergol. GOD hatte jedoch noch rechtzeitig die Warnung der EURYDIKE empfangen und programmierte, bevor er die Reanimation in Gang setzte, die Bremsung um. Sowohl das Feuer in den

Wasserstoff-Helium-Düsen als auch die Flammen der selbstzündenden Treibstoffe wären in ihrer technischen und damit künstlichen Charakteristik leicht erkennbar gewesen, GOD aber hatte sich inzwischen ein »stark eingeschränktes Vertrauen zu den Brüdern im Geiste« zur obersten Regel gemacht. Er kramte nicht in der Bibelkunde und analysierte nicht die Vorfälle zwischen Kain und Abel, sondern löschte die Staustrahl-Durchström-Triebwerke im Schatten der Juno, deren Gravitation er zur Drosselung der Geschwindigkeit und zur Änderung des Kurses nutzte. Der zweite, ein gasförmiger Planet der Zeta, diente ihm dann dazu, auf die parabolische Geschwindigkeit herunterzugehen. Erst dann setzte er die Reanimatoren in Betrieb.

Gleichzeitig entsandte er ferngesteuerte Automaten, um die Bug- und Heckdüsen mit einer Tarnapparatur in Gestalt elektromagnetischer Mischer zu versehen. Von da an verschwammen die Triebwerksflammen: Ihre Strahlung wurde spektral zerstreut.

Die Bremsetappe, die das größte Feingefühl erforderte, lag in den Außenräumen des Systems jenseits der Juno. GOD plante und absolvierte sie so perfekt, wie es sich für den Computer einer unüberbietbaren Generation gehörte: Er durchquerte mit dem HERMES einfach die obersten Schichten der Atmosphäre des gasförmigen Riesen. Vor dem Raumschiff entstand ein Kissen glühenden Plasmas, in dem es an Geschwindigkeit verlor. GOD holte dabei aus der Klimatisierung des HERMES alles heraus, was nur möglich war, damit die Temperatur im Embryonator nicht um mehr als zwei Grad stieg.

Das Plasmakissen vernichtete augenblicklich den Schutzschild, der ohnehin abgeworfen und innerhalb der Planetenbahnen durch einen anderen als Schirm gegen Staub und Kometenreste ersetzt werden sollte. Der HERMES war in diesem Feuerbad wie geblendet, kühlte aber noch im Schattenkegel der Juno ab, und GOD bewirkte, daß die durch den Bremsvorgang ausgelösten Glutwolken, die beinahe Protuberanzen glichen, den Newtonschen Gesetzen gehorchten und auf den schweren Planeten niedersanken. Nicht nur die Anwesenheit, sondern auch die Spuren des HERMES waren damit verwischt. Das Raumschiff trieb mit gedrosselten Triebwerken im fernen Aphel, als im Embryonator sämtliche Lichter angingen und die Kopfstücke der Medcoms betriebsbereit über den Containern hingen.

Laut Programm sollte als erster Gerbert aufwachen, damit er als Arzt eingreifen konnte, falls es notwendig wurde. Hier jedoch kam es zu einer Störung der Reihenfolge. Der biologische Faktor war trotz allem das schwächste Glied der so komplizierten Abläufe und Verrichtungen geblieben.

Der Embryonator befand sich im Mitteldeck und war im Verhältnis zum ganzen Raumschiff eine winzige Nußschale, umgeben von vielschichtigen Panzerhüllen und einer Strahlenschutzisolation. Zwei Ausgangsklappen führten zu den Wohnräumen. Das Zentrum des HERMES, »Städtchen« genannt, war durch Verbindungsschächte mit dem zweigeschossigen Steuerraum gekoppelt. Zwischen den Bugschotten lagen Decks mit einer Reihe von Laboratorien, die sowohl bei Schwerelosigkeit als auch unter Schwerkraft arbeiten konnten. Die Energievorräte steckten am Heck – in Annihilationscontainern, in dem Menschen unzugänglichen Maschinenraum und in Kammern besonderer Bestimmung. Zwischen Außen- und Innenpanzer des Hecks waren Baugruppen verborgen, die das Raumschiff landefähig machten: es setzte auf Ständer auf, die an die Beine von Gliederfüßern erinnerten. Vor der Landung mußte die Tragkraft des Bodens getestet werden, denn jede dieser gewaltigen Tatzen der Rakete hatte dreißigtausend Tonnen zu tragen.

Mittschiffs auf der Steuerbordseite lagerten die Erkundungssonden und ihre Hilfsapparatur, auf der Backbordseite die Automaten für den Innenservice sowie Späh- und Suchgeräte für selbständige Fernaufklärung durch Flug oder Marsch – auch Großschreiter fehlten dabei nicht.

Als GOD die Reanimationssysteme einschaltete, herrschte auf dem HERMES eine für diese Operation vorteilhafte Schwerelosigkeit. Bei Gerbert, der als erster behandelt wurde, waren Pulsschlag und Körpertemperatur bald wieder normal, aber er wachte nicht auf. GOD untersuchte ihn sorgfältig und zögerte mit einer Entscheidung. Er war verurteilt, selbständig zu handeln. Genau gesagt, er zögerte nicht, sondern verglich die Distribution der Erfolgswahrscheinlichkeit unterschiedlicher Eingriffe. Das Resultat der Anamnese war binomisch: Er konnte entweder Steergard, den Kommandanten, reanimieren oder aber den Arzt aus dem Embryonator nehmen und in den Operationssaal bringen. GOD handelte wie ein Mensch, der angesichts solcher Unbekannten eine Münze wirft. Wenn man nicht weiß, was besser ist, gibt es keine bessere Technik, als das Schicksal walten zu lassen. Der Randomisator wies auf den Kommandanten, und GOD hörte auf ihn. Zwei Stunden später zerriß Steergard die um seinen nackten Körper gespannte durchsichtige Folie und setzte sich, noch völlig benommen, in dem offenen Embryonator auf. Er blickte sich um, suchte denjenigen, der bereits über ihm stehen sollte. Der Lautsprecher sagte etwas zu ihm. Er wußte, daß dies eine Maschinenstimme war, daß mit Gerbert etwas passiert sein mußte, aber er verstand nicht recht die immer im Kreis wiederholten Sätze. Er wollte aufstehen und rannte mit dem Kopf gegen den nicht völlig zurückgeklappten Deckel des Embryonators. Für einen Moment wurde ihm schwarz vor Augen, und die erste menschliche Äußerung im Zeta-System war ein saftiger Fluch. Klebrige weiße Flüssigkeit rann Steergard aus den Haaren über die Stirn, ins Gesicht und auf die Brust. Heftig richtete er sich auf – und schoß, die Beine angezogen, sich überkugelnd, den Tunnel zwischen sämtlichen Containern entlang bis zur Klappe in der Wand.

Er lehnte sich mit dem Rücken an das weiche Polster in der Ecke zwischen Türsturz und Decke, wischte die an den Fingern klebenbleibende milchige Flüssigkeit von den Lidern und besah sich das zylindrische Innere des Embryonators. In einer Lücke zwischen den nun aufgeklappten Sarkophagen stand auch schon die Tür zum Baderaum offen.

Steergard hörte sich in die Stimme der Maschine ein. Gerbert war wie alle anderen am Leben, aber nach Abschalten des Umbilikators nicht aufgewacht. Es konnte nichts Ernstes sein – sämtliche Enzephalographen und Elektrokardiographen zeigten die vorgesehene Norm.

»Wo sind wir?« fragte er.

»Hinter der Juno. Der Flug verlief ohne Störungen. Soll ich Gerbert in den Operationssaal bringen?«

Steergard dachte nach.

»Nein, ich befasse mich selber mit ihm. In welchem Zustand ist das Raumschiff?«

»Völlig funktionstüchtig.«

»Hast du Funksprüche von der EURYDIKE erhalten?«

»Jawohl.«

»Wichtigkeitsstufe?«

»Eins. Wortlaut vortragen?«

»Worum geht es?«

»Um eine Änderung des Verfahrens. Wortlaut angeben?«

»Wie lang sind diese Funksprüche?«

»3660 Glieder. Wortlaut vortragen?«

»Faß ihn zusammen!«

»Unbekannte kann man nicht zusammenfassen.«

»Wieviel Unbekannte?«

»Auch das ist eine Unbekannte.«

Während dieses Dialogs hatte sich Steergard von der Decke abgestoßen, um zu dem grünroten Licht über Gerberts Kryotainer zu gelangen. Als er am Durchgang zum Baderaum vorüberflog, sah er sich im Spiegel: ein muskulöser Körper, von Onax glänzend, der noch aus dem Rest der abgebundenen Nabelschnur tröpfelte – wie ein riesiges Neugeborenes, das von Fruchtwasser trieft.

»Was ist passiert?« fragte er, stemmte die bloßen Füße unter den Container und legte dem Arzt die Hände auf die Brust. Das Herz schlug regelmäßig. Auf den halbgeöffneten Lippen des Schlafenden stand weiß und klebrig der Onax.

»Trage das vor, was feststeht«, sagte er. Gleichzeitig steckte er Gerbert die Daumen hinter die Kiefer und sah ihm in die Rachenhöhle. Er spürte die Wärme des Atems, fuhr mit dem Finger zwischen die Zähne und berührte vorsichtig den Gaumen. Gerbert zuckte zusammen und schlug die Augen auf. Sie standen voller reiner, glasklarer Tränen. Mit stiller Genugtuung konstatierte Steergard die Wirkung eines so primitiven Mittels, jemanden aus der Ohnmacht zu wecken. Gerbert war nicht aufgewacht, weil die Nabelschnur nicht völlig abgeschaltet war. Steergard klemmte den Katheder ab, der wegsprang und spritzend weiße Flüssigkeit entließ. Der Nabel schloß sich von selbst.

»Alles in Ordnung«, sagte Steergard, knetete die Brust des Arztes und spürte, wie sie ihm an den Händen klebte. Gerbert sah ihm mit weitgeöffneten Augen, wie vor Staunen erstarrt, ins Gesicht und schien nichts gehört zu haben.

»GOD!«

»Jawohl.«

»Was ist passiert? Die EURYDIKE oder die Quinta?«

»Veränderungen auf der Quinta.«

»Zähl sie auf!«

»Die Aufzählung von Unklarem ist unklar.«

»Sag, was du weißt.«

»Vor dem Abtauchen traten schnell veränderliche Sprünge der Albedo auf, die Funkemission erreichte dreihundert Gigawatt weißen Rauschens. Auf dem Mond zuckt ein weißer Punkt, der für magnetisch gebundenes Plasma gehalten wird.«

»Irgendwelche Anweisungen?«

»Vorsicht und getarnte Erkundung.«

»Und konkret?«

»Nach eigenem Ermessen vorgehen.«

»Entfernung von der Quinta?«

»Eine Milliarde dreihundert Meilen in gerader Linie.«

»Tarnung?«

»Ausgeführt.«

»Mix?«

»Jawohl.«

»Hast du das Programm geändert?«

»Nur den Anflug. Das Raumschiff ist im Schatten der Juno.«

»Völlig funktionstüchtig?«

»Jawohl. Soll ich die Besatzung reanimieren?«

»Nein. Hast du die Quinta beobachtet?«

»Nein. Ich habe die kosmische Geschwindigkeit in der Thermosphäre der Juno abgebremst.«

»Das ist gut. Jetzt schweig und warte.«

»Ich schweige und warte.«

Das läßt sich interessant an, dachte Steergard und massierte weiter die Brust des Arztes. Dieser seufzte und bewegte sich.

»Kannst du mich sehen?« fragte ihn der nackte Kommandant. »Sprich nicht, blinzle!«

Gerbert blinzelte und lächelte.

Steergard war in Schweiß gebadet, aber er massierte weiter.

»Diadochokynesis?« schlug Steergard vor.

Der Liegende schloß die Augen und tippte sich unsicher auf die Nasenspitze. Dann lächelten sie einander zu. Der Arzt zog die Beine an.

»Willst du aufstehen? Laß dir Zeit.«

Statt einer Antwort packte Gerbert die Ränder seines Lagers und stemmte sich hoch. Er kam nicht zum Sitzen, der Schwung warf ihn in die Luft.

»Paß auf«, mahnte Steergard. »Null g. Nur langsam ...«

Gerbert, inzwischen voll bei Bewußtsein, sah sich um.

»Was ist mit den anderen?« fragte er und schob die verklebten Haare aus der Stirn.

»Die Reanimation ist im Gange.«

»Soll ich helfen, Doktor Gerbert?« fragte GOD.

»Nicht nötig«, sagte der Arzt und prüfte nacheinander die Kontrollgeräte über den Sarkophagen. Er drückte auf Brustkörbe, prüfte Augäpfel, untersuchte die Reaktion von Bindehäuten. Im Baderaum hörte er Wasser und Ventilatoren rauschen. Steergard duschte sich. Bevor der Arzt bei Nakamura, dem letzten der Schläfer, angelangt war, kam der Kommandant schon in Shorts und einem schwarzen Trikot aus seiner Kabine.

»Wie geht es den Leuten?« fragte er.

»Alle gesund. Nur bei Rotmont die Spur einer Arrhythmie.«

»Bleib bei ihnen. Ich befasse mich mit der Post ...«

»Gibt es Nachrichten?«

»Von vor fünf Jahren.«

»Gute oder schlechte?«

»Unverständliche. Ter Horab hat empfohlen, das Programm zu ändern. Sie haben vor ihrem Abtauchen etwas entdeckt – sowohl auf der Quinta als auch auf ihrem Mond.«

»Was bedeutet das?«

Steergard stand an der Tür. Der Arzt war Rotmont beim Aufstehen behilflich. Drei waren schon beim Duschen. Die anderen schwebten umher, erkannten einander, besahen sich im Spiegel und redeten durcheinander.

»Laß mich wissen, wenn sie zu sich gekommen sind. Zeit haben wir genug.«

Mit diesen Worten stieß sich der Kommandant von der Klappe ab, schoß zwischen den Nackten wie zwischen weißen Fischen hindurch und verschwand im Durchgang zum Steuerraum.

Nach Prüfung der Lage verließ Steergard mit kleinstem Schub den Schattenkegel und führte das Raumschiff auf eine Ebene der Ekliptik, um erste Beobachtungen anzustellen. Die Quinta war nahe der Sonne als Sichel zu sehen, ganz in Wolken gehüllt. Das Rauschen hatte sich auf vierhundert Gigawatt verstärkt. Die Fourier-Analysatoren konnten keinerlei Modulation nachweisen. Der HERMES hatte sich bereits mit einer Hülle überzogen, die jede nichtthermische Strahlung schluckte, so daß er mit Radar nicht zu orten war. Steergard wollte lieber übertriebene Vorsicht walten lassen, als sich auch nur das geringste Risiko zuschulden kommen lassen. Eine technische Zivilisation bedeutete Astronomie, diese wiederum empfindliche Bolometer, und so konnte selbst ein Asteroid, der wärmer war als das Vakuum, die Aufmerksamkeit auf sich ziehen. Daher auch wurden in den Wasserdampf, der jetzt zum Manövrieren diente, Sulfide gemischt, an denen seismische Gase reich sind. Vulkanisch aktive Asteroiden sind zwar eine Rarität, zumal mit einer so kleinen Masse wie der des Aufklärers, aber der umsichtige Kommandant hatte Sonden in den Raum entsandt und auf das eigene Raumschiff gerichtet, um sich zu vergewissern, daß der für die fernere Korrektur des Fluges unerläßliche Gebrauch kleiner Dampftriebwerke selbst bei der beabsichtigten Annäherung an die Quinta nahezu unerkennbar war. Der Anflug sollte vom Mond aus erfolgen, um zunächst diesen genau zu untersuchen.

Alles war bereits im Steuerraum versammelt. Hier herrschte Schwerelosigkeit, und man kam sich vor wie im Innern eines großen Globus mit einem konischen Winkel, abgeschlossen von der Wand der Monitore. Die Sessel waren mit einem Haftbezug versehen – man brauchte, um festzusitzen, nur die Armstützen zu packen und den Körper an das Gewebe zu drücken. Wollte man aufstehen, mußte man sich kräftig abstoßen. Das war einfacher und besser als die Benutzung von Gurten. Zu zehnt saßen sie also da wie in einem kleinen Kinosaal, und die vierzig Monitore zeigten den Planeten, jeder in einem anderen Bereich des Spektrums. Der größte, zentrale Monitor konnte eine Synthese vornehmen und die monochromatischen Bilder je nach Befehl übereinanderlegen.

In den Lücken der von Passaten und Zyklonen geballten Wolken zeichneten sich undeutlich die stark zerklüfteten Küsten der Ozeane ab. Die einzelnen Filtereinstellungen ließen die Oberfläche einmal des Wolkenmeeres, dann wieder des darunter verborgenen Planeten erkennen. Gleichzeitig hielt GOD seinen eintönigen Vortrag. Er verlas den letzten Funkspruch der EURYDIKE.

Biela vermutete seismisch verursachte Beschädigungen der technischen Infrastruktur der Quintaner. Lakatos und einige andere standen zur sogenannten naturalistischen Hypothese: Die Bewohner des Planeten schleuderten einen Teil des Wassers der Ozeane in den Raum, um die Festlandsfläche zu vergrößern. Der vom Ozean auf seinen Boden ausgeübte Druck ließ nach, und infolgedessen wurde das Gleichgewicht in der Lithosphäre gestört. Der von innen kommende Druck rief große Brüche der Kruste hervor, die unter dem Ozean am dünnsten war. Deshalb hörte man auf, Wasser in den Kosmos zu befördern. Kurz, das ganze Unternehmen schlug katastrophal auf den Planeten zurück.

Andere hielten diese Hypothese schon deshalb für

falsch, weil sie die anderen unverständlichen Erscheinungen nicht berücksichtigte. Überdies hätten Geschöpfe, die zu Arbeiten im Maßstab des ganzen Planeten fähig waren, die seismischen Folgen vorausgesehen. Berechnungen zufolge, denen als Ausgangsmodell die Erde diente, konnten kataklytische Bewegungen der Lithosphäre eintreten, wenn mindestens ein Viertel des Ozeanvolumens entfernt worden wäre. Selbst eine durch die Beseitigung von sechs Trillionen Tonnen Wasser verursachte Druckminderung wäre nicht imstande gewesen, globale Verwüstungen anzurichten. Eine Gegenhypothese vermutete eine Katastrophe nach dem Prinzip der Kettenreaktion oder der »Dominostein-Theorie« als unerwünschten Effekt von Versuchen mit schlecht beherrschter Gravitologie. Andere Mutmaßungen sprachen von absichtlicher Destruktion einer veralteten technologischen Basis, einer Art Explosion, unbeabsichtigten Klimastörungen bei der Beförderung des Wassers in den Kosmos oder einem zivilisatorischen Chaos mit unbekannten Ursachen.

In keiner dieser Hypothesen ließen sich alle beobachteten Phänomene so unterbringen, daß sie ein geschlossenes Ganzes bildeten. Daher gab der von Ter Horab vor dem Abstieg in den Hades abgesetzte Funkspruch den Kundschaftern die Vollmacht, völlig selbständig zu handeln und – falls sie es für richtig hielten – sämtliche festgelegten Programmvarianten außer Kraft zu setzen.

VII
Auf Fang

Im Aphel der Zeta, weit von den größten Planeten entfernt, führte Steergard das Raumschiff auf eine elliptische Bahn, damit die Astrophysiker erste Beobachtungen der Quinta anstellen konnten. Wie immer in solchen Systemen trieben durch den Raum die Überreste alter Kometen, die bei vielen Durchgängen durch die Sonnennähe ihre Gasschweife verloren hatten sowie zerrissen und zu Blöcken erstarrt waren. Unter diesen verstreuten Brocken von Gestein und verdichtetem Staub bemerkte GOD in 4000 Kilometern Entfernung ein Objekt, das einem Meteor ganz unähnlich war. Im Radar zeigte es eine metallische Reflexion. Für einen Magnetitbrocken mit hohem Eisengehalt hatte es eine zu regelmäßige Form. Es erinnerte an einen Falter mit kurzem, dickem Hinterleib und Stummelflügeln. Vier Grad wärmer als vereistes Gestein, rotierte es nicht um sich selbst, wie es sich für einen Meteor oder das Bruchstück eines Kometenkerns gehört hätte, sondern zog ohne Spur eines Antriebs gleichmäßig seine Bahn. GOD betrachtete es in allen Spektralbereichen, bis er die Ursache dieser Stabilität entdeckte: einen schwachen Argonausstoß, einen spärlichen und daher kaum sichtbaren Strahl. Es konnte sich um eine Sonde oder ein kleines Raumschiff handeln.

»Diesen Falter fangen wir uns«, entschied Steergard. Der HERMES ging auf Verfolgungskurs und setzte, dem Gejagten auf eine knappe Meile nahe gekommen, eine Rakete mit Greifern aus. Über dem Rücken des sonderbaren Falters öffnete das Fanggerät die Klauen und schlug sie ihm in die Seiten. Wehrlos wie in einem Schraubstock, schien sich das Gebilde ergeben zu haben, aber nach einem

Augenblick stieg seine Temperatur an, und der nach hinten ausströmende Gasstrahl wurde dichter.

Der Monitor, der bisher die Übereinstimmung des Fangprogramms mit dessen tatsächlichem Verlauf angezeigt hatte, sprühte Fragezeichen.

»Die Energieabsorber einschalten?« fragte GOD.

»Nein«, wehrte Steergard ab. Er sah auf das Bolometer. Der Fang erhitzte sich weiter. Dreihundert, vierhundert, fünfhundert Grad Kelvin. Der Schub hingegen nahm nur unbedeutend zu. Die Temperaturkurve zuckte und knickte um. Der Gefangene erkaltete.

»Was für ein Antrieb?« fragte der Kommandant. Er bekam keine Antwort, alle im Steuerraum Anwesenden wandten den Blick vom Bildempfänger auf die seitlichen Monitore, die andere Emissionen als Licht anzeigten. Es flimmerte nur der bolometrische.

»Radioaktivität Null?«

»Jawohl«, bestätigte GOD dem Kommandanten. »Das Ausströmen läßt nach. Was machen wir?«

»Nichts. Warten.«

Sie flogen lange.

»Nehmen wir das an Bord?« fragte schließlich El Salam. »Vielleicht sollte es erst durchstrahlt werden?«

»Schade um die Mühe. Er ist fertig – der Schub ist runter, und erkaltet ist er auch. GOD, zeig ihn mal aus der Nähe.«

Durch das Elektronenauge eines Greifers sahen sie eine schwarze Kruste, von ungezählten angefressenen Stellen übersät wie mit Pocken.

»Entern?« fragte GOD.

»Noch nicht. Gib ihm mal paar Schläge. Aber mit Maßen.«

Zwischen den langarmigen Zangen schob sich eine dicke, vorn abgerundete Stange hervor und stieß methodisch gegen den Rumpf. Schuppig löste sich die Asche.

»Er kann einen Zünder haben, der nicht auf Stoß reagiert«, meinte Polassar. »Ich würde ihn doch durchstrahlen …«

»Gut.« Steergard erklärte sich unerwartet einverstanden. »GOD, spinographiere ihn.«

Zwei spindelförmige Sonden schossen aus dem Bug auf den Falter zu, um ihn in ihre Mitte zu nehmen. In die oberen Monitore im Steuerraum kam Leben, sie zeigten verschlungene Streifen, Bänder und Schatten. Gleichzeitig leuchteten an den Bildschirmrändern die Symbole der Elemente auf: Kohlenstoff, Wasserstoff, Silizium, Mangan, Chrom …

Als diese Reihen immer länger wurden, sagte Rotmont: »Das hat keinen Zweck. Wir müssen ihn an Bord nehmen.«

»Riskant«, murmelte Nakamura. »Lieber ferngesteuert demontieren.«

»GOD? Was meinst du?« fragte der Kommandant.

»Es ist möglich. Zu schaffen in fünf bis zehn Stunden. Anfangen?«

»Nein. Setze ein Teletom aus, das den Panzer an der dünnsten Stelle auftrennt und das Innere zeigt.«

»Mit dem Bohrer?«

»Ja.«

Eine neue Sonde gesellte sich zu den übrigen, die den Fang umringten. Ihr Diamantbohrer stieß auf eine nicht minder harte Hülle.

»Hier hilft nur Laser«, entschied GOD.

»Wenn es nicht anders geht … Ein minimaler Impuls, damit im Innern nichts schmilzt.«

»Das kann ich nicht garantieren«, gab GOD zurück. »Also?«

»Los, aber sachte.«

Der ausgefahrene Bohrer verschwand. Auf der rauhen Oberfläche glühte weiß ein Punkt auf, und als sich das

Qualmwölkchen lichtete, fuhr in das ausgeschmolzene Loch das Kopfstück eines Teleobjektivs. Sein Monitor zeigte verräucherte Rohre, die in eine gewölbte Platte liefen. Das ganze Bild zitterte leicht, und plötzlich sagte GOD: »Achtung: Die Spinographie weist im Zentrum des Objekts Exzitronen nach, und virtuelle Teilchen haben den konfigurativen Fermischen Raum zusammengepreßt.«

»Wie ist das zu interpretieren?« fragte Steergard.

»Im Herd ein Druck von über vierhunderttausend Atmosphären oder Holenbachsche Quanteneffekte.«

»Eine Art Bombe?«

»Nein. Wahrscheinlich die Quelle der Antriebsenergie. Die Rückstoßmasse war Argon. Sie ist erschöpft.«

»Kann man das an Bord nehmen?«

»Jawohl. In der Bilanz ist die Energie des Ganzen gleich Null.«

Niemand außer den Physikern begriff, was das bedeutete.

»Nehmen wir es?« richtete der Kommandant seine Frage an Nakamura.

»GOD weiß es am besten«, lächelte der Japaner. »Und was meinst du?«

Der Angesprochene, El Salam, bejahte. Die Trophäe wurde also in eine Vakuumkammer am Bug gehievt und vorsorglich mit Energieabsorbern umgeben.

Kaum war diese Operation abgeschlossen, meldete GOD eine neue Entdeckung: ein Objekt, das beträchtlich kleiner war als das aufgegriffene. Es war mit einer Substanz überzogen, die die Strahlen des Radars schluckte. GOD hatte es durch die Spinresonanz des Baumaterials gespürt. Es war eine dicke Zigarre von etwa fünf Tonnen. Wieder schwärmten die Orbiter aus, erhitzten die Isolationshülle und legten die metallglänzende Spindel frei. Versuche, sie zu einer Reaktion zu bringen, blieben ohne Ergebnis. Es war ein Wrack: In seiner Flanke gähnte ein Loch. Der Zustand des Randes zeugte davon, daß es noch nicht allzulange hineingeschmolzen worden war. Auch diese Beute wurde an Bord geholt.

Die Jagd selbst war also leicht gewesen, die Schwierigkeiten begannen erst bei der Besichtigung und der Sezierung des doppelten Fangs.

Das erste Wrack, das jetzt in der Halle an den ungefügen Körper einer zwanzig Tonnen schweren Schildkröte erinnerte, verriet durch seine höckrige, in zahllosen Kollisionen mit Mikrometeoriten und Staubteilchen aufgerauhte Haut ein Alter von etwa hundert Jahren. Seine Umlaufbahn hatte im Aphel über die äußersten Zeta-Planeten hinausgeführt. Die Anatomie der solide gepanzerten Schildkröte verblüffte die Leute, die sie sezierten. Ihr Protokoll bestand aus zwei Teilen. Im ersten gaben Nakamura, Rotmont und El Salam in aller Eintracht eine Beschreibung der in jenem Gebilde untersuchten Anlagen, im zweiten, der vom Zweck dieser Anlagen handelte, gingen ihre Ansichten von Grund auf auseinander. Polassar, der ebenfalls an der Untersuchung teilgenommen hatte, stellte die Mutmaßungen der Physiker in Frage. Er erklärte, das Protokoll tauge so viel wie eine von Pygmäen angefertigte Beschreibung einer ägyptischen Pyramide. Die Übereinstimmung in der Frage des verwendeten Materials gab keinerlei Klarheit über seinen Bestimmungszweck. Der alte Satellit besaß eine Energiequelle besonderer Art, er enthielt piezoelektrische Batterien, die von einem Konverter geladen wurden, wie ihm die Physiker noch nie begegnet waren. Elektrite, im Mehrkaskadenschraubstock rein mechanischer Druckverstärker gepreßt, lieferten Strom, indem sie sich entspannten. Dies konnte in Portionen vor sich gehen, die von einem Drosselsystem mit Phasenimpedanz eingeteilt wurden, es konnte aber auch zur plötzlichen und vollständigen Entladung kommen, wenn die Sensoren des Panzers die Drosselung kurzschlossen. Dann hätte der gesamte Strom die zweifach gewickelte Spule umlaufen und in einer magnetischen Explosion gesprengt. Zwischen den Akkumulatoren und dem Gehäuse befanden sich Säcke oder Taschen, die mit Schlacke gefüllt waren. Dort liefen halbgläserne Adern mit einem matt spiegelnden Innern, vielleicht erodierte Lichtleiter.

Nakamura nahm an, dieses Wrack sei einst einer Überhitzung ausgesetzt gewesen, die einen Teil der Baugruppen angeschmolzen und die Sensoren vernichtet habe. Rotmont sah für die Zerstörungen eine kalte, katalytische Ursache, so, als hätten irgendwelche – zweifellos unbelebte – Mikroparasiten das Leitungsnetz im Vorderteil des Satelliten zerfressen, und dies vor sehr langer Zeit.

Innen zogen sich über den Panzer in mehreren Schichten Zellen, die an Bienenwaben erinnerten, aber viel kleiner waren. Nur durch die Chromatographie ließen sich in ihrer Asche Silikosäuren nachweisen, die Siliziumentsprechungen der Aminosäuren mit der doppelten Wasserstoffbrücke. Hier gingen die Ansichten der Männer, die das Wrack ausschlachteten, definitiv auseinander. Polassar hielt diese Reste für die Innenisolation des Panzers, Kirsting hingegen für ein Zwischensystem zwischen lebendem und unbelebtem Gewebe, ein Produkt der Technobiologie von unbekannter Herkunft und Funktion.

Die Diskussion über die Protokolle war lang und hitzig. Die Männer vom HERMES hatten vor sich den Beweis, welcher technologischer Leistungen die Quintaner vor einem Jahrhundert fähig gewesen waren. In etwa ließen sich die theoretischen Grundlagen dieser Technik mit dem irdischen Wissen Ende des 20. Jahrhunderts vergleichen. Zugleich aber ließ mehr noch als jeder Sachbeweis die Intuition erahnen, daß die Entwicklung dieser fremden Physik in ihrer Hauptrichtung schon damals von der irdischen abgewichen war. Eine synthetische Virusologie oder eine Technobiotik ist nicht möglich ohne die vorherige Beherrschung der Quantenmechanik, die wiederum, noch kaum fortgeschritten, den Weg zur Spaltung und Synthese von Atomkernen weist. In dieser Epoche sind atomare Mikromeiler die beste Energiequelle für Satelliten und kosmische Sonden. In diesem Satelliten jedoch gab es keine Spur von Radioaktivität. Sollten die Quintaner die von Explosion und Kettenreaktion geprägte Etappe der Nukleonik übersprungen und gleich die Konversion der Schwerkraft in Quanten starker Wechselwirkung erreicht haben? Dagegen sprach allerdings die piezoelektrische Batterie dieses alten Satelliten.

Schlimmer war es mit dem anderen. Er hatte eine Batterie negativer Energie, wie sie bei Unterlichtgeschwindigkeit in den Schwerefeldern großer Planeten entsteht. Sein Pulsationsantrieb war durch einen gezielten Treffer zertrümmert worden, möglicherweise durch einen Schuß gebündelten Lichts von Gigajoule-Stärke. Radioaktivität wies er nicht auf. Die inneren Versteifungen bildeten Faserbündel von monomolekularem Kohlenstoff – eine beachtliche Leistung der Festkörpertechnologie. In einer unversehrten Kammer hinter der Kraftzentrale fanden sich geborstene Rohre aus supraleitfähigen Verbindungen, leider genau dort unterbrochen, wo es »interessant« wurde, wie Polassar verzweifelt klagte.

Was konnte dort gewesen sein? Die Physiker ergingen sich bereits in Vermutungen, die sie unter irdischeren Verhältnissen niemals anzustellen gewagt hätten. Hatte dieses Wrack vielleicht einen Brüter von instabilen superschweren Kernen enthalten? Von Anomalonen? Aber wozu? Wenn es ein unbemanntes Forschungslabor gewesen wäre, hätte das einen Sinn gehabt. Aber war es ein solches gewesen? Und warum erinnerte das geschmolzene Metall hinter der Einschußstelle an eine archaische Funkenstrecke? Die supraleitfähige Niobiumlegierung wiederum wies in den unversehrten Leitungen leere Stellen auf, hineingefressen durch endothermische Katalyse, als hätten sich dort irgendwelche »Eroviren« von Strom oder vielmehr von den Supraleitern ernährt.

Das Merkwürdigste waren kleine Zerstörungsherde, die in beiden Satelliten entdeckt wurden und keinesfalls durch gewaltsame äußere Einwirkung entstanden sein konnten. Meist waren die Leitungsübergänge gleichsam zerfressen und zerkaut worden, wodurch eine Perlenschnur von Hohlräumen entstanden war. Rotmont, in seiner Funktion als Chemiker zu Hilfe gerufen, hielt sie für das Ergebnis der Aktivität makromolekularer Partikeln. Es gelang ihm, eine größere Menge zu isolieren. Sie hatten die Gestalt asynchronischer Kristalle und behielten ihre selektive Aggressivität bei. Manche griffen ausschließlich Supraleiter an. Rotmont zeigte seinen Kollegen unterm Elektronenmikroskop, wie diese unbelebten Schmarotzer sich in die Fäden einer supraleitfähigen Niobiumverbindung fraßen, die ihnen zur Nahrung diente, da sie sich auf Kosten der verdauten Substanz vermehrten. Der Chemiker bezeichnete sie als »Viroiden«, und er glaubte nicht, daß sie innerhalb des Satelliten von selbst entstanden sein konnten. Er nahm an, die Apparatur sei bereits während der Montage verseucht worden. Zu welchem Zweck? Als Experiment? Aber hätte man den Satelliten dazu auch noch in den Raum zu schießen brauchen?

Der Gedanke an vorsätzliche Sabotage während des Baus dieser Anlagen drängte sich auf, eine Vermutung, die freilich sehr gewagt war: Sie setzte voraus, daß hinter diesen Erscheinungen ein Konflikt steckte, der Effekt einer Kollision widerstreitender Absichten. Anderen roch diese Konzeption zu stark nach anthropozentrischem Chauvinismus. Konnte es nicht eine Anfälligkeit der Apparatur auf ihrem molekularen Niveau sein? Eine Art Krebs unbelebter Gebilde von subtiler, komplizierter Mikrostruktur? Für den ersten, den alten Satelliten, die Schildkröte, die während der Jagd als Falter bezeichnet worden war, schloß der Chemiker eine solche Eventualität aus, für den anderen aber konnte er dies nicht mit analoger Gewißheit tun.

War auch der Zweck nicht ersichtlich, für den die beiden Raumfahrzeuge konstruiert worden waren, so fiel doch der technische Fortschritt in die Augen, der sich seit dem Bau des ersten vollzogen hatte. Dennoch hatten die »Eroviren« in beiden Satelliten anfällige Fraßstellen gefunden. Einmal auf dieser Fährte, konnte und wollte sie der Chemiker nicht mehr aufgeben. Die mikroelektronische Untersuchung von Proben, die beiden Geräten entnommen worden waren, ging schnell, weil sich ein Analysator unter der Kontrolle GODS damit befaßte. Ohne diese Geschwindigkeit hätte ein Jahr für diese Nekrohistologie nicht ausgereicht. Das Resultat lautete: Bestimmte Elemente beider Satelliten hatten eine spezifische Widerstandsfähigkeit gegen den katalytischen Fraß gewonnen, und zwar auf eine so eng umrissene Weise, daß man in Analogie zu lebendigen Organismen und Erregern von immunologischen Reaktionen sprechen konnte. Die Vorstellungskraft entwarf bereits das Gemälde eines mikromilitärischen Kriegs, der ohne Soldaten, Geschütze und Bomben auskam, eines Krieges mit der besonders präzisen Geheimwaffe halbkristalliner Pseudoenzyme.

Wie stets, wenn man einem Problem hartnäckig auf die Spur zu kommen sucht, klärte sich auch hier der Sinn der entdeckten Phänomene nicht auf, sondern unterlag im Zuge der weiteren Arbeit neuen Komplikationen. Die Physiker, der Chemiker und Kirsting kamen kaum noch aus dem Hauptlabor heraus. Auf unbelebten Nährböden vermehrte sich ein reichliches Dutzend Verbindungen für »Angriff« und »Verteidigung«, zugleich aber verwischte sich die Grenze zwischen dem, was integraler Bestandteil der fremden Technik, und dem, was zum Zwecke der Zerstörung in sie eingedrungen war. Kirsting erklärte, absolut objektiv gedacht, sei dies überhaupt keine Grenze: Nehmen wir an, auf der Erde erscheine ein superkluger Supercomputer, der von den Erscheinungen des Lebens nichts wisse, weil bereits seine elektronischen Urahnen vergessen hatten, daß sie einst von biologischen Wesen gebaut worden waren. Er beobachte und untersuche nun einen Mann, der den Schnupfen und im Grimmdarm Stäbchenbakterien hat. Ist der Aufenthalt von Viren in der Nase des Mannes dessen »integrale, natürliche Eigenschaft« oder nicht? Nehmen wir an, der Mann fällt während der Untersuchung um und schlägt sich eine Beule am Kopf. Diese Beule ist ein Bluterguß unter der Haut, die Gefäße sind beschädigt. Diese Beule kann aber ebensogut angesehen werden als eine Art Stoßdämpfer, der entstanden ist, um den knochigen Schädel wirksam vor einem weiteren Schlag zu schützen. Ist eine solche Interpretation abwegig? Sie kommt uns lächerlich vor, aber es geht hier nicht um Witze, sondern um den Standpunkt außermenschlichen Erkennens.

Steergard hörte sich die zerstrittenen Experten an, nickte und gab ihnen weitere fünf Tage Zeit. Es war in der Tat eine harte Nuß. Die Technobiotik auf der Erde hatte seit einem halben Jahrhundert gänzlich andere Wege eingeschlagen, die sogenannte »Nekroevolution« war als unrentabel abgetan worden. Es hatte nicht einmal die Vermutung gegeben, einst könne eine »Artenbildung von Maschinen« entstehen. Niemand aber konnte kategorisch behaupten, auf der Quinta gäbe es so etwas nicht.

Zuallerletzt stellte der Kommandant nur noch die Frage, ob die Hypothese eines Konflikts unter den quintanischen Produzenten als wesentliche Voraussetzung der Weiterführung des Kundschaftsunternehmens anzusehen sei.

In dem Stadium ihrer fortgeschrittenen Analysen wollten die Sachverständigen jedoch in keiner Weise von sicheren Voraussetzungen sprechen. Ein Axiom ist keine Hypothese, die Hypothese kein Axiom. Sie wußten genug, um zu begreifen, wie schwankend die Ausgangspositionen waren, auf die sich ihre Kenntnis stützte. Zusätzliches Pech war – auch in dem jüngeren Wrack – das Fehlen jeglicher Kommunikationsssysteme, die wenigstens entfernt eine Ähnlichkeit mit dem aufgewiesen hätten, was sich aus der Theorie der endlichen Automaten und der Informatik ableiten ließ. Hatten die Viroiden diese Pseudonerven restlos aufgefressen? Aber dann hätten Spuren und Reste übrigbleiben müssen. Oder verstand man diese nicht zu identifizieren? Lassen sich aus einem Taschenrechner, der unter eine hydraulische Presse geraten ist, die Theorien Shannons oder Maxwells ableiten?

Die letzte Beratung fand in einer äußerst gespannten Atmosphäre statt.

Steergard ließ die positiven Erkenntnisse unbeachtet. Er fragte nur, ob Indizien, wonach die Quintaner die Sideraltechnologie beherrschten, auszuschließen seien. Dies hielt er für das Wichtigste. Mochte mancher auch erraten, warum er sich gerade darauf versteifte, so äußerte sich doch niemand dazu. Der HERMES trieb träge durch das Dunkel, seine Crew steckte im Dickicht der Unbekannten.

Harrach und Tempe, die beiden Piloten, hörten der Aussprache schweigend zu. Auch die Ärzte ergriffen nicht das Wort. Arago trug nicht mehr sein Ordenskleid und kam in den Unterhaltungen – es hatte sich so gefügt, daß sie zu viert im oberen Stockwerk, über der Steuerzentrale, beisammensaßen – nicht auf seine Frage zurück: »Und wenn dort das Böse herrscht?« Als Gerbert einmal sagte, in der Konfrontation mit der Wirklichkeit seien die Erwartungen stets unterlegen, widersprach ihm Arago. Wie viele Hindernisse hatten sie bisher überwunden, die ihre Vorfahren noch im 20. Jahrhundert für unüberwindbar gehalten hatten! Die Reise war glatt verlaufen, ohne Verluste hatten sie Lichtjahre durchmessen, die EURYDIKE war unfehlbar in den Hades eingetreten, sie selbst aber ins Sternbild der Harpyie vorgedrungen, und von dem bewohnten Planeten trennten sie nur Tage oder Stunden.

»Der Pater treibt mit uns Psychotherapie«, lächelte Gerbert. Er titulierte den Dominikaner als einziger so, es fiel ihm schwer, ihn »Kollege« zu nennen.

»Ich sage die Wahrheit, mehr nicht. Ich weiß nicht, was aus uns wird. Dieses Nichtwissen ist der uns angeborene Zustand.«

»Ich weiß, was Sie denken«, entfuhr es Gerbert impulsiv. »Der Schöpfer wünscht nicht solche Expeditionen – solche Begegnungen – diesen ›Umgang der Zivilisationen‹, und deshalb hat er Abgründe dazwischengelegt. Wir aber haben aus dem Apfel des Paradieses nicht nur Kompott gemacht, sondern sägen schon am Baum der Erkenntnis ...«

»Falls Sie meine Gedanken kennenlernen möchten, stehe ich zu Diensten. Ich meine, daß uns der Schöpfer in nichts, in gar nichts beschränkt hat. Unbekannt bleibt dabei, was diesen Verpflanzungen des Baumes der Erkenntnis entwächst ...«

Die Piloten konnten dem Gang dieser theologischen Diskussion nicht länger folgen, denn der Kommandant beorderte sie zu sich: Er nahm Kurs auf die Quinta. Er erläuterte die Navigationsbahn und fügte hinzu: »An Bord herrscht eine Stimmung, wie ich sie nicht erwartet habe. Auch die Üppigkeit der Phantasie muß sich in Grenzen halten. Wie ihr wißt, ist dauernd von unverständlichen Konflikten, Mikromachien, von Nanoballistik und Kampf die Rede, aber das ist ein Ballast von Vorurteilen, der leicht blind macht. Wenn wir schon schlottern, nachdem wir ein paar Wracks ausgeschlachtet haben, verlieren wir die Orientierung, und jeder Schritt erscheint als tollkühnes Glücksspiel. Ich habe das den Wissenschaftlern gesagt, darum sage ich es auch euch. Und nun guten Flug! Bis zur Septima könnt ihr den Kurs von GOD halten lassen, aber dann will ich euch am Steuer haben. Wir ihr euch abwechselt, könnt ihr unter euch ausmachen.«

Das Raumschiff bekam schon Schub, eine schwache Gravitation stellte sich her. Harrach war mit zu Tempe gegangen, um das alte Buch zu holen, das noch von der EURYDIKE stammte. Als sie sich an der Kabinentür trennten, beugte er sich zu seinem kleineren Kollegen, als wolle er ihm ein Geheimnis verraten: »Ter Horab hat gewußt, wen er auf den HERMES setzt, was? Hast du Bessere gekannt?«

»Bessere nicht«, sagte Tempe. »Aber solche wie ihn.«

VIII
Der Mond

Um den Planeten zog sich in einer gewaltigen, aber unstabilen Ebene ein Ring von Eisbrocken. Die von Lakatos und Biela kurz vor dem Abtauchen der EURYDIKE angestellten Berechnungen erwiesen sich als zutreffend. Der Eisring, infolge von Perturbationen, die in der Schwerkraft der Quinta ihre Ursache hatten, durch einen großen und drei kleinere Spalten zertrennt, konnte nicht länger als tausend Jahre existieren, denn er hatte seinen Durchmesser vergrößert und gleichzeitig an Masse verloren. Den äußeren Saum erweiterte die Fliehkraft, der innere wurde durch die Reibung der Atmosphäre in Tausende Brocken und Dampf verwandelt, so daß ein Teil des mit Hilfe einer unbekannten Methode in den Weltraum geschleuderten Wassers in unaufhörlichen Regengüssen auf den Planeten zurückkehrte. Es war schwerlich anzunehmen, daß die Quintaner sich mit Absicht eine solche sintflutartige Pluvialzeit bereitet hatten. Der Ring hatte ursprünglich drei oder vier Trillionen Tonnen Eis enthalten und verlor jährlich viele Milliarden.

Dahinter steckten Rätsel in Serie. Der Ring störte das Klima des gesamten Planeten. Außer den heftigen Regenfällen legte sich sein mächtiger Schatten bei der Umrundung der Sonne einmal auf die nördliche, einmal auf die südliche Halbkugel. Er hielt das Sonnenlicht zurück und senkte damit nicht nur die Durchschnittstemperatur, sondern brachte überdies die Passatzirkulation in der Atmosphäre durcheinander. Die Grenzräume beiderseits des Schattens wimmelten von Gewittern und Wirbelstürmen.

Wenn die Bewohner den Spiegel der Ozeane gesenkt

hatten, mußten sie über ausreichende Energie verfügt haben, um den Sturzbächen oder vielmehr Springfluten die zweite kosmische Geschwindigkeit zu verleihen und die Eismassen damit aus der Nähe des Planeten zu fegen, damit sie sich, von der Sonne geschmolzen, spurlos auflösten oder als Eismeteore unter den Asteroiden verschwanden.

Energiemangel hätte die Projektanten von dem ungeschickten Werk abgehalten, es wäre eine Aufgabe von elementarer Leichtigkeit gewesen, das Scheitern vorauszusagen. Etwas anderes als ein Versehen planetarer Technologie mußte den vor vielen Jahren begonnenen Arbeiten Einhalt geboten haben. Diese Schlußfolgerung drängte sich unabweislich auf.

Der Ring, eine flache Scheibe mit einem Loch von fünfzehntausend Kilometern Durchmesser, in dem der umgürtete Planet steckte, bestand in den mittleren Partien aus Eisblöcken, an den äußeren Rändern jedoch aus kleinen, polarisierten Kristallen. Auch das mußte Resultat eines vorsätzlichen Eingriffs sein. Kurz, der Ring war bei seinem Entstehen in Bewegung und Gestalt gelenkt, er war in die stationäre Äquatorebene gesteuert worden, bildete jedoch auf der Innenseite, oben über dem Äquator, eine chaotische, breiige Masse. Insgesamt sah er aus wie ein kosmisches Bauwerk, das mitten in der Arbeit aufgegeben worden war. Aber weshalb?

Aus den Ozeanen erhoben sich zwei große Kontinente, dazu ein kleinerer, der immerhin die dreifache Größe Australiens hatte, aber am nördlichen Polarkreis lag und daher von den Kundschaftern Norstralien genannt wurde. Die Infralokatoren hatten auf den Kontinenten wärmere Stellen entdeckt, die nicht seismischen Ursprungs waren, offenbar also auf den Wärmeausstoß großer Kraftwerke zurückgingen. Diese verwendeten weder Bodenschätze wie Erdöl oder Kohle noch Brennstoffe nuklearen Typs. Die ersteren hätten sich durch Emissionen verraten, die die

Luft verschmutzen, die letzteren liefern radioaktive Asche. Mit deren sicherer Entsorgung hatte die Erde in der ersten Phase der Kernenergetik bekanntlich die größten Schwierigkeiten. Für Techniker indes, die imstande waren, einen Teil der Ozeane aus der Gravitation zu trichtern, wäre es ein Kinderspiel gewesen, die radioaktiven Abfälle in den Raum zu schießen. Das Eis des Ringes wies jedoch nicht die Spur von Radioaktivität auf. Die Quintaner hatten entweder eine andere Form der nuklearen oder überhaupt eine total andersgeartete Energetik. Aber was für eine?

Der Planet zog einen Gasschweif hinter sich her. Er war ausgiebig mit Wasserdampf gesättigt, der hauptsächlich dem Ring entstammte.

Der HERMES machte auf einer stationären Umlaufbahn hinter der Sexta fest. Sie ähnelte dem Mars, war aber größer und besaß eine dichte Atmosphäre, die durch unaufhörliche vulkanische Ausdünstungen und gasförmige Zyanverbindungen vergiftet wurde. Zur Observation der Quinta waren sechs Orbiter entsandt worden, die pausenlos Beobachtungsdaten übermittelten. GOD setzte daraus ein detailliertes Bild der Quinta zusammen. Das Merkwürdigste war das Funkrauschen. Auf den großen Kontinenten arbeiteten wenigstens ein paar hundert starke Sender, aber es gab keinerlei Anzeichen einer Phasen- oder Frequenzmodulation. Sie strahlten nur ein chaotisches weißes Rauschen aus. Die Antennen ließen sich genau lokalisieren, sie sendeten gerichtet oder isotrop, als hätten die Quintaner beschlossen, sämtliche Kanäle des elektromagnetischen Nachrichtenverkehrs von den Ultrakurz- bis zu den Kilometerwellen zu verstopfen. Sie konnten nur leitungsgebundenen Fernmeldeverkehr haben – aber wozu diente ihnen dieses Rauschen, das Gigawatt kostete? Als noch wunderlicher – die »Wunderlichkeiten« des Planeten wuchsen mit den Fortschritten, die seine Beobachtung machte – erwiesen sich die künstlichen Satelliten. Man zählte nahezu eine

Million, auf Umlaufbahnen, die hoch und niedrig waren, fast kreisförmig oder elliptisch und im Aphel weit über den Mond hinausreichend. Die Sonden des HERMES verzeichneten auch Satelliten in ihrer eigenen Nähe, einige kaum acht bis zehn Millionen Kilometer entfernt.

Diese Satelliten unterschieden sich beträchtlich durch Ausmaße und Masse. Die größten waren wahrscheinlich leer, eine Art unlenkbarer, im Vakuum aufgeblasener Ballons. Ein Teil von ihnen war durch das Entweichen der Gase in sich zusammengefallen. Aller paar Tage bot sich das effektvolle Schauspiel der Kollision eines der toten Satelliten mit dem Eisring, ein Schillern in allen Farben des Regenbogens, wenn die Sonnenstrahlen in den aufstiebenden Eiskristallen dispersierten. Die so entstandene Wolke zerging langsam im Raum. Niemals stießen gegen den Ring der Quinta jedoch die Satelliten, die Aktivität zeigten, sei es allein dadurch, daß sie sich auf erzwungenen Bahnen bewegten, die ständige Kurskorrekturen verlangten, sei es dadurch, daß sie wie riesige Ballen von Metallfolie auf unbegreifliche Weise ständig ihre Form änderten.

Auf der holographischen, dreidimensionalen Karte sahen die Satelliten auf den ersten Blick wie ein riesiger, um den Planeten kreisender Schwarm von Bienen, Hornissen und winzigen Fliegen aus. Dennoch war das vielschichtige Gewimmel nicht chaotisch verstreut, sondern ließ einfache Regelmäßigkeiten erkennen: Die Satelliten auf den nahen Umlaufbahnen zogen oftmals zu zweien oder zu dreien dahin, während andere – zumal auf stationärer Bahn, wenn jeder Körper mit der Planetenoberfläche gleichläuft – sich wie in Figuren eines Tanzes zur Sonne hin- und von ihr wegbewegten.

Im Zuge des Eingangs der Ortungsdaten schuf GOD ein Koordinatensystem, eine Art sphärischen Systems von Diagrammen. Die Unterscheidung »toter« und »lebender«, passiv dahindriftender also und gelenkter oder selbststeuernder Satelliten war eine harte Nuß – das Problem vieler mikroskopisch kleiner Massen, die sich im Schwerefeld der Quinta, ihres Mondes und ihrer Sonne bewegten. Schärfere Beobachtung machte schließlich ungezählte Überreste von Raketen und Satelliten aus, die häufig auf die Sonne stürzten. Einige von ihnen besaßen Ringkörper, aus denen feine Dornen ragten. Die größten, auf halber Strecke zwischen dem Planeten und seinem Mond, zeigten eine gewisse Aktivität. Die Dornen waren Dipolantennen, ihre Emission ließ sich aus dem Geräuschhintergrund des Planeten filtern und isolieren – als Rauschen in kürzesten Wellen, außerhalb des Funkwellenbereichs. Ein Teil davon entfiel auf harte Röntgenstrahlung, die nicht zur Oberfläche der Quinta dringen konnte, da sie von der Atmosphäre geschluckt wurde.

Jeden Tag fügte GOD der Sammlung von Informationen eine neue Portion hinzu, und Nakamura, Polassar, Rotmont und Steergard zerbrachen sich die Köpfe über dieses Rätsel, das sich aus Rätseln zusammensetzte. Die Piloten mischten sich nicht in die wissenschaftlichen Erwägungen ein, sie hatten sich bereits eine Meinung gebildet, die sich kurz und bündig zusammenfassen ließ: Die Quinta war ein Planet von Ingenieuren, die von irgendeiner Manie besessen waren. Oder derber ausgedrückt: SETI hatte Milliarden investiert und sich abgestrampelt, um eine Zivilisation zu finden, die übergeschnappt war. Allerdings witterten auch sie in diesem Wahnsinn Methode. Das Bild eines bis zur Absurdität getriebenen »Radiokriegs« bot sich an: Niemand konnte etwas senden, weil alle Seiten einander zudeckten.

Die Physiker suchten GOD mit Hypothesen auf die Sprünge zu helfen, die sich den Antipoden der Menschheit zukehrten: Unterschieden sich die Bewohner der Quinta in Anatomie und Physiologie von den Menschen vielleicht so grundsätzlich, daß Bild und Sprache bei ihnen ersetzt waren durch andere, nichtakustische, außervisuelle Sinne oder Codes? Vielleicht durch den Tastsinn? Den Geruch? Eine mit der Schwerkraft zusammenhängende Wahrnehmung? War das Rauschen die Übertragung von Energie, nicht von Informationen? Lief die Information durch Wellenleiter, in astrophysisch nicht aufklärbaren Strömen? Sollte man aufhören, dieses scheinbar sinnlose elektromagnetische Geheul auf alle mögliche Weise zu filtern, und lieber das ganze analytische Programm einer grundlegenden Revision unterziehen?

GOD antwortete mit der ihm eigenen seelenlosen Geduld. Er wußte eine Menge über menschliche Emotionen, besaß selbst aber gar keine.

»Falls es sich um Energietransport handelt, muß es Abnehmersysteme und ein gewisses Schwundminimum geben, Verluste also, denn eine hundertprozentige Ausbeute gibt es nicht. Auf dem Planeten sind jedoch keinerlei Verbraucheranlagen zu sehen, die in einem Verhältnis zur gesendeten Leistung stünden. Der Teil von ihr, der imstande ist, die Atmosphäre zu durchdringen, hat die vielen Orbiter zum Ziel. Andere Sender und andere Orbiter jedoch verdecken diese gezielte Strahlung, und dies auf perfekte Weise. Es ist ein Vorgang, als wollten Menschen in einer riesigen Menge miteinander reden, alle auf einmal und immer lauter schreiend. Als Resultante ergibt sich selbst dann, wenn jeder der Sprecher ein Weiser ist, ein wildes Gebrüll. Zweitens können Wellenbänder, die der Nachrichtenübertragung dienen, bei vollständiger Füllung der Übertragungskanäle wie weißes Rauschen wirken, aber das Rauschen auf der Quinta offenbart einen interessanten Charakter. Es ist nicht das ›absolute Chaos‹, sondern eher die Resultante gegenläufiger Emissionen. Jeder Sender hält höchst präzise seine Wellenlänge. Andere Sender verdekken oder dämpfen ihn durch die Phasenumkehrung der Sendeamplitude.«

GOD veranschaulichte diesen elektromagnetischen Sachverhalt, indem er das Funkspektrum in die optische Zone verschob. An die Stelle des ruhigen Weiß der Planetenscheibe trat ein vielfarbiges Flimmern. Als GOD die kohärenten Emittoren auf Grün, die Relais auf Weiß und die »Konteremittoren« auf Purpurrot stellte, überzog sich die Scheibe der Quinta mit einem Gerangel von Farben. Das verlaufende Purpurrot erfaßte die Retranslatoren und färbte deren Weiß rosa, zugleich aber strömte auch Grün hinein, ein verschwimmendes Spinnengewebe von Farben entstand, in dem zuweilen eine die Oberhand gewann, sogleich aber wieder verwischt wurde.

Mittlerweile kamen Informationen von den Sonden, die zur Fernaufklärung des Quinta-Mondes entsandt worden waren. Zwei der fünf Geräte waren verlorengegangen, man wußte nicht, auf welche Weise, denn der Verlust hatte sich im Periselenium ereignet, das vom HERMES aus nicht einsehbar war. Steergard sprach Harrach einen Verweis aus, weil der Patrouille unvorsichtigerweise keine Nachhut beigegeben war, die eine ständige Überwachung auch im Raum jenseits des Mondes ermöglicht hätte. Die übrigen drei Sonden hatten den Trabanten umflogen und ihre Aufnahmen, da sie mit ihren Signalen nicht durch das Rauschen drangen, per Lasercode übermittelt. Die Information war zunächst so gedrängt, daß tausend Bits in einem Impuls pro Nanosekunde enthalten waren. Nach einer knappen Minute dieser Emission meldete GOD, im Aposelenium kämen auf die Patrouille drei quintanische Orbiter zu, die wegen ihrer geringen Größe bisher unbemerkt geblieben waren. Jetzt fielen sie durch die Wärme der in Gang gesetzten Triebwerke und die Beschleunigung gemäß dem Doppler-Effekt auf. Nichts wies darauf hin, daß der Befehl, die Patrouille abzufangen, vom Planeten ausgesandt worden war. Dazu hätte die Zeit wohl kaum gereicht. Die heißen Punkte legten es offenkundig auf einen frontalen Zusammenstoß an. Der Kommandant befahl, einen solchen zu vermeiden. Die Dreierpatrouille warf daraufhin Attrappen aus, spie eine Menge metallener Folien und Ballons vor sich hin. Die Abfangraketen ließen sich dadurch nicht beirren, die Patrouille schoß eine Natriumwolke ab und sprühte Sauerstoff hinein. Die quintanischen Raketen verschwanden in einem Feuerball, die eigenen kamen in einer Spirale heil daraus hervor, kehrten aber nicht zum Raumschiff zurück, sondern prallten gegeneinander und zerstoben.

Steergard rief sämtliche Beobachtungssonden an Bord zurück, und GOD führte die Ergebnisse der Erkundung vor. Auf der wüsten, von Kratern zerklüfteten, abgewandten Mondhalbkugel zuckte ein Feuer mit dem Spektrum von Kernplasma hin und her, so schnell, daß es, von einem gehörig geballten Magnetfeld nicht festgehalten, in den Raum geflogen und dort augenblicklich erloschen wäre. Was pendelte dort mit einer Geschwindigkeit von 60 Kilometern pro Sekunde zwischen zwei alten Kratern hin und her? Was steckte hinter diesem Irrlicht?

GOD versicherte, der Planet habe den HERMES nicht entdeckt und spüre ihm also auch nicht nach. Es gebe darauf keinerlei Hinweis. Er verzeichnete ein kontinuierliches Rauschen, das nur von einem Knattern übertönt wurde, wenn Satelliten in die Atmosphäre eintraten und auf den Eisschild prallten – er benutzte ja die Gashülle der Sexta als Linse für die Radioskope.

Die Ansichten, was weiter zu tun sei, waren geteilt. Die Quintaner sollten weiter in Unkenntnis gehalten werden, die Tarnung sollte fortdauern, bis wenigstens ein Zipfelchen der zahllosen Rätsel gelüftet war. Man wog ab, ob man eine unbemannte Landefähre auf die andere Seite des Mondes schicken oder mit dem Raumschiff dort niedergehen sollte. Über die Chancen der Alternative wußte GOD soviel wie die Menschen: im Grunde gar nichts. Nach der von der Patrouille vorgenommenen Erkundung schien der Mond unbewohnt zu sein, obgleich er eine Atmosphäre besaß, die er, von anderthalbfacher Masse des Erdmondes, nicht halten konnte. Ihre Zusammensetzung bereitete überdies weiteres Kopfzerbrechen: Edelgase – Argon, Krypton und Xenon mit einer Beimischung von Helium. Ohne künstliche Zufuhr hätte sich diese Atmosphäre innerhalb weniger Jahrhunderte verflüchtigt.

Das Plasmafeuer zeugte noch mehr von technischen Arbeiten. Dennoch blieb der Mond stumm, er besaß auch kein Magnetfeld, und Steergard entschloß sich zur Landung. Sollte es dort irgendwelche Geschöpfe geben, so nur unterirdisch, tief unter der von Kratern und Calderen zerklüfteten Felskruste. Erstarrte Lavameere erglänzten in einem Kranz von Streifen, die sich vom größten Krater, aus der Nähe des Poles, nach allen Seiten streckten.

Steergard faßte den Entschluß zur Landung, nachdem er den HERMES zuvor zum Kometen gemacht hatte. An den Längsseiten des Rumpfes öffneten sich die Kingstonventile und stießen Schaum aus, der, durch Gasspritzen aufgebläht, das ganze Raumschiff einhüllte wie ein großer Kokon unregelmäßig geronnener Blasen. Der HERMES steckte in der schwammigen, porösen Masse wie ein Kern in der Frucht. Selbst aus der Nähe sah er wie ein langer, von Kratertrichtern übersäter Gesteinsbrocken aus.

Die Reste der geplatzten Blasen machten diese Kruste der eines Asteroiden ähnlich, der seit Urzeiten von Staubwolken und Meteoren bombardiert worden war. Der unerläßliche Antriebsausstoß sollte dem Kometenschweif gleichen, der sich im Verlauf des Fluges ins Perihel zentrifugal von der Sonne wegwandte. Diese Illusion wurde durch die Ausstoßdeflektoren erzielt. Eine genaue Spektralanalyse hätte zwar einen Impuls und eine Zusammensetzung der Gase aufgedeckt, wie sie bei Kometen nicht vorkommen, aber eine solche Eventualität war einfach nicht auszuschließen. Der HERMES ging mit hyperbolischer Geschwindigkeit von der Sexta zur Bahn der Quinta, schließlich gab es, wenngleich selten, derlei schnelle, keinem System zugehörige Kometen. Nach zweiwöchiger Reise bremste er hinter dem Mond ab und fuhr die Manipulatoren mit den Fernsehaugen aus. Die Illusion eines alten, zerschundenen Felsens war vollkommen – erst unter einem energischen Schlag gab das vorgebliche Gestein elastisch nach wie ein Ballon.

Die Landung selbst ließ sich nicht tarnen. Mit dem Heck voran in die Mondatmosphäre tauchend, verbrannte der HERMES die Hülle der Düsen, und den Rest besorgte die atmosphärische Reibung. Sie riß die glutheiße Maskierung herunter; nackt, flammenspeiend, setzte der gepanzerte Koloß seine sechs weitgespreizten Pranken auf den Grund, dessen Festigkeit er zuvor mit einer Salve von Geschossen geprüft hatte. Eine gute Weile ging es rings um das Raumschiff wie ein Regen nieder: Die verbrannte Tarnhülle fiel herab. Danach bot sich ein Blick über die gesamte Umgebung, bis an den Horizont. Das Plasmapendel lag hinter dem gebauchten Rand eines großen Kraters.

Der Druck betrug vierhundert Hektopascal, man konnte die Flugaufklärung mit Helikoptern unternehmen. Ohne Tarnung, vor aller Augen. Das Spiel begann, der Einsatz war bekannt – die Regeln nicht.

Den acht Helikoptern, die in ein tausend Meilen messendes Rund geschickt worden waren, geschah nichts. Aus ihren Aufnahmen entstand eine Karte, die die achttausend Quadratkilometer um den Landeort erfaßte. Die Karte eines typischen Himmelskörpers ohne Luft, chaotisch verstreute Krater und Trichter, teilweise gefüllt mit vulkanischem Tuff. Nur im Nordosten hatten die Videogeräte eine bewegte Feuerkugel im Bilde festgehalten. Sie schoß über felsigen Grund, in den sie entlang ihrer Bahn einen flachen, heißen Hohlweg geschmolzen hatte. Dieses Gelände wurde nochmals von den Helikoptern aufgesucht, die im Fluge und vom Boden aus Messungen und Spektralanalysen vornahmen. Einer wurde mit Absicht in die Nähe der Sonnenkugel gesteuert. Bevor er verglühte, gab er genau Temperatur und Strahlungsleistung durch – sie lag im Terajoule-Bereich. Versorgt wurde sie von einem Wechselmagnetfeld. Es erreichte 10^{10} Gauß.

Nach Tiefenuntersuchungen des Magmabodens unter dem Hohlweg ließ Steergard von GOD ein Schema des dort entdeckten Netzes von Knotenpunkten anfertigen, von denen sich bis tief unter die Lithosphäre zahlreiche Schächte senkten.

Der Kommandant zeigte sich von der Diagnose kaum überrascht. Der Zweck der gewaltigen Anlage war unklar. Es unterlag jedoch keinem Zweifel, daß die Arbeiten mitten im vollen Gange eingestellt, alle zu den Schächten und Strecken führenden Eingänge geschlossen oder vielmehr durch Sprengungen verschüttet worden waren, nachdem man zuvor das schwere Gerät hineingestürzt hatte. Die Mikrosonne aus Plasma wurde über ein Flußführungssystem durch thermoelektrische Umformer gespeist, die Energie der Asthenosphäre entnommen – etwa fünfzig Kilometer unter dem äußeren Mantel der Mondkruste.

Steergard schickte zwecks genauer Untersuchungen zwar schwere Allüberallschreiter in das Gelände und durfte sich auch ihrer Rückkehr freuen, ordnete aber für sofort den Start an. Die Physiker, vom Ausmaß des unter dem Mondboden liegenden Energiekomplexes fasziniert, wären gern länger geblieben, um möglicherweise sogar an die verspundeten Tunnel heranzukommen.

Steergard blieb hart. Es gab zu viele Unbekannte: der Zustand der aufgefangenen Satelliten, der mit solchem Aufwand mitten in der Wüste betriebene, unbegreifliche Bau, die – falls Kenntnislosigkeit sich steigern läßt – noch unbegreiflichere, gleichsam in der Panik einer Evakuierung erfolgte Aufgabe dieser Arbeiten. Was alles er auch zur Erklärung anführte, den Gedanken, der ihm dämmerte, behielt er für sich.

Die detaillierte Untersuchung einer fremden Technologie führt zu nichts. Die Fragmente geben kein schlüssiges Bild, so wenig wie die Splitter eines zerbrochenen Spiegels. Sie sind das unleserliche Ergebnis dessen, was sie zerschlug.

Das Dilemma steckte nicht in den Werkzeugen dieser Zivilisation, sondern in dieser selbst. Als Steergard beim Gedanken daran die ganze Last der ihm übertragenen Aufgabe fühlte, fragte Arago über das Wechselsprechgerät an, ob er ihn aufsuchen dürfe.

»Für ein kurzes Gespräch gern, denn in einer knappen Stunde starten wir«, gab er zur Antwort, obwohl er dieses Gespräch durchaus nicht wünschte.

Arago erschien sogleich.

»Hoffentlich störe ich wirklich nicht ...«

»Natürlich stören Sie, Hochwürden«, sagte Steergard und bot dem Geistlichen, ohne aufzustehen, einen Sessel an. »Im Hinblick allerdings auf den Charakter Ihrer Mission ... Ich höre.«

Der Dominikaner blieb ganz ruhig.

»Ich folge weder außerordentlichen Befugnissen noch einer Mission. Ich bin auf diesen Platz gesetzt worden wie Sie auf den Ihren. Nur mit einem Unterschied. An meinen Entscheidungen hängt nichts, an den Ihren alles.«

»Das weiß ich.«

»Die Bewohner dieses Planeten sind wie ein lebender Organismus, den man beliebig untersuchen, aber nicht fragen darf nach dem Sinn seiner Existenz.«

»Von einer Qualle wird man keine Antwort erwarten, aber von einem Menschen?«

Steergard sah ihn an, in seinem Blick lag mehr als nur Interesse. Er schien begierig nach einem wichtigen Wort.

»Von einem Menschen ja, von der Menschheit nicht. Quallen tragen keine Verantwortung. Jeder von uns aber ist verantwortlich für das, was er tut.«

»Ich kann mir denken, was hinter diesen Worten steckt. Hochwürden wollen wissen, wozu ich entschlossen bin.«

»So ist es.«

»Wir lüften das Visier.«

»Im Verlangen nach Verständigung?«

»Ja.«

»Und wenn die anderen dieses Verlangen nicht erfüllen können?«

Steergard stand auf, betroffen, denn Arago hatte durchschaut, was er zu verbergen gesucht hatte. Er stand so nahe vor dem Mönch, daß er fast dessen Knie berührte.

»Was also ist zu tun?« fragte er leise.

Arago erhob sich. Ganz gerade stehend, nahm er Steergard bei der Rechten und drückte sie.

»Es liegt in guter Hand«, sagte er und ging hinaus.

IX
Die Verkündigung

Nach dem Start führte der Kommandant das erneut in eine Maske gehüllte Raumschiff auf eine stationäre Umlaufbahn um den Mond, über der von der Quinta nicht einsehbaren Halbkugel, und ließ nacheinander die Gefährten zu sich kommen, damit ihm jeder darlegte, wie er die Lage einschätzte und was er an seiner Stelle tun würde.

Die Ansichten waren breit gestreut.

Nakamura hielt sich an eine kosmische Hypothese. Das Niveau der quintanischen Technologie setzte eine seit langer Zeit entwickelte Astronomie voraus. Die Zeta zog mit ihren Planeten durch eine zwischen den Armen der galaktischen Spirale liegende Erweiterung und würde in etwa fünftausend Jahren dem Hades gefährlich nahe kommen. Der kritische Zeitpunkt der Annäherung ließ sich nicht genau ermitteln, da es sich um das unlösbare Problem der Wechselwirkung vieler Massen handelte. Es war jedoch wenig wahrscheinlich, daß sich der Kollapsar passieren ließ, ohne daß es zur Katastrophe kam. Die bedrohte Zivilisation versuchte sich zu retten, es entstanden verschiedene Projekte: die Umsiedlung auf den Mond, dessen Verwandlung in einen steuerbaren Planeten und seine Versetzung in das System der Eta Harpyiae, das nur vier Lichtjahre entfernt war und sich – dies das Wichtigste! – von dem Kollapsar wegbewegte. In der ersten Phase der Verwirklichung dieses Projekts erwiesen sich Wissensstand und Energieressourcen als unzulänglich. Möglicherweise war auch ein Teil der Zivilisation, ein Block von Staaten für das Projekt, ein anderer aber dagegen. Bekanntlich kommt es höchst selten vor, daß Experten verschiedener Fachgebiete angesichts einer besonders komplizierten und schwierigen Aufgabe zu völliger Eintracht gelangen.

Ein anderes Projekt wurde vorgelegt – das der astronautischen Emigration oder auch Flucht. Diese Konzeption verursachte die Krise: Die Bevölkerung der Quinta zählte sicherlich Milliarden, und die Werften waren außerstande, eine Flotte von Raumschiffen zu bauen, mit der sich der Exodus aller bewerkstelligen ließ. Wenn man eine Analogie zur Erde herstellen wollte, so unterschieden sich die einzelnen Staaten in ihrem Industriepotential voneinander beträchtlich. Die führenden bauten für sich eine kosmische Flotte und gaben die Front der Arbeiten auf dem Mond auf. Diejenigen aber, die in den Werften arbeiteten, waren möglicherweise überzeugt, daß die Rettungsschiffe nicht für sie bestimmt waren, und griffen zu Akten der Sabotage. Diese konnte zu Repressalien und Unruhen, zum anarchischen Kollaps und zum propagandistischen Radiokrieg geführt haben. Dadurch blieb auch dieses Projekt in den Anfängen stecken und hinterließ als Spur seines Scheiterns die Unmenge der durch das System geisternden Satelliten. War diese Einschätzung des Sachverhalts auch sehr hypothetisch, so war ihr Wert doch nicht gleich Null. Man mußte mit der Quinta schleunigst ein Übereinkommen finden. Die Sideraltechnologie konnte, wenn man sie an die Bewohner weitergab, die Rettung bedeuten.

Polassar, der die Konzeption des Japaners kannte, sah darin Fakten, die so zurechtgebogen und überzogen waren, damit sie die Voraussetzung stützten – die planetare Auswanderung.

Die Sideraltechnologie kommt nicht wie ein Blitz aus heiterem Himmel. Die bei der asthenosphärischen Anlage auf dem Mond genutzte Energie war um drei Größenordnungen von derjenigen entfernt, die den Zugang zur Gravitologie und deren industrieller Anwendung möglich machte. Außerdem wies nichts darauf hin, daß die Quintaner das System der Eta als gastlich ansehen konnten. Die Eta würde in einigen Jahrmillionen in die Endverbrennung ihres Wasserstoffs eintreten und damit zu einem roten Riesen werden. Zu guter Letzt habe Nakamura die Daten der Bewegung von Harpyie und Hades im Intervall der gravitationsbedingten Unbestimmtheit so verschoben, daß der kritische Durchgang der Zeta durch die Nähe des Kollapsars bereits in fünfzig Jahrhunderten wahrscheinlich wurde. Zog man jedoch die durch den Spiralarm der Galaxis ausgelösten Perturbationen in Betracht, so würde sich der Durchgang um weit über zwanzig Jahrtausende verzögern. Die Nachricht jedoch, in fünfundzwanzigtausend Jahren werde es zum Schlimmsten kommen, könne nur völlig unvernünftige Geschöpfe in Panik versetzen. Eine Wissenschaft, die – wie die irdische im 19. Jahrhundert – noch in den Windeln liegt, mag von sich glauben, durch ihre Fortschritte bald im Besitze aller Weisheit zu sein. Eine reifere Wissenschaft kennt zwar nicht die künftigen Entdeckungen, weiß jedoch, daß sie in exponentieller Progression zunehmen und man demgemäß in wenigen Jahren mehr Kenntnisse erwirbt als zuvor in Jahrtausenden.

Man wußte nicht, was auf der Quinta geschah, der Kontakt aber mußte hergestellt werden. Es war riskant, aber notwendig.

»Möglich ist alles« – das war die Ansicht, die Kirsting vertrat. Eine hohe Technologie schließt Glaubensvorstellungen religiöser Natur nicht aus. Die Pyramiden der Ägypter und Azteken würden dem Gast aus anderen Welten ihren Zweck ebensowenig offenbaren wie die Kathedralen der Gotik. Die Fundstätten auf dem Mond der Quinta konnten das Werk eines Glaubens sein. Ein Kult der Sonne – einer künstlichen Sonne. Ein Altar von Kernplasma. Ein Gegenstand der Idololatrie, Symbol der Macht oder der Herrschaft über die Materie. Daneben aber Schismen, Apostasien, Ketzertum, Bekehrungsversuche – nicht durch Kreuzzüge, sondern per Radio, elektromagnetischer Zwang, zur »Konversion« der abgefallenen Häretiker oder vielmehr ihrer sakralen Informationsmaschinen: Deus *est* in machina! Nicht, daß dies wahrscheinlich oder geradezu beweisbar wäre. Glaubenssymbole geben Besuchern aus fremder Gegend ihren Sinn ebensowenig preis wie die Produkte von Ideologien. Wer für die Absichten von Menschen verschiedener irdischer Kulturen und Epochen den gemeinsamen Nenner finden will, muß mindestens wissen, daß das Materielle nie für alles gehalten wurde, was, sofern vorhanden, der Existenz völlige Befriedigung schafft. Man kann diese Annahme für ein Unding halten – vorausgesetzt, daß Technologie sich stets aus dem Sacrum herleitet! Die Technologie hat aber stets ein außertechnologisches Ziel. Und wenn das Sacrum versiegt, muß das in der Kultur entstehende Loch durch etwas anderes ausgefüllt werden.

Kirsting verstieg sich bei der Brautschau von Technologie und Frömmigkeit auf so mystische Höhen, daß Steergard ihn gerade noch ausreden ließ. Und der Kontakt? Selbstverständlich, für den Kontakt war auch er.

Die Piloten hatten gar keine Meinung. Es lag nicht in ihrer Art, Rätselhaftes durch die Phantasie nach Seiten hin aufzubauschen, die mehr oder minder jenseits des Menschentums lagen.

Rotmont fand sich bereit, die technischen Aspekte einer Verständigung zu erörtern, vor allem die Frage, wie sich das Raumschiff vor den quintanischen Satellitenschwärmen schützen sollte. Er war der Ansicht, die Quinta könne in der Vergangenheit bereits von einer anderen Zivilisation besucht worden sein. Dies habe ein böses Ende genommen, und die Lehre sei beherzigt worden: Die Quintaner hatten sich gegen Invasionen abgeschottet, eine Technologie des universellen Mißtrauens hervorgebracht. Man müsse sie zunächst von den friedlichen Absichten der Menschen überzeugen, ihnen »Grußgeschenke« zukommen lassen und die Reaktion abwarten.

El Salam und Gerbert waren ähnlicher Meinung.

Steergard verfuhr dann doch nach eigenem Ermessen. Die »Grußgeschenke« konnten vor der Landung kaputtgehen, das Schicksal der Fünferpatrouille um den Quinta-Mond war Fingerzeig genug. Er schoß einen großen Orbiter zur Sonne, damit dieser der Quinta als ferngesteuerter Botschafter die »Beglaubigungsschreiben« überreichen konnte. Sie wurden als Lasersignale abgesetzt, die imstande waren, die Rauschhülle des Planeten zu durchdringen. Durch einen Redundanzcode wurde den Empfängern die Lehre erteilt, wie sie Kontakt aufnehmen konnten. Der Botschafter sendete das Programm ein paar hundertmal. Die Antwort war dumpfes Schweigen.

Drei Wochen lang wurde der Text der Botschaft auf alle mögliche Weise variiert – es gab keine Reaktion. Die Emissionsleistung wurde erhöht, die Lasernadel wanderte über die gesamte Planetenoberfläche, im Infrarot und Ultraviolett, in allen möglichen Modulationen. Der Planet gab keine Antwort.

Der Botschafter stopfte sich bei der Gelegenheit mit Details des Äußeren der Quinta voll und übermittelte sie dem HERMES. Auf den Kontinenten befanden sich Agglomerationen vom Ausmaß der großen Ballungszentren auf der Erde. Nachts waren sie unbeleuchtet, sie hatten die Form platter Sterne, ihre strauchartigen Verzweigungen gaben eine metalloide Reflexion. Von den Ausläufern gingen gerade Linien ab wie Verkehrsadern, auf denen sich aber nichts bewegte.

Je schärfere Bilder man über den Botschafter gewann (er war ein bißchen zum Kundschafter geworden), desto offensichtlicher erwiesen sich die von der Erde übernommenen Vermutungen als Unsinn. Die Linien waren weder Straßen noch Pipelines, und das Gelände dazwischen sah oft nur so aus wie Wald. Der vermeintliche Baumbestand wurde von einem Gewimmel regelmäßiger Blöcke mit zerzausten Schößlingen gebildet. Ihre Albedo ging fast auf Null: Sie schluckten mehr als 99 Prozent des einfallenden Sonnenlichts. Man konnte sie folglich für Fotorezeptoren halten.

Vielleicht hatte die Quinta auf diese Weise auch die »Beglaubigungsschreiben« geschluckt, sie mit ihren Empfängern nicht als Information, sondern als Energiezufuhr behandelt? Der vor der Sonnenscheibe bisher unsichtbare Botschafter gab nun her, was er konnte. Er strahlte im Infrarot »Botschaften« ab, die die Sonnenradiation in diesem Bereich hundertfach übertrafen. Nach gesundem Menschenverstand mußte er mit diesem kohärenten Licht die Wellenschlucker beschädigen, das Wartungspersonal hätte die Havarie und ihre Ursachen zu untersuchen gehabt, früher oder später würden höhere Fachleute dahinterkommen, daß die Strahlung Signalcharakter hatte. Doch erneut vergingen Tage, und alles blieb, wie es war.

Die auf den Fotos festgehaltenen Bilder der Tag- und Nachthalbkugel des Planeten mehrten noch die Rätsel. Nach Sonnenuntergang wurde die Dunkelheit durch nichts erhellt – die beiden mit steilen, schneebedeckten Gebirgsketten aus dem Ozean ragenden Kontinente leuchteten nachts nur im gespenstischen Schein des Polarlichts, aber auch dieses Flackern, das den unbewölkten Eisfeldern der Polkappen einen schauerlichen grüngoldenen Glanz verlieh, huschte nicht beliebig umher, sondern schien von einer unsichtbaren Riesenfaust gegen die Drehrichtung der Quinta gekehrt zu werden. Weder auf den Binnenseen der beiden ausgedehnten Festländer noch auf offenem Meer waren Schiffe zu entdecken, und da auf den Ausläufern der Geraden, die schnurstracks durch die bewaldeten Ebenen und die sich übereinandertürmenden Bergrücken schnitten, ebenfalls keinerlei Bewegung war, konnten diese nicht dem Verkehr dienen. Dem Ozean der Südhalbkugel entragten wie unzählige, auf den uferlosen Wassern verstreute Perlen die erloschenen Vulkane scheinbar unbewohnter Archipele. Der einzige Kontinent dieser Halbkugel lag direkt am Pol unter einem riesigen Gletscher. Aus dem matten Silber seines ewigen Eises ragten vereinzelte Felsspitzen hervor, die Gipfel von Achttausendern, die unter der Eishülle verschlossen lagen. Im Tropengürtel, unter dem gefrorenen Ring, tobten Tag und Nacht Unwetter, deren Entladungen in violetten Blitzen vom Schild des Eises wie von einem schwindelerregend dahinjagenden Spiegel reflektiert und verstärkt wurden. Das Fehlen jeglicher Spur zivilisatorischer Betriebsamkeit, das Nichtvorhandensein von Hafenstädten in den Mündungen der Ströme, die gewölbten Metallschilde in den Gebirgskesseln, die deren Grund mit einem nur spektrochemisch von natürlichem Gestein unterscheidbaren Panzerbelag verschlossen, die Abwesenheit jeglichen Flugverkehrs bei Vorhandensein von etwa hundert von niedrigen Gebäuden gesäumten Kosmodromen mit glatter Betondecke – all das machte die Schlußfolgerung unabweislich, daß jahrhundertelange Kämpfe die Quintaner ins Innere des Planeten gedrängt hatten, daß sie in diesem Untergrund ihr Leben führten, zur Beobachtung des Raums, von Himmel und Universum, angewiesen auf den metallenen Blick der Radioelektronik.

Wärmedifferenzmessungen entdeckten an der Oberfläche von Norstralien und Heparien thermische Flecken, so etwas wie Höhlenstädte, miteinander verbunden durch tief in den Boden gewühlte Gänge. Die genaue Strahlungsanalyse schien diese Vermutung jedoch Lügen zu strafen. Jeder der ausgedehnten Flecken, die vierzig Meilen Durchmesser erreichten, zeichnete sich durch einen sonderbaren Gradienten der abgeschiedenen Wärme aus: Am heißesten war das Zentrum, die Quelle der Strahlung aber lag unter der Lithosphäre, an der Grenze des Mantels. Sollten die Quintaner die Energie aus dem flüssigen Kern ihres Planeten beziehen? Die riesigen, geometrisch regelmäßigen Felder, die man ursprünglich für landwirtschaftliche Nutzflächen gehalten hatte, waren in Wirklichkeit millionenfache Konzentrationen kegelförmiger Stümpfe, einer kilometerweiten Pflanzung von Pilzen aus Keramik gleichend. Sende- und Empfangsantennen für Radar – so lautete das abschließende Urteil der Physiker.

Der Planet schien sich bewußt unter Wolken, Gewittern und Wirbelstürmen zu verkriechen, auf der Lauer liegend unter dem unablässigen Ruf der Signale, die um ein Echo, eine Antwort baten.

Ohne sicheres Ergebnis blieben die unter dem Zeichen der Archäologie angestellten Beobachtungen – um Spuren einer historischen Vergangenheit zu finden, Ruinen von Städten, Entsprechungen irdischer Kult- und Sakralbauten wie Tempel und Pyramiden, antike Metropolen. Waren sie durch Kriege spurlos verwüstet worden oder Menschenaugen außerstande, sie in ihrer totalen Andersartigkeit zu erkennen, so blieb als Brücke, die über diese Fremdheit geschlagen werden konnte, allein die Technik. Man forschte also nach Anlagen, die gewaltig gewesen sein mußten, da sie dazu gedient hatten, das Wasser der Ozeane in den Kosmos zu schleudern. Die Lokalisierung dieser Apparatur ließ sich nach universell gültigen, von der Physik entschiedenen Kriterien berechnen. Aus der Richtung der Rotation des Eisrings, aus seiner rings um den Äquator laufenden Bahn ließ sich auf die Anordnung der planetaren Wasserwerfer schließen.

Hier jedoch fuhr den Forschern ein Faktor in die Parade, der die Diagnostizierung jener Installationen erschwerte: Man hatte diese unzweifelhaft an der Berührungslinie von Festland und Ozean errichtet – in einer Gegend, über der jetzt der in Frost gebannte Ring kreiste und hinter den durch die ständige Reibung an der Gashülle verursachten Sturzbächen einer wilden Regenzeit genau die kritischen Stellen verbarg. Der Versuch, die Methoden nachzuvollziehen, mit deren Hilfe die Ingenieure der Quinta ein Jahrhundert zuvor ihren Ozean in den Raum geschossen hatten, war geplatzt.

Die Archive des Raumschiffs quollen zwar über von sogenannten Indizfotos, die sich aber von kaum größerem Wert erwiesen wie die Flecken auf den Tafeln des Rorschach-Tests.

Das Menschenauge konnte den unbegreiflichen Konturen der sich auf den Kontinenten wiederholenden Sternformen so viele von der Erde mitgebrachte Vorstellungen und Vorurteile aufprägen! Welche Vielfalt an Formen und Gestalten kann der Mensch sehen oder sich vielmehr einbilden, wenn er nur einen einigermaßen üppigen Tintenklecks betrachtet! Die Hilflosigkeit, die GOD vor diesen Tausenden Fotos erkennen ließ, machte den Menschen bewußt, daß in dieser auf scheinbar absolut objektive Informationsverarbeitung ausgerichteten Maschine dennoch ein Erbteil des Anthropozentrismus geronnen war.

Nakamura drückte das so aus: Man wollte etwas erfahren über eine fremde Vernunft, und man erfuhr, welch enge Geistesverwandtschaft zwischen den Menschen und ihren Computern bestand. Die Nähe war es, die die fremde, fast in Reichweite befindliche Zivilisation so fern, die Versuche, zu ihrem Kern zu dringen, zum Gespött machte. Man lag im Kampf mit dem übermächtigen Eindruck einer boshaft auf die Expedition losgelassenen Perfidie, gerade so, als sei jemandem – aber wem? – daran gelegen gewesen, sie alle herauszufordern: mit einer Hoffnung, die sich erst am Ende des Weges, erst am Ziel als trügerisch erweisen sollte ... Wer von diesem Gedanken geplagt wurde, verbarg es, um mit seiner Schwarzseherei nicht die Gefährten anzustecken.

Nach siebzig Stunden fruchtloser diplomatischer Emission entschloß sich Steergard, eine erste Landefähre, GA-

BRIEL genannt, zur Quinta zu schicken. Der Botschafter kündigte das achtundvierzig Stunden vor dem Start an und teilte den Quintanern mit, die Sonde sei völlig unbewaffnet und werde in Heparien, dem großen nördlichen Kontinent, landen, hundert Meilen von einer sternförmigen Bebauung entfernt, in unbewohnter Wüstengegend. Es handle sich um einen unbemannten Gesandten, mit dem die Hepariane sich in der Maschinensprache verständigen könnten. Obgleich auch diese Ankündigung vom Planeten nicht beantwortet wurde, brachte man im Aposelenium GABRIEL auf seine Bahn. Es war eine zweistufige Rakete mit einem Mikrocomputer, der neben den Standardprogrammen für den Kontakt auch über die Fähigkeit verfügte, diese bei unvorhergesehenen Umständen zu revidieren und zu ändern.

Polassar hatte GABRIEL mit dem effektivsten der an Bord mitgeführten kleinen Terajoule-Triebwerke ausgerüstet, damit er die vierhunderttausend Kilometer bis zu dem Planeten in etwa einer Viertelstunde, mit einer Gipfelgeschwindigkeit von sechshundert Kilometern pro Sekunde, zurücklegen konnte. Erst über der Ionosphäre sollte er bremsen. Die Physiker wären durch Relaissonden, die man ihm vorausgeschickt hätte, gern in ständigem Kontakt mit ihm geblieben, aber der Kommandant verwarf solche Pläne. GABRIEL sollte auf sich selbst angewiesen bleiben und erst nach der weichen Landung Informationen übermitteln – über Wellen, die durch die Atmosphäre der Quinta gebündelt und auf den HERMES gerichtet werden sollten. Eine vorherige Dislozierung von Relais in dem Raum zwischen dem Mond, hinter dem der HERMES sich verbarg, und dem Planeten hätte bemerkt werden und das Mißtrauen der paranoiden Zivilisation verstärken können. Der einsame Flug des GABRIEL unterstrich die Friedfertigkeit seiner Aufgabe.

Der HERMES verfolgte diesen Flug, der von den ausgefahrenen Spiegeln des Botschafters reflektiert wurde, wegen der Entfernung, aus der die Retransmission erfolgte, mit fünfminütiger Verspätung. Der phantastisch gekühlte Spiegelreflektor des Botschafters lieferte ein einwandfreies Bild. GABRIEL führte Manöver aus, die eine Ortung seines Mutterschiffs unmöglich machten, und erschien gleich darauf als dunkle Nadel vor dem weiß bewölkten Hintergrund der Planetenscheibe. Acht Minuten waren vergangen, als die Männer vor den Bildschirmen plötzlich erstarrten: Statt weiter dem vorgesehenen Landeplatz in Heparien zuzustreben, zog GABRIEL in einer Kurve mit wachsendem Radius nach Süden und verlor vorzeitig Geschwindigkeit. Die Ursache wurde auf der Stelle sichtbar – im Subtropengürtel schossen vier schwarze Punkte auf GABRIEL zu, zwei von Osten und zwei von Westen, alle auf mathematisch idealen Jagdbahnen. Die östlichen Verfolger hatten die Distanz zu dem Gejagten bereits verringert, als dieser seine Gestalt veränderte, aus einer Nadel zu einem Punkt wurde, umgeben von blendendem Glanz. Er hatte mit vierhundertfachem Andruck abgebremst und schoß, statt auf dem Planeten niederzugehen, kerzengerade nach oben.

Auch die vier Jäger änderten den Kurs, näherten sich einander. GABRIEL hing scheinbar reglos im Zentrum des Trapezes, dessen Ecken die Verfolger bildeten. Das Trapez schrumpfte – ein Zeichen, daß auch die Jäger von der orbitären in die hyperbolische Bewegung übergegangen waren und, die Glut erhöhten Schubs speiend, einander näher kamen.

Steergard hätte den Programmierer Rotmont jetzt gern fragen mögen, was GABRIEL denn nun anstellen werde, da die von den Abfängern ausgestoßene Glut auf eine gewaltige Antriebsleistung schließen ließ. Jäger und Gejagter entwickelten eine solche Rückstoßenergie, daß in dem weißen Wolkenmeer ein breiter Trichter entstand.

In der verdunkelten Steuerzentrale war es still. Keiner der Männer, die dieses einzigartige Schauspiel verfolgten, sagte ein Wort. Die vier Punkte kamen GABRIEL immer näher. Der Dopplersche Entfernungsmesser und der Beschleunigungsmesser ließen ihre roten Ziffern am Rande des Blickfelds rasen, als mäßen sie die Zahlen scheffelweise. Die Geschwindigkeit war kaum ablesbar. GABRIEL war nicht mehr im Vorteil, er hatte Zeit für den Bremsvorgang und die Umkehr verloren, die Verfolger hatten unaufhörlich beschleunigen können und nahmen ihn nun in die Zange. GOD markierte auf dem Bildschirm den voraussichtlichen Schnittpunkt der fünf Flugbahnen. Den Meßgeräten zufolge konnte alles nur noch zwölf bis sechzehn Sekunden dauern. Diese Zeit kann selbst dem Menschen, der millionenfach langsamer als ein Computer denkt, sehr lang werden, noch dazu in Momenten hochgespannter Aufmerksamkeit.

Steergard wußte selber nicht, ob es ein Fehler gewesen war, die Sonde nicht wenigstens mit Defensivwaffen auszurüsten. Er fühlte sich überwältigt von einer ohnmächtigen Wut. GABRIEL besaß nicht einmal eine Ladung, um sich selbst zu sprengen.

Auch ehrenwerte Absichten müssen ihre Grenzen haben, konnte der Kommandant in Gedanken eben noch konstatieren, als das Viereck der Jagd auf das Maß eines winzigen Buchstabens schrumpfte. Obwohl Jäger und Gejagter sich von dem Planeten bereits um dessen Durchmesserweite entfernt hatten, brachte der Schlag ihres Rückstoßes das Zirrusmeer zum Brodeln, ein Wolkenfenster riß auf und gab den Blick frei auf den Ozean und die unregelmäßige Küstenlinie Hepariens. Wolkenfetzen vergingen in der Öffnung wie Zuckerwatte in der Hitze.

Der dunkle Hintergrund des Ozeans verschlechterte die Sicht. Nur die unvermindert rot flimmernden Ziffern des Entfernungsmessers sagten etwas aus über die Situation

GABRIELS. Die Jäger hatten ihn von vier Seiten umzingelt, sie waren da. Das Wolkenfenster bauchte sich plötzlich aus, als wüchse der Planet wie ein gewaltig geblähter Ballon, die Gravimeter gaben ein scharfes Knacken von sich, die Bildschirme erloschen, aber gleich darauf war das Bild wieder da. Das trichterförmige Wolkenfenster war wieder klein, weit weg und völlig leer.

Steergard erriet nicht sogleich, was vorgefallen war, und warf einen Blick auf die Entfernungsmesser. Überall blinkten rote Nullen.

»Jetzt hat er sie zur Schnecke gemacht!« sagte jemand, Harrach wahrscheinlich, mit grimmiger Genugtuung.

»Was ist da passiert?« fragte Tempe verständnislos.

Steergard wußte es inzwischen, sagte aber nichts. Er war von der eisernen Gewißheit erfüllt, daß er, wenn er den Versuch wiederholte, eher das Raumschiff aufs Spiel setzte, als daß er die Aufnahme des Kontakts erzwang. In Gedanken schon weit von diesem ersten Scharmützel entfernt, grübelte er darüber nach, ob er weiter dem festgelegten Programm folgen sollte. Er hörte dabei kaum auf die erregten Stimmen im Steuerraum.

Rotmont mühte sich mit einer Erklärung ab, was GABRIEL gemacht hatte, ohne daß sein Kundschaftsauftrag das vorsah. Er hatte durch eine siderale Implosion eine Quetschung des Raums und damit auch der Verfolger herbeigeführt.

»Er hatte doch gar keinen Siderator!« rief Tempe verblüfft.

»Nein, aber er konnte einen herstellen, er besaß ja ein Teratrontriebwerk. Er drehte es, indem er es kurzschloß, und lenkte die sonst dem Antrieb dienende Energie ins eigene Innere – mit voller Pulle! Es war ein ganz schlauer Trick, ein riskantes Pokerspiel, aber GABRIEL machte es zum Bridge. Er kam mit dem höchsten Trumpf heraus: Nichts geht über den Zusammenbruch von Schwerefeldern. Dadurch hat er sich nicht schnappen lassen.«

»Warte mal!« Tempe begann den Vorgang zu begreifen. »Hat er das im Programm gehabt?«

»Aber nein! Er hatte Terawatts im Annihilationstriebwerk und volle Autonomie. Er spielte va banque. Das war eine Maschine, mein Lieber, kein Mensch. Also war es kein Selbstmord. Der Hauptdirektive zufolge durfte er sich manipulieren lassen – aber erst *nach* der Landung.«

»Hätte man ihm nach dieser Landung nicht das Teratron entfernen können?« erkundigte sich Gerbert erstaunt.

»Wie denn? Das gesamte Hecksegment einschließlich des Teratrons sollte beim Eintritt in die Atmosphäre schmelzen. Nach dem Anschmelzen des Stators hätte der innere Druck die Pole auseinandergesprengt, und zusammen mit der Kraftzentrale wäre alles in Klump gegangen. Noch dazu ohne die geringste Radioaktivität. Landen sollte nur das Bugsegment – um einen freundschaftlichen Smalltalk mit den Gastgebern zu führen ...«

»Hol der Teufel diese Arbeit!« brauste Harrach auf. »Es galt als ausgemacht, daß die Raketen von denen da unten nicht diese Beschleunigung entwickeln können! GABRIEL sollte durch den Satellitenmüll schießen wie eine Flintenkugel durch einen Bienenschwarm und anständig landen!«

»Warum hat er eigentlich nicht sein Triebwerk zerschmolzen, als sie ihn jagten?« fragte der Arzt.

»Warum ist eine Henne kein Segelflieger?« Rotmont ließ sich von seiner Verärgerung hinreißen. »Womit hätte er das Teratron denn schmelzen können? Die Energie zur Verbrennung des Antriebssegments sollte er doch von außen beziehen, aus der atmosphärischen Reibung! So war er projektiert. Das wußten Sie wohl nicht? Kommen wir also auf den Kern des Wettlaufs zurück. Entweder wäre er entkommen (wonach es aber überhaupt nicht aussah), oder sie hätten ihn im Raum erwischt, auf eine Umlaufbahn gezwungen und ausgeschlachtet. Hätte er den Kurzschluß erst gemacht, nachdem sie das Triebwerk erledigt hatten, so wäre es zur Explosion gekommen, und der Ringkörper mit den Rotoren wäre eventuell ganz geblieben. Da er es nicht dazu kommen lassen durfte, konzipierte er ein Schwarzes Loch mit doppeltem Ereignishorizont, sog durch den Kollaps die Verfolger in sich ein, und als die innere Sphäre in sich zusammenfiel, entwich die äußere. In diesem Maßstab gleichen sich die Effekte der Quantelung nämlich mit denen der Gravitation aus. Der Raum erfuhr eine Krümmung – daher sahen wir die Quinta wie durch ein Vergrößerungsglas.«

Arago hatte bisher geschwiegen.

»Das war wirklich nicht programmiert?« fragte er jetzt. »Diese Eventualität war nicht einmal im Ansatz vorgesehen?«

»Nein und nochmals nein! Die Maschine hat zum Glück mehr Verstand gehabt als wir!« Rotmont machte kein Hehl mehr daraus, wie sauer er über die ganze Fragerei war. »Wehrlos wie ein Kleinkind sollte sie sein! Das Teratron GABRIELS war nicht darauf programmiert, durch Kurzschluß die hyperthermische Produktion von Kollapsaren auszulösen. Das hätten die dort unten ohne weiteres aus der Konstruktion schließen können, sie hätten es sogar schließen müssen, denn GABRIEL ist in wenigen Sekunden von selbst daraufgekommen.«

»Von selbst?«

Diese Bemerkung des Mönchs brachte Rotmont endgültig aus der Fassung.

»Ja, was denn sonst! Wie oft soll ich mich denn noch wiederholen? Er hatte einen Lichtstromcomputer mit einem Viertel der Kapazität von GOD! Sie, Pater Arago, verarbeiten in fünf Jahren nicht so viele Bits wie er in einer Mikrosekunde. Er hat sich geprüft und festgestellt, daß er das Teratron im Feld umkehren kann, wobei durch Polschluß ein mononuklearer Siderator entsteht. Mit seiner Entstehung fliegt er zwar auseinander, zugleich jedoch mit einem Kollaps …«

»Das war vorhersehbar«, merkte Nakamura an.

»Wenn du auf einem Spaziergang von einem tollen Hund angefallen wirst, so ist, falls du einen Stock bei dir trägst, vorhersehbar, daß du von diesem Gebrauch machst«, gab Rotmont zurück. »Ich wundere mich nur, daß wir so naiv sein konnten! Jedenfalls ist es gut so. Sie haben ihre Gastlichkeit zu erkennen gegeben, und GABRIEL hat ihnen gezeigt, daß er sie durchschaut hat. Natürlich hätte man ihn mit einer konventionellen Ladung zur Selbstzerstörung ausrüsten können, aber der Kommandant wünschte es nicht …«

»Und das, was passiert ist, ist besser?« fragte Arago.

»Sollte ich ihm den Motor eines Rasenmähers einbauen? Er brauchte Energie, und die hat er bekommen. Daß ein Teratron in seinem Aufbau einem Siderator gleicht, entsprang nicht irgendeiner Laune von mir, sondern allein der Physik. Nicht wahr, Kollege Nakamura?«

»Das ist richtig«, bestätigte der Japaner.

»Jedenfalls kennen die Quintaner weder die Siderotechnik noch die Gravistik – dafür wette ich meinen Kopf!« konstatierte Rotmont.

»Woher weißt du das?«

»Weil sie sie sonst angewandt hätten. Dieser ganze Koloß, der dort auf dem Mond begraben liegt, ist unter dem Aspekt der Siderurgie doch nur alter Plunder. Wozu soll man Stollen ins Magma und in die Asthenosphäre treiben, wenn sich die Schwerkraft so transformieren läßt, daß sie Makroquanteneffekte liefert? Die Physik ist hier andere Wege gegangen, Umwege, die die Quintaner von der höchsten Trumpffarbe weggeführt haben. Zu unserem Glück! Schließlich wollen wir den Kontakt, nicht den Kampf.«

»Ja, aber können sie nicht gerade das Vorgefallene als Kampf ansehen?«

»Ja, gewiß können sie das.«

»Könnt ihr in etwa bestimmen, wo die Reste der von GABRIEL weggeräumten Jäger geblieben sind?« wandte sich Steergard an die Physiker.

»Höchstens wenn der Kollaps stark asymmetrisch war. Ich will GOD fragen, bezweifle aber, daß die Gravisoren genaue Aufzeichnungen machen konnten. GOD?«

»Ich habe mitgehört«, sagte der Computer. »Eine Lokalisierung ist nicht möglich. Die Druckwelle der äußeren Kerr-Hülle hat die Reste gegen die Sonne geschleudert.«

»Und in der Annäherung?«

»Entstand eine Unbestimmtheit von einem Parsek.«

»Das kann doch nicht sein!« staunte Polassar. Auch Nakamura war verblüfft.

»Ich bin nicht sicher, ob Doktor Rotmont recht hat«, sagte GOD. »Vielleicht ergreife ich, enger als Doktor Rotmont mit GABRIEL verwandt, zu sehr Partei. Außerdem aber habe ich – den erhaltenen Anweisungen folgend – seine Autonomie begrenzt.«

»Es geht hier nicht so sehr um Verwandtschaftsgrade.« Der Kommandant fand keinen Geschmack an dem Witz der Maschine. »Sag, was du weißt.«

»Ich nehme an, daß GABRIEL lediglich verschwinden, sich in die Singularität verwandeln wollte. Er wußte, daß er damit weder uns noch den anderen schaden würde, da die Wahrscheinlichkeit eines Zusammenstoßes mit dieser Singularität praktisch gleich Null ist: Sie hat den 10^{-50}fachen Durchmesser eines Protons. Eher stoßen zwei Fliegen zusammen, von denen die eine in New York, die andere in Paris losfliegt.«

»Wen nimmst du eigentlich in Schutz? Doktor Rotmont oder dich?«

»Ich nehme niemanden in Schutz. Obgleich ich kein Mensch bin, spreche ich doch zu Menschen. Hermes und Eurydike stammen aus Griechenland. Möge das also wie vor den Mauern Trojas klingen: Da die Besatzung denjenigen, die GABRIEL programmiert und ausgesandt haben, keinen Glauben schenkt, lege ich einen olympischen Eid ab, daß der Kniff mit dem Kollaps in keinen Gedächtnisblock eingeführt worden ist. GABRIEL erhielt ein Entscheidungsmaximum von einer Nanosekunde für die Heurese in deren sämtlichen Abläufen. 10^{31} war also die Kardinalzahl seines kombinatorischen Komplexes. Ich weiß nicht, welchen Gebrauch er von dieser Kapazität gemacht hat, aber ich weiß, wieviel Zeit er für seine Entscheidung hatte: drei bis vier Sekunden. Das war zuwenig, um das Holenbachsche Intervall zu bestimmen. Folglich stand er vor der Alternative »Alles oder nichts«. Hätte er den Raum nicht durch den Kollaps verschlossen, wäre er explodiert wie hundert thermonukleare Megatonnenbomben. Dann nämlich wäre die beim Kurzschluß freigesetzte Energie explosiv gewesen. Angesichts dessen übertrieb er nach der anderen Seite: Das gab die Gewähr einer Implosion in die Singularität, und die Geschosse der Quintaner wurden bei der Gelegenheit unter die Kerr-Hülle geschluckt.«

GOD verstummte. Steergard sah der Reihe nach seine Leute an.

»Schön, ich nehme das zur Kenntnis. GABRIEL hat Gott seinen Geist zurückgegeben. Davon jedoch, ob er die Quinta mattgesetzt hat, werden wir uns überzeugen. Wir bleiben an Ort und Stelle. Wer hat Dienst?«

»Ich«, sagte Tempe.

»Gut. Wir anderen gehen schlafen. Weckt mich, wenn etwas passiert.«

»GOD hält alles in seiner Hut«, meldete sich der Computer.

Allein geblieben, umkreiste der Pilot den in gedämpftem Licht liegenden Steuerraum, einem Schwimmer gleich, der in unsichtbarem Wasser seine Runden zieht. An den matten, blinden Bildschirmwänden entlang schwang er sich unter die Decke und stieß sich, von einem unverhofften Gedanken gepackt, heftig ab, um zum Hauptvideoskop zu gelangen.

»GOD?« fragte er halblaut.

»Ich höre.«

»Zeig mir noch einmal die letzte Phase der Verfolgung. Um das Fünffache verlangsamt.«

»Optisch?«

»Ja, mit Infrarotüberlagerung, aber so, daß das Bild nicht zu sehr verwischt wird.«

»Der Grad der Unschärfe ist Geschmacksache«, erwiderte GOD. Gleichzeitig wurde der Bildschirm hell, an seinem Rand erschienen die Ziffern des Entfernungsmessers – nicht in rasendem Lauf wie vorhin, sondern in kleinen Sprüngen.

»Leg ein Netz über das Bild.«

»Bitte sehr.«

Das stereometrisch zerteilte Bild war weiß von Wolken. Plötzlich kam es ins Schwanken, als würde es von Wasser überschwemmt. Die Linien des geodätischen Netzes krümmten sich. Die Distanz zwischen GABRIEL und den Verfolgern schwand. Infolge der Verlangsamung passierte alles wie in einem Wassertropfen unter dem Mikroskop, wenn kommaförmige Bakterien auf ein schwarzes Schwebeteilchen zuschwimmen.

»Das Dopplersche Differentialtelemeter!« sagte Tempe.

»Der Raum verliert den euklidischen Charakter«, erwiderte GOD, schaltete aber den Differentiator zu. Die Maschen des Netzes zuckten und bogen sich, aber die Entfernung war ungefähr abzuschätzen. Die Kommas waren auf ein paar hundert Meter an GABRIEL heran. In diesem Moment blähte sich ein riesiger Teil des Planeten unterhalb der fünf dicht beieinander liegenden schwarzen Punkte gewaltig auf und kehrte sogleich zu seinem gewöhnlichen Aussehen zurück. Die schwarzen Punkte waren verschwunden, an ihrer Stelle gab es ein leichtes Flimmern wie von erhitzter Luft, darauf folgte ein schrecklicher roter Glast, einer Fontäne funkelnden Blutes gleich, das zu einer scharlachroten Blase wurde und dann in trübem Braun erlosch. Die von dem Schlag Tausende von Meilen weggefegten Wolkenfelder wälzten sich träge über die Fläche des Ozeans, die dunkler war als die östliche Küste. Das Fenster mit den geknäuelten Rändern blieb weit geöffnet – gähnend leer.

»Die Gravimeter!« sagte der Pilot.

»Bitte sehr.«

Das Bild blieb unverändert, nur die geodätischen Linien wanden sich in der Mitte wie verfitzte Fäden.

»Die Mikrograviskopie! GOD, du weißt doch ganz genau, was ich will!«

»Aber ja!«

GOD sprach wie stets mit seiner emotionslosen Stimme, aber der Pilot glaubte einen impertinenten Ton herauszuhören, als wolle ihn die Maschine, die ihm an Fixigkeit überlegen war, merken lassen, wie widerwillig sie seine Befehle ausführte. Im Knäuel der verwickelten geodätischen Linien zeigte sich ein kaum erkennbares Kräuseln, das die Dichte des Netzes durchlief und sich verlor. Das geodätische Gewirr richtete sich wieder aus, vor dem weißen Planeten, der in seiner Wolkendecke nur ein Loch trug wie das Auge eines Zyklons, stand rechtwinklig das Netz der Schwerkraftkoordinaten.

»GABRIEL hat Nukleonen aus dem Teravoltbereich in sich hineingeschossen, nicht wahr?« fragte der Pilot.

»Ja.«

»Auf einer Tangente mit einer Genauigkeit von einem Heisenberg?«

»Ja.«

»Wo hat er die zusätzliche Energie hergenommen? Seine Masse war doch viel zu gering, um den Raum zu einem Mikroloch zu deformieren.«

»Das Teratron arbeitet im Kurzschluß wie ein Siderator. Es bezieht die Energie von außen.«

»Wo ein Defizit entsteht?«

»Ja.«

»Als negative Energie?«

»Ja.«

»In welcher Reichweite?«

»Bei Supralichtgeschwindigkeit im Raumjenseits hat GABRIEL sie in einem Radius von einer Million Kilometer bezogen.«

»Warum ist das sowohl der Quinta und ihrem Mond als auch uns verborgen geblieben?«

»Weil es eine Quantenanleihe im Holenbachschen Intervall war. Soll ich es weiter erläutern?«

»Nicht nötig«, sagte der Pilot. »Da der Kollaps in kürzerer Zeit als dem millionsten Bruchteil einer Nanosekunde erfolgte, entstanden zwei konzentrische Ereignishorizonte nach Rahman-Kerr.«

»Jawohl«, sagte GOD. Er konnte sich nicht wundern, aber der Pilot vernahm aus diesem Wort doch Respekt.

»Das heißt, daß die von GABRIEL hinterlassene Singularität nicht mehr auf dieser Welt ist. Rechne mal nach, ob ich recht habe.«

»Ich habe bereits gerechnet«, erwiderte GOD. »Die Wahrscheinlichkeit, daß es sich so verhält, beträgt 1:10000.«

»Warum fabelst du dann dem Kommandanten etwas über Fliegen vor?«

»Die Wahrscheinlichkeit ist nicht gleich Null.«

»Den geodätischen Bewegungen zufolge hatte der Kollaps eine starke heliofugale Beulung. Reduziert man die

Massen aller im System vorhandenen Körper auf Punkte, so kann man den Brennpunkt berechnen, der die Raketen der anderen durch den Makrotunneleffekt zerlegt hat. Stimmt's?«

»Es stimmt.«

»Die Verunschärfung muß kürzer sein als ein Parsek. Kannst du rechnen?«

»Ja.«

»Nun?«

»Die Tunnelung verläuft probabilistisch, während die unabhängigen Wahrscheinlichkeiten zunehmen.«

»Übersetzen wir das in die Sprache des gesunden Menschenverstandes: Neben der Zeta gibt es in diesem System noch weitere neun Planeten. Es entsteht ein unlineares Gleichungssystem, das nicht zu integrieren ist, aber die Planeten haben das Drehmoment der Protosonne aufgegriffen, so daß sich die Masse des gesamten Systems auf das Zentrum zurückführen läßt.«

»Das ist sehr ungenau.«

»Ja, aber nicht auf ein Parsek.«

»Gehören Sie zur Sparte der sogenannten phänomenalen Rechenkünstler?« fragte GOD.

»Nein. Ich entstamme einer Zeit, als man auch noch ohne Computer auskam. Man peilte über den Daumen oder rechnete π mal Fensterkreuz. Wer das nicht konnte, starb in meinem Job einen frühen Tod. Warum sagst du nichts?«

»Ich weiß nicht, was ich sagen soll.«

»Daß du nicht unfehlbar bist.«

»Ich bin es nicht.«

»Und GOD dürftest du dich nicht nennen.«

»Nicht ich habe mir diesen Namen gegeben.«

»Mit der Geschwätzigkeit eines Computers können es nicht einmal Frauen aufnehmen. GOD, du berechnest jetzt die Distribution der Wahrscheinlichkeit innerhalb deines

Parsek – sie sollte bimodal sein. Die entsprechende Gegend überträgst du auf die Sternenkarte und übergibst sie morgen früh dem Kommandanten mit der Erklärung, daß du das nicht ausrechnen wolltest.«

»Ich hatte dazu keinen Befehl.«

»Den hast du jetzt von mir. Verstanden?«

»Jawohl.«

Damit endete das nächtliche Gespräch im Steuerraum.

X
Der Angriff

Was mathematisch ungewöhnlich wenig wahrscheinlich ist, hat die Eigenschaft, daß es zuweilen dennoch eintrifft. Von den drei Abfangraketen, die in den gequetschten Raum gesogen und durch die Schwererelaxation in heliofugale Richtung geschleudert worden waren, fand sich keine Spur, die vierte jedoch spürte der HERMES nach kaum acht Tagen auf und nahm sie an Bord. GOD erklärte diesen wahrhaft besonderen Zufall mit einer ausgeklügelten Version topologischer Analyse durch Verwendung transfinaler Ergodikderivate, aber Nakamura, der durch Steergard von dem nächtlichen Streitgespräch zwischen GOD und dem Piloten wußte, bemerkte dazu, daß man die Berechnungen jederzeit nach dem tatsächlich Vorgefallenen zurechtbiegen könne – die entsprechenden Tricks seien jedermann geläufig, der sich mit angewandter Mathematik befasse. Als die Kräne das zerfetzte, zerdrückte Wrack an Bord hievten, wollte Nakamura seine Neugier stillen und fragte den Piloten, wie er auf den treffenden Schluß gekommen sei.

Tempe lachte auf.

»Mathematiker bin ich überhaupt nicht. Wenn ich einen Schluß gezogen habe, so weiß ich nicht, wie das vor sich gegangen ist. Ich erinnere mich nicht mehr, wer mir wann einmal bewiesen hat, daß jemand, der die Wahrscheinlichkeit seiner eigenen Geburt bestimmen will und zu diesem Zweck den Stammbaum über Eltern, Großeltern und Urgroßeltern zurückverfolgt, eine Wahrscheinlichkeit herausbekommt, die beliebig nahe bei Null liegt. Haben schon die Eltern sich nicht ganz zufällig getroffen, so ganz gewiß die Großeltern, und gelangt man zurück ins Mittelalter, so ist die Kapazität des Komplexes aller möglichen Vorfälle, die sämtliche für die Geburt notwendigen Zeugungen und Niederkünfte ausgeschlossen hätten, größer als die sämtlicher Atome im Kosmos. Anders ausgedrückt: Keiner von uns hat auch nur den geringsten Zweifel, daß er existiert, aber durch keinerlei Stochastik hätte sich das ein paar Jahrhunderte zuvor vorausbestimmen lassen.«

»Nun ja, aber was hat das mit den Singularitätseffekten im Holenbachschen Intervall zu tun?«

»Keine Ahnung. Wahrscheinlich nichts. Ich kenne mich in der Singularität nicht aus.«

»Niemand kennt sich da aus. Der Apostolische Gesandte würde vielleicht sagen, es sei eine Eingebung von oben gewesen.«

»Von oben wohl nicht. Ich habe mir einfach das Ende GABRIELS genau angesehen. Ich wußte, daß er die Verfolger nicht zerstören wollte. Daher tat er alles, um sie nicht unter den Kerr-Horizont zu ziehen. Ich sah, daß sie nicht ideal gleichmäßig hinter GABRIEL herkamen. Wenn sie sich in der Entfernung unterschieden, dann vielleicht auch in ihrem Schicksal.«

»Und auf dieser Grundlage ...?« Auch der Japaner lächelte jetzt.

»Nicht nur. Die Rechenleistung hat eine Grenze – den *limes computibilitatis.* GOD steht an dieser Grenze. An Berechnungen, von denen er weiß, daß sie transkomputibel sind, geht er nicht heran, also löst er sie auch nicht. Er hat es nicht einmal versucht, und ich hatte Glück. Was sagt die Physik über das Glück?«

»Dasselbe wie über das Klatschen mit einer Hand«, erwiderte der Japaner.

»Das ist Zen?«

»Ja, aber nun folgen Sie mir bitte. Ihnen steht ein Finderlohn zu.«

Im Glanz der Lampen, auf dem Podium aus Duraluminium mitten in der Halle, lag wie ein verkohlter, aufgeschlitzter Fisch das schwarze Wrack. Die Obduktion hatte den bereits bekannten Aufbau aus kleinen Kammern ergeben, dazu Lichtstromtriebwerke von beträchtlicher Leistung und im Bug ein geschmolzenes Gerät, das Polassar für einen Laserstrahler hielt, während Nakamura meinte, es sei ein spezieller Apparat zur Löschung des Lichtschubs, denn GABRIEL sollte nicht zerstört, sondern gefangen werden.

Polassar schlug vor, den vierzig Meter langen Leichnam von Bord zu entfernen, da er mit den zuvor aufgegriffenen fast die halbe Halle füllte. Wozu sollte man aus ihr einen Lagerraum für Gerümpel machen, das nur Ballast bildete? El Salam widersprach und wollte wenigstens ein Exemplar, am liebsten das letzte, an Bord behalten, obwohl er, vom Kommandanten gefragt, keinen rationalen Grund dafür anzugeben wußte.

Steergard interessierte sich für diese Frage überhaupt nicht. Er hielt die Lage für radikal verändert und wollte von seinen Leuten hören, welchen Schritt sie jetzt für den angemessenen oder richtigsten ansahen.

Nachdem der Satellitenschrott über Bord geworfen war, sollte eine Beratung stattfinden. Die beiden Physiker suchten zuvor Rotmont auf, um – wie Polassar boshaft bemerkte – »das einleitende Referat auszuarbeiten und durch eine Bibliographie abzusichern«.

In Wirklichkeit wollten die drei ihre Standpunkte aufeinander abstimmen, weil sich seit der Zerstörung GABRIES in den Gesprächen innerhalb der Crew Anzeichen einer Spaltung bemerkbar machten.

Niemand wußte, wer das Wort von einer »Demonstration der Stärke« aufgebracht hatte. Harrach sprach sich kategorisch, El Salam mit Vorbehalten für eine solche Taktik aus. Die Physiker und Rotmont waren dagegen, und Steergard hörte zwar nur zu, schien aber auf der Seite der letzteren zu stehen. Die anderen enthielten sich jeder Wortmeldung. Auf der Beratung gerieten die beiden Gruppen heftig aneinander. Kirsting verstärkte – eher unerwartet – die Reihen der Fürsprecher einer Demonstration.

»Gewalt ist ein unabweisbares Argument«, gab Steergard schließlich sein Urteil ab. »Ich habe gegen eine solche Strategie drei Vorbehalte, und jeder von ihnen ist eine Frage: Verfügen wir ganz gewiß über die Überlegenheit? Kann eine derartige Erpressung die Aufnahme des Kontakts herbeiführen? Werden wir bereit sein, unsere Drohungen wahr zu machen, wenn die anderen nicht nachgeben? Das sind rhetorische Fragen. Keiner von uns kann sie entscheiden. Die Konsequenzen einer auf die Demonstration der Stärke gebauten Strategie sind unvorhersehbar. Wenn jemand anderer Meinung ist, soll er sich bitte äußern.«

Die zehn Männer in der Kajüte des Kommandanten sahen einander abwartend an.

»Was mich und El Salam angeht«, sagte Harrach, »so wünschen wir, daß der Kommandant seine Alternative darlegt. Wir von uns aus sehen eine solche nicht. Wir sind in eine Zwangslage geraten, das dürfte klar sein. Drohung, Demonstration der Stärke, Erpressung – das sind Wörter, die abscheulich klingen. In die Tat umgesetzt, können sie zu katastrophalen Folgen führen. Die Frage nach unserer Überlegenheit bedeutet am wenigsten. Es geht nicht darum, ob wir sie haben, sondern darum, daß die anderen das glauben und nachgeben, ohne den Kampf aufzunehmen.«

»Den Kampf ...?« wiederholte wie ein Echo der Mönch.

»Das Geplänkel, das Scharmützel. Gefällt Ihnen das besser? Euphemismen sind hier nicht angebracht. Die Androhung von Gewalt, welcherart sie auch sein mag, muß real sein, denn Drohungen, hinter denen nicht die Aussicht steht, daß sie wahr gemacht werden, verfehlen taktisch und strategisch ihren Zweck.«

»Es darf nichts unausgesprochen bleiben«, stimmte Steergard zu. »Möglich wäre allerdings auch ein Bluff ...«

»Nein«, widersprach Kirsting. »Der Bluff setzt ein Minimum an Kenntnis der Spielregeln voraus. Wir besitzen diese Kenntnis gar nicht.«

»Gut«, gab Steergard zu. »Setzen wir voraus, daß wir ein echtes Übergewicht besitzen und es vorweisen können; ohne den anderen direkten Schaden zu bringen. Das wäre eine offene Drohung. Sollte dieser Versuch vergeblich sein, so werden wir Harrach zufolge eine Schlacht schlagen oder sie zumindest abwehren müssen. Besonders günstige Vorbedindungen für eine Verständigung sind das nicht.«

»Nein, keineswegs«, unterstützte Nakamura den Kommandanten. »Es sind die schlechtesten aller Ausgangsbedingungen. Allerdings haben nicht wir sie geschaffen.«

»Darf ich etwas einwenden?« fragte Arago. »Wir wissen nicht, wozu sie GABRIEL abfangen wollten. Ganz sicher zu dem Zweck, mit ihm das zu tun, was wir mit ihren beiden Satelliten in der Nähe der Juno und jetzt mit ihrer Rakete gemacht haben. Wir sind aber nicht der Ansicht, daß wir wie Aggressoren gehandelt haben. Wir wollten die Schöpfungen ihrer Technik, sie die Schöpfungen unserer Technik untersuchen. Das ist eine einfache Symmetrie. Also darf nicht die Rede sein von einer spektakulären Destruktion, einer Demonstration der Stärke, einem Kampf. Ein Fehler muß nicht identisch sein mit einem Verbrechen. Er muß nicht, aber er kann.«

»Es gibt keine Symmetrie«, erhob Kirsting Einspruch. »Wir haben insgesamt acht Millionen Informationsbits ausgesandt, vom Botschafter aus mehr als siebenhundert Stunden lang rund um die Uhr auf allen Wellenlängen gesendet. Wir haben Lasersignale gegeben, die Codes und Instruktionen zur Dechiffrierung geliefert, eine Landefähre ohne ein Gramm Sprengstoff entsandt. Unter den von uns übermittelten Nachrichten befanden sich die Lokalisierung unseres Sonnensystems, Bilder der Erde, ein Abriß der Entstehung unserer Biosphäre, Angaben über die Anthropogenese – eine ganze Enzyklopädie also. Dazu physikalische Konstanten, die kosmisches Allgemeingut und ihnen wohlbekannt sein müssen.«

»Aber von der Sideraltechnologie, der Holenbachschen Foraministik und den Heisenbergschen Einheiten war da wohl kaum etwas dabei, nicht wahr?« fragte Rotmont. »Ebensowenig wie von unseren Antriebssystemen und der Schwereortung, dem ganzen SETI-Projekt, der EURYDIKE, den GRACERN, dem Hades ...«

»Nein«, sagte El Salam. »Du weißt am besten, was nicht dabei war, denn du hast die Programme für den Botschafter zusammengestellt. Es gab auch nichts über Vernichtungslager, Weltkriege, Scheiterhaufen und Hexenprozesse. Wenn jemand einen Antrittsbesuch macht, packt er nicht gleich alle Sünden seiner selbst oder seiner Eltern auf den Tisch! Hätten wir die anderen ganz allgemein und in aller Höflichkeit wissen lassen, daß wir aus einer Masse, die größer als der hiesige Mond ist, etwas machen können, was in ein Schlüsselloch paßt, so würde der hier anwesende Pater Arago sagen, dies sei bereits der Anfang einer frevelhaften Erpressung.«

»Ich biete mich als Schiedsrichter an«, mischte sich Tempe ein. »Da die anderen nicht in Höhlen sitzen und aus Steinen Feuer schlagen, sondern mindestens im Durchmesser ihres Sonnensystems Raumfahrt betreiben, wissen sie, daß wir nicht mit Paddeln, mit einem Segelboot oder einem Rindenkanu gekommen sein können. Ebendies jedoch, daß wir aus einer Entfernung von vielen hundert Parsek direkt hierhergekommen sind, bedeutet mehr als jedes Spiel selbst mit den dicksten Muskeln.«

»Recte. Habet«, flüsterte Arago.

»Tempe hat recht«, stimmte der Kommandant zu. »Allein durch unser Erscheinen haben wir sie in Sorge versetzen können, zumal sie noch nicht zur Galaktodromie imstande sind, aber bereits wissen, welche Größenordnungen an Energie dafür vonnöten sind ... Bis zum Einsatz des Botschafters haben wir angenommen, sie wüßten nichts von uns. Haben sie den HERMES viel früher entdeckt – immerhin kreisen wir hier schon den dritten Monat –, so war es *unser* Schweigen, unsere Tarnung, was sie in Schrekken versetzen konnte.«

Harrach zuckte unwirsch die Achseln. »Du übertreibst, Astrogator!«

»Durchaus nicht. Stell dir vor, im Jahre 1950 oder 1990 wären über der Erde meilenlange Galaxiskreuzer erschienen. Selbst wenn sie ausschließlich Schokolade abgeworfen hätten, wäre es zu Panik und Chaos, zu einer unbeschreiblichen Verwirrung und zu politischen Krisen gekommen. Jede Zivilisation in ihrer mehrstaatlichen Phase muß eine Menge innerer Konflikte haben. Es bedarf keiner Demonstration der Stärke, denn hundert Parsek zurückgelegt zu haben ist gegen jedermann, der dazu nicht imstande ist, Demonstration genug ...«

»Also schön, Kommandant, was meinst du also, was wir tun sollen? Wie sollen wir den Beweis erbringen, daß wir in guter, sanfter, friedlicher und freundschaftlicher Absicht kommen? Wie können wir ihnen versichern, daß sie von uns nichts zu fürchten haben und daß wir ein Ausflug braver Pfadfinder unter der Obhut eines Priesters sind – jetzt, nachdem unser kleiner Erzengel vier ihrer perfektesten Kampfmaschinen, die fünfzigmal schwerer waren als er, wie Stäubchen ins Jenseits von Zeit und Raum gepustet hat? Ich sehe, El Salam und ich waren im Irrtum. Da kommen Gäste mit Blumensträußen, im Garten fällt sie der Hund des Hausherrn an, einer will ihn mit dem Schirm verjagen und durchbohrt die Tante des Gastgebers! Was sollen wir noch von einer Demonstration der Stärke reden, das ist Schnee von gestern! Sie hat doch schon stattgefunden!«

Harrach grinste breit, nicht ohne Bosheit. Er sprach zwar zu dem Kommandanten, sah aber den Geistlichen an.

»Die Asymmetrie liegt nicht dort, wo ihr sie vermutet«, sagte der Dominikaner. »Jemandem, der uns nicht versteht, können wir nicht die Gute Botschaft bringen. Himmlische Absichten lassen sich nicht beweisen, solange sie reine Intention sind. Beweisen dagegen läßt sich das Böse, indem man Schaden anrichtet. Es ist ein *circulus vitiosus*: Um uns mit ihnen zu verständigen, müssen wir sie von unseren friedlichen Absichten überzeugen, und um sie von diesen Absichten zu überzeugen, müssen wir uns erst mit ihnen verständigen ...«

»Alles das, was hier passiert ist und noch passieren kann, ist also von unseren großen Denkern, den Projektanten und Direktoren von CETI und SETI, gar nicht in Betracht gezogen worden?« fragte Tempe voller Rage. »Und das kommt jetzt alles auf uns herunter wie eine Zimmerdecke? Das ist doch unglaublich blödsinnig!«

Die Kajüte war erfüllt von einem Gewirr aufgebrachter Stimmen. Steergard schwieg. Ohne sich bis ins letzte darüber Rechenschaft zu geben, sah er in diesem Streit, dessen Fruchtlosigkeit er erkannte, ein Ventil für die Erbitterung, die sich während der immer wieder erfolglosen Verständigungsversuche mit der Quinta angestaut hatte – das Resultat durchwachter Nächte, umsonst aufgewandten Scharfsinns bei der Erforschung des Mondes, der Aufstellung von Hypothesen, die keinen Einblick in die fremde Zivilisation gaben, sondern wie Kartenhäuser in sich zusammenfielen, die einen zu dem Gefühl verleiteten, von unlösbaren Rätseln umstellt zu sein, in einem ausweglosen Gestrüpp herumzuirren, die anderen aber in dem zunehmenden Verdacht bestärkten, daß die Quintaner an einer kollektiven

Paranoia litten. Wenn letzteres tatsächlich der Fall sein sollte, so war diese Paranoia ansteckend. Steergard bemerkte, daß über dem Tisch in seiner Koje, die hinten in der Kajüte lag, das Anzeigegerät dunkel war. Einer der Männer hatte auf dem Weg hierher im Steuerraum den Schalter betätigt und das Zentralhirn des Raumschiffs von der Kabine getrennt, als wünschte er bei dieser Zusammenkunft nicht die eisig-rationale, logische Anwesenheit von GOD. Der Kommandant fragte nicht, wer das getan hatte. Er kannte seine Leute und wußte, daß es unter ihnen keinen Feigling oder Lügner gab, der diese Handlung geleugnet hätte, aber diese konnte auch ein schlichtweg unbewußter Akt gewesen sein, als wolle man vor einem Fremden seine Blöße bedecken, ein rascherer Reflex als die Scham.

Er sagte also nichts, schaltete jedoch den Terminal ein und verlangte von GOD die optimale Entscheidungsprognose.

GOD machte den Vorbehalt, daß es ihm für eine Optimierung an ausreichenden Daten fehle. Hinter der Frage stecke ein unvermeidlicher Anthropozentrismus. Die Menschen äußern sich über sich und andere gut oder schlecht. Das gilt auch für die Ansichten über ihre Geschichte. Viele hielten sie für eine Häufung von Grausamkeiten, sinnloser Feldzüge, die sogar außerhalb jeder Ethik sinnlos waren, da sie weder den Angreifern noch den Opfern etwas brachten außer der Zerstörung von Kulturen, dem Untergang von Imperien, auf deren Trümmern neue entstanden – mit einem Wort, die meisten Menschen verabscheuen ihre Geschichte, im allgemeinen aber sieht sie keiner als scheußlichen, schrecklichsten aller möglichen psychozoischen Exzesse im ganzen Universum an, betrachtet keiner die Erde als einen Planeten von Räubern und Mördern, als den einzigen von Millionen Himmelskörpern, der ganz gegen die kosmische Norm von Unrecht und Blut als Effekt der Vernunft überschwemmt wurde. Ohne davon zu wissen oder sich darüber Gedanken zu machen, halten die Menschen im Innersten die irdische Geschichte in deren gesamtem Verlauf von Paläopithecus und Australopithecus bis in die Gegenwart für »ganz normal«, für ein typisches Element, das für die gesamte kosmische Gemeinschaft häufig ist. In dieser Frage ist jedoch nichts bekannt, und es gibt keine Methode, mit der sich aus einer Null-Information mehr ableiten ließe als Null.

Das Hortega-Neyssel-Diagramm stellt nur die durchschnittliche Zeit dar, die zwischen der Geburt einer Protokultur und der technologischen Explosion liegt. Die Kurve des Diagramms, der sogenannte Hauptstrang der Psychozoen, berücksichtigt nicht die biologischen, soziologischen, kulturellen und politischen Faktoren, die sämtlich an der konkreten historischen Entwicklung vernunftbegabter Geschöpfe mitwirken. Eine solche Exklusion wird gerechtfertigt durch die irdische Erfahrung, denn die Einflüsse, die durch die Zusammenstöße von Religionen und Kulturen, Gesellschaftsformen und Ideologien, Erscheinungen von Kolonisierung und Dekolonisierung, Blüte und Verfall irdischer Imperien ausgeübt wurden, störten in keiner Weise den *Verlauf* der Kurve technischen Wachstums. Es ist eine Parabel, unanfällig gegen die durch historische Erschütterungen, Aggressionen, Seuchen und Völkermord ausgelösten Störungen, denn die einmal gefestigte Technologie wird zu einer von der zivilisatorischen Basis unabhängigen Variablen – eine in der Integrierung logistische Kurve der Autokatalyse. Die im mikroskopischen Maßstab gesehenen Entdeckungen und Erfindungen stammten stets von einzelnen Menschen, Individuen oder Gruppen, aber die Rechnung darf die Urheber getrost ausklammern, denn Erfindungen bringen Erfindungen und Entdeckungen Entdekkungen hervor, und diese sich beschleunigende Bewegung bildet eben die Parabel, die ins Unendliche zu fliegen scheint. Ein Saturationsknick wird nicht durch andere Individuen verursacht, die die Natur schützen wollen, sondern die Kurve krümmt sich dort, wo sie, wenn sie sich nicht gebeugt hätte, die Biosphäre zerstört hätte. Die Kurve macht diesen Knick stets am kritischen Punkt, denn wenn den Technologien der Expansion nicht die der Rettung oder Ersetzung der Biosphäre zu Hilfe kämen, träte die jeweilige Zivilisation in die Vernichtung, die Krise der Krisen ein: Wenn es nichts mehr zu atmen gibt, kann niemand weitere Entdeckungen machen und Nobelpreise entgegennehmen.

Den Daten der Kosmologie und Astrophysik zufolge berücksichtigt der Hortega-Neysselsche Hauptstrang also lediglich die äußerste *Tragfähigkeit* der jeweiligen Biosphäre, deren technologische Grenzlast. Das Intervall dieser Tragfähigkeit hängt jedoch nicht von der Anatomie oder der Gesellschaftsordnung des kollektiven Lebens ab, sondern von den physikalischen und chemischen Eigenschaften des Planeten, dessen ökosphärischer Lokalisierung und anderen kosmischen Faktoren, stellare, galaktische und sonstige Einflüsse eingeschlossen. Wo die Biosphäre ihre Grenzlast erreicht, birst der Hauptstrang, was lediglich bedeutet, daß die einzelnen Zivilisationen gezwungen sind, globale Entscheidungen über ihr weiteres Schicksal zu treffen. Wollen oder können sie das zu ihrer Rettung nicht unternehmen, gehen sie zugrunde.

Das Bersten des Hauptstrangs deckt sich mit dem sogenannten oberen Rahmen des Kontaktfensters. Dieser Rahmen, eine auch als Wachstumsbarriere bezeichnete Grenze, zeugt davon, daß vom einheitlichen Stamm des Hauptstrangs Zweige abgehen, denn die verschiedenen Zivilisationen setzen ihre Existenz auf unterschiedliche Weise fort. Obgleich es bisher noch nie zum Informationsaustausch zwischen Psychozoen gekommen ist, weiß man durch Berechnung, daß es nicht nur eine – und nicht nur eine einzige optimale! – Entscheidung als perfektesten Ausweg aus der Gefahr gibt, die der Versehrung der Biosphäre durch die Technosphäre entspringt. Auch eine vereinigte Zivilisation hat vor sich nicht nur einen Weg, der sie absolut von allen entstandenen Dilemmata und Gefahren befreit.

Was die aktuelle Situation betraf, so war sie die Folge unangemessener Maßnahmen, die ihre Ursache im Abgehen vom Expeditionsprogramm gehabt hatten. GOD zufolge hatten sich falsche Schritte zu einer ganzen Serie ausgewachsen, denn als man sie machte, erachtete man sie nicht für falsch. Ihre reichlich fatale Bilanz offenbarte sich erst aus der Rückschau.

Genau gesagt, der HERMES war ins Arrow-Paradoxon geführt worden. Dieses beruht darauf, daß der Entscheidende stets konkrete Werte zu verwirklichen sucht, deren jeder für sich wertvoll ist, die alle zusammen aber nicht ausführbar sind. In der Spannweite zwischen maximalem Risiko und maximaler Vorsicht entstand eine Resultante, aus der nicht leicht herauszukommen war. GOD war nicht der Ansicht, daß für die entstandene Sackgasse der Kommandant die Verantwortung trug, denn dieser habe einen Kompromiß erreichen, Risiko und Vorsicht in Einklang bringen wollen. Nach dem Abfangen der quintanischen Orbiter jenseits der Juno und der Entdeckung ihrer »Viroiden« war er vom Programm in übermäßige Vorsicht abgewichen, indem er das Raumschiff tarnte und der Quinta keine Signale sandte, die den Besuch aus dem All ankündigten. Die Kosten dieser Zurückhaltung würden gegenwärtig offenbar.

Ein zweiter Fehler war die Ausstattung GABRIELS mit einem Übermaß an Autonomie in Form einer zu großen Erfindungsgabe. Paradoxerweise entsprang auch das der Übervorsicht und der irrigen Annahme, GABRIEL werde, da er den Orbitern und Raketen der Quinta durch seine Schnelligkeit überlegen war, landen können und sich nicht abfangen lassen. Um diese Geschwindigkeit entwickeln zu können, erhielt er den Teratronantrieb. Um nach der Landung angemessen auf ein unvorhersehbares Verhalten der Bewohner reagieren zu können, erhielt er den superintelligenten Computer. Das SETI-Programm hatte vorgesehen, daß zuerst leichte Sonden entsandt werden, aber darauf hatte man verzichtet, nachdem die diplomatischen Funksprüche des Botschafters zu nichts geführt hatten. Obwohl sich niemand auch nur vorgestellt hatte, daß GABRIEL sein Antriebsaggregat in ein implosives Sideralgeschoß verwandeln könnte, war genau das passiert. Durch den übertriebenen Einfallsreichtum von GABRIELS Computer waren sie aus dem Programm in eine Falle gesprungen.

Man konnte jetzt nicht weitere Sonden losschicken, als sei nichts geschehen. Der neue Sachverhalt machte eine neue Taktik erforderlich. GOD verlangte für ihre Entwicklung zwanzig Stunden. So verblieb man vorerst.

Nach dem Spätdienst konnte der Pilot nicht einschlafen. Er überdachte noch einmal die Beratung, auf der für ihn nichts herausgesprungen war als eine verstärkte Abneigung gegen GOD. Dieser allerhöchste elektronische Verstand mochte die Logik zwar perfekt beherrschen, aber deren Effekte waren erstaunlich pharisäerhaft. Es waren Fehler gemacht worden, man war vom Programm abgewichen, aber weder lag das Verschulden beim Kommandanten, noch trug GOD die kleinste Verantwortung. Das verstand er auch präzise nachzuweisen. Die Arrow-Paradoxa, die folgenschwere Tarnung als übertriebener Argwohn gegen die Quintaner, verursacht durch die Hypothese, die Viroiden seien zu Sabotagezwecken entwickelt worden – wie elegant GOD das jetzt alles definierte! Und wer hatte dem Kommandanten die ganze Zeit mit Ratschlägen gedient?

Wegen der Schwerelosigkeit ans Bett gegurtet, steigerte sich Tempe so in Wut, daß von Schlaf keine Rede mehr sein konnte. Er schaltete den Punktstrahler am Kopfende ein, zog unter der Koje ein Buch hervor und machte sich an die Lektüre.

Es war das PROGRAMM DES HERMES. Zuerst blätterte er die allgemeinen Vorstellungen durch, die man sich von der Quinta machte. Es war ein Computerdruck, kurz vor dem Start der EURYDIKE zusammengestellt auf der Grundlage der Ergebnisse astrophysikalischer Beobachtungen und ihrer Interpretation. Danach verfügten die Quintaner über Energie in einer Größenordnung von schätzungsweise 10^{30} Erg. Ihre Zivilisation befand sich damit unterhalb der Sideralschwelle. Hauptenergiequellen waren mit Gewißheit thermonukleare Reaktionen stellaren Typs, aber die Kraftwerke waren *nicht* in den Weltraum ausgelagert worden. Wahrscheinlich hatte die Energieerzeugung nach Erschöpfung der fossilen Brennstoffe ähnlich wie auf der Erde eine Phase der Nutzung von Aktiniden durchgemacht, deren weitere Ausbeutung unrentabel wurde, sobald man den Bethe-Zyklus im Griff hatte. Es sah nicht so aus, als hätte der Planet im Laufe des letzten Jahrhunderts Kriege erlebt, in denen Kernwaffen zum Einsatz gekommen wären. Der kalte Äquatorialfleck konnte nicht Folge eines derartigen Krieges sein, der nukleare Winter nach Atomschlägen muß praktisch den gesamten Planeten erfassen, denn die in die Stratosphäre geschleuderten Staubmassen erhöhen die Albedo der ganzen Scheibe. Die Gründe dafür, daß der Bau des Eisrings aus dem Wasser des Ozeans eingestellt worden war, ließen sich nicht ausmachen.

Tempe ließ die mit Diagrammen und Tabellen gefüllten Seiten durch die Finger gleiten, bis er zu dem gesuchten Kapitel kam: »Stand der Zivilisation – Hypothesen«.

Dort hieß es unter Punkt 1:

»Die Quinta leidet an inneren Konflikten, die die technologischen Faktoren mitgestalten. Das läßt auf das Vorhandensein antagonistischer Staaten oder anderer Aggregationen schließen. Die Ära offener bewaffneter Auseinandersetzungen gehört bereits der Vergangenheit an, sie hat nicht zu einer Entscheidung des Typus ›Sieger – Besiegter‹ geführt, sondern ist allmählich in eine kryptomilitärische Phase übergegangen.«

An dieser Stelle war – bereits an Bord des HERMES – eine ergänzende Druckausgabe eingeklebt, deren Urheber GOD war:

»Eines der Argumente zugunsten eines kryptomilitärischen Konflikts sind die Schmarotzer in den beiden Satelliten der Quinta. Bei dieser Auslegung verharren die Blöcke der Gegenspieler in einem Zustand, der im Clausewitzschen Sinne weder klassischer Frieden noch klassischer Krieg ist.

Sie bekämpfen einander – außerhalb aller Fronten der Kryptomachie, wie sie etwa geführt wird, indem man dem Feind klimatische Schläge versetzt – durch die katalytische Erosion des technologisch-produktiven Materials. Dadurch kann auch die Schaffung des Eisrings zu Fall gekommen sein, denn dafür wäre eine globale Zusammenarbeit unabdingbar gewesen.«

Weiter ging es dann im Text der EURYDIKE:

»Wenn derartige antagonistische Komplexe existieren und auf nichtklassische Weise miteinander kämpfen, kann der Kontakt mit jedwedem Besucher aus dem Weltraum erheblich erschwert werden. A priori ist der Gewinn eines kosmischen Alliierten eine wenig wahrscheinliche Möglichkeit für jede der Seiten, falls deren nur zwei sind. Es gibt nämlich kein rationales Motiv in Form eines konkreten Vorteils, den der außerplanetarische Eindringling erzielt, wenn er in dem Konflikt Partei nimmt. Der Kontakt kann sich dagegen als Zündkapsel erweisen, die die stille, schwelende, kontinuierlich und hartnäckig fortgesetzte Kryptomachie in einen frontalen Zusammenstoß beider Seiten und Kräfte verwandelt.

Beispiele:

1. Auf dem Planeten T befinden sich die Blöcke A, B und C, die einander bekämpfen. Nimmt B den Kontakt zu dem Eindringling auf, wird das eine Herausforderung für A und C sein, die sich stark bedroht fühlen. Sie können entweder den Eindringling angreifen, damit er nicht das Potential von B vergrößern kann, oder gemeinsam über B herfallen. Die Situation befindet sich in einem labilen Gleichgewicht, bei jeder Instabilität aber genügt ein äußerer Faktor mit großem technischem Potential (ein solches muß der Ankömmling ja haben, da er zu dem galaktischen Sprung imstande war), um es zur Eskalation der feindseligen Handlungen kommen zu lassen.

2. Die Quinta ist vereinigt – als Föderation oder als Protektorat. Es gibt keine gleich starken Antagonisten, da eine der Mächte den gesamten Planeten unter ihre Herrschaft gebracht hat. Diese Herrschaft, die Resultat siegreicher Kampfhandlungen, einer nichtmilitärischen Eroberung oder der Unterwerfung des Schwächeren sein kann, bietet unter dem Aspekt der Strategie eines Kontakts mit dem galaktischen Eindringling ebenfalls keine gute Stabilität.

Der Globalmacht dürfen weder dämonische noch imperialistische Absichten einer außerplanetarischen Expansion unterstellt werden. In der Absicht einer so modellierten Quinta liegt nicht die Vernichtung des Ankömmlings, sondern die Vereitlung der Kontaktaufnahme, vor allem der Landung auf dem Planeten. Die technologischen Gastgeschenke, die von dem Ankömmling zu erwarten sind, können sich leicht als verderbenbringend erweisen. Versuche, den Gast in die Schranken zu weisen, damit er nicht das herrschende soziopolitische Gleichgewicht stört, können leicht auf Kosten ebendieses Gleichgewichts zurückschlagen. In dieser Konstellation ist die Verweigerung des Kontakts also seitens der globalen Macht eine vernünftige Entscheidung, eine in den Kosmos gerichtete Politik unter dem Namen PERFIS (Perfect Isolation) – in Anlehnung an die historische ›splendid isolation‹ der Briten. Die Informationsschwelle, die der Ankömmling für den Kontakt bewältigen muß, hat eine unbestimmte Höhe.

3. Nach Holger, Kroch und ihrem Team kann auch einem völlig geeinten Planeten, auf dem es weder Sieger noch Besiegte, weder eine starke Macht noch versklavte Untertanen gibt, der Kontakt unerwünscht sein. Die Hauptdilemmata einer solchen Zivilisation, die in der oberen Zone des Fensters vom Hauptstrang nach Hortega-Neyssel abweicht, liegen an der Berührungslinie ihrer Kultur und ihrer Technologie. Gegenüber einer in der präsaturativen parabolischen Beschleunigung befindlichen Technologie zeichnet sich die Kultur stets durch einen regulativen zeitlichen Rückstand der hervorzubringenden rechtlichen, sittlichen und ethischen Normen aus. Die Technologie macht bereits möglich, was die kulturelle Tradition noch verbietet und für unantastbar hält. (Beispiele: die Gentechnologie, angewandt an Geschöpfen, die den Menschen entsprechen; die Regulierung des Geschlechts; Gehirntransplantationen usw.) Im Lichte dieser Konflikte betrachtet, offenbart der Kontakt mit den Ankömmlingen seine Ambivalenz. Die planetare Seite, die den Kontakt von sich weist, braucht den Eindringlingen deswegen keine feindlichen Absichten zu unterstellen. Die Befürchtungen lassen sich sachlich rechtfertigen. Eine Spritze radikal neuer Technologien kann die gesellschaftlichen Bindungen und Beziehungen destabilisieren und ist in ihren Konsequenzen ohnehin niemals prognostizierbar. Das betrifft nicht den über Funk oder anderweitig von fern aufgenommenen Kontakt, denn die Empfänger der Signale können die gewonnenen Informationen nach eigenem Ermessen nutzen oder ignorieren.«

Tempe war müde, aber der Schlaf wollte immer noch

nicht kommen. Er überblätterte mehrere Kapitel und las das letzte: über die Prozedur des Kontakts.

Das SETI-Projekt berücksichtigte die bisher dargestellten Dilemmata als Schwierigkeiten der Verständigung des Gastes mit einem potentiellen Gastgeber. Die Expedition war mit speziellen Mitteln des Nachrichtenverkehrs sowie mit Automaten ausgestattet, die auch ohne vorherige Verhandlungen in Form eines Signal- und Informationsaustauschs vor einer Landung den friedlichen Charakter des Unternehmens kundgeben sollten. Das Verfahren hatte mehrere Stufen. Erste Ankündigung der Ankunft eines irdischen Raumschiffs war eine Emission auf den in einer Anlage beigefügten Bereichen von Funk-, Wärme-, Licht- und Ultraviolettwellen sowie im Korpuskelband. Sowohl beim Ausbleiben einer Antwort als auch nach Empfang eines unverständlichen Signals sollten auf alle Kontinente Landefähren entsandt und von Steuersensoren in Gegenden stark konzentrierter Bebauung geführt werden.

Es gab auch eine Menge Abbildungen, Schemata und Beschreibungen. In jeder Landefähre befanden sich ein Sende- und Empfangsgerät sowie Daten über die Erde und ihre Bewohner. Sollte auch dieser Schritt nicht die erhoffte Reaktion auslösen, sollten schwerere Sonden abgesetzt werden, ausgestattet mit Computern, die zur Erteilung von Belehrungen, zur Einführung in visuelle, daktylologische und akustische Codes imstande waren. Dieses Verfahren war nicht umkehrbar, denn jeder Schritt bildete die Fortsetzung des voraufgegangenen.

Die ersten Landefähren enthielten Indikationsemittoren für den einmaligen Gebrauch. Sie konnten nur durch die brutale Zerstörung ihrer Hülle aktiviert werden, nicht durch Havarie oder harte Landung, sondern durch absichtliche »nichtdiskursive Demontage«. (Der Pilot hatte großen Spaß an dieser hochwissenschaftlichen Definierung einer Situation, wo ein Höhlenbewohner mit der Feuersteinkeule auf den transistorierten Abgesandten der Menschheit losgeht – eine »nichtdiskursive Demontage« findet ja auch statt, wenn man jemandem ohne viel Gerede ein paar Zähne ausschlägt.)

Die aus Monokristallen gezüchteten Indikatoren zeichneten sich durch eine solche Widerstandsfähigkeit aus, daß sie selbst dann noch ein Signal senden konnten, wenn die Landefähre in Sekundenbruchteilen – beispielsweise durch Sprengung – zugrunde ging. Weiter stellte das Programm detailliert die Modelle jener Abgesandten und die Salven dar, in denen sie synchron auf die vorgesehenen Landeplätze gelenkt werden sollten, damit kein Kontinent und keine Gegend bevorzugt oder benachteiligt wurde.

Das Buch enthielt auch das Votum separatum einer mehrköpfigen Gruppe von SETI-Experten, die einen extremen Pessimismus vertraten. Ihren Behauptungen zufolge gab es weder materielle Mittel noch Botschaften oder leicht dechiffrierbare Erklärungen, die nicht als perfide Verschleierung aggressiver Absichten gedeutet werden konnten. Dies entsprang zwangsläufig den unausräumbaren Unterschieden im technologischen Niveau. Das im 19. und noch auffälliger im 20. Jahrhundert als Rüstungswettlauf bekannte Phänomen war mit dem Paläopithecus auf die Welt gekommen, als er die langen Schenkelknochen der Antilope als Keule benutzte und – nach gastronomischen Kategorien ein Kannibale – damit nicht nur Schimpansen den Schädel einschlug.

Nachdem im Schnittpunkt der mediterranen Kulturen jedoch die Wissenschaft, die Gebärerin der sich beschleunigenden Technologie, entstanden war, verliehen die militärischen Fortschritte der kriegführenden europäischen und nachher auch außereuropäischen Staaten keinem ein erdrückendes Übergewicht über die anderen. Die einzige Ausnahme von dieser Regel war die Atombombe, aber auch deren Monopol besaßen die Vereinigten Staaten von

Amerika, historisch gesehen, nur für einen winzigen Moment.

Die technologische Kluft zwischen den Zvilisationen im Universum muß hingegen gigantisch, mehr noch, es dürfte praktisch unmöglich sein, auf eine entwicklungsmäßig so ausgestattete Zivilisation wie die irdische zu stoßen.

Der dicke Band enthielt noch viele gelehrte Spekulationen. Ein Ankömmling, der seine unterentwickelten Gastgeber in die Geheimnisse der Sideraltechnologie einweihte, sollte lieber entsicherte Handgranaten in einem Kindergarten verteilen. Offenbarte er sein Wissen jedoch nicht, so setzte er sich dem Verdacht aus, doppelzüngig zu sein und eine Vorherrschaft anzustreben. Auf die eine Weise war es also schlimm und auf die andere nicht gut.

Der Tiefsinn der Ausführungen tat endlich seine Wirkung, und dank dem SETI-Programm sank der Leser, ohne das Buch wegzulegen und das Licht zu löschen, in festen Schlaf.

Er schritt eine schmale, steile Gasse hinunter. Vor den Haustüren spielten Kinder in der Sonne, vor den Fenstern trocknete Wäsche. Das holprige, mit Abfällen, Bananenschalen, Speiseresten und Kippen übersäte Pflaster wurde von einem Rinnstein durchschnitten, der schlammiges Wasser führte. Weit unten öffnete sich der Blick auf den Hafen. Er war voll von Segelbooten, flache Wellen liefen auf den Strand, zwischen den ans Ufer gezogenen Fischerkähnen waren Fangnetze aufgehängt. Das Meer war glatt bis zum Horizont und spiegelte glitzernd die Sonne. Es roch nach gebratenem Fisch, nach Urin und Olivenöl, er wußte nicht, was ihn hierher verschlagen hatte, war sich aber sicher, daß dies Neapel sein mußte. Ein kleines braunes Mädchen rannte schreiend hinter einem Jungen her, er blieb stehen und tat, als wolle er ihr den Ball zuwerfen, aber als sie ihn erreicht hatte, riß er wieder aus. Andere

Kinder riefen etwas auf italienisch. Aus einem Fenster im Obergeschoß lehnte sich, mit zerzaustem Haar und nur im Hemd, eine Frau und nahm die getrockneten Unterkleider und Röcke von einer über die Gasse gezogenen Leine. Weiter unten begann eine Treppe mit geborstenen Stufen. Plötzlich kam alles ins Schwanken, Geschrei brach aus, Wände stürzten ein. Wie angewurzelt stand er in Wolken von Mörtelstaub, er sah nichts mehr, hinter ihm krachte es, das Grollen der Erde übertönte das Geschrei, das Gekreisch der Frauen und das Poltern der Ziegel. »Terramoto! Terramoto!« Der Ruf versank in einem zweiten, langsam anschwellenden Grollen. Ein Schauer von Putz ging nieder, er hielt schützend die Hände über den Kopf, spürte einen Schlag ins Gesicht und erwachte.

Das Beben hörte jedoch nicht auf. Ein gewaltiger Druck preßte ihn auf das Lager, er wollte aufspringen, die Gurte hielten ihn fest, das Buch schlug ihm gegen die Stirn und flog zur Decke – das war nicht Neapel, es war der HERMES, aber es dröhnte, und die Wände krachten, die ganze Kajüte schwankte, er hing in der Luft, die Lampe flackerte. Er sah das aufgeblätterte Buch und seinen Pullover, beide platt an die Decke gepreßt. Aus den kippenden Regalen kullerten Filmrollen – das war kein Traum und auch kein Donner.

Die Alarmsirenen gellten. Das Licht wurde schwächer, flammte wieder auf und erlosch. In den Ecken erst der Decke, dann des Fußbodens ging die Notbeleuchtung an. Tempe fingerte an den Schlössern der Gurte herum, um sie zu lösen, aber sie klemmten, ein Druck legte sich auf seine Brust, Blei füllte die Arme, das Blut drängte in den Kopf. Nicht er warf sich hin und her, er wurde gebeutelt, von der Schwere hin und her geschleudert, daß er bald in den Gurten hing, bald fest in der Koje klebte.

Jetzt wußte er, was los war. Kam das Ende?

Mitternacht war vorüber, und um diese Zeit war niemand mehr in der Dunkelkammer. Kirsting setzte sich vor das ausgeschaltete Videoskop, tastete nach den Gurten, um sich anzuschnallen, fand blind auch die Tasten und schaltete das Band ein. Durch das weiße Rechteck des Projektors liefen nacheinander die Schichtbildaufnahmen. Sie waren beinahe schwarz, nur Häufungen runder Umrisse zeichneten sich heller ab wie Schatten auf Röntgenbildern.

Ein Ausschnitt nach dem anderen zog vorbei, bis Kirsting das Band stoppte. Er sah sich die Oberflächenspinogramme der Quinta an. Sachte drehte er an der Mikrometerschraube, um das Bild auf größte Schärfe zu stellen. In der Mitte befand sich eine buschige Ballung, einem Atomkern ähnelnd, der nach einem Treffer in strahligen Trümmern auseinanderfliegt. Kirsting verschob das Bild von dem formlosen zentralen Fleck gegen dessen weniger milchigen Rand.

Keiner wußte, ob das Wohngebäude sein konnten, so etwas wie eine riesige Stadt. Die Filmaufnahme zeigte sie in einem Schnitt, der sich durch Nukleonen von Elementen abzeichnete, die schwerer waren als Sauerstoff. Diese seit Urzeiten bekannte Schichtbildaufnahme astronomischer Objekte hatte ihre Tauglichkeit lediglich bei Sternen und Planeten erwiesen, die zu schwarzen Zwergen erstarrt waren.

Bei all ihrer Vortrefflichkeit hatte die Spinovision ihre Grenzen. Das Auflösungsvermögen reichte nicht aus, einzelne Skelette zu unterscheiden, selbst wenn sie die der Gigantosaurier des Mesozoikums und der Kreidezeit in ihren Ausmaßen übertrafen. Trotzdem versuchte Kirsting, die Skelette der quintanischen Geschöpfe zu erkennen – und nur solche, die den Menschen glichen, waren es ja wohl, die jene »Stadt« bevölkerten (falls sie eine von Millionen bewohnte Metropole war). Er kam an die Grenze des Auflösungsvermögens und überschritt sie: Die winzigen, aus weißlichen, zitternden Fasern zusammengesetzten Streifen zerfielen, über den Bildschirm flimmerte ein Chaos erstarrter Granulation. Kirsting drehte vorsichtig an der Mikrometereinstellung, bis das vorherige verschwommene Bild zurückkehrte. Er wählte die schärfsten Spinogramme des kritischen Meridians und lagerte sie übereinander, daß die konvexen Konturen der Quinta sich deckten wie ein ganzes Bündel von Röntgenbildern ein und desselben Objekts, geschossen in einer Serie von Momentaufnahmen und übereinandergelegt.

Die vermeintliche Stadt befand sich am Äquator, die Spinographien waren entlang der Achse des Magnetfelds der Quinta angefertigt worden, an der Tangente, wo die Atmosphäre an der Planetenkruste endet. Handelte es sich also um eine Bebauung in einer Ausdehnung von dreißig Meilen, so war sie von den Aufnahmen durchmessen worden wie von einem Röntgengerät, das, in einer Vorstadt aufgebaut, sämtliche Straßen, Plätze und Häuser bis auf die gegenüberliegende Seite der Stadt durchleuchtet. Das bot nicht viel. Betrachtet man eine Menschenmenge von oben, sieht man sie in vertikaler Verkürzung. Betrachtet man sie in der Horizontalen, so sieht man sie nur von vorn, nur die ersten, die in den Straßenzügen auftauchen. Die durchleuchtete Menge erscheint als wildes Getümmel von Knochengerüsten. Immerhin bestand die Möglichkeit, Gebäude von Passanten zu unterscheiden. Bauwerke bewegen sich nicht, also siebten die Filter alles heraus, was auf tausend Spinogrammen am gleichen Ort verharrte. Auch Fahrzeuge ließen sich durch eine Retusche entfernen, die alles beseitigte, was sich rascher fortbewegte als ein Fußgänger. Hätte Kirsting also eine irdische Großstadt vor sich gehabt, wären von den Aufnahmen die Häuser, Brükken und Fabriken ebenso verschwunden wie die Autos und Eisenbahnzüge. Nur die Schatten der Passanten wären übriggeblieben. Derart geo- und anthropozentrische Voraussetzungen waren zwar von höchst zweifelhaftem Wert, aber der Wissenschaftler hoffte dennoch auf einen glücklichen Zufall.

Kirsting hatte so manche Nacht in der Dunkelkammer zugebracht und die Filmrollen durchgesehen, aber immer noch nicht die Hoffnung aufgegeben, durch die Auswahl und Überlagerung der entsprechenden Spinographien endlich doch *die* Entdeckung zu machen, die Skelette dieser Geschöpfe zu erblicken – seien sie auch noch so verschwommen. Waren sie möglicherweise menschenähnlich? Gehörten sie zu den Wirbeltieren? Bestand das Knochengerüst wie bei deren irdischen Verwandten aus Kalk, in mineralischen Verbindungen? Die Exobiologie hielt die Menschenähnlichkeit für unwahrscheinlich, eine osteologische Parallele zum irdischen Knochenbau jedoch für möglich im Hinblick auf die Masse und demnach die Schwerkraft des Planeten sowie auf die Zusammensetzung der Atmosphäre, die auf ein Vorhandensein von Pflanzen hindeutete. Von diesen zeugte der ungebundene Sauerstoff, und Pflanzen befassen sich nicht mit Raumfahrt oder Raketenbau.

Kirsting rechnete nicht auf einen Knochenbau nach menschlichem Vorbild. Dieser war durch die verschlungenen Bahnen der Entwicklung der Arten auf der Erde geformt worden. Übrigens hätten selbst Zweibeinigkeit und aufrechter Gang keinen Anthropomorphismus bestätigt – schließlich waren Tausende fossiler Kriechtiere auf zwei Beinen gegangen, und hätte man Spinographien von galoppierenden Iguanodons angefertigt, so wären sie in planetarem Maßstab, aus solcher Entfernung nicht von den Teilnehmern eines Marathonlaufs zu unterscheiden gewesen.

Die Empfindlichkeit der Apparatur hatte selbst die kühnsten Erwartungen der Väter der Spinographie übertroffen: An der Resonanz des Kalks ließ sich die Schale eines Hühnereis erkennen, das einhunderttausend Kilometer entfernt war.

Der in die Betrachtung vertiefte Wissenschaftler vermeinte zwischen den trüben Flecken zuweilen mikroskopisch kleine Fäden zu erkennen, die sich von dem dunkleren Hintergrund abhoben. Sie glichen einem durch das Teleskop fotografierten Holbeinschen Totentanz.

Er glaubte, er müsse nur die Vergrößerung verstärken, damit er sie wirklich sähe und sie aufhörten, etwas zu sein, was er den flimmernden Fädchen nur zuschrieb, etwas so Ungewisses und Vergängliches wie die Kanäle, die einst die Beobachter des Mars gesehen hatten, weil sie sie so gern sehen wollten ... Wenn er sich zu lange in die Betrachtung einer Gruppe dieser erstarrten, schwachen Fünkchen vertiefte, erlag der ermüdete Blick dem Willen und nahm beinahe schon die milchigen Punkte der Schädel, die haarfeinen Knochen von Wirbelsäulen und Extremitäten wahr. Ein Zwinkern der von der Anstrengung brennenden Lider aber genügte, und die Illusion zerbarst.

Er schaltete das Gerät ab und stand auf. In völliger Dunkelheit hielt er die Augen geschlossen und rief sich das soeben betrachtete Bild ins Gedächtnis, so daß vor schwarzsamtenem Hintergrund erneut die kleinen knöchernen Phantome phosphoreszierten. Als er die Augen öffnete, sah er das rubinrote Licht über dem Ausgang. Er ließ die Sessellehne fahren und bewegte sich zur Tür. Draußen drang die Helle des Korridors so jäh auf ihn ein, daß er nicht zum Lift ging, sondern sich zurückzuckend in der dick mit Sauerstoff gepolsterten Türnische barg. Das war seine Rettung, denn gleich darauf traf ihn donnernd der Schwerestoß. Die Nachtbeleuchtung erlosch, auf dem mit dem Raumschiff rotierenden Korridor gingen die Notlichter an, aber das sah Kirsting nicht mehr. Er hatte das Bewußtsein verloren.

Steergard hatte sich nach der Beratung nicht schlafen gelegt, weil er wußte: Ungeachtet der Zahl von Taktiken, die GOD konzipieren würde, hatte *er* sich der Wahl zu stellen, die sich auf die Kurzformel einer Alternative zwischen unabsehbarem Risiko oder Rückzug bringen ließ. Während der Aussprache hatte er den Eindruck der Standhaftigkeit zu wahren gewußt, allein geblieben, fühlte er sich hilflos wie nie zuvor. Immer weniger konnte er der Versuchung widerstehen, die Entscheidung in die Hand des Schicksals zu legen.

In einem Wandschränkchen seiner Kajüte hatte er neben anderen persönlichen Dingen eine schwere alte Bronzemünze, die auf dem Avers das Profil Cäsars, auf dem Revers ein Rutenbündel trug. Sie war ein Andenken an den Vater, der Numismatiker gewesen war.

Als Steergard die Schublade aufzog, war er sich zwar noch nicht sicher, ob er dieser Münze das Geschick des Raumschiffs, der Crew, der größten Expedition in der Geschichte der Menschheit anvertrauen sollte, aber er wußte schon: Das Liktorenbündel würde Flucht bedeuten (was wäre eine Umkehr anderes gewesen?), das abgegriffene Profil des massigen Kopfes indessen etwas, was ihrer aller Verderben sein konnte. Er überwand sein inneres Widerstreben, tastete in den Fächern nach dem Futteral und drehte die Münze zwischen den Fingern. Hatte er das Recht ...?

Bei Schwerelosigkeit war der Wurf nicht möglich. Steergard schob eine stählerne Büroklammer über die Münze und schaltete den unter der Schreibtischplatte befestigten Elektromagneten ein, der sonst auf Stahlwürfel wirkte, damit sie als eine Art Briefbeschwerer die Fotogramme und Karten festhielten. Der Kommandant räumte all diesen Papierkram beiseite, und wie der Junge, der er einst gewesen war, setzte er die Münze in Bewegung wie einen Kreisel. Auf der Spitze der Büroklammer zog sie Kreise, immer kleiner, immer langsamer, bis sie, von dem Magneten überwältigt, umfiel. Das Rutenbündel lag oben. Rückzug.

Steergard packte, während er sich hinsetzte, die Armlehnen seines Drehsessels, der Overall haftete gerade an der Lehne fest, als der Stoß kam, zuerst schwach, mehr instinktiv empfunden als bewußt erlebt, dann immer stärker werdend, keinen Zweifel lassend. Eine gewaltige Kraft fegte Filme, Papiere, Beschwerer und die dunkle Bronzemünze vom Tisch und preßte den Kommandanten in den Sitz. Die Überlastung wuchs sprunghaft. Der Blick trübte sich, weil das Blut bereits aus den Augen abfloß, aber Steergard sah noch das unter den heftigen Stößen verschwimmende Licht der runden Wandlampe, er hörte und spürte, wie die Fugen und Nähte der stählernen Wände unter ihrer Verkleidung ächzten und durch das Rumpeln und Rascheln der von überallher übereinanderstürzenden unbefestigten Gegenstände, Geräte und Kleidungsstücke das ferne Heulen der Alarmsirenen drang, als jaulten nicht deren Membranen, sondern das ganze in seiner Masse von hundertachtzigtausend Tonnen getroffene Raumschiff.

Als die schreckliche Schwere den Hörer dieses Geheuls und des anhaltenden Donners blind machte, den bleigefüllten Körper in die Tiefe des Sessels preßte, fühlte er – im letzten Augenblick – *Erleichterung.*

Erleichterung, jawohl. Rückzug kam nun nicht mehr in Frage.

Nach einer Viertelminute konnte er wieder sehen. Das Gravimeter stand immer noch im Rotbereich.

Der Schlag hatte den HERMES nicht direkt getroffen. Das wäre gar nicht möglich gewesen. Was immer ihn auch gerammt hatte, der stets wachsame GOD hatte den Angriff abgeschlagen, da dieser aber dermaßen geschickt und unsichtbar vorgetragen worden war, konnte er aus Zeitmangel keine gemäßigte Abwehr wählen und hatte zum letzten Mittel gegriffen.

Die Gravitationsschwelle konnte in *diesem* Kosmos nicht anders durchbrochen werden als durch die Singularität – der HERMES war also heil geblieben, aber die Gewalt eines so plötzlichen Gegenschlags mußte einen Rückstoß ergeben, und wie ein Geschütz, das vom abgefeuerten Geschoß zurückgestoßen wird, erbebte das Raumschiff im Epizentrum der Sideratorenentladung, obwohl es nur einen Bruchteil der emittierten Energie abbekommen hatte. Steergard, der gar nicht erst den Versuch zum Aufstehen machte, weil sein Körper immer noch wie unter einer Presse lag, verfolgte mit weitgeöffneten Augen, wie der große Zeiger zitternd Millimeter um Millimeter aus dem roten Bereich der runden Anzeigetafel kroch. Bis zum letzten gespannt, fingen auch die Muskeln wieder an zu gehorchen. Das Gravimeter war ins Schwarze, bereits auf die Zwei gefallen. Eintönig heulten auf allen Decks aber immer noch gleichförmig die Alarmsirenen.

Beide Hände auf die Armlehnen gestützt, stemmte er sich aus dem Sessel, und als er stand, mußte er sich am Schreibtisch festhalten – wie ein Affe, der sich gebückt mit den Händen abstützt (er wußte selber nicht, wie er gerade jetzt auf diesen Vergleich kam). Unter den auf dem Fußboden verstreuten Filmen und Karten erblickte er die väterliche Münze, die nach wie vor mit dem Revers nach oben lag, also die Umkehr anzeigte.

Steergard lächelte, denn diese Entscheidung war durch einen höheren Trumpf gestochen worden. Das Gravimeter stand auf der Eins und ging langsam weiter zurück. Er mußte in die Steuerzentrale, um zu erfahren, was mit den Leuten passiert war. Schon stand er an der Tür, als er rasch noch einmal umkehrte, die Münze aufhob und in das Schubfach steckte. Niemand sollte etwas über den Moment seiner Schwäche erfahren. Eine solche war es freilich nicht im Sinne der Spieltheorie, denn beim Nichtvorhandensein von Minimal-Maximal-Lösungen gibt es keine besseren Entscheidungen als die rein dem Schicksal überlassenen.

Er konnte sich also durchaus vor sich selbst rechtfertigen, wollte es aber nicht. Als er sich in der Mitte des tunnelartigen Korridors befand, kehrte die Schwerelosigkeit zurück. Er rief den Lift.

Die Würfel waren gefallen. Er wollte keinen Kampf, aber er kannte seine Männer und wußte, daß außer dem Abgesandten des Heiligen Stuhls keiner mit einer Umkehr einverstanden sein würde.

XI
Demonstration der Stärke

Die für den Angriff verwendeten Mittel ließen sich nicht diagnostizieren, denn sie waren, woraus immer sie auch bestanden hatten, aus Zeit und Raum verschwunden. Die im Verteidigungsspeicher GODS aufgezeichneten Daten verrieten den Physikern, was sie bereits vermutet hatten. Da Sensoren den Raum um den HERMES nach allen Richtungen bis hin an den äußersten Perimeter der Verteidigung abtasteten, konnte das Radarecho von millimetergroßen Teilchen in einem Umkreis von einhunderttausend Meilen erkannt werden. Der Schlag war nicht mit Strahlen geführt worden – er hätte eine Spektrallinie hinterlassen. Die plötzliche, fast gleichzeitige Entstehung von einigen Dutzend Objekten mit nebligen Rändern, die in einem konzentrischen Schwarm auf den HERMES zuschossen, schien zunächst rätselhaft. Sie waren in der geringen Entfernung von ein bis zwei Meilen entstanden. Die Physiker, auf Vermutungen angewiesen, erwogen Möglichkeiten einer unbemerkten Durchdringung des Sensorenschilds. Sie fanden drei Varianten.

Der ersten zufolge konnten sich Wolken von Teilchen, die nicht größer als Bakterien waren, zu tonnenschweren Massen vereinigen, was die nicht alltägliche Fähigkeit vorausgesetzt hätte, selbstkoppelnde Teilchen zu produzieren und in starker Dispersion ins Ziel zu führen, gleich Wolken von Mikrokristallen, die sich – mit entsprechender Verzögerung bereits innerhalb des Perimeters – zur Lawine formierten.

Die einzelnen Teilchen, die nicht auf irgendeine Weise kondensierten, sondern durch eigene Interaktion zu Geschossen wurden, mußten einen höchst subtilen Bau aufgewiesen haben. Neun Sekunden vor dem Schlag hatten die Bordmagnetometer rings um das Raumschiff einen Sprung des Magnetfelds registriert, der in seinem Scheitelpunkt eine Milliarde Gauß erreichte und nach wenigen Nanosekunden fast auf Null zurückfiel.

Gegen diese Annahme sprach das Fehlen jeglicher elektromagnetischer Aktivität in der Zeit davor. Die Physiker hatten keinen Mechanismus der Herstellung eines Feldes von solcher Intensität anzubieten, dessen Quellen, ohne zuvor offenbar zu werden, der Aufmerksamkeit der Sensoren entgangen wären. Theoretisch hätte der Schutzschild von Dipolen durchdrungen werden können, wenn ihre Wolke sich in einer gegenseitigen Orientierung von Billionen Molekülen neutralisiert hätte.

Eine solche Rekonstruktion des Angriffs setzte eine Technologie voraus, wie sie auf der Erde niemals projektiert und daher auch nicht experimentell erprobt worden war.

Die zweite Eventualität stellte eine überaus spekulative Ausnutzung von Quanteneffekten des Vakuums dar. Dieser Auffassung zufolge waren keinerlei materielle Teilchen durch die schirmende Barriere geschmuggelt worden, hatte es auch auf dem gesamten sphärischen Vorfeld nicht ein einziges Teilchen gegeben. Das physikalische Vakuum enthält eine Unmenge virtueller Teilchen, die sich bei schlagartiger Energiezufuhr von außen materialisieren können. Dieses Bild setzte voraus, daß das Raumschiff außerhalb des Aufklärungsradius der Schutzhülle von Generatoren härtester Supraröntgenstrahlung umgeben war und die Entladung zentripetal erfolgte, so daß die Welle in Gestalt einer mit Lichtgeschwindigkeit schrumpfenden Kugel genau beim Kontakt mit dem Schutzschirm einen Tunneleffekt erzeugte: Die rings um das Raumschiff freigesetzten Energiequanten schieden aus dem Vakuum genügend Hadronen aus, um sie von überallher auf den HERMES eindringen zu lassen. Die Methode war real, erforderte jedoch eine ausgeklügelte Apparatur, deren präzise Dislozierung im Raum und eine vollkommene Tarnung der Orbiter. Das erschien wenig wahrscheinlich.

Die dritte Variante schließlich zog die Anwendung negativer Energie außerhalb des Verteidigungsperimeters in Betracht. Sie hätte allerdings die Beherrschung der Sideraltechnologie sogar in deren Makroquantenversion erfordert, wo zuvor die Energie von der Sonne bezogen worden sein mußte, denn Kraftstationen auf dem Planeten, die die notwendige Leistung entwickelt hätten, wären dem HERMES bereits beim Anlaufen durch die thermische Resterwärmung des umliegenden Geländes aufgefallen.

GOD hatte, komplett überrascht, den rettenden Strohhalm in der Gravitation gefunden. Unter Einsatz der gesamten verfügbaren Leistung beider Hauptkraftwerke hatte er das Raumschiff mit ringförmigen Schwerefeldern umgeben. Innerhalb dieser Ringe steckte wie im Zentrum gekreuzter Autoreifen der HERMES, und die gegen ihn gerichteten Geschosse fielen mit der Schwarzschildschen Krümmung in den Raum. Da jedes materielle Objekt dabei sämtliche physikalischen Eigenschaften außer elektrischer Ladung, Drehmoment und Masse verliert und ein formloses Teilchen im Grab der Gravitation wird, war von den bei dem Angriff eingesetzten Mitteln keine Spur geblieben. Die als undurchdringlichen Panzer benutzten Ringe hatten nur eine Viertelminute bestanden, aber das hatte das Raumschiff 10^{21} Joule gekostet. Der HERMES hatte nicht das Schicksal GABRIELS geteilt, sich dank der toroiden Anordnung der Schwereimpulsdämme also nicht durch Selbstverteidigung vernichtet. Da man sie jedoch nicht direkt am Emittor scharf bündeln konnte, hatte das Raumschiff etwa ein Hunderttausendstel der freigesetzten Energie abbekommen. Bereits einige Zwanzigtausendstel hätten es zermalmt wie ein Hammer ein ausgeblasenes Ei.

Die Männer hatten alles heil überstanden. Außer Steergard und Kirsting hatten alle geschlafen oder wenigstens wie Tempe angegurtet in ihren Kojen gelegen.

Das Raumschiff besaß keine Kampfausrüstung. Polassar verlangte – was immer auch geschehen sollte – den Eintritt ins Perihel, damit die bei der Abwehr des Angriffs verlorene Energie wieder ersetzt werden konnte. Unterwegs durchflog der HERMES eine Wolke verdünnten Gases, das man für eine sich im Sonnensturm auflösende Protuberanz ansah, bis die Sensoren meldeten, daß sich unzählige Moleküle an den Panzer gesetzt hätten und ihn katalytisch anfräßen. An Bord genommene Proben erwiesen eine spezifische Gefräßigkeit, die derjenigen der bereits bekannten Viroiden verwandt war. Steergard tat also, was er im Gespräch mit dem Apostolischen Gesandten als »Öffnung des Visiers« bezeichnet hatte. Mit einer Serie thermischer Schläge fegte der HERMES die veräterrische Wolke auseinander, und die an den Bordwänden sitzenden Eroviren vernichtete er auf einfachste Weise: Die Kühlanlagen auf voller Leistung, sich wie ein Braten auf dem Grill um die eigene Achse drehend, jagte er durch den oberen Teil einer nur Lichtsekunden über der Photosphäre liegenden Sonnenprotuberanz. Anschließend ging er auf eine stationäre Umlaufbahn, kehrte das Heck gegen die Zeta und öffnete die Schleusen für die Energieaufnahme. Mit einem Teil der getankten Leistung speiste er die Kühlanlagen, den Rest schluckten die Sideralaggregate.

Die Crew war mittlerweile in drei Gruppen gespalten.

Harrach, Polassar und Rotmont hielten das Abenteuer mit der Wolke für einen zweiten Angriff der Quintaner. Kirsting und El Salam betrachteten es nicht als einen mit Absicht geführten Schlag, sondern eine Art Zufall – als wäre der HERMES in ein Gebiet geraten, das lange vor seiner Ankunft vermint worden war. Nakamura nahm einen Standpunkt ein, der in der Mitte lag: Die Wolke war nicht als Falle gedacht gewesen, weder für den HERMES noch für quintanische Orbiter, sie war einfach eine »Müllkippe« für Waffen der Mikromachie, die zu militärischen Zwecken über dem Planeten eingesetzt und – ganz gegen die Absicht der kriegführenden Seiten – von der Schweredrift der Sonne ins Perihel getrieben worden waren.

Arago sagte nichts. GOD befaßte sich mit der Programmierung möglicher Strategien für Abwehr-, Angriffs- und Verständigungsmaßnahmen. Präferenzen erteilte er keiner: Die Daten waren für die Optimalisierung einer jeden dieser Verfahrensweisen zu mager.

Gerbert hielt für den einzigen Ausweg den Verzicht auf den Kontakt und auf die Demonstration der Stärke, sprach sich aber selbst die Zuständigkeit ab, an den immer heftiger werdenden Auseinandersetzungen teilzunehmen.

Tempe war zum Kommandanten gerufen worden, als die Energievorräte ergänzt wurden. Er sagte, er sei kein SETI-Experte und kommandiere auch nicht das Raumschiff.

»Du wirst ja wohl bemerkt haben, daß hier keiner mehr Experte ist«, antwortete Steergard. »Auch ich nicht. Trotzdem denkt sich jeder was. Du auch. Ich erwarte nicht deinen Rat, sondern deine Meinung.«

»GOD weiß es am besten«, lächelte der Pilot.

»GOD bietet zwanzig oder auch hundert Taktiken an. Mehr tut er nicht. Ich weiß, daß du so viel weißt wie unsere Experten – einschließlich GODS. Das Minimum des Risikos liegt im Rückzug.«

»Gewiß.« Tempe saß dem Kommandanten gegenüber und lächelte unverändert.

»Was ist denn daran so lustig?« erkundigte sich Steergard.

»Fragen Sie jetzt privat, Astrogator, oder ist das ein Befehl?«

»Es ist ein Befehl.«

»Heiter ist die Situation wahrhaftig nicht. Ich habe unseren Kommandanten aber gut genug kennengelernt, um vorauszusehen, was er auf keinen Fall tun wird. Wir werden nicht die Flucht ergreifen.«

»Bist du sicher?«

»Völlig.«

»Wieso? Was meinst du, sind wir ein- oder zweimal angegriffen worden?«

»Das bleibt sich gleich. Die anderen wollen den Kontakt nicht. Ich habe keine Ahnung, was sie noch in petto haben.«

»Gefahr werden alle Versuche bringen.«

»Das ist klar.«

»Nun?«

»Ich liebe offensichtlich die Gefahr. Wäre es anders, läge ich seit einigen Jahrhunderten auf der Erde unter einem Grabstein, weil ich im Bett gestorben wäre, umringt von der trauernden Familie.«

»Mit anderen Worten, du hältst eine Demonstration der Stärke für notwendig?«

»Ja und nein. Ich halte sie für das allerletzte Mittel, das unvermeidlich ist.«

Von einem kleinen Stahlwürfel gehalten, lag auf Steergards Schreibtisch ein Stapel bedruckter Blätter. Das oberste trug ein Diagramm. Der Pilot erkannte es, eine Stunde zuvor hatte er von El Salam eine Kopie bekommen.

»Haben Sie das schon gelesen?«

»Nein.«

»Nicht?« Der Pilot staunte.

»Wieder mal eine Hypothese der Physiker. Ich habe erst mal mit dir sprechen wollen.«

»Bitte lesen Sie es. Gewiß, es ist eine Hypothese, aber mich hat sie überzeugt.«

»Du kannst gehen.«

Der Text trug den Titel »Das System der Zeta als kosmische Sphäromachie«. Unterzeichnet hatten Rotmont, Polassar und El Salam.

»Als unmöglich und absurd muß eine Zivilisation erscheinen, die sich selbst nicht nur den nichtleitungsgebundenen Nachrichtenverkehr, die Funk- und Fernsehverbindungen unmöglich macht, indem sie die gesamte Ionosphäre mit einem jedes Signal erstickenden weißen Rauschen erfüllt, sondern darüber hinaus den Löwenanteil der globalen Produktion und Energie in die Herstellung von Waffen investiert und den außerplanetaren Raum damit anfüllt. Jedoch ist zu bedenken, daß dieser Zustand von ihr weder bewußt geplant noch mit Vorbedacht herbeigeführt worden, sondern allmählich durch die Ausweitung eines Konflikts entstanden ist. Als Ausgangspunkt ist eine Lage anzusehen, in der ein auf der Planetenoberfläche ausgetragener Krieg mit großen Fronten einer totalen Vernichtung gleichgekommen wäre. An diesem kritischen Punkt wurde der Rüstungswettlauf in den Kosmos getragen. Keine der antagonistischen Seiten hatte also die Absicht, das ganze Sonnensystem in einen Kriegsschauplatz von monströsen Ausmaßen zu verwandeln, sondern wirkte nur in aufeinanderfolgenden Schritten, indem sie auf die Maßnahmen des Gegenspielers reagierte. Nachdem es zur Konfrontation im Weltraum gekommen war, ließ sich ihre Zunahme nicht mehr aufhalten und um so weniger um eines definitiven Friedensschlusses willen liquidieren.

Eine simulative Analyse, durchgeführt nach der Spieltheorie, der Nichtnullfunktion des Gewinns, brachte nämlich für den Fall solcher Auseinandersetzungen an den Tag, daß bei fehlendem Vertrauen in die Gültigkeit der geschlossenen Abrüstungsverträge eine Obergrenze der möglichen Verständigung der Gegenspieler durch Verhandlungen besteht. Dies ist der Fall, weil ein Übereinkommen – beim Fehlen des Vertrauens in den guten Willen des Gegners, eines mit der klassischen Formel ›Pacta sunt servanda‹ beschriebenen Vertrauens – gegenseitige Rüstungskontrolle erfordert, es also notwendig macht, den Experten des Feindes Zutritt zum eigenen Territorium zu gestatten.

Tritt der Wettlauf nach immer größerer militärischer Schlagkraft jedoch in die Bahn der Mikrominiaturisierung ein, so verliert eine Kontrolle ohne Vertrauen ihre Wirksamkeit. Waffenschmieden, Laboratorien und Arsenale lassen sich dann unauffindbar verstecken. Weder läßt sich dann ein Übereinkommen auf *minimal* gültigem Niveau gegenseitigen Vertrauens erzielen (daß derjenige, der von der Innovation der Mikrowaffen absieht, dadurch *nicht* die Position des baldigen Verlierers einnimmt), noch kann die vorhandene Bewaffnung liquidiert werden auf der Basis dessen, daß man sich gegenseitig die Versicherung gibt, ebendies tun zu wollen.

Es erhebt sich folgende Frage: Warum haben wir statt des einst auf der Erde prognostizierten Zeitalters biomilitärischer Kampfmethoden nun rings um die Quinta eine tote Sphäromachie vorgefunden?

Sicher liegt es daran, daß die Gegenspieler auch in der Domäne der biologischen Waffen ein Potential erreicht haben, das zur Vernichtung der gesamten Biosphäre ausreicht, wie dies zuvor bereits durch den strategischen Abtausch von Nuklearschlägen möglich geworden war. Somit kann weder diese noch jene Waffe von jemandem zum Erstschlag eingesetzt werden.

Was die kryptomilitärische Makroalternative, also die Auslösung von Naturkatastrophen durch Manipulation von Klima und Seismik, betraf, so mochten derlei Akte vorgefallen sein, konnten jedoch keine strategische Entscheidung herbeiführen, weil derjenige, der selbst kryptomilitärisch vorgehen kann, analoge Aktionen auch zu diagnostizieren versteht, wenn sie ihm von einem Gegner zugefügt werden.«

Nach dieser Einleitung stellten die Verfasser ein Modell der Sphäromachie dar. Es war eine Kugel mit der Quinta im Zentrum. Die einstigen lokalen Kriege waren in Weltkriege übergegangen, diese wiederum in einen Wettlauf der durch neue Erfindungen zunehmend beschleunigten Rüstung zu Lande, zu Wasser und in der Luft. Den großen konventionellen Kriegen setzte die Entdeckung der Kernspaltung ein Ende. Von da an hatte das krieglose Wettrüsten drei Komponenten: Mittel der Vernichtung, Mittel ihrer Verbindung und Mittel, die gegen die beiden ersten gerichtet waren.

Die Entstehung der Sphäromachie setzte die Existenz von Operationsstäben voraus, die jeden Fortschritt der Gegenspieler, jede Veraltung der eigenen Arsenale und der Methoden koordinierten Einsatzes durch technische Innovationen beantworteten.

Jede dieser Etappen hatte ihre Obergrenze. Sobald sie von den Antagonisten erreicht wird, entsteht ein zeitweiliges Gleichgewicht der Kräfte. Dann versucht eine der Seiten, diese Grenze zu durchstoßen. Als Obergrenze der präkosmischen Phase kann der Zustand angesehen werden, bei dem jede der Seiten die Mittel des Gegners sowohl lokalisieren als auch vernichten kann, ob diese nun einem Erst- oder einem Vergeltungsschlag dienen. Gegen Ende dieser Phase sind die tief in der Planetenkruste stationierten ballistischen Raketen globaler Reichweite ebenso der Zerstörung ausgesetzt wie mobile Abschußrampen auf dem Festland oder unter der Meeresoberfläche, auf schwimmenden Einheiten oder im Meeresboden verborgene Geschosse.

In dem so entstandenen Gleichgewicht gegenseitiger Verwundbarkeit wird zum empfindlichsten Kettenglied das durch Satelliten für Früherkennung und Fernaufklärung im All unterhaltene Nachrichtensystem sowie dessen Verbindung mit den Stäben und den militärischen Mitteln.

Um auch dieses System der Gefahr eines Überraschungsschlags, der es zerstören oder außer Gefecht setzen könnte, zu entziehen, wird ein weiteres von höherer orbitärer Ordnung geschaffen. Damit beginnt die Sphäromachie zu expandieren und somit zu erschlaffen. Je größer sie wird, um so störanfälliger wird ihre Verbindung mit den Stäben auf dem Planeten. Diese suchen dieser Gefahr zu entkommen. Wie im Zeitalter der konventionellen Kriege die Inseln im Ozean die Funktion unversenkbarer Flugzeugträger besaßen, würde der nächstgelegene Himmelskörper, der Mond also, zur unzerstörbaren Basis für die Seite, die ihn als erste in ihre militärische Gewalt bekäme. Da es nur diesen einen Mond gibt, muß sich, kaum daß er von der einen Seite besetzt ist, die andere im Bestreben, die neue Zunahme der Bedrohung wettzumachen, entweder auf Mittel konzentrieren, die die Verbindung des Planeten mit dem Mond kappen, oder die Feinde durch eine Invasion vertreiben.

Halten sich die Kräfte der Invasoren und der Verteidiger der Mondfestung in etwa die Waage, kann den Trabanten niemand unter seine volle Herrschaft bringen. Dies ist wahrscheinlich auch eingetreten, da die Einrichtung von Stützpunkten einseitig im Gange gewesen war. Die in Schach Gehaltenen mußten den Mond aufgeben, die Schach Bietenden aber hatten nicht die Kraft, ihn zu besetzen.

Der Rückzug konnte auch aus einem anderen Grund erfolgt sein: durch neue Fortschritte in der Störung des Nachrichtenverkehrs. Falls es dazu gekommen war, hatte der Mond seinen strategischen Wert als außerplanetare Kommandobasis für militärische Operationen verloren.

Das abstrakte Modell der Kosmomachie ist ein aus mehreren Phasen bestehender Raum mit den kritischen Oberflächen des Übergangs von einer allgemein erreichten Phase in die nächste. Einmal astronomisch aufgebläht, zwang die Sphäromachie den Antagonisten Kampfmethoden auf, die in ihrer Geschichte ohne Beispiel waren.

Auf die Tatsache, daß die Gegenspieler in den Besitz eines Potentials zur Unterbrechung des Kontakts der Operativstäbe mit deren Basen und Waffen zu Lande, zu Wasser, in der Luft und im All gelangt waren, gab es nur eine einzige strategisch optimale Reaktion: Den eigenen Waffen und Basen mußte eine zunehmende Autonomie für den Fall von Kampfhandlungen eingeräumt werden.

Es kommt zu einer Situation, in der sämtliche Stäbe wissen, daß zentralistische Stabsoperationen zu nichts mehr führen. Daraus erhebt sich folgende Frage: Wie lassen sich Angriffs- und Abwehrstrategien durchhalten, wenn es keine Verbindung zu den eigenen Kräften auf dem Planeten und im Weltraum gibt?

Niemand verstopft sich selbst die Aufklärungs- und Befehlskanäle. Dies geschieht durch den sogenannten Spiegeleffekt. Jeder fügt dem anderen zu, was ihm weh tut, und bekommt es in gleicher Münze heimgezahlt. Auf den Wettstreit um Zielgenauigkeit und Stärke der ballistischen Raketen folgt der Kampf um den Schutz der Nachrichtenverbindung. Der erstere war eine *Anhäufung* von Vernichtungsmitteln und die *Androhung* ihres Einsatzes. Der letztere ist ein »Nachrichtenkrieg«, in dem die Schlachten um Unterbrechung und Rettung der Informationsverbindung real sind, obgleich sie weder Ruinen noch Blutopfer nach sich ziehen. Die Gegenspieler füllen die Funkkanäle allmählich mit einem Rauschen und verlieren die Kontrolle sowohl über die Dislozierung der eigenen Waffen als auch über Bewaffnung und operative Bereitschaft der Gegner.

Bedeutet dies, daß eine Lähmung der Führungstüchtigkeit der Stäbe die Schlachten in den Weltraum trägt und diesen zum Felde ständiger Angriffe und Gegenangriffe selbständig gewordener Waffen macht? Haben diese Waffen die Aufgabe, von sich aus die Orbiter des Feindes zu vernichten? Nichts dergleichen. Nach wie vor gilt das Primat des Kampfes um den Nachrichtenverkehr. Dem Gegner muß überall der Blick getrübt werden.

Zuerst entsteht eine unüberschreitbare Schwelle für einen frontalen Zusammenstoß der Kräfte auf dem Planeten, wenn die Stärke der Ladungen, die ballistische Zielgenauigkeit und die potentielle Folge von beidem – der tödliche nukleare Winter – das unvermeidliche Ende des Krieges bedeuten.

Die Gegner, zu anderem nicht mehr imstande, vernichten einander daraufhin gegenseitig die Kontrolle über ihre Arsenale. Alle Funkwellenbereiche unterliegen der Verklatschung. Die gesamte Kapazität der Übertragungskanäle wird von einem Rauschen erfüllt. Für einen ziemlich kurzen Zeitraum kommt es zu einem Wettlauf, bei dem sich die verdeckende und die der Signalgebung, der Aufklärung und Befehlserteilung dienende Kapazität gegenseitig zu überbieten suchen. Auch diese Eskalation aber, die das Rauschen durch ein stärkeres Signal durchdringt und durch verstärktes Rauschen wiederum das Signal verdeckt, führt nur in die Sackgasse.

Eine Zeitlang wird noch die Maser- und Lasertechnik entwickelt. Paradoxerweise führt der elektronische Krieg durch die Zunahme der Emissionsleistung auch hier zum Patt: Die Laserstrahlen sind zwar stark genug, die Schutzschilde zu durchdringen, werden aber dadurch vom Mittel der Erkenntnis zu einem solchen der Destruktion. Man kann dies dem weißen Stock vergleichen, mit dem ein Blinder immer heftiger im Finstern herumfuchtelt. Aus dem Mittel zur Orientierung wird eine Streitkeule.

Das bevorstehende Patt voraussehend, arbeitet jede Seite an der Produktion von Waffen, die erst taktische und dann auch strategische Autonomie entwickeln. Die Kampfmittel erlangen die Unabhängigkeit von ihren Erbauern, ihrem Bedienungspersonal und ihren Kommandozentralen.

Wäre es die Hauptaufgabe dieser bereits in das All entsandten Waffen gewesen, ihre antagonistischen Pendants zu vernichten, so hätte ein derartiger, an einem beliebigen Ort des Raums begonnener Zusammenstoß eine Schlacht entzündet, die sich wie ein Steppenbrand ausgebreitet hätte – bis hinunter auf die Oberfläche des Planeten, was zum globalen Schlagabtausch höchster Kapazität und folglich zum Untergang geführt hätte. Daher durften sich diese Waffen nicht in Gefechte einlassen. Sie sollten einander in Schach halten, und falls sie sich vernichteten, dann heimlich, nicht wie Bomben, sondern wie Bazillen. Ihre Maschinenintelligenz suchte die Intelligenz der feindlichen Waffen zu lähmen oder – mit Hilfe von auf die Programme angesetzten Mikroviren – die Orbiter der anderen Seite zur »Desertierung« zu veranlassen, was in der irdischen Geschichte eine ferne Entsprechung in den Janitscharen hatte: Dies waren Kinder, die die Türken den überfallenen Völkern raubten und in die eigenen Heere steckten.

Das hier dargestellte Modell der Sphäromachie ist stark vereinfacht. Alle Phasen ihrer Eskalation können begleitet sein von Kommandounternehmen, Spionage, Terroranschlägen, Infiltration, Verschleierungen und Manövern, die etwas vortäuschen, um den Gegner hinters Licht zu führen und zu einem Fehler zu veranlassen, der ihn sehr teuer zu stehen kommt oder für ihn sogar verderblich sein kann. Leitungsgebundener Nachrichtenverkehr und elektronische Impulsübertragung erlauben den Gegenspielern auf dem Planeten noch die Aufrechterhaltung einer gewissen stabsmäßig zentralisierten Leistungsfähigkeit, allerdings in einem Umfang, der um so weniger zu bestimmen ist, als er sich unter dem Einfluß der technischen Innovationen wandelt. In unserem Begriffs- und Wortschatz fehlt eine Bezeichnung für die Sphäromachie quintanischen Typs. Sie ist weder Krieg noch Frieden, sondern ein permanenter

Konflikt, der die Gegner voll in Anspruch nimmt und ihre Ressourcen auslaugt.

Ist die Sphäromachie demnach als eine kosmische Variante des Abnutzungskrieges anzusehen, in dem die Seite unterliegt, die weniger Rohstoffe, Energie und technischen Fortschritt aufzubieten hat? Auf diese konventionelle Frage gibt es eine unkonventionelle Antwort: Die Bewohner des Planeten verfügen weder über unendliche Reserven an fossilen Brennstoffen noch über unerschöpfliche Energiequellen. Obschon das eine wie das andere die Dauer des Konflikts begrenzte, gab es niemandem eine Siegesgarantie. Das Modell der letzten Phase war schlicht und einfach – ein Stern.

Ein Stern verdankt seine Existenz bekanntlich den thermonuklearen Reaktionen bei der Umwandlung von Wasserstoff in Helium. Sie laufen in seinem Kern bei einem Druck und einer Temperatur ab, die in die Millionen der jeweiligen Maßeinheiten gehen. Nachdem der Wasserstoff im Zentrum ausgebrannt ist, beginnt der Stern zu schrumpfen. Seine Schwere preßt ihn zusammen. Dabei erhöht sich die Temperatur im Innern, wodurch wiederum die Zündung nuklearer Reaktionen des Kohlenstoffs möglich wird. Gleichzeitig geht rings um die innere Heliumkugel, die gewissermaßen die Asche des verbrannten Wasserstoffs ist, die Reaktion von dessen Resten weiter, und diese sphärische Feuerfront bläht sich in dem Stern immer mehr auf. Zuletzt wird das dynamische Gleichgewicht heftig gestört, und der Stern wirft explosiv die äußeren Gashüllen ab.

Ähnlich also, wie in einer alternden Sonne eine durch die Synthesefolge von Wasserstoff in Helium, von Helium in Kohlenstoff usw. geblähte Sphäre entsteht, bilden sich in der interplanetaren Kugel der Sphäromachie Oberflächen, die den jeweils erreichten Etappen des Wettrüstens entsprechen.

Im Zentrum, also auf der Quinta, hält sich noch ein Minimum an Kommunikation der Militärbünde jeder Seite. Draußen wirken die sich gegenseitig in Schach haltenden Systeme autonomer Waffen. Ihre Selbständigkeit unterliegt jedoch einer von den Stabsprogrammierern vorgenommenen Beschränkung, damit sie, indem sie den Kampf aufnehmen, keine Kettenreaktion in Gang setzen, die die Flamme des Krieges auf den Planeten trüge.

Die Programmierer geraten jedoch immer mehr zwischen zwei Feuer. Sie müssen, je raffiniertere selbständige Waffen der Gegner in den Raum schickt, ihren eigenen Kampfsystemen um so größere Souveränität für Angriffs- und Abwehrhandlungen einräumen. Sowohl die Rechen- als auch die Analogsimulation einer Sphäromachie nach mindestens hundertjähriger Kriegführung führt nicht zu eindeutigen Aussagen. Auf die vom Computer durchgespielten Varianten gestützt, hielten die Urheber des Modells es jedoch für möglich, daß bei der Programmierung der Autonomie von Kampfmitteln eine Restriktionsschwelle existiert, oberhalb deren die Waffen von bloß *selbständigen* zu *eigenmächtigen* werden. Dieses Bild entfernt sich vom Modell des Sterns und nähert sich dem einer natürlichen Evolution. Die autonomen Waffen sind wie niedere Lebewesen, die mit einer vom Selbsterhaltungstrieb im Zaum gehaltenen Aggressivität ausgestattet sind. Eigenmächtige Waffen sind wie Primaten, die sich einen erfinderischen Geist erworben haben und aus lediglich listigen oder pfiffigen Untergebenen zu Initiatoren neuer Taktiken werden. Solche Waffen entziehen sich selbst der indirekten Kontrolle ihrer Erbauer. Mit der Feststellung, daß diese Erbauer zwischen zwei Feuer gerieten, meinten die Verfasser des Modells, daß die Katastrophe allen gleichermaßen droht, ob sie die Intelligenz ihrer Waffen nun zügeln oder spornen mögen. So oder so büßt die Sphäromachie im Zuge ihrer Eskalation die dynamische Stabilität ein. Ihr künftiges Schicksal ist nicht eindeutig vorauszusagen und geht über die Interessen der Seiten hinaus, die den Kampf aufgenommen haben. Dieser Zustand lag allerdings noch in weiter Ferne.

Die auf der EURYDIKE beobachteten Blitze konnten Geplänkel weit fortgeschrittener Kampfeinheiten an der Peripherie des Zeta-Systems gewesen sein. Ihre Kollision in einer Entfernung von Milliarden Meilen von der Quinta bedeutete, daß authentische Schlachten an Fronten geschlagen werden konnten, die in astronomischer Ferne von dem Planeten lagen. Dort durfte der Krieg dann schon »heiß« werden, und er konnte in der Zukunft unabsehbare Sprünge mitten in die Sphäromachie bringen. Im Grunde durfte kein Kenner der Strategie, die die Clausewitzsche abgelöst hatte, ein siegreiches Finale der Auseinandersetzungen erwarten. Gleichwohl befanden sich die solcherart erfahrenen Strategen in der Zwangslage von Spielern, die, da sie ihr gesamtes Kapital zum Einsatz gemacht hatten, nicht einfach vom Tisch aufstehen konnten. Darin bestand die Spiegelsituation. Die einstige Hauptfrage, *wer* den Wettlauf begonnen habe, war inzwischen ohne jede Bedeutung. Friedlichkeit oder Aggressivität der Absichten der kämpfenden Seiten können sich im Konflikt nicht mehr offenbaren. Die Aussichten stehen für alle Spieler schlecht, und das Spiel kann nicht anders enden als mit einem Pyrrhussieg.

Welche Chancen boten sich nun innerhalb einer solchen Konstellation für den Kontakt? Das wußten die Verfasser der Denkschrift nicht. Solange sich auf dem kosmischen Schachbrett schwarze und weiße Figuren von analoger Stärke bewegen, lassen sie sich auf gar keinen Kampf ein, sondern halten sich nur gegenseitig in Schach. Völlig neue und unbekannte hingegen werden einer Diagnose durch Kampf unterzogen. Es handelt sich um Scharmützel, wie sie früher von Plänklertruppen geführt wurden. Der HER-

MES war möglicherweise nicht von dem Planeten, dessen Staaten, Stäben oder Mächten, sondern als »Fremdkörper«, als ein Objekt angegriffen worden, das groß, technischen Ursprungs und unbekannt zugleich war. Er wurde also nicht überfallen wie ein Passant von Banditen, sondern wie Krankheitskeime von schützenden Lymphozyten innerhalb eines Organismus.

Dem Wettrüsten waren kaum Grenzen gesetzt. Alte Kampforbiter konnten auf den Planeten zurückgeholt und einem »Recycling« unterzogen werden. Für eine Waffe wie die Viroiden, die mikrominiaturisierten Parasiten, die selbstkoppelnden Moleküle, die mit Sonnenenergie arbeiteten, bedurfte es großen Erfindergeists, aber nur weniger Rohstoffe.

Abschließend zogen Polassar, Rotmont und El Salam ein Fazit ihrer Vorstellungen von der Quinta: Dieses Gebilde jahrhundertelanger Kämpfe um die Vorherrschaft, dieses künstliche System einer Sphäromachie mit einem Radius von sieben Milliarden Meilen könne als ein vom Krebs befallener Organismus angesehen werden. Seine kosmischen Organe seien mehr oder minder bösartige Metastasen des Konflikts. Weiter reiche die Analogie mit einem lebenden Wesen indessen nicht, da jener Komplex schon im Keime nie »gesund«, schon bei der Zeugung verseucht gewesen sei von dem Antagonismus gegeneinander gerichteter Technologien. Er besitze keinerlei »normales Gewebe«, das Verharren im dynamischen Gleichgewicht werde ermöglicht durch einander entgegenwirkende »Neubildungen«, die einander, um ein so spezifisches Gleichgewicht halten zu können, diagnostizieren müssen. Kaum tauchten, wo auch immer zwischen den inneren und äußeren Planeten, radikal neue Objekte auf, würden sie entwaffnet, in Schach gehalten oder »konvertiert« (wie Janitscharen in den eigenen Dienst gestellt) von technischen Antikörpern, die nicht für seine Heilung sorgen (es ist niemand da, der jemanden zu heilen hätte), sondern für die Erhaltung des dynamischen Status quo ante fuit – also das Patt.

Falls sich das so verhielt, war der HERMES zuerst auf die Überreste uralter Gefechte gestoßen, anschließend aber in »verminten Raum« eingedrungen, wodurch er den plötzlichen nächtlichen Angriff ausgelöst hatte. Unter dieser Voraussetzung wurde das Ausbleiben einer Antwort auf die Aktivitäten des Botschafters plausibel. Wenn nun der Verzicht auf den Kontakt nicht in Frage kam, mußte man sämtliche von SETI ausgearbeiteten Taktiken für untauglich ansehen und nach anderen suchen, die ein positives Ergebnis versprachen. Ob eine solche effektive Taktik existierte, wußten die Autoren des sphäromachischen Modells nicht. Sie sprachen sich dafür aus, das vorbereitete Programm aufzugeben und Versuche der Erarbeitung einer Strategie zu unternehmen, für die es noch keinen Präzedenzfall gab.

Die Denkschrift trug auch die Unterschriften von Harrach und Kirsting.

Was konnte anderes darauf folgen als eine neuerliche Beratung? Obwohl der HERMES den Energieverlust wieder aufgefüllt hatte, sah Steergard in einer sonnennahen Bahn die sicherste Position, und er manövrierte so, daß das Raumschiff über der Zeta blieb und aus ihrer Glut eine Quelle zur eigenen Kühlung machte. Da die Bahn erzwungen, weder gegenüber der Sonne noch der Quinta stationär war, lieferte der notwendige beträchtliche Schub eine Gravitation.

Tempe, der zusammen mit Harrach zu der Beratung ging, meinte, die Kosmodromie bestehe aus im letzten Augenblick vermiedenen Katastrophen und aus Sitzungen.

Nakamura griff als erster das Modell einer von dem Planeten unabhängigen Sphäromachie an. Sollten die Kampfmittel ihren Schöpfern auch fern von der Quinta nicht mehr untertan sein, so dauere die operative Tätigkeit der Stäbe in geringerer Reichweite dennoch fort. Andernfalls wäre GABRIEL keiner zweiseitig koordinierten Attacke begegnet.

Der Ozean der von der weißen Kappe des Polareises bedeckten Nordhalbkugel trennte zwei Kontinente – den westlichen, Norstralien genannten, der zweimal so groß wie Afrika war, und den östlichen, der an eine flachgedrückte Leber erinnerte und deshalb den Namen Heparien erhalten hatte. Anhand der Aufnahmen, die während des Fluges von GABRIEL gemacht worden waren (dieser hatte neben einem sternförmigen Gebilde in Heparien landen sollen), hatte Nakamura die Standorte der Raketen bestimmt: beide am Äquator, aber auf den gegenüberliegenden Kontinenten. Sie waren von Wolken verdeckt und ließen beim Start nicht die typischen Rückstoßflammen erkennen, woraus er schloß, daß die Raketen entweder katapultiert worden waren oder ihr Antrieb nur eine geringe thermische Komponente besaß. Ob die Geschosse nun von schweigenden Triebwerken oder mit kaltem Korpuskularantrieb abgefeuert worden waren – sie erwärmten sich beim Durchbrechen der Schallmauer, es wurde möglich, den heißen Teil ihrer Bahnen aufzuspüren und durch Retropolation die Startrampen zu lokalisieren. Daß sie, zwei von Osten, zwei von Westen, fast gleichzeitig aus den Wolken aufgetaucht seien, zeuge von der vorherigen Synchronisierung der Aktion und damit von der Kooperation der Stäbe auf beiden Kontinenten.

Die Verfasser des Modells erteilten einer derartigen Rekonstruktion des Angriffs eine Absage, und eigentlich konnte auch Nakamura einen solchen Ablauf nicht beweisen, weil es in der Atmosphäre der Quinta nur so wimmelte von heißen Punkten, die für hineinstürzende Brocken des allmählich mürbe werdenden Eisrings angesehen wurden. Nakamura, so hieß es, habe solche ausgewählt, die man bei einem Übermaß an gutem Willen den Raketenspuren zuschreiben konnte.

Die Qualität der Bilder, die man an Bord gewonnen hatte, war eher mäßig, denn der HERMES hatte sie von seinen als elektronische Augen ausgesandten Sonden empfangen, während er selber sich im Periselenium hinter dem Mond verborgen hielt. Außerdem wurde die Quinta von Tausenden Satelliten umkreist, teils in der Richtung, in der der Planet sich um seine Achse drehte, teils entgegengesetzt, und diese Richtung der Umlaufbahn sagte nichts über die Herkunft: Die Gegenspieler hatten ihre Kampfsatelliten ja mit der Rotation oder gegenläufig abschießen können. Daß sie weder kollidierten noch einander bekämpften, bestärkte die Autoren der »entfremdeten Sphäromachie« in der Überzeugung, daß das Kriegsspiel »kalt« geblieben sei und darauf beruhe, die Kampfmittel des Gegners lediglich in Schach zu halten, nicht aber zu vernichten. Hätten sie begonnen, einander Schaden zuzufügen, wäre der »kalte« Krieg in die Phase einer heißen Eskalation eingetreten. Folglich hielten sich die antagonistischen Orbiter gegenseitig in Schach. Damit das Gleichgewicht der Kräfte erhalten bliebe, müßten die kosmischen Systeme beider Seiten füreinander diagnostizierbar bleiben. GABRIEL indes sei für alle ein fremder Eindringling gewesen und deshalb angegriffen worden.

Rotmont illustrierte diesen Aspekt mit dem Beispiel zweier Hunde, die aufeinander loskläffen und einander nicht wohlgesinnt sind, sich aber sogleich zu gemeinsamer Jagd vereinen, kaum daß ein Hase auftaucht.

Polassar schloß sich dennoch Nakamura an. Zwar wußte man nicht, ob GABRIEL von den Raketen nur einer oder beider Seiten abgefangen werden sollte, der Angriff war jedoch mit einer Präzision erfolgt, die eine vorherige Planung wahrscheinlich machte. Es stand außer allem Zweifel, daß die von dem Botschafter ausgesandten Signale auf dem Planeten empfangen worden waren, und das Ausbleiben einer Antwort hatte keine tatenlose Passivität bedeutet.

Steergard bezog in dem Streit keine Stellung. Die Lösung der Frage, ob GABRIEL einem von der Quinta aus geplanten und durchgeführten Angriff oder selbständigen Orbitern zum Opfer gefallen war, hielt er für zweitrangig. Ihm ging es darum, daß der Planet den Kontakt verweigerte. Einzig wichtig war daher, ob man ihn erzwingen konnte.

»Durch gutes Zureden nicht«, behauptete Harrach. »Ebensowenig durch die Realisierung des ursprünglichen Programms. Je mehr Landefähren wir entsenden, um so mehr Zusammenstöße gibt es. Sie wandeln unsere Abgesandten in defensive Mittel um, bis das ganze Botschafterwesen mit dem Rückzug oder dem Kampf endet. Da wir Kampf nicht wollen und ein Rückzug nicht in Frage kommt, müssen wir, statt nur zu pieken oder zu zwicken, Entschlossenheit zeigen. Man kann sich mit einem Gorilla nicht anfreunden oder ihn zähmen, indem man ihm vorsichtig in den Schwanz beißt.«

»Der Gorilla hat keinen Schwanz«, bemerkte Kirsting.

»Dann nimm ein Krokodil. Hör doch auf mit der Wortklauberei! Uns bleibt nichts übrig als eine Demonstration der Stärke. Wer eine bessere Idee hat, soll sie mitteilen.«

Keiner sagte ein Wort, bis Steergard fragte: »Hast du einen konkreten Plan?«

»Ja.«

»Nämlich?«

»Die Kavitation des Mondes. Maximale Wirkung bei einem Minimum an Schäden. Vom Planeten aus sehen sie es, spüren aber nichts davon. Ich denke schon lange darüber nach. GOD hat mir jetzt die Berechnungen geliefert. Der Mond zerfällt so, daß seine Reste auf der Umlaufbahn bleiben. Der Massemittelpunkt ändert sich nicht.«

»Wie das?« erkundigte sich der Dominikaner.

»Weil die Bruchstücke auf der gleichen Bahn um die Quinta kreisen wie der Mond. Mit diesem bildet der Planet ein binäres System, und da er bedeutend schwerer ist, befindet sich das Rotationszentrum dieses Systems nahe bei ihm. Die Zahlen habe ich mir nicht gemerkt. Jedenfalls bleibt die dynamische Masseverteilung unverändert.«

»Aber nicht die von der Gravitation bedingten Gezeiten«, wandte Nakamura ein. »Hast du das in Betracht gezogen?«

»GOD hat es gemacht. Die Lithosphäre wird nicht beben, höchstens seichte seismische Herde können aktiv werden. Ebbe und Flut der Ozeane werden schwächer. Weiter nichts.«

»Und welchen Nutzen soll das bringen?« fragte Arago.

»Das wird nicht nur eine Demonstration der Stärke, sondern eine Information. Vorher schicken wir eine Warnung. Soll ich auf Einzelheiten eingehen?«

»Kurz«, sagte der Kommandant.

»Ich möchte nicht, daß mich jemand für ein Ungeheuer ansieht«, sagte mit absichtlicher Gelassenheit der Erste Pilot. »Bereits zu Beginn haben wir den anderen das logische Rechnen übermittelt, dazu Konjunktionen des Typs ›Wenn A, dann B‹, ›Wenn nicht A, dann C‹ und so weiter. Wir erklären ihnen: ›Wenn ihr unsere Signale nicht beantwortet, zerstören wir euren Mond, und das wird die erste Warnung vor unserer Entschlossenheit sein. Wir verlangen Kontakt.‹ Und noch mal alles, was der Botschafter ihnen signalisiert hat: daß wir mit friedlichen Absichten gekommen sind, daß wir neutral bleiben, falls sie untereinander einen Konflikt austragen. Pater Arago kann sich alles durchlesen. Diese Verkündigungen hängen in der Steuerzentrale, und jedes Besatzungsmitglied hat ein Exemplar erhalten.«

»Ich habe es gelesen«, sagte Arago. »Und was geschieht dann?«

»Das machen wir von ihrer Reaktion abhängig.«

»Meinst du, daß wir ihnen eine Frist setzen sollen?« fragte Rotmont. »Das wäre ein Ultimatum.«

»Nenne das, wie du willst. Wir brauchen keinen genauen Termin zu geben, sondern nur deutlich genug zu erklären, wie lange wir uns noch zurückhalten.«

»Gibt es außer einem Rückzug noch andere Vorschläge?« fragte Steergard. »Nein? Wer ist für das Projekt Harrachs?«

Polassar, Tempe, Harrach, El Salam und Rotmont hoben die Hand. Nakamura zögerte, dann folgte er ihrem Beispiel.

»Seid ihr euch darüber klar, daß sie vor dem Termin eine Antwort geben können, aber nicht mit Signalen?« fragte Steergard.

Sie saßen zu zehnt um die Platte, die wie ein großer Mittelfußtisch auf dem Gebälk der Träger stand, die den oberen Gravitationssteuerraum von der darunter liegenden Navigationszentrale trennten. Dieser war jetzt leer, über den entlang der Wände angebrachten Pulten flimmerten bald stärker, bald schwächer die Monitore und erfüllten den Raum mit wechselndem Licht und Schatten.

»Das ist durchaus wahrscheinlich«, ließ sich Tempe vernehmen. »Ich kann Latein nicht so gut wie Pater Arago. Wäre ich hierhergeflogen, weil mir nichts anderes einfiel, hätte ich nicht mit Ja gestimmt. Aber wir sind hier nicht einfach nur zehn Raumfahrer. Wenn der HERMES nach all den Bemühungen um einen friedlichen Kontakt angegriffen worden ist, so bedeutet dies, daß ein Angriff gegen die *Erde* erfolgt ist, denn diese hat uns hierhergeschickt. Deshalb hat die *Erde* das Recht, durch uns zu sagen: Nemo me impune lacessit.«

XII
Der Paroxysmus

Siderale Operationen als Erscheinungen von astronomischer Dimension können wegen der bei ihnen freigesetzten Gewalten für den Beobachter kein so tiefgreifendes und erschütterndes Erlebnis sein wie eine Überschwemmung oder ein Wirbelsturm. Schon ein Erdbeben, ein in stellarem Maßstab submikroskopischer Vorfall, überschreitet die Aufnahmefähigkeit der menschlichen Sinne. Wirkliches Grauen wie auch überwältigendes Entzücken wecken im Menschen die Ereignisse, die weder zu gigantisch noch zu geringfügig sind. Ein Stern läßt sich nicht erleben wie ein Stein oder ein Brillant. Der kleinste Stern schon, ein Ozean von Ozeanen ewiger Glut, wird bereits in einer Entfernung von einer Million Kilometern zu einer das Gesichtsfeld ausfüllenden Feuerwand, und in der Annäherung verliert er jegliche Gestalt, zerfällt in chaotische Wirbel gleichermaßen blendender Flammen. Nur aus großer Ferne schrumpfen die kühleren Trichter der Chromosphäre zu Sonnenflecken.

Diese selbe Regel übrigens, die das Erleben der Größe vereitelt, wirkt auch unter den Menschen selbst. Man kann mit einem Individuum, einer Familie mitfühlen, die Vernichtung von Tausenden oder gar Millionen Geschöpfen verschließt sich in den Zahlen einer Abstraktion, deren existentieller Gehalt sich nicht erfassen läßt.

Daher ist die durch Kavitation erfolgende Zertrümmerung eines Himmelskörpers, eines Planeten oder Mondes, ein seltsam bescheidenes Schauspiel, das nicht nur mit schläfriger Langsamkeit abrollt, sondern durch den lautlosen und trägen Verlauf künstlich und vorgetäuscht erscheint, zumal man es, um bei der Beobachtung nicht umzukommen, durch ein Teleskop oder auf dem Bildschirm betrachten muß. Die Sideralchirurgen beobachten die fortschreitende Explosion durch Filter, die nacheinander vor die Öffnung der Objektive geschoben werden, damit man genau die einzelnen Phasen des Zerfalls verfolgen kann. Infolgedessen macht das selektiv in den monochromatischen Streifen des Spektrums betrachtete, einmal strohgelbe, dann wieder zinnoberrote Bild den Eindruck eines unschuldigen Spiels mit einem Kaleidoskop, nicht aber den einer alle menschlichen Begriffe übersteigenden Katastrophe.

Die Quinta schwieg bis zur Stunde Null. Die Kavitation des Mondes sollte durch achtzehn Geschosse verursacht werden, die auf evolventenförmigen Bahnen aus großer Entfernung zum Äquator geführt wurden.

Leider erwies sich, wie recht GOD gehabt hatte, als er diese Operation aus dem Bereich der sicher berechenbaren Unternehmungen herausnahm.

Wenn alle Sprengköpfe im gleichen Winkel auf der Kruste des wüsten Trabanten aufgetroffen wären, Tunnel hineingetrieben, sich in dem schweren Kern getroffen und mit der programmierten Sekundengenauigkeit die dort noch nicht erstarrte, noch halbflüssige Masse in Gas verwandelt hätten – dann hätten sich die Mondtrümmer, neben denen die Ketten des Himalaja wie Krümel erschienen wären, auf der bisherigen Umlaufbahn verteilt, die Druckwelle der plötzlich freigesetzten Energie hätte auf dem Planeten nur mäßige Beben verursacht und den Ozean wie in einer Serie von langen Dünungen gegen die Festlandssockel geworfen.

Die Quinta hatte jedoch in die Operation eingegriffen. Die drei Geschosse des HERMES, die den Mond von der Seite des Planeten her anflogen, wurden von schweren ballistischen Raketen getroffen, verwandelten diese zwar in lodernde Gasknäuel, zündeten dabei aber vorzeitig ihre sideralen Sprengladungen. Infolgedessen kam es nicht zu der geplanten Zentrierung sämtlicher Schläge im Mondkern, und die Kavitation verlief exzentrisch. Ein Teil der südlichen Kruste mitsamt gewaltigen Felsmassen brach auf die Quinta nieder, während der Rest, etwa sechs Siebentel der Masse, auf eine höhere Umlaufbahn stieg. Dies rührte daher, daß die Sideratoren sich in Spiralen durch die Kruste in den Kern bohren, die auf der der Quinta zugewandten Seite den platzenden Mond also zum Planeten, die auf der abgewandten Seite zur Sonne hin treiben sollten. Da nun gerade die Raketen, die den Planeten vor dem Meteoritenhagel bewahren sollten, gerammt worden waren, stürzten an die einhundert Trillionen Tonnen Gesteinsmassen in vielerlei elliptischen Bahnen auf die Quinta. Ein Teil verglühte durch atmosphärische Reibung, die größten Trümmer jedoch, Trillionen Tonnen, fielen breitgestreut in den Ozean, und die äußersten bombardierten noch die Küste Norstraliens. Der Planet bekam die Mondtrümmer in die Seite wie eine in spitzem Winkel auftreffende Schrotladung.

Zwei Hundertstelsekunden nach der Zündung der Kavitationssprengköpfe überzog sich der Mond mit einer gelblichen Wolke, so dicht, daß es aussah, als wüchse und schwölle er an. Dann – ungewöhnlich langsam, wie in einer Zeitlupenaufnahme – brach er in unregelmäßige Stücke auseinander, einer Orange gleich, die von unsichtbaren Krallen zerrissen wird. Aus den Schründen der Kruste schossen lange Strahlen heller, sonnengleicher Glut. In der achten Sekunde der Kavitation flammten die Knäuel der Druckwellen auf und verliehen dem Mond das Aussehen eines gewaltigen Feuerbuschs im Weltraum. Der Glanz verdunkelte selbst die nächsten Sterne.

Im Gravitationssteuerraum hockten alle wie erstarrt vor den Monitoren. Nur das Ticken der Chronometer war zu hören, die das Fortschreiten des Lunoklasmus maßen. Aus dem Feuerball schossen unter Wirbeln von Rauch und Staub ganze Hochgebirge von Vulkanen, die wie Kartätschen platzten. Schließlich zog sich die schreckliche Wolke langsam auseinander, ihre zunächst buschige Kugelgestalt streckte sich. Keiner brauchte auf die Instrumente zu blikken, um zu wissen, daß der Mond in einigen Stunden auf den Planeten stürzen würde. Er traf ihn – zu Vorteil oder Nachteil – entfernt von dem Eisring. Diesen durchschlug nur im Norden ein Schwarm verirrter Trümmer, die im Aneinanderstoßen dicht über der Atmosphäre wie ein Feuerwerk sprühten.

So war die Demonstration der Stärke in eine Katastrophe abgeglitten.

XIII
Kosmische Eschatologie

Am Nachmittag darauf bestellte Steergard die beiden Piloten und Nakamura zu sich. Der HERMES war gleich nach der Katastrophe mit der vollen Leistung der Manövrieranlage über die Ekliptik aufgestiegen, um aus dem Schwarm der Mondtrümmer zu kommen, und verfolgte nun einen parabelförmigen Kurs in Richtung auf die Sonne. Gleichzeitig setzte er Radiosonden und Transmitter aus. Sie brachten Meldungen, aus denen hervorging, daß die Quinta den Schutt des zertrümmerten Mondes selber auf sich gelenkt hatte: Durch die Salve ballistischer Raketen war die Kavitation so gestört worden, daß deren exzentrischer Verlauf auf den Planeten zurückgeschlagen hatte.

Die Folgen, optisch erkennbar, obgleich das Raumschiff die Entfernung zur Quinta bereits verdreifacht hatte, waren erschreckend. Vom ozeanischen Epizentrum gingen Springfluten aus, Wassermassen, emporgepeitscht in die hundertfache Höhe dessen, was der Gezeitenpegel selbst bei höchster Flut anzeigte. Sie brachen über Hepariens Ostküste, die am nächsten lag, herein und überschwemmten in einer tausend Meilen breiten Front das riesige Flachland. Der Ozean drang weit ins Innere des Kontinents vor und hinterließ im Abfließen Binnenseen von Meeresgröße, denn die tiefe Platte des lithosphärischen Mantels der Quinta war eingebeult worden, und die Wasser sammelten sich in den an der Oberfläche entstandenen Depressionen.

Gleichzeitig hüllten Billionen Tonnen Wasser, als brodelnder Dampf über die Stratosphäre gestoßen, die gesamte Scheibe des Planeten in eine geschlossene Wolkendecke, über der nur der dünne Eisring in der Sonne blitzte wie eine Klinge.

Steergard verlangte von Nakamura die spinoskopischen Berichte, die seit dem Lunoklasmus ununterbrochen angefertigt wurden. Er hatte nämlich unmittelbar danach die größten Magnetronaggregate auf eine Bahn vor und hinter der Quinta schießen lassen, gewaltige sideralgespeiste Apparate mit einer Masse von siebentausend Tonnen. Zum Schutz vor einem möglichen Angriff wurden sie von Werfern kohärenter Gravitation eskortiert, GRACER-Bomben für einmaligen Gebrauch, die nach den Plänen des SETI-Stabs zur Annihilation von Asteroiden dienen sollten, falls der HERMES auf dem Flug zur Quinta solchen begegnete – bei lichtnaher Geschwindigkeit konnte er Hindernissen, denen der Schutzschild nicht standhielt, nicht ausweichen.

Bevor Nakamura die Ergebnisse der Spinoskopie vorlegte, fragte Steergard unvermittelt den Zweiten Piloten, wie er zu dem lateinischen Spruch gekommen sei, mit dem er die letzte Beratung geschlossen habe: »Nemo me impune lacessit.«

Tempe konnte sich nicht erinnern.

»Ich glaube nicht, daß du je Philologe gewesen bist. Eher hast du Poe gelesen, das ›Faß Amontillado‹.«

Der Pilot schüttelte zu diesen Worten Steergards ratlos den Kopf. »Möglich. Poe? Der Schriftsteller, der diese phantastischen Geschichten geschrieben hat? Das bezweifle ich eher. Übrigens erinnere ich mich nicht, was ich gelesen habe – vor meiner Zeit auf dem Titan. Ist das wichtig?«

»Das wird sich zeigen. Nun aber bitte die Ergebnisse.«

Nakamura kam abermals nicht dazu, den Mund aufzumachen, weil der Kommandant fragte: »Ist die Apparatur angegriffen worden?«

»Zweimal. Die GRACER haben ein paar Dutzend Raketen vernichtet. Die Holenbachschen Beugungen haben den Empfang der Spinogramme unterbrochen, ohne daß das Bild beeinträchtigt wurde.«

»Wo sind diese Raketen gestartet?«

»Auf dem betroffenen Kontinent, aber außerhalb des Katastrophengebiets.«

»Und genauer?«

»An vier Stellen, in einem Gebirgssystem fünfzehn Grad unterm Polarkreis. Die Abschußrampen liegen unter der Erde und sind durch eine Felsimitation verfestigt. Es gibt noch mehr davon – in den Meridiangürteln bis hin zum Wendekreis. Die Aufnahmen haben über tausend entdeckt. Es gibt sicherlich noch mehr, aber offenbar ließen sich nur die erkennen, die senkrecht zum Impulsfeld standen. Der Planet dreht sich, das Feld aber bleibt unbeweglich. Bei ständiger Spinoskopie wäre ein Bild ohne jeden Wert entstanden – wie das Röntgenbild eines Menschen, der sich während der Aufnahmen um sich selber dreht. Deshalb sind wir zu tomographischen Momentaufnahmen im Abstand von Mikrosekunden übergegangen. Bisher sind um die fünfzehn Millionen Bilder zusammengekommen. Ich wollte abwarten, bis die Quinta eine volle Umdrehung gemacht hat, und erst dann alle Bänder GOD übergeben ...«

»Ich verstehe«, meinte Steergard und führte den Gedanken zu Ende: »GOD hat die Aufnahmen noch nicht bekommen und noch nicht ausgewertet.«

»Im Ganzen noch nicht. Ich habe aber summarisch die stündlichen Agglomerate der Tomogramme durchgesehen.«

»Also immerhin etwas! Ich höre.«

»Astrogator, ich wünschte, Sie würden sich die schärfsten Spinogramme selber ansehen. Eine Beschreibung durch Worte kann nicht objektiv sein. Fast alles, was auf den Filmen zu sehen ist, bietet die Handhabe für eine bestimmte Interpretation, aber nicht für eine sichere Diagnose.«

»Gut.«

Sie standen auf, Nakamura schob einen Disc ins Videogerät. Dessen Bildschirm wurde hell, verwischte Streifen flimmerten darüber hin. Der Physiker hantierte an der Einstellung, das Bild wurde dunkel, und sie sahen ein kreisförmiges Spektrum mit einem runden schwarzen Fleck in der Mitte und mit einer ungleichmäßig erhellten Umgebung. Nakamura verschob das Bild, bis sich die Planetenoberfläche in der unteren Hälfte des Bildschirms befand. Über der Krümmung der undurchsichtig schwarzen Lithosphäre erstreckte sich in einem gleicherweise gewölbten Streifen ein weißlicher Dunst, der sich an der Berührungslinie mit dem Horizont verdichtete: die Atmosphäre mit winzigen Wolkenflöckchen. Der Physiker stellte das Spektrum von den leichten auf immer schwerere Elemente um. Die atmosphärischen Gase verschwanden wie weggeblasen, und die bisher undurchdringliche Schwärze der Festlandsplatte begann sich zu lichten.

Tempe, der zwischen Harrach und dem Kommandanten stand, war in die Betrachtung dessen versunken, was der Bildschirm zeigte. Mit der Planetenspinoskopie hatte er sich bereits an Bord der EURYDIKE vertraut gemacht, sie aber noch nie in einer so leistungsstarken Anwendung gesehen wie hier. Ein Nukleoskop astronomischer Reichweite nimmt den Planeten in den Griff von Magnetfeldern einer Gaußschen Intensität, die auf den Impulsgipfeln der Magnetosphäre eines Mikropulsars gleichkommt. Der Planet wird durchleuchtet, durch und durch, und die dank der Resonanz der atomaren Spins entstehenden Bilder können getrennt, zu Schichtbildaufnahmen gesondert werden, indem das steuerbare Feld auf die aufeinanderfolgenden Schichten des Himmelskörpers konzentriert wird, beginnend an der Oberfläche und immer tiefer dringend, bis in die immer heißeren Lagen des Mantels und des Kerns.

Wie das Mikrotom Schnittserien erstarrter Gewebe herstellt, die man dann nacheinander unterm Mikroskop betrachten kann, ermöglicht das Nukleoskop Aufnahmen, die Schicht für Schicht die innere Atomstruktur eines Himmelskörpers zeigen, wie es weder durch Funkortung noch durch Neutrinolotung erreichbar ist. Für den Radar ist der Planet überhaupt nicht durchsichtig, für den Neutrinostrom indessen allzusehr. Nichts als die magnetkohärente, vielpolige Spinoskopie erlaubt daher den Blick ins Innere kosmischer Körper – jedenfalls sofern sie, wie Monde und Planeten, erkaltet sind.

Gelesen hatte Tempe darüber genug. Die ferngebündelten Magnetpotentiale ordnen die Spins der Atomkerne entlang einer Kraftlinie, und nach Abschaltung des Feldes geben die Kerne die ihnen aufgezwungene Energie wieder ab. Jedes Element des Periodensystems schwingt in einer nur ihm eigenen Resonanz. Das im Rezeptor fixierte Bild wird zum nuklearen Porträt eines Querschnitts, auf dem Sextillionen Atome die Rolle der Pünktchen auf dem gewöhnlichen Druckraster übernehmen. Die Hochleistungsnukleoskopie hat den Vorteil, daß sie den durchleuchteten materiellen Objekten und also auch Lebewesen keinen Schaden tut, und sie hat den Nachteil, daß sich beim Einsatz solcher Energie die Quellen, von denen sie ausgestrahlt wird, nicht verbergen lassen.

Den Anweisungen der Physiker folgend, filterte GOD aus den Querschnittaufnahmen jeder Schicht die Spinogramme der Elemente, die für eine technologische Nutzung besonders geeignet sind. Diese Selektion ging von einer Prämisse aus, die nicht völlig zuverlässig, aber die einzig verfügbare war: einer – zumindest teilweisen – Analogie quintanischer und irdischer Technosphäre. In die Tiefe des durchleuchteten Planeten reichte ein sich undeutlich abzeichnendes Netz von Metallen der Vanadin-, Chrom- und Platingruppe, darunter Osmium und Iridium. Dicht unter der Oberfläche liegende Kupferstränge schienen auf Stromkabel hinzudeuten. Die Spinogramme des vom Lunoklasmus betroffenen Gebiets erwiesen chaotische Mikroherde der Verwüstung, und der Querschnitt des sternförmigen Gebildes, das man an Bord »Meduse« nannte, sah wie ein Trümmerfeld mit Spuren von Aktiniden aus. Dort fand sich auch Kalzium. Für die Ruinen von Wohngebäuden war es zuwenig, sedimentäre Versteinerungen wies der Boden überhaupt nicht auf, und so kam die Vermutung zustande, es handle sich um die Überreste von Millionen Lebewesen, die vor oder nach dem Tode radioaktiv verseucht worden sein mußten – ein beträchtlicher Prozentsatz des Kalziums war nämlich dessen Isotop, das nur in den Skeletten strahlenbelasteter Wirbeltiere entsteht. Diese Entdeckung, die zwar lediglich ein unsicheres Indiz bot, ließ bei ihrer ganzen Grausigkeit doch auch eine Prise Zuversicht zu. Bisher hatte man nicht wissen können, ob die Bevölkerung der Quinta aus lebenden Wesen oder womöglich aus nichtbiologischen Automaten, Erben einer erloschenen, ehemals lebendigen Zivilisation, bestand. Die makabre Hypothese war nicht auszuschließen, daß der Rüstungswettlauf, nachdem das Leben ausgetilgt und in seinen Resten in Bunker und Höhlen verdrängt worden war, von den mechanisierten Erben fortgesetzt wurde.

Ebendies hatte Steergard seit den ersten Zusammenstößen am meisten befürchtet, obwohl er über diese Konzeption nie auch nur ein Wort verlauten ließ. Er hielt einen Ablauf historischer Vorfälle für möglich, wo bei einer über Jahrhunderte reichenden Ausdehnung der Kampfhandlungen die lebendigen Streitkräfte durch Maschinen ersetzt werden – nicht nur, wie man sich bereits überzeugen konnte, im All, sondern auch auf dem Planeten selbst.

Kriegsautomaten, die keinen Selbsterhaltungstrieb besaßen und für den Kampf bis zur Selbstvernichtung vorgesehen waren, würden sich nicht so leicht dazu bringen lassen, Verhandlungen mit einem kosmischen Eindringling zu führen. Selbsterhaltung sollte das Ziel der Militärstäbe zwar selbst dann sein, wenn sie voll computerisiert sind, aber mit der ausschließlichen Direktive, im Laufe der strategischen Aktivitäten die Vorherrschaft zu erringen, würden auch sie sich nicht in die Rolle von Gesprächspartnern drängen lassen.

Die Chance hingegen, als Lebewesen mit einem anderen Lebewesen übereinzukommen, stand höher als Null, aber der Optimismus, der sich aus der Prüfung der Spinogramme, der möglichen Diagnostizierung einer Hekatombe, dem aus dem Verhältnis des Kalziums zu seinem Isotop ableitbaren Schluß auf Skelette beziehen ließ, war eher bescheiden – und doch auch mehr als nur ein frommer Wunsch.

Unter dem Vorbehalt, es handle sich meist nur um Vermutungen, bereitete Nakamura die kritischen Aufnahmen mit Erklärungen auf, die Piloten und der Kommandant hörten ihm zu. Mitten hinein schnurrte der Intercom. Steergard nahm den Hörer ab und meldete sich.

Die anderen hörten jemanden sprechen, ohne die Worte unterscheiden zu können.

Als es im Hörer still wurde, schwieg sich auch Steergard eine Weile aus, ehe er sagte: »Schön. Jetzt gleich? Bitte sehr, ich warte.« Er legte auf, wandte sich zu den anderen um und sagte: »Arago.«

»Sollen wir gehen?« fragte Tempe.

»Nein, nein. Bleibt hier.« Und wie gegen seinen Willen entrang sich seinen Lippen der Satz: »Zu einer Beichte wird das nicht werden.«

Der Dominikaner erschien ganz in Weiß, aber nicht im Ordenskleid. Er trug einen langen weißen Pullover, darunter aber – die dunkle Schnur, die sich von seinem Hals schlang, ließ es erkennen – das Kreuz. Als er der Versammelten ansichtig wurde, blieb er an der Schwelle stehen.

»Ich wußte nicht, daß Sie eine Beratung abhalten, Astrogator ...«

»Bitte nehmen Sie Platz, Hochwürden. Das ist keine Beratung. Die Zeit parlamentarischer Debatten und Abstimmungen ist vorbei.« Das schien Steergard selber allzu obsessionell geklungen zu haben, denn er setzte hinzu: »Mein Wille war es nicht, aber die Tatsachen sind härter als meine Wünsche. Setzt euch mal alle hin.«

Sie folgten der Aufforderung, denn sie war, obgleich mit einem Lächeln ausgesprochen, ein Befehl. Der Mönch war eigentlich auf ein Gespräch unter vier Augen vorbereitet gewesen, vielleicht hatten ihn auch Steergards Worte durch ihren kategorischen Klang betroffen gemacht.

»C'est le ton qui fait la chanson«, sagte der Astrogator, der die Ursachen für Aragos Zögern erriet. »Nur habe nicht ich diese Musik komponiert. Freilich, ich habe es versucht – pianissimo.«

»Und mit den Posaunen von Jericho nahm es ein Ende«, versetzte der Mönch. »Aber wollen wir es dieser musikalischen Periphrasen nun nicht genug sein lassen?«

»Selbstverständlich. Ich habe nicht die Absicht, mich im Kreise zu drehen. Vor einer Stunde ist Rotmont bei mir gewesen, und ich kenne den Inhalt der von GOD provozierten Unterhaltung, dieser ... Exegese. Doch nein, belassen wir es bei der Unterhaltung. Sie betraf die Astrobiologie.«

»Nicht nur«, merkte der Dominikaner an.

»Ich weiß. Darum frage ich, in welcher Eigenschaft ich den neuen Gast begrüßen darf: als Arzt oder als päpstlichen Nuntius?«

»Ich bin nicht Nuntius.«

»Mit oder ohne Willen des Heiligen Stuhls sind Sie es doch. In partibus infidelium. Und möglicherweise in partibus daemonis. Ich sage das im Zusammenhang mit einem denkwürdigen Ausspruch, den nicht der Doktor der Astrobiologie, sondern der Pater Arago bei Ter Horab auf der EURYDIKE getan hat. Ich war dabei, habe es gehört und mir gemerkt. Und jetzt höre ich Ihnen zu.«

»Ich sehe hier die gleichen Aufnahmen, die mir Rotmont erklärt hat. Es war tatsächlich GOD, der diesen meinen Überfall provoziert hat.«

»Die Kalzium-Hypothese?« fragte der Kommandant.

»Ja. Rotmont fragte ihn, ob die Linie, die sich in der Spektralanalyse bestimmter Punkte wiederholt, nicht etwa dieses Kalziumisotop ist. GOD konnte es nicht ausschließen.«

»Die Details sind mir bekannt. Wenn das Knochen waren, dann von Millionen. Gebirge von Leichen.«

»Der kritische Ort ist die große Agglomeration, sicherlich ein Wohnsitz der Quintaner«, sagte der Mönch. Er schien bleicher als gewöhnlich. »Um eine Menagerie mit einem Durchmesser von fünfzig Meilen dürfte es sich ja wohl nicht handeln? Folglich ist es zu einem Genozid gekommen. Der Friedhof eines Völkermords ist kein besonders günstiger Schauplatz für ein beispielloses Ereignis unserer Geschichte. Den Vätern des SETI-Projekts ging es nicht darum, Kontakt mit einer Vernunft auf einem Schlachtfeld aufzunehmen, das mit den Leichen der Gastgeber übersät ist.«

»Die Lage ist viel schlechter«, antwortete Steergard. »Nein, bitte lassen Sie mich ausreden. Ich wiederhole: Es ist viel Schlimmeres passiert als eine Katastrophe, die durch das Zusammentreffen von niemandem beabsichtigter Zufälle ausgelöst worden ist. Jene Spektrallinien können von Kalziumisotopen aus Skeletten stammen. Wir können das nicht mit hundertprozentiger Sicherheit ausschließen. Ich sagte, der Planet könne unser Ultimatum vor Ablauf der Frist beantworten, allerdings nicht mit Signalen. Aus dortiger, von extremem Argwohn geprägter Sicht konnte eine Gegenoffensive die Priorität gewinnen. Ich habe jedoch nicht angenommen, daß man in voller Absicht den kavitierten Mond auf sich selber stürzen läßt. Wir sind Völkermörder im Sinne der Maxime eines italienischen Ketzers geworden, der gesagt hat, daß von einem Übermaß an Tugend die Mächte der Hölle siegen.«

»Wie soll ich das verstehen?« fragte Arago konsterniert.

»Gemäß den Kanons der Physik. Wir haben die Zertrümmerung des Mondes als Nachweis unserer Überlegenheit angekündigt und ihnen versichert, diese siderale Operation werde ihnen keinen Schaden bringen. Da sie über Fachleute für Himmelsmechanik verfügen, wußten sie, daß sich ein Planet mit geringstem Energieaufwand sprengen läßt, wenn der in seinem Kern vorhandene Druck verstärkt wird. Sie wußten, daß nur eine genau im Zentrum der Mondmasse konzentrierte Explosion die Umlaufbahn der entstehenden Trümmer nicht verändert. Hätten sie unsere Sideratoren von der Sonnenseite des Mondes oder auf einer Tangente zur Umlaufbahn von vorn her abgefangen, so wären die Trümmermassen auf eine höhere Bahn gestoßen worden. Nur wenn unsere Geschosse auf der der Quinta zugewandten Halbkugel abgefangen wurden, konnten – und mußten sogar – die Folgen der exzentrischen Kavitation auf den Planeten selbst gezogen werden.«

»Wie soll ich das glauben? Wollen Sie behaupten, man habe dort unten mit unserer Hilfe Selbstmord begehen wollen?«

»Nicht ich, sondern die Tatsachen sagen das aus. Ich gebe zu, daß eine solche Interpretation ihres Verhaltens nach vernunftlosem Wahnwitz aussieht, aber der rekonstruierte Ablauf der Katastrophe offenbart deren Rationalität. Wir haben den Lunoklasmus begonnen, als die Sonne in Heparien auf- und in Norstralien unterging. Die ballistischen Raketen, die gegen unsere Sideratoren gerichtet waren, wurden in dem Teil Hepariens gestartet, der sich noch jenseits des Terminators befand, also dort, wo noch Nacht war. Sie brauchten fünf Stunden, um ins Periselenium zu gelangen und auf unsere Raketen zu treffen. Damit wir sie nicht rechtzeitig zerstören konnten, flogen sie auf einer elliptischen Bahn, von der sie etwa zwölf Minuten vor dem Lunoklasmus zum Mond niedergehen konnten. Es läßt sich nicht anders bezeichnen: Diese Geschosse lauerten den unseren auf und hielten sich dabei auf dem Ellipsenstück, das von der Quinta am weitesten entfernt und dem Mond am nächsten war. Sie alle griffen unsere Kavitatoren an, die schutzlos waren, da wir eine derartige Gegenaktion nicht für möglich gehalten haben. Ich habe selbst zunächst geglaubt, die Katastrophe sei durch falsche Berechnungen der Quintaner verursacht worden. Die Analyse des Ablaufs schließt jedoch einen Fehler aus.«

»Nein«, sagte Arago. »Das kann ich nicht begreifen. Obwohl … Moment … Heißt das, daß die eine Seite versucht hat, den Schlag wie einen Prallschuß gegen die andere zu richten?«

»Auch das wäre noch nicht das Schlimmste«, antwortete Steergard. »Aus der Sicht eines Generalstabs ist während des Krieges jedes Manöver vorteilhaft und ehrenwert, wenn es den Gegner trifft. Da ihnen aber weder die Leistung unserer Kavitatoren noch die Zeit, in der der Lunoklasmus erfolgen würde, und ebensowenig die Anfangsgeschwindigkeit der Mondtrümmer bekannt sein konnten, mußten sie damit rechnen, daß die Streuung der Gesteinsmassen auch ihr eigenes Territorium erfassen würde … Hochwürden wundern sich? Sie glauben mir nicht? Die *physica de motibus coelestis* ist der Kronzeuge in dieser Sache. Betrachten Sie den Sachverhalt bitte aus der Sicht von Generalstäblern in einem hundertjährigen Krieg. Über ihnen ist ein kosmischer Eindringling erschienen, der Myrtenzweige trägt, herzliche Beziehungen zu der fremden Zivilisation aufnehmen will und, statt Angriffe mit Angriffen zu vergelten, maßvolle Milde zu bewahren sucht. Er will nicht angreifen? Dann muß man ihn dazu zwingen! Wird die Bevölkerung des Planeten denn je erfahren, was wirklich los gewesen ist? Wie wird sie, nachdem sie massakriert wurde, an dem zweifeln können, was ihr die Regierenden sagen: Seht, der Eindringling ist ein rücksichtsloser Aggressor, dessen Grausamkeit keine Grenzen kennt. Hat er nicht die Städte zerstört? Hat er nicht *alle* Kontinente bombardiert und *zu diesem Zweck* den Mond zertrümmert? Die Opfer auf eigener Seite? Die gehen zu Lasten des Eindringlings. Wenn wir mitschuldig geworden sind, dann aus einem Übermaß edler Absichten, da wir eine solche Wendung der Dinge nicht vorausgesehen haben. Ein Rückzug nach alledem, was geschehen ist, hinterließe auf dem Planeten für unsere Expedition den Ruf des Versuchs einer mörderischen Invasion. Darum werden wir diesen Rückzug auch nicht antreten, Hochwürden. Das Spiel ging von Anfang an um einen hohen Einsatz. Die anderen haben ihn jetzt so erhöht, daß sie uns damit zum Weiterspielen zwingen.«

»Kontakt also um jeden Preis?« fragte der weißgekleidete Dominikaner.

»Um den höchsten, den wir uns leisten können. Ich habe Sie, Hochwürden, als den Apostolischen Gesandten mit der Bemerkung überrascht, an Bord sei es vorbei mit Demokratie und Abstimmungen, vorbei die Zeit, da man einander von Pontius zu Pilatus schickte. Ich halte daher eine Erklärung für angebracht, warum ich das alleinige Kommando und damit die gesamte Verantwortung für uns und für die anderen übernommen habe und das Spiel zu Ende führen will. Wünschen Sie, daß ich das tue?«

»Bitte sehr.«

Steergard trat an einen der Wandschränke, öffnete ihn und sagte, während er in den Fächern kramte: »Der Gedanke an einen nicht ortsgebundenen, in den Kosmos beförderten Krieg kam mir, nachdem wir jenseits der Juno die Wracks aufgefischt hatten. Er kam nicht mir allein, ich habe ihn nach dem Grundsatz ›primum non nocere‹ für mich behalten, um die Crew nicht mit Defätismus zu infizieren. Aus der Geschichte der Expeditionen, seien es nun die des Kolumbus oder die der Polarforscher gewesen, ist bekannt, wie leicht eine isolierte Gruppe sogar der besten Leute unter dem Einfluß einer Person der Selbstgefährdung verfallen kann, vor allem, wenn diese Person jemand ist, auf den man seine Hoffnung setzt, als wäre er aus besserem Stoff als die übrigen. Daher habe ich die schlimmste Eventualität nur mit GOD erörtert, und hier sind die Aufzeichnungen dieser Diskussion.«

Einer Schachtel, die innen ausgeschlagen war wie ein Futteral für Edelsteine, entnahm er einige Speicherkristalle und steckte eines in den Schlitz des Reproduktors. Seine Stimme begann den Dialog.

»Wie läßt sich Verbindung mit der Quinta aufnehmen, wenn es dort Blöcke gibt, die seit Jahren im Kampf miteinander stehen?«

»Gib die Grenzen der Entscheidungsspanne an. Ohne Ausgangscharakteristik ist eine strategische Durchrechnung nicht möglich.«

»Setze erst zwei, dann drei Gegner mit annähernd gleichen Kriegspotentialen voraus, als Höchstgrenze die Vernichtung aller im Falle der heißen Eskalation.«

»Die Daten sind immer noch nicht ausreichend.«

»Gib eine Minimax-Einschätzung in nichtnumerischer Näherung.«

»Es ist auch in Näherungswerten nicht bestimmbar.«

»Gib mir trotzdem ein stochastisch gültiges Alternativenbündel.«

»Das erfordert zusätzliche Voraussetzungen, sonst wird es willkürlich und ohne Beweiskraft sein.«

»Das weiß ich. Fang an!«

»An die zwei Antagonisten auf den gegenüberliegenden Kontinenten zwei Sender schicken. Im Infrarotfenster der Atmosphäre, in scharfer, punktgerichteter Kollimation. Gegen Radar getarnt, mit selbsttätiger Ausrichtung auf die planetaren Radiostationen. Diese Taktik nimmt als selbstverständlich an, was bereits zweifelhaft ist. Bereits im ersten Satz. Die Antagonisten können sich in dem von ihnen beherrschten Territorium sowohl horizontal als auch vertikal überschneiden.«

»Auf welche Weise?«

»Zum Beispiel wenn sie in die atomare Phase eingetreten sind und jeder durch Abschreckungstaktiken, durch die Androhung von Angriff oder Revanche die Bevölkerung des Gegners zu Geiseln gemacht hat, worauf man die Mittel von Schlag und Gegenschlag verfestigt hat und nach der Saturation unter die Erde gegangen ist. Die Territorien können unterirdische, tiefgebohrte und schichtenweise verstärkte Etagen sein. Das gleiche kann oberhalb der Atmosphäre vor sich gehen.«

»Wird durch eine derartige Expansion der Kontakt vereitelt?«

»Bei der vorgeschlagenen Taktik wird er vereitelt, weil er bei einer solchen Verteilung keine separaten Adressaten hat.«

»Nimm an, daß es keine sich gegenseitig untergrabenden Ansiedlungen gibt.«

»Wo soll die Grenze zwischen den Gegnern gezogen werden?«

»Den Meridian entlang mitten durch den Ozean.«

»Das ist das einfachste, aber vollkommen willkürlich.«

»Mach los!«

»Ich gehorche. Ich setze voraus, daß Sonden entsandt, Signale emittiert und diese Botschaften empfangen werden. Die anderen erhalten die übermittelten Codes und benutzen sie. Bei dieser Voraussetzung erhalte ich auf dem

Minimax eine Gabel. Beiden Seiten sollte entweder das aufrichtige Postulat eines Kontakts mit Neutralitätsgarantie oder das unaufrichtige Postulat des Kontakts mit Ausschließlichkeitsgarantie übermittelt werden.«

»Also jede Seite wissen lassen, daß wir uns auch an die andere wenden, oder aber versichern, daß wir nur sie zum Kontakt auffordern?«

»Ja.«

»Gib die Risikobelastung dieser Gabel.«

»Aufrichtigkeit bietet bessere Chancen bei Fehladressierung und schlechtere Chancen bei Fehladressierung. Unaufrichtigkeit bietet größere Chancen bei richtiger Adressierung und geringere Chancen bei richtiger Adressierung.«

»Das ist aber doch der reine Widerspruch.«

»Ja. Der Spielraum läßt sich nicht durch Minimax quantifizieren.«

»Zeig die Ursache dieses Widerspruchs.«

»Der Block, der der Ausschließlichkeit des Kontakts mit uns versichert wird, neigt zu einer positiven Reaktion, sofern er diese Ausschließlichkeit außerhalb unserer Botschaft selbst nachprüfen kann. Gelangt er hingegen zu der Auffassung, daß der andere Block unsere Botschaft abgefangen hat, oder erkennt – was noch schlimmer ist – er die Zwiegesichtigkeit unseres Spiels, so fallen die Chancen eines Übereinkommens auf Null. Es kann sogar zu einer negativen Wahrscheinlichkeit des Kontakts kommen.«

»Zu einer negativen?«

»Eine Absage wäre Null, einen negativen Wert gebe ich Antworten, die uns desinformieren.«

»Die Errichtung einer Falle?«

»Das ist durchaus möglich. Hier verzweigt sich die Gabel in die Fakultät. Eine Falle kann gestellt werden von nur einer Seite, von beiden unabhängig voneinander oder in zeitlich begrenztem Zusammenwirken, nachdem sie zu der

Ansicht gelangt sind, daß sie sich durch dieses zeitweilige Kooperationsbündnis, mit dem sie uns vernichten oder von dem Kontakt abschrecken wollen, einem geringeren Risiko aussetzen, als wenn sie anfangen, sich um die Ausschließlichkeit des Kontakts mit dem HERMES zu bemühen.«

»Was aber ist mit dem Einverständnis zum parallel erfolgenden separaten Kontakt?«

»Bei dieser Variante liegt gleich an der Wurzel ein Widerspruch. Um diese Parallelität zu erreichen, muß der Absender den Adressaten eine glaubwürdige Garantie seiner Neutralität geben. Du mußt also dein Wort geben, daß du dein Wort hältst. Ein Satz, der sich selbst rückkoppelt, kann sich nicht selbst bestätigen. Das ist eine typische Antinomie.«

»Woher nimmst du den Maßstab zur Gewichtung der dezisiven Verzweigungen?«

»Aus deiner Voraussetzung, daß es auf dem Planeten nur zwei Spieler gibt, die sich gegenseitig in Schach halten, sowie daraus, daß sie der Minimax-Regel folgen. Preis des Spiels ist für sie die Bewahrung des *Status quo ante fuit*, für uns aber der Kontakt durch Überwindung des Stillstands.«

»Genauer!«

»Es ist trivial. Ich setze zwei Imperien voraus – A und B. Die optimale Variante der Gabel ist für uns, daß beide Adressaten mit uns in Kontakt treten und jeder sich im Besitz des Monopols wähnt. Ist auch nur einer sich des Privilegs der Ausschließlichkeit nicht sicher, so sieht er damit das Monopol als zweifelhaft an. Nach den Regeln des Minimax wird er dem anderen den Abschluß einer Koalition gegen uns anbieten, weil er nicht die Chancen des Eintritts in eine Koalition mit uns kennt. Das ist ganz klar. In Kenntnis ihrer eigenen Geschichte kennen sie auch die Regeln ihrer Konflikte, während die uns eigenen Konfliktregeln für sie eine Unbekannte sind. Wenn wir einer beliebigen Seite das Angebot eines Bündnisses machen, wird es unglaubwürdig sein. Primo: Das Angebot einer Allianz ist absurd, wenn wir es an beide Gegenspieler richten. Secundo: Stellen wir uns auf eine der Seiten, so unterstützen wir sie. Damit antagonisieren wir aber die Gegenseite und gewinnen selber gar nichts weiter, als daß wir in den Kampf hineingezogen werden. Eine solche Strategie des Kontakts kann nur eine Zivilisation wählen, die aus Idioten besteht. Das ist sogar metagalaktisch wenig wahrscheinlich.«

»Ja. Sie können sich zeitweilig gegen uns verbünden. Was für ein Spiel gibt es dann?«

»Ein Spiel mit unbestimmbaren Regeln. Diese werden sich dem Ablauf gemäß herausbilden und verändern. Deshalb weiß man nicht, ob die Funktion des Gewinns positive Werte enthält. Das Spiel dürfte eher eine Nullsumme haben, da keiner der Spieler, uns eingeschlossen, einen Gewinn erzielt. Alle erleiden einen Verlust.«

»Das Risiko läßt sich nicht auf Null bringen, aber wo liegt das Minimum?«

»Ich habe keine ausreichenden Daten.«

»Dann mach es ohne sie.«

»Die Entladung von Frustrationen infolge unlösbarer Aufgaben liegt nicht im Bereich meiner Rechenkapazität. Verlange nichts Unmögliches, Kommandant. Der Baum der Heuräsie ist nicht Gottes Baum der Erkenntnis.«

In der Stille, die nach GODS letzten Worten eingetreten war, legte Steergard ein weiteres Kristall in den Reproduktor und erklärte, dies sei ein Ausschnitt aus dem Dialog, den er unmittelbar nach dem Lunoklasmus mit GOD geführt habe. Wieder tönte die Stimme der Maschine.

»Zuvor war das Risiko nur unberechenbar. Jetzt hat es die Stärke einer transfinalen, also überabzählbaren Menge gewonnen. Nach dem Minimax bleibt nur der Rückzug.«

»Kann man sie zur Kapitulation bringen?«

»Theoretisch ja, zum Beispiel durch die fortschreitende Beseitigung ihrer dem Krieg dienenden Technosphäre.«

»Durch die Destruktion sämtlicher Kampfmittel im gesamten Raum der Zeta?«

»Ja.«

»Wie stehen die Chancen des Kontakts bei solch einer Operation?«

»Minimal bei optimistischsten Voraussetzungen: daß unsere siderale Leistungsaufnahme störungsfrei verläuft; daß die Quintaner tatenlos zuschauen, während wir eine Haut nach der anderen von ihrer automachischen Zwiebel im All schälen; daß sie, all dieser Schalen beraubt, ihre Rüstung stagnieren lassen. In den Kategorien der Spieltheorie wäre das ein Wunder, etwa wie bei jemandem, der einen Hauptgewinn in der Lotterie macht, obwohl er gar kein Los gekauft, gar keine Zahlen besetzt hat.«

»Stelle die Varianten dar, wie man die Technosphäre ohne Wunder entwaffnen kann.«

»Die Kurve wird mindestens zwei Antiklinalen aufweisen. Entweder leisten sie offensiven oder defensiven Widerstand, oder die pazifikatorische Destruktion der kalten Sphäromachie facht den ständig schwelenden Konflikt auf dem Planeten an, und wir stoßen sie damit in den totalen Krieg.«

»Läßt sich die kosmische Automachie teilweise vernichten, ohne daß das Kräftegleichgewicht auf dem Planeten gestört wird?«

»Ja. Zu diesem Zweck müssen die orbitalen Kampfmittel in ihrer Zugehörigkeit erkannt und vernichtet werden, das heißt, das kosmische Militärpotential aller Gegenspieler ist im gleichen Maße zu reduzieren, damit das dynamische Gleichgewicht der Kräfte der Gegner nicht angetastet wird. Das setzt zwei Bedingungen voraus: Wir müssen die Reichweite erkennen, in der sie ihre Waffen im Kosmos beherrschen, den Radius also, in dem ihre Führung effektiv ist, und wir müssen die Kampfsysteme zunächst außerhalb dieser Reichweite identifizieren, um sie zu vernichten, nach Zerstörung des automachischen Bereichs diese Zivilisation aber ihres Besitzstands innerhalb der von ihr noch beherrschten Sphäre berauben. In abstracto ist es möglich, sie sozusagen nackt auszuziehen. Wenn wir jedoch Fehler bei der Identifizierung dessen machen, wer in der inneren Sphäre, im Bereich der operativen Einflußnahme über welche Mittel verfügt, so entfachen wir einen Konflikt auf dem Planeten, da wir die eine Seite zugunsten der anderen schwächen. Damit stoßen wir die Antagonisten aus dem labilen Gleichgewicht des Wettrüstens in den totalen Krieg. Kommandant, du entfernst dich und mich von der Wirklichkeit. Du suchst doch den Erfolg?«

»Selbstverständlich.«

»Worin soll dein Erfolg bestehen? In dem Kontakt? In dieser Modellform ist ein solcher Erfolgsbegriff aber nicht bestimmbar! Er hängt nicht nur davon ab, ob der HERMES außer mit der Sphäromachie auch mit der ganzen Produktion von Kampfmitteln fertig wird, die unablässig in den Kosmos befördert werden. Wir werden einen indirekten Kampf führen, indem wir nicht die Quintaner, sondern deren Waffen bekämpfen. Woher nehmen wir die Gewißheit, daß sie beim Einsatz neuer Techniken nicht die Quellen beherrschen lernen, die uns nähren – die sideralen?«

»Geh davon aus, daß sie es nicht schaffen.«

»Ich gehorche. Neben den Faktoren, die – als wirre technologische Mengen Minimax-Entscheidungen zulassend und also logisch der Optimierungsrechnung folgend – nachprüfbar sind, entscheiden über die Reaktion der Quintaner auch irrationale Faktoren, von denen wir nichts wissen. Wir wissen jedoch, welches Gewicht gerade solche Faktoren in der Geschichte der Erde hatten.«

Hier brach die Aufzeichnung ab. Nach kurzem Schweigen hörten die Versammelten den nächsten Dialog zwischen Steergard und der Maschine.

»Hast du eine Simulation der Gesellschaftsstrukturen vorgenommen?«

»Ja.«

»In allen vorgegebenen Varianten dieser Strukturen und ihrer Konflikte?«

»Ja.«

»Wie groß ist der Koeffizient, der sich aus der Differenz dieser Strukturen für unser Spiel um eine Verständigung ergibt? Nenne das Intervall der statistischen Wägbarkeit oder die modale Distribution des Einflusses, den die Differenzen auf die Chancen des Kontakts nehmen.«

»Der Koeffizient ist gleich Eins.«

»Für alle Simulate?«

»Ja.«

»Das heißt, daß die gesellschaftlichen Unterschiede der Antagonisten keinerlei Rolle spielen?«

»Ja. Die durch den dauerhaften Konflikt angetriebene technomachische Evolution wird zu einer vom Gesellschaftstyp unabhängigen Variablen, denn sie wird nicht von gesellschaftlichen Strukturen, sondern von der Struktur des Konflikts geformt. Fassen wir es genauer: In den frühen Phasen des Konflikts prägen die gesellschaftlichen Unterschiede die Taktiken der psychologischen Propaganda, der Diplomatie, der Spionage und des Rüstungswettlaufs. Die Einteilung des Staatshaushalts in militärische und außermilitärische Posten ist Funktion des Fundus von Argumenten, deren Werte von der gesellschaftlichen Struktur abhängig sind. Das zunehmende Streben nach Vorherrschaft im Konflikt nivelliert die Unterschiede im Fundus der Argumente und macht damit die Strategien der Gegenspieler einander ähnlich. Es entsteht ein Spiegeleffekt. Man kann einen Spiegel nicht dahin bringen, ausschließlich lockere, ungezwungene Haltungen zu reflektieren, alle anderen aber zu verschlucken. Ist die Höchstgrenze der Effektivität einer Abrüstung überschritten, beseitigt der weitere Wettstreit um die Vorherrschaft jede Abhängigkeit der Strategien der Gegenspieler von deren gesellschaftlichen Unterschieden. Diese Abhängigkeit ist dem Einfluß der menschlichen Muskelkraft auf die Zündung einer ballistischen Rakete zu vergleichen. Im Paläolithikum, im Höhlenzeitalter oder im Mittelalter war der muskulösere Gegner dem schwächer gebauten überlegen. Im Atomzeitalter kann eine Rakete von jedem Kind abgefeuert werden, sofern dieses nur aufs rechte Knöpfchen drückt.

Die Quintaner sind also nicht mehr Herren der von ihnen gewählten Strategie, im Gegenteil, sie werden von der Strategie beherrscht, die sich alle gesellschaftlichen Unterschiede, auf die sie traf, so unterworfen hat, daß sie nicht mehr voneinander zu unterscheiden sind. Wäre es nicht dazu gekommen, so hätte der Konflikt mit dem Sieg einer der Seiten geendet. Die Aktivität der Sphäromachie spricht gegen eine solche Annahme.«

»Nenne die optimalen Spielregeln für einen Kontakt bei solch einer Diagnose.«

»Die Führungszentren des Planeten wissen, daß die Katastrophe durch das Abfangen unserer Kavitatoren verursacht worden ist. Niemand außer ihnen konnte eine solche Aktion unternehmen.«

»Soll das heißen, daß die Sphäromachie ihnen innerhalb des Radius gehorsam ist, der die Mondumlaufbahn von der Quinta trennt?«

»Nicht unbedingt. Der Operationsbereich muß keine ideale Kugelgestalt haben, seine Grenze zu dem entfremdeten Raum nicht scharf und glatt gezogen sein.«

»Ziehst du daraus Schlüsse auf die persönliche Zusammensetzung der Stäbe?«

»Ich verstehe diese Implikation. Gewisse Angehörige der

Crew tragen sich mit Vorstellungen von nichtbiologischen Stäben, einem toten Planeten, auf dem nach dem Untergang der Quintaner Computer miteinander kämpfen. Das ist absurd. Computern fehlen zwar die Postulate der Autopräservation, aber sie handeln rational. Das bedeutet, daß sie sich an Minimax-Entscheidungen mit größtmöglichem Prognosevorlauf halten. Wenn die Funktion des *Gewinns* im Finale des Spiels die komplette Vernichtung ist, fällt der Minimax auf Null. Die Konzeption, die Computer seien übergeschnappt, verwerfe ich. Spektralanalysen und Spinogramme weisen übrigens auf das Vorhandensein lebender Wesen hin.«

»Na gut. Also?«

»In den Stäben gibt es Rechenmaschinen, aber auch Quintaner. Von den Folgen des Lunoklasmus sind sie nicht betroffen worden: In einem Konflikt von solcher Dauer und solchem Ausmaß ist nichts stärker geschützt als die Stäbe. Du weißt bereits, daß Verluste unter der Bevölkerung für die Regierenden kein Argument sind, das zur Aufnahme des Kontakts zwingt.«

»Nenne ein Argument, das unwiderleglich ist.«

»Genau darum geht es. Die Zeit ist reif, die Dinge beim Namen zu nennen. Mittelbarer Druck genügt nicht mehr, Kommandant. Du mußt direkt agieren, ohne Umschweife, und zwar so schnell wie möglich!«

»Den Stäben den Kampf ansagen?«

»Ja.«

»Mit einem massierten Schlag?«

»Ja.«

»Interessant. Du hältst die Austilgung vernunftbegabter Geschöpfe, die sich vernunftwidrig verhalten, für das beste Mittel, zu ihnen Kontakt aufzunehmen? Sollen wir auf dem Planeten als Archäologen einer von uns ausgerotteten Zivilisation landen?«

»Nein. Du mußt dem Planeten selbst einen sideralen

Schlag androhen. Sie haben gesehen, wie ihr Mond in Stücke ging.«

»Aber das wird doch nur ein Bluff. Wenn wir die Forderung nach dem Kontakt erneuern, können wir nicht die potentiellen Partner vernichten. Man braucht nicht besonders scharfsinnig zu sein, um das zu durchschauen. Sie werden alles für eine leere Drohung halten – mit Recht!«

»Es braucht keine völlig leere Drohung zu sein.«

»Den Eisring angreifen?«

»Kommandant, warum führst du, statt dich schlafen zu legen, nächtelange Gespräche mit einer Maschine, wenn du selber weißt, was zu tun ist?«

Der Reproduktor schwieg. Steergard steckte ein neues Kristall in den Schlitz.

»Nur noch ein wenig Geduld«, bat er. »Das ist schon das letzte Gespräch.«

Das Kontrollämpchen leuchtete blau, wieder ließ GOD sich vernehmen.

»Ich habe eine gute Nachricht für dich, Kommandant. Ich habe die Stabilität der Sphäromachie untersucht und bis an die Grenze der Prognosezuverlässigkeit in die Zukunft extrapoliert. Ungeachtet der Zahl der Gegner und des Diameters, den der Kampfraum erreicht, wird diese Zivilisation zugrunde gehen. Das einfachste Modell dafür ist ein Kartenhaus. Man kann es nicht beliebig hoch bauen, es wird irgendwann zusammenfallen – das ist so selbstverständlich, daß man dazu keine Berechnungen braucht.«

»Ein Kartenhaus? Und konkreter?«

»Die Holenbach-Theorie. Bei der Zunahme des Wissensstandes gibt es keine Personen, die unersetzbar wären. Hätte es Planck, Fermi, Lise Meitner, Einstein und Bohr nicht gegeben, so wären die Entdeckungen, die zum Bau der Atombombe führten, von anderen gemacht worden. Das von den Amerikanern errungene Monopol währte nur kurz und wurde gekontert. Mit Nukleargeschossen können sich die Gegner Jahrzehnte in Schach halten, sich an Zielgenauigkeit und Zerstörungskraft zu überbieten suchen. Die Siderologie bietet diese Chancen nicht. Zur Erkenntnis der nuklearen Reaktionen, der kritischen Masse und des Bethe-Zyklus geht es über eine Reihe von Schritten, die Sideraltechnologie hingegen wird auf einen Schlag erworben: Vor der Entdeckung des Holenbach-Intervalls weiß man nichts, hinterher aber alles! Solange die Rüstung umkehrbar, zwischen Krieg und Frieden die Verhandlung möglich ist, kann derjenige, der den nuklearen Trumpf entdeckt hat, sich dessen als höchster Farbe bedienen, aber er braucht sie nicht auszuspielen. Wer in der Phase der kosmischen Sphäromachie als erster die Siderologie entdeckt, setzt sie unverzüglich ein. Der Grund: Der Raum der Kriegsspiele, potentiell symmetrisch für konventionelle und atomare Bewaffnung, verliert mit dem Eintritt des sideralen Faktors die Zone seiner Stabilität. Auf dem Planeten kann man die Siderologie nicht als Druckmittel einsetzen. Die nichtexplosiven thermonuklearen Reaktionen haben sich wegen thermischer Plasmalecks und ungenügender Stabilität der sie bündelnden Felder lange Zeit der Kontrolle entzogen, jahrzehntelang galt der Erfolg als aussichtslos. Die Schwierigkeiten bei der Beherrschung der Gravitation sind ähnlich, allerdings in astronomischem Maßstab. Man kann nicht klein anfangen, erst aus der Uranpechblende das Isotop der Wertigkeit 235 heraussortieren, dann eine Kettenreaktion in überkritischer Masse in Gang setzen, Plutonium herstellen und damit den Zünder für die Hydrotrithbomben bekommen. Als Testplatz braucht man einen ganzen Himmelskörper. Der Phase der Siderologie geht die der Teratronanomalonen voraus. Darum habe ich mich gewundert, daß die Physiker sich darüber wunderten, was GABRIEL getan hat. Hätten die Quintaner ihn erwischt, wären sie bei seiner Demontage auf die Fährte Holenbachs gestoßen. GABRIEL sollte sich durch Teratron einschmelzen. Ich merke an, daß ich vorgeschlagen habe, ihm eine autodestruktive Ladung einzubauen.«

»Warum hast du das nicht genauer erklärt?«

»Ich bin nicht allwissend. Ich arbeite mit den Daten, die ich von euch bekomme. Deine Physiker, Kommandant, haben es für unmöglich gehalten, daß GABRIEL abgefangen wird, weil kein Objekt der Sphäromachie auch nur ein Zehntel seiner Antriebskraft aufgebracht hätte. Ich hatte Einwände, aber keine Beweise. Deine Physiker haben jene Unmöglichkeit aus der Luft gegriffen. Andererseits ist schwer zu sagen, ob es gut oder schlecht war, daß mein entfernter Verwandter, der in diesem GABRIEL steckte, diese Reaktionsschnelligkeit und diesen Einfallsreichtum entwikkelt hat. Hätte er sich in den Sack stecken lassen, wäre keine Rede mehr gewesen von irgendeinem Kontakt, sondern nur noch von der Wahl zwischen Rückzug und sideralem Schlagabtausch, bei dem die Quinta dann ein uns ebenbürtiger Spieler gewesen wäre. Selbst wenn man einen sideralen Schlag gegen den HERMES ausschließt, hätten wir doch mit voller Kraft die Flucht durch den Schutt der zusammenbrechenden Sphäromachie anzutreten gehabt. Das, was sie in fünfzig oder hundert Jahren ohnehin zum Einsturz gebracht hätte, wäre sofort in Gang gekommen. Der Machtblock, der durch GABRIEL die siderologische Aufklärung erfahren hätte, wäre jedem Gegner zuvorgekommen, hätte nicht abgewartet, bis ihm jemand ebenbürtig wäre, sondern sofort zugeschlagen.«

»Das ist Spekulation.«

»Gewiß. Aber sie ist nicht aus der Luft gegriffen. Ich vermute, daß jemand willens war, den Mond als Testplatz in Besitz zu nehmen. Er wußte noch nicht, daß kein Plasmotron die Energie zu liefern vermag, die das Holenbach-Intervall aufschließt. Wer immer denjenigen vom Mond vertrieb, hatte seinerseits nicht die Kräfte, sich dort festzusetzen. Dem König war Schach geboten worden, aber dieser König war ein halbwüchsiger Infant. Der andere Machtblock bot ebenfalls Schach. Ich weiß nicht, welcher Figur, jedenfalls einer solchen, durch die ein Patt entstand – auf dem Mond. Sonst ging das Spiel weiter.«

»Warum hast du das nicht früher in dieser Weise dargestellt?«

»Da du meine Ausführungen jetzt als Spekulation bezeichnet hast, hättest du sie vor dem Lunoklasmus als Hirngespinst abgetan. Wünschst du zu hören, in welcher Fassung ich die Geschichte der Quinta berichten würde?«

»Berichte!«

»Der Schlüssel zum kritischen Kapitel dieser Geschichte ist der Eisring. Bei voll beschleunigter Industrialisierung trug der Planet viele Staaten, allen voran eine starke Gruppe, die zusammenarbeitete und allen anderen weit voraus war. Es kam zur Eroberung des Weltraums und zur Nutzung der Kernenergie, gleichzeitig aber auch zu einer demographischen Explosion in den Staaten, die industriell schwächer waren und nur durch den Bevölkerungszuwachs zu den stärkeren gehörten. Die führenden Staaten entschlossen sich zu einer Vergrößerung des Siedlungsraums durch die Absenkung des Meeresspiegels. Die einzige Lösung war die Verbringung der Wassermassen in den Raum oberhalb der Atmosphäre. Die dazu verwendete Technik ist mir nicht bekannt, ich kenne nur solche, die nicht ausreichen würden. Diese Hunderte Kubikmeilen Wasser sind weder durch Raumschiffe noch direkt durch ein Pumpen- und Röhrensystem bewältigt worden. Ersteres hätte eine unaufbietbare Masse von Treibstoff und Transportgerät erfordert, letzteres ist nicht realisierbar, denn ehe die aufwärts schießenden Wassermassen – keine Wasser*fälle*, sondern Wasser*stiege* – die erste kosmische Geschwindigkeit erreichen, verdampfen sie durch die atmosphärische Reibung und kehren in ebendiese Atmosphäre zurück.

Dennoch gibt es etliche realisierbare Methoden, von denen ich nur eine nenne: In die Atmosphäre werden Kanäle nach Art der elektrischen Entladungen bei Gewittern geschlagen, und mit jedem Blitz, der vom Meeresufer auf synergetischer Bahn in die Thermosphäre schießt, wird Wasserdampf mitgerissen. Das ist sehr vereinfacht dargestellt. Man kann in der Atmosphäre eine Art elektromagnetisches Geschütz schaffen, das natürlich keinen Lauf hat, sondern aus Tunneln zentrifugal verlaufender Impulse besteht, die dem ionisierten Wasserdampf den Auftrieb geben. Dem Wasser können nichtthermische Dipoleigenschaften verliehen werden. Auf der Erde hat sich ein gewisser Rahman mit solcher Hydrotechnologie befaßt. Er wies nach, daß Wasser nur bis zur ersten kosmischen Geschwindigkeit beschleunigt werden kann, wodurch sich rings um den Planeten ein Eisring bildet. Dieser jedoch, so Rahman, sei nicht stabil, er müsse – bereits im All befindlich – beschleunigt werden, damit er zur Zentrifuge werde und in einem Zeitraum von zwei- bis vierhundert Jahren mit der zweiten kosmischen Geschwindigkeit zergehe. Andernfalls – bei einem Rückgang der Akzeleration im Vakuum oder bei Einstellung der Arbeiten – werde durch die Reibung mit den obersten Gasen der Atmosphäre mehr Wasser auf den Planeten zurückfallen, als zur gleichen Zeit in den Kosmos befördert werden kann. Lassen wir Einzelheiten jetzt beiseite, es ist genug, daß bereits von der EURYDIKE aus Veränderungen des Eisrings festgestellt wurden: ein allmählicher Schwund auf der dem Planeten zugewandten Seite und eine Abflachung und damit Erweiterung des äußeren Umfangs.

Das konnte für niemanden auf dem Planeten von Vorteil sein. Das zurückkehrende Wasser bringt mehr als nur Wolkenbrüche: Es bringt Regenzeiten im Tropengürtel, mit wechselnder, jahreszeitbedingter Konzentration des Niederschlagsmaximums – die Achse des Planeten weist gegenüber der Ekliptik eine ähnliche Neigung auf wie die der Erde. Das jährliche Mittel der Temperatur ging um zwei Grad Kelvin zurück: Der Eisschild hüllt die Tagesseite des Planeten in Schatten und reflektiert das Sonnenlicht.

Eine technische Havarie, wie sie ja immer möglich ist, wäre nach einiger Zeit behoben worden. Indessen gibt es nichts, was auch nur auf die Spur einer Reparatur hindeutete. Ein Versagen der planetaren Technologie kann also nicht die Ursache dafür sein, daß die Arbeiten eingestellt wurden. Diese Ursache ist anderswo zu suchen: in der politischen Zerstrittenheit dieser Zivilisation. Über die Ausgangsbedingungen wissen wir eines: Sie begünstigten das Projekt, das nicht anders realisiert werden konnte als in einer globalen Vereinigung der Kräfte, die sich nachher lockerte und löste. Die Epoche der Zusammenarbeit zumindest im technologischen Bereich hat etwa ein Jahrhundert gedauert. Abweichungen in der Größenordnung von ein bis zwei Jahrzehnten sind für die kritische Phase unwesentlich. Was hat die Abkehr von dem gemeinsamen Weg verursacht? Lokale Kriege? Wirtschaftskrisen? Das ist zu bezweifeln. Ein Ablauf politischer Angelegenheiten, der nicht zu rekonstruieren ist, wenn man ihn vom vorgefundenen Zustand aus zurückverfolgt, läßt sich nur in dem Modell der sogenannten Markow-Kette erfassen. Es ist ein stochastischer, schrittweiser Prozeß, der die eigenen Spuren verwischt. Aus dem, was kosmische Ankömmlinge im 20. Jahrhundert auf der Erde vorgefunden hätten, würden sie, falls sie keine Chronik zu Rate gezogen hätten, in keiner Weise zu einer Retropolation der Kreuzzüge gelangt sein.

Ich fülle diesen weißen Fleck mit folgender Eventualität aus: Der Zuwachs war bei den führenden Mächten ungleichmäßig. Der Keim des Antagonismus lag schon in der Zusammenarbeit. Die bewaffnete Vorherrschaft einer

Hauptmacht auf dem Planeten war unmöglich. Die Schwächeren waren an dem globalen Projekt beteiligt, bis die Kooperation von einer wirklichen zu einer illusionären wurde.

Der Antagonismus trat offen zutage, nicht unbedingt direkt, auch nicht durch eine Aggression. Vielleicht gab es mehr Machtblöcke, drei oder vier, aber für das ergodische Minimum genügen zwei, die sich gegenüberstehen.

Ein Rüstungswettlauf begann. Er verursachte zunächst die Einstellung der Arbeiten, die eine Dissipation des Eisrings im Weltraum zum Ziel hatten. Die dafür vorgesehenen Mittel und Kapazitäten wurden in die Rüstung gesteckt. Gleichzeitig machte es sich für die Supermacht, die bisher den Hauptbeitrag für das Projekt geleistet hatte, nicht mehr bezahlt, den Eisring so zu zerlegen, daß sein Zusammenbruch niemandem, keinem Kontinent Schaden tat: Aus dem positiven Fortgang der Arbeit hätte ja auch der Gegner Nutzen gezogen. Analog dachte und handelte ebendieser Gegner. Seither rührte keine der Seiten mehr an den Ring, obgleich dieser in Eislawinen auf den Planeten niederbrach. Man wurde damit nicht fertig, weil man so in die Rüstungsspirale gespannt war. Die weitere Eskalation trug diesen Wettlauf in den Weltraum.

So können Prolog und erster Akt ausgesehen haben. Wir sind mitten im darauffolgenden erschienen – und, ohne es zu ahnen, kopfüber mitten in eine vielschichtige Sphäromachie gesprungen, in deren Zentrum eine harmlose Sonne scheint.«

»Ich wiederhole meine Frage: Warum hast du diese Rückschau nicht früher angestellt? Du hattest oft genug Gelegenheit dazu.«

»An Bord sind vielfältige Versionen dessen in Umlauf, was ich hier gesagt habe. Sie werden privat oder nicht privat vorgebracht. Keine läßt sich beweisen. Die Grenzen der Phantasie sind viel weiter gesteckt als die der Begründung von Theorien. Die einzelnen Bruchstücke des Rätsels sind als Daten allmählich zusammengekommen. Solange es nicht viele waren, konnte man aus ihnen eine Unmenge von Puzzles bauen, indem man die weißen Flecken und die Lücken mit unbegründeten Spekulationen füllte. Ich bin eine kombinatorische Maschine. Wenn ich alle von mir durchgenommenen Varianten der Kombinatorik auf euch losließe, müßtet ihr wochenlangen Vorträgen zuhören, die vollgepfropft wären mit Vorbehalten ungewisser Glaubwürdigkeit. Außerdem erhielt ich Anweisungen, die deinen Befehlen widersprachen. Doktor Rotmont verlangte die Spinoskopie der Quinta. Ich habe ihm erklärt, daß sich eine solche Durchleuchtung mit der gesamten verfügbaren Leistung der Bordaggregate nicht verbergen läßt und sich damit die Chancen des Kontakts verringern. Da er darauf beharrte, entsandte ich leichte Spinoskope, die sich tarnen ließen. Du weißt darüber Bescheid, Kommandant. Rotmont hoffte etwas zu entdecken, was auf diese Weise nicht zu entdecken ist. Er hat nichts gewonnen, aber nicht ich habe ihn um seine Hoffnungen betrogen. Ich habe seinen Wunsch erfüllt, weil das keinen Schaden bringen konnte. Hypothesen, die nicht als Sprungbrett für reale Handlungen benutzt werden, können falsch, brauchen aber nicht verderblich zu sein.«

Das blaue Lämpchen erlosch. Nakamura und die Piloten saßen zwar mit am Tisch, genauso in die Sessel vergraben wie Steergard und Arago, schienen aber lediglich Zeugen zu sein, die sich in die ablaufende Szene nicht einmischen durften. Es war gerade so, als gälten sie nichts bei dieser Zusammenkunft.

»Das war die Erklärung«, sagte Steergard. »Hochwürden haben einmal bemerkt, die Angelegenheit liege in guten Händen. Ich habe mir eine Antwort nicht deswegen versagt, weil dem Gepriesenen Schweigen geboten ist, sondern weil ich wußte, wie sehr die Begriffe von Gut und Böse uns voneinander scheiden. Die Wahl des nächsten Schrittes ist von mir bereits getroffen. Keiner von uns hat Einfluß darauf, was geschehen wird. Auch ich nicht. Ich möchte keinem der Anwesenden zu nahe treten, aber die Zeit rücksichtslosen Handelns ist auch eine Zeit rücksichtsloser Offenheit. Unser Zweiter Pilot hat eine Dummheit gesagt. Wir sind nicht hergekommen, um jemanden zu fordern, und wir lassen uns nicht auf das Duell ein, um die Ehre der *Erde* zu verteidigen. Wäre es so, dann hätte ich die Leitung dieses Aufklärungsunternehmens nicht übernommen. Der Mensch kann nur wenig erfassen und im Bewußtsein behalten. Deshalb löst sich in seinem Vorstellungsvermögen ein großes Unternehmen in Teile auf. Deshalb können die Mittel so schnell das Ziel verdunkeln und selber zum Ziel werden.

Als ich das Kommando übernahm, verlangte ich zuerst Zeit zur Besinnung, um mich zurückzuziehen und die gigantische Menge tausendfältiger Mühsal von CETI und SETI zu erfassen. Millionen Arbeitsstunden, die Arbeit der Raumschiffbauer, die Flüge zum Titan, Beratungen in den Hauptstädten auf der Erde, die in den Banken angehäuften Fonds, alles als Ausdruck einer Hoffnung, die keine billige Sensation für Boulevardblätter war, Gremien, die eine Unmenge Varianten des Kontakts durchspielten, um eine verläßliche, optimale, zum Ziele führende zu finden. Ich habe darüber nachgedacht, um mir bewußt zu werden, daß ich – gleichgültig, ob auf der EURYDIKE oder dem HERMES – ein winziges Wesen in einem menschlichen Termitenbau bin, der sich in den unermeßlichen Weiten des Universums verloren hat, und daß ich damit eine Aufgabe übernehme, die über meine Kräfte, über die Kräfte wohl eines jeden Menschen geht. Sich zu verweigern wäre leichter gewesen. Als ich einwilligte, wußte ich nicht, was uns erwartete. Ich wußte nur, daß ich meine Pflicht so tun würde, wie es die Notwendigkeit erheischt. Neuerliche Beratungen würde ich nicht einberufen, um unsere Aktionen zu perfektionieren, sondern um die Last loszuwerden, die auf mir ruht: die Verantwortung wenigstens teilweise den anderen aufzuladen. Ich bin zu der Ansicht gelangt, daß ich dazu nicht das Recht habe. Daher habe ich die Entscheidung allein getroffen. Niemand kann mehr beeinflussen, was geschehen wird, aber jeder hat weiterhin das Recht auf Meinung und Stimme. Vor allem Sie, Hochwürden.«

»Sie wollen diesen Ring zertrümmern?«

»Ja. Die Apparatur wird in der Heckhalle bereits montiert.«

»Die Zertrümmerung wird den Ring von dem Planeten wegschleudern?«

»Nein. Trillionen Tonnen werden auf den Planeten stürzen. Sie werden zu groß sein, um zu schmelzen, und treffen die am stärksten gesicherten Orte. Außerdem werden die oberen Schichten der Atmosphäre weggefegt. Dadurch geht der Druck auf Normalnull um etwa hundert Bar zurück. Das wird eine Warnung sein.«

»Es ist Mord.«

»Gewiß.«

»Zur Erzwingung des Kontakts um einen solchen Preis?«

»Nein. Der Kontakt ist inzwischen ein zweitrangiges Problem. Es wird ein Versuch sein, sie zu retten. Sich selbst überlassen, treten sie in das Holenbach-Intervall ein. Sind Sie in die Geheimnisse der Sideristik eingeweiht, Hochwürden?«

»Nur so weit, wie ein Laie es sein kann. Astrogator, Sie gründen einen Völkermord auf eine Hypothese? Eine Hypothese, die nicht einmal von Ihnen, sondern von einer Maschine stammt?«

»Außer Hypothesen haben wir überhaupt nichts. Die Maschine aber hat mir geholfen, in der Tat. Mir ist freilich die Idiosynkrasie bekannt, die der *animus in machina* in der Kirche hervorgerufen hat.«

»Ich verspüre sie nicht. Für Ihre Erklärung, Astrogator, will ich mich mit meiner Ansicht revanchieren. Der Mensch nimmt oftmals nicht wahr, was Außenstehende erkennen. GOD sprach von einer Vereinheitlichung der Methoden, mit denen sich die Gegner auf der Quinta bekämpfen. Das gilt auch für Sie.«

»Das verstehe ich nicht.«

»Sie haben das bisherige Verfahren in dem Gefühl liquidiert, daß der Parlamentarismus durch Absolutismus ersetzt werden muß. Ich zweifle nicht an der Redlichkeit Ihrer Absichten. Sie wollen die gesamte Verantwortung für die weiteren Schritte ganz allein übernehmen. Damit sind Sie durch einen Spiegeleffekt den Quintanern erlegen – nämlich durch die Brutalität der getroffenen Entscheidungen. Auf Schläge wollen Sie mit Schlägen antworten. Da die Stäbe sich am stärksten befestigt haben, wollen Sie sie am stärksten treffen. Damit ordnen Sie – ich gebrauche absichtlich Ihre eigenen Worte – die bisherige Struktur der Beziehungen zwischen den Leuten an Bord des HERMES der Struktur der betriebenen Strategie unter.«

»Das war ein Ausdruck von GOD.«

»Um so schlimmer. Ich behaupte nicht, daß die Maschine Sie in Ihren Entscheidungen dominiert, ich sage nur, daß auch diese Maschine zum Spiegel geworden ist. Er vergrößert Ihre durch Frustration verursachte Aggressivität.«

Steergard zeigte zum erstenmal Überraschung, sagte aber nichts.

Der Mönch fuhr fort: »Militärische Operationen erfordern autoritäre Stäbe. Auf dem Planeten ist nichts anderes passiert. Wir jedoch sollten uns nicht in solche Aktionen einschalten.«

»Ich denke nicht an einen Krieg mit der Quinta. Das ist eine Unterstellung.«

»Es ist leider die Wahrheit. Man kann Krieg führen, ohne daß man ihn erklärt oder ihn so nennt. Wir sind nicht zum Schlagabtausch, sondern zum Austausch von Informationen hergekommen.«

»Darauf würde ich gern eingehen, aber wie?«

»Das liegt auf der Hand. Glücklicherweise wird an Bord nicht das Prinzip des militärischen Geheimnisses geübt. Ich weiß, daß in den Hallen ein Sonnenlaser gebaut wird, der den Planeten treffen soll.«

»Nicht den Planeten direkt. Den Eisring.«

»Und die Atmosphäre, die der lebenspendende Teil des Planeten ist! Ein solarischer Laser – die Physiker nennen ihn Solaser – kann statt für völkermordende Schläge zur Übermittlung von Informationen benutzt werden.«

»Wir haben Hunderte von Stunden damit zugebracht, ihnen Informationen zu übermitteln. Ergebnislos.«

»Es ist eine wahrhaft wunderliche Situation, daß ausgerechnet ich eine Möglichkeit sehe, die die Fachleute mitsamt einer supergescheiten Maschine nicht erkannt haben: Für den Empfang der von unserem Satelliten, dem Botschafter, ausgesandten Signale waren Spezialanlagen notwendig, Antennen, Decoder und so weiter. Ich kenne mich in der Funktechnik nicht aus, kann mir aber denken, daß im Kriegsfalle, wenn ein solcher auf der Quinta eingetreten ist, sämtliche empfangsfähige Funkanlagen unter militärische Aufsicht gestellt worden sind. Die Empfänger sind also die Generalstäbe, nicht die normalen Bewohner der Quinta. Wenn die Bevölkerung überhaupt von unserer Ankunft in Kenntnis gesetzt worden ist, dann in dem Sinne, wie Sie ihn dargestellt haben: verlogen und hinterhältig, damit wir in den Augen der Quintaner als imperialistische Invasionsflotte erscheinen, mit einem Wort, als grausame Feinde. Sie jedoch, Kommandant, werden diese Lügen mit Hilfe des Solasers zur Wahrheit machen.«

Steergard hörte voller Verwunderung zu, mehr noch, seine bisherige kategorische Selbstsicherheit schien zu bröckeln.

»Das habe ich nicht bedacht.«

»Weil es zu simpel ist. Spieltheorie, Minimax, Quantisierung des Entscheidungsspielraums – zusammen mit GOD haben Sie sich auf ein so hohes Niveau geschwungen, Mensch und Maschine haben sich gegenseitig die Schwingen für einen so kühnen Flug angeheftet, daß von dort aus nicht mehr die kleinen Taschenspiegel zu sehen sind, mit denen Kinder die Sonnenstrahlen tanzen lassen. Der Solaser kann ein solcher Spiegel für die ganze Quinta sein, er liefert ja ein Glitzern, das heller ist als der Sonnenschein. Jeder, der nur den Kopf hebt, wird es bemerken.«

»Pater Arago«, sagte Steergard und beugte sich weit über den Tisch, »selig sind die geistig Armen, denn ihrer ist das Himmelreich! Ich gebe mich geschlagen, Sie haben mir Prügel verabreicht, wie sie nicht einmal GOD von unserem Piloten bezogen hat. Wie sind Sie daraufgekommen?«

Der Dominikaner lächelte. »Als kleiner Junge habe ich mit Spiegeln gespielt. GOD indessen ist nie ein Kind gewesen.«

»Als Übermittlung einer Information ist das prima«, warf Nakamura ein. »Aber werden die Leute dort, selbst wenn sie es verstehen, auch antworten können?«

»Vor der Empfängnis war die Verkündigung«, sprach Arago. »Vielleicht vermögen sie nicht so zu antworten, daß wir es verstehen. Mögen wenigstens sie uns eindeutig verstehen.«

Tempe, der den Mönch mit unverhohlener Bewunderung angesehen hatte, konnte nicht länger an sich halten. »Das war das Heureka! Und die werden doch dort auch Spiegel haben, Spiegel werden auch in Kriegszeiten nicht eingezogen!«

Der Mönch schien das nicht gehört zu haben, er war mit einem Gedanken beschäftigt. Leise, zögernd, sagte er: »Meine Herren, ich habe eine Bitte, die Sie hoffentlich nicht beleidigt. Ich möchte dem Astrogator einige Worte unter vier Augen sagen, falls er einverstanden ist.«

»Bitte sehr. Wir haben bei Ihnen eine Schuld aufgenommen, Pater. Kollege Nakamura, bitte veranlassen Sie die entsprechenden Umstellungen, damit der Solaser auch ein Scanning der Quinta vornehmen kann. Neben den optischen wird es informatorische Fragen geben. Eine solche Signalisation setzt bei den Empfängern eine elementare Bildung voraus.«

Als der Physiker mit den Piloten gegangen war, stand Arago auf.

»Bitte verzeihen Sie mir, was ich hier zu Anfang gesagt habe, Astrogator, ich war in der Überzeugung hergekommen, Sie allein anzutreffen. Ich schätze die Idee mit den Spiegelchen nicht allzu optimistisch ein. Ich hätte sie auch auf weniger hohem Niveau anbringen können und hatte sogar die Absicht, es zu tun: als Vorschlag eines Nichtfachmanns zur Beurteilung durch die zuständigen Experten. Eine solche Signalisation kann total mißraten oder uns gar vom Regen in die Traufe bringen. Sie ist schon von der Anlage her anthropozentrisch. Zuerst waren Sie empört und beleidigt, dann aber erleichtert.«

»Nehmen wir es an. Worauf wollen Sie hinaus?«

»Nicht auf geistlichen Zuspruch. Wenn Sie die technische Seite dieses Versuchs erarbeiten wollen, werden Sie und die anderen auch GOD einschalten müssen.«

»Selbstverständlich. Er stellt die Berechnungen an und so weiter. Was ist denn dabei? Er baut das Programm auf und steckt die Grenzen des Möglichen ab. Sie halten ihn doch wohl nicht für den *advocatus diaboli*?«

»Nein, nein, auch ich trete ja hier nicht als *doctor angelicus* auf. Muß ich Ihnen übrigens versichern, daß ich Christ bin?«

Steergard fühlte sich erneut überrumpelt bei dieser Wendung, die das Gespräch nahm. »Worauf wollen Sie hinaus?« wiederholte er seine Frage von vorhin.

»Auf die Theologie. Um Ihnen das Verständnis zu erleichtern, übersetze ich sie in einen Wortschatz, der nicht nur weltlich ist, sondern aus meinem Munde geradezu lästerlich klingen muß. Vor meinem Gewissen rechtfertige ich mich mit der beispiellosen Situation, in der wir uns befinden. Die Sprache der Physik ist Ihnen geläufiger als religionskundliche Hermeneutik. In der Übertragung auf den Begriffsapparat der Physik entspricht die Vielgestaltigkeit des Sacrums den verschiedenen Spektralbändern der Materie, die im gesamten Universum allgegenwärtig und überall dieselbe ist. Um in diesem Vergleich zu bleiben, kann man sagen, daß es neben einem Spektrum der Körper ein Spektrum der Glaubensrichtungen gibt. Es erstreckt sich vom Animismus über Totemismus und Polytheismus bis hin zum Glauben an einen persönlichen Gott. Das irdische Band meines Glaubens enthält ihn als eine Familie, die menschlich und göttlich zugleich ist. Wissen Sie von den Auseinandersetzungen, die das SETI-Projekt in der Theologie ausgelöst hat, vor allem, seit die Suche nach den anderen diese Expedition hervorbrachte?«

»Ehrlich gesagt, nein. Meinen Sie, ich hätte davon wissen sollen?«

»Durchaus nicht. Für mich indessen war es eine Pflicht. Die Meinungen in meiner Kirche gingen weit auseinander. Die einen behaupteten, die Verdorbenheit der Natur der Geschöpfe könne universell sein und eine solche Universalität gehe weit über den irdischen Begriff ›katholikos‹ hinaus. Es seien Welten möglich, in denen es nicht zum Opfer der Erlösung gekommen sei und die deshalb der Verdammnis preisgegeben seien. Andere waren der Ansicht, die Erlösung – als durch Gnade verliehene Wahl zwischen Gut und Böse – sei überall aufgetreten. Dieser Streit schuf der Kirche Gefahr. Organisatoren und Teilnehmer der Expedition waren mit ihrer Arbeit beschäftigt und daher unbeeindruckt von den Sensationen, die die Auflagen der Zeitungen in die Höhe schnellten. Verbrechen und Sex hatten sich abgenutzt, die Expedition der EURYDIKE aber warf als Nebenprodukt neuen Stoff ab. Als Spielereien, originell und belustigend dadurch, daß das *credo quia absurdum* einen Faktor gewonnen hatte, der es recht wirkungsvoll kompromittierte. Als Vision ungezählter Planeten mit einer Menge von Äpfeln des Paradieses dort, wo keine Apfelbäume wuchsen, von Oliven, die auch Gottes Sohn nicht verfluchen würde, weil dort keine Olivenbäume wuchsen, von Divisionen Pilatussen, die ihre Hände in Milliarden Schüsseln in Unschuld wuschen, Wäldern von Gekreuzigten, Meuten von Judassen, unbefleckten Empfängnissen bei Geschöpfen, deren Fortpflanzungsapparat einem solchen Begriff gar keinen Raum läßt, weil die Vermehrung nicht durch Kopulation erfolgt – mit einem Wort, die Multiplikation des Evangeliums mit allen Zweigen sämtlicher galaktischer Spiralen machte unser Credo zur Karikatur, zur Parodie des Glaubens. Wegen solcher arithmetischer Bubenstreiche sind der Kirche viele Gläubige davongelaufen.

Warum bin ich geblieben? Weil das Christentum vom Menschen mehr verlangt, als es verlangen kann. Es verlangt nicht nur den Verzicht auf alle Grausamkeit, Niedertracht und Lüge. Es fordert Liebe, auch gegen die Grausamen, die Lügner, Henker und Tyrannen. *Ama et fac quod vis* – dieses Gebot ist unumstößlich. Bitte wundern Sie sich nicht allzusehr über eine solche Katechese an Bord dieses Raumschiffs. Es ist meine Pflicht, über die Aussichten dieses Erkundungsunternehmens hinauszublicken, das vernunftbegabte Wesen zusammenbringen soll, die einander fremd sind. Sie, Kommandant, haben andere Pflichten. Ich versuche das zu veranschaulichen: Stünden Sie in einem überfüllten Rettungsboot und Ertrinkende, für die kein Platz mehr ist, klammerten sich an die Bordwand, so würden Sie ihnen, um die Gefahr des Kenterns abzuwenden, die Hände abschneiden. Nicht wahr?«

»Ich fürchte, ja. Wenn Rettung anders nicht möglich wäre.«

»Das unterscheidet uns voneinander. Es bedeutet, daß Sie nicht umkehren werden.«

»Ja. Ich verstehe das Gleichnis mit dem Rettungsboot. Ich werde nicht warten, bis es kentert. Ich werde diese Zivilisation mit allen Kräften zu retten versuchen, die ich aufbieten kann.«

»In letzter Konsequenz auch mit einem Genozid?«

»Jawohl.«

»Damit sind wir wieder am Ausgangspunkt. Mir ist es gelungen, diese letzte Konsequenz hinauszuzögern. Mehr nicht. Ist es nicht so?«

»Ja.«

»Sie wollen Leben retten, indem Sie Leben nehmen?«

»Darin liegt ja eben der Sinn Ihres Gleichnisses, Pater Arago. Ich wähle das kleinere Übel.«

»Indem man zum Mörder wird?«

»Ich weise diese Bezeichnung nicht zurück. Es kann sein, daß ich gar niemanden rette, daß ich uns ebenso verderbe wie die Quintaner. Aber ich wasche meine Hände nicht in Unschuld. Wenn wir zugrunde gehen, wird die EURYDIKE davon erfahren. Die Mitteilung, wie sich der Fall verhält und daß ich einen Rückzug ausgeschlossen habe, ist bereits unterwegs.«

»In meiner Eschatologie gibt es ein kleineres Übel nicht«, sagte Arago. »Mit jedem getöteten Lebewesen geht eine ganze Welt zugrunde. Deswegen bietet die Arithmetik der Ethik keine Maßstäbe. Das Böse, das nicht mehr rückgängig zu machen ist, liegt außerhalb jeder Meßbarkeit.« Er stand auf. »Ich will Sie nicht länger Ihrer Zeit berauben, sicherlich wollen Sie die Unterhaltung fortsetzen, die ich unterbrochen habe.«

»Nein. Ich will jetzt allein sein.«

XIV
Das Märchen

Die Schotte, die gewöhnlich die beiden Hallen im Heck des HERMES trennten, waren weggenommen, ihre stählernen Wände nach mittschiffs geschoben worden. Nur die breiten Bahnen der nichtgleitenden Lager, die sich dunkel vom Metallboden des zylindrischen Raums abhoben, wiesen auf ihren bisherigen Standort hin. Das riesige Innere glich einem Hangar, der von einem Zeppelin unwahrscheinlicher Größe verlassen und einem anderen Zweck zugeführt worden war. Auf dem Kran, der an die fünfundzwanzig Stockwerke über den Gleisen der eingefahrenen Schotte von Steuerbord nach Backbord lief, gleich unter der gewölbten Decke, hingen wie weiße Fliegen die beiden Piloten, Harrach und Tempe, beide angeschnallt, damit sie in der Schwerelosigkeit nicht von einem stärkeren Luftzug von ihrem Platz geweht werden konnten. Eigentlich ließ sich auch gar nicht sagen, ob sie, obgleich es ihnen so vorkam, nach unten blickten.

In dem gigantischen, menschenleeren Raum schritt gleichmäßig, schnell und unaufhörlich die Arbeit voran. Emailleglänzende, gelbe, blaue oder schwarze Automaten streckten ihre drehbaren Greifer zur Seite und nach vorn, beugten sich reihenweise wie bei einer total durchsynchronisierten Gymnastik auf und nieder, griffen nach hinten, wo andere ihnen die Bauteile zureichten.

Sie bauten den Solaser. Es war eine siebartig durchbrochene Konstruktion von den Dimensionen eines Torpedoboots. Das zur Hälfte fertiggestellte Skelett sah aus wie der zusammengelegte, spiralenförmig gebogene Regenschirm eines Riesen, überzogen nicht mit Stoff, sondern mit übereinandergelegten Segmenten, spiegelnden Schuppen. Dadurch erinnerte das Gerät auch an einen vorsintflutlichen Fisch oder einen ausgestorbenen Meeressaurier, dessen Knochengerüst nicht von Paläontologen, sondern von Maschinen zusammengesetzt wurde. In dem von den Piloten entfernter liegenden Vorderteil, wo der Koloß seinen Kopf hatte, sprühten in Tausenden Fähnchen bläulichen Rauchs die Funken – die Wicklungen der Anker blitzten vom Laserschweißen.

Der Solaser war als mit Sonnenenergie gespeister Photonenwerfer projektiert gewesen, und der eilig umprogrammierte Montagekomplex baute ihn zu einem Spiegel um, mit dem sich Funkelspielchen treiben ließen – dies allerdings im Terajoule-Bereich!

Die Konzeption war ursprünglich der Befürchtung der Physiker entsprungen, ein neuerlicher Einsatz der Sideraltechnologie könne mit deren spezifischen, nicht nur die Gravitation betreffenden Effekten dem Planeten Hinweise bieten, die nicht wünschenswert waren, weil sie die Waffenmeister auf die Spur lenken konnten, die zum Holenbach-Intervall führte. Darum hatten sie auf die schon etwas veraltete Technik der Radiationsumformer zurückgegriffen. Der Solaser sollte, vor der Sonnenscheibe hängend, deren chaotische, weil alle Wellenbereiche umfassende Strahlung mit fächerförmig ausgebreiteten Rezeptoren auffangen und in eine monochromatische Ramme verwandeln. Fast die Hälfte der aufgenommenen Energie diente dem Solaser zur Kühlung, ohne die er von der Sonnenglut sofort verdampft wäre. Die effektive Leistung reichte dennoch aus, daß die Säule gebündelten Lichts, deren Durchmesser am Strahleraustritt zweihundert Meter und auf der Bahn der Quinta wegen der unvermeidlichen Streuung das Dreifache betrug, die Kruste des Planeten durchfahren konnte wie ein heißes Messer ein Stück Butter.

Unter diesem weitreichenden Feuerschlag wäre die kilometerstarke Schicht der ozeanischen Gewässer bis zum Grunde aufgerissen. Der allseits auf diesen Abgrund einschießende Strudel wäre für das Lichtschwert nicht fühlbar gewesen. In den Wolken des siedenden Ozeans, neben dem der Pilz einer thermonuklearen Explosion ein Tröpfchen gewesen wäre, hätte sich der Solaser durch die unterseeische Platte und die gesamte Lithosphäre bohren und in die Quinta bis auf ein Viertel ihres Radius eindringen können.

Niemand hatte die Absicht, eine solche Katastrophe hervorzurufen. Der Solaser sollte den Eisring und die Thermosphäre des Planeten streifen. Als man auch das verworfen hatte, zeigte sich, daß es gar nicht so schwer fiel, das Lichtgeschütz in einen Signalisator zu verwandeln. El Salam und Nakamura wollten auf Kosten geringstmöglichen Umbaus zwei Aufgaben zugleich lösen:

Alle möglichen Adressaten mußten gleichzeitig und lesbar erreicht werden. Ein solcher – wenngleich einseitiger – Kontakt setzte als selbstverständlich voraus, daß der Planet von Geschöpfen bewohnt war, die mit einem Gesichtssinn und ausreichender Intelligenz begabt waren, um den Inhalt der Botschaft verstehen zu können.

Die erste Bedingung hing nicht von den Absendern ab. Sie konnten Geschöpfen, die keine Augen besaßen, solche nicht verschaffen. Die zweite Bedingung erforderte von den Absendern keinen geringen Einfallsreichtum, zumal die Regierenden der Quintaner es bestimmt nicht wünschten, daß die kosmischen Eindringlinge sich mit der Bevölkerung direkt verständigten. Die Signalisation sollte daher die Wolkendecke durchstoßen und als Lichtregen auf allen Kontinenten des Planeten niedergehen. Die geschlossene Bewölkung war dem Zweck insofern günstig, als niemand, der auch nur eine Prise Vernunft besaß, die einfallenden Lichtnadeln für Sonnenstrahlen halten würde.

Die härteste Nuß war die Form der Mitteilung. Unsinn

wäre es gewesen, das Alphabet zu senden, irgendwelche Zahlen, universelle physikalische Konstanten der Materie zu übermitteln. Der Solaser lag startbereit in der Heckhalle, aber es tat sich nichts. Physiker, Informatiker und Exobiologen steckten in der Zwickmühle. Sie hatten alles – nur kein Programm. Es gibt keine Codes, die sich selbst erklären. Man sprach bereits davon, die Farben des Regenbogens zu benutzen: die Farben unterhalb des Violett als düstere, der optisch in der Mitte liegende, hellere Streifen, das Grün als üppig sprießendes Leben wie bei den Pflanzen, das Rot, das Aggressivität anzeigt – ja, aber das waren alles nur Assoziationen für Menschen! Ein Code jedoch als Folge von Signaleinheiten mit konkreter Bedeutung läßt sich aus den Spektralfarben nicht herstellen.

Da gab der Zweite Pilot seine drei Groschen dazu. Man solle den Quintanern ein Märchen erzählen. Den Wolkenhimmel als Bildschirm benutzen. Über jedem Kontinent eine Serie von Bildern ablaufen lassen. »Obstupuerunt omnes«, sagte danach der bei diesem Vorschlag anwesende Arago. Die Experten waren schlichtweg platt.

Tempe hakte nach: »Wäre es denn technisch möglich?«

»Technisch ja. Aber lohnt sich das überhaupt? Ein Schauspiel am Himmel ... Was soll man da aufführen?«

»Ein Märchen«, wiederholte der Pilot.

»Blödsinn«, regte sich Kirsting auf, der zwanzig Jahre seines Lebens dem Studium der Kosmolinguistik geopfert hatte. »Mit Comics kannst du Pygmäen oder australischen Ureinwohnern was vormachen. Alle menschlichen Rassen und Kulturen haben gemeinsame Merkmale. Auf der Quinta aber gibt es keine Menschen.«

»Das macht nichts. Sie haben eine technische Zivilisation und führen Krieg schon im All. Das heißt, daß sie vorher mal eine Faustkeilzivilisation hatten und auch da schon Krieg führten. Auch Eiszeiten hat es auf diesem Planeten gegeben, als man noch keine Häuser oder Wigwams baute und also in Höhlen hockte. An die Wände malte man Fruchtbarkeitssymbole und die jagdbaren Tiere, damit es Glück brachte. Es war Zauber, also ein Märchen. Das erfuhren sie allerdings erst später, nach Jahrtausenden, von den Gelehrten. Solchen wie Doktor Kirsting. Wollen wir wetten, Doktor, daß die Leute dort wissen, was Märchen sind?«

Nakamura konnte sich das Lachen nicht länger verbeißen, die anderen schlossen sich an, nur Kirsting nicht. Dieser, Exobiologe und Kosmolinguist in einer Person, gehörte dennoch nicht zu den Leuten, die ihren Standpunkt um jeden Preis zu verteidigen suchen.

»Was weiß ich«, meinte er zögernd. »Wenn dieser Einfall nicht blödsinnig ist, mag er vielleicht genial sein. Nehmen wir also an, wir führen ein Märchen auf. Aber was für eins?«

»Das geht mich schon nichts mehr an. Ich bin kein Paläoethnologe. Was den Einfall angeht, so stammt er nicht nur von mir. Doktor Gerbert hat mir schon auf der EURYDIKE einen Band phantastischer Erzählungen geliehen, in dem ich hin und wieder lese. Wahrscheinlich ist mir das deshalb in den Sinn gekommen ...«

»Paläoethnographie?« dachte Kirsting laut nach. »Habe ich kaum geschnuppert. Und ihr?«

Es gab an Bord keinen Fachmann für dieses Gebiet.

»Vielleicht trägt GOD etwas davon in seinem Gedächtnis«, sagte der Japaner. »Man müßte einfach aufs Geratewohl suchen. Ein Märchen eignet sich wohl nicht, es muß eher ein Mythos sein, am besten ein gemeinsames Element, ein Motiv, das in den ältesten Mythen auftritt.«

»Vor der Zeit des Schrifttums?«

»Natürlich.«

»Ja, aus den Anfängen der Protokulturen«, erklärte sich Kirsting einverstanden, der jetzt sogar Feuer gefangen hatte, sogleich aber wieder vom Zweifel heimgesucht wurde: »Wartet mal, sollen wir den Quintanern etwa als Götter erscheinen?«

Arago verneinte.

»Das wird sehr schwierig werden, ebendeswegen, daß wir nicht unsere Überlegenheit und auch nicht uns selber offenbaren sollten. Es geht um eine Botschaft des Guten, um die Frohe Botschaft. Ich jedenfalls lege das dem Vorschlag unseres Piloten bei, denn Märchen pflegen ja ein gutes Ende zu nehmen.«

So begannen Beratungen zweierlei Art: einerseits Erwägungen, welche Merkmale der Erde und der Quinta gemeinsam waren – Eigenschaften der Lebensumwelt und der in ihr entstandenen Pflanzen und Tiere –, andererseits die Herausfilterung derjenigen Legenden, Mythen, Überlieferungen, rituellen Praktiken und Sitten, die über Jahrtausende wechselnder historischer Epochen Dauer bewiesen, unauslöschlichen Sinn bewahrt haben.

In der ersten Gruppe der wahrscheinlichen Invarianten befanden sich: Zweigeschlechtlichkeit, die bei Wirbeltieren mit hoher Gewißheit auftreten mußte; die Ernährung der Tiere und also auch der vernunftbegabten Geschöpfe auf dem festen Land; der Wechsel von Tag und Nacht und damit von Sonne und Mond sowie von warmen und kalten Jahreszeiten; die Existenz von Pflanzen- und Fleischfressern als der Voraussetzung für die Entstehung von Beute- und Raubtieren, solchen also, die gefressen werden, und solchen, die fressen (eine Universalität des Vegetarismus war außerordentlich zu bezweifeln). Falls sich alles so verhielt, war bereits in der Protokultur die Jagd aufgetreten. Kannibalismus als Selbstverzehr, der Fang von Geschöpfen der eigenen Art, ist im Eolithikum oder Paläolithikum eine mögliche, aber nicht absolut gewisse Erscheinung, so oder so bildet die Jagd jedoch einen Universalbegriff, da sie der Entwicklungstheorie zufolge das Wachstum der Vernunft begünstigt.

Die Entdeckung, daß die Affenmenschen, die Primaten unter den Tieren, die blutige Phase der Prädatisierung als dem Mittel zur Beschleunigung des Gehirnzuwachses durchlaufen haben mußten, war einst auf heftigen Widerspruch gestoßen und für eine diffamierende Unterstellung gegen die Menschheit, eine misanthropische Ausgeburt des Denkens der Fürsprecher einer natürlichen Evolution erachtet worden, noch viel beleidigender als die von ihnen vertretene Verwandtschaft des Menschen mit dem Affen.

Die Archäologie hatte jene These jedoch bestätigt, nachdem sie unwiderlegliche Beweise zu ihren Gunsten zusammengetragen hatte. Das Fleischfressen führt zwar nicht alle Raubtiere zur Intelligenz, es müssen sich viele spezifische Umstände erfüllen, damit es so weit kommt. Den Raubechsen des Mesozoikums fehlte viel bis zu einer Begabung mit Vernunft, es weist auch nichts darauf hin, daß die damals führenden Reptilien eine menschenähnliche Intelligenz erlangt hätten, wenn sie nicht zwischen Kreidezeit und Trias von einer Katastrophe ausgerottet worden wären, die ein riesiger Meteorit ausgelöst hatte, indem er durch eine globale Abkühlung des Klimas die Nahrungsketten unterbrach. Für die Quinta jedoch war nicht zu bezweifeln, daß es dort vernunftbegabte Wesen gab. Die kritische Frage war nicht, ob sie aus dortigen Reptilien oder einer Art entstanden waren, wie es sie auf der Erde nie gegeben hatte. Kritisch war der Typ ihrer Fortpflanzung. Gehörten sie aber weder zu den Plazentariern noch zu den Beuteltieren, so wurde ihre Zweigeschlechtlichkeit durch die Genetik bewiesen, der zufolge die biologische Evolution einer Vermehrung in dieser Form den Vorzug gibt.

Das, was der rein biologische, in den Fortpflanzungszellen enthaltene Code der Nachkommenschaft verleiht, eröffnet keine Chancen einer Kulturogenese, denn dieser Code macht Veränderungen der Arten nur in einem Tempo möglich, das auf Jahrmillionen berechnet ist. Die

Beschleunigung der Gehirnzunahme erfordert eine Reduzierung der Instinkte, wie sie biologisch vererbt werden, zugunsten von Lehren, wie man sie von den Eltern erwirbt. Ein Wesen, das zur Welt kommt und dank dem angeborenen genetischen Programm »alles oder fast alles« fürs Überleben Notwendige weiß, kann sich vortrefflich zu helfen wissen, wird aber die Lebenstaktiken nicht radikal umzustellen vermögen. Wer das aber nicht kann, ist nicht vernunftbegabt.

Am Anfang waren also auch hier die Zweigeschlechtlichkeit und unweigerlich die Jagd. Um diese Anfänge aber wuchs eine Protokultur. So ist deren zweigliedriger Keim und Kern beschaffen.

Wie aber prägt er die Protokultur, wie offenbart er sich? In der auf diese Glieder gerichteten Aufmerksamkeit: dem Gebrauch des Geschlechts und dem Gebrauch der Jagd. Bevor die Schrift entstand, bevor man Methoden fand, die eine Benutzung des Körpers in nur tierischer Form hinter sich ließen, übertrug die von der Jagdkunst geforderte Geschicklichkeit die realen Abläufe in Bilder – noch keine Symbole, sondern als magische Aufforderung an die Natur, das Ersehnte zu geben. Als Abbilder, gemalt, weil sie malbar waren, in Stein gehauen als Ebenbilder dessen, was in Stein zu hauen ging und was man erwünschte.

Und so weiter. GOD folgte diesen Voraussetzungen und führte die gestellte Aufgabe aus: Ein in einer Bilderfolge konkretisierter Mythos sollte auf sexuelle und jagdliche Abläufe gestimmt werden, eine Erzählung, eine Mitteilung, ein Schauspiel. Die Akteure: die Sonne, ein Tanz vor dem Hintergrund von Regenbögen, Verneigungen. Das aber war der Epilog: Am Anfang stand der Kampf. Wer kämpfte da? Geschöpfe, nicht deutlich zu sehen, aber aufrechter Haltung. Genau solche. Überfall und Kämpfe, beendet durch einen gemeinsamen Tanz.

Der Solaser wiederholte dieses »planetare Schauspiel« in

einigen Varianten drei Tage und drei Nächte lang, mit kurzen Pausen, die Ende und Anfang signalisieren sollten. Die Kollimation war so fokussiert, daß sich das Bild an dem Wolkenhimmel des Planeten über jedem Kontinent, bei Tage und bei Nacht, in Blickweite zeigte, also mit der Beschränkung auf den zentralen Teil des Wolkenbildschirms.

Harrach und Polassar blieben bei ihrer Skepsis. Nehmen wir an, es wird gesehen und sogar verstanden. Na und? Haben wir nicht ihren Mond zertrümmert? Das war eine weniger fröhliche, dafür um so aussagekräftigere Vorstellung. Nehmen wir dennoch an, sie betrachteten es als Geste der Friedfertigkeit. Wer? Die Bevölkerung? Was gilt während eines hundertjährigen Krieges im All die Meinung der Bevölkerung? Sind die Pazifisten auf der Erde jemals obenauf gewesen? Was können sie tun, um sich bemerkbar zu machen – nicht gegen uns, sondern wenigstens gegen ihre eigenen Regierungen? Bringe den Kindern die Überzeugung bei, daß der Krieg etwas Häßliches ist. Was kommt dabei heraus?

Statt Genugtuung über seinen Einfall verspürte Tempe lähmende Sorge. Um sich ihrer zu entledigen, unternahm er einen Ausflug. Der HERMES war eigentlich ein menschenleerer Riese – der bewohnte Teil mitsamt den Steuerräumen und Labors steckte in einem Kern von der Größe höchstens eines sechsstöckigen Hauses. Es gab dort außer der Lastverteileranlage noch Krankenzimmer, einen unbenutzten kleinen Beratungsraum, unter diesem die Messe mit automatischen Küchen, weiterhin eine Erholungs- und Fitneßabteilung mit Trainingssimulatoren und einem Schwimmbecken, das allerdings nur gefüllt war, wenn das Raumschiff es erlaubte – wenn es nämlich einen ausreichenden Schub entwickelte, damit das Wasser nicht in ballongroßen Tropfen in der Luft herumschwebte. Es gab auch ein halbovales Amphitheater, das ebenfalls der Unterhaltung und Zerstreuung dienen sollte, aber niemals auch nur von einer Menschenseele aufgesucht wurde. Alle diese Bequemlichkeiten, die die Erbauer so bieder zum Wohle der Besatzung eingerichtet hatten, erwiesen sich als fünftes Rad am Wagen. Wem sollte es auch in den Sinn kommen, sich die raffiniertesten holographischen Spektakel anzusehen? Für die Crew schien dieser Teil des Mitteldecks nicht zu existieren – möglicherweise wurde er ignoriert, weil er angesichts der Ereignisse der letzten Monate der blanke Hohn war. Der Projektionssaal und das Schwimmbad sollten ebenso wie die Vergnügungsabteilung – dort fehlte es weder an einer Bar noch an Pavillons wie auf einem kleinstädtischen Lunapark – durch architektonische Raffinesse die Illusion eines Lebens auf der Erde verstärken, doch hatten hier – wie Gerbert behauptete – die Projektanten versäumt, sich mit Psychologen zu beraten: Unhaltbare Illusionen werden als Schwindel empfunden. Auch Tempe machte auf seinem Ausflug einen Bogen um diese Attraktionen.

Zwischen der Residenz der Kundschafter und dem Außenpanzer des Raumschiffs zog sich nach allen Richtungen ein Raum, der längs der Stringer und Holme von Bordwand und Kiel mit Schotten verbaut und mit einer Masse arbeitender und ruhender Aggregate vollgestopft war. Man betrat diesen Raum durch hermetisch schließende Klappen an beiden Enden des Decks, zum Heck hin jenseits der sanitären Anlagen, zum Bug hin vom Flur des oberen Steuerraums. Den Zutritt ins Innere des Hecks verwehrte ein dicht verschlossenes, kreuzweise verriegeltes Tor mit ständig brennender roter Leuchtschrift – dort ruhten in unzugänglichen Kammern in scheinbarer Erstarrung die Sideralumformer, Kolosse, in der Leere schwebend wie das legendäre Grab Mohammeds, getragen von unsichtbaren magnetischen Kissen.

Die Sperre zum Bugraum aber durfte durchschritten werden, und dorthin lenkte der Pilot seine Schritte.

Er mußte durch den Steuerraum, und dort traf er Harrach bei einer Beschäftigung an, die ihn unter anderen Umständen belustigt hätte: Der diensthabende Kollege, der etwas trinken wollte, hatte die Büchse zu energisch geöffnet und jagte nun, schräg unter der Decke schwebend, einer gelben Kugel von Orangensaft hinterher, die sich wie eine große Seifenblase wiegte. Harrach trug einen Strohhalm im Mund, um das Getränk aufzusaugen, ehe es ihm ins Gesicht klatschte. Tempe blieb stehen, damit die Kugel durch den Luftzug nicht in Tausende Tropfen zerstob. Erst als Harrach der Fang geglückt war, schwang er sich mit geübtem Stoß in die gewünschte Richtung.

Die ganze sonstige Koordination der Bewegungen geht bei Schwerelosigkeit zum Teufel, aber Tempe hatte die alte Erfahrung längst zurückgewonnen. Er brauchte keine bewußte Anstrengung, als er die Beine wie ein Bergsteiger in einem Felskamin einstemmte, um die beiden Schraubräder zu öffnen, die die Klappe zuhielten. Wer sich nicht auskannte, hätte wahrscheinlich einen Purzelbaum geschlagen bei dem Versuch, diese Speichenräder loszudrehen, die an jene erinnerten, wie sie an Banktresoren verwendet werden. Rasch schloß Tempe wieder hinter sich die Klappe, denn obgleich die Bugschotte ebenfalls mit Luft gefüllt waren, wurde diese nicht erneuert und war von den bitteren Ausdünstungen der Chemikalien geschwängert wie in einem Industriebetrieb.

Der Pilot sah vor sich einen Raum, der sich nach hinten verengte, schwach erhellt von langen Reihen von Leuchtröhren, an der Bordwandseite von doppelten Gitterspreizen durchzogen. Ohne Hast tauchte er hinein, passierte, sich an den bitteren Geschmack in Mund und Rachen gewöhnend, die oxydierten Korpusse der Turbinen und Kompressoren, die Thermogravitatoren mit ihren Podesten, Umgängen und Treppen. Geschickt glitt er um die gewaltigen, dickwandigen Rohrleitungen, die wie Bogenpfeiler zu den Behältern mit Wasser, Helium oder Sauerstoff führten, mit ausladenden Kragen, mit Kränzen von Schrauben. Auf einem dieser Kragen ließ Tempe sich nieder wie eine Fliege. Das war er in der Tat: eine Fliege im Bauch eines stählernen Wals. Jeder der Behälter war höher als ein Kirchturm. Eine Leuchtröhre, die einen Defekt hatte, flimmerte regelmäßig, und in diesem schwirrenden Licht wurden die oxydierten Wölbungen bald dunkel, bald wieder hell wie mit Silber bestäubt. Tempe fand sich hier gut zurecht. Von den Schotten mit den Vorratsbehältern schwebte er nach vorn, wo in dem massiven Mantel der mittleren Etage im Licht eigener Lampen die Nukleospin-Aggregate glänzten. Sie waren an Portalkränen aufgehängt, die Austrittsöffnungen verspundet.

Plötzlich wehte ihn eisige Kälte an, und er erblickte die bereiften Heliumleitungen der Kryotronanlagen. Der Frost war so stark, daß sich Tempe vorsichtshalber am nächsten Griff festhielt, um nicht an diese Rohre zu kommen, an denen er augenblicklich festgefroren wäre. Er hatte hier nichts zu tun, und ebendeswegen kam er sich vor wie auf einem Ausflug. Vage wurde er sich einer Genugtuung bewußt, die diese düstere, menschenleere Öde, die von der Stärke des Raumschiffs zeugte, in ihm weckte. In den unteren Lagerräumen waren Schreitbagger verankert, leichtere und schwerere Landefähren, reihenweise grüne, weiße und blaue Container für die Werkzeugabteilung und die Reparaturautomaten. Direkt am Bug standen zwei Großschreiter mit gewaltigen drehbaren Kapuzen anstelle der Köpfe.

Durch Zufall oder Absicht geriet Tempe in den starken Luftstrom aus den Sieben der thermischen Ventilation, und er wurde zu den Backbordspanten des Innenpanzers getragen, die als Brückenpfeiler hätten dienen können. Er nutzte den Schwung geschickt, vielleicht ein bißchen zu kräftig aus, um sich abzustoßen. Wie ein Turmspringer flog er, den Kopf voran, eine verlangsamte Schraube drehend, auf das Geländer der blechgedeckten Buggalerie zu. Er liebte diesen Platz. Mit beiden Armen zog er sich auf das Geländer – vor sich hatte er die ganze Million Kubikmeter des Laderaums im Vorderschiff.

Weit hinten in der Höhe glommen die drei grünen Lichter über der Klappe, durch die er hereingekommen war. Unten – jedenfalls zu seinen Füßen, die wie stets in der Schwerelosigkeit etwas unbequem Überflüssiges waren – hatte er selbststeuernde Luftkissenfahrzeuge auf Plattformen, die an jetzt eingeklappten Rampen festgemacht waren. In den Bug mit seinem gewaltigen Schild führte – einem Geschützlauf unwahrscheinlichen Kalibers gleichend – der Tunnel des Ausstoßrohrs.

Tempe hatte sich kaum hingesetzt, als ihn wieder jene Unruhe befiel, eine unbegreifliche Ernüchterung, ein aus unbekannter Quelle stammendes Gefühl – der Vergeblichkeit? Des Zweifels? Der Furcht? Wovor aber hätte er sich fürchten sollen? Heute, zu dieser Stunde und selbst hier an diesem Ort konnte er sich nicht einer inneren Lähmung erwehren, wie er sie wohl nie zuvor verspürt hatte. Nach wie vor sah er vor sich dieses Riesenwerk, das ihn mit einem winzigen Bruchteil seiner Stärke durch die bodenlose Ewigkeit trug, getrieben von einer Kraft, die heißer als die Sonne in den Reaktoren bebte. Dies war für ihn die *Erde*, die ihn zu den Sternen entsandt hatte, hier war die *Erde*, ihre Vernunft, zu Energie geronnen, die man den Sternen entzog. Hier war die *Erde*, nicht in den Salonräumen mit ihrer dummen Gemütlichkeit und dem Komfort, der für furchtsame Knaben bereitet schien. Hinter seinem Rücken spürte der Pilot den Panzer mit der vierfachen Außenhaut, unterteilt von energieschluckenden Kammern, in denen sich ein Stoff befand, der bei einem Schlag hart wie Diamant, auf besondere Weise aber auch schmelzfähig war, eine Substanz, die mit ihrer Eigenschaft, sich selbst wiederherzustellen, das Raumschiff zu einem Organismus machte, der tot und lebendig zugleich war und die Fähigkeit besaß, sich zu regenerieren.

Auf einmal überkam es ihn wie eine Erleuchtung, er fand das rechte Wort für das, was in ihm erwacht war: Verzweiflung.

Eine Stunde später erschien er bei Gerbert, dessen Kabine, von den anderen separiert, am Ende des zweiten Zwischendecks lag. Der Arzt mochte sie gewählt haben, weil sie geräumig war und die eine Wand ganz aus Glas bestand – ein einziges großes Fenster, das auf das Gewächshaus hinausging. Dort gediehen nur Moose, Gras und Liguster, und zu beiden Seiten des Hydroponikbeckens wuchsen die graugrünen Stachelkugeln von Kakteen. Bäume gab es nicht, nur Haselgesträuch, dessen Gerten den großen Andruck während des Fluges aushielten. Gerbert schätzte sehr dieses Grün vor seinem Fenster und nannte es seinen Garten. Man konnte vom Flur aus eintreten und sich zwischen den Rabatten ergehen, freilich nicht ohne Gravitation. Überdies hatte die durch den nächtlichen Angriff neulich ausgelöste Erschütterung manche Verwüstung hinterlassen. Gerbert, Tempe und Harrach hatten Mühe gehabt, von den geknickten Pflanzen wenigstens das zu retten, was zu retten war.

Einem Beschluß zufolge, den die SETI-Experten noch während der Vorbereitung der Expedition gefaßt hatten, beobachtete GOD das Verhalten aller Männer des HERMES, um als Psychiater ihren Zustand zu begutachten. Das war niemandem ein Geheimnis.

Es ging darum, ob der lang anhaltende Streß, dem die ausschließlich auf sich selbst angewiesenen Menschen ausgesetzt waren, keine Abweichungen von der geistigen Norm in den Formen bewirkte, wie sie typisch sind für die Psychodynamik von Gruppen, die jahrelang von allen gewöhnlichen familiären und sozialen Bindungen abgeschnitten werden. In dieser Isolation kann es zu Störungen selbst bei einer Persönlichkeit kommen, die vorher absolut ausgeglichen und gegen alle Gemütserschütterungen gefeit schien. Die Frustration schlägt in Depression oder Aggressivität um, wobei die Betroffenen sich dessen fast nie bewußt werden.

Die Anwesenheit eines Arztes an Bord, auch wenn er in der Psychologie und ihren Störungen beschlagen war, konnte eine Diagnose pathologischer Symptome nicht garantieren, denn er konnte ja selber einem Streß unterworfen sein, der über die Kraft des tüchtigsten Charakters ging. Auch Ärzte sind nur Menschen. Das Programm eines Rechners hingegen zeichnet sich durch Unnachgiebigkeit aus, wird also wirksam sein, einen objektiven Diagnostiker und unerschütterlichen Beobachter abgeben, selbst wenn es zur Katastrophe kommen und das ganze Raumschiff zugrunde gehen sollte.

Diese Sicherung der Kundschafter vor kollektiver Geistesverwirrung barg allerdings die Gefahr eines geradezu unüberwindlichen Widerspruchs. GOD sollte demnach gleichzeitig Untergebener und Oberhaupt der Crew sein, er sollte Befehle ausführen und den Geisteszustand der Befehlsgeber überwachen. Damit erhielt er den Status eines folgsamen Instruments und eines apodiktischen Vorgesetzten. Von seiner ständigen Kontrolle war auch der Kommandant nicht ausgenommen. Das Problem steckte darin, daß das Wissen von einer Aufsicht, die rechtzeitig geistige Traumata aufdecken sollte, selbst zu einem Trauma wurde. Dagegen fand aber niemand ein Heilmittel. Hätte GOD diese Funktion ohne Wissen der Menschen ausgeübt, so hätte er sich spätestens dann verraten müssen, wenn er die Überwachten über die von ihm konstatierten Abweichungen unterrichtete – dies aber wäre keine Psychotherapie, sondern ein Schock gewesen. Der Teufelskreis hatte sich nicht anders durchbrechen lassen als durch eine Rückkopplung der Verantwortlichkeit von Mensch und Computer. GOD übermittelte, wenn er es für notwendig hielt, seine Diagnose zuerst dem Kommandanten und Gerbert und blieb damit Berater ohne weitere Initiative. Natürlich akzeptierte diesen Kompromiß niemand mit Begeisterung, aber niemand, die seelen- und geisteskundlichen Maschinen eingeschlossen, fand einen besseren Ausweg aus dem Dilemma. GOD, ein Computer der letztmöglichen Generation, war keinen Emotionen unterworfen, er war ein zu höchster Potenz getriebener Extrakt rationalen Tuns ohne Beimischung von Affekten, ohne Reflexe des Selbsterhaltungstriebs. Er war kein elektronisch vergrößertes menschliches Gehirn, ihm fehlte jedwedes Persönlichkeits- oder Charaktermerkmal und jedwede Leidenschaft, es sei denn, man wolle als solche das Streben nach einem Maximum an Information – nicht an Macht! – ansehen.

Die ersten Erfinder von Maschinen, die die Kraft nicht der Muskeln, sondern des Denkens verstärkten, erlagen der für die einen anziehenden, für die anderen aber erschrekkenden Täuschung, sie seien auf dem Wege zu einer solchen Vergrößerung der Intelligenz toter Automaten, daß diese dem Menschen ähnlich und schließlich – immer auf menschliche Weise – überlegen würden. Es brauchte etwa anderthalb Jahrhunderte, bis die Nachkommen sich überzeugten, daß die Väter von Informatik und Kybernetik einer anthropozentrischen Fiktion aufgesessen waren: das menschliche Gehirn ist Geist in einer Maschine, die keine Maschine ist. Indem das Gehirn ein untrennbares System mit dem Körper bildet, dient es diesem und wird zugleich von ihm bedient. Wollte man also einen Automaten so vermenschlichen, daß er sich in psychischer Hinsicht nicht von den Menschen unterscheidet, so erwiese sich dieser Erfolg bei all seiner Vollkommenheit als Absurdum, Im Zuge unerläßlicher Umgestaltungen und Vervollkommnungen erweisen sich die aufeinanderfolgenden Prototypen tatsächlich immer menschenähnlicher, gleichzeitig hat man aber immer weniger einen Nutzen, wie ihn die Computer höherer Generationen mit ihren Giga- oder Terabits bieten.

Den einzigen wesentlichen Unterschied zwischen dem Menschen, der von Vater und Mutter stammt, und der ideal vermenschlichten Maschine bildet lediglich der Baustoff, der das eine Mal lebendig, das andere Mal tot ist. Der vermenschlichte Automat ist genauso scharfsinnig, aber auch genauso unzuverlässig, hinfällig und in seinem Intellekt von Emotionen und Stimmungen gesteuert wie der Mensch. Als meisterhafte Nachahmung eines Ergebnisses der natürlichen Evolution, deren Krönung die Anthropogenese war, wird es eine hervorragende technologische Leistung, zugleich aber eine Kuriosität sein, mit der niemand etwas anfangen kann. Es handelt sich um ein perfekt aus nichtbiologischem Material hergestelltes Falsifikat eines Lebewesens vom Typ der Wirbeltiere, aus der Klasse der Säuger, der Familie der Primaten, die lebendgebärend sind, auf zwei Beinen gehen und ein zweigeteiltes Gehirn haben, weil eben auf diesem Wege der Symmetrie die Herausbildung der Wirbeltiere innerhalb der Evolution auf der Erde erfolgt ist. Nur weiß man nicht, welchen Nutzen die Menschheit aus diesem so genialen Plagiat ziehen könnte. Ein Historiker der Wissenschaft verglich es mit dem Bau einer Fabrik, in der sich nach kolossalen Investitionen und theoretischen Arbeiten Spinat oder Artischokken herstellen ließen, die zur Photosynthese fähig seien wie alle Pflanzen, sich auch von echtem Spinat und echten Artischocken in nichts unterschieden als darin, daß sie nicht eßbar seien. Solcher Spinat ließe sich auf Ausstellungen vorführen, man könne mit seiner Synthese prahlen, ihn aber nicht essen. Folglich stehe der ganze Aufwand, der in die Produktion gesteckt worden sei, unter dem Fragezeichen offenkundigster geistiger Fehlleistung.

Die ersten Projektanten und Fürsprecher einer »künstlichen Intelligenz« wußten wohl selber nicht recht, was sie wollten und welche Hoffnungen sie hegten. Ging es denn darum, daß man mit einer Maschine reden konnte wie mit einem durchschnittlichen oder einem sehr klugen Menschen? Das konnte man auch so, es ließ sich ohne weiteres machen, die Menschheit zählte mittlerweile vierzehn Milliarden. Es wäre also die letzte dringende Notwendigkeit gewesen, psychisch menschenähnliche Maschinen auf künstliche Weise herzustellen. Kurz, der Verstand der Computer schied sich immer deutlicher von dem der Menschen, den er verstärkte, ergänzte, verlängerte, dem er bei der Lösung von Aufgaben half, die der Mensch nicht bewältigen konnte. Eben dadurch aber war er weder dessen Imitation noch dessen Zweitauflage. Die Wege hatten sich definitiv getrennt.

Eine Maschine, die so programmiert ist, daß niemand, ihr Schöpfer eingeschlossen, sie bei intellektuellem Kontakt von einer Hausfrau oder einem Professor für Völkerrecht unterscheiden kann, ist deren Simulator, der von normalen Menschen nicht unterscheidbar ist, solange man nicht versucht, diese Frau zu verführen und Kinder mit ihr zu haben, jenen Professor aber zum Frühstück einzuladen. Gelingt es, ihr ein Kind zu machen und mit ihm ein *continental breakfast* zu essen, so hat man mit der totalen Liquidierung der Unterschiede zwischen dem Natürlichen und dem Künstlichen zu tun – aber was hat man davon? Kann man dank der Sideraltechnologie synthetische Sterne produzieren, die aufs Jota mit den kosmischen identisch sind? Jawohl, nur weiß man nicht, zu welchem Zweck man sie herstellen sollte. Die Historiker der Kybernetik kamen zu der Ansicht, den Urvätern dieser Wissenschaft habe die Hoffnung vorgeschwebt, die Rätsel des Bewußtseins lösen zu können. Dieser Hoffnung setzte ein Erfolg ein Ende, der Mitte des 21. Jahrhunderts erreicht wurde, als ein Computer der dreißigsten Generation, der außerordentlich mitteilsam, intelligent und täuschend menschenähnlich war, seine lebenden Gesprächspartner fragte, ob sie wüßten, was Bewußtsein in dem Sinne wäre, den sie diesem Begriff beilegten. Er nämlich wisse es nicht. Dieser Computer war zur direktiv aufgegebenen Selbstprogrammierung imstande und entwickelte, nachdem er den aufgegebenen Direktiven entwachsen war wie ein Kind den Windeln, die Fertigkeit, menschliche Gesprächspartner so zu imitieren, daß sie ihn nicht mehr als eine Maschine »demaskieren« konnten, die so tut, als sei sie ein Mensch, und dies doch nicht ist. Einer Lösung des Rätsels des Bewußtseins kam man dennoch kein Haarbreit näher, denn die Maschine wußte in dieser Angelegenheit nicht mehr als die Menschen. Wie hätte es auch anders sein sollen? Man hatte vor sich das Finalprodukt eines »sich selbst anthropoisierenden« Programms, das damit vom Bewußtsein genausoviel wußte wie die Menschen.

Ein bedeutender Physiker, der bei dieser Diskussion dabei war, bemerkte dazu, das, was möglicherweise sogar so denke wie der Mensch, wisse über den Mechanismus des eigenen Denkens ebensoviel wie der Mensch: nämlich nichts. Sei es aus Bosheit oder zu dem Zweck, den enttäuschten Triumphatoren den Fehlschlag zu versüßen, wies er auf analoge Schwierigkeiten hin, die die Gelehrten seines Fachgebiets vor einem Jahrhundert gehabt hatten, als sie die Materie mit dem Rücken an die Wand drängen wollten, bis sie ihnen gestand, ob sie nun von Natur her aus Quanten oder aus Wellen bestehe. Sie habe sich auf geradezu schändliche Weise als perfide erwiesen und die Aussage der Experimente mit der Erklärung verdunkelt, sie sei sowohl das eine als auch das andere. Im Kreuzfeuer weiterer Versuche habe sie die Wissenschaftler dann restlos dastehen lassen wie die Kuh vorm neuen Tor, denn je mehr sie von ihr erfuhren, war um so weniger vereinbar nicht nur mit dem gesunden Menschenverstand, sondern auch mit der Logik. Schließlich mußten sie sich mit den Aussagen der Materie abfinden: Teilchen sind gewissermaßen Wellen und Wellen sozusagen Moleküle; das absolute Vakuum ist durchaus nicht absolut, sondern voll von virtuellen Teilchen, die so tun, als gebe es sie nicht; Energie kann negativ sein, und es kann daher weniger Energie dasein als überhaupt keine; die Mesonen treiben im Intervall der Heisenbergschen Unbestimmbarkeit betrügerische Spielchen, indem sie die heiligen Sätze der Energieerhaltung verletzen, aber sie tun es so schnell, daß man sie bei dieser Schurkerei nicht erwischt. Es ginge, so beschwichtigte jener berühmte Träger des Nobelpreises für Physik seine Zuhörer, ebendarum, daß die Welt auf Fragen nach ihrem »letztlichen« Wesen jede »letztliche« Antwort verweigert. Obwohl man die Gravitation beispielsweise inzwischen wie einen Knüppel zu handhaben verstehe, wisse niemand, was eigentlich das »Wesen« dieser Gravitation sei.

Kein Wunder also, daß die Maschine sich verhalte, als habe sie ein Bewußtsein – um aber festzustellen, ob es das gleiche sei wie beim Menschen, müsse man sich in diese Maschine verwandeln. In der Wissenschaft sei es unerläßlich, Zurückhaltung zu üben: Es gebe in ihr Fragen, die man weder sich selbst noch der Welt stellen dürfe, und wer dies dennoch tue, handle wie jemand, der einem Spiegel vorwirft, dieser wiederhole zwar jede seiner Bewegungen, wolle ihm aber nicht erklären, wo deren willensmäßige Quelle liege. Dennoch setzten wir Spiegel, Quantenmechanik, Siderologie und Computer ein und hätten davon keinen geringen Nutzen.

Tempe suchte Gerbert häufiger zu Gesprächen auf, die sich um Näherliegendes drehten: das Verhältnis des Menschen zu GOD. Diesmal aber kam er mit einem persönlichen Kummer zu dem Arzt. Er neigte nicht dazu, über sich selbst Vertrauliches mitzuteilen, nicht einmal gegenüber dem Mann, der ihm das Leben wiedergegeben hatte – vielleicht auch eben deswegen nicht, gerade als sei er der Ansicht, daß er ihm zuviel verdanke. Im allgemeinen also hielt er Gerbert gegenüber seine Zunge im Zaum, er tat dies, seit er auf der EURYDIKE von Lauger das Geheimnis der beiden Ärzte erfahren hatte – ein Schuldgefühl, das sie nicht verließ.

Nun hatte ihn nicht die Verzweiflung an sich zu diesem Besuch gebracht, sondern die Tatsache, daß sie ihn – unbekannt, woher – so plötzlich befallen hatte wie eine Krankheit, so daß ihm die Gewißheit verlorengegangen war, weiter die ihm übertragenen Pflichten erfüllen zu können. Er besaß nicht das Recht, daraus ein Geheimnis zu machen. Was ihn der Entschluß gekostet hatte, begriff er erst, nachdem er die Tür geöffnet hatte: Beim Anblick der leeren Kabine empfand er Erleichterung. Obwohl das Schiff ohne Schub flog und Schwerelosigkeit herrschte, hatte der Kommandant Befehl gegeben, alle sollten auf einen jederzeit möglichen Schweresprung vorbereitet sein, bewegliche Gegenstände also befestigen und die persönliche Habe in den Wandfächern verstauen. Dennoch sah Tempe die Kabine des Arztes in Unordnung; Bücher, Papiere, Fotoaufnahmen lagen verstreut, ganz gegen die sonstige, an Pedanterie grenzende Ordnungsliebe Gerberts. Dieser selbst war durch das große Fenster zu sehen, wie er in seinem Garten kniete und Plastikhauben über die Kakteen stülpte. Damit also hatte er die angeordnete Bereitschaft begonnen. Der Pilot gelangte durch den Flur in das Gewächshaus und brummte etwas zur Begrüßung. Der Arzt löste, ohne sich umzuwenden, einen Gurt, der ihn an den Knien auf der Erde – auf richtiger Gartenerde – hielt, und erhob sich wie sein Gast in die Luft. An der gegenüberliegenden Wand rankten sich an einem schräggestellten Netz Pflanzen mit flaumigen kleinen Blättern. Tempe hatte, da er von Botanik nicht die geringste Ahnung besaß, schon öfter fragen wollen, wie diese Klimmer hießen, es aber immer wieder vergessen. Wortlos warf der Arzt den Spaten von sich, so daß dieser im Rasen steckenblieb, und nutzte den Schwung, den er sich dabei gegeben hatte, so aus, daß er den Piloten am Arm mit sich zog. Sie schwebten in eine Ecke, wo im Haselgestrüpp wie in einer Gartenlaube geflochtene Stühle standen, Korbstühle mit Sicherheitsgurten.

Als sie Platz genommen hatten und Tempe zögerte, nicht wußte, wie er anfangen sollte, sagte der Arzt, er habe ihn bereits erwartet. Es gebe daran nichts zu staunen: »GOD hat uns alle im Auge.«

Die Daten über seinen psychischen Zustand bekam der Betroffene nicht direkt von der Maschine, damit das Gefühl der völligen Abhängigkeit vom Bordcomputer, das sogenannte Hicks-Syndrom, vermieden wurde, das zu dem beitragen konnte, was die psychiatrische Aufsicht vereiteln wollte: Verfolgungswahn und andere paranoidale Vorstellungen. Außer den Psychonikern wußte niemand, in welchem Grade jeder Mensch »psychisch durchsichtig« für das Prüfprogramm war, das man den »Geist des Äskulap in der Maschine« nannte. Es gab nichts Einfacheres, als es zu erfahren und sich davon zu überzeugen, doch war festgestellt worden, daß sogar die Psychoniker solche Informationen schlecht vertrugen, die von ihnen selber handelten. Um so schlimmer mußten sie auf die Moral einer Crew wirken, die sich auf einem langen, weiten Flug befand.

GOD war – wie jeder Computer, der so programmiert ist, daß auch nicht die Spur einer Persönlichkeit in ihm entstehen kann – als ständig wachsamer Beobachter ein Niemand; in ihm war, wenn er seine Diagnosen stellte, vom Menschen nicht mehr wie in einem Thermometer, das das Fieber mißt. Die Feststellung der Körperwärme ruft freilich keine so projektiven Abwehrreaktionen hervor wie die Messung des Geisteszustands. Nichts ist uns näher, nichts halten wir der Umwelt so verborgen wie die intimsten Erfahrungen des eigenen Ichs, bis sich plötzlich erweist, daß eine Apparatur, die toter ist als eine ägyptische Mumie, dieses Ich in allen Kämmerchen völlig zu durchschauen versteht.

Für den Laien sieht das aus wie Gedankenlesen. Von Telepathie kann keine Rede sein – die Maschine kennt jeden ihrer Obhut Anvertrauten einfach besser als er sich selbst mitsamt zwei Dutzend Psychologen. Auf der Grundlage der vor dem Start angestellten Untersuchungen baut sie sich ein Parametersystem, das die psychische Norm eines jeden Besatzungsmitglieds simuliert und das sie als Meßformel handhabt. Zudem ist sie auf dem Raumschiff durch die Sensoren ihrer Terminals allgegenwärtig, das meiste aber dürfte sie von ihren Schutzbefohlenen erfahren, wenn diese schlafen – anhand des Atemrhythmus, der Bewegungen der Augäpfel und selbst der chemischen Zusammensetzung des Schweißes. Jeder schwitzt nämlich auf unwiederholbare Weise, und vor dem Olfaktometer eines solchen Computers kann sich der beste Spürhund verstecken. Außerdem besitzt der Hund neben seinem Geruchssinn keine diagnostische Ausbildung. So verhält sich das, denn den Ärzten ist es mit den Computern bereits ergangen wie den Schachspielern – sie sind geschlagen worden. Man benutzt aber die Maschinen als Gehilfen und nicht als Doktoren der Medizin, denn Menschen wecken im Menschen größeres Vertrauen als Automaten.

Gerbert zerrieb, während er das alles ohne Eile erklärte, ein Haselblatt zwischen den Fingern und schloß mit den Worten, GOD habe den Piloten unauffällig bei dessen »Ausflügen« begleitet und die letzten als Symptome der Krise diagnostiziert.

»Was für einer Krise?« entfuhr es Tempe.

»So nennt er den definitiven Zweifel an der Zweckmäßigkeit unserer Sisyphusarbeit.«

»Daß wir keine Chance haben, Kontakt zu bekommen?«

»Als Psychiater interessiert sich GOD nicht für die Chancen des Kontakts, sondern für die Bedeutung, die wir diesem Kontakt beimessen. GOD zufolge glaubst du inzwischen weder an den Erfolg deines Konzepts, dieses ›Märchens‹, noch an den *Sinn* einer Verständigung mit der Quinta, selbst wenn es dazu kommen sollte. Was sagst du dazu?«

Der Pilot verspürte eine Hilflosigkeit, als wäre er völlig gelähmt.

»Kann er uns hören?«

»Natürlich. Nun brauchst du dich aber nicht aufzuregen. Schließlich ist dir ja von dem, was ich hier gesagt habe, selber nichts unbekannt gewesen. Nein, warte, sag noch nichts. Du hast es gewußt und zugleich nicht gewußt, weil du es nicht wissen wolltest. Das ist eine typische Abwehrreaktion. Du bist keine Ausnahme, mein Lieber. Schon auf der EURYDIKE hast du mich mal gefragt, was das alles solle und ob man es nicht lassen könne. Erinnerst du dich?«

»Ja.«

»Na, siehst du. Ich habe dir erklärt, daß der Statistik zufolge Expeditionen mit ständiger psychischer Kontrolle mehr Erfolgschancen haben als solche ohne diese Kontrolle. Ich habe dir diese Statistiken sogar gezeigt. Das Argument ist unwiderleglich, also hast du das einzige getan, was alle tun: Du hast es ins Unterbewußtsein verdrängt. Und was ist nun mit der Diagnose? Stimmt sie?«

»Ja, sie stimmt«, sagte der Pilot. Mit beiden Händen griff er unter den Gurt, der sich über seine Brust spannte. Die Haselsträucher rauschten leise in einem sanften – künstlichen – Luftzug.

»Ich weiß nicht, wie es ihm möglich war ... aber lassen wir das. Jawohl, es ist die Wahrheit. Ich weiß nicht, seit wann ich das mit mir herumschleppe. Ich ... Es liegt nicht in meiner Art, in Worten zu denken. Worte sind für mich zu langsam, ich muß mich schnell zurechtfinden. Sicher eine alte Gewohnheit, noch aus der Zeit vor der EURYDIKE … Wenn es aber nun mal sein muß … Wir rennen mit dem Kopf gegen eine Wand. Vielleicht durchbrechen wir sie, aber was kommt dabei heraus? Worüber können wir mit den anderen reden? Was können sie uns zu sagen haben? Ja, ich bin jetzt überzeugt, daß mir der Trick mit dem Märchen als Ausflucht eingefallen ist. Um auf Zeit spielen zu können … Es entsprang nicht der Hoffnung, sondern war wohl eher Eskapismus. Um vorwärts zu gehen, während man auf der Stelle tritt …«

Er hielt inne, suchte vergebens nach den rechten Worten. Ringsum wogte das Haselgesträuch. Der Pilot öffnete den Mund, sagte aber nichts.

»Wenn diese anderen sich aber einverstanden erklären, daß ein Kundschafter landet, wirst du fliegen?« fragte der Arzt nach einer Weile.

»Klar!« entfuhr es Tempe, und verwundert setzte er hinzu: »Wieso denn nicht? Deswegen sind wir doch hier …«

»Es kann eine Falle sein«, sagte Gerbert so leise, als wollte er diese Bemerkung vor dem allgegenwärtigen GOD verheimlichen. So dachte wenigstens der Pilot, der das aber sogleich für Unsinn und in einer plötzlichen weiteren Reflexion für ein Symptom der eigenen Abnormität ansah, da er GOD damit das *Böse* oder zumindest Feindseligkeit zugeschrieben hatte. Als habe er gegen sich nicht nur die Quintaner, sondern auch den eigenen Computer.

»Es kann eine Falle sein«, wiederholte er wie ein verspätetes Echo. »Sicherlich …«

»Und du wirst fliegen, ohne Rücksicht auf Verluste?«

»Wenn Steergard mir die Chance gibt … Es ist noch nicht darüber gesprochen worden. Wenn wir überhaupt Antwort bekommen, landen erst mal Automaten. Genau nach Programm.«

»Nach *unserem* Programm«, stimmte Gerbert zu. »Die anderen aber werden das ihre haben, nicht?«

»Klar. Sie schicken dem ersten Menschen blumenstreuende Kinder entgegen und rollen einen roten Teppich aus. Die Automaten rühren sie nicht an. Das wäre aus ihrer Sicht zu dumm. Uns aber werden sie in den Sack stecken wollen ...«

»Das denkst du und willst dennoch fliegen?«

Die Lippen des Piloten zuckten, es wurde ein Lächeln daraus. »Doktor, ich bin nicht versessen, ein Märtyrer zu werden, aber du haust zwei Dinge durcheinander: das, was ich denke, und das, wer uns hergeschickt hat und wozu. Es gehört sich nicht, den Kommandanten anzumachen, wenn er einen wegen einer Dummheit tadelt. Und, Doktor, glaubst du, er würde, wenn ich nicht wiederkäme, den Priester bitten, für mein Seelenheil zu beten? Ich wette meinen Kopf, daß er tun wird, was ich so dumm gesagt habe!«

Gerbert sah ihm verblüfft in das strahlende Gesicht. »Das wäre eine Vergeltung, nicht nur entsetzlich, sondern auch sinnlos. Dich bringt er nicht wieder zum Leben, wenn er zuschlägt. Außerdem hat man uns nicht zur Vernichtung einer fremden Zivilisation hierhergeschickt. Wie vereinbarst du das eine mit dem anderen?«

Das Gesicht des Piloten wurde ernst. »Ich bin ein Feigling, weil ich mir nicht einzugestehen wagte, daß ich nicht mehr an einen Erfolg des Kontakts glaube. Ich bin aber kein solcher Feigling, daß ich mich aus meiner Aufgabe herausmogeln möchte. Steergard hat die seine und rückt auch nicht von ihr ab.«

»Du hältst diese Aufgabe selber für unausführbar.«

»Nur anhand von Annahmen: Wir sollten Verständigung suchen, aber nicht kämpfen. Die anderen haben sich verweigert – auf ihre Weise, durch einen Angriff, und dies wiederholt. Auch eine so konsequente Absage ist eine Verständigung – als Äußerung eines Willens. Hätte der Hades die EURYDIKE verschlungen, würde Steergard bestimmt nicht versuchen, ihn in Stücke zu hauen. Mit der Quinta ist das anders. Wir klopfen an die Tür, weil die Erde es so wollte. Wird die Tür nicht aufgemacht, schlagen wir sie ein. Vielleicht finden wir dahinter nichts, was den irdischen Erwartungen entspricht. Das nämlich ist es, was ich befürchte. Wir aber sprengen diese Tür auf, weil wir anders nicht den Willen der Erde erfüllen können. Du sagst, das sei entsetzlich und sinnlos? Das stimmt. Wir haben eine Aufgabe bekommen. Sie sieht jetzt nach einer Unmöglichkeit aus. Hätten die Menschen seit der Steinzeit immer nur gemacht, was nach Möglichem aussah, säßen sie heute noch in Höhlen.«

»Also hast du doch noch Hoffnung?«

»Ich weiß nicht. Ich weiß nur, daß ich, wenn es notwendig wird, ohne Hoffnung auskommen kann.« Er hielt inne, stutzte und zeigte sich verwirrt. »Doktor, du holst Dinge aus einem heraus, die man nicht sagt ... Das heißt, eigentlich bin ich beim Kommandanten mit diesem ›Nemo me impune lacessit‹ ganz unnötig vorgeprescht und zu Recht dafür gerügt worden, denn es gibt Pflichten, die man erfüllt, mit denen man sich aber nicht brüstet, weil es dafür gar keinen Grund gibt. Was hat GOD dir über mich gesagt? Depressionen? Klaustrophobie? Ein anankastischer Komplex?«

»Nein, das sind veraltete Begriffe. Du weißt, was der Gruppenkomplex nach Hicks ist?«

»Ich habe auf der EURYDIKE nur mal dran geschnuppert. Thanatophilie? Nein, so eine Art selbstmörderischer Desperation, nicht wahr?«

»So ungefähr. Das ist kompliziert und führt weit weg ...«

»Hat er mich untauglich befunden für ...«

»GOD kann niemanden absetzen, das dürftest du wissen. Er kann durch seine Diagnose jemanden disqualifizieren, mehr nicht. Die Entscheidung trifft der Kommandant in Absprache mit mir, und falls einer von uns einer Psychose verfällt, kann das Kommando von der übrigen Besatzung übernommen werden. Von Psychosen kann bisher keine Rede sein. Ich möchte nur, daß du nicht so sehr auf diese Landung brennst ...«

Der Pilot löste den Gurt, schwebte sacht in die Höhe und hielt sich, um von dem künstlichen Zephir nicht fortgetrieben zu werden, an den Haselruten fest. »Doktor ... Ihr irrt euch alle beide – du und GOD ...«

Der Luftstrom schob ihn so stark, daß sich der ganze Strauch bog. Um ihn nicht mit den Wurzeln herauszureißen, ließ Tempe ihn los. Schon zur Tür schwebend, rief er zurück: »Lauger hat auf der EURYDIKE zu mir gesagt: ›Du wirst die Quintaner sehen!‹ Darum bin ich mitgeflogen ...«

Durch das Raumschiff ging ein Ruck. Tempe wußte sofort Bescheid. Die Wand des Gewächshauses kam auf ihn zugeschossen, er krümmte sich in der Luft wie eine fallende Katze, um den Stoß abzufangen, und rutschte an der Wand herunter auf den Boden, der den Füßen bereits festen Halt bot. Die Beuge der Knie zeigte den Schub an, der noch nicht sehr groß war. Jedenfalls war etwas passiert. Der Korridor war leer, die Sirenen schwiegen, aber von überallher drang die Stimme GODs.

»Jeder an seinen Platz! Die Quinta hat geantwortet. Jeder an seinen Platz! Die Quinta hat geantwortet ...«

Ohne auf Gerbert zu warten, sprang Tempe in den nächsten Lift. Er fuhr eine Ewigkeit, die Lichter der einzelnen Decks glitten vorüber, der Pilot fühlte immer stärker den Druck, der ihn am Fußboden hielt. Der HERMES hatte in seiner Beschleunigung bereits die irdische Schwerkraft überschritten, aber wohl nicht um mehr als eine halbe Einheit. Im oberen Steuerraum saßen bereits Harrach, Rotmont, Nakamura und Polassar, alle tief in die Sitze versunken, die bei starker Gravitation benutzt wurden, jetzt die Kopfstützen aber aufgerichtet hatten. Steergard stand, fest auf das Geländer vor dem Hauptmonitor gestützt, und verfolgte mit den anderen die über die ganze Breite laufenden Schriftzüge.

GARANTIEREN EUCH SICHERHEIT AUF NEUTRALEM BODEN STOP UNSER KOSMODROM LIEGT 46. BREITENGRAD 139. LÄNGENGRAD ENTSPRECHEND EURER MERCATORPROJEKTION STOP SIND SOUVERÄN UND NEUTRAL STOP NACHBARMÄCHTE SIND IN KENNTNIS GESETZT UND OHNE VORBEDINGUNGEN MIT LANDUNG EURER SONDEN EINVERSTANDEN STOP NENNT PER NEODYM-LASER TERMIN DES EINTREFFENS EURER LANDEFÄHRE GEMÄSS DER VON EINER PLANETENUMDREHUNG BESTIMMTEN ZEIT IN BINÄRER NUMERIERUNG STOP ERWARTEN EUCH STOP HEISSEN EUCH WILLKOMMEN STOP ENDE

Als Gerbert und der Mönch kamen, ließ Steergard den Text nochmals über den Bildschirm laufen, setzte sich und wandte sich an die Versammelten.

»Wir haben diese Antwort vor einigen Minuten bekommen, von dem angegebenen Punkt aus, mit Lichtblitzen im Sonnenspektrum. Kollege Nakamura, war das ein Spiegel?«

»Wahrscheinlich. Inkohärentes Licht – durch ein Wolkenfenster. Ein normaler Spiegel hätte dazu mindestens einige Hektar groß sein müssen.«

»Interessant. Und diese Blitze hat der Solaser empfangen?«

»Nein. Sie waren an uns gerichtet.«

»Sehr interessant. Wie groß ist jetzt der Winkel, in dem der HERMES vom Planeten aus sichtbar ist?«

»Ein paar Hundertstel einer Bogensekunde.«

»Es wird immer interessanter. Das Licht war nicht kollimiert?«

»Doch, aber nur schwach.«

»Wie durch einen Hohlspiegel?«

»Oder eine Reihe von Planspiegeln, die auf ziemlich großem Gelände entsprechend angeordnet waren.«

»Das heißt, daß sie wußten, wo sie uns zu suchen hatten. Aber wie und woher?«

Keiner sagte etwas.

»Ich bitte um Meinungsäußerungen.«

»Sie haben uns bemerken können, als wir den Solaser abschossen«, sagte El Salam, der Tempe bisher unbemerkt geblieben war, weil er sich aus dem unteren Steuerraum zu Wort meldete.

»Das ist vierzig Stunden her, und danach sind wir ohne Antrieb geflogen«, widersprach Polassar.

»Lassen wir das jetzt. Wer glaubt an diese edle Gesinnung? Niemand? Das ist nun aber ganz erstaunlich!«

»Zu schön, um wahr zu sein«, hörte Tempe eine Stimme von oben. Auf der Galerie stand Kirsting. »Obwohl ... andererseits ... wenn das eine Falle sein soll, hätten sie eine stellen können, die weniger primitiv ist.«

Der Kommandant stand auf. »Wir werden uns davon überzeugen.«

Der HERMES flog jetzt so gleichmäßig, daß alle Gravimeter auf der Eins standen – als ruhe das Raumschiff im Dock auf der Erde.

»Ich bitte um Aufmerksamkeit. Kollege Polassar, schalten Sie GOD den Programmblock SG zu. El Salam löscht den Solaser und legt ihm die Maskierung an. Wo ist Rotmont? Du machst zwei schwere Landefähren fertig. Die Piloten und Doktor Nakamura bleiben im Steuerraum. Ich nehme ein Bad und bin gleich wieder da. Ach so, Harrach und Tempe! Prüft mal nach, ob alles festsitzt, was zehn g nicht so gern hat. Niemand betritt ohne meine Erlaubnis die Navigation! Das war's.« Steergard ging um die Pulte herum zur Tür. Als er sah, daß nur die Piloten ihre Plätze verlassen hatten, sagte er: »Die Ärzte bitte an ihre Plätze.«

Kurz darauf leerte sich der Steuerraum.

Harrach hatte den Platz gewechselt, seine Finger liefen über die Tastatur, und er prüfte an den aufleuchtenden Schaltbildern der Interzeptoren den Zustand sämtlicher Aggregate vom Bug bis zum Heck.

Der Japaner betrachtete in einem Sehgerät die Spektren der quintanischen Signalblitze. Tempe, der vorerst nichts zu tun hatte, war neben ihn getreten und fragte, was es denn mit dem »Programmblock SG« auf sich habe. Auch Harrach, der davon nie gehört hatte, spitzte die Ohren.

Nakamura blickte von seinem Binokular auf und wiegte melancholisch den Kopf. »Pater Arago wird betrübt sein.«

»Treten wir in den Kriegszustand ein? Was bedeutet dieses SG?« Tempe ließ nicht locker.

»Der Inhalt des Kielladeraums, meine Herren, ist von nun an kein Geheimnis mehr.«

»Dieses versiegelten? Sind dort keine Großschreiter?«

»Nein. Dort sind Überraschungen – für alle, sogar für GOD. Ausgenommen den Kommandanten und meine schlichte Person.« Als er sah, wie die beiden staunten, fuhr er fort: »Der SETI-Stab hat es so für angebracht gehalten, meine Herren Piloten. Jeder von euch hat im Simulator die Landung im Alleingang trainiert. Im Ernstfall könnte er in eine Situation geraten, wo er sozusagen zur Geisel wird.«

»Und GOD?«

»Das ist eine Maschine. Auch Computer der letztendlichen Generation können geknackt werden, sogar aus der Ferne, und den Inhalt sämtlicher Programme ausplaudern.«

»Man braucht doch aber nicht einen ganzen Laderaum, um ein paar zusätzliche Speicherblöcke unterzubringen!«

»Dort stecken doch nicht diese Blöcke. Dort ist der HERMES. Eine Art Modell, sehr schön, und sorgfältig ausgeführt. Sagen wir mal, als Köder.«

»Und diese zusätzlichen Programme?«

Der Japaner seufzte. »Das sind Symbole, sehr alte Symbole, die euch vertrauter sind als mir. S wie Sodom. G wie Gomorrha. Es bereitet Schmerz, einem Apostolischen Gesandten ganz besonders. Ich kann es ihm nachfühlen.«

XV
Sodom und Gomorrha

Normalerweise, wenn das Raumschiff mit eigener Kraft flog, teilte sich allen an Deck und hauptsächlich in der Messe eine bessere Stimmung mit, beispielsweise weil man während der Mahlzeiten den gordischen Knoten vergessen konnte, der einem immer stärker die Kehle zuschnürte. Schon allein, daß man sich an den Tisch setzen, die Schüsseln kreisen lassen, ganz normal Suppe auf den Teller und Bier ins Glas gießen, sich das Salz reichen und den Kaffee mit einem Löffelchen Zucker süßen konnte, bedeutete die Befreiung von Übungen, die in der Schwerelosigkeit unvermeidlich sind und – wie schon tausendfach gesagt wurde – eine derartige Loslösung aus den Banden der Gravitation, eine so vollkommene Freiheit bedeuten, daß dadurch nicht nur die Sitten und Gewohnheiten, sondern auch der Körper des Menschen bei jeder Bewegung zum Gespött wird. Ein zerstreuter Astronaut hat überall Beulen und blaue Flecken, ist von oben bis unten mit Getränken bekleckert und macht in seiner Kajüte Jagd auf durcheinanderwirbelnde Papiere. Befindet er sich jedoch ohne »Rückstoßmaterial« in einem größeren Raum, so ist er hilfloser als ein Kleinkind: Dieses kann wenigstens davonkriechen, er aber hängt völlig in der Luft. Vergeßliche Leute können sich aus dieser Zwangslage nur dadurch retten, daß sie Armbanduhren und – falls das nicht ausreicht – Kleidungsstücke von sich stoßen, denn die Gesetze der Newtonschen Mechanik offenbaren sich in ihrer ganzen Absolutheit: Wenn auf einen ruhenden Körper keine Kraft wirkt, bringt ihn nichts in Bewegung als die Regel von Aktion und Reaktion.

Als Harrach noch zu Scherzen aufgelegt war, sagte er einmal, der perfekte Mord ließe sich in einer Raumstation sehr leicht begehen und es sei zweifelhaft, daß ein Gericht den Mörder verurteilen könne: Man braucht den als Opfer Ausersehenen nur zu überreden, sich zum Baden nackt auszuziehen, und ihm dann einen so berechneten Schubs zu geben, daß er zwischen Wänden und Decke hängenbleibt und sich windet, bis er vor Hunger stirbt. Vor Gericht könne man dann aussagen, man sei gegangen, ihm ein Handtuch zu holen, und habe es vergessen. Ein Handtuch nicht abzuliefern ist kein Verbrechen, und überdies heißt es ja: Nullum crimen sine lege – das Strafrecht hat in seinen Konsequenzen die Schwerelosigkeit irgendwie nicht in Betracht gezogen …

Nachdem die neuen, von Tempe als »Kriegszustand« bezeichneten Anordnungen ergangen waren, wollte nicht einmal bei der Abendmahlzeit Stimmung aufkommen. Man hätte die Schiffsmesse für das Refektorium eines Klosters mit strengem Schweigegebot halten können. Die Männer schienen gar nicht wahrzunehmen, was sie aßen, sie schluckten es und überließen alles Weitere ihren Mägen, sie selbst nämlich waren noch bei der Verdauung dessen, was Steergard ihnen am Nachmittag mitgeteilt hatte.

Der Kommandant hatte den Operationsplan vorgelegt und dabei so leise gesprochen, daß er kaum zu hören war. Wer ihn kannte, wußte, daß sich in dieser eisigen Gelassenheit seine Wut äußerte.

»Die Einladung ist eine Falle. Wenn ich mich irre, was mir am liebsten wäre, dann kommt es zum Kontakt. Ich sehe jedoch keinerlei Anlaß, optimistisch zu sein. Es kann durchaus sein, daß es auf einem Planeten, wo seit mindestens hundert Jahren ein Krieg mit kosmischer Sphäromachie im Gange ist, einen neutralen Staat gibt, aber es ist unmöglich, daß er einen Gast aus dem Kosmos ohne das Einverständnis der im Kampfe liegenden Mächte bei sich aufnehmen darf. Dem Kommuniqué zufolge liegt dieses Einverständnis vor. Ich habe versucht, die Situation umzukehren, also anzunehmen, wir seien einer der Generalstäbe der Quinta, und die Frage zu beantworten, wie dann auf einen Appell zu reagieren wäre, der von dem Eindringling an die gesamte Bevölkerung gerichtet worden ist. Ein solcher Stab hat bereits einige Kenntnis vom Potential des Ankömmlings. Er weiß, daß dieser im Raum nicht zu liquidieren ist, denn das ist mit den verfügbaren Mitteln bereits versucht worden – vielleicht nicht mit allen Mitteln.

Der Stab weiß, daß der Eindringling in Wahrheit nicht aggressiv ist, obgleich er den Kontakt durch eine Demonstration der Stärke zu erzwingen suchte, zu deren Objekt er den unbewohnten Mond gemacht hat, obgleich er mit viel geringerem Aufwand gegen den Eisring losschlagen konnte, dem ohnehin nicht mehr viel zum Zusammenbruch fehlt. Der Stab weiß natürlich auch, daß der Lunoklasmus mit seinen katastrophalen Folgen – wenn nicht von ihm allein oder in zeitweiliger Allianz mit den Gegnern – auf jeden Fall seitens der Quinta verschuldet worden ist. Ich betone: Er weiß das ganz gewiß, denn man kann keine militärischen Aktionen von kosmischem Ausmaß unternehmen, wenn man sich nicht auf hochqualifizierte Wissenschaftler verlassen kann. Von da an stützen sich die Erkenntnisse des Stabes auf Indizien. Lange vor der Beherrschung der Gravitation kommt man hinter deren Eigenschaften, bis hin zu ihren extremsten Formen wie dem Einbruch der Schwarzen Löcher. Die Art und Weise, in der wir den nächtlichen Angriff abgeschlagen haben, war für sie eine Überraschung. Wenn sie aber auch nur einigermaßen tüchtige Physiker haben, erkennen sie, daß die Gravitationsdefensive für das Raumschiff auf dem Planeten selbst genauso selbstmörderisch ist wie die Offensive. Aus der Relativität läßt sich keine Konfiguration eines in sich geschlossenen Schwerefeldes ableiten, bei der sich das Raumschiff, indem es dieses Feld emittiert, zusammen mit dem Planeten nicht selbst vernichten würde.

Ich habe vor, zwei Landefähren in das angebotene Gebiet zu schicken, und ich vermute, daß sie nicht die geringste Gefahr entdecken werden. Wenn der HERMES auf den Planeten gelockt werden soll, müssen die Landefähren zurückkehren. Sie dürfen dies nicht unverrichteterdinge tun – man wird für sie etwas inszenieren, um uns Vertrauen und Neugier zugleich einzuflößen. Gastfreundlich werden die Quintaner erklären, ein echter Kontakt sei nur zwischen lebendigen Wesen, nicht zwischen Maschinen möglich. Das ist schwer in Abrede zu stellen. Nehmen die Dinge also den Lauf, wie ich ihn dargestellt habe, wird der HERMES landen. Dann kommt es zur definitiven Entscheidung. Wir werden die Landefähren nach ihrer Rückkehr nicht an Bord nehmen, denn nach allem, was vorgefallen ist, will ich die Vorsicht hundertmal übertreiben, statt sie ein einziges Mal zu vernachlässigen. Sobald wir die Raketen also wiederhaben, kündigen wir unsere Landung an.

Ich komme jetzt auf die Details der Operation zu sprechen. Nachdem die Landefähren abgesetzt sind, fliegen wir mit halber Kraft von der Quinta zur Sexta. Beide stehen für uns günstigerweise in ähnlicher Opposition zur Sonne, die Sexta ist von unseren Sonden bereits untersucht worden, und wir wissen, daß sie keine Lufthülle hat, dafür aber seismisch stark aktiv ist, sich folglich weder für eine Besiedlung noch für die Einrichtung von Militärstützpunkten eignet. Der Planet selbst wäre gefährlicher gewesen als jeder Feind. Wir gehen in den Schatten der Sexta, und der HERMES, der aus diesem Schatten wieder herauskommt, wird von weitem in nichts von unserem Raumschiff zu unterscheiden sein. Aus der Nähe ist es was anderes, ich nehme jedoch an, daß sie ihm bis zum Eintritt in ihre Atmosphäre nichts in den Weg legen werden. Aus der Sicht der Sideristik könnten sie ihn schon in der Ionosphäre angreifen, aber daran glaube ich nicht. Das Raumschiff ist nach einer normalen, weichen Landung eine viel kostbarere Beute als ein zertrümmertes Wrack, und es kann auch Angriffshandlungen weniger Widerstand leisten, als wenn es beim Landen das feuerspeiende Heck nach unten kehrt und dadurch manövrierfähig und fluchtbereit bleibt.

Dieser HERMES wird Funksignale senden und empfangen können, er wird ein Triebwerk haben, das die Landung ermöglicht, allerdings nur für einmal. Zwischen ihm und uns gibt es keinen direkten Kontakt. Ich komme zum Schluß: Unsere Antwort wird davon abhängen, wie er empfangen wird.«

»Sodom und Gomorrha?« fragte Arago.

Steergard musterte den Mönch eine gute Weile, ehe er mit unverhohlener Bosheit sagte: »Hochwürden, wir gehen nicht über das hinaus, was in der Heiligen Schrift steht. Nur greifen wir zu ihrer Erstausgabe. Die Nachauflage ist nicht mehr aktuell, denn so uns jemand einen Streich gab auf den rechten Backen, so haben wir ihm den anderen auch dargeboten, und das nicht nur einmal. Es gibt keine weitere Diskussion, sie wäre gegenstandslos, denn die Wahl zwischen dem Alten und dem Neuen Testament liegt nicht bei uns, sondern bei den Quintanern. Ist der Solaser umgestellt?«

El Salam bejahte.

»Und GOD arbeitet nach dem Programm SG? Gut, dann verhandeln wir jetzt über die Landefähren. Damit werden sich die Kollegen Rotmont und Nakamura befassen. Aber erst nach dem Abendessen.«

Niemand sah den Start der Landegeräte. Um Mitternacht unter automatischer Kontrolle abgeschossen, flogen sie der Quinta entgegen, während der HERMES ihnen sein Hinterteil zukehrte und bis Sonnenaufgang beschleunigte: Um die 70 Millionen Kilometer entfernte Sexta zu erreichen, brauchte er knapp achtzig Stunden bei hyperbolischer Geschwindigkeit. In den elektronischen Labors war bereits die Produktion der bei dem Erkundungsflug bisher nicht eingesetzten Disperten – »dispersive Diversanten« – angelaufen, die auch Bienenaugen genannt wurden. Es waren Millionenschwärme mikroskopisch kleiner Kristalle; in einem Raum von einer Million Kubikmeilen vor der Sexta verteilt, sollten sie den Gesichtssinn des HERMES bilden, unsichtbare, ferne Augen, die von dem Raumschiff ausgestreut wurden.

Auf der Erde dienten sie der Apikographie, Kristalle, die kleiner waren als ein Sandkorn, durchsichtige Nadeln, eine jede die Entsprechung eines Ommatidiums, eines Sehstäbchens des Insektenauges. Der HERMES zog diesen sehtüchtigen Schwanz hinter sich her, um sich hinter der Sexta zu bergen und von dort das Schicksal seiner computerisierten Gesandten zu verfolgen. Zugleich setzte das Raumschiff nach dem entsprechenden Abschnitt der Umlaufbahn Fernsehsonden mit starkstrahligem Antrieb aus, als seine »offiziellen Augen« sozusagen, die von den Quintanern bemerkt werden konnten oder sogar sollten.

In der Steuerzentrale hatte zwar Tempe Dienst, aber Harrach hatte ihn unvermutet überfallen: Eine alte Zeitung hatte seinen Zorn erregt, dem er vor dem Kameraden Luft machen mußte. Das Blatt stammte aus der Zeit, als auf der Erde ein wütendes Gezänk über die Beteiligung von Frauen an der Expedition im Gange gewesen war. Zuerst las Harrach einen Absatz über das Familienleben vor, das seinen ihm zustehenden Platz innerhalb der Expedition einnehmen sollte, dann folgten Beschimpfungen, die Vertreterinnen des ewig unrechtmäßig behandelten weiblichen Geschlechts gegen das angeblich von einer Mafia der Männer beherrschte SETI ausstießen. Harrach steigerte sich dabei in eine solche Empörung, daß er sich anschickte, die Zeitung in Fetzen zu reißen.

Tempe hielt ihm lachend die Hände fest – dieses Papier war im Sternbild der Harpyie immerhin eine Rarität, ein ehrwürdiges Dokument, von dem keiner wußte, wie es in Harrachs Gepäck geraten war. So jedenfalls behauptete er selbst. Tempe war anderer Meinung, behielt sie aber für sich. Harrach brauchte solche Artikel, um sein stürmisches Temperament abzureagieren. Der Blödsinn, der in jenem Verlangen nach Gleichberechtigung steckte, war allzu offensichtlich, als daß man ihn ernst nehmen konnte: Frauen, also Ehegattinnen, Mütter, also Kleinkinder, Kinderkrippe und Kindergarten, auf einem Raumschiff, das mit aufgeladenen Sideratoren dahinjagte und bei all seiner Stärke ein Nichts war gegen die fremde Zivilisation, die es mit ihrer seit Jahrhunderten in den Kosmos getragenen Sphäromachie an sich gesogen hatte! Ein Meer von Druckerschwärze war darüber vergossen worden. Die Moslems hatten zwölfjährige Jungen an die Front geschickt, aber keine Kinder, die noch in der Wiege lagen. Harrach bedauerte unendlich, der Verfasserin all dieses Blödsinns nicht sogleich unter vier Augen begreiflich machen zu können, was er von ihr hielt.

Tempe saß wieder vor dem Steuerpult, prüfte den Kurs und die über die Monitore flimmernden Umrisse der sich bereits vergrößernden Sichel der Sexta, schielte hin und wieder zu Harrach, der seinen einzigen Zuhörer unverdrossen mit seinen Tiraden bombardierte, und sagte nichts – er wollte kein Öl ins Feuer gießen, zumal sie ja nicht allein waren: Auch im Steuerraum wachte GOD. Tempe kannte sich im Bau von Computern nicht so weit aus, um die Gewißheit zu haben, daß eine Maschine, die so scharfsinnig, intelligent und erinnerungsfähig war, nicht doch auch ein Fünkchen Persönlichkeit besaß. Die Versicherungen der Fachbücher und Fachleute genügten ihm nicht, er hätte sich gern selber vergewissern wollen, wußte aber nicht, wie. Außerdem hatte er wichtigere Probleme. War Nakamura tatsächlich imstande, mit Pater Arago mitzufühlen? Tempe schauerte allein bei dem Gedanken, er könnte in der Haut des Apostolischen Gesandten stecken.

Arago war inzwischen, den Anweisungen des Kommandanten folgend, mit Gerbert bei der Prüfung der Möglichkeit, ob die Quintaner durch die Untersuchung der Landefähren in den Stand gesetzt werden könnten, auf die biologischen Merkmale der Menschen zu schließen. Die Geräte waren zwar vor ihrer Entsendung zum Planeten sorgfältig sterilisiert worden, damit auf ihrer Oberfläche auch nicht eine Zelle der Epidermis eines Fingers, auch nicht eine der Bakterien zurückblieb, deren der Organismus des Menschen sich niemals restlos entledigen kann. Dabei waren es doch Automaten, an deren Bau keine Menschenhand beteiligt gewesen war. Ihre Energieversorgung und die Apparatur für den Informationsaustausch entsprachen dem Stand der irdischen Technik von vor achtzig Jahren.

Steergard hatte nicht die Absicht, diese elektronischen Gesandten nach ihrer Rückkehr wieder an Bord zu nehmen. Er hielt das für allzu riskant. Schon die ersten vom HERMES aufgegriffenen alten Produkte dieser fremden Zivilisation hatten die erstaunliche Meisterschaft erkennen lassen, die die Quintaner in der Parasitärtechnologie erreicht haben mußten. Die Landefähren konnten also neben Informationen, die so bedeutsam wie harmlos waren, auch den Untergang mitbringen, nicht in Gestalt von unverzüglich angreifenden Erregern, sondern von Viren oder Ultraviren mit einem langen Zeitraum verborgener Aktivität. Der Kommandant erkundigte sich daher bei den Ärzten und Kirsting nach sicheren Mitteln zur Vorbeugung.

Der angeblich neutrale Staat, der sein Einverständnis zur Ankunft der Landefähren gegeben hatte, machte im Zuge der weiteren Verhandlungen den Vorbehalt, daß diese Raketen keine Verbindung mit dem HERMES haben dürften – diese Bedingung sei von den »Nachbarmächten« gestellt worden. Als der Planet die beiden Sonden mit seiner Atmosphäre geschluckt hatte, schien er zugleich in sämtlichen Wellenbereichen das Rauschen zu verstärken. Eine Bestückung der Landefähren mit Lasern, die diese Rauschhülle durchdringen konnten, hätte die Abmachungen verletzt, und dies wäre um so offenkundiger der Fall gewesen, wenn der HERMES das Wolkenmeer und das Radiochaos mit den Blitzen seiner eigenen Laser durchstochen hätte.

Es blieb also nichts anderes übrig, als die Quinta hinter der Sexta hervor mit den Wolken der holographischen Augen zu beobachten. Die Operation war so synchronisiert, daß die beiden Sonden langsam am Himmelsgewölbe niedergingen und über der Quinta anlangten, als der HERMES in den Schatten der Sexta trat. Alle hatten sich in Erwartung der kritischen Stunde im Steuerraum versammelt. Der Planet, weiß von Wolken, füllte den Hauptmonitor voll aus, gut sichtbar waren die Schwärme der Kampfsatelliten, die in schwarzen Punkten über die Wolkenscheibe zogen. Dem Hypergoltreibstoff der beiden Raketen waren, damit man deren Eintritt in die Atmosphäre verfolgen konnte, Natrium und Technetium beigemischt worden: Ersteres gab dem Brennfeuer einen grellen, gelben Schein, letzteres machte sie identifizierbar durch seine Spektrallinie, die im Spektrum der hiesigen Sonne und der quintanischen Orbiter nicht vorkam. Seit dem Eintauchen in die Atmosphäre verschwammen die flammenden Fäden der Luftreibung und des Ausstoßes der Bremsraketen, woraufhin die Milliarden Augen, die in einer unsichtbaren, eine Million Meilen langen Mähne im Kielwasser des HERMES verstreut waren, alle Aufmerksamkeit entlang der Tangente auf den Punkt der vorgesehenen Landung richteten – nicht umsonst, denn nachdem beide Fahrzeuge im

Abstand weniger Sekunden aufgesetzt hatten, meldeten sie das Ende ihrer Reise mit einem doppelten, absichtlich modulierten Natriumblitz, um sogleich zu verlöschen.

Damit trat die Operation in die nächste Phase. Der Bodenpanzer des HERMES öffnete sich in zwei riesigen Klappen, und Kräne setzten einen gewaltigen Metallzylinder ins All. Er sollte das Laboratorium sein, in dem die Sonden nach ihrer Rückkehr ihre Quarantäne durchmachen sollten. Von diesem Kniff schien besonders Harrach sehr angetan; die anderen hatten Steergards Taktik gebilligt, die Zusammenarbeit ging in Eintracht, aber ohne Begeisterung voran: Zur Freude gab es keinen Grund. Der Erste Pilot hingegen dachte nicht daran, ein Hehl aus seiner haßerfüllten Genugtuung zu machen, daß dieser kriegerischen planetaren Bestie das Genick gebrochen werden sollte. Er konnte es kaum erwarten, daß die Landefähren zurückkehrten, am liebsten mit einer möglichst schlimmen Seuche an Bord – als hätte in der Absicht der Expedition eine brutale Konfrontation der Kräfte gelegen.

Tempe, der diesen Auslassungen zuhörte, hatte es mit einem Kommentar nicht eilig und dachte daran, was für psychische Veränderungen GOD zweifellos bei Harrach festzustellen hatte. Er schämte sich geradezu für seinen Kollegen, denn manchmal hätte auch er nicht mehr sagen können, was ihm lieber war: daß der in der Crew angestaute, verbissene Zorn sich als grundlos erwies oder daß die anderen ihnen die schlimmste der möglichen Entscheidungen aufzwangen. Ja, auch er sah in dieser Zivilisation bereits einen Feind, das absolute Böse, das schon durch sein Wesen jede ihrer Maßnahmen rechtfertigte.

Nichts stand mehr unter Geheimhaltung. Der abgestellte und getarnte Solaser tankte Sonnenenergie nicht mehr für Signale, sondern für Laserschläge. Nach achtundvierzig Stunden ließ die holographische Wolke erkennen, daß die Abgesandten auf dem Rückflug waren. Sie sollten sich außerhalb der Bahn, auf der die Mondtrümmer kreisten, im Ultrakurzwellenbereich melden, was aber sichtlich nur einer tat. Von dem anderen kam totaler Funksalat. Steergard teilte seine Leute in drei Teams auf: Die Piloten hatten den falschen HERMES auf eine ins Perihel führende Bahn zu steuern. Die Physiker sollten die Landefähren in die zylindrische Kammer bugsieren, die ein paar Dutzend Meilen vom HERMES im Raum hing. Die Ärzte und Kirsting hatten, wenn das zweite Team es für zulässig hielt, die Landefähren biologisch zu untersuchen. Trotz dieser Aufteilung war die Crew bestens darüber informiert, wie es insgesamt stand. Harrach und Tempe steuerten den leeren Riesen, der sich, obwohl auf seinem Rücken noch die Schweißnähte glühten, gemächlich auf die Reise machte, und verständigten sich über Intercom ständig mit der Gruppe Nakamuras, die auf die Landefähren wartete.

Polassar schloß nicht aus, daß das Gestammel des einen Senders lediglich auf einen simplen Defekt zurückzuführen war, Harrach aber hielt es für das Werk der Quintaner, er war sich dessen sicherer, als daß er auf zwei Beinen ging – er *wollte* ganz einfach, daß die Tücke der Quintaner möglichst schnell ans Tageslicht kam und man ihnen mit dem Laser heimleuchten konnte. Tempe sagte dazu nichts, sondern erwog nur im stillen, ob ein so verbiesterter Mann noch die verantwortliche Funktion des Ersten Piloten ausüben konnte. Offensichtlich doch, da GOD dem Kommandanten nichts gemeldet hatte. Oder waren sie schon alle miteinander verrückt geworden?

Der Quarantänezylinder, von den ihn umkreisenden Scheinwerfern in helles Licht getaucht, nahm die Landefähren in sein klaffendes Maul. Automaten machten sich an eine erste Untersuchung, und die Physiker in der Überwachungszentrale konnten nicht entscheiden, ob die Beschädigung der einen auf Zufall oder Absicht zurückzuführen war. Harrach brachte das auf die Palme, denn er wußte es besser: Faule Tricks der Quintaner! Nach einer Stunde stellte sich aber heraus, daß die Sonde einen Teil der Antenne und des Bugstrahlers eingebüßt hatte, als sie gegen einen Meteorensplitter oder Metallbrocken gestoßen war. Derartige Kollisionen waren in diesem System nicht verwunderlich.

Auf dem hohlen Zwilling des HERMES glommen im Dunkel die letzten Schweißnähte, man hätte ihm schon Schub geben können, aber dafür mußten die Piloten den Befehl des Kommandanten abwarten. Dieser wiederum ließ nichts von sich hören, weil er auf das Ergebnis der Expertise wartete: In welchem Zustand waren die Landefähren zurückgekehrt, und – last but not least – welche Informationen hatten sie mitgebracht?

Die Informationen erwiesen sich als höchst bemerkenswert, und die Landefähren waren – von dem wohl doch durch höhere Einwirkung entstandenen Schaden abgesehen – unversehrt und durch nichts verseucht. Als Harrach das hörte, entfuhr ihm der Ausruf: »Was für eine Heimtücke!«

»Schließlich gab es sogar in Sodom einen gewissen Lot«, meinte Tempe. Er gierte geradezu nach den Neuigkeiten von der Quinta, aber die Steuerzentrale wurde damit einfach vernachlässigt. Endlich erbarmte sich Nakamura der Piloten und überspielte ihnen die Ergebnisse des Erkundungsflugs aus einer Vakuumkammer außerhalb des Raumschiffs.

Es begann mit einem Märchen – demselben, das der Solaser dem Planeten übermittelt hatte. Dann folgte eine lange Serie von Landschaften, wahrscheinlich Naturreservaten, die von der Zivilisation unberührt geblieben waren. Meeresküsten, Wogen, die sich im Sande brachen, die rot hinter tiefhängenden Wolken versinkende Sonne, Waldmassive von einem viel dunkleren Grün als auf der Erde, Baumkronen, die fast dunkelblau waren.

Vor diesem wechselnden Hintergrund leuchteten Buchstaben auf:

AKZEPTIEREN LANDUNG EINER RAKETE BIS ZU EINER MASSE VON 300 000 METRISCHEN TONNEN, FALLS IHR PASSIVITÄT UND GUTEN WILLEN GARANTIERT STOP HIER FOLGT DAS KOSMODROM STOP

Aus einem schweren grünen Dunst hob sich, aus großer Höhe gesehen, mattglänzend wie erstarrtes Quecksilber, ein gewaltiges Plateau. In regelmäßigen Abständen standen darauf, Schachfiguren gleich, Stalagmiten, staunenswert schlanke, spitze Nadeln von untadeligem Weiß. Sie wuchsen. Jede an ihrem Fuß an ein goldflirrendes Spinnennetz gewoben, schoben sie sich aufwärts, bis sie zum Stillstand kamen. In der Ferne zogen an einem völlig wolkenlosen Himmel Vögel dahin, jeder mit vier langsam schlagenden Schwingen. Es mußten riesige Geschöpfe sein. Sie glichen Kranichen, die winterliche Gegenden verlassen.

Unten, an den Stalagmiten – die Augen der Menschen hatten in ihnen bereits Raketen erkannt –, stob es von bunten und dunklen Flocken, die in Massen über breite Rampen in die weißen Raumschiffe strömten. Die Zuschauer strengten ihre Augen an, um endlich zu sehen, wie die Quintaner ausschauten: mit dem gleichen Ergebnis, wie ein Besucher vom Neptun es erzielt hätte, wenn er, eine Meile über einem überfüllten Olympiastadion schwebend, versucht hätte, hinter das Aussehen der Menschen zu kommen. Das bunte Gestöber wimmelte immer noch um die Rampe und strömte in die schneeweißen Raumschiffe. Auf deren Rümpfen leuchteten in senkrechten Reihen unleserliche Hieroglyphen. Die Menge lichtete sich, alle warteten auf den baldigen Start dieser weißen Flottille. Diese aber sank mit majestätischer Geruhsamkeit in sich zusammen.

Die goldigbraunen Spinnweben schoben sich morsch von den Rümpfen und legten sich in unregelmäßige Ringe. Nur die weißen Schnäbel ragten noch aus dem platten Quecksilbersee, bis auch sie in Brunnenschächte von düsterem Rot traten, über denen weder Tor noch Tür sich schloß, sondern nur der matte Glanz jenes Quecksilbers. Alles lag verlassen, bis sich vom Rand her langsam ein Tausendfüßler auf den Bildschirm schob, keineswegs ein Lebewesen, sichtlich ein Automat. Aus seiner platten Schnauze schlugen Fontänen einer hellen, gelblichen Flüssigkeit, die breitlief und dabei zu sieden begann. Als sie völlig eingekocht war, wurde das Quecksilber schwarz wie ein Asphaltsee, der Tausendfüßler krümmte sich zu einem Bügel, daß sämtliche Beine der Bauchseite in der Luft hingen, kehrte sich direkt den zusehenden Menschen zu und riß weit seine vier Augen auf – sofern es überhaupt Augen und nicht Scheinwerfer waren. Wie große, runde, verwunderte Fischaugen aber sahen sie aus mit dem schmalen Ring der metallisch glänzenden Iris und der schwärzlich schimmernden Pupille. Dieses ganze automatisierte Gefährt schien mit sorgenvoller Überlegung die Menschen zu mustern. Es schien aus diesen vier Pupillen zu blicken, die nicht mehr rund waren, sondern sich schlitzten wie bei einer Katze. Zugleich aber kam aus ihrer Mitte ein schwaches bläuliches Zwinkern. Danach sank das Gerät auf die schwarze Unterlage zurück und trabte, die tausendfüßigen Hüften schwingend, aus dem Bild. Vom Himmel waren die Vögel verschwunden, an ihrer Stelle erschien ein Schriftzug:

DAS IST UNSER KOSMODROM STOP SIND MIT EURER ANKUNFT EINVERSTANDEN STOP FORTSETZUNG FOLGT

Diese Fortsetzung folgte dann auch tatsächlich, zunächst in Form von Blitz, Donner, Wolkenbruch und Regen, der schräg gegen stufenförmige Bauwerke peitschte, die durch unzählige Viadukte miteinander verbunden waren. Eine sonderbare Stadt in strömendem Regen – das Wasser schoß über die ovalen Dächer und aus den Wasserspeiern an den Köpfen von Brücken, die eigentlich Tunnel waren, elliptische Öffnungen, auf deren Mitte in flimmernden

Strichen Lichter dahinschossen. Überlandverkehr? Nirgends ein lebendiges Wesen, Straßentunnel – andererseits stiegen die Gebäude übereinander wie in Metall gegossene toltekische Pyramiden; Straßen gab es dort gar nicht, das eigentliche Niveau der Stadt – falls es eine solche war – ließ sich nicht ausmachen, der Regen jagte in silbrigen Böen um die gigantischen Bauwerke, die Blitze zuckten, ohne daß darauf ein Donner folgte, und von den pyramidenförmigen Häusern floß das Wasser auf erstaunliche Weise ab: Es wurde von Rinnen aufgenommen, die an ihrem Ende so aufwärts gebogen waren, daß sie den ganzen Schwall in die Luft schickten, wo er sich wieder in den unablässig rinnenden Regen mischte. Einer der niederzuckenden Blitze brach plötzlich mittendurch und gerann zu feurigen Buchstaben:

GEWITTER SIND AUF UNSEREM PLANETEN EINE HÄUFIGE ERSCHEINUNG STOP

Das Bild wurde trübe und erlosch. Von schmutziggrauem Grund hoben sich zertrümmerte Konturen ab, in der Tiefe zuckte ein Durcheinander von Feuer und Wolken, vielleicht auch von Qualm. Schichtenweise türmten sich Bruchstücke riesiger Konstruktionen übereinander. Im Vordergrund lagen gleichmäßig aufgereiht weißliche Flecken, wie die nackten, schlammverschmierten Rümpfe zerrissener Geschöpfe. Über diesem eisenfarbenen Friedhof leuchteten Buchstaben auf:

DIESE STADT IST DURCH EUREN LUNOKLASMUS VERNICHTET WORDEN STOP

Die Aufschrift verschwand, das Bild wanderte über Ruinen, zeigte in Nahaufnahmen unbegreifliche Anlagen. Eine davon, die einen ungewöhnlich dicken Mantel von Metall besaß, war geborsten, im Innern – das Teleobjektiv fuhr ganz nahe heran – steckten erneut zerfetzte Überreste. Es war nicht zu enträtseln, welche Gestalt sie zu Lebzeiten gehabt hatten, so wenig wie bei menschlichen Leichnamen, die halb verschlissen und lehmfarben aus einem Massengrab geborgen werden. Dann fuhr die Kamera jäh zurück und zeigte wieder ein endloses Trümmerfeld, durch das sich in tiefen Gräben massige Bagger fraßen, die Deckflüglern glichen. Mit rotgestreiften Kiefern gruben sie sich in den Schutt, mühsam, aber hartnäckig gingen sie gegen eine Fassade vor, die einst milchweiß wie Alabaster gewesen, jetzt aber rußgeschwärzt war. Endlich stürzte auch diese Wand ein, und Staub verhüllte mit braunroten Schwaden das ganze Bild. Eine Weile waren im Steuerraum nur hastige Atemzüge und das Ticken des Sekundenzeigers zu hören. Wieder wurde es hell, und ein sonderbares Diadem erschien, ein völlig durchsichtiger Kristall, mit einer Vertiefung, die nicht für einen menschlichen Kopf bestimmt war, brillantengleich funkelnde Stiele und von alledem eingeschlossen der Dodekaeder eines blaßrosa Spinells. Über ihm erschien die Aufschrift:

DIE KRÖNUNG. ENDE

Es ging dennoch weiter. In gleißendem Halogenlicht standen auf einem sanften Berghang kopflose dunkle Krustentiere, einer Rinderherde gleich, die auf den Almen weidet. Der Blick suchte vergeblich herauszufinden, was sie waren: Große Schildkröten? Gigantische Käfer? Das Bild glitt aufwärts, immer steiler hinauf zu einer Felswand mit schwarzen Öffnungen von Grotten und Höhlen, aus denen etwas rann – kein Wasser, sondern flüssiger Staub, eine gelbbraune Absonderung. Vor einem lilafarbenen Hintergrund, der sich leicht wiegte, liefen Wörter vorüber:

AKZEPTIEREN EURE ANKUNFT MIT EINEM RAUMSCHIFF VON 300 000 METRISCHEN TONNEN RUHEMASSE STOP AUF ABGEBILDETEM KOSMODROM AA035 STOP GEBT TERMIN AN STOP GARANTIEREN EUCH FRIEDEN UND VERGESSEN STOP NACH EURER MERCATORPROJEKTION 135. LÄNGENGRAD 48. BREITENGRAD STOP ERWARTEN SIGNAL EURER ANKUNFT STOP STOP STOP

Der Monitor erlosch, und das Tageslicht überflutete den

Steuerraum. Der Zweite Pilot, ganz blaß, die Hände unwissentlich an die Brust gepreßt, starrte immer noch auf den leeren Bildschirm. Harrach rang mit sich selber, der Schweiß rann ihm in dicken Tropfen von der Stirn und setzte sich in die dichten hellen Augenbrauen.

»Das ... das ist ... Erpressung«, stieß er hervor. »Uns geben sie die Schuld ... an dem ... dort ...«

Tempe fuhr auf, als sei er plötzlich geweckt worden, und besann sich sogleich. »Weißt du was«, sagte er leise, »das stimmt ja alles ... Hat uns jemand hierher eingeladen? Wir sind mitten in ihr Unglück geraten – um es zu vergrößern ...«

»Hör auf!« raunzte Harrach. »Wenn du Buße tun willst, dann geh zu deinem Pfaffen! Mich brauchst du nicht zu bekehren! Das ist nicht nur Erpressung, das ist noch viel ausgekochter! Oh, ich sehe schon, wie sie uns beim Kanthaken nehmen wollen – Mann, komm doch zu dir! *Das* war nicht unsere Schuld, sie selber ...«

Tempe hielt es nicht mehr auf seinem Sitz. »Wenn hier einer zu sich kommen muß, dann bist du es. Wie das Spiel auch endet – was wir getan haben, haben wir getan. Der Kontakt vernunftbegabter Wesen, mein lieber Gott! Wenn du schon jemanden verwünschen mußt, dann fluche auf SETI und CETI und auf dich, weil du unbedingt ein ›Psychonaut‹ werden wolltest. Am besten aber hältst du die Schnauze. Das ist das Gescheiteste, was du jetzt machen kannst.«

Am Nachmittag wurde SESAM mitsamt den Landefähren an Bord genommen. Arago verlangte von Steergard eine gemeinsame Beratung über das weitere Vorgehen. Der Kommandant schlug es rundweg ab. Keine Beratungen und Sitzungen, solange die definitive Phase des Programms nicht abgeschlossen war. Mit einem Gamma-Laser abgestimmt, verschwand der falsche HERMES um die Wölbung der Sexta und ging mit voller Kraft zur Quinta, mit der er die verabredeten Signale tauschte.

Tempe hatte nach seinem Dienst den Kommandanten sprechen wollen und bekam eine Absage. Steergard saß allein in seiner Kabine und ließ niemanden zu sich. Der Pilot fuhr nach mittschiffs, hatte aber doch nicht den Mut, den Priester aufzusuchen. Auf halbem Wege kehrte er um und erkundigte sich über den Intercom nach Gerbert, denn dieser war nicht in seiner Kabine. Er saß mit Kirsting und Nakamura in der Messe. Das Raumschiff manövrierte, um einen gewissen Schub zu entwickeln; es blieb im Schatten der Sexta, und an Bord herrschte eine leichte Schwerkraft. Als Tempe sah, wie die anderen aßen, wurde ihm bewußt, daß er seit Sonnenaufgang nichts mehr zu sich genommen hatte. Er nahm sich Braten mit Reis und setzte sich schweigend zu den anderen, aber kaum daß er das Fleisch mit der Gabel berührt hatte, wurde ihm zum erstenmal im Leben speiübel von diesen grauen Fasern. Etwas essen mußte er aber, und so nahm er, nachdem er seinen Teller in der Absauganlage der Küche geleert hatte, aus dem Automaten einen aufgewärmten Vitaminbrei – um wenigstens etwas im Magen zu haben. Niemand sprach ein Wort zu ihm. Erst als er Teller und Besteck in den Geschirrspülautomaten geworfen hatte, winkte Nakamura ihn mit seinem feinen Lächeln zu sich. Tempe setzte sich, der Japaner wischte sich mit einer Papierserviette den Mund. Sie warteten, bis Kirsting gegangen war und sie nur zu dritt mit Gerbert dasaßen. Der neigte, wie es seine Art war, den Kopf mit den glattgekämmten schwarzen Haaren zur Seite und sah den Piloten abwartend an. Tempe zuckte die Achseln zum Zeichen, daß er nichts, aber auch gar nichts zu sagen hatte.

»Die Welt verschwindet nicht dadurch, daß wir ihr den Rücken kehren«, sagte unvermittelt der Physiker. »Wo das Denken ist, ist auch die Grausamkeit. Beides geht miteinander her. Da man es nicht ändern kann, muß man es akzeptieren.«

»Warum läßt der Kommandant denn keinen zu sich?« entfuhr es dem Piloten.

»Das ist sein gutes Recht«, erwiderte ungerührt der Japaner. »Der Kommandant muß – wie jeder von uns – sein Gesicht wahren. Auch wenn er allein ist. Doktor Gerbert leidet, der Pilot leidet, ich aber leide nicht. An Pater Arago wage ich nicht zu erinnern.«

Tempe verstand nicht. »Wieso ... wieso leiden Sie nicht?«

»Ich habe kein Recht darauf«, erklärte Nakamura gelassen. »Die moderne Physik erfordert eine Vorstellungskraft, die vor nichts zurückscheut. Das ist nicht mein Verdienst, sondern eine Gabe meiner Vorfahren. Ich bin weder Prophet noch Hellseher. Ich bin rücksichtslos, wenn es gilt, rücksichtslos zu sein. Andernfalls dürfte ich nicht einmal Fleisch essen. Jemand hat einmal gesagt: Nemo me impune lacessit. Schämt er sich dessen jetzt?«

Der Pilot wurde blaß. »Nein.«

»Das ist gut so. Ihr Freund und Kollege Harrach führt in der Maske des großen Zorns ein Theaterstück auf wie die Dämonen in unserem Kabuki-Theater. Man darf gegen die anderen weder Zorn noch Verzweiflung, weder Erbarmen noch Rache fühlen. Und Sie wissen jetzt schon selber, warum. Oder irre ich mich?«

»Nein«, sagte Tempe. »Wir haben dazu nicht das Recht.«

»Eben. Die Unterhaltung ist beendet.« Er sah zur Uhr. »In siebenunddreißig Stunden setzt der HERMES auf. Wer wird dann Dienst haben?«

»Wir beide. Laut Befehl.«

»Ihr werdet nicht allein sein.«

Nakamura stand auf, verneigte sich und ging. In der leeren Messe summte leise die Geschirrspülmaschine, die Klimaanlage erzeugte einen leichten Luftzug. Der Pilot sah verstohlen zu dem Arzt hin, der immer noch reglos dasaß: den Kopf in die Hände gestützt, starrte er vor sich hin. Tempe ließ ihn so sitzen, sagte kein Wort, als er die Messe verließ. Es gab nichts mehr zu sagen.

Die Landung des HERMES verlief überaus spektakulär. Am vorgesehenen Punkt des Planeten niedergehend, spie das Heck der Attrappe solches Feuer, daß es, von den weit ins All entsandten Myriaden von Augen übertragen, aussah, als steche eine glühende Nadel in die milchige Wolkenmasse und zerpflücke sie in rosig leuchtende Knäuel. In dieses von den Flammen ausgebrannte Fenster tauchte das Raumschiff, bis es verschwand. Die flaumigen Zotten der Zirrocumuli wanden sich zu einer Spirale und begannen bereits das Loch in der Wolkenhülle der Quinta zu schließen, als durch die immer noch vorhandenen Lücken ein greller gelber Schein brach. Zehn Minuten brauchte das mit Lichtgeschwindigkeit ausgesandte Signal, um von dem Planeten zum echten HERMES zu gelangen, und genau nach dieser Zeit meldete sich der auf die Sexta gerichtete Sender der Attrappe zum ersten- und letztenmal. Die Wolken lösten sich an jener Stelle noch einmal auf, diesmal aber langsamer und sanfter, durch den Steuerraum mit den Menschen aber ging es wie ein kurzes, unterdrücktes Stöhnen.

Steergard, die Scheibe der Quinta mit ihrem unbefleckten Weiß im Rücken, rief GOD.

»Gib mir eine Analyse der Explosion.«

»Ich habe nur das Emissionsspektrum.«

»Gib mir auf der Grundlage dieses Spektrums die Ursache der Explosion.«

»Sie wird ungewiß sein.«

»Das weiß ich. Los!«

»Ich gehorche. Vier Sekunden nach Abschaltung des

eigenen Schubs hat es den Reaktorkern zersprengt. Soll ich die Varianten der Ursache angeben?«

»Ja.«

»Erstens: Ins Heck traf ein Neutronenstrahl mit einem solchen Intervall schneller und langsamer Teilchen, daß der gesamte Reaktormantel durchschlagen wurde. Der Reaktor begann, obwohl er abgeschaltet war, als Brüter zu arbeiten, und im Plutonium lief eine exponentielle Kettenreaktion ab. Zweitens: Der Heckpanzer ist von einer Kumulationsladung mit einem kalten Anomalonsprengkopf durchschlagen worden. Soll ich die Priorität der ersten Variante nachweisen?«

»Ja.«

»Ein ballistischer Angriff hätte das gesamte Raumschiff vernichtet. Der Neutronenschlag durfte nur das Triebwerk zerstören, weil vorausgesetzt wurde, daß sich an Bord Wesen biologischer Natur befanden, die folglich durch eine Reihe strahlungssicherer Schotte vom Triebwerk getrennt sein würden. Soll ich die Spektren zeigen?«

»Nein. Sei jetzt still.«

Steergard merkte erst jetzt, daß er im weißen Schein der Quinta stand wie in einer Aureole. Ohne hinzusehen, schaltete er das Bild aus und schwieg eine Weile, als ordnete er in Gedanken die Worte der Maschine. »Will jemand das Wort ergreifen?«

Nakamura hob die Brauen und sagte langsam, gleichsam mit einer von Bedauern geprägten Hochachtung, geradezu zeremoniell: »Ich stehe zur Hypothese Nummer eins. Das Raumschiff sollte sein Triebwerk einbüßen, die Besatzung aber heil davonkommen. Möglicherweise mit Verletzungen, aber lebendig. Von Leichen erfährt man nicht viel.«

»Ist jemand anderer Ansicht?« fragte Steergard.

Alle schwiegen, wie erstarrt nicht so sehr von dem Vorgegangenen und Gesagten als vor dem Gesichtsausdruck des Kommandanten.

»Na los«, sagte Steergard, er brachte kaum den Mund auf, als hätte ihn die Kieferklemme befallen. »Los, ihr Tauben, ihr Prediger von Eintracht und Barmherzigkeit – meldet euch zu Wort, gebt uns und ihnen die Chance der Rettung! Überzeugt mich, daß wir umkehren und der Erde den lumpigen Trost bringen müssen, daß es noch schlechtere Welten gibt! Und daß man sie getrost dem eigenen Verderben überlassen kann. Für den Zeitraum, in dem ihr mich zu überreden versucht, bin ich nicht euer Kommandant. Ich bin der Enkel eines Lofotenfischers, ein ungehobelter Kerl, der es weiter gebracht hat, als es ihm zugestanden hätte. Ich höre mir alle Argumente an, auch Beschimpfungen, falls ihr sie für angebracht haltet. Was ich höre, wird aus dem Gedächtnis von GOD getilgt. Ich höre.«

»Das ist kein Audruck der Demut, sondern der Hoffart. Daran ändert sich auch nichts, wenn man symbolisch die Würde des Kommandanten niederlegt.« Arago war, als wollte er besser gehört werden, aus der Reihe der anderen herausgetreten. »Soll aber jeder bis zuletzt nach seinem Gewissen handeln – sei es in einem Drama oder in einer Tragifarce, denn keiner führt ja im Schauspiel seines Lebens selbst Regie und spielt wie ein Schauspieler nur eine erlernte Rolle –, so sage ich: Wenn wir töten, retten wir nichts und niemanden. Unter der Maske des HERMES steckte die Heimtücke, unter der Maske des Kontakts um jeden Preis aber verbirgt sich nicht der Wissensdurst, sondern die Rachsucht. Was immer du, sofern du nicht umkehrst, tust, es endet mit einem Fiasko.«

»Der Rückzug wäre also kein Fiasko?«

»Nein«, sagte Arago. »Du weißt mit Sicherheit, wie blutig du die anderen treffen kannst. Aber mehr weißt du mit gleicher Gewißheit nicht.«

»Das stimmt. Sind Sie fertig, Pater? Möchte noch jemand sprechen?«

»Ich.«

Das war Harrach.

»Kommandant, falls du Anstalten zum Rückzug machen solltest, werde ich alles in meinen Kräften Stehende tun, um es zu verhindern. Davon kannst du mich nur abhalten, wenn du mich in Ketten legen läßt. Ich weiß, daß ich nach der Diagnose GODS nicht mehr normal bin. Meinetwegen, aber normal ist von uns hier keiner mehr. Wir haben alles aufgeboten, was in unseren Kräften stand, um diese Leute zu überzeugen, daß sie von uns nichts zu befürchten haben. Wir haben uns vier Monate lang angreifen, anführen, verlocken und betrügen lassen, und wenn Pater Arago hier der Stellvertreter Roms ist, soll er doch bitte schön daran denken, was sein Heiland im Matthäus-Evangelium sagt: Ich bin nicht gekommen, Frieden zu senden, sondern das Schwert. Und, so sagt er weiter … aber ich habe schon genug geredet. Stimmen wir ab?«

»Nein. Die Leute dort unten haben vor fünf Stunden eine Enttäuschung erlebt, da dürfen wir nicht zögern. El Salam, du setzt den Solaser in Betrieb.«

»Ohne Warnung?«

»Die ist nach einer Beerdigung unnötig. Wie lange brauchst du?«

»Zweimal sechzehn Minuten für Parole und Antwort, dazu die Zeit, ihn ins Ziel zu führen. In zwanzig Minuten kann er losschlagen.«

»Soll er es tun.«

»Programmgemäß?«

»Ja, eine Stunde lang.«

»Nakamura, du lieferst uns die Augen. Wer nicht hinsehen will, kann gehen.«

Wohlversteckt in einer von Staubwolken gebildeten Tarnmaske, die durch die Strahlung der Zeta einen hellen Glanz erhielt, eröffnete der Solaser das Feuer – um ein

Uhr nachts, also mit dreistündiger Verzögerung. Steergard hatte eine perfekte Kollimation verlangt, folglich also den tangentialen Schlag gegen den Eisring genau dort, wo man ihnen die Falle gestellt hatte. Demzufolge mußte abgewartet werden, bis der Planet sich ausreichend um seine Achse gedreht hatte.

Achtzehn Terajoule schlugen in einem Degen aus Licht gegen den Planeten. Der Sprung der Photometer wies nach, daß das im leeren Raum unsichtbare Messer der Sonnenfräse seitlich am Rand des Eisrings ansetzte und ihn von außen her aufriß. Das Bild war stumm und hätte sich mit dem Handteller abdecken lassen, zeigte aber dennoch die ganze der Sonne entnommene Energie, die sich im Zusammenstoß des an Härte jeden Stahl übertreffenden Lichts mit dem eisigen Kranz entlud, der auf Tausende von Meilen auseinandergetrieben wurde. Das Zentrum des Schlags war zunächst als funkensprühende Lücke zu erkennen, aus der im Flimmern sonderbar verkrümmter Regenbogen ein wirbelnder, sich ballender Flockensturm brach. Der Eisring kam ins Sieden und verdampfte. In Gas verwandelt, gefror er sofort, verteilte sich außerhalb der Brandstelle im schwarzen Raum und bildete einen langen, streifigen Schleier, der sich hinter dem Planeten herzog und hinter diesem verschwand, weil der Laser gegen dessen Drehrichtung schnitt. Steergard hatte befohlen, die schrägstehende, glitzernde Eisscheibe so zu treffen, daß sie aus dem dynamischen Gleichgewicht kam. Die im Solaser gesammelte Leistung reichte für sieben Minuten Zerspanung im Terajoule-Bereich.

»Das wird genügen«, hatte GOD seinen Spruch gefällt.

Der äußere Ring war bereits geborsten, und in dem inneren, der durch eine Kluft von sechshundert Meilen von jenem getrennt war, wimmelte es von Turbulenzen, verursacht durch Veränderungen des Drehmoments. Als der ins Dunkel gefegte Eiswirbel in mähnigen Wolken hinter der

Tageshälfte des Planeten auf der Nachtseite verschwand, erstrahlte der Horizont der Quinta, als ginge hinter ihm in schillernden Rauchsäulen eine Zwillingssonne auf und tauchte die noch unversehrte, glatte Wölbung des Wolkenmeeres in rote Glut. Diese ganze entsetzliche Katastrophe bot einen großartigen Anblick. In den Trillionen Eiskristallen des zerfrästen Rings brach sich das Licht und schuf ein kosmisches Feuerwerk, das alle Sternbilder des Hintergrunds verdunkelte. Ein atemberaubendes Schauspiel. Die Männer im Schaltraum wandten den Blick unwillkürlich vom oberen Lokator, wo direkt über der Sonne exzentrisch der Laserdiamant strahlte, auf den Hauptmonitor: Dort riß der stetige, impulslose Energiestrahl schneeweiße Schollen aus den berstenden Schichten des Eises.

Kam den anderen eine solche Katastrophe unerwartet? Vom Planeten aus mußte sie unwahrscheinlich anmuten, eine unaufhörliche Explosion hoch im Himmel, nur waren wohl nicht die Regenbogen zu sehen, die wie Blitze emporschossen. Milliarden Eistrümmer mußten bereits niederstürzen, ins Sieden geratene Gletscher die Luft erbrüllen lassen und die Wolken in Fetzen reißen – die darunter zugrunde gingen, würden es nicht wie ein Schauspiel betrachten …

Vom Schaltraum aus erschien die den Planeten umhüllende Atmosphäre nur als dünnes Häutchen. Die ganze Gewalt dieser astrotechnologischen Amputation konnten ohne Schaden nur die Bewohner der um den Äquator gelegenen Gebiete sehen, bevor sie von der Druckwelle erfaßt wurden, die schneller war als der Schall. Der Photonenhobel an den Mündungen des Solasers rückte Millimeter um Millimeter weiter und vernichtete damit im Ziel Eisflächen auf Hunderte von Meilen – nur direkt im Süden wies noch nichts auf die Furie hin, mit der die Eisscheibe in Brüche ging und in jeder Minute Hunderte Kubikkilometer zertrümmerten Eises verlor.

Jetzt machte sich innerhalb der hoch über die Atmosphäre getriebenen Wolke der Laser sichtbar, der einen Feuerschacht in sie hineinschlug. Die Spektrometer zeigten keinen siedenden Dampf mehr an, sondern ionisierten freien Sauerstoff und Hydroxylgruppen.

Die Minuten wurden den Männern im Steuerraum zur Ewigkeit. Der Ring taumelte wie ein berstender flacher Kreisel und verlor, von dunklen Durchschüssen ausgehöhlt, seinen hellen Glanz. Die nördliche Halbkugel begann sich zu blähen, als werde die Planetenhülle selbst aufgeblasen, aber es waren nur die Massen des Eisbruchs, die im Niederstürzen Luft, Feuer und Schnee in den Raum preßten. Am Äquator aber hielt der Laserstrahl weiter hartnäckig den hellblau glühenden Bohrer tangential an dem pilzförmigen Auswuchs der Explosion, bis die Wolkenhülle der Quinta im Westen sich zu einer Fläche von trübem Perlgrau verdunkelte, während der Osten in den Geisern der Eruptionen bis zu den Sternen flammte.

Niemand sprach ein Wort. Später, wenn sie sich dieser Minuten erinnerten, sagten sie, sie seien fast sicher gewesen, daß es einen Gegenangriff geben würde, daß die anderen wenigstens versuchen würden, den Schlag abzuwehren, der direkt ins Herz der seit Jahrhunderten aufgebauten Sphäromachie gerichtet war, daß sie sich anschickten, die Quelle der Katastrophe zu treffen, die sich deutlich von der Sonnenscheibe abhob, da sie fünfmal heller war als diese. Es geschah aber nichts. Über dem Planeten stieg eine weiß emporwirbelnde Rauchsäule auf, die breiter war als er und zu einem vielblättrigen Pilz zerflatterte, in dem sich tausendfach das Licht brach. Ein Anblick von grausamer Schönheit. Der schneidende Strahl aber stach nach wie vor durch das sich ballende Gewölk wie eine glühende goldene Saite, die sich von der Sonne zu dem Planeten spannte. Dieser letztere schien seine Scheibe selbst mit den zerklüfteten Zirrocumuli zu bedecken zum Schutze vor diesem unglaublich dünnen und dabei so verderblichen Strahl, der auf die letzten, bereits in die Atmosphäre tauchenden Eiskrusten einstach. Nur zuweilen glänzte durch die von den Schlägen beiseite geschleuderten Wolken ein Rest des immer noch in der Agonie rotierenden Rings.

In der sechsten Minute ließ Steergard den Solaser abschalten, um die verbliebene Energie als Reserve zu behalten. Der Solaser erlosch so jäh, wie er aufgeflammt war, und gab über Infrarot die Meldung durch, daß er die bisherige Position verließ. Seine Entdeckung wäre selbst nach dem Erlöschen kinderleicht gewesen – nach dem Planckschen Spektrum, das typisch für feste Körper mit einer durch die Nähe einer Chromosphäre erzwungenen Strahlung ist. Die Gitterkonstruktionen stießen also aus kleinen Mörsern einen in der Sonne glühenden Staub, und der Solaser vollzog unter dieser Tarnung eine Standortveränderung, wobei er sich wie ein unter Federdruck wieder aufklappbarer Fächer zusammenlegte.

GOD arbeitete an der Grenze seiner Spitzenbelastung. Er registrierte das Ergebnis des Schlags, das Schicksal ungezählter niedrig kreisender Satelliten, die in die von den Explosionen aufgeblähte Atmosphäre geraten und in feurigen Parabeln verglüht waren. Dabei meldete der Computer zusätzlich, die Attrappe des HERMES könne auch durch einen magnetodynamischen Angriff in einer Konzentration von Feldern zerstört worden sein, die Billionen von Gauß lieferten. GOD hatte noch eine vierte Hypothese in petto, die sich auf implosive Kryotronbomben gründete. Der Kommandant wies an, diese Daten als archivarisch anzusehen.

Sie hielten sich noch immer auf der stationären Umlaufbahn im Schatten der Sexta, als Steergard Nakamura und Polassar rufen ließ, um ihnen ein handgeschriebenes Ultimatum vorzulegen. Als Übermittler sollten die holographischen Augen dienen, die bei der Emission der für sie nicht verkraftbaren Signale zugrunde gehen würden. Das Spiel war aber selbst diesen Preis wert.

Der Wortlaut war eindeutig:

EUER RING WURDE ZERSTÖRT ALS VERGELTUNG FÜR DEN ANGRIFF AUF UNSER RAUMSCHIFF STOP GEBEN EUCH 48 STUNDEN ZEIT ZUR ERHOLUNG STOP GREIFT IHR UNS AN ODER ANTWORTET IHR NICHT, BLASEN WIR EUCH IN DER ERSTEN PHASE DIE ATMOSPHÄRE WEG STOP IN DER ZWEITEN PHASE NEHMEN WIR DIE OPERATION DES PLANETOKLASMUS VOR STOP EMPFANGT IHR UNSEREN ABGESANDTEN UND KEHRT ER HEIL AUF UNSER RAUMSCHIFF ZURÜCK, UNTERLASSEN WIR DIE ERSTE UND DIE ZWEITE PHASE STOP STOP STOP

Der Japaner fragte, ob der Kommandant tatsächlich bereit sei, die Atmosphäre wegzufegen, und setzte hinzu, daß für eine Kavitation des Planeten keine ausreichende Energie verfügbar sei.

»Das weiß ich«, antwortete Steergard. »Ich will auch die Atmosphäre nicht wegblasen, sondern baue darauf, daß sie es auch so glauben. Was den Sideroklasmus angeht, so möchte ich die Ansicht von Polassar hören. Auch hinter einer unausgeführten Drohung muß eine reale Kraft stehen.«

Polassar zögerte mit der Antwort.

»Es wäre eine gefährliche Überlastung der Sideratoren. Die Mantia läßt sich allerdings durchschlagen. Wenn wir die Basis der Kontinentalplatten antasten, geht die Biosphäre zugrunde. Nur Bakterien und Algen überleben. Muß mehr darüber gesagt werden?«

»Nein.«

Sie erachteten es für notwendig, das Ausmaß der Katastrophe kennenzulernen. Das war überaus schwierig. Die Löcher in der Hülle, mit der sich die Quinta durch ihr Funkrauschen umgeben hatte, zeugten vom Ausfall Hunderter Sendestationen, aber ohne Spinographie war es unmöglich, die Zerstörungen der technischen Infrastruktur auf dem großen Kontinent auch nur annähernd zu überblicken. Die Effekte der Katastrophe teilten sich bereits auch der Südhalbkugel und den übrigen Kontinenten mit. Die seismische Tätigkeit verstärkte sich jäh: Im Wolkenmeer zeigten sich dunkle Flecken, weil offenbar sämtliche Vulkane Magma und Gase mit einem beträchtlichen Zyanidanteil ausspien.

GOD schätzte die Eismassen, die die Oberfläche des Landes und der Ozeane erreicht hatten, auf drei bis vier Trillionen Tonnen. Die nördliche Halbkugel war weitaus stärker getroffen worden als die südliche, das Meer aber war überall angestiegen und hatte die Küsten überschwemmt. GOD machte den Vorbehalt, er könne nicht bestimmen, wieviel von dem Eis im festen Zustand auf den Planeten gestürzt und wieviel getaut sei – das hing von der nicht genau bekannten Größe der Eisblöcke ab. Falls sie mehr als Tausende von Tonnen betrug, ging in den obersten Luftschichten nur ein Bruchteil der Masse verloren. Ein konkreter Divisor ließ sich jedoch nicht angeben.

Harrach, der im Steuerraum seinen Dienst versah, hatte an dem Gespräch, das in der Zentrale geführt wurde, nicht teilgenommen, er hatte aber alles mitgehört und griff ganz unerwartet ein. »Kommandant, ich bitte ums Wort.«

»Was denn nun schon wieder?« fragte Steergard ungeduldig. »Ist es dir nicht genug? Willst du ihnen noch eins draufgeben?«

»Nein. Wenn das, was GOD sagt, einen Sinn hat, reichen achtundvierzig Stunden nicht. Die müssen sich doch erst mal wieder aufrappeln.«

»Du schließt dich da zu spät den Tauben an«, entgegnete Steergard. Die Physiker gaben dem Piloten jedoch recht. Die Frist für die Antwort wurde auf siebzig Stunden verlängert.

Kurz darauf war Harrach allein. Er stellte auf die Automatik um und hatte völlig genug davon, die Quinta zu betrachten, zumal der Qualm der unzähligen vulkanischen Eruptionen braunrot das Weiß des Planeten überzog und dunkel gerann wie schmutziges Blut. Es war kein Blut, Harrach wußte das, wollte aber nicht mehr hinsehen. Auf Steergards Anweisung begann sich das Raumschiff auf der Stelle zu drehen wie der horizontale Ausleger eines Krans. Dank der Zentrifugalkraft, die im Steuerraum am Bug am stärksten spürbar wurde, gab es so den Ersatz einer Gravitation. In der Messe, in der sich die Crew eingefunden hatte, konnte man sich dadurch wenigstens ohne die in der Schwerelosigkeit übliche Akrobatik zu Tisch setzen. Die für die Gyroskopie typischen Präzessionseffekte bereiteten Harrach Übelkeit, obgleich er auf der Erde oft mit dem Schiff gefahren und nicht einmal bei schwerer Dwarsdünung seekrank geworden war.

Er konnte nicht stillsitzen. Was er gewollt hatte, war geschehen. Besah man es vernünftig, so trug er keine Verantwortung für die Katastrophe. Er war sicher, daß alles ebenso abgelaufen wäre, wenn ihn die Wut nicht gepackt und er sich nicht auf wenig schickliche Streitigkeiten mit Pater Arago eingelassen hätte, der doch weiß Gott nichts dafür konnte. Nein, nichts wäre anders gekommen, wenn er schweigend das Seine getan hätte. Er sprang von seinem Sitz vorm Steuerpult, und kaum hatte er die Beine gestreckt, trug es ihn durch die ganze Navigationszentrale. Anders konnte er die Wut nicht entladen, die wieder in ihn zurückschlug und ihn trieb, nicht dazusitzen, die Hände in den Schoß zu legen und sich die klimatische – hoffentlich nur klimatische! – Verwirrung auf dem von Terajoules getroffenen Planeten anzusehen.

Am liebsten hätte er das Bild abgeschaltet, aber das durfte er nicht. Um den ellipsenförmigen Raum lief eine Galerie, die die obere von der unteren Etage trennte. Wie ein Seemann auf schwankendem Deck rannte Harrach mit gespreizten Beinen hinauf und einmal rundherum. Man hätte meinen können, er sei dabei, ein Lauftraining zu absolvieren. Auf Pfeilern, die wie die Speichen eines großen Rades in der Mitte zusammentrafen, zwischen Kreuzstreben, die an der Decke befestigt waren, ruhte die Operationszentrale. Acht tiefe Sessel standen um den Terminal, der einem geköpften Kegel glich. Auf dieser Platte lag der Entwurf des Ultimatums, geschrieben in den für Steergard charakteristischen schrägen, scharfen Schriftzügen. Nachdem Harrach zwischen den Sesseln hindurch an den Tisch getreten war, tat er etwas, was er von sich selbst nie für möglich gehalten hätte: Er drehte das Blatt mit der unbeschriebenen Seite nach oben. Er blickte sich um, ob ihm niemand zusah, aber nur die flimmernden Bildschirme täuschten eine Bewegung vor. Der Pilot setzte sich in den Sessel, den sonst der Kommandant einzunehmen pflegte. Durch die keilförmigen Fenster zwischen den unter einer silbrigen Plastehülle liegenden Pfeilern sah er unten den Navigationsraum, der ebenfalls von verschiedenfarbigen Lichtern, einem flimmernden Schein erfüllt war. Dieser kam immer noch vom Hauptmonitor – vom getrübten Licht der Quinta.

Harrach stützte die Ellenbogen auf das schräge Pult und schlug die Hände vors Gesicht. Wenn er gekonnt, wenn er gedurft hätte, so hätte er vielleicht geweint nach diesem Sodom und Gomorrha.

XVI
Die Quintaner

Er wirkte völlig gelassen und nahm von niemandem Abschied. Keiner seiner Gefährten stieg, als es soweit war, mit ihm in den Lift. Im normalen weißen Raumanzug, den Helm unterm Arm, blickte er auf die nacheinander aufleuchtenden Nummern der Decks, die er durchfuhr. Selbsttätig öffnete sich die Tür. In der kuppelförmig gewölbten Starthalle stand merkwürdig klein die Rakete, untadelig silbern, weil sie noch nie eine Atmosphäre durchquert, die Hitze ihr noch nie Bug und Flanken mit Ruß geschwärzt hatte. Über das Gitterblech, das bei jedem Schritt dumpf widerhallte, ging er auf den Flugkörper zu und spürte dabei eine zunehmende Schwere, das Zeichen, daß der HERMES mit verstärktem Schub das Heck von dem Planeten kehrte, um ihm beim Start den rechten Schwung geben zu können.

Er sah sich um. Hoch oben, wo die Bogenpfeiler zusammentrafen, brannten Kränze starker Leuchtröhren. In ihrem schattenlosen Licht stülpte er sich den Helm über. Die Klammern schnappten zu, automatisch griff er nach dem breiten Rund des metallenen Kragens und atmete, bereits abgeschnitten von der Luft der Halle, den Sauerstoff ein. Der Druck war ein wenig zu hoch, glich sich aber sofort von selbst aus.

Über ihm war die Kabinenluke aufgeklappt. Er trat auf eine Bühne, die ihn emportrug. In der bisher finsteren Luke ging Licht an, das Podest des Hubgeräts hielt genau an der Schwelle, die er, die Füße in großen Stiefeln, den elastischen Handschuh über die Geländerstange führend, ohne Eile überstieg. Dann packte er mit beiden Händen

den Türsturz, schwang sich gebückt, die Beine voran, hinein und landete weich im Innern. Die Luke schloß sich. Mit einem melodischen Pfeifen fiel die bisher über der Rakete hängende gasdichte Haube herunter, und hydraulische Kolben drückten sie in den Schacht des Ausstoßtrichters, damit das Raumschiff beim Start der Landefähre keine Luft verlor und diese nicht von den giftigen Flammen der Triebwerke verseucht wurde.

Leicht wie im Simulator fand der Pilot die gerippten Schläuche der Klimatisierung und schraubte sie an die Muffen des Raumanzugs. Die Bajonettverschlüsse schnappten ein – der Beweis, daß die Gewinde sofort gegriffen hatten. Nun war er mit der Rakete verkoppelt. Deren Wandpolster begann zu schwellen, bis er darinsteckte wie in einem elastischen Wickeltuch, das freilich nur bis unter die Achseln reichte, damit er die Arme frei bewegen konnte. Es gab nicht mehr Platz als in einem ägyptischen Sarkophag, und so waren diese Einmannraketen oft auch genannt worden. Zur Rechten befand sich der Griff des Countdown-Automaten, direkt vor den Augen schimmerten durch das Glas des Helms die Tafeln der Analoganzeiger und die zur Reserve dienenden Digitalzähler für Höhe und Leistung, der künstliche Horizont und in der Mitte ein bisher leerer viereckiger Bildschirm. Als der Pilot den Hebel bis zum Anschlag umlegte, leuchteten sämtliche Lämpchen auf und versicherten mit vertraulichem, wohlwollendem Zwinkern, daß alles bereit sei: das Haupttriebwerk, die acht Steuer- und vier Bremstriebwerke, der Ringfallschirm für die Ionosphäre und der große Havariefallschirm (der Monitor ließ aber mit blitzartig verlöschenden Punkten sogleich wissen, daß es keine Havarie geben würde, und zeichnete zum Beweis eine ideal genaue Flugkurve vom grünen Sternchen des HERMES zur Wölbung des Planeten).

Um Sekundenbruchteile verzögert, meldete sich auch

der dritte, der Kaskadenfallschirm, der auch als fünftes Rad am Wagen bezeichnet wurde.

Tempe hatte solche Augenblicke schon häufig erlebt und mochte sie. Er vertraute diesen rasch pulsierenden grünen, orangefarbenen und blauen Lämpchen. Er wußte, daß sie rot aufflammen konnten wie vor Angst blutunterlaufene Augen, denn es gibt keine Anlage, die gegen Havarien gefeit wäre, aber alle hatten sich überaus bemüht, daß bei ihm nichts versagte. Der Automat zählte bereits von zweihundert rückwärts. Der Pilot glaubte im Kopfhörer das Atmen der im Steuerraum versammelten Männer zu hören, ein lebendiger Hintergrund angehaltenen Atems, vor dem von der gleichgültigen Automatenstimme die immer kleiner werdenden Zahlen abgelesen wurden.

Als er bei Zehn eine leichte Beschleunigung seines Pulses spürte, runzelte er unter der Haube des Helms die Stirn, als wollte er das Herz für dessen mangelnden Gehorsam tadeln. Allerdings blieb von der Tachykardie wohl niemand verschont – nicht einmal bei einem banalen Start, von solchen Umständen wie hier ganz zu schweigen. Er war froh, daß ihn niemand ansprach, aber als das sakramentale »Zero« kam und er das Erzittern der mit seinem Körper in eins verschmolzenen Rakete spürte, erreichte ihn eine schwache Stimme, deren Inhaber offenbar in einiger Entfernung von den Mikrofonen stand: »Gott sei mit dir.«

Dieser unvermutete Wunsch überraschte ihn, obwohl keiner weiß, ob er ihn nicht doch erwartet hatte – von diesem Manne. Für weitere Überlegungen war aber keine Zeit. Sanft und kraftvoll zugleich, wie von einer atlasbekleideten stählernen Faust, wurde das Geschoß von einem hydraulischen Greifarm durch eine zylindrische Öffnung ausgestoßen. Es löste sich von Bord, und wenngleich Tempe sich in seiner aufgeblasenen Hülle nicht regen konnte, verspürte er für zwei, drei Sekunden die Schwerelosigkeit, bevor die Triebwerke zündeten. Für einen Moment sah er im oberen

Eck des Bildschirms den Rumpf des Raumschiffs verschwinden, aber das konnte auch eine Täuschung gewesen sein.

Die Rakete hieß ERDE, so hatte er es gewollt, und so sollte er auch gerufen werden. Sie vollführte einen Salto, die schwachen Pünktchen der Sterne flogen über den Monitor, als kleine weiße Scheibe zog auch die Quinta vorüber und verschwand. Das Fluggerät fegte das Dunkel mit dem Ausstoß seiner Steuerdüsen und ging auf Kurs: Die reale Flugbahn deckte sich ideal mit der vom Computer vorgezeichneten gepunkteten Linie. Der Pilot hätte sich bereits beim HERMES melden müssen, schwieg aber noch – als wollte er sich an dem einsamen Flug berauschen.

»Der HERMES erwartet Meldung.«

Das war Steergards Stimme. Bevor Tempe antworten konnte, hörte er Harrach sagen: »Er wird eingeschlafen sein.«

Solche Witze, die ein bißchen nach Kasernenhof rochen, hatten die ersten Raumflüge begleitet, um die beispiellosen Erlebnisse der Menschen herunterzuspielen, die im Kopf einer Rakete eingeschlossen waren wie in einer abgefeuerten Granate. Darum hatte Gagarin in der letzten Sekunde gesagt: »Ab geht's!«, und deshalb hieß es nicht: »Der Sauerstoff strömt aus, wir werden ersticken«, sondern: »Wir haben da ein gewisses Problem.« Harrach war sich gewiß nicht bewußt, daß er mit seinem Scherz in die Vergangenheit zurückgriff, ebensowenig wie Tempe, dem es herausfuhr: »Ich fliege.« Er faßte sich aber sofort und schlug den verfahrensüblichen Tonfall an.

»Hier ERDE. Alle Systeme arbeiten normal. Habe Delta Harpyiae auf der Achse. In drei Stunden Eintritt in die Atmosphäre. Stimmt das überein? Gehe auf Empfang.«

»Es stimmt. Heparien hat Wettermeldung für Punkt Null gegeben. Bewölkung total. Wind Nordnordost, dreizehn Meter pro Sekunde. Wolkenhöhe über Kosmodrom neunhundert Meter. Gute Sicht. Willst du jemanden sprechen?«

»Nein. Ich will die Quinta sehen.«

»Du siehst sie in acht Minuten bei Eintritt in die Ekliptikebene. Dann korrigierst du den Kurs.«

»Ich korrigiere den Kurs, wenn ich vom HERMES das Zeichen bekomme.«

»Alles klar. Guten Flug. Ende.«

Die Verhandlungen nach der Zertrümmerung des Eisrings hatten vier Tage gedauert und waren ausschließlich mit Heparien geführt worden. Man hatte das nicht gleich erkannt, weil die Antwort auf das Ultimatum von einem künstlichen Satelliten gekommen war, der so klein war und so vortrefflich einen Felsbrocken vortäuschte, daß GOD ihn, solange er schwieg, nicht diagnostizieren konnte. Zweiundvierzigtausend Kilometer über dem Planeten machte er auf seiner stationären Umlaufbahn die Drehungen der Quinta mit, und wenn er hinter deren Scheibe trat, brach die Verbindung für sieben Stunden ab. Mit dem HERMES verständigte er sich im 21-Zentimeter-Band des Wasserstoffs, und die Funkorter des Raumschiffs hatten tüchtig zu tun, um herauszufinden, auf welche Weise er Heparien als Relais diente: Er wurde von einer starken unterirdischen Radiostation in der Nähe des Kosmodroms gesteuert, auf dem der unbemannte HERMES seine fatale Landung vollzogen hatte. Sie arbeitete auf 10-Kilometer-Wellen, was den Physikern Ursache gab, sie als ein militärisches Spezialobjekt anzusehen, das in Aktion zu treten hatte, wenn es zu einem massiven atomaren Schlagabtausch kommen sollte. Dieser würde von elektromagnetischen Strahlenschlägen begleitet, die jede drahtlose Verbindung unterbrächen und bei einer Megatonnenkonzentration der Explosionen in den Zielen auch das Ersetzen gewöhnlicher Sender durch Laser vereitelten. Nur ultralange Wellen sind dann noch tauglich, doch steht ihre geringe informatorische Tragfähigkeit einer in kurzer Zeit notwendigen Übermittlung von Meldungen, die viele Bits umfassen, im Wege. Steergard hatte die Emitter des HERMES also auf diese Radiostation richten lassen und, da sie nicht antwortete, ein weiteres Ultimatum gestellt: Entweder man verständigte sich direkt miteinander, oder er würde innerhalb von vierundzwanzig Stunden sämtliche natürlichen und künstlichen Flugkörper im Bereich der stationären Umlaufbahnen vernichten. Sollte auch dann eine Antwort ausbleiben, würde er sich berechtigt fühlen, ein Gebiet von achthunderttausend Hektar rings um das Kosmodrom zusammen mit diesem selbst einer Temperatur von zwölftausend Grad Kelvin auszusetzen. Das bedeutete ein Durchbrechen der Planetenkruste bis in eine Tiefe von einem Viertel ihres Halbmessers. Das half, obgleich Nakamura und Kirsting den Kommandanten von einem so drastischen Entschluß abzubringen gesucht hatten, da er de facto einer Kriegserklärung gleichkam.

»Das interplanetare Recht ist für uns nicht mehr bindend, seit wir angegriffen wurden«, wies Steergard ihre Vorstellungen zurück. »Verhandlungen über Kilometerwellen können sich mit Hin- und Rückübertragung Monate hinziehen, und hinter diesem rein physikalischen Grund solcher Verschleppung kann die Absicht stecken, Zeit zu gewinnen, um die strategischen Karten umzukehren. Diese Chance gebe ich ihnen nicht. Wenn das hier ein informeller Meinungsaustausch ist, bitte ich ihn zu vergessen. Ist es aber ein Votum separatum, so gebt es zu den Expeditionsprotokollen. Ich werde dafür geradestehen, wenn ich das Kommando abgebe. Mit einer derartigen Absicht trage ich mich vorläufig nicht.«

In seinen Gegenvorschlägen verlangte Heparien eine genaue Eingrenzung der Befugnisse des Abgesandten. Der Begriff des »Kontakts« wurde um so nebelhafter, je präziser man ihn zu fassen versuchte. Steergard wollte eine direkte Begegnung seines Mannes mit Vertretern der Regierung und der Wissenschaft, aber entweder war der Sinn dieser Begriffe zwischen Quintanern und Menschen total verschoben, oder es war auch hier böser Wille eingesickert. Tempe flog, ohne zu wissen, wen er auf dem Kosmodrom sehen würde. Er machte sich aber nicht viel daraus, fühlte sich nicht von den Schwingen der Euphorie getragen und rechnete nicht mit einem großen Erfolg. Er war selber überrascht von seiner Gelassenheit. Während des Vorbereitungstrainings hatte er zu Harrach gesagt, er glaube nicht, daß man ihm dort unten das Fell abziehen werde – die Leute seien, was schwerlich verwundernswert sei, zwar rücksichtslos, aber keine Dummköpfe. Auch sonst waren die Verhandlungen von Diskussionen an Bord begleitet.

Bei unaufhörlichem Widerstand der quintanischen Seite wurden dieser schließlich die Bedingungen der Gesandtschaft abgehandelt. Der Gast bekam das Recht, die Rakete zu verlassen, um die Reste des falschen HERMES in Augenschein zu nehmen und sich in einem Umkreis mit einem Radius von sieben Meilen frei zu bewegen, wobei ihm Unverletzlichkeit garantiert wurde, sofern er nicht »feindselige Handlungen« unternahm und keine Informationen weitermeldete, die die gastgebende Seite »gefährden« könnten. Es war sehr mißlich, herauszufinden, was unter diesen Begriffen verstanden wurde. Die Terminologie der Menschen und der Quintaner deckte sich um so schlechter, je höher die Abstraktion reichte. Wörter wie »Machtausübende«, »Neutralität«, »Parteinahme« oder »Garantie« ließen sich nicht auf einen eindeutigen Nenner bringen, sei es durch höhere Gewalt – als prinzipielle Andersartigkeit der historischen Abläufe – oder aber aus einem sich in das Übereinkommen schleichenden Vorbehalt. Dieser brauchte übrigens nicht unbedingt einer Täuschungs- oder Betrugsabsicht gleichzukommen, wenn das in einen hundertjährigen Krieg verstrickte Heparien in seinem Einverständnis weder frei noch souverän war und dies dem HERMES nicht verraten wollte oder durfte. Nach Ansicht der Mehrheit der Crew steckte auch hier eine Resultante der Kämpfe, die seit so vielen Generationen auf dem Planeten im Gange waren, daß sie sowohl Sprache als auch Denkweise geprägt hatten.

Am Tag vor dem Start bat Nakamura den Piloten um eine private Unterredung, wie er es nannte. Er holte weit aus. Verstand ohne Mut sei so wenig wert wie Mut ohne Verstand. Der Krieg, die in den Kosmos vorgetriebene Eskalation seien – das stehe fest – interkontinental. Bei diesem Sachverhalt wäre das Beste die Entsendung zweier gleichberechtigter Abgesandter auf beide Kontinente gewesen, mit der vorherigen Zusicherung, daß sie den Gastgebern keinerlei Kenntnisse von militärischer Bedeutung vermittelten. Der Kommandant habe diese Variante verworfen, weil er das Schicksal des Abgesandten verfolgen wolle, das Raumschiff sich aber nicht gleichzeitig auf entgegengesetzten Seiten des Planeten befinden könne. Der Kommandant wolle die Quintaner seiner Entschlossenheit versichern, Vergeltung zu üben, wenn der Abgesandte nicht heil zurückkäme. Er habe den Umfang nicht festgelegt, was taktisch zwar richtig sei, dem Abgesandten aber keine Sicherheit garantiere. Er, Nakamura, sei weit entfernt, den Kommandanten zu kritisieren, habe den Piloten jedoch um dieses Gespräch ersucht, da er dies für seine Pflicht halte.

»Wehe den Geringen, die zwischen die Schwerter der Mächtigen geraten – so hat Shakespeare doch sinngemäß gesagt. Dieser Mächtigen sind hier drei: der HERMES, Norstralien und Heparien. Was wissen die Quintaner? Sie wissen, daß ihnen der Eindringling in Angriff und Abwehr überlegen ist und Schläge von hoher Zielgenauigkeit zu führen versteht. In wessen Interesse liegt angesichts dessen die Gesundheit des Abgesandten? Nehmen wir an, er büßt diese Gesundheit ein. Heparien wird Beweise für einen Unglücksfall vorlegen, Norstralien wird diese Beweise in Abrede stellen. Damit wird jede Seite den Vergeltungsschlag des HERMES so von sich abzuwenden suchen, daß er die Gegenseite trifft. Der Kommandant hat ihnen zwar die TAD – Total Assured Destruction – angekündigt, die Geschichte lehrt jedoch, daß das Jüngste Gericht kein gutes Instrument in der Politik ist. Eine Maschine des Jüngsten Tages, die ›Doomsday Machine‹, eine Kobaltsuperbombe zur Erpressung aller Staaten der Erde durch die Androhung des allgemeinen Untergangs, hatten sich einige Amerikaner im 20. Jahrhundert ausgedacht, aber niemand hatte sich dieser Idee angenommen, und das war sehr vernünftig, denn wenn keiner mehr etwas zu verlieren hat, wird jede reale Politik unmöglich. Die Apokalypse als Vergeltung hat nur geringe Glaubwürdigkeit. Weshalb sollte der HERMES gegen den ganzen Planeten losschlagen, nur weil sich in Heparien ein einzelner Kamikaze befindet, der einen Anschlag auf den Abgesandten verübt?«

Der Pilot fand die Argumente des Japaners überzeugend. Warum der Kommandant ihnen denn nicht gefolgt sei?

Nakamura, immer noch höflich zu seinem Gast gebeugt, lächelte. »Weil wir keine unfehlbare Strategie haben. Der Kommandant will den Knoten nicht aufknüpfen, sondern durchhauen. Ich will mich über niemanden erheben, ich denke nur so, wie ich zu denken vermag. Über drei Rätsel denke ich nach. Das erste ist diese Gesandtschaft. Wird sie den ›Kontakt‹ herbeiführen? Nur symbolisch. Wenn der Abgesandte gesund zurückkehrt, wenn er die Quintaner gesehen und von ihnen erfahren hat, daß sich von ihnen nichts erfahren läßt, dann wird dies ein großer Erfolg sein. Das bringt dich zum Lachen, Pilot? Der Planet ist weniger zugänglich als der Mount Everest. Obwohl es auf diesem Berg aber nichts als Fels und Eis gibt, haben Hunderte von

Menschen jahrelang ihr Leben gewagt, um wenigstens einen Augenblick dort oben zu stehen, und wer zweihundert Meter vor dem Gipfel umkehren mußte, hielt sich für besiegt, obwohl der Ort, den er erreicht hatte, keinen größeren Wert besaß als der, nach dem alle für einige Minuten verlangten. Die Mentalität unserer Expedition gleicht bereits der jener Bergsteiger. Das ist ein Rätsel, mit dem die Menschen zur Welt kommen und von ihr gehen, also sind sie daran gewöhnt. Das zweite Rätsel ist für mich dein Schicksal, Pilot. Mögest du zurückkehren! Geschieht aber etwas Unvorhergesehenes, so wird Heparien beweisen, daß es weiß, Norstralien aber, daß es schwarz war. Dieser Gegensatz wird den Kommandanten aus der Rolle des Rächers in die des Untersuchungsrichters drängen. Die Drohung, die wirksam genug war, die Gesandtschaft zu erzwingen, wird im Leeren hängen. Das dritte Rätsel ist das größte. Es geht um die *Unsichtbarkeit* der Quintaner. Der Anschlag wird vielleicht ausbleiben, doch unterliegt es keinem Zweifel, daß die Quintaner eine kategorische Abneigung dagegen haben, ihr Äußeres zu zeigen.«

»Vielleicht sehen sie wie Ungeheuer aus?« suchte der Pilot ihm einen Weg zu weisen.

Nakamuras Lächeln blieb unverändert. »Hier gilt die Symmetrie. Wenn sie Ungeheuer für uns sind, so sind wir es auch für sie. Ich bitte um Vergebung, aber das ist die Vorstellung eines Kindes. Besäße der Tintenfisch ästhetisches Empfinden, so wäre die schönste Frau der Erde für ihn ein Scheusal. Der Schlüssel zu diesem Rätsel liegt außerhalb der Ästhetik.«

»Wo denn?« fragte der Pilot, der von dem Japaner inzwischen fasziniert war.

»Wir haben gemeinsame Merkmale der Quintaner und der Erdenbewohner innerhalb einer technisch-militärischen Umhüllungskurve entdeckt. Diese Gemeinsamkeit führt an einen Scheideweg: Entweder ähneln sie uns –

oder sie sind ›Monster des Bösen‹. Dieser Kreuzweg ist eine Fiktion. Keine Fiktion ist jedoch, daß sie nicht wünschen, wir könnten erfahren, wie sie aussehen.«

»Weshalb nicht?«

Nakamura senkte bedauernd den Kopf. »Wenn ich das wüßte, wäre der Knoten gelöst, und Kollege Polassar brauchte nicht die Sideratoren bereitzumachen. Ich wage nur eine unklare Vermutung. Unsere Vorstellungskraft unterscheidet sich von der des Westens. In der Tradition meiner Heimat tief verwurzelt ist die *Maske.* Ich denke, daß die Quintaner sich zwar mit aller Kraft gegen unsere Bestrebungen gesträubt haben und also nicht die Anwesenheit von Menschen auf ihrem Planeten wollen, aber dennoch von Anfang an damit gerechnet haben. Erkennst du noch nicht den Zusammenhang, Pilot? Du wirst vielleicht Quintaner sehen und nicht erkennen, daß du sie gesehen hast. Wir haben dem Planeten ein Märchen gezeigt, in dem Helden von Menschengestalt auftraten. Ich kann dir keinen Mut einflößen, Pilot, du hast davon mehr, als nötig ist ... Ich kann dir nur mit einem Rat dienen ...« Er hielt inne, das Lächeln schwand von seinem Gesicht. Dann sagte er, bedächtig die Worte setzend: »Ich rate dir zur *Demut.* Nicht zur Vorsicht, auch nicht zur Vertrauensseligkeit. Ich rate zur Demut, Pilot, zu der Bereitschaft, anzuerkennen, daß alles, aber auch alles, was du siehst, ganz anders ist, als es dir scheint ... Unser Gespräch ist zu Ende.«

Erst auf dem Flug erahnte der Pilot den Vorwurf, der in Nakamuras Ratschlägen verborgen war. Er, Tempe, war es gewesen, der durch seinen Einfall mit dem Märchen den Quintanern das Aussehen der Menschen verraten hatte. Vielleicht hatte es übrigens auch gar kein Vorwurf sein sollen.

Diese Überlegungen wurden vom Aufgang des Planeten unterbrochen, dessen Scheibe in unschuldigem Weiß, bereift von den Wirbeln der Zirruswolken, ohne eine Spur des Eisrings und der Katastrophe, in mildem Schein ins Dunkel trieb und die Schwärze mit ihrem bleichen Sterngestöber vom Monitor verdrängte. Gleichzeitig nahm der Entfernungsmesser mit Ziffern und hastigem Ticken sein Spiel auf. Längs der von Fjorden zerklüfteten Küste Norstraliens verlief von Norden her in einem flachen Wolkenarm eine Kaltfront, während das durch den Ozean von ihr getrennte Heparien, das in starker Verkürzung auf der östlichen Wölbung des Planeten zu sehen war, unter dunklerer Bewölkung lag und nur seine polaren Konturen mit ihren Eisfeldern einen hellen Schimmer gaben.

Der HERMES ließ wissen, daß in achtundzwanzig Minuten die Atmosphäre erreicht sein würde, und ordnete eine geringfügige Kurskorrektur an. Von der Steuerzentrale aus verfolgten Gerbert und Kirsting die Arbeit von Herz und Lunge sowie die Gehirnströme des Piloten, während seine Rakete von der Navigationszentrale aus vom Kommandanten, von Nakamura und Polassar überwacht wurde, damit man im Bedarfsfalle eingreifen konnte. Obwohl weder der kritische Bedarfsfall noch die Art des Eingreifens präzisiert worden waren, verstärkte die Tatsache, daß der Hauptenergetiker und der Hauptphysiker sich bei Steergard in Bereitschaft hielten, die gute, wenngleich spannungsgeladene Stimmung an Bord. Die nachgeführten Teleskope regelten den Grad der Vergrößerung so, daß die silberne Spindel der ERDE stets scharf und in der Mitte vor dem milchweißen Hintergrund der Quinta zu sehen war. Endlich überschüttete GOD den bisher leeren Atmosphäremonitor mit orangefarbenen Zahlen: Die Rakete war zweihundert Kilometer über dem Ozean in verdünnte Gase eingetreten und begann sich zu erhitzen. Gleichzeitig fiel ihr winziger Schatten auf das Wolkenmeer und schoß über dessen untadeliges Weiß dahin. Der Computer für Direktverbindung übermittelte in Salven von Impulsen die letzten Flugdaten, denn sogleich würde in den dichten Luftschichten das Kissen des durch die Reibung entflammten Plasmas die Kommunikation unterbrechen.

Ein goldener Funke zeigte an, daß die ERDE in die Ionosphäre eingetreten war. Der Lichtschein wurde größer und entfaltete sich – der Beweis, daß der Pilot bereits mit umgekehrtem Schub bremste. Als die Rakete in die Wolken tauchte, verschwand auch ihr Schatten. Nach zwölf Minuten gingen die Zäsiumuhren von Projekt- und Realzeit auf Eins zurück, worauf der Spektograph, der die Rückstoßflamme der Landefähre beobachtete, erlosch, noch eine Serie von Nullen ausspie und das klassische letzte Wort auf den Bildschirm warf:

BRENNSCHLUSS.

Der HERMES bewegte sich hoch über der Quinta, um den Landeort genau unter sich im Nadir zu haben. Den Hauptmonitor füllte eine undurchsichtige Wolkendecke. Ihrer Ankündigung gemäß bliesen die Gastgeber über diesem Gebiet Massen von Metallstaub in die Wolken und schufen damit einen Schirm, der für die Radarortung nicht zu durchdringen war. Steergard war letztlich auf diese Bedingung eingegangen, hatte sich aber das Recht eines »Einsatzes drastischer Mittel« vorbehalten, falls auch nur einer der Laserblitze, mit denen sich Tempe aller hundert Minuten melden sollte, nicht auf dem HERMES ankam.

Um dem Piloten dennoch einigermaßen Sicht in der Schlußphase der Landung zu verschaffen, hatten die Physiker die Rakete mit einer zusätzlichen Stufe ausgerüstet, die mit einer hochkomprimierten gasförmigen Verbindung von Silber und freien Ammoniumradikalen gefüllt war. Als der Flugkörper in die Stratosphäre eintrat und aus seinem Heck die flammenden Mähnen rückwärts über seine Flanken zum Bug peitschten, wurde jene ringförmige Stufe, die bisher um die Düsenbuchsen gelegen hatte, so abgesprengt, daß sie der Rakete vorausflog und, in Feuer und Plasma geraten, in der Hitze zerplatzte. Die jäh befreiten

Gase wirbelten wie eine Windhose und rissen mit donnernden Böen einen weiten Trichter in die niedrig hängenden Wolken. Gleichzeitig löschte flüssiger Sauerstoff, der statt des Hypergols aus den Düsen gepreßt wurde, das Plasmakissen, und die Rakete, die nun mit kaltem Schub niederging, hatte wieder Sicht. Hinter den hitzebeständigen Scheiben der Fernseher zeigte sich im Kranz der vom Sturm beiseite gefegten Wolken das Landegebiet.

Tempe sah die trapezförmige, graue Platte des Kosmodroms, die im Norden von Berghängen abgeschlossen, auf den übrigen Seiten aber von einer Menge roter Funken gerahmt wurde, die sich in der über ihnen aufsteigenden Luft wanden wie die Flammen stark blakender Kerzen: Aus ihnen traten die Ströme von Metallstaub aus. Die explodierten Ammoniumradikale und das Silber taten das Ihre – der Rest der Wolken löste sich in einen Gewitterguß auf, einen Wolkenbruch, der über dem Landeplatz niederging, daß die purpurrot glimmenden Funken für mehrere Minuten dunkel wurden, aber nicht ausgingen, sondern unter schmutzigen Schwaden von Wasserdampf bald wieder aufflammten.

Nach Süden zu sah der Pilot durch den vom Wirbelsturm verwehten Qualm eine schwärzliche Bebauung gleich einem plattgequetschten Kraken oder Tintenfisch mit vielen glänzenden Armen, die weder Rohrleitungen noch Straßen sein konnten, denn sie waren konkav und quergestreift. Der Eindruck, einen Kraken vor sich zu haben, kam durch das einzige Auge zustande, das dem des Polyphem glich und den Piloten mit einem scharfen, spiegelnden Blick ansah. Es handelte sich wohl um einen riesigen optischen Parabolspiegel, der die sich neigende Flugbahn verfolgte. Mit dem Niedergehen der Rakete veränderte das Grün der Bergketten nördlich des Landeplatzes sein Aussehen. Was aus der Draufsicht als steiles, bewaldetes Massiv mit dem durch Planierungsarbeiten hineingetriebenen Viereck der Betonplatte erschienen war, verlor nun diesen Anschein. Nicht Baumkronen verschmolzen zu dieser dunkelgrünen, struppigen Oberfläche, sondern ein dürres, totes Gesträuch, ein plumpes Verhau oder Knotengewirr von Leitungen und Drähten. Tempe mußte sich von der Vorstellung trennen, einen Höhenzug vor sich zu sehen, auf dem sich Kahlschläge und Lichtungen durch die silbergraue Fülle des Nadelwaldes zogen. Statt dessen hatte er vor sich Produkte einer fremden Technologie, deren Kunst auf alles Regelwerk verzichtet hatte, wie es auf der Erde galt. Hätten Menschen die Umgebung eines in einem weiten Tal zwischen der Metropole und einer Bergkette liegenden Kosmodroms technisch zu erschließen gehabt, so hätten sie das Gelände in eine Ordnung gebracht, die die Funktionstüchtigkeit mit der Ästhetik geometrischer Formen verbunden hätte. Auf gar keinen Fall aber hätten sie die kahlen Hügel mit einem Dickicht Tausender wild durcheinandergespannter Metallschlingen und -knoten überzogen, die nicht das Ergebnis der Arbeit von Piniereinheiten sein konnten, die Tarnnetze über militärische Objekte zu ziehen hatten – eine solche Maskierung verriet sich von selbst durch ihre Unnatürlichkeit.

Als die Rakete mit kaltem Schub auf den grauen Beton niederging, verschwand der Bergrücken unter der zurückkehrenden Wolkenflut wie eine dornige, narbige, von den Höckern eines pickeligen Ausschlags übersäte Eidechsenhaut. Ehe ihre sonderbare Häßlichkeit ihm noch den Unterschied zwischen der Projektierung technischer Anlagen und deren Entlassung in ein spontanes, krebsartiges Wuchern bewußt machte, ehe er erneut die Bebauung im Süden, den bereits am Horizont verschwindenden Kraken mit dem schwarzgeränderten, spiegelnden Auge betrachten konnte, mußte er das Steuer bedienen. Die Überlastung war von vier auf zwei gesunken, der komprimierte Sauerstoff schoß eisig brodelnd aus den Düsen, die Beine der

Rakete fuhren, gespreizt wie bei einem Gliederfüßer, unterm Heck heraus, das Triebwerk spie, als sie auf festen Boden stießen, ein letztes Mal und verstummte.

Die dreihundert Tonnen schwere Rakete schwang auf ihrem Gestell noch einige Male auf und nieder, dann stand sie endgültig still. Der Pilot spürte in den Eingeweiden eine andere Schwerkraft als bei einer Dezeleration, im schwächer werdenden Fauchen der Stoßdämpfer löste er die Gurte, ließ die Luft aus den Polstern des Raumanzugs und stand auf. Die Gurte glitten ihm mit ihren Klammern von Rücken und Brust. Der Analysator wies in der Luft keinerlei giftige Gase nach, der Druck betrug elfhundert Millibar. Da er jedoch den Helm aufbehalten sollte, schloß er die Sauerstoffmuffe an den eigenen Behälter an. Nach Ausschalten der Fernseher gingen die Kabinenlichter an. Tempe besah sich den mitgeführten Kram: Beiderseits des Sitzes standen schwere Container, die Räder hatten, damit man sie wie Schubkarren bewegen konnte. Harrach hatte voller Übereifer riesige Zahlen daraufgemalt, eine Eins und eine Zwei – als ob man sie verwechseln könnte. Sicherlich wurde Tempe von Harrach beneidet, aber dieser hatte es nie merken lassen. Er war ein guter Kamerad, und Tempe bedauerte, daß er ihn nicht bei sich hatte. Zu zweit wären sie mit der Aufgabe vielleicht besser fertig geworden.

Lange vor diesem Flug, als nichts außer den von Lauger noch auf der EURYDIKE geäußerten Worten ihm die Gewißheit gegeben hatte, daß er die Quintaner sehen werde, war er der von GOD festgestellten Depression verfallen, hatte nach der Unterhaltung mit dem Arzt aber die Diagnose der Maschine verworfen. Er war nicht deprimiert gewesen, weil er die Verständigung mit den Quintanern von der Anlage her für sinnlos hielt, sondern weil sie sich in das Spiel um den Kontakt mit der Gewalt als dem höchsten Trumpf eingelassen hatten. Er hatte diesen Gedanken für sich behalten, denn er wollte um jeden Preis die Quintaner sehen – wie hätte er dann bei allen Zweifeln und Vorbehalten seine so große Chance von sich aus mindern können? Arago hatte diese bereits in üblem Licht gesehen, ehe noch das Wort von der »Demonstration der Stärke« gefallen war, er hatte die Heuchelei beim Namen genannt und immer wieder gesagt, man werde sich gegenseitig in Arglist zu übertreffen suchen, sie selbst würden so gewaltsam auf Verständigung drängen, daß sie auf diese verzichten, sich hinter Masken und Finten verstecken würden, wodurch sie vielleicht sogar sicherer, aber desto weiter weg seien von der wirklichen Öffnung des Blicks auf eine »fremde Vernunft«. Deren Ausweichmanöver hatten sie abgefangen, gegen jede Verweigerung hatten sie losgeschlagen, und so war das Ziel der Expedition um so weniger erreichbar geworden, je brutaler die Schläge gewesen waren, die sie im Dienste dieses Ziels eingesetzt hatten.

Tempe drückte die Taste zur Öffnung der Luke, mußte aber die Ergebnisse der automatischen Analysen abwarten. Während der Computer die eingehenden Daten über die chemische Beschaffenheit des Untergrunds, die Windstärke und die Radioaktivität in der Umgebung (praktisch gleich Null) durchkaute, trug der Pilot statt der einzelnen Etappen seines Programms all die schlimmen Gedanken im Kopf, die er bisher unterdrückt hatte. Nakamura teilte also die Ansicht des Ordensgeistlichen, trat aber nicht auf dessen Position über, weil diese dem Rückzug, der Umkehr gleichkam. Auch er selbst hatte Pater Arago recht gegeben und wußte dabei doch, daß kein Vernunftgrund ihn zurückhalten würde. War die Quinta die Hölle, so war er bereit, in die Hölle zu gehen, wenn er nur die Quintaner sah!

Nach einer Höllenparty sah es vorläufig allerdings nicht aus. Wind neun Meter pro Sekunde, Sicht unter der Wolkendecke gut, keinerlei Giftstoffe, keine Minen oder Sprengladungen unter den ultraakustisch untersuchten Platten des Landeplatzes. Ein Zischen ließ sich vernehmen:

Der draußen und in der Kabine herrschende Druck glichen sich aus. Über der Luke leuchteten drei grüne Lämpchen auf, der schwere Schild vollführte eine halbe Drehung und schnellte in die Höhe. Rasselnd ging das Fallreep nieder, krachend rasteten, als es schräg auf dem Beton stand, seine Verriegelungen ein.

Tempe steckte den Kopf hinaus. Durch das Glas des Helms traf ihn grell das Tageslicht. Aus einer Höhe von vier Stockwerken überblickte er die große Fläche des Kosmodroms, das wieder unter bewölktem Himmel lag. Die Berge im Norden waren im Dunst verschwunden, in der Ferne entließ die lange Reihe der niedrigen Brunnenöffnungen braunen und rötlichen Qualm, und vor diesem Hintergrund stand ein gewaltiger schiefer Turm, noch stärker geneigt als der zu Pisa. Es war die Attrappe des HERMES, erstarrt, eine Meile weit entfernt, einsam und ungewöhnlich in dieser Öde. Kein lebendiges Wesen weit und breit.

Ganz am Rande der Betonplatte, dort, wo sich hinter hängenden Wolken die Berge verbargen, stand ein niedriges, zylindrisches Gebäude, das einem Luftschiffhangar ähnelte. Aus seiner Silhouette reckten sich dünne Stäbe, die durch glitzernde Fäden verbunden waren und mit diesen zusammen ein Viertel des Gesichtskreises wie mit Spinnweben überzogen. Die krakenartige Metropole war mitsamt ihrem Auge hinter dem verqualmten Horizont verschwunden, und dem Piloten kam der Gedanke, daß er nun wohl von diesem Spinnennetz überwacht wurde. Aufmerksam spähte er vom Fallreep aus mit dem Fernrohr hinüber. Er war verblüfft von der Unregelmäßigkeit dieses Gespinsts. Es hing uneinheitlich herunter und bildete größere und kleinere Maschen wie ein altes Zugnetz, das ein Fischfang treibender Riese zum Trocknen aufgehängt hat. Die Masten waren von der eigenen Höhe und diesem Netz so überlastet, daß sie sich nach allen Seiten bogen. Ordentlich sah das nicht gerade aus. Das Kosmodrom überhaupt lag verödet wie ein Gebiet, das man evakuiert und dann dem Feind überlassen hat. Er schüttelte die ebenso abstoßende wie zudringliche Vorstellung von sich, statt einer Antennenanlage das Werk monströser Insekten zu betrachten, und stieg rückwärts die Leiter hinunter, gebeugt unter der Last des einen Containers, der fast einen Zentner wog. Er löste die Tragbänder, ließ den Behälter auf den Beton nieder und fuhr mit ihm geradewegs auf den HERMES zu, der schräg auf seinem zerschellten Heck saß. Gleichmäßig schritt der Pilot aus, zügig, aber ohne Hast, um seinen Beobachtern – er zweifelte nicht daran, daß er beobachtet wurde – auch nicht den kleinsten Vorwand zu bieten, der sie zu Mißtrauen veranlassen könnte.

Sie wußten, daß er das Wrack untersuchen sollte, aber sie wußten nicht, auf welche Weise er es tun würde. Am Heck, dessen zerschellte Düsen sich in den strahlig geborstenen Beton gegraben hatten, blieb Tempe stehen und sah sich um. Durch den Helm hörte er das Heulen des böigen Winds, den er durch den Raumanzug allerdings kaum spürte. Das Piepen des Chronometers ließ ihn zur Sache kommen. Die Klappleiter aus Duraluminium erwies sich als überflüssig, denn gleich über den Düsenbuchsen, die zu einer gewaltigen Ziehharmonika zusammengepreßt waren, gähnte im Heck ein verrußtes Loch. Das Panzerblech bog sich in zungenförmigen Fetzen nach außen, ein ebenfalls durch die Explosion verkrümmter Spant des Rumpfes ragte als Stumpf hervor. Zur Not konnte man durch diese Öffnung hineinkriechen und mußte nur aufpassen, daß man sich an den stählernen Gräten nicht den Raumanzug aufriß. Tempe erklomm den Fuß einer Heckstütze, die bei der Landung nicht mehr ganz ausgefahren worden war, weil die anderen es so eilig gehabt hatten, das Feuer zu eröffnen, vernünftigerweise übrigens, denn ein Raumschiff ist eben dann am meisten wehrlos, wenn das Haupttriebwerk abschaltet und sich die ganze Masse auf die ausgefahrenen Stützflossen senkt. Der Pilot zog den Container zu sich herauf und legte, so weit es ging, den Kopf ins Genick, um den Zustand des Rumpfs zu prüfen. Die Bugluken waren von hier unten nicht zu erkennen, sie waren ohnehin fest verschweißt, die Ladeluken jedoch sah er und wunderte sich, daß sie geschlossen und nicht aufgebrochen waren. Im Guten hätten sie sich von außen nämlich nicht öffnen lassen. Das überraschte ihn. Wie auch nicht – da war mit einem einzigen großkalibrigen Schuß die Maschine zerstört worden, das getroffene Raumschiff stand in dieser Schräglage, und man hatte es durch den radioaktiven Durchschlupf von einem Meter lichter Weite durchsucht, statt es erst einmal durch ein solides Gerüst zu sichern und sich dann die Frachträume mittschiffs vorzunehmen. Hatten die hier nach hundert Kriegsjahren weder Pioniertruppen mit entsprechendem Gerät noch ordentliche Militäringenieure?

Immer noch über die Gebräuche der hiesigen Truppen staunend, hatte Tempe, nun schon im Innern des Raumschiffs, den Container hinter sich hergezerrt, nun aber hielt er den Strahlungsmesser ins Dunkel. Der Einwegreaktor war, wie die Projektanten es geplant hatten, nach dem Treffer geschmolzen, durch sinnreich angeordnete Bodenventile ausgelaufen und in den geborstenen Platten des Kosmodroms versickert. Damit war ein radioaktiver Fleck von einiger Größe entstanden. Tempe fand es schön, wie Polassar und Nakamura das konzipiert hatten, und leuchtete das Innere mit seiner Handlampe aus. Grabesstille umgab ihn. Vom Maschinenraum war nicht einmal Schrott übrig, die Konstruktion hatte genau die Festigkeit gehabt, die zweitausend Tonnen der hohlen Attrappe tragen zu können, sich beim Anhauchen aber in Flocken aufzulösen. Der Geigerzähler sprach an und versicherte dem Piloten, daß er in einer Stunde nicht mehr als einhundert Röntgen schlucken würde. Tempe entnahm dem Container zwei flache Metallschachteln und schüttete sie aus, bis es um ihn her von Syntiven wimmelte – synthetischen Insekten mit Mikrosensoren. Er kniete vorsichtig zwischen ihnen nieder, als wolle er dem zerschellten Raumschiff die letzte Ehre erweisen, und schaltete das Aktivierungssystem auf dem Boden der größeren Schachtel ein. In das über die verbogenen Bleche verstreute Gekörn kam Leben, es wurde zum Gewimmel. Hektisch und regellos, wie wirkliche Käfer, die vom Rücken auf die Beine zu kommen suchen, strampelten die Syntiven herum und eilten auf dünnen Drähtchen nach allen Seiten. Er wartete geduldig, bis sich alle verlaufen hatten. Als sich vor seinen Knien nur noch einige wenige, offenbar defekte Exemplare hilflos wanden, stand er auf und kroch, den nun beinahe leeren Container hinter sich herziehend, ans Tageslicht. Auf halbem Wege zur ERDE nahm er noch einen ziemlich großen Ring heraus, zog das dazugehörige Stativ aus, richtete das Ganze auf das Heck der Attrappe und kehrte zu seiner Rakete zurück.

Seit der Landung waren neunundfünfzig Minuten vergangen. In der folgenden halben Stunde fotografierte er die Umgebung, insbesondere das bis in den Himmel reichende Spinnennetz, er wechselte dabei mehrfach Filter und Objektiv und kletterte schließlich wieder in die Rakete. In dem düsteren Steuerraum glomm bereits der Auskultationsmonitor. Die Syntiven meldeten sich per Infrarot über das Relais, das Tempe um der besseren Kohärenz willen auf der Hälfte der Distanz aufgestellt hatte. Gemeinsam mit dem Computer und dessen Programm bildeten jene Insekten ein Elektronenmikroskop, das insofern spezifisch war, als es sich räumlich in mehrere Komplexe unterteilte. Zehntausend Käferchen durchstöberten sämtliche Winkel des Wracks, untersuchten Ruß, Reste, Abfall, Staub, Späne, Splitter und jeden Spritzer geschmolzenen Metalls, um ausfindig zu machen, was vorher nicht dort gewesen war. Die elektronischen Rüsselchen gaben ihre »Ordophilie« kund – den Trieb zu molekularer Ordnung, das Merkmal aller Mikroorganismen, seien sie lebendig oder tot. Diese Käfer, zu dumm, eine Diagnose zu stellen, waren lediglich die Objektive des in der Rakete befindlichen Mikroskops und Analysators, der bereits die ersten Kristallmosaike der Funde aufzeichnete und die Diagnose stellte. Die biotechnische Tüchtigkeit der hiesigen Ingenieure des Todes verdiente Hochachtung. Durch die Käfer ließen sich in harmlos aussehendem Müll Viren mit Langzeitwirkung identifizieren. Zu Millionen steckten sie, jeder für sich, in einer Maske von Schmutz. Der Computer hatte noch nicht ihre Latenzzeit bestimmen können, es waren Sporen, die in den molekularen Windeln lagen, um nach Wochen oder Monaten auszukriechen.

Tempe zog aus dieser Entdeckung eine wichtige Schlußfolgerung: Er sollte heil von dem Planeten entkommen, um eine Seuche ins Raumschiff einzuschleppen. Dieser Gedankengang, dem von der Logik her nichts vorzuwerfen war, ermutigte zu kühnen Schritten – er mußte ja zurückkehren, sonst würde er nicht zum Boten des Unheils. Plötzlich zuckte dennoch ein Zweifel auf: Die Viren konnten echt und betrügerisch zugleich sein. Wenn er sie entdeckt, packt ihn – dem eben erst gezogenen Schluß zufolge – die Lust zu dreisten Handlungen, und wie schnell passiert einem leichtsinnigen Wagehals ein böser Unfall!

Er steckte in einer Lage, wie sie typisch ist für die Algebra der Konflikttheorie: Der Spieler schafft ein Modell des Gegners einschließlich *dessen* Modells der Situation und antwortet darauf mit der Anfertigung eines Modells des Modells des Modells – und so weiter, ohne Ende. In solch einem Spiel gibt es keine Fakten von definitiver Glaubwürdigkeit mehr. Das sind ja Teufelskünste, dachte der Pilot. Viel tauglicher als alle Instrumente wären dafür Exorzismen! Das Chronometer zirpte – es waren hundert Minuten vergangen. Tempe legte beide Hände flach auf zwei Platten und spürte das leichte Kribbeln des Stroms, mit dem der Computer sich auflud, um dem HERMES mit dem nur aus einem Bit bestehenden Lasersignal zu melden, daß der Kundschafter am Leben war.

Es wurde Zeit für einen echten Erkundungsgang. Mit dem zweiten Container stieg er die Treppe hinunter und zog aus einem Fach am Heck der Rakete ein Klappfahrzeug. Es bestand aus einem leichten Rahmen, einem Sitz und elektrisch getriebenen Rädern mit Ballonreifen. Als er auf die Berghänge im Norden zufuhr, wo das zum Himmel reichende Netz über dem einsamen Hangar hing, begann es zu nieseln. Trübes Grau verwischte die Konturen des immer größer werdenden Gebäudes. Tempe hielt sein offenes Fahrzeug davor an, wischte mit dem Handschuh die über das Helmfenster rinnenden Wassertropfen weg und stand starr: Der Koloß kam ihm völlig fremd und zugleich unsäglich vertraut vor. Fensterlos, mit gewölbten Wänden, die von parallellaufenden, massiven Pfeilerrippen eingefaßt waren, machte das Bauwerk einen Eindruck, der sowohl der Architektur als auch der Natur widersprach wie der Kadaver eines Wals, dem eine Granate mit komprimiertem Gas in den Leib geschossen worden ist, damit er alptraumhaft aufgeblasen wurde, sich zwischen die Gitterstreben der Rippen preßte und diese mit den Schwellungen des verendenden Körpers aufbog.

Zwischen einem Pfeilerpaar gähnte eine halbkreisförmige Öffnung. Tempe warf den Container vom Fahrzeug und schob ihn durch diesen Einlaß vor sich her in undurchdringliches Dunkel. In einem plötzlich von überall herabflutenden mächtigen grellen Schein fand er sich auf dem Boden einer Halle, in der selbst ein Großschreiter wie eine Ameise gewirkt hätte. Ringsherum zogen sich übereinanderliegende, gebogene, miteinander verbundene Galerien wie in einem eisernen Theaterbau, aus dem der Inhalt von Bühnenhaus und Zuschauerraum herausgerissen worden war. In der Mitte lag auf einem Gitterblech ein vielfarbiger Stern aus Blumen, die wie Kristalle glänzten. Im Nähergehen sah der Pilot, daß darüber eine umgedrehte Pyramide hing, die so durchsichtig war wie Luft. Nur unter spitzem Winkel wurde ihre Oberfläche sichtbar durch das Gleißen reflektierten Lichts.

In dem gläsernen Tetraeder erschienen smaragdgrüne Buchstaben:

DAS IST DIE BEGRÜSSUNG STOP

Die Kristallblumen flammten in prächtigen Farben auf, vom strahlenden Azur bis zum tiefen Violett. Die leuchtenden Kelche öffneten sich, und in jedem glomm ein feuriger Brillant. Der Schriftzug machte einem anderen Platz:

WIR ERFÜLLEN EUREN WUNSCH STOP

Tempe stand reglos, das Schillern der Kristalle aber verlor sich langsam in trübes Grau. Die Diamanten glühten noch einen Augenblick lang wie Rubine, dann verschwanden auch sie, und alles zerfiel in flüchtige Asche. Daneben war eine struppige, verfitzte Drahtspule das einzige, was übrigblieb. In der Pyramide leuchtete es grün:

BEGRÜSSUNG BEENDET STOP

Der Pilot blickte von der erlöschenden Brandstelle hinauf zu den Galerien, die stellenweise von den konkaven Wänden losgerissen waren und in Fetzen herabhingen. Plötzlich fuhr er zusammen, als habe er eine Ohrfeige bekommen: Er hatte begriffen, warum ihm der sonderbare Bau so vertraut vorkam. Es war eine umgedrehte, aufs Hundertfache geblähte Kopie des HERMES! Die Galerien waren die nachgebauten Gerüste, die bei der Montage an die Bordwände geschweißt und durch die Explosion im Moment der Landung zerquetscht worden waren. Die in die Fassade gedrückten Rippen aber waren die Spanten des Raumschiffs, die den umgestülpten Rumpf jetzt von außen umgürteten.

Die Lichter über den Traufen der verbogenen Laufgänge erloschen nacheinander, es wurde wieder finster bis auf die im Raum hängende Schrift BEGRÜSSUNG BEENDET STOP. Doch auch sie leuchtete in einem immer schwächer werdenden Grün.

Was sollte er tun? Die anderen hatten das getroffene Raumschiff genau untersucht und es in gedankenloser Präzision oder aus raffiniertem Hohn mit einer Perfektion nachgebaut, daß er hineingetreten war wie in den Leib eines getöteten, ausgeschlachteten Geschöpfs. Ob es nun Bosheit und Perfidie oder aber das Ritual einer nichtmenschlichen Kultur war, die eben auf diese Weise ihre Gastfreundschaft erkennen ließ – er steckte in einem ausweglosen Labyrinth. In der Dunkelheit rückwärts gehend, stieß er gegen den Container, der krachend auf das Blech fiel. Dieser laute Sturz wirkte auf den Piloten ernüchternd und aufstachelnd zugleich. Im Laufschritt zerrte er seine Last ans Tageslicht, hinaus in den Regen. Der Beton war dunkel vor Nässe. Durch das Geniesel glänzte von weitem silbern die Nadel seiner Rakete, die schmutzigen Rauchschwaden aus den Funkenherden verschwammen in eintönigen Wogen mit den niedrig hängenden, trüben Wolken, und über diese ganze Einöde ragte schief und tot der Turm des HERMES.

Tempe sah auf die Uhr. Bis zur hundertsten Minute blieb ihm fast noch eine Stunde. Er suchte die Konfusion und den Zorn zu bezwingen, um Ruhe und Bedachtsamkeit wiederzugewinnen. Wenn die anderen also Kampfmaschinen projektiert, die Logistik einer Militärtechnologie in planetarem und kosmischem Ausmaß entwickelt hatten, mußten sie zu logischem Begreifen fähig sein. Wenn sie sich nicht selber zeigen wollten, sollten sie ihn durch Wegweiser dorthin führen, wo ihm in dem seit Monaten übermittelten Code ihre Terminals in den Gleichungen der Konfliktalgebra die Vergeblichkeit einer Verständigung bewiesen! Sollten sie die Argumente der Gewalt durch solche der Sachlichkeit widerlegen, durch solche einer höheren Gewalt, die ihnen die Wahl allein zwischen verschiedenen Formen der Vernichtung ließ!

Aber es gab keine Zeichen, Terminals und Einrichtungen für den Informationsaustausch, nichts, sogar weniger als nichts, da der metallische Rauchschirm in den Wolken hing. Der Kadaver des Raumschiffs, heimlich verseucht, als Stätte der Begrüßung der nachgebaute Rumpf, aufgebläht wie ein von einem Verrückten durch Aufblasen zu Tode gebrachter Frosch, ein kristallenes Blumenbeet, das zum Gruß in Asche zerfiel. Ein Zeremoniell so widersprüchlicher Bedeutungen, als wollte es mitteilen: Ihr habt hier nichts zu suchen, Eindringlinge, weder durch Feuer noch durch Eislawinen werdet ihr etwas anderes erzwingen als Schein, Hinterhalt und Tarnung. Euer Gesandter mag anstellen, was er will – überall wird er auf das gleiche nicht zu brechende Schweigen stoßen, bis er, in seinen Erwartungen getrogen, aus der Fassung gebracht, blind vor Wut, den Strahlenwerfer gegen das erste Beste kehrt, das ihm vorkommt, und sich selber unter Ruinen begräbt oder daraus hervorkriecht und abfliegt, nicht mit gestohlenem Wissen in planmäßigem Rückzug, sondern in panischer Flucht. Konnte er überhaupt etwas erzwingen, konnte er mit Gewalt in das Verschlossene, in die eisernen Ringe der einäugigen Metropole jenseits der Wand von Qualm eindringen? In dieser dem Menschen so gänzlich fremden Umgebung würde er doch um so weniger erfahren, je heftiger er zuschlug, wobei er das, was er entdeckte, nicht einmal zu unterscheiden wüßte von dem, was er zerstörte.

Der Regen rann, die Spitze des HERMES-Wracks steckte bereits in den immer tiefer sinkenden Wolken. Tempe entnahm einer im Container steckenden Kassette einen Biosensor, ein so empfindliches Gerät, daß es für einen Umkreis von fünfhundert Metern lebhaft auf die kleinste Gewebeveränderung eines Schmetterlings angesprochen hätte. Der Zeiger schwankte leicht über Null, ein Zeichen, daß Leben hier überall war – wie auf der Erde, nur konnten Bakterien und Pflanzenpollen nicht zum Faden der Ariadne werden. Der Pilot kletterte auf die Leiter und richtete das Instrument auf den Qualm im Süden, auf die von ihm verhüllte, ausgedehnte Bebauung der vielarmigen Metropole. Der Sensor blieb weiter knapp über Null.

Tempe stellte die größte Brennweite ein. Der Rauch konnte, wenngleich er aus metallischem Stoff war, ebensowenig ein Hindernis sein wie Mauern. Dennoch schlug das Instrument, über den ganzen dortigen Horizont geführt, nicht weiter aus. Eine tote Stadt aus Eisen? Das war so unglaubhaft, daß Tempe das Gerät unwillkürlich schüttelte wie eine stehengebliebene Uhr. Dabei drehte er sich um, der Lauf des Biometers zeigte auf das durch den Regen nur undeutlich sichtbare Spinnennetz, der Zeiger fächerte weit aus, bei jedem Schwenk des Laufs zuckte er stärker.

Der Pilot rannte zu seinem Fahrzeug, packte den Container hinter die Lehne, steckte den Biosensor in eine Klaue am Steuer und fuhr auf die Stelle zu, wo die Masten des Netzes ihr Fundament haben mußten.

Es goß wie aus Zubern, die Räder wirbelten die Pfützen auf, so daß sie ihm in Sturzbächen über das Helmfenster rannen; er sah nichts und mußte doch immer den Biosensor im Auge behalten, dessen Zeiger schnelle Sprünge vollführte. Dem Zähler zufolge hatte er vier Meilen zurückgelegt und kam damit an die für die Erkundung zugelassene Grenze. Dennoch erhöhte er noch die Geschwindigkeit. Ohne das plötzlich aufleuchtende rote Warnlicht auf dem Armaturenbrett wäre er in einen tiefen Graben gestürzt, der von weitem wie eine schwarze Linie auf dem Flugfeld ausgesehen hatte. Die Räder blockierten bei dem scharfen Bremsen, das Fahrzeug geriet ins Schleudern und kam dann eben noch am Rande der zerbrochenen Platten zum Stehen. Der Fahrer stieg aus, um das Hindernis zu prüfen. Der Nebel erschwerte eine Abschätzung der Breite und schuf einen Anschein von Tiefe. Die befestigte Fläche endete in Betonbrocken, die zum Teil über den lehmigen Rand ragten. Der Graben, von ungleichmäßiger Breite, aber nirgends mit der Leiter aus Duraluminium zu übersteigen, mußte durch Sprengladungen geschaffen worden sein – kurz zuvor und in aller Eile, denn der Lehm war so zerklüftet und überhängend, daß er jeden Augenblick endgültig als Erdrutsch niedergehen konnte.

Das gegenüberliegende Ufer, wo die Explosion die Gesteinstrümmer in den Ton getrieben hatte, stieg in einem breiten, nicht sehr steilen Hang an, und oben schien das Licht durch die Maschen des zum Himmel ragenden Spinngewebes. In beträchtlichen Abständen zueinander befanden sich drüben längs des Grabens die Ankerschächte der Stahlseile, die in der typischen Weise verspannt waren, so, wie stützenlose, auf Kugellager gebaute Antennenmasten in der Senkrechten gehalten werden. Den beiden nächstgelegenen Schächten hatte die Explosion die Verankerung mitsamt den Gegengewichten entrissen. Die Strippen hingen hilflos herunter, Tempe folgte ihnen mit dem Blick bis zum Schaft des Mastes, der bis in eine Höhe von mehreren Dutzend Metern teleskopartig ausgezogen war, in immer dünneren Segmenten, die sich oben bogen wie eine stark belastete Angelrute. Das Netz hatte dadurch nicht die nötige Spannung, und seine untersten Kabel schleiften fast auf dem Boden. So weit er durch den Dunst sehen konnte, war der Hang von Höckern überzogen, heller als Lehm, nicht wie die Hauben eingegrabener Flüssigkeits- oder Gasbehälter, sondern eher wie unregelmäßig ausgebauchte Maulwurfshügel oder bis zur Hälfte verscharrte Panzer riesiger Schildkröten. Die Hüte gigantischer Pilze? Erdbunker?

Wind und Regen heulten durch die Maschen der losen Spinnweben. Tempe nahm den Biosensor aus dem Jeep und machte damit einen Schwenk über den Hang. Der Zeiger sprang ein ums andere Mal in den roten Sektor der Skala, ging zurück und schlug wieder voll aus, erregt vom Metabolismus nicht irgendwelcher Mikroben oder Ameisen, sondern dem von Elefanten oder Walen, die herdenweise auf dem geronnenen Strom des Hügels sitzen geblieben sein mußten.

Bis zur Hundert fehlten noch siebenundvierzig Minuten. Zur Rakete zurückkehren und warten? Schade um die Zeit, vor allem aber um den Überraschungseffekt. Vage zeichneten sich in seinem Kopf noch Spielregeln ab: Die anderen hatten nicht angegriffen, sondern Hindernisse aufgebaut, damit er sich, falls es ihm besonders darauf ankam, das Genick brach.

Es gab kein längeres Besinnen. In einem unsäglichen Empfinden, in dem der Wachzustand weniger Realität besaß als ein Traum, entnahm er dem Container die Geräte, die er brauchte, um ans andere Ufer zu kommen. Er legte die Rückstoßhalfter mit dem Schultergurtwerk an, steckte den Feldspaten ein und schnallte, nachdem er den Biosensor hineingestopft hatte, den Rucksack um. Da ein Versuch niemals schaden kann, machte er zunächst von dem Raketenapparat Gebrauch, der ein Tergalseil hinüberschießen sollte. Das Gerät mit dem linken Ellenbogen stützend, zielte er niedrig auf das gegenüberliegende Ufer. Schwirrend flog das Seil hinüber und traf den Hang, die Haken fanden Halt, aber als er kräftig zog, gab der durchnäßte Boden beim ersten Ruck nach. Also öffnete er das Ventil, ein fauchender Luftstoß hob ihn in die Luft, es ging leicht wie auf dem Übungsplatz, er überflog die dunkle Rinne, auf deren Grund schlammiges Wasser stand, verringerte den in Strömen kalten Gases gegen seine Beine schlagenden Schub und ging an der von ihm ausersehenen Stelle nieder, hinter einer Wölbung, die von oben ausgesehen hatte wie ein riesiges unförmiges Brot, das in rauhen Asbest gebacken worden war.

Auf dem glitschigen Boden glitten ihm die Beine auseinander, aber er kam zum Stehen. Allzu steil war es hier nicht. Er fand sich umgeben von bauchigen, gedrungenen Lehmhöckern. Sie waren aschfarben und trugen nur dort hellere Streifen, wo der Regen von ihnen ablief. Das im Nebel verlorene, verlassene Dorf eines primitiven Negerstamms. Oder ein Begräbnisplatz mit Hügelgräbern. Tempe nahm den Biosensor aus dem Rucksack und hielt ihn kaum einen Schritt weit an die gewölbte rauhe Wand. Der Zeiger zitterte im roten Maximum wie ein schwaches Voltmeter, das an einen gewaltigen Dynamo geschaltet wird. Den Lauf des schweren Sensors wie eine schußbereite Waffe vor sich herstreckend, lief der Pilot um den grau verkrusteten Buckel herum, der aus dem Lehm ragte. Die Stiefel des Menschen schmatzten und hinterließen tiefe Spuren, die sich sogleich mit trübem Regenwasser füllten. Tempe hetzte bergauf, von einem dieser unförmigen Brotlaibe zum andern. Oben abgeflacht, überragten sie ihn um eine halbe Manneslänge, waren genau passend für Bewohner von der Größe der Menschen, besaßen aber keinerlei Öffnung, weder Tür noch Fenster, nicht einmal einen Sehschlitz. Folglich konnten es keine Bunker sein, Gräber aber ebensowenig, denn wohin Tempe auch seinen Sensor richtete – überall brodelte Leben. Um einen Vergleich zu gewinnen, hielt er den Lauf auf die eigene Brust: Der Zeiger ging vom extremen Ausschlag sofort bis in die Mitte der Skala zurück.

Vorsichtig, um ihn nicht zu beschädigen, legte er den Biosensor nieder, nahm den zusammengeklappten Feldspaten aus der Tasche am Oberschenkel, kniete sich hin und grub den nachgiebigen Lehm auf. Das Werkzeug knirschte auf einer Kruste, Tempe schleuderte den Schlamm beiseite, der unter den Spatenstichen hervorquoll, Wasser füllte das rasch tiefer werdende Loch, er hatte schon gegraben, so tief er konnte, der Arm steckte bis an die Schulter in der Grube – da stieß er plötzlich auf den Widerstand einer horizontalen Verzweigung. Das Wurzelgeflecht versteinerter Pilze? Nein, es waren dicke, glatte, runde Leitungen, weder kalt noch heiß, sondern – eben das traf ihn wie ein Schlag – warm. Keuchend, dreckverschmiert, sprang er auf und krallte die Faust in die faserige Kruste. Trotz einiger Festigkeit gab sie elastisch nach und kehrte in ihre vorherige Gestalt zurück. Er lehnte sich mit dem Rücken an sie. Durch den Regen sah er noch mehr dieser Buckel, mit gleicher Nachlässigkeit gebildet. Einige standen näher zueinander, bildeten krumme Gassen, die den Hügel hinaufstiegen, wo der Dunst sie verschlang.

Plötzlich fiel ihm ein, daß der Biosensor in zwei Bereichen arbeitete: Er ließ sich von dem auf Sauerstoff beruhenden Metabolismus auf einen Stoffwechsel umschalten, der ohne Sauerstoff auskam. Den ersteren hatte er bereits entdeckt. Tempe hob das Gerät auf, wischte mit dem Handschuh das lehmverschmierte Glas sauber, stellte auf anaeroben Metabolismus um und hielt die Mündung an die rauhe Oberfläche. Der Zeiger schlug aus, in einem nicht allzu schnellen, gleichmäßigen Puls. Waren es demnach Aerobionten und Anaerobionten zugleich? Wie konnte das sein? Er kannte sich darin nicht aus, aber das hätte hier wohl niemand gekonnt. Im Regen durch die Schlammbäche stapfend, geriet er an immer andere Buckel. Die metabolischen Pulsschläge unterschieden sich voneinander in der Geschwindigkeit. Konnte es sein, daß die einen schliefen und die anderen wachten? Wie um die Schlafenden zu wecken, schlug er mit der Faust gegen die rauhen Wänste, den Puls aber änderte er damit nicht. Er war so in Fahrt gekommen, daß er in einer der Gassen beinahe über eines der Antennenseile gestürzt wäre, das sich schräg in den milchigen Nebel spannte, hinauf zu den Maschen des jetzt unsichtbaren Spinnennetzes.

Er hatte gar nicht wahrgenommen, daß das Chronometer mit zunehmender Stärke seinen Warnton ausstieß. Nun, da er es merkte, waren hundertzwanzig Minuten vergangen. Wie hatte er sich so vergessen können? Was nun? Der Flug zur Rakete hätte drei bis vier Minuten gedauert, aber der Treibstoff im Behälter reichte gerade für einen Sprung von zweihundert Metern. Gut, vielleicht auch für dreihundert ... Gerade bis zum Jeep – aber dann waren es immer noch mehr als sechs Meilen. Mindestens eine Viertelstunde ... Also los? Und wenn der HERMES eher zuschlägt und sein Gesandter hier nicht umkommt als ein Held, sondern als der allerletzte Trottel?

Er griff nach dem Spaten – vergebens, denn die Tasche war leer, der Spaten steckengeblieben neben der ausgehobenen Grube. Wie sollte er ihn wiederfinden in diesem Labyrinth?

Er nahm das Biometer in beide Hände, holte aus und hieb den Apparat gegen die rauhe Kruste, er schlug zu, bis sie barst. Wie aus einem Bovist stiebte gelblichweißes Pulver aus der Bruchstelle, nicht die Augen eingesperrter Geschöpfe glotzten hervor, sondern eine geschlossene Oberfläche hatte eine klaffende Wunde erhalten, in deren tiefen Schnittflächen Tausende Porengänge durchtrennt waren – ein mit der Axt halbierter Brotlaib, der im Innern zähen, unausgebackenen Kuchenteig trug. Tempe holte, die Hände hocherhoben, zum nächsten Schlag aus und erstarrte. Am Himmel über ihm war ein schrecklicher Glanz erschienen.

Der HERMES hatte das Feuer auf die Antennenmasten außerhalb des Kosmodroms eröffnet, die Wolkendecke war auf einen Schlag zerpflückt, der Regen verdunstete in weißen Schwaden. Die Sonne des Lasers ging auf, der thermische Schlag fegte Nebel und Wolken weg und gab den

Blick frei auf den weiten Gebirgshang, der übersät war von einem Gewimmel nackter, wehrloser Klümpchen.

In diesem Augenblick, als das himmelhohe Spinnennetz mit seinen Antennen brennend über ihm zusammenbrach, begriff Tempe, daß er die Quintaner gesehen hatte.

Februar 1985

Inhalt

Von Stanisław Lem erschienen bei Volk und Welt

Der Planet des Todes, 1954
Gast im Weltraum, 1956
Die Irrungen des Dr. Stefan T., 1959
Die Sterntagebücher des Weltraumfahrers Ijon Tichy (1961, erweiterte 1973)
Der Unbesiegbare, 1967
Test, 1968
Eden, 1971
Die Jagd, 1972
Das Hohe Schloß, 1974 (›Volk und Welt Spektrum‹ 65)
Der getreue Roboter, 1975
Imaginäre Größe, 1976
Der Schnupfen, 1977
Summa technologiae, 1980
Die Stimme des Herrn, 1981
Solaris, 1983 (Broschurausgabe)
Das absolute Vakuum, 1984
(in neuer Reihenausstattung)
Lokaltermin, 1985
(in neuer Reihenausstattung)
Provokation, 1985 (›Volk und Welt Spektrum‹ 198)
Der futurologische Kongreß, 1986
(in neuer Reihenausstattung)
Der Flop, 1986
(in neuer Reihenausstattung)
Fiasko, 1987
(in neuer Reihenausstattung)
Philosophie des Zufalls I, 1988
Philosophie des Zufalls II, 1989
(beide in neuer Reihenausstattung)